刊印古籍今注新譯叢書緣起

劉振強

人類歷史發展，每至偏執一端，往而不返的關頭，總有一股新興的反本運動繼起，要求回顧過往的源頭，從中汲取新生的創造力量。孔子所謂的述而不作，溫故知新，以及西方文藝復興所強調的再生精神，都體現了創造源頭這股日新不竭的力量。古典之所以重要，古籍之所以不可不讀，正在這層尋本與啟示的意義上。處於現代世界而倡言讀古書，並不是迷信傳統，更不是故步自封；而是當我們愈懂得聆聽來自根源的聲音，我們就愈懂得如何向歷史追問，也就愈能夠清醒正對當世的苦厄。要擴大心量，冥契古今心靈，會通宇宙精神，不能不由學會讀古書這一層根本的工夫做起。

基於這樣的想法，本局自草創以來，即懷著注譯傳統重要典籍的理想，由第一部的四書做起，希望藉由文字障礙的掃除，幫助有心的讀者，打開禁錮於古老話語中的豐沛寶藏。我們工作的原則是「兼取諸家，直注明解」。一方面熔鑄眾說，擇善而從；

一方面也力求明白可喻，達到學術普及化的要求。叢書自陸續出刊以來，頗受各界的喜愛，使我們得到很大的鼓勵，也有信心繼續推廣這項工作。隨著海峽兩岸的交流，我們注譯的成員，也由臺灣各大學的教授，擴及大陸各有專長的學者。陣容的充實，使我們有更多的資源，整理更多樣化的古籍。兼採經、史、子、集四部的要典，重拾對通才器識的重視，將是我們進一步工作的目標。

古籍的注譯，固然是一件繁難的工作，但其實也只是整個工作的開端而已，最後的完成與意義的賦予，全賴讀者的閱讀與自得自證。我們期望這項工作能有助於為世界文化的未來匯流，注入一股源頭活水；也希望各界博雅君子不吝指正，讓我們的步伐能夠更堅穩地走下去。

序

遠橋多年從事語文工作，我與他認識已六七年。我們相識的機緣是一起參加上海市高考語文命題，他活潑的見解給我留下了印象。

記得在入闈期間，我們曾相議，能否選一些駢文，作為試卷的閱讀材料，以檢測考生閱讀、理解、賞析作品的能力。然而，這實際上行之頗難。一則因為目前中學語文教學缺乏駢文授受，學生對這種文體異常陌生；二則因為駢文通常遣典較多，讀者需具備相當的文史知識，方能比較順暢地閱讀，這對現在高中生而言，無疑勉為其難。閃起的念頭，因此而復歸歇寂。儘管如此，我們認為學生階段可以適當地讀些駢文，以提高語文修養，不要完全冷落了文學史上這一曾經顯赫的文體，這看法並沒有改變。適值三民書局約我編著《新譯六朝文絜》，我推薦遠橋承擔。後來他隨我讀博士，做六朝文學研究，與駢文的接觸就更多了，體會不斷加深，寫作時間也更加集中，經數年努力，終於寫出了這部書稿。

以上所述，是此書大致由來。

讀六朝各類作品，會覺得很有意思。比如讀沈約《宋書》和其他史書，感覺上似乎帝王武臣們一直都在忙著打仗，或者處心積慮地進行內部爭利奪權，而文士們則忙著用駢體寫各式各樣優美的文章，語詞勻稱華麗，極其講究修飾技巧。比如謝惠連〈雪賦〉、謝莊〈月賦〉等，讀過之後，似乎覺得大臣、文人們經常地在賞月、觀雪、聽歌、看舞，整天琴聲作伴，豔女斟酒，生活優雅，極富風趣，一點戰爭的氣息都沒有。一個尚文尚美、推崇駢文的時代，怎麼會與戰火頻仍、爭鬥殘酷的時代湊在一起？對此，大概只能感歎它是上蒼一件傑作。倘使我們只見其一面，不見其另一面，那麼，所看到的就不是完整的六朝。我有時讀六朝駢文，思考這個問題，常常會湧起莫名的感興。

《六朝文絜》是清朝後期許槤編選的一部駢文總集，收六朝人駢儷之作，選文、評論都別具眼光，所以問世後，就受到喜愛駢文，尤其是喜愛六朝駢文的讀者廣泛好評，被視為學習六朝駢文的入門書。打個比方，《六朝文絜》在眾多的駢文讀本中，略似唐詩選本中的《唐詩三百首》，古文選本中的《古文觀止》。當然，知道《三百首》和《觀止》的人更多，其書也更加流行。這從一個側面說明，後來駢文的勢力不足與唐詩、古文並峙，即使在清代，駢文的受眾也相對少，現在情形更是如此。然而，除去文體的原因，就《六朝文絜》本身來說，它得到讀者廣泛喜愛，表明選本確實取得了成功。

一部書獲得成功，當有其成功之道。大致與《六朝文絜》下述的特點有關：㈠選本篇幅小，適合讀者既想閱讀、瞭解駢文，又希望能夠避免負擔過重的心理。㈡選者標榜「析詞尚絜」（許槤《六朝文絜》自序），在繁密冗長的六朝駢文中，精選清潔，乃至樸實之作，而且所選作品以短小文章為主，使可讀性大為增加。㈢對選入的作品作細緻、大多恰當的評論，評語往往要言不煩，幫助讀者具體領略文章妙處。由於具備了這麼一些好處，所以專家願意推薦，讀者也樂意接受。

西元二〇一〇年，我在臺灣東吳大學教書一個學期，講授「中國古典要籍選讀」這門課，用的讀本就是《六朝文絜》。所以選用這本書，是考慮到它的選文，無論是分量還是難易的程度都比較適當。自己是希望學生通過學習其中的作品，對駢文獲得一定瞭解，提高鑒賞力，漸起愛好之心，為學習六朝文學史、駢文史打下一定基礎。也是緣於這種考慮，我建議三民書局將此書列為其「古籍今注新譯叢書」的一種。承蒙不棄，此書果然立項了，這是我要向三民書局道謝的。

遠橋編著此書以來，我們交談也因此增加了新的話題。我時常聽見他說：「書中某詞，找到材料，可作新解釋。」「讀某句文字，覺出了一種新趣味。」此時，他欣欣然樣子也會感染我。讀者從這本書裡，不難讀到一些新鮮的見解，這是他探獲的玄珠。

遠橋請我寫幾句話，冠於書端。因拉雜言之，兼記數事，以為序。

鄔國平

二〇一七年六月十六日，於神戶六甲山麓

新譯六朝文絜　目次

卷 二

詔

敕

令

教

策問

表

疏

啟

牋

卷三

書

卷四

移文

序

論

銘

碑

誄

祭文

導讀

一、六朝：士族階層的崛起和敗退

清代趙翼在談「漢初布衣將相之局」時，把秦漢間的社會轉型稱為「天地一大變局」（《廿二史劄記》卷二）。高度專制的皇權此時形成，先秦的貴族政治在這一時期轉變為官僚政治，爵位的重要性逐步向官位、職位傾斜，官僚階級在皇權之下理政治事，缺少內在的階級自主性，也缺少自我擴張的外在條件。

東漢後期，對官吏的推舉徵辟，主要由名士的品評來影響和決定。以許劭為例，他與從兄許靖俱有高名，「好共覈論鄉黨人物，每月輒更其品題，故汝南俗有月旦評」（《後漢書》卷六八）。許劭之品評，與郭泰之臧否，並稱為「郭許之鑒」（晉代袁宏《後漢紀》卷二七），一經品評，「人品乃定，先言後驗，眾皆服之」（《後漢書》卷六八），便有了進於仕途的資格。所以曹操微時，卑辭厚禮求許劭為其題目，得「清平之姦賊，亂世之英雄」之品評後「大悅而去」（《後漢書》卷六八）。東漢末年，王朝衰弱，曹魏起喪亂之後，士人流離，考詳無地，乃立九品之制（《晉書》卷三六）。漢末的民間品評，經曹魏的制度化，成為官方意見，一變而為士族按門閥族望之高低分配權力的工具，世家大族把持各級中正，維護自己地位和利益。至此，士族階層既有了自利的實力，而皇權衰弱，士族階層也有了自利的時機，士族終得與皇權「共天下」。

士族的條件可概括為：以經濟優勢為基礎，以功業成就、政治權力為最重要保障和外在標誌，以擁有德賢才能形成的家學門風為延續手段和內在特徵。士族階層的崛起，帶來經濟、思想、文化、藝術諸方面的新樣式，儒、釋、玄各學齊頭並進，不同智慧，各呈異彩。

元興三年（西元四〇四年），原北府軍參軍劉裕反桓玄而殺之，擁恭帝，元熙二年（西元四二〇年），廢恭帝，建立劉宋政權。士族與皇權共治的東晉覆滅，門閥士族掌控的政治權力，重新回歸武人之兵權，及由兵權而獲得的皇權。此後一百餘年，昔日的門閥士族在改朝換代之際僅能隨例變遷，參贊其事。門閥政治不復存在，不過士族在社會、文化上乃至政治上的相對獨立，與其他時代比較仍然是明顯的。一部分士族走上士吏合一的道路，尊重皇權，兼具吏幹，如王弘、王曇首。另一部分士族，或為先世功業所激，勇於進取，至於覆滅，如王僧達、王融；或憑藉士族文化之優勢，以文章學術立於朝廷，如謝莊、王儉；或以士族之經濟為資，耽於文義，少豫人事，如謝靈運、謝朓。這一部分的具體表現雖然不一，行為背後的士族身份和士族心理，則是一致的。士族的崛起和衰退，是六朝文學的底色。

六朝通常指東吳、東晉、宋、齊、梁、陳，因建都建康（今南京）而得名。然而，六朝一詞在古人實際使用時，其含義有時又略顯含糊，所指具體皇朝和時間、地域的範圍常有不同於通常用法者。《六朝文絜》選文以晉代陸機〈與趙王倫薦戴淵疏〉為最早，以隋代楊暕〈召王貞書〉為至遲，作者屬地則有南有北，所以可以把書名中的六朝，理解為起晉訖隋這一段三百年歷史時期。不過，察看篇目便能發現，其實晉、隋僅上述起訖二篇，其他文章全都在宋至陳一百五十年內，而尤以南方四朝為主；如果以寫作地點衡量，則所選庾信文章大部分也作於南方。這種含糊的用法，與明清其他總集如張謙《六朝詩彙》、吳淇《六朝選詩定論》、孫德謙《六朝麗指》等也是相似的。

二、六朝文：形式是士族文學的區別性特徵

自東漢文學與儒學分路揚鑣，高門士子皆著意於文，到了六朝，崇文之風更甚，裴子野〈雕蟲論〉以「閭閻少年，貴遊總角，罔不擯落六藝，吟詠情性」來描述。有較高學養的士族既分享著皇權，皇權也必然向士族的好尚靠攏，共同營造社會風氣。上行下效，風行草偃，從平時的宴從談笑、遊戲娛樂，到國家詔令、策試孝廉，無不以「文」為準的。梁武帝

「每所御幸，輒命群臣賦詩，其文善者，賜以金帛，詣闕廷而獻賦頌者，或引見焉」（《梁書・文學傳序》）。皇帝御幸而命群臣賦詩，當然只是一個很小的範例。實際上類似這種喜文樂藝之風在王族、高官、文士中普遍流行，他們逞弄才藝的體裁幾乎可以包括當時全部的文類。若把各人筆下的作品看成一個整體，它們分明具有一個相當緊緻的內核，這一內核，既區別於之前的先秦貴族文學、秦漢官吏文學，又區別於之後的唐宋士大夫文學、明清士紳文學及庶人文學，我們可以把它稱為士族文學。士族文學這一概念的複雜性來自於士族本身的複雜性，無法在這裡展開充分的論述，只能簡單地說，士族文學是以系統、結構的眼光來劃定界限的，使之獨立於其他歷史時段的文學。六朝士族的特徵，使文學的生產目的和生產手段發生變化，如從言志走向緣情、逞才，從「厚人倫、美教化、移風俗」走向娛樂遣興，從偏重自然表現走向特別注重技巧。文學生產目的和生產手段的變化，必然導致文學面貌的變化，使士族文學具有格外重視形式這一區別性特徵。

王國維在《宋元戲曲史》中把六代之駢語與楚之騷、漢之賦、唐之詩、宋之詞、元之曲並列，以為「皆所謂一代之文學」。胡適在《白話文學史》中說：「六朝的文學，可說是一切文體都受了辭賦的籠罩，都駢儷化了，議論文也成了辭賦體，記敘文除了少數史家，也用了駢儷文，抒情詩也用駢偶，記事與發議論的詩也用駢偶，甚至描寫風景也用駢偶，故這個時代，可說是一切韻文與散文駢偶化時代。」某些語境下，六朝駢文可以代表六朝文。

駢文以駢辭儷句為主，重典故，重辭藻，重聲律，總而言之，重形式。六朝文形成了在句式、用詞、聲律等各方面的新模式，獨特的形式追求使駢文戛戛獨立於文章史，而獨特的語言形式也減弱了駢文對思想內容的依賴。德國批評家恩斯特・凱西爾曾說：「孩童是用事物作遊戲，藝術家則是用形式作遊戲，用線條和圖案、韻律和旋律作遊戲」。（《藝術在文化哲學中的地位》）文學藝術以形式為手段的「遊戲化」，是六朝文特徵的一種具體表現。當然，遊戲化不始於六朝，《漢書》載王褒、枚皋、揚雄、嚴助諸傳，也有「所幸宮館，輒為歌頌，第其高下，以差賜帛」（〈王褒傳〉），但只要略加比較，便能發現「頗似俳優」（〈揚雄傳〉）、「詼笑類俳倡」（〈枚皋傳〉）與六朝不同，這是秦漢的官吏文學與六朝的士族文學的不同。在六朝這片土壤上，士族的這一文學面貌，某種程度上也成了他們加強身分的手段和區別身分的標誌。

清代梅曾亮在〈管異之文集後序〉中說，自己「少好駢體」，管異之告訴他：「人有表示者面也，今以玉冠之，雖美，失其面矣。此駢體之失也。」管異之用以玉冠面而失其面的比喻，批評駢文形式大於內容。其實他的比喻、論證都存在本體和喻體的落差，不饜人意。管異之以「面」即人臉為行為之目的，面的背後更深層的目的是「人」，但如果某一行為的目的本身就不是「面」而是「玉」呢？不是「人」而是「玉」作為藝術品的這一「物」呢？如現在的時裝秀，就以展示時裝本身之美為目的，所以挑選模特兒，都以時裝風格為依據。以玉冠面，如果目的就是玉製面具，那就很具時裝秀的意味了。又如戲曲，內容本身並不是目的，越是高水平的聽者觀眾，便越注重美的形式，即唱、念、做、打。一齣戲的情節越為人熟知，就越能讓聽者觀眾集中去關注美的形式。總而言之，玉之美是可以脫離面而存在，並不一定非得以面為最終標準。我覺得駢文的形式正是這樣的美玉。

然而，歷來駢文的擁護者，或六朝文學的正名者，都努力證明駢文的形式能成為好的妝容而達到「以粉飾面，既美，而不失其面」的效果，強調駢文中也有內容優秀的作品，也有反映現實的作品，證明駢文也可以有散文一樣的價值。這一努力方向，其實正是忽視了駢文及六朝文學的本質，抹殺了駢文及六朝文學的區別性特徵，降低了駢文及六朝文學的本體意義。

三、六朝文絜：許槤的選擇

許槤（西元一七八七—一八六二年），初名映漣，字叔夏，號珊林，浙江海寧人，室名紅竹草堂、行吾素齋、享金寶石齋、古均閣等，嘉慶二十四年（西元一八一九年）為舉人，道光十三年（西元一八三三年）為進士，選任直隸知縣，未赴，改任山東平度知州，歷官淮安、鎮江、徐州知府，署江蘇督糧道。許槤為官清正廉明，斷案公嚴，體恤民情，為民所敬。既勤政事，亦不廢學，能詩文，工書法，精於文字、金石之學，通醫學、法學。有《古均閣詩》一卷、《古均閣文》一卷、《說文解字統箋》（佚）、《識字略》八卷、《古均閣寶刻錄》一卷、《刑部比照加減成案》三十二卷、《刑部比照加減成案續編》三十二卷、《洗冤錄詳義》四卷、《洗冤錄摭遺》二卷補一卷、《海寧許公名宦鄉賢軼事》一卷。許槤精於刊刻，刊有《咽喉脈證通論》、《趙書天冠山詩貼》、《六朝文絜》、《笠澤叢書》、《字鑒》、《師竹軒詞鈔》、《青荃詩集》等。其中《六朝文絜》為其自選自評，序言手書上板，刊刻尤為精美，道光十年（西元一八三〇年）《六朝文絜》重刻序言描繪道：仿柳條之瘦樣，剝棗木之堅心，雕鏤既工，裝裱致雅，研朱套板，字櫛段梳，弁語細若蠅頭，開卷錯疑兔穎，近刻並遜其精絕，行遠共寶與時流（《藤花亭駢文集》）。

許槤子許頌鼎謂其父「少工詩，宗溫李」。「壯，為四方之游，識陽湖孫觀察，高郵王文簡，又與嚴鐵橋、王菉友、苗仙麓、江伯蘭諸先生締交，聞見益廓」（《古均閣遺著》）。《海寧州紳士公舉鄉賢事實》中寫到「許槤少工辭章，後治樸學，詩宗溫李」，「師事陽湖孫星衍、高郵王引之，又與歸安嚴可均、安邱王筠、河間苗夔、長洲江沅締交，造詣益進」。這些描述，可見許槤以下特點。文學上，許槤詩宗溫庭筠和李商隱，體現出他輕巧絢麗、綺彩柔婉的審美趣味和審美傾向。在《六朝文絜》序中，許槤回想自己年幼時就喜歡品讀徐陵、庾信各家文章，老師禁止不給，他還「夜篝鐙竊記之」，未及知而已好之，可謂天性使然。可以說，評選《六朝文絜》是許槤文學趣味的體現。學術上，許槤師從交遊傾向樸學，孫星衍、王引之、王筠、苗夔、江沅等皆樸學名家，使事徵典的駢文是當時樸學家最青睞的文體，如孫星衍既被吳鼒《八家四六文鈔》推為八家之一，亦為曾燠《國朝駢體文正宗》收錄，朱筠稱「小學劉臻吾輩定，麗詞庾信早年成」（《孫淵如先生年譜》），阮元謂「兄所作駢麗文，並當刊入，勿使後人謂賈許無文章、庾徐無實學也」（〈閱問字堂集贈言〉）。孫星衍編有《續古文苑》，所選之文皆古樸雅正、意達事明的六朝駢文。另外，許槤識阮元，「出大學士阮元之門，稟承師訓，鑒別益精」（《海寧州紳士公舉鄉賢事實》），事在「試禮部」（西元一八三三年）之後，其時《六朝文絜》的刊刻業已完成（西元一八二五年），不過阮元的交接相契，也可見二人文學、學術思想的和同。

雖識荊阮元，《六朝文絜》業已完成，但阮元對許槤評選該書的影響，則完全可能存在。其時阮元對桐城派古文提出嚴厲批評，憑其政界文壇之地位，成為嘉道之際駢散之爭中駢文派的旗手，〈文韻說〉、〈文言說〉、〈與友人論古文書〉、〈學海堂文筆策問〉、〈書梁昭明太子文選序後〉等文，不僅要為駢文謀求正宗地位，而且要把古文驅出「文」的範圍。嘉慶二十五年（西元一八二〇年），阮元在廣州開學海堂，以「文筆考」課士子，激進的文言說流布四方。同是嘉慶二十五年，《古文辭類纂》刊刻，次年李兆洛《駢體文鈔》刊行，再三年後，許槤《六朝文絜》出版。若根據許氏原序所言自嘉慶十一年（西元一八〇六年）至道光五年（西元一八二五年）的起訖時間，這「二十禩」，基本與阮元的活動時段、姚鼐編《古文辭類纂》、李兆洛編《駢體文鈔》相合。

桐城派方苞為文重「義法」，在《史記評語》中說：「子厚以潔稱太史，非獨辭無蕪累也，明於義法，而所載之事不雜，故其氣體為最潔也。」《四庫提要》記方苞謂「周秦以前，文之義法無一不備」，館臣評方苞文以「大體雅潔」。方苞之後，劉大櫆也標舉「文貴簡」（《論文偶記》）。姚鼐繼方苞「義法」倡「義理、考據、辭章」，嘉慶、道光之文壇為之一變，又繼承方苞《古文約選》編《古文辭類纂》，在「辭賦類」中標明：「古文不取六朝人，惡其靡也，獨辭賦，則晉宋人猶有古人韻格存焉，惟齊梁以下，則辭益俳而氣益卑，故不錄耳。」這句話先高標「古文不取六朝人，惡其靡也」，再說「獨辭賦，則晉宋人猶有古人韻格存焉」，以明下限（其實劉宋作品僅選鮑照〈蕪城賦〉一篇），最後再以「齊梁以下，則辭益俳而氣益卑，故不錄耳」強調齊梁以下之弊，加以棄除。可見，氣體簡潔，是桐城軌範，而六朝之蕪靡繁冗，則惡而棄之者，其中齊梁以下辭俳氣卑，又其尤者。

這樣的背景下，再來看許槤之評選《六朝文絜》並以「絜」名之，似乎就有了別的意味。許氏原序曰：

> 余蓋深韙乎劉舍人之言也，析詞尚絜。然則文至六朝絜矣乎？曰：繁冗莫六朝若矣。或曰：既繁冗之，復絜名之，厥又何說？曰：繁冗奚慮，夫蹊要所司，職在鎔裁，薙繁冗而絜是弋，則絜者彌絜矣，繁冗奚慮哉！

第一句開門見山，標出絜字。析詞尚絜，語本劉勰《文心雕龍・物色》「四序紛迴而入興貴閑，物色雖繁而析辭尚簡」。尚絜是《文心雕龍》多次提到的主張。除〈物色〉篇外，

〈誄碑〉篇曰：「傅毅所制，文體論序；孝山崔瑗，辨絜相參。」范文瀾注：「辨絜，猶言明約」，即明白簡潔。〈議對〉篇曰：「文以辨潔為能，不以繁縟為巧；事以明覈為美，不以深隱為奇，此綱領之大要也。」許慎《說文解字》：「絜，麻一耑也。」段玉裁注：「一耑，猶一束也。耑，頭也。束之必齊其首，故曰耑。故又引申為潔淨。俗作潔，經典作絜。」文學批評家用「絜」要求寫作，是將「潔淨」當成作品一種重要的美。

六朝文學，至為繁冗，如何通過選文，將「潔淨」的美呈現出來？許槤的方法是：蹊要所司，職在鎔裁，薙繁冗而絜是弋。《文心雕龍・鎔裁》：「立本有體，意或偏長，趨時無方，辭或繁雜。蹊要所司，職在鎔裁，檃括情理，矯揉文采也。規範本體謂之鎔，剪截浮詞謂之裁。」劉勰原文的鎔裁是指作文時的煉意和煉辭，鎔是說對文章的情理加以提煉，裁指就文章的辭采加以剪裁。許槤「鎔裁」一詞的用法和劉勰不同，是指對不同的文本（而非某一個文本的文字內容），進行汰繁留簡的挑選。換句話說，就是「薙繁冗而絜是弋」。這樣看來，「六朝文絜」就是「六朝文中之絜者」的意思。

四庫館臣評總集的價值之一在於「刪汰繁蕪，使莠稗咸除，菁華畢出」。不過，何為「莠稗」，又何為「菁華」，在許槤和姚鼐眼裡可全然不同：姚不取六朝，許僅取六朝；姚以簡潔自高，許便以六朝文中簡潔者示之。選目上看，姚是齊梁以下全不錄，許則以齊梁以下為主體，真可謂是針鋒相對。

許槤在評語中亦多以簡潔或近義詞相許，如評江淹〈恨賦〉寫帝王之恨，曰：「筆法簡勁，悲思淋漓。」評庾信〈小園賦〉曰：「駢語至蘭成，所謂采不滯骨，雋而彌潔。」評庾信〈燈賦〉「香添然蜜」數語曰：「音節韻健，光采煥鮮。」評陳後主〈與詹事江總書〉「論其博綜子史」幾句曰：「簡質有餘，亦蒼然有色，別成一種筆法。」評吳均〈與顧章書〉曰：「簡澹高素，絕去餖飣艱澀之習，吾於六朝心醉此種。」不一而足。加上「誰謂齊梁間盡靡靡之奏邪」（〈禁浮華詔〉評語）、「奈何輕議六朝」（〈與臧燾敕〉評語）之類話語屢出於許槤之口，要說沒有弦外之意，恐怕很難令人信服。

《六朝文絜》收錄六朝時期三十六位作家七十二篇文章，含十八類文體，即：賦、詔、敕、令、教、策問、表、疏、啟、牋、書、移文、序、論、銘、碑、誄、祭文等。排列仿《文選》，以賦起，以祭文收，以應用之文為主：除賦十二篇外，詔四、敕二、令二、教二、策問二、表五、疏一、啟八、牋一、書十七、移文一、序一、論一、銘七、碑一、誄二、祭文三，都可入應用文類。這種布置，可能還隱含著許槤對歷來關於六朝文章「連篇累牘，不出月露之形；積案盈箱，唯是風雲之狀」（《隋書》卷六六載李諤語）一類批評的回應。

許槤評語也常點出六朝文與唐文發展之關係，如評庾信〈小園賦〉曰：「唐令狐德棻等譔信本傳，詆為淫放輕險、詞賦罪人，何愚不自量至此，詩家如少陵，且極推重，況模範是出者，安得不頫首邪。」語本四庫館臣《庾信集》題詞「令狐譔史，詆為淫放輕險，詞賦罪人，夫唐人文章，去徐庾最近，窮形寫態，模範是出，而敢於毀侮，殆將諱所自來，先縱尋斧歟」，指出唐人詩文得六朝沾溉的實質。另如評〈北山移文〉曰「當與徐孝穆〈玉臺新詠序〉並為唐人軌範」，評〈玉臺新詠序〉曰「可謂六朝之渤澥，唐代之津梁」，同此機杼。

總體來看，《六朝文絜》是許槤在清代嘉道年間駢散之爭的背景下，以古文派尤其是桐城派為競勝的對象，為駢文尤其是六朝駢文正名而選評的一部總集。

許槤承認「繁冗莫六朝若」，他所做的正名努力，是在六朝文中薙繁弋絜，擇出「潔淨」的六朝文章示人，對它們的美感及歷史價值加以闡發，闡發美感如書中諸多鑒賞評語，闡發價值如《六朝文絜》序所言「習稍稍久，恍然於三唐奧窔，未有不胎息六朝者，由此上泝漢魏，裕如爾」。四庫館臣說：「古文至梁而絕，駢體乃以梁為極盛，殘膏剩馥，沾溉無窮，唐代沿流，取材不盡，譬之晚唐五代，其詩無非側調，而其詞乃為正聲，寸有所長，四六既不能廢，則梁代諸家亦未可屏斥矣。」（《四庫全書・梁文紀》提要）孔廣森說：「六朝文無非駢體，但縱橫開合，一與散體文同也。」（〈儀鄭堂遺稿序〉）這些說法著眼於文章史上駢散內在關係，不將兩者割裂。許槤也是如此，他肯定「絜」，這與古文派尤其是桐城派的審美標準也有相通之處。不過，許槤的正名努力似乎主要還是在證明，「駢文也可以有散文一樣的藝術效果」，似乎還未能真正認識到駢文及六朝文學自有的區別性特徵，闡發駢文及六朝文學的本體意義，這方面，阮元的認識倒是獨立而特出的。當然，這對許槤可能是一種苛責。

四、注譯研析：信達雅理的追求

注釋以準確為鵠的。前賢時彥在這方面已經做了許多有益的工作，如李善及五臣注《文選》、吳兆宜及倪璠注《庾信集》、黎經誥《六朝文絜箋注》、曹明綱《六朝文絜譯注》等。本書的注釋擇善而從，並在已有基礎上，潤色字詞，補苴空缺，訂正訛誤。

字詞的理解是閱讀的基礎，這次注釋將一些易誤解的常見字、不易理解的難字注釋清楚。如周弘讓〈復王少保書〉「開題申紙」中「題」字，黎經誥箋注曰：「《釋名》曰：『書稱題。』」題在這裡實指書札封口，本義是書札封口上簽押，漢班婕妤〈擣素賦〉：「書既封而重題，笥已緘而更結。」開題、開封、開緘之類，渾言之，就是打開信件，析言之，則應該是打開信件的封口。「開題申紙」，打開封口（「開題」）而後展開書信（「申紙」）。所以白居易〈初與元九別後忽夢見之〉「開緘見手札，一紙十三行」中，「開緘」（打開封口）而後能「見手札」。如簡文帝〈與蕭臨川書〉「必遲青泥之封，且覯朱明之詩」中的「遲」字，時人注釋多有誤，本書點明其為等待、比及義，引申出相望、期待義糾正失誤。又如江淹〈別賦〉「琴羽張兮蕭鼓陳」中的「琴羽」，《文選》舊注以為「琴之羽聲」、「琴而奏羽聲」，我們以為作「羽飾之琴」理解更為準確平易。

駢文好徵引，重典實，所以注釋時，需語必溯源，事必數典，否則無法把握準確。如何遜〈為衡山侯與婦書〉「聊陳往翰，寧寫款懷？遲枉瓊瑤，慰其杼軸」中的「杼軸」，黎氏舊注以《詩》「杼軸其空」句注之，不錯而未切，杼軸在這裡比喻心思，陸機〈文賦〉「雖杼軸於予懷，怵佗人之我先」句，李善注：「杼軸，以織喻也。」《宋書・志序》有「每含毫握簡，杼軸忘飡」句，亦以織喻詩文之構思。何遜文則以杼軸之織喻思懷，與以織錦喻構思類似。

陳寅恪論注釋曰：「然最初出處，實不足以盡之，更須引其他非最初而有關者以補足之，始能通解作者遣辭用意之妙。」（《柳如是別傳》）這方面本書也有所努力。如江淹〈恨賦〉「李君降北，名辱身冤，拔劍擊柱，吊影慚魂」中拔劍句，舊注僅引《漢書》「漢高已併天下，尊為皇帝，群臣飲，爭功，醉或妄呼，拔劍擊柱」，本書引《史記・劉敬叔孫通列傳》「群臣飲酒爭功，醉或妄呼，拔劍擊柱」句，復引鮑照〈擬行路難〉「對案不能食，拔劍擊柱長歎息」句，即是「引其他非最初而有關者以補足之」。

本書的注釋，期望既揆度本事，徵引典實，復串講章句，概括語意，梳理脈絡，庶免釋事而忘意，以得見文而知情。如徐陵〈玉臺新詠序〉第一段的注釋，四注分別為「❶凌雲概日八句寫麗人之居所，❷五陵豪族六句寫麗人的出身豪族，❸本號嬌娥六句寫麗人之美貌，❹閱詩敦禮十四句寫麗女的才藝」，將全段脈絡梳理清晰，便於理解。

語譯方面，則依據文本的不同特徵和性質，既信者達之，既達者雅之。信是語譯的起點，全書以直譯為主，追求字詞理解的準確，追求駢文句式的落實，追求詞語位置、結構形式等與原文的對應，僅對部分這樣做便不知所云的語譯，進行信息上的增加或刪減。在此基礎上，期望語譯文字不僅是易於理解的，而且本身是通順暢達的，書中的應用之文的語譯，就主要落實在達這一層面。應用之文的語譯，在追求暢達基礎上，努力體現原文在遣辭造句上的語氣姿態、風格體貌，這便已經在做求雅的努力了。而於美麗的文本，則通過典雅詞彙的使用、節奏韻腳的繼承、意象意境的模仿等，期望能再現原文的樣貌，讓讀者閱讀譯文也能感受到文字的美，獲得愉悅。

研析以作家作品為本，綜合各方面知識，期望能陪伴讀者走進（至少儘量接近）這些文本，揣摩作者的構思，深入到他們的想法，他們的雅集，他們的生活，他們經歷過的猙獰的戰爭。研析力避陳辭，對許槤原評或時人的意見，若吾心有所不愜，也偶出淺見。如許槤評沈約〈為武帝與謝朏敕〉曰「天監初，朏與何允何點並徵不至，逃竄年餘，一旦輕舟自詣闕下，時即以為司徒尚書令，乃復不省職事。眾頗失望。然則朏蓋守節不終者，既拜新命，且不稱職，亦何足當此敕邪」，若把該敕放回齊梁更迭之際，以歷史的角度來審視，以士族和皇權的關係來觀察，就會發現許槤的評語近於皮相了。

《六朝文絜》經許槤「讎句比字」，字句與傳世之本或有不同。本次注釋，所用的底本是道光五年享金寶石齋初刊本，若他本有重要異文，則在注釋中予以說明。僅徐陵〈玉臺新詠序〉「孌彼諸姬，聊同棄日，猗與彤管，無或譏焉」中「無或譏焉」四字，許槤本作「麗矣香奩」，誤定失準，文意難通，就徑改原文，而在注釋中予以說明。

以上關於注譯研析的追求，雖意欲求乎其上，恐難免可得其中，甚或僅得其下。無論注釋、語譯、研析，都常常讓人感慨知識無涯而能力有限，差錯在所難免。幸好有鄔國平師不僅教導我學習，還於書中辭句立意加以斧削，正我疏失。本書的編輯做了細微的工作，彌補了不少錯漏。編寫過程中參考了學者的研究成果，得到了師友的幫助，未能標明，只能銘記於心。

蔣遠橋

初稿於二〇一七

定稿於二〇一九

六朝文絜原序

余蓋深韙❶乎劉舍人❷之言也，析詞尚絜❸。然則文至六朝絜矣乎？曰：繁冗莫六朝若矣。或曰：既繁冗之，復絜名之，厥❹又何說？曰：繁冗奚慮，夫蹊要所司，職在鎔裁，薙繁冗而絜是弋，則絜者彌絜矣，繁冗奚慮哉❺！

【章旨】六朝文繁，去繁求潔，則潔者彌潔。說書名由來和選文標準。

【注釋】❶韙　以某事為對；贊同。❷劉舍人　即劉勰，字彥和，曾為昭明太子舍人，故稱「劉舍人」，作《文心雕龍》十卷五十篇，體大慮周，為古代文學批評中最卓越者。❸析詞尚絜　語本劉勰《文心雕龍・物色》「四序紛迴而入興貴閑，物色雖繁而析辭尚簡」句。析詞，即遣詞造句。絜，「潔」的古字，簡潔；潔淨。❹厥　其。❺夫蹊要所司五句　謂去繁留簡，則簡者愈簡。蹊要所司二句見《文心雕龍・鎔裁》：「立本有體，意或偏長，趨時無方，辭或繁雜。蹊要所司，職在鎔裁，隱括情理，矯揉文采也。規範本體謂之鎔，剪截浮詞謂之裁。」蹊要，蹊路險要處，喻關鍵要害。所司，所掌管的，猶言職責。鎔裁，劉勰原文是指煉意和煉辭，鎔治情理，裁治辭采，許槤此處指對文本進行去繁留簡的挑選。薙，除草，喻刪削。弋，繳射，喻求取。

【語譯】我十分認同劉舍人的話，遣詞造句崇尚簡潔。那麼文章到六朝簡潔了嗎？答道：文章繁冗，沒有比得上六朝的。有人說：既然說它繁冗，卻又命名為絜，又有什麼講法？答道：繁冗有什麼可擔心的，關鍵是對它鎔煉裁剪，刪除繁冗而求取簡潔，那麼簡潔就更加簡潔了，繁冗有什麼可擔心的呢！

往余齒舞勺，輒喜繹徐庾諸家文，塾師禁弗與，夜篝鐙竊記之❶。始未嘗不貽盲者鏡，予躄者履也❷。習稍稍久，恍然於三唐奧窔，未有不胎息六朝者。由此上泝漢魏，裕如爾❸。

【章　旨】回溯閱讀經歷，以明六朝文之地位功用。

【注　釋】❶往余齒舞勺四句　回憶孩時接觸之初。齒，年齒。舞勺，《禮記・內則》：「十有三年，學樂誦詩舞勺。」孔穎達疏：「言十三之時，學此舞勺之文舞也。」後借以指童年。繹，尋繹；解析。徐庾，徐陵、庾信，為六朝駢文的代表人物。篝鐙，謂置燈籠中，不使人覺，《宋史・陳彭年傳》載，陳彭年幼好學，母愛之而禁其夜讀，「彭年篝燈密室，不令母知」。❷始未嘗不貽盲者鏡二句　閱讀之初，書無所用，我無所得，《淮南子・說林訓》：「毋貽盲者鏡，毋與躄者履，毋賞越人章甫，非其用也。」躄，跛足。履，鞋子。❸習稍稍久五句　說六朝文有上承下啟的作用。恍然，猛然領悟的樣子。三唐，即唐代，唐分初盛晚三期，故謂。奧窔，室中東南和西南二隅，喻幽邃高深。胎息，猶效仿取法。裕如，寬裕自如的樣子。

【語　譯】早先我年幼時，就喜歡品讀徐陵、庾信各家文章，老師禁止不給，我夜間罩住燈光偷偷閱讀記誦。開始也未嘗不像給盲人鏡子，給跛子鞋子。學習漸漸久，恍然悟到唐代幽邃高深處，無不取法六朝。由六朝而上溯漢魏，寬裕自如。

歲丙寅，輯選斯帙，不揆窳陋，為甄別其義，迄今二十禩矣❶。易稿者數四，凡讎句比字，捃理務覈，然猶未嚌其胾為歉歉也❷。今年春，昕朱君小漚，小漚喜欲狂，亟鳩工鋟版，閱七月蕆事❸。小漚曰：子曷不駢言於首乎？余曰：是猶鳥雀於佛髻放糞矣，豈非以不絜者纇絜耶？不獲已，姑錯落贅數語❹。道光五年歲在旃蒙作噩壯月海昌許槤書於古韻閣❺。

【章旨】寫編輯、鋟刻及作序的過程。

【注釋】❶歲丙寅五句　寫編輯時長。丙寅，嘉慶十一年（西元一八〇六年），歲在丙寅。帙，指書卷。揆，度量。窳陋，孤陋。二十禩，即二十年，本序寫於道光五年（西元一八二五年），自丙寅起正好二十年。禩，「祀」的異體字，年。❷易稿者數四四句　寫編輯用心而不滿足。讎，校勘。許槤原刻本作「售」，據文意改。捃，尋找拾取。覈，查驗；核實。嚌其胾，吃大塊的肉，《史記・絳侯周勃世家》載，景帝召條侯賜食，獨置大胾，無刀無箸，無法進食，條侯心不平而貌怏怏。歉歉，不滿足的樣子。❸今年春五句　寫鋟刻過程。昕，通

「示」。出示。亟，急速。鳩，聚集。鋟版，即鋟板。閱，歷。蕆，完成。❹小漚曰七句　寫以散行文字作序。佛髻放糞，佛頭著糞，《景德傳燈錄・如會禪師》載，崔相公見鳥雀於佛頭上放糞，喻褻瀆美物，這裡指如果自己以駢言作序置於書首，於書內薈萃駢文之美者而言，是佛頭放糞。纇，絲的結節，喻疵病。錯落，指以散行文字作序。贅，附著。❺道光五年句　寫作序的時間地點。旃蒙作噩，指乙酉年，即道光五年（西元一八二五年），《爾雅・釋天》謂「太歲在甲曰閼逢，在乙曰旃蒙」、「在酉曰作噩」。壯月，即八月，《爾雅・釋天》：「八月為壯。」

【語　譯】嘉慶十一年，開始編選本書，不揣孤陋，為甄選區別文章，至今二十年了。易稿四次，凡校勘字句，挑選整理必加核對，但仍未能吃到大臠，心不滿足。今年春，出示於朱小漚君，小漚欣喜欲狂，很快就召集工匠雕刻印板，歷七月即完工。小漚說：你何不用駢文寫篇序言置於書首呢？我說：這就像鳥雀在佛頭拉屎呵，豈非用不潔來給潔者增添疵病麼？推託不了，僅以錯落的散行文字寫下這幾句附上。道光五年歲在乙酉八月海昌許槤書於古韻閣。

卷一

賦

蕪城賦　宋　鮑照

【題解】《文選》李善注賦題〈蕪城賦〉下有「登廣陵古城」幾字，有可能是鮑照自己作的注或副標題。春秋時吳王夫差於蜀崗築邗城、開邗溝，為廣陵之始。楚懷王於邗城基礎上築廣陵城，秦置廣陵縣。漢吳王劉濞受封廣陵，即山鑄錢，煮海為鹽，興修水利，開河栽桑，奠定廣陵繁華都會的面貌。劉濞兵敗，廣陵逐漸趨於「邊城」地位。東漢末年，曹操攻打孫權，數十萬人逃往揚子江南，「江西遂空」，廣陵已成廢墟。這應該就是「廣陵故城」，即題中所謂「蕪城」。也有人認為廣陵城址未發生變化，以鮑照所賦蕪城為南朝兗州刺史所治的廣陵城。晉室南遷，廣陵故城得桓溫重建，成為「國之北門」，一以統淮，一以蔽江，成抵禦北敵入侵的重鎮和保衛首都的屏障。再經西元四〇一年孫恩事、西元四〇四年劉裕事、西元四五〇年拓跋燾事，多罹兵禍，再成蕪城。據歷史和賦的內容考查，本賦較有可能作於元嘉二十八年（西元四五一年）。

【作　者】鮑照（西元四一四—四六六年），字明遠，東海（今江蘇漣水縣北）人。出身貧寒，曾為秣陵令、中書舍人，後為臨海王劉子頊前軍參軍，掌書記之任，世稱「鮑參軍」。宋明帝泰始二年，晉安王劉子勛稱帝，劉子頊舉兵響應，兵敗，鮑照為亂兵所殺。鮑照才秀人微，生當「上品無寒門，下品無世族」的南朝，一生坎坷不平，所作多反映對門閥制度的不滿，表現徭役戰亂下民眾的苦悲，抒寫馳騁疆場的雄心壯志和寒士不遇的鬱憤之情。尤長於詩，樂府和七言歌行風格俊逸，文字勁健，為李白、杜甫欣賞繼承。鍾嶸《詩品》謂其「善制形狀寫物之詞，得景陽之諔詭，含茂先之靡嫚，骨節強於謝混，驅邁疾於顏延」、「然貴尚巧似，不避危仄，頗傷清雅之調」，與謝靈運、顏延之並稱「元嘉三大家」。今傳《鮑參軍集》十卷。

瀰迆平原❶，南馳蒼梧漲海，北走紫塞雁門❷。柂以漕渠❸，軸以崑崗❹。重江複關之隩，四會五達之莊❺。

【章　旨】開頭寫廣陵之地理形勢，已初見交通要道的地位和廣闊繁華的面貌。

【注　釋】❶瀰迆平原　指廣陵一帶地勢平坦。❷南馳蒼梧漲海二句　謂廣陵南北皆通極遠之地，江淹〈哀千里賦〉有「北繞琅琊碣石，南馳九疑桂林」，句法類似。蒼梧，漢置郡名，治所在今廣西梧州。漲海，即南海。紫塞，秦所築長城土皆色紫，漢塞亦然，故稱。雁門，秦置郡名，在今山西西北。❸柂以漕渠　謂廣陵有邗溝連通水路。杝，溝通。漕渠，指邗溝，今自江都西北至淮安數百里的運河即古邗溝。❹軸以崑崗　謂崑崗橫貫廣陵城，如車輪之軸心。軸，車軸。崑崗，亦名阜崗、廣陵崗，廣陵城在其上。❺重江複關之隩二句　謂廣陵為眾多江河關口環繞，城中有四通八達的大道。隩，水涯深曲處。四會，四方會集。五達，《爾雅·釋宮》云「五達謂之康，六達謂之莊」。莊，大道，如「康莊大道」。

【語　譯】廣陵地勢平坦，綿延不絕，向南奔馳，至於蒼梧、南海，向北趨走，到達長城、雁門。漕河溝通，崑崗橫貫。江河關口重重疊疊，康莊大道四通八達。

當昔全盛之時❶，車掛轊，人駕肩❷，廛閈撲地，歌吹沸天❸。孳貨鹽田，鏟利銅山❹，才力雄富，士馬精妍。故能侈秦法，佚周令❺。劃崇墉，刳濬洫❻，圖修世以休命❼。是以版築雉堞之殷，井幹烽櫓之勤❽，格高五嶽，袤廣三墳。崪若斷岸，矗似長雲❾。制磁石以禦衝❿，糊赬壤以飛文⓫。觀基扃之固護⓬，將萬祀而一君⓭。出入三代，五百餘載⓮，竟瓜剖而豆分。

【章　旨】以潑墨法，從人居、錢財、士卒、兵馬、城池等，鋪寫廣陵全盛時的繁華興盛，然後以「瓜剖而豆分」數字，字字千鈞，彊拗龍頭，寫城之廢替，文氣亦急轉直下。

【注　釋】❶全盛之時　謂漢吳王濞時。❷車掛轊二句　寫廣陵街道人車熙攘，語本《史記・蘇秦列傳》「臨淄之途，車轂擊，人肩摩」句。轊，套在車軸末端的金屬筒狀物。駕，陵迫擠壓。❸廛閈撲地二句　寫廣陵宅居密集、人聲鼎沸。廛，市民居住的區域。閈，里巷。撲地，猶遍地。歌吹，歌唱吹奏。❹孳貨鹽田二句　謂廣陵有鹽田銅山之利，《史記・吳王濞列傳》：「吳有豫章郡銅山，濞則招致天下亡命者盜鑄錢，煮海水為鹽。」孳，繁殖。貨，財貨。鏟利，開採取利。❺故能侈秦法二句　謂廣陵城池超出規格。侈、佚，超過。法、令，標準。❻劃崇墉二句　謂建高城、鑿深溝。劃，規劃製作。崇墉，高牆。刳，鑿挖。濬洫，深溝。❼圖修世以休命　謂期待長世好命。修，長久。休，美好。❽是以版築雉堞之殷二句　謂多築城牆望樓。版築，以兩板相夾，中間填土，然後夯實的築牆方法。雉堞，女牆，城牆長三丈高一丈稱一雉，城上凹凸的牆垛稱堞。殷，眾多。井幹，原指井上欄圈，此喻望樓，寫烽櫓之量多，與上句「版築」相對，意思相近，版築、井幹為民間常見之物，正可為比。勤，眾多。❾格高五嶽四句　寫城牆之高廣。格，格局。五嶽，指東嶽泰山、西嶽華山、南嶽衡山、北嶽恆山、中嶽嵩山。袤，南北間的寬度稱袤。三墳，三處河邊高地，具體所指說法不一，此或指《尚書・禹貢》所說兗州土黑墳，青州土白墳，徐州土赤埴墳。崒，高峻。矗，高聳的樣子。❿制磁石以禦衝　秦阿房宮以磁石為門，懷刃入者輒止之。衝，戰車，《抱朴子・內篇・明本》有「城愈高而衝愈巧，池愈深而梯愈妙」，〈晉安帝策宋公九錫文〉有「衝櫓四臨，萬雉俱潰」。⓫糊頳壤以飛文　謂城牆用紅泥糊滿光彩閃耀。頳，紅色。飛文，光彩閃耀。⓬基扃之固護　城闕牢固。⓭將萬祀而一君　將，期望。萬祀，萬年。一君，一姓之君。⓮出入三代二句　經歷三代五百多年。三代，指漢魏晉。五百餘載，自劉濞建城至劉宋時歷五百餘年。

【語　譯】往日全盛之時，行車擦轊，路人摩肩，里坊遍地，歌吹沸天。繁殖財貨開發鹽田，獲利致富開採銅山。才力雄厚，兵馬精良。故能超過秦代的法度，逾越周代的規定。築高牆，挖深溝，期待永世好命。於是城堞如版築之眾，望樓如井幹之多。格局高過五嶽，寬度勝過三墳。若斷岸一般險峻，似長雲一般高聳。磁鐵製作城門抵禦戰車，紅泥糊上牆面煥發光彩。看城池如此牢固，想萬年永屬一姓。哪知僅歷三代，五百餘年，竟然就如瓜之剖，如豆之分，崩裂毀壞。

澤葵依井，荒葛罥塗❶。壇羅虺蜮，階鬥麏鼯❷。木魅山鬼，野鼠城狐，風嘷雨嘯，昏見晨趨❸。饑鷹厲吻，寒鴟嚇雛❹。伏虣藏虎，乳血飧膚❺。崩榛塞路，崢嶸古馗❻。白楊早落，塞草前衰。稜稜霜氣，蔌蔌風威❼。孤蓬自振，驚沙坐飛❽。灌莽杳而無際，叢薄紛其相依❾。通池既已夷，峻隅又已頹❿。直視千里外，唯見起黃埃。凝思寂聽，心傷已摧⓫。

【章　旨】承「瓜剖而豆分」而來，由內而外，由點到面，由動植生靈到格調氛圍，再畫一幅圖畫，極寫其蕪。

【注　釋】❶澤葵依井二句　水井、道路長滿莓苔蔓草。澤葵，莓苔一類的植物。葛，蔓草。罥，掛繞。塗，即途，道路。❷壇羅虺蜮二句　壇堂庭階本為人居處，如今卻為毒蟲怪物占據。壇，楚人謂中庭曰壇。羅，羅列。虺，毒蛇。蜮，相傳能在水中含沙射人的動物，一曰短狐。麏，獐，似鹿而體形較小。鼯，鼯鼠，長尾，前後肢間有薄膜，能飛，晝伏夜出。❸木魅山鬼四句　謂鬼怪狐鼠無時不在。木魅，木石幻化的精怪。見，「現」的古字，出現。趨，奔跑。❹饑鷹厲吻二句　厲，磨礪。吻，嘴；喙。鴟，鴟鷹。嚇雛，取《莊子・秋水》「鴟得腐鼠，鵷雛過之，仰而視之曰『嚇』」字面而捨其意。嚇，恐嚇之聲。❺伏虣藏虎二句　虣，猛獸。乳血，飲血。飧膚，食肉。❻崩榛塞路二句　榛，叢生之木。崢嶸，陰森的樣子。馗，九達的大路。❼稜稜霜氣二句　稜稜，嚴寒的樣子。蔌蔌，風聲勁急的樣子。❽孤蓬自振二句　振，拔舉。坐飛，無故而飛，即自然而飛，「坐」與「自」互文同義。❾灌莽杳而無際二句　灌莽，草木叢生。杳，幽遠。叢薄，草木交錯。❿通池既已夷二句　通池，護城河。夷，平。隅，角樓。⓫凝思寂聽二句　凝，停滯。寂，無聲。摧，折斷。

【語譯】莓苔依井而生，荒葛掛滿道路。堂中遍布毒蛇短狐，階前相鬥野獐鼯鼠。木怪山鬼，野鼠城狐，在風雨中嗥叫，在晨昏時出沒。饑鷹磨礪尖喙，寒鴟恐嚇鵷雛。潛藏的野獸猛虎，飲血食肉。崩折的榛莽堵塞路途，大道也變得陰森恐怖。白楊樹葉早已凋落，塞上荒草提前枯衰。勁銳的霜氣，疾厲的風威。孤蓬忽自揚起，沙石無故驚飛。灌木密集，幽遠無際，草木交錯，纏繞相依。濠溝已被填平，角樓復又崩頹。放眼千里之外，唯見揚起黃埃。使我停滯了思緒，失去了聽覺，心中悲傷，有如折摧。

若夫藻扃黼帳❶，歌堂舞閣之基，璿淵碧樹，弋林釣渚之館❷，吳蔡齊秦之聲❸，魚龍爵馬之玩❹，皆薰歇燼滅，光沉響絕❺。東都妙姬，南國麗人，蕙心紈質，玉貌絳脣❻，莫不埋魂幽石，委骨窮塵，豈憶同輿之愉樂，離宮之苦辛哉❼？

【章　旨】吳王劉濞窮奢極侈、沉湎淫逸的生活已煙銷雲散，刻畫中也隱約露出抨擊、諷刺之意。

【注　釋】❶藻扃黼帳　指門戶繡帳華美。藻，文采。扃，泛指門戶。黼，黑白相間的花紋。❷璿淵碧樹二句　璿淵，指玉池。璿，美玉。碧樹，玉樹，《淮南子》：「崑崙有碧樹。」弋，繳射，用帶繩子的箭射鳥。❸吳蔡齊秦之聲　謂各地音樂歌舞，《楚辭》有「吳歈蔡謳」，《漢書・藝文志》載有齊歌秦歌，可見吳、蔡、齊、秦的音樂甚美。❹魚龍爵馬之玩　謂各類雜技。❺皆薰歇燼滅二句　謂上述諸美皆已消失。薰，香氣。❻東都妙姬四句　寫美人之美。東都，即洛陽，陸機〈擬東城一何高〉：「京洛多妖麗，玉顏侔瓊蕤。」南國，曹植〈雜詩〉：「南國有佳人，華容若桃李。」蕙，蘭蕙，香氣馥郁。紈，絲織的細絹，喻純潔。❼豈憶同輿之愉樂二句　謂美人既無得寵之歡樂，亦無失寵之憂愁。同輿，古時帝王命后妃同車，以示寵愛。離宮，即長門宮，語本司馬相如〈長門賦〉「期城南之離宮」句。

【語　譯】至於藻窗繡帳，歌樓舞臺的地方，玉池碧樹，射弋垂釣的館閣，吳蔡齊秦的音樂，魚龍爵馬的雜耍，全都香消灰滅，光逝聲絕。東都的美姬，南國的佳人，芳心麗質，玉貌朱脣，莫不埋魂於幽石，棄骨於埃塵，又怎能憶起同輿得寵的歡樂，或獨居離宮的苦辛？

天道如何，吞恨者多。抽琴命操❶，為蕪城之歌。歌曰：「邊風急兮城上寒，井逕滅兮丘隴殘❷。千齡兮萬代，共盡兮何言！」

【章旨】揭出題目「蕪城」二字。跳離對前事的追述，回到現實，情感也轉入淒涼，歸於同趨於盡的人生感慨。

【注釋】❶抽琴命操　謂取琴彈曲。❷井逕滅兮丘隴殘　田間小路泯滅，墳壟殘破。井，指井田，泛指田畝。逕，小道。丘隴，墳墓。

【語譯】天意如何難以知曉，飲恨抱憾世上本多。取琴彈曲，唱一支蕪城之歌。歌曰：「邊地風急呵，城上嚴寒，田徑泯滅呵，墳墓破殘。千秋呵萬代，同歸於死呵復又何言！」

【研析】〈蕪城賦〉的主旨，一般認為，是抒發作者盛衰無常的感慨。這種感慨，也多見於鮑照的其他作品，如〈擬行路難〉有「不見柏梁銅雀上，寧聞古時清吹音」、「盛年妖艷浮華輩，不久亦當詣冢頭」、「君不見，柏梁臺，今日丘墟生草萊。君不見，阿房宮，寒雲澤雉棲其中。歌妓舞女今誰在，高墳壘壘滿山隅」等句，無論是手法、情調，甚至意象的使用，都與本賦極相似。王夫之評論說「熟六代時事，方知此所愁所思者何也」。六朝時社會動盪、戰亂頻繁，「蒼生殄滅，百不遺一」，尤其到鮑照所處的劉宋時代，皇族剪除異姓後屠殺宗室，王侯將相尚不得保全妻子家庭，士人更朝不慮夕，只如一介微塵，隨時被風吹散，隕落消逝。加上由儒入玄的思想背景、達生貴性的社會風尚，士人對生命的思考愈發深入。因為對生命的熱愛，而所熱愛之生命卻又如此短暫、有限、無常，這種哀歎才更加痛徹心扉。

與〈擬行路難〉相比，近五百字的賦作，當然有更多騰挪餘地。鮑照以英俊蒼涼之氣，秉精悍俶詭之筆，驅驚心動魄之辭，描繪出一幅興盛圖，一幅衰敗圖。興衰轉換，蓬勃強大的生命之城於寥寥幾個音節之間，就變成了陰森恐怖的死亡之城，歌吹鼎沸一變而為鬼哭狼嗥，車水馬龍一變而為猛虎長蛇，雉堞望樓一變而為孤蓬驚沙。詭異而極具視覺衝擊力的蒙太奇宣告：所有生命必將消亡，所有美好必然趨向毀滅。

這樣看來，此賦的主旨不止於思古的幽情，也不止於盛衰的感慨，鮑照以廣陵的變化，抒發了對人類及人類創造物終極結局的深深哀歎。人生而自由，又無往不在禁錮之中——最大的禁錮，就是死亡。

或以為本賦乃為諷諫宋世祖劉駿之夷戮無辜而作，唯迫於形勢，不得於賦中公然指斥。因本賦「乃是將這個城市所處的時間，放置於無法確知的過去」，這種說法也不能說不可能成立，如「出入三代，五百餘載」句，自劉濞建城至劉宋歷六百餘年，此言五百餘載，可能與借古諷今的寫法有關，避免觸犯時忌。如寫吳王劉濞奢侈淫逸而歸於灰燼，也隱約有諷刺之意。當然，這種意圖與前述萬物皆趨於盡的感慨並不矛盾。

無論主旨是上述內容中的哪一則，與「勸百而諷一」的漢賦相比，與「唯風月之狀」的六朝賦相比，在這一點上，本賦已秀出於眾賦之上。加上構思布局、體物形狀、鋪采摛文上的種種優點，本賦稱賦中名篇甚至文學史上的名作，都是無需愧怍的。元代的祝堯在《古賦辨體》中評論云：「〈蕪城賦〉，賦也，而亦略有風興之義。此賦雖與〈黍離〉、〈哀郢〉情過於辭，言窮而情不可窮，故至今讀之猶可哀痛。若此賦則辭過於情，言窮而情亦窮矣，故情雖哀切，終無深遠之味。《詩》云『知我者謂我心憂，不知我者謂我何求』，古人之情，豈可於辭上窮之邪？」雖屬的論，亦是苛評。詩言情，賦體物，詩賦兩體的指向本不完全相同。祝堯的說法，是以後世的文學觀加以軒輊，倒有點像嫌棄鴨子沒有魚游得快呢。

月賦　宋　謝莊

【題　解】本賦託陳王曹植與王粲設為賓主之詞，與謝惠連〈雪賦〉格局相似。昭明太子《文選》並錄〈雪〉、〈月〉二賦，許槤則「遺〈雪〉取〈月〉」，認為「〈雪〉描寫著跡，〈月〉則意趣灑然，所謂寫神則生，寫貌則死」，可見許氏駢文理念。兩賦詞藻既近，機軸不異，風格不遠，都屬於秀色可餐、瀟灑飄逸一類，歷代評論多以雁序視之。不過，到明清以後，隨著鑑賞眼光的變化，人多以為謝莊本賦清姿韻度，非惠連可彷彿，原因大概在於「略無形似語，大致只寫月下之情」、「不多黏月，只寫對月」的手法，使本賦更加靈動遒勁、情深意切，而更貼合「純文學」的鑑賞標準吧。

【作　者】謝莊（西元四二一—四六六年），字希逸，陳郡陽夏（今河南太康）人。謝弘微之子，謝靈運之族侄，少為謝家玉樹，長為風流領袖，宋文皇帝劉義隆見而異之，謂「藍田出玉，豈虛也哉」。有子謝颺、謝朏、謝顥、謝嵸、謝瀹，世謂謝莊名子以風、月、景、山、水，也可想見風情。能詩，鍾嶸《詩品》謂「氣候清雅」、「興屬閒長，良無鄙促」，堪稱元嘉幹將，永明先驅。仕文帝、孝武帝、明帝三朝，官至中書令，加金紫光祿大夫，世稱「謝光祿」。《宋書》本傳稱「所著文章四百餘首」，大多亡佚，後人輯有《謝光祿集》一卷〈月賦〉之外，尚有〈赤鸚鵡賦〉、〈舞馬賦〉等，亦為當世所稱。

陳王初喪應劉❶，端憂多暇❷。綠苔生閣，芳塵凝榭。悄焉疚懷❸，不怡中夜。迺清蘭路，肅桂苑❹，騰吹寒山，弭蓋秋阪❺。臨濬壑而怨遙，登崇岫而傷遠❻。於時斜漢左界，北陸南躔❼，白露曖空，素月流天❽。沈吟〈齊〉章❾，殷勤〈陳〉篇❿。抽毫進牘，以命仲宣⓫。

【章旨】先敘事，假托陳王曹植初喪應劉以發端，「端憂多暇」確定全篇基調。

【注釋】❶陳王初喪應劉　曹丕〈與吳質書〉：「昔年疾疫，親故多離其災，徐陳應劉，一時俱逝。」陳王，指曹植，曹叡即位時封陳王，故稱。應劉，指應瑒、劉楨。❷端憂多暇　何焯《評注昭明文選》：「端憂多暇一句，生出全篇情致。」端憂，情緒愁悶。❸悄焉疚懷　憂愁哀傷的樣子。❹迺清蘭路二句　清掃蘭草之路，桂花之苑。蘭路，有蘭之路。桂苑，有桂之苑。❺騰吹寒山二句　騰，飛揚。吹，吹奏之聲。弭蓋，指控制車輛徐徐而行。弭，停止。蓋，車蓋，借指車。阪，斜坡。❻臨濬壑而怨遙二句　《文心雕龍・神思》：「登山則情滿於山，觀海則意溢於海。」濬壑，深谷。❼於時斜漢左界二句　漢，指銀河。左界，位於東面，《儀禮・大射禮》「宰胥薦脯醢，由左房」句，鄭玄注：「左房，東房也。」北陸，星名，即虛宿，位在北方，為二十八宿之一，《左傳・昭公四年》：「古者日在北陸而藏冰。」躔，天體運行謂之躔。❽白露曖空二句　曖，隱蔽；遮蔽，謝靈運〈會吟行〉：「輕雲曖松杞。」素月流天，蘇軾〈答仲屯田次韻〉「素月流天掃積陰」句，語本此。❾沈吟齊章　低聲吟誦〈齊風〉。齊章，指《詩・齊風・東方之日》，中有「東方之月兮，彼姝者子，在我闥兮」句。❿殷勤陳篇　反覆吟誦〈陳風〉。陳篇，指《詩・陳風・月出》，中有「月出皎兮，佼人僚兮，舒窈糾兮，勞心悄兮」句。⓫仲宣　王粲字仲宣，建安七子之一。

【語　譯】陳王剛失去應瑒和劉楨，情緒愁苦，閒居多暇。綠苔漸生於亭閣，芳塵凝結於臺榭。心懷憂傷，直至半夜。於是清掃蘭草之路，整理桂林之苑，樂聲騰起於清寒林山，按車慢行於秋風坡阪。臨深谷而哀怨生死之遙，登高山而傷感故人之遠。這時傾斜的銀河在東方劃出界限，北陸星緩步南行，白露濕氣遮蔽空際，皎潔月光流過夜天。〈齊風〉詩章，〈陳風〉名篇，低聲反覆，情意綿綿。拿出毛筆，奉上簡牘，來請仲宣。

仲宣跪❶而稱曰：「臣東鄙幽介❷，長自邱樊❸，昧道懵學，孤❹奉明恩。臣聞：沉潛既義，高明既經❺，日以陽德，月以陰靈。擅扶光於東沼，嗣若英於西冥❻。引元兔於帝臺，集素娥於后庭❼。朒朓警闕，朏魄示沖❽。順辰通燭❾，從星澤風❿。增華臺室，揚采軒宮⓫。委照而吳業昌⓬，淪精而漢道融⓭。

【章旨】引出王粲的對答。對答中，先引經據典，寫與月相關的故實。

【注釋】❶跪　古時席地而坐，臀部著於足跟，跪則抬起臀部，挺直上身，以示尊敬。❷臣東鄙幽介　東鄙，東方偏遠之地，王粲是山陽（今山東鄒縣）人，故云。幽介，卑微孤介。❸邱樊　山丘樊籬。❹孤　同「辜」。辜負。❺沉潛既義二句　語本《尚書・洪範》「沉潛剛克，高明柔克」，輕清者上浮而為天，重濁者下凝而為地。沉潛，指地。高明，指天。❻擅扶光於東沼二句　擅，同「禪」。讓位。扶光，扶桑之光，指日光。東沼，指湯谷，日出的地方。若英，若木之英。西冥，指昧谷，日落的地方。❼引元兔於帝臺二句　元兔，即玄兔，避清玄燁諱而改，指月亮。素娥，即嫦娥，借指月亮。❽朒朓警闕二句　朒，農曆月初月亮在東方出現。朓，農曆月末月亮在西方出現。朏，新月開始生明發光。魄，通「霸」。月始生或將滅時的微光。沖，謙和。❾燭　照耀。❿從星澤風　語本《尚書・洪範》「月之從星，則以風以雨」句。⓫增華臺室二句　臺室，指王公重臣之位。軒宮，指軒轅之宮。⓬委照而吳業昌　《搜神記》載，孫堅夫人吳氏，孕而夢月入其懷，既而生策。及權在孕，又夢日入其懷，以告堅曰：「昔妊策，夢月入我懷，今也又夢日入我懷，何也？」堅曰：「日月者，陰陽之精，極貴之象，吾子孫其興乎！」⓭淪精而漢道融　《漢書》記元后母李氏，夢月入懷而生后。淪，落下。精，亮光。融，昌盛繁榮。

【語譯】王粲挺直上身說道：「我本東方偏遠之地卑微之人，生長於山丘樊籬之間，學問事理懵昧不通，恐怕要辜負您的恩情。我是這樣聽說的：地重濁而沉潛於下，適於事宜，天輕清而高浮於上，符合綱常，日依靠陽而顯德，月依靠陰來顯靈。在東沼讓位於日光，在西冥接替了若英。帶玉兔到帝王臺榭，集嫦娥於后妃庭院。月初月末，以形狀警示闕的危險，始生欲落，以微光警示沖和的必然。順應時辰普天同照，隨著星宿調劑風雨。臺室增加了光華，軒宮飛揚著光彩。垂照亮光而吳業昌盛，投射月華而漢道繁榮。

「若夫氣霽❶地表，雲斂天末，洞庭始波，木葉微脫❷。菊散芳於山椒，雁流哀而江瀨❸。升清質之悠悠，降澂輝之藹藹，列宿掩縟，長河韜映❹。柔祇雪凝，圓靈水鏡❺，連觀霜縞，周除冰淨❻。君王乃厭晨歡，樂宵宴，收妙舞，弛清縣，去燭房，即月殿，芳酒登，鳴琴薦❼。若乃涼夜自凄，風篁❽成韻。親懿莫從，羈孤遞進❾。聆皋禽之夕聞，聽朔管之秋引❿。於是絲桐練響，音容選和⓫，徘徊〈房露〉，惆悵〈陽阿〉⓬。聲林虛籟，淪池滅波⓭。情紆軫其何託，愬皓月而長歌⓮。

【章旨】此為王粲對答的第二部分，描繪清新明快和清冷淒涼兩種場景，即景而興感。

【注釋】❶霽　調雲霧消散。❷洞庭始波二句　語本〈九歌・湘夫人〉「洞庭波兮木葉下」句。王勃〈七夕賦〉有「洞庭波兮秋水急」，許渾〈送韋明府南遊〉有「木葉洞庭波」，皆本《楚辭》。❸菊散芳於山椒二句　椒，山巔。瀨，湍流。❹升清質之悠悠四句　清質，指明月。藹藹，雲霧瀰漫的樣子，鮑照〈采桑〉有「藹藹霧滿閨，融融景盈幕」句。宿，星宿。縟，繁多。韜，隱藏。映，光亮。❺柔祇雪凝二句　柔祇，指大地。圓靈，指天宇。❻連觀霜縞二句　觀，樓觀。除，臺階。❼君王乃厭晨歡八句　厭，嫌棄。弛，解除。縣，「懸」的本字，懸掛鐘磬筍簴等樂器的架子，借指樂器。燭房，燃燭的廳房，多指行樂之所。登，進獻，古文象雙手持豆器進奉之形。薦，進獻，《左傳．隱公三年》：「可薦於鬼神，可羞於王公。」❽篁　竹叢。❾親懿莫從二句　親懿，即懿親，或許是為了平仄的對應和諧而作了顛倒。羈孤，羈旅孤獨之人。遞進，依次而進。❿聆皋禽之夕聞二句　皋禽，指鶴，語本《詩．小雅．鶴鳴》「鶴鳴於九皋」句，皋指水邊高地。朔管，指羌笛。引，曲調。⓫於是絲桐練響二句　練響，即試音。練，操練。容，樣式。和，諧調。⓬徘徊房露二句　徘徊、惆悵，謂曲調回環傷感。房露，古曲名，亦作〈防露〉，見於陸機〈文賦〉。陽阿，古曲名，亦作〈揚荷〉，見於《楚辭．招魂》。⓭聲林虛籟二句　聲林，有聲之林。虛，空。淪池，有波之池。淪，水面微波。⓮情紆軫其何託二句　紆軫，委屈隱痛。愬，通「遡」。向著。

【語譯】「像水氣消散於地表，雲霧收斂於天末，洞庭剛剛泛起波浪，樹葉開始微微脫落。菊叢散芳花於山巔，雁群流哀聲於水瀨。月亮升起，清質悠悠，灑下光華，澄澈藹藹，眾星掩掉了繁光，銀河隱藏了光影。大地如雪柔軟凝積，天宇如水清可為鏡，鱗次樓觀白如霜縞，周邊臺階淨如玉冰。君王便厭棄了晨時的歡娛，鍾情於夜間的宵宴，停止了曼舞，解除了樂縣，離開燭房，來到月殿，呈上芳酒，進獻鳴琴。又像涼夜本來淒愴，風竹自然成韻。懿親好友不再隨從，羈旅孤客依次而進。聆聽夜間鶴鳴江皋，欣賞秋日羌笛曲引。於是絲竹桐琴調試音響，樂曲格調選擇諧和，回環不絕的〈房露〉，惆悵感傷的〈陽阿〉。本有聲響的樹林失去天籟，本有漣漪的池水不再泛波。情感紆曲何以寄託，對著皓月放聲高歌。

「歌曰：『美人邁兮音塵闕❶，隔千里兮共明月。臨風歎兮將焉歇，川路長兮不可越。』」

歌響未終，餘景就畢❷。滿堂變容，迴遑如失。

又稱歌曰：「月既沒兮露欲晞❸，歲方晏兮無與歸❹。佳期可以還，微霜霑人衣。」

陳王曰：「善。」迺命執事，獻壽羞璧❺。「敬佩玉音，復之無斁❻。」

【章旨】以二歌作結，與怨遙傷遠相應，味外有味。並敘月之既沒、陳王之回應，與前月之始升、陳王之命仲宣照應。

【注釋】❶美人邁兮音塵闕　邁，遙遠。音塵，音訊消息。❷餘景就畢　景，亮光。就，將。❸晞　乾燥。❹歲方晏兮無與歸　語本《楚辭・九歌・山鬼》「歲既晏兮孰華予」句，《文選》李善注「《楚辭》曰『歲既晏兮孰與歸』」。❺迺命執事二句　執事，辦事者。獻壽，獻酒祝壽。羞，進獻。❻敬佩玉音二句　玉音，稱別人言詞的敬語。復之無斁，語本《詩・周南・葛覃》「是刈是濩，為絺為綌，服之無斁」句。斁，厭倦。

【語　譯】「歌曰：『美人渺遠音信廢缺，相隔千里共對明月。臨風歎息何處息歇，路長水遙不可跨越。』」

歌響還未終了，餘光行將消盡。滿堂賓客為之動容，徘徊徬徨若有所失。

又唱歌曰：「月已沉沒呵白露欲晞，歲時將暮呵無人同歸。當有佳期可以返還，微霜沾濕行客上衣。」

陳王說：「好。」命令左右獻酒進璧。「感佩您的玉音妙文，反覆吟誦不覺厭倦。」

【研　析】古今中外文人雅士以月為題的作品不勝枚舉，而謝莊〈月賦〉堪稱個中翹楚。本賦當時即為世所重，宋武帝劉裕嘗稱其「前不見古人，後不見來者」。尤其篇末二歌，踵武《楚辭》，含不盡之情，其中「隔千里兮共明月」句對後世望月懷遠詩歌的主題和表現手法都產生了很大的影響。當然，優秀的作品不是憑空產生的，前人寫月，已有「明月照高樓，想見餘光輝」、「東方大明星，光景照千里」等詩句。不過，謝莊此句能貼合全賦意境，將懷遠之意，在賦末推向高潮，言之不足故嗟歎之，嗟歎之不足故詠歌之，並將「明月照高樓」之類的被動承受月光，轉為主動的望月思人，變單向的傳遞思念為雙向的情感流動，使這種寫法成為文學史上一種典範。此後望月懷遠的詩文多能見其影子，如蕭衍「秋月出中天，遠近無偏異，共照一光輝，各懷離別思」句，虞騫「佳人復千里，餘影徒揮忽」句，蕭繹「若使月光無遠近，應照離人今夜啼」句等。最著名的當然是唐代張九齡〈望月懷遠〉中「海上生明月，天涯共此時」句，和宋代蘇軾〈水調歌頭・

丙辰中秋〉中「但願人長久，千里共嬋娟」句。張九齡句如電影一般，在畫面構架上，由「海上」之面到「明月」之點，再回到「天涯」千里遼闊的空間，並加上「此時」這一時間概念，更為壯闊圓融。蘇軾句則變懷遠之憂傷為美好的願景，「人長久」的祝福使「千里共嬋娟」竟帶上了些許甜蜜的滋味，也使該句成為中秋佳節最美好的祝辭。孝武帝劉駿嘗問顏延之「謝希逸〈月賦〉何如」，延之回答說：「美則美矣，但莊始知『隔千里兮共明月』。」宋代葛立方則認為「莊才情到處，延之未能曉也」，認為顏氏才情不足，未解風情。

謝惠連〈雪賦〉假託漢時梁孝王與司馬相如、鄒陽、枚乘設為賓主之辭，「梁孝王時，四方遊士鄒生、枚叟、相如之徒朝夕晏處，更唱迭和」，所以這種假託是很貼切的。謝莊〈月賦〉則假託曹植、王粲，因曹植與王粲、應瑒、劉楨等並以文章馳名於魏，也很貼切。另外，謝莊與王粲同為世家子弟貴公子孫，且文章傑出，其文學侍從的身分也相類似，這種假託顯得更為巧妙。而且，謝莊的假託還切合孝武帝劉駿與謝莊的身分關係。劉駿極具文采，為時所重，如《文心雕龍・時序》云「孝武多才，英采雲構」，《詩品》卷下云「孝武詩雕文織采，過為精密，為二蕃希慕，見稱輕巧矣」等，頗稱美劉駿，而曹植「骨氣奇高，詞彩華茂，情兼雅怨，體被文質，粲溢今古，卓爾不群」，以劉比曹，頗見心機。總體而言，賓主對答的寫法，〈月賦〉與〈雪賦〉類似；而人物的具體擇取，〈月賦〉顯得更用心思。就是賦中「委照而吳業昌，淪精而漢道融」一句，何焯謂「既假託於仲宣，不應用吳事，亦失於點勘也」，錢鍾書謂「對大魏之蕃王，諛敵國之故君，且以三分之吳與一統之漢並舉，而頌禱其業盛道光，罔識忌諱，至於此極」。年壽史事雖可假設，詞旨語氣仍應相稱，這確實是謝莊的失誤。

采蓮賦

梁 元帝

【題 解】先秦時蓮已被視為美物，河南新鄭出土有一件春秋初年的青銅蓮鶴壺，說明蓮的形象在當時已被用於生活器皿的裝飾。《詩・陳風・山有扶蘇》曰「山有扶蘇，隰有荷華」，而屈原「善鳥香花以比忠貞」，更賦予蓮高尚的情操。愛之而採，採蓮既是勞作，又是娛樂，後來又成為歌舞，再加上「蓮」與「憐」的諧音，採蓮作為意象走入文學，隱藏著品行節操、愛情友情、離情別緒等意蘊，相關創作源於先秦，集中爆發於六朝，綿亙於隋唐後代。無數著名文人都留有與蓮或採蓮相關的作品，蕭氏一門如蕭衍、蕭統、蕭綱等概莫能外，蕭繹本賦，不僅能含跨同族，亦可算是木秀於林者。

【作 者】蕭繹（西元五〇八－五五五年），字世誠，自號金樓子，蘭陵（今江蘇常州西北）人，梁武帝蕭衍第七子，是昭明太子蕭統、簡文帝蕭綱的弟弟。初生患眼，幼盲一目。六歲封湘東王，歷任會稽太守、丹陽尹、荊州刺史、江州刺史等職。侯景入寇京師，蕭繹奉命於江陵舉兵討伐，西元五五二年平侯景之亂，於江陵即帝位，改元承聖，是為梁元帝。承聖三年（西元五五四年）西魏軍陷江陵，農曆十二月十九日（辛未）蕭繹被殺。其《金樓子》稱自己「性乃隘急」、「性頗狷急」，又稱「性頗尚仁」，陳朝何之元編撰《梁典》稱其「幃籌將略，朝野所推」、「撥亂反正，夷兇殄逆，紐地維之已絕，扶天柱之將傾」，唐代李延壽《南史》謂其「沉猜忌酷，多行無禮」、

「擁重逡巡，內懷觖望，坐觀時變，以為身幸，不急莽卓之誅，先行昆弟之戮」，視角不同，看法亦自有異。蕭繹才辯敏捷，博及群書，好文學，通佛典，工書畫，為詩賦婉麗多情。總體來看，蕭繹更近於敏感而自律、多疑而狷急的文人，而非老謀深算、雄圖天下的帝王。平生著述甚多，大多散佚，現在可見的最重要的著作是《金樓子》。今存明人輯本《梁元帝集》。

紫莖兮文波❶，紅蓮兮芰荷❷，綠房兮翠蓋❸，素實兮黃螺❹。

【章　旨】定點特寫，近距離描繪枝葉蕊實，色彩絢麗，細膩準確。

【注　釋】❶紫莖兮文波　語本《楚辭・招魂》「紫莖屏風，文緣波些」，《楚辭・九歌・少司命》亦有「綠葉兮紫莖」句。文波，有紋之波。❷芰荷　菱葉與荷葉，這裡偏指荷葉。❸綠房兮翠蓋　綠房，指蓮蓬，陸雲〈芙蕖〉：「綠房含青實。」翠蓋，指荷葉圓大如帷蓋。❹素實兮黃螺　素實，素色的蓮子，蓮子老時色白。黃螺，即鳳螺，蓮子嫩時色黃，形狀如螺，王勃〈采蓮賦〉：「風低綠幹，水濺黃螺。」以上四句亦脫胎於夏侯湛〈芙蓉賦〉「綠房翠蒂，紫飾紅敷，黃螺圓出，垂蕤散舒，纓以金牙，點以素珠」。

【語　譯】紫莖呵微波，紅蓮呵芰荷，碧綠的蓮蓬如房呵青翠的荷葉如蓋，素白的蓮實呵黃色的鳳螺。

於時妖童媛女❶，蕩舟心許❷。鷁❸首徐迴，兼傳羽杯❹。棹將移而藻掛，船欲動而萍開。爾其纖腰束素❺，遷延顧步❻。夏始春餘，葉嫩花初。恐沾裳而淺笑，畏傾船而斂裾。故以水濺蘭橈，蘆侵羅襪❼。菊澤未反，梧臺迥見❽。荇濕霑衫，菱長繞釧❾。汎柏舟而容與❿，歌采蓮於江渚⓫。

【章旨】將鏡頭推向遠處，聚焦於妖童媛女。字字珠璣，依次讀來，如同打開一幅採蓮卷軸。

【注釋】❶於時妖童媛女　曹植〈芙蓉賦〉有「於是狡童媛女，相與同遊」句。妖、媛，美豔。❷蕩舟心許　心，指湖心。許，猶「處」，指處所，六朝常用此義，如劉義慶《世說新語・文學》：「孫安國往殷中軍許共論，往反精苦，客主無間。」❸鷁　鳥名，當時江東貴人船前作青雀即其像，此借指船。❹兼傳羽杯　兼，並，字象手持二禾。羽杯，鳥雀狀酒杯，左右形如兩翼。❺爾其纖腰束素　爾其，連詞，辭賦中常用作更端之詞，猶言至於。束素，捆紮起來的白絹，形容女子細腰，宋玉〈登徒子好色賦〉有「腰如束素」句。❻遷延顧步　遷延，徘徊停留。顧步，邊緩行邊回首，路喬如〈鶴賦〉有「宛修頸而顧步，啄沙磧而相歡」句。❼蘆侵羅襪　侵，靠近而沾濕。襪，「薦」的後起字，墊子，《楚辭・九歎・逢紛》有「布薦席，陳簠簋」，《世說新語・德行》有「既無餘席，便坐薦上」。❽菊澤未反二句　菊澤，有菊之澤。反，「返」的古字，蕭綱〈采蓮賦〉「物色雖晚，徘徊未反」。梧臺，戰國齊梧宮之臺，此處是借用古語。見，「現」的古字。❾荇濕霑衫二句　荇，荇菜。菱，水生植物。釧，臂環。❿汎柏舟而容與　柏舟，柏木做的船隻，《詩・邶風・柏舟》：「汎彼柏舟，亦汎其流。」容與，從容閒舒的樣子，《楚辭・九歌・湘夫人》：「時不可兮驟得，聊逍遙兮容與。」⓫江渚　江中小洲。

【語譯】其時俊男和美女，蕩舟江心處。鷁鳥船首緩慢旋回，同時並傳雀狀酒杯。槳欲移卻被水藻絆掛，船欲動於是浮萍蕩開。細腰如束素，欲行又回顧。夏季之始，春天之餘，荷葉鮮嫩，荷花之初。生怕沾濕衣裳而低聲淺笑，擔心傾覆船隻而斂起裙裾。水花濺上蘭槳，蘆草侵濕羅墊。行至菊澤不思回返，梧臺已經遠遠出現。荇菜濕潤沾上衣衫，菱草長長纏住臂環。搖盪柏舟而從容閒舒，唱起採蓮在江中小洲。

歌曰：「碧玉小家女，來嫁汝南王❶。蓮花亂臉色❷，荷葉雜衣香。因持薦君子，願襲芙蓉裳❸。」

【章旨】五言六句的採蓮曲，作點睛渲染。以楚騷遺意作結，清新高雅。

【注釋】❶碧玉小家女二句　郭茂倩《樂府詩集・碧玉歌》題解引《樂苑》云：「〈碧玉歌〉者，晉汝南王所作也。碧玉，汝南王妾名。以寵愛之甚，所以歌之。」❷蓮花亂臉色　此句頗為後世襲用，如王昌齡〈采蓮曲〉「荷葉羅裙一色裁，芙蓉向臉兩邊開。亂入池中看不見，聞歌始覺有人來」、陸游〈鏡湖女〉「女兒妝面花樣紅，小傘翻翻亂荷葉」等。亂，混淆。❸因持薦君子二句　取《楚辭・離騷》「制芰荷以為衣兮，集芙蓉以為裳」句意。薦，進獻。襲，衣上加衣。

【語　譯】歌曰：「碧玉小家女，來嫁汝南王。蓮花混淆於臉色，荷葉夾雜著衣香。手持獻君子，請穿芙蓉裳。」

【研　析】或以為本賦寫採蓮之勞動，自然清新，有生活情趣。我以為本賦乃寫採蓮之娛樂，香豔妖嬈，有宮體豔情。

蕭梁士族皆擅文學，蓋時主文雅，深好文章。蕭衍雖然後來皈依淨土，以綺語為過，而他還是「竟陵八友」之一時，多有模仿吳歌西曲的作品，風情旖旎。蕭綱、蕭繹變本加厲，期望「綺縠紛披，宮徵靡曼，脣吻遒會，情靈搖盪」，餘風紛披，更有至於輕浮儇薄者。南朝民歌寫女子，視其為人，著力處在情。本賦寫媛女，著力處在態，即以鑑賞的眼光來寫其豔態，有以物視之的感覺。本賦或許無法與民歌的情深意重相比，不過尚不至於墮入玩弄輕薄的境地。一物的特點只有在與他物的比較中才能顯現出來，比如宮體賦相較於其他賦的特點，比如本賦相較於其他宮體賦的特點，都是如此。

「纖腰束素」筆及腰身，比蕭綱〈贈麗人〉「腰肢本猶絕，眉眼特驚人」之類又斯文一些。「遷延顧步」筆及體態，也不過分。這句可與宋玉〈登徒子好色賦〉「竊視流眄」參看。正面直視並不動人，王實甫《西廂記》云「怎當他臨去秋波那一轉，便是鐵石人也意惹情牽」，堪稱解人。像「將去復回身，欲語先為笑」、「曲盡回身處，層波猶注人」「倚門回首，卻把青梅嗅」「最是那一低頭的溫柔，像一朵水蓮花不勝涼風的嬌羞」，皆得此意。

「夏始春餘，葉嫩花初」，觀其語境，當不止寫時節花葉，應該也有暗示女子二八妙齡、青春正美的意思，的是妙筆。

「恐沾裳而淺笑，畏傾船而斂裾」，蕭綱〈采蓮賦〉亦有「回巧笑」句及「亟牽衣而綰裳」句，皆不若本句刻畫入微、鮮活可見。「斂裾」一動作，於生動之外，亦有些許情色意味，卻又比沈約「裾開見玉趾」的詩句含蓄。

「荇濕沾衫，菱長繞釧」，荇菜沾於衣衫，則衫必濕；菱繞釧，則腕必現。畫面也很香豔，但又只基於讀者的想像，故能輕盈俏皮、委婉含蓄。蕭綱〈采蓮賦〉亦有「素腕舉，紅袖長」、「人喧水濺，惜虧朱而壞妝」等對應詞句，就顯得嘈雜凌亂，莽撞直露。而沈約「衫薄映凝膚」的句子，相形之下，也顯得直白無趣。

如果以上的分析能免於「仁者見仁」的批評，那麼似乎可以說，蕭繹的〈采蓮賦〉雖未能情深意切，卻尚未輕浮儇薄，因為其豔多在字外虛處，多在讀者的腦海而非作者的文字上。陳祚明《采菽堂古詩選》論梁陳之弊，在「舍意問辭，因辭覓態」，是批評其情意的缺乏，若從另一面看，則可讀出梁陳之作格外重「辭」的意思。本賦煉字煉句，心思玲瓏，細密精巧，卻還能平易明快、流暢自然，實在是有極高的水準。

蕩婦秋思賦

梁 元帝

【題　解】 題中「蕩婦」，指蕩子之婦。所謂「蕩子」，指離家遠出、羈旅不返的男子，如《列子》說：「有人去鄉土遊於四方而不歸者，世謂之為狂蕩之人也。」古代也會把軍人歸入蕩子之列，如庾信〈蕩子賦〉「蕩子辛苦逐征行，直守長城千里城」、魏允枏〈古意〉「蕩子戍龍城，倡樓月自明」等。從「君思出塞之歌」一句來看，本賦所謂「蕩子」，可能正是從征出塞之軍人。「秋思」即悲秋的意思，古代詩賦等文學作品早已形成男子悲秋、女子懷春的主題，梁元帝這篇短賦將悲秋的主人公易為一個女子，不循前人套路，反映出對新奇的追求。

蕩子之別十年，倡婦之居自憐。登樓一望，惟見遠樹含煙❶。平原如此，不知道路幾千。天與水兮相逼❷，山與雲兮共色。山則蒼蒼入漢，水則涓涓不測❸。誰復堪見鳥飛，悲鳴隻翼❹。秋何月而不清，月何秋而不明。況乃倡樓❺蕩婦，對此傷情。

【章　旨】首句劈頭而來，起得突兀。繼之以景，終結於人。景猶如此，人何以堪。

【注　釋】❶登樓一望二句　一望，謂放眼望去。含，包而不露，謝朓〈游東田〉有「遠樹曖芊芊，生煙紛漠漠」句。❷逼　近。❸山則蒼蒼入漢二句　漢，銀河，借指天。涓涓，細水緩流貌。測，度量水深曰測，引申之，量長度亦謂之測。❹隻翼　單隻的鳥，喻獨守空房之婦人，陸機〈擬青青河畔草〉：「良人游不歸，偏棲獨隻翼。」❺倡樓　倡女的家。倡，同「娼」。倡女，古代歌舞樂伎。

【語　譯】蕩子一別已十年，倡女獨居自哀憐。登樓放眼遠望，只見遠樹含煙。平原尚且如此，更不知道路幾千。天與水呵相接，山與雲呵一色。群山蒼蒼，聳入霄漢，細水涓涓，流長難測。誰又忍看孤鳥飛過，發出悲鳴。月下秋天何處不淒清，秋天月色何時不淨明。況且倡樓蕩子之婦，對此景色怎不傷情。

於時露萎庭蕙，霜封階砌❶。坐視帶長，轉看腰細❷。重以秋水文波❸，秋雲似羅。日黯黯而將莫❹，風騷騷而渡河❺。妾怨迴文之錦❻，君思〈出塞〉之歌❼。相思相望，路遠如何。鬢飄蓬而漸亂❽，心懷疑❾而轉歎。愁縈翠眉斂，啼多紅粉漫❿。

【章　旨】寫蕩婦情景，落於「秋思」二字，人物刻畫入微。

【注　釋】❶砌　臺階。❷坐視帶長二句　用〈古詩十九首〉「相去日以遠，衣帶日以緩」意。坐、轉二字，寫蕩婦之無聊。❸重以秋水文波　重，加上，《楚辭・離騷》：「紛吾既有此內美兮，又重之以脩能。」文波，泛起波紋，「文」在此處用作動詞。❹莫　「暮」的古字，象日入茻中，表日暮意。❺渡河　樂府古辭有〈公無渡河〉，諷喻身罹險境而苦勸不聽。崔豹《古今注》曰：「子高晨起刺船，有一白首狂夫，被髮提壺，亂流而渡，其妻隨而止之，不及，遂墮河而死，於是援箜篌而歌曰：『公無渡河，公竟渡河，墮河而死，將奈公何。』聲甚悽愴，曲終亦投河而死。」劉孝威〈公無渡河〉有「請公無渡河，河廣風威厲」句。另，《史記》載歌辭「風蕭蕭兮易水寒，壯士一去兮不復還」，亦可參考。❻妾怨迴文之錦　《晉書・列女傳》載，竇滔妻蘇蕙，善屬文。滔被徙流沙，蘇氏思之，「織錦為回文旋圖詩以贈滔，宛轉循環以讀之，詞甚淒惋」。❼出塞之歌　出塞，漢橫吹曲。〈出塞〉歌中多言從軍出塞之事，如「候騎出甘泉，奔命入居延」、「薊門秋氣清，飛將出長城」、「去去無終極，日暮動邊聲」、「飛蓬似征客，千里自長驅」等。❽鬢飄蓬而漸亂　《詩・衛風・伯兮》：「自伯之東，首如飛蓬，豈無膏沐，誰適為容？」蓬，蓬草。❾疑　不安。一作「愁」，與下句「愁縈」重複，不妥。❿愁縈翠眉斂二句　翠眉，古代女子以青黛畫眉，故稱。紅粉，胭脂和鉛粉。漫，糊；汙。

【語譯】於時寒露枯萎了庭前蕙草，白霜封鎖了臺階玉砌。坐看衣帶漸長，回視腰身漸細。加上秋水泛起紋波，秋雲好似錦羅。日光黯淡，將近黃昏，秋風勁疾，公竟渡河。妾的哀怨，寄託於迴文之詩，君去從軍，心想著〈出塞〉之歌。相思想望，山高路遠，無可奈何。鬢如飛蓬，漸漸散亂，心中不安，轉成哀歎。愁緒縈繞，翠眉聚斂，啼哭時多，紅粉汙漫。

已矣哉！秋風起兮秋葉飛，春花落兮春日暉❶。春日遲遲猶可至，客子行行終不歸❷。

【章旨】以春秋代序寫時節替換，以春日可至對比行人不歸，呼應開頭而推進一層。

【注釋】❶暉　動詞，光輝照耀，王融〈三月三日曲水詩序〉有「雲潤星暉，風揚月至」，梁元帝〈與蕭挹書〉有「唯昆與季，文藻相暉」。❷春日遲遲猶可至二句　春日遲遲，語本《詩・豳風・七月》「春日遲遲，采蘩祁祁」句。客子行行，語本〈古詩十九首〉「行行重行行，與君生別離」句。

【語　譯】算了吧！秋風吹起呵秋葉飄飛，春花紛落呵春日映輝。春日緩慢猶能至，客子遠行終不歸。

【研　析】本賦是梁元帝虛擬一位倡女的口吻來寫的，這種以男擬女的寫法，由來常見。有一種看法以為這種擬代的作品「與自我的生命無關」，所以不真不切。實際情況看，倒也未必。《詩》「青青子衿，悠悠我心，縱我不往，子寧不嗣音」，那幽幽的哀怨，「子惠思我，褰裳涉溱，子不我思，豈無他人」，那霸道的嬌嗔，都極動人。這種詩雖無法確證作者性別，不過至少經過男性文人修改整理是可確定的。至如漢樂府及〈古詩十九首〉等，亦多以男性代擬女子寫其情思的作品，如「聞君有他心，拉雜摧燒之，摧燒之，當風揚其灰」、「妾當守空房，閑門下重關，若生當相見，亡者會重泉」、「思君令人老，歲月忽已晚」等，皆宛轉附物，怊悵切心，能言千代萬人同有之情。曹丕有著名七言樂府〈燕歌行〉，也是以女子口吻抒發其離愁。他如江淹〈倡婦自悲賦〉、〈麗色賦〉之類，上接〈離騷〉，歎蕙草之飄落，泣美人之遲暮，能寫士人不遇之恨，寄託深遠。這樣看來，模擬、代言，也只是「奪他人之酒杯，澆自己之塊壘」，「與自我的生命無關」只是表面，其內核，仍是自我之生命、自我之情意。

本賦的擬代，尤以抒情主人公的塑造措力最多，而首段將人物融於蒼茫闊大的背景，在六朝小賦中頗為突出。

賦寫倡女登樓，不是為「臨江遲來客」，而是「知其不可而為之」，作明知無果的遠眺。描寫所見，先是含煙遠樹，遠樹再遠，是無際的平原，從點寫到面。而行人更在平原外，在不知幾千里的道路上，由實轉虛，更加闊大。再目光上抬，見天水相接，山雲共色，實寫而境界大。再寫高山聳入霄漢，流水涓涓不測，繼之以虛想，尤其是「水則涓涓不測」，更將讀者的目光帶到無窮之外。「秋何月不清，月何秋不明」，帶出籠罩宇宙、涵蓋一切的清冷畫面。這種由近到遠、由下到上、由點到面、由小到大、由實到虛的寫法，能將渺小的主人公置於天地蒼茫間，讓讀者體會到人的微弱、相思不見的無奈。後世如范仲淹〈蘇幕遮〉「碧雲天，黃葉地，秋色連波，波上寒煙翠。山映斜陽天接水，芳草無情，更在斜陽外」、歐陽修〈踏莎行〉「平蕪盡處是春山，行人更在春山外」等文句，構思上皆出此類。全賦後文仍能以秋水、秋雲、秋風、秋葉、日黯黯、風騷騷等有興寄意味的景來渲染烘托女主人公，達到筆淨意豐的效果。唯「坐視帶長，轉看腰細」、「愁縈翠眉斂，啼多紅粉漫」幾句，字涉纖細，似乎與全文不甚協調。

恨賦

梁　江淹

【題解】生命的喪失，是每個人無法逃避的命運。正因為生命必然消逝，對其價值、存在方式的思考，便成了文學、哲學中重大而永恆的主題。江淹〈恨賦〉正是通過列舉描繪各階層、各類別的「必死之恨」，抒發死亡帶來的遺憾和痛感。元徽三年（西元四七五年），三十二歲的江淹因諷諫謀議舉兵的建平王劉景素而被貶為吳興令，歷時三年，〈恨賦〉即作於此時。李善注〈恨賦〉篇名曰「意謂古人不稱其情，皆飲恨而死也」，李周翰以為「謂古人遭時否塞，有志不申，而作是賦也」。呂延濟解釋賦中「僕本恨人」句曰「僕者，淹自稱也，恨人，恨志不就也，復念古人有如我恨而至死者，將述之」，則將自抒失志之恨與替古人申恨結合，也有一定道理。

【作　者】江淹（西元四四四—五〇五年），字文通，祖籍濟陽考城（今河南蘭考東）。家境貧寒，六歲能詩，十三歲喪父。初入劉景素幕，後舉南徐州秀才，對策上第，轉巴陵王國左常侍。後又回劉景素幕下，任主簿、參軍等職。宋明帝死，劉景素密謀叛亂，江淹多次諫勸不納，於元徽三年（西元四七五年）貶為建安吳興（今福建浦城）令。歷仕宋齊梁三代，梁武帝蕭衍代齊後，官至金紫光祿大夫，封醴陵伯。張溥稱「若使生逢漢代，奮其才果，上可為枚叔、谷雲，次亦不失馮敬通、孔北海」，甚加推重。江淹少有文名，晚年才思退減，世有「江郎才盡」的說法。鍾嶸《詩品》謂其「詩體總雜，善於模擬」，賦與鮑照齊名，後代稱以「江鮑」。據其〈自序傳〉稱有「集十卷」，另有《後集》十卷。清代《四庫全書》採乾隆間考城梁賓據明代汪士賢、張溥刊本和睢州湯斌家鈔本參互校訂，凡四卷。注本有明代胡之驥《江文通集彙注》。

試望平原，蔓草縈骨，拱木斂魂❶。人生到此，天道寧❷論。於是僕本恨人❸，心驚不已，直念古者，伏❹恨而死。

【章　旨】以奇景起，蒼茫悲涼，「直念古者，伏恨而死」兩句，點出主題，總領下文。

【注　釋】❶試望平原三句　試，用；以。拱木，雙手合抱的大樹，語本《左傳·僖公三十二年》「中壽，爾墓之木拱矣」句。斂魂，語本〈蒿里歌〉「蒿里誰家地，聚斂魂魄無賢愚」。❷寧　疑問代詞，相當於「何」。❸於是僕本恨人　於是，表承接，辭賦中常用作更端之詞。恨人，失意抱恨之人。❹伏　守；保持，《楚辭·離騷》：「伏清白以死直兮。」

【語　譯】眺望平原，蔓草纏縈枯骨，大樹聚斂亡魂。人生莫不到此，天道有何可論。我本是抱恨之人，心中驚恐無法止息，直想著含恨而死的古人。

至如秦帝按劍❶，諸侯西馳。削平天下，同文共規❷。華山為城，紫淵為池❸。雄圖既溢❹，武力未畢❺。方架黿鼉以為梁❻，巡海右以送日❼。一旦魂斷，宮車晚出❽。若乃趙王既虜，遷於房陵❾。薄莫心動，昧旦神興❿。別豔姬與美女，喪金輿及玉乘⓫。置酒欲飲，悲來填膺。千秋萬歲，為怨難勝⓬。

【章　旨】以秦帝趙王為例，敘帝王列侯之恨。

【注　釋】❶至如秦帝按劍二句　秦帝，指秦始皇嬴政。按劍，以手撫劍，預示擊劍之勢。西馳，指諸侯向西奔走前去朝見。❷同文共規　《史記·秦始皇本紀》載秦始皇平滅六國後，「一法度、衡石、丈尺，車同軌，書同文字」。同文，統一文字。共規，統一法規。❸華山為城二句　賈誼〈過秦論〉：「踐華為城，因河為池。」華山，在今陝西東部。城，城牆。紫淵，河流名，司馬相如〈上林賦〉：「丹水更其南，紫淵徑其北。」池，護城河。❹雄圖既溢　指秦始皇滅六國、征百越、擊匈奴、拓西南等事。雄圖，遠大抱負，謝朓〈和伏武昌登孫權故城〉：「雄圖悵若茲。」溢，滿，陸機〈文賦〉：「文徽徽以溢目，音泠泠而盈耳。」❺武力未畢　或謂秦始皇修長城、築阿房事。武力，指軍事力量。❻方架黿鼉以為梁　或謂秦始皇求仙事。李善注引《竹書紀年》：「周穆王三十七年，征伐紂，大起九師，東至於九江，叱黿鼉以為梁。」黿鼉，大鱉與豬龍婆。❼巡海右以送日　謂秦始皇東巡事。海右，指東海以西地區。送日，送太陽西下。從東海和送日的地理位置看，本句有互文見義謂秦始皇遍巡海內的意思。❽宮車晚出　晚出，即晏駕，天子崩稱「宮車晏駕」，天子初崩，臣子猶謂宮車當出而晚，故稱。晚出二字又合秦始皇崩於巡途、秘不發喪事。❾若乃趙王既虜二句　秦滅趙，流趙王於房陵。房陵，今湖北房縣。❿薄莫心動二句　莫，「暮」的古字。昧旦，破曉，《詩·鄭風·女曰雞鳴》：「女曰雞鳴，士曰昧旦。」⓫別豔姬與美女二句　豔姬，美女。金輿、玉乘，指帝王所乘的車。⓬千秋萬歲二句　千秋萬歲，既形容歲月長久，亦用為死之婉辭，與「百年」相似，《史記·梁孝王世家褚少孫論》：「上與梁王燕飲，嘗從容言曰，千秋萬歲後傳於王。」勝，盡。

【語　譯】如秦皇手撫利劍，諸侯便奔走向西。削平六國一統天下，統一文字齊同法規。以華山為城，以紫淵為池。遠大抱負已經圓滿，軍事武力尚未完畢。正要構架黿鼉以為橋，巡視海右送落日。一下子魄散魂斷，宮車晚出。又如趙王已被俘虜，流放於房陵。黃昏時節，怦然心動，黎明時分，精神震驚。作別豔姬與美女，失去金輿和玉乘。擺酒欲飲，悲來填膺。千秋萬歲，怨恨難盡。

至於李君降北❶，名辱身寃❷，拔劍擊柱❸，弔影慚魂❹。情往上郡，心留雁門❺。裂帛繫書❻，誓還漢恩❼。朝露溘至，握手何言❽。若夫明妃去時❾，仰天太息❿。紫臺稍遠，關山無極⓫。搖風忽起，白日西匿⓬。隴雁少飛，代雲寡色⓭。望君王兮何期，終蕪絕兮異域⓮。

【章旨】以李陵、王昭君為例，敘名將美人之恨。

【注釋】❶至於李君降北　李君，指李陵。降北，指天漢二年（西元前九九年）李陵兵敗而降匈奴一事，見《史記・李將軍列傳》。❷名辱身寃　《漢書・李廣蘇建傳》載，陵提步卒不滿五千，抑數萬之師，虜悉舉引弓之民共攻圍之，轉鬥千里，矢盡道窮，雖古名將不過也，彼之不死，宜欲得當以報漢也，故謂之「身寃」。❸拔劍擊柱　形容憤懣感慨，《史記・劉敬叔孫通列傳》有「群臣飲酒爭功，醉或妄呼，拔劍擊柱」，鮑照〈擬行路難〉有「對案不能食，拔劍擊柱長歎息」。❹弔影慚魂　弔影，形容孤單無依，曹植〈上責躬詩表〉：「形影相弔，五情愧赧。」弔，慰問。慚魂，謂有愧於心，《晏子春秋・外篇》：「君子獨立不慚於影，獨寢不慚於魂。」❺情往上郡二句　謂李陵情牽於漢郡。上郡、雁門，俱漢郡名。❻裂帛繫書　用蘇武事，《漢書・李廣蘇建傳》載，蘇武被留於胡，使者詭單于謂天子射上林中得雁，足有繫帛書，言武等在荒澤中，武終得歸漢。❼誓還漢恩　《漢書・李廣蘇建傳》載，李陵送別蘇武云「令漢且貰陵罪，全其老母，使得奮大辱之積志，庶幾乎曹柯之盟，此陵宿昔之所不忘也。收族陵家，為世大戮，陵尚復何顧乎」，又作歌曰「徑萬里兮度沙幕，為君將兮奮匈奴。路窮絕兮矢刃摧，士眾滅兮名已聵」。❽朝露溘至二句　朝露，喻人生短暫，《樂府詩集・薤露》有「薤上露，何易晞。露晞明朝更復落，人死一去何時歸」，《漢書・李廣蘇建傳》載，李陵說蘇武降胡云「人生如朝露，何久自苦如此」。溘，忽然。握手，拉手以示離別時的不捨或有所囑託時的殷切，潘岳〈邢夫人誄〉：「臨命相決，交腕握手」。❾若夫明妃去時　指王昭君遠嫁匈奴、辭漢出塞事，見《漢書・元帝紀》。明妃，指王嬙，字昭君，後避司馬昭諱而改稱王明君，亦稱明妃。❿太息　歎息。⓫紫臺稍遠二句　紫臺，猶「紫宮」，帝后所居。稍，漸。關山，關隘山嶺。無極，無邊無際。⓬搖風忽起二句　搖風，飄搖之風，即大風。白日西匿，謂太陽西下，王粲〈登樓賦〉：「白日忽其西匿。」⓭隴雁少飛二句　隴，指今甘肅一帶。代，指今河北蔚縣一帶。⓮望君王兮何期二句　何期，謂何時。蕪絕，荒蕪斷絕。

【語　譯】至於李陵兵敗投降，聲名受辱，身含奇冤，憤懣感慨而拔劍擊柱，形影相弔而有愧於心。真情飛往上郡，心思留在雁門。撕裂衣帛繫上書信，立誓報答漢廷大恩。朝露忽然墜落，握手訣別又復何言。或像明妃離去之時，仰天歎息。皇宮紫臺漸行漸遠，關隘山川漫漫無極。暴風驟然刮起，白日向西隱匿。隴上之雁偶爾飛過，代地之雲慘淡無色。重見君王遙遙無期，最終枯絕於他鄉異域。

　　至乃敬通見抵❶，罷歸田里，閉關卻埽，塞門不仕❷。左對孺人，右顧稚子❸。脫略公卿，跌宕文史❹。齎志沒地，長懷無已❺。及夫中散下獄❻，神氣激揚。濁醪夕引，素琴晨張❼。秋日蕭索，浮雲無光。鬱青霞之奇意，入修夜之不暘❽。

【章　旨】以馮衍、嵇康為例，敘才士高人之恨。

【注　釋】❶敬通見抵　敬通，即東漢馮衍，字敬通。抵，排擠。❷罷歸田里三句　《後漢書・馮衍傳》：「帝懲西京外戚賓客，故皆以法繩之，大者抵死徙，其餘至貶黜。衍由此得罪，嘗自詣獄，有詔赦不問。西歸故郡，閉門自保，不敢復與親故通。」閉關卻埽，指關閉門閂，不再埽徑迎客。塞門，閉門。❸左對孺人二句　鮑照〈擬行路難〉有「弄兒床前戲，看婦機中織」句。孺人，舊時以稱妻子。❹脫略公卿二句　脫略，指輕慢。跌宕，指縱情。❺齎志沒地二句　齎，抱有；持有。沒地，人死埋葬於地下，借指壽終。長懷，悠思，劉向〈九歎・遠逝〉：「情慨慨而長懷兮，信上皇而質正。」❻及夫中散下獄　指嵇康因呂安事被誣下獄一事，見《晉書・嵇康列傳》。中散，指嵇康，字叔夜，竹林七賢之一，官至曹魏中散大夫，世稱嵇中散。❼濁醪夕引二句　嵇康〈與山巨源絕交書〉：「濁酒一杯，彈琴一曲，志願畢矣。」引，持取，《世說新語・言語》劉孝標注引《(孔) 融別傳》云：「融四歲，與兄食梨，輒引小者。」❽鬱青霞之奇意二句　鬱，阻滯；閉塞。青霞，即青雲，以喻高遠。修，長。暘，明亮。

【語　譯】再如馮衍被排擠，罷歸於田間鄉里，關閉門閂，不再埽徑，閉門鎖戶，不再出仕。向左面對妻室，向右回看幼子。輕慢公卿，縱情文史。懷抱志向長埋於地，悠悠情思不會止息。又如嵇康被捕下獄，神氣激昂飛揚。濁酒在夜晚持取，素琴於清晨開張。秋日氣象蕭索，浮雲暗淡無光。鬱結著青霞般高遠奇意，進入漫漫長夜再無亮光。

或有孤臣危涕，孽子墜心❶。遷客海上，流戍隴陰❷。此人但聞悲風汩起❸，血下沾衿❹。亦復含酸茹歎，銷落湮沈❺。若乃騎疊迹，車同軌❻，黃塵匝地，歌吹四起❼。無不煙斷火絕，閉骨泉裏❽。

已矣哉。春草莫兮秋風驚，秋風罷兮春草生❾。綺羅畢兮池館盡，琴瑟滅兮邱隴平❿。自古皆有死⓫，莫不飲恨而吞聲⓬。

【章　旨】此敘遷客戍人、榮華富家之恨，並以春秋循環、生命不永作結，如常山之蛇首尾呼應。

【注　釋】❶或有孤臣危涕二句　語本《孟子・盡心上》「獨孤臣孽子，其操心也危，其慮患也深」，李善注此句云：「心當云危，涕當云墜，江氏愛奇，故互文以見義。」孽子，庶子。❷遷客海上二句　海上，指湖邊，《漢書・李廣蘇建傳》云：「徙蘇武北海上無人處。」隴陰，指隴西，《史記・劉敬叔孫通列傳》：「劉敬者，齊人也，漢五年，戍隴西。」❸此人但聞悲風汩起　語本桓譚《新論・琴道》「若此人者，但聞飛鳥之號，秋風鳴條，則傷心矣」句。汩起，急起，左思〈吳都賦〉：「潮波汩起，回復萬里。」❹血下沾衿　《詩・小雅・雨無正》有「鼠思泣血，無言不疾」句，李善注引《尸子》有「曾子每讀〈喪禮〉，泣下沾襟」句，江淹造句，本參用兩書，「血」今本多作「泣」。❺亦復含酸茹歎二句　茹，吃。銷，溶化消解。湮，沉沒。❻若乃騎疊迹二句　疊迹，指車轍纍疊，形容眾多，左思〈吳都賦〉：「躍馬疊跡，朱輪累轍。」同軌，字面上語本《史記．秦始皇本紀》「車同軌，書同文字」句，實際上這裡指車軌疊加重複。❼黃塵匝地二句 鮑照〈蕪城賦〉有「塵閈撲地，歌吹沸天」句。匝，遍；滿。歌吹，歌唱吹奏。❽無不煙斷火絕二句 煙斷火絕，喻人之死，王充《論衡．論死》：「人之死，猶火之滅也，火滅而耀不照，人死而知不惠。」閉骨，埋葬屍骨。泉裏，黃泉裡面。❾春草莫兮秋風驚二句 「秋風罷」緊承「秋風驚」，「春草生」遠承「春草莫」，詩家謂之「迴鸞舞鳳格」。莫，「暮」的古字，指將盡。❿綺羅畢兮池館盡二句 謂萬事泯滅。桓譚《新論．琴道》記雍門周說琴聲如何讓人悲傷時說「天道不常盛，寒暑更進退，千秋萬歲之後，宗廟必不血食。高臺既以傾，曲池有已平，墳墓生荊棘，狐兔穴其中」，或是江淹所本。⓫自古皆有死 此《論語．顏淵》成句。⓬吞聲 指不出聲，引申為無聲哭泣，馬融〈長笛賦〉：「於時也，綿駒吞聲，伯牙毀絃。」

【語 譯】或有孤臣落淚，庶子驚心。遷徙客居於邊疆湖邊，流放戍守於塞上隴陰。如此之人，但聞悲風急起，便淚盡繼血，沾濕衣衿。他們也都心藏酸楚，而消散湮沒。又有富貴人家，車馬交錯，轍跡纍疊，黃塵遍地，歌聲四起。卻也無不煙斷火絕，埋葬屍骨於黃泉底裡。

算了吧。春草將盡呵秋風勁急，秋風停歇呵春草復生。綺羅終結呵池館消散，琴瑟毀滅呵墳墓夷平。自古以來都有一死，無不懷憾含恨又默默無聲。

【研 析】許槤評〈恨〉、〈別〉二賦「乃文通創格」，是指出二賦在「格」即文章法式上的獨創性。賦本有鋪陳的傳統，即使到六朝小賦，寫起景來，仍常常上下左右、東西南北、遠近高低，加以全面描繪，不過這類描寫往往是一點一物，並無統一的主題。而江淹則將類別相同而情感一致的景色或人物事例加以聯綴鋪敘，如其〈四時賦〉「測代序而饒感，知四時之足傷。若乃旭日始暖，蕙草可織……。至若炎雲峰起……。及夫秋風一至……。至於冬陰北邊」，即以「傷」的情感為綱，以四時之景為目。另如其〈麗色賦〉、〈待罪江南思北歸賦〉亦以麗色、憂情為綱，以四季分襯，這種寫法在賦史上是新穎的（晉李顒有〈悲四時賦〉，惜已殘缺，觀其題目及殘句，或與此同構）。

將「恨」作為描寫對象，辭賦作品中亦不鮮見，然多以一篇文章敘述一人一事之情，首尾一線穿起。或有作者將內涵一致的語句並列重複，以增加效果，這類句子多由兩句構成，如王粲〈登樓賦〉「鍾儀幽而楚奏，莊舄顯而越吟」，這與辭賦整飭化需求而形成的對句形式有關。少數也有兩句以上，如賈誼〈鵩鳥賦〉「貪夫殉財兮，烈士殉名，誇者死權兮，品庶每生」，就是四句並列成文。這些語群雖然也是將同類別的內容集中在一起，然而它們主要是簡單排比。

江淹寫〈恨賦〉卻不同，如寫李陵、王昭君，皆各用十句詳敘兩人的不幸遭遇和悲慨憾恨，並不是用句子一點了事，而是竭力渲染，使抒情充分到位。其特點概括起來是，首先集中同類別典實，然後對每則典實分別加以鋪敘，變簡單的句子排比為複雜的段落並列，變普通的事實羅列為細緻的抒情刻畫，從而形成抒情賦的類書化和敘事化。對文中的典實做抒情化地鋪敘，是對駢文對句框架和排比句形式的拓展，是寫法上的顯著變化，〈恨賦〉因此而顯得結構豐富充實，情致淋漓暢達，文辭搖漾多姿。以上應當是許槤所謂「創格」的主要含義。

江淹採用這種類書化的方式集中典實予以鋪敘，在後人的創作中也可以發現其餘響，最為直接的如李白、李東陽作〈擬恨賦〉，次則如喻良能相反相成，仿其格擬作〈喜賦〉，再如杜甫的「三吏」、「三別」其實也是同一法式，即在「吏」、「別」的主題下，對各種情境，作細緻而鋪陳地歌詠。

別賦

梁 江淹

【題解】世人一般以〈恨〉、〈別〉二賦為江淹吐露心曲的作品，而在〈恨賦〉中他亦自我宣告「僕本恨人」，不過其〈自序傳〉回憶貶在吳興時的情景，卻絕無這麼沉痛，文曰：「爰有碧水丹山，珍木靈草，皆淹平生所至愛，不覺行路之遠矣。山中無事，與道書為偶，乃悠然獨往，或日夕忘歸。放浪之際，頗著文章自娛。」不僅未見沉痛，甚至還有一點逍遙於山水草木琴書文章的喜悅。「自娛」一詞，作為夫子自道，必然有其可採納的成分。「著文章自娛」，不僅指吐露鬱積以消釋怨愁，更指通過寫作本身獲得消遣娛樂：事例的選擇類比，字詞的鍛鍊琢磨，音韻的高下排定，都能帶給作者遊戲的愉悅和成就的滿足。或許，「自娛」也正是江淹好奇求險而寫出「心折骨驚」這類詞句的原因吧。

黯然銷魂者❶，唯別而已矣。況秦吳兮絕國，復燕宋兮千里❷。或春苔兮始生，乍秋風兮蹔起❸。是以行子腸斷❹，百感淒惻。風蕭蕭而異響，雲漫漫而奇色❺。舟凝滯於水濱，車逶遲於山側。棹容與而詎前，馬寒鳴而不息❻。掩金觴而誰御，橫玉柱而霑軾❼。居人愁臥，怳若有亡❽。日下壁而沈彩，月上軒而飛光❾。見紅蘭之受露，望青楸之離霜❿。迴層楹而空揜，撫錦幕而虛涼⓫。知離夢之躑躅，意別魂之飛揚⓬。

【章 旨】「黯然銷魂」四字無限淒涼，為一篇之骨。繼以行子、居人光景，總體描摹。

【注 釋】❶黯然銷魂者 黯然，沮喪的樣子。銷，融化；消解。❷況秦吳兮絕國二句 謂秦國與吳國之間，燕國與宋國之間，路途遙遠，別恨必深。秦在今陝西一帶，吳在今江浙一帶，故云「絕國」。燕在今河北一帶，宋在今河南一帶，故云「千里」。❸或春苔兮始生二句 言春始秋初，時物感人，離愁最切。乍，恰；正。暫，剛剛；方才。❹是以行子腸斷 鮑照〈東門行〉有「野風吹林木，行子心腸斷」句。❺風蕭蕭而異響二句 謂行子悲傷，故風雲變色異響，杜甫〈春望〉「感時花濺淚，恨別鳥驚心」句意從此出而再進一步。風蕭蕭，《史記・刺客列傳》：「風蕭蕭兮易水寒，壯士一去兮不復還。」❻舟凝滯於水濱四句 謂舟車當進不進，寫行子惜別之情。凝滯，凝聚停滯，屈原《楚辭・九章・涉江》：「船容與而不進兮，淹回水而凝滯。」逶遲，徐行的樣子，謝莊〈宋孝武宣貴妃誄〉：「旌委鬱於飛飛，龍逶遲於步步。」容與，即猶豫，躊躇不前的樣子，屈原《楚辭・離騷》：「忽吾行此流沙兮，遵赤水而容與。」詎，表示否定，相當於「不」。❼掩金觴而誰御二句 謂對酒不能飲，對琴不忍聽。掩，取。御，進用；使用。玉柱，琴瑟繫弦之木，代指琴瑟之類的樂器。軾，車前橫木。❽居人愁臥二句 居人，在家裡的人，與前文「行子」相對。怳，失意的樣子，《楚辭・九歌・少司命》：「望美人兮未來，臨風怳兮浩歌。」❾日下壁而沈彩二句 謂日盡夜來。軒，屋簷。❿見紅蘭之受露二句 謂時在清秋。紅蘭，蘭的一種。楸，喬木，古代多植於路旁，潘岳〈懷舊賦〉：「巖巖雙表，列列行楸。」離，同「罹」。遭受。⓫巡層楹而空揜二句　謂人去樓空，孤枕帳涼。巡，行。楹，屋一列為一楹。揜，關門。⓬知離夢之躑躅二句　居人由自己相思之深，想行子之思我亦當離夢躑躅、別魂飛揚。躑躅，不進的樣子。意，揣測。飛揚，形容心神不安，李善注引曹植〈悲命賦〉有「哀魂靈之飛揚」，《後漢書・袁安傳》有「魂魄飛揚，形容已枯」。

【語譯】黯然銷魂的，只有離別而已。何況秦吳距離極遠，又燕宋相去千里。或春苔剛剛萌生，正秋風開始吹起。因此行人愁腸欲斷，百感淒惻。風蕭蕭而聲響不同，雲漫漫而色彩奇特。舟停滯於水濱，車徐行於山側。槳猶豫不前，馬悲鳴不息。取過酒杯而誰人能進，橫陳琴瑟卻淚下霑軾。居人憂傷偃臥，恍然若失。太陽從牆邊落下，收束光彩，月亮從屋簷升起，飛灑華光。見到紅蘭承受露珠，遠望青楸蒙上秋霜。漫步層疊高屋卻空掩，撫摸錦製帳幕而冰涼。知他離夢必依依不捨，料他別思定充滿心腸。

故別雖一緒，事乃萬族❶。至若龍馬銀鞍，朱軒繡軸❷，帳飲東都，送客金谷❸。琴羽張兮簫鼓陳，燕趙歌兮傷美人❹。珠與玉兮豔莫秋，羅與綺兮嬌上春❺。驚駟馬之仰秣，聳淵魚之赤鱗❻。造❼分手而銜涕，感寂寞而傷神。

【章　旨】先總提一筆，再寫富貴之別。

【注　釋】❶故別雖一緒二句　一緒，一種情緒。族，類別。❷至若龍馬銀鞍二句　寫行人及送別者車騎華美。龍馬，《周禮・夏官・廋人》：「馬八尺以上為龍。」軒，車的通稱。❸帳飲東都二句　用疏廣、石崇事譬富貴者之別。帳飲東都，《漢書・疏廣傳》載，疏廣年老乞歸，「公卿大夫故人邑子設祖道供帳於東都門外，送者車數百輛，辭決而去」。送客金谷，《晉書・石苞列傳》載，石崇拜太僕，出為征虜將軍，假節監徐州諸軍事，鎮下邳，「崇有別館在河陽之金谷，一名梓澤，送者傾都，帳飲於此焉」。❹琴羽張兮簫鼓陳二句　羽，五色羽毛，用來裝飾琴架。《詩・周頌・有瞽》：「設業設虡，崇牙樹羽。」孔穎達疏：「設其橫者之業，又設其植者之虡，其上刻為崇牙，因樹置五采之羽以為之飾。」張衡〈東京賦〉：「鼖鼓路鞀，樹羽幢幢。」《文選》李善注琴羽曰「琴之羽聲」，以為琴聲之細者，不確。簫鼓，簫和鼓，兩種樂器。漢武帝〈秋風辭〉：「簫鼓鳴兮發棹歌。」燕趙，古國名，燕趙之歌多慷慨悲壯。❺珠與玉兮豔莫秋二句　謂人華麗嬌豔，暮秋與上春互文而言。莫，「暮」的古字。上春，即孟春，指農曆正月。❻驚駟馬之仰秣二句　謂樂聲動人，《韓詩外傳》：「昔者瓠巴鼓瑟而潛魚出聽，伯牙鼓琴而六馬仰秣。」《淮南子・說山訓》：「伯牙鼓琴，駟馬仰秣。」駟馬，四馬一車，顯示乘者地位顯赫。仰秣，指馬昂起頭吃飼料。❼造　到。

【語　譯】所以離別的情緒只有一種，事因卻有千類萬族。如駿馬銀鞍，朱車彩軸，設帳於東都，送客於金谷。羽琴鋪開簫鼓橫陳，燕趙離歌感傷美人。珠玉豔於暮秋，羅綺嬌於孟春。駟馬受驚仰頭吃草，淵魚上浮露出紅鱗。至分手時無不含淚，倍感寂寞冷清傷神。

乃有劍客慙恩，少年報士❶。韓國趙廁，吳宮燕市❷，割慈忍愛，離邦去里❸。瀝泣共訣，抆血相視❹。驅征馬而不顧❺，見行塵之時起。方銜感於一劍，非買價於泉裏❻。金石震而色變❼，骨肉悲而心死❽。

【章　旨】寫刺客之別。

【注　釋】❶乃有劍客慚恩二句　劍客，精通劍術的任俠之士。慚恩，慚愧於知遇之恩。報士，報答卿士。❷韓國趙廁二句　列舉四刺客事。韓國，指聶政事，《史記・刺客列傳》載，嚴仲子事韓哀侯，與韓相俠累有仇，逃亡至齊，結納聶政，聶政感遇，至韓刺俠累。趙廁，指豫讓事，《史記・刺客列傳》載，豫讓事晉國智伯，後來智伯為趙襄子所滅，豫讓乃「變姓名為刑人，入宮塗廁」，挾匕首以刺趙襄子。吳宮，指專諸事，《史記・刺客列傳》載，吳公子光欲殺王僚，專諸藏匕首於魚腹，刺殺王僚。燕市，指荊軻事，《史記・刺客列傳》載，荊軻受遇於燕太子丹，丹命荊軻刺秦王，荊軻藏匕首於督亢地圖中以獻秦王，圖窮匕見，以刺秦王，事敗遇害。❸割慈忍愛二句　割慈，謂割斷父母恩慈。忍愛，謂抑制妻子愛意。里，指鄉里。❹瀝泣共訣二句　瀝泣，猶言「落淚」。訣，別。抆，擦拭。血，即淚盡而繼之以血之意，《詩・小雅・雨無正》：「鼠思泣血，無言不疾。」❺驅征馬而不顧　《史記・刺客列傳》：「於是荊軻就車而去，終已不顧。」❻方銜感於一劍二句　銜感，謂感知遇之恩。買價，謂換取名聲。泉裏，黃泉之下，死的意思。❼金石震而色變　用荊軻、武陽事，《史記・刺客列傳》有「至陛，秦舞陽色變振恐，群臣怪之」，李善注引《燕丹子》：「荊軻與武陽入秦，秦王陛戟而見燕使，鼓鍾並發，群臣皆呼萬歲，武陽大恐，面如死灰色。」金石，指鐘磬一類金石所製的樂器。❽骨肉悲而心死　用聶政事，《史記・刺客列傳》載，聶政刺俠累後，「自皮面抉眼」，韓人不知其名姓，聶政姐聶嫈「奈何畏歿身之誅，終滅賢弟之名」而識之，伏屍而哭，死政之旁。

【語譯】有劍客慚愧知遇，少年圖報卿士。聶政來到韓國，豫讓入趙塗廁，專諸進入吳宮，荊軻起於燕市，割棄父母恩慈，抑制妻子愛意，離開故國，告別鄉里。涕泣訣別，擦去血淚互相凝視。驅動征馬不再回頭，只見行塵時時揚起。想用致命一劍來報答恩情，非為換取聲名而埋骨泉裡。金石震鳴而驚恐色變，骨肉悲傷而腸斷心死。

或乃邊郡未和，負羽從軍。遼水無極，雁山參雲❶。閨中風暖，陌上草薰。日出天而曜景，露下地而騰文。鏡朱塵之照爛，襲青氣之煙熅❷。攀桃李兮不忍別，送愛子兮霑羅裙。至如一赴絕國，詎相見期❸。視喬木兮故里❹，決北梁兮永辭❺。左右兮魂動，親賓兮淚滋。可班荊兮贈恨，唯尊酒兮敘悲❻。值秋雁兮飛日，當白露兮下時。怨復怨兮遠山曲，去復去兮長河湄❼。

【章旨】寫從軍別及絕國別。從軍別單寫春，絕國別單寫秋，正可互見。

【注釋】❶或乃邊郡未和四句　謂從軍戍邊於極遠之地。羽，指羽箭。遼水，今遼河，貫遼寧入渤海。雁山，雁門山，在今山西。❷閨中風暖六句　寫春日離別之景。陌，路。薰，香。景，光。文，光彩。鏡，用作動詞，猶言「照」。照爛，猶「燦爛」。青氣，春天之氣。煙熅，猶「氤氳」，雲煙瀰漫的樣子。❸至如一赴絕國二句　語本桓譚《新論・琴道》「不若交歡而結愛，無怨而生離，遠赴絕國，無相見期」。絕國，遙遠之邦國。詎，表示否定，相當於「無」。❹視喬木兮故里　用王充《論衡・佚文》「望豐屋知名家，睹喬木知舊都」意。❺決北梁兮永辭　決，通「訣」。訣別。北梁，北邊的橋梁，借指送別之地，王褒〈九懷・陶壅〉：「濟江海兮蟬蛻，絕北梁兮永辭。」❻可班荊兮贈恨二句　《左傳・襄公二十六年》載，伍舉與聲子相善，伍舉將奔晉，聲子遇之於鄭郊，「班荊相與食，而言復故」，此二句用其意。班荊，布荊草於地而坐。尊，「樽」的古字。❼湄　水邊。

【語　譯】或者邊郡未得安和，身背羽箭從軍。遼河漫漫無極，雁山蒼蒼入雲。閨中暖風陣陣，路上草香薰人。太陽升騰於天閃耀光影，露珠凝結於地綻開花紋。照出紅塵之燦爛，承受青氣之氤氳。手攀桃李不忍離去，送別愛子淚沾羅裙。至如一赴遙遠異國，再無相見之期。凝視喬木呵就是故里，訣別北橋呵永不復歸。左右之人情思搖動，親戚朋友眼淚生滋。只能鋪草於地表贈別恨，唯有舉樽飲酒敘述傷悲。正值秋雁南飛之日，恰逢白露初降之時。怨上加怨呵目光窮盡於遠山之曲，走了還走呵那人消失在長河之湄。

又若君居淄右，妾家河陽❶，同瓊佩之晨照，共金鑪之夕香❷。君結綬兮千里，惜瑤草之徒芳❸。慙幽閨之琴瑟，晦高臺之流黃❹。春宮閟此青苔色，秋帳含茲明月光。夏簟清兮晝不莫，冬釭凝兮夜何長❺。

織錦曲兮泣已盡，迴文詩兮影獨傷❻。

【章　旨】寫伉儷之別。四時俱備，見行文之搖曳。

【注　釋】❶又若君居淄右二句　謂居相近。淄，淄水，出泰山萊蕪縣原山，在今山東省。河陽，黃河以北。❷同瓊佩之晨照二句　謂晨夕同作同息。瓊佩，玉珮。❸君結綬兮千里二句　謂遊宦分離。結綬，佩繫印綬，謂出仕為官。瑤草，香草，江淹〈從冠軍建平王登廬山香爐峰〉：「瑤草正翕艴，玉樹信葱青。」❹慙幽閨之琴瑟二句　謂琴瑟不奏、流黃晦暗，表愁思之深。流黃，黃色絲絹，此代指帷幕。❺春宮閟此青苔色四句　寫四季之相思。閟，閉門。簟，竹席。莫，「暮」的古字。釭，燈。❻織錦曲兮泣已盡二句　用蘇蕙織迴文詩事，《晉書・列女列傳》載，竇滔被徙流沙，其妻蘇蕙「織錦為迴文旋圖詩以贈滔，宛轉循環以讀之，詞甚淒惋」。

【語　譯】又像夫君住淄右，妾家在河陽，清晨一起欣賞瓊珮的玉光，傍晚共同享受金鑪的薰香。君結綬出仕遠至千里，可憐瑤草白白散出芬芳。幽閨琴瑟，不奏而心中慚愧，高臺流黃，常掩而顏色晦暗。春日庭院關閉了春苔碧色，秋日帷帳容納了明月潔光。夏日竹簟清冷，白晝不暮，冬日燈光凝結，漫漫夜長。織好詩錦泣涕已盡，寫畢迴文隻影獨傷。

儻有華陰上士，服食還仙❶。術既妙而猶學，道已寂而未傳。守丹竈而不顧，鍊金鼎而方堅❷。駕鶴上漢，驂鸞騰天❸。蹔遊萬里，少別千年❹。惟世間兮重別，謝主人兮依然❺。

【章　旨】寫方外之別，為遊仙增添世俗之離情。

【注　釋】❶儻有華陰上士二句　上士，此指修道高士。服食，指道家服用丹藥。還，通「營」。謀求，《荀子・君道》「不還秩，不反君」，王念孫《讀書雜志》：「還讀為營，言不營私不叛君也，營與還古同聲而通用。」❷術既妙而猶學四句　謂上士一心向道。寂，道家虛靜的狀態，嵇康〈養生論〉：「曠然無憂患，寂然無思慮。」傳，極；最，《呂氏春秋・順民》：「用祈福於上帝，民乃甚說，雨乃大至，則湯達乎鬼神之化人事之傳也。」丹竈，煉丹之灶。金鼎，煉丹用具。堅，謂態度堅決。❸駕鶴上漢二句　謂得飛升。駕鶴，劉向《列仙傳・王子喬》載，王子喬從浮丘公學道，三十餘年後，人見其乘白鶴駐緱氏山巔，數日而去，後以「駕鶴」指得道成仙。漢，銀河；天漢。驂，騎。鸞，與鶴同為仙人坐騎，湯惠休〈楚明妃曲〉有「驂駕鸞鶴，往來仙靈」。❹蹔遊萬里二句　鮑照〈代升天行〉：「蹔遊越萬里，少別數千齡。」蹔，同「暫」。短時間。❺惟世間兮重別二句　謂上士得道升天之際，他周圍的人惜別依依。世間，指上士的家人朋友。主人，指上士。依然，依戀不捨的樣子。

【語　譯】或有華陰修道高士，服丹食藥謀求成仙。方術精妙仍孜孜以學，道入虛靜而未至頂巔。守著丹灶不顧其他，勤煉金鼎心意彌堅。駕鶴上霄漢，騎鸞騰青天。短遊而至萬里，稍別已是千年。只是世間凡人仍重離別，前來辭謝主人依依流連。

下有芍藥之詩，佳人之謌❶，桑中衛女，上宮陳娥❷。春草碧色，春水綠波，送君南浦❸，傷如之何。至乃秋露如珠，秋月如珪❹，明月白露，光陰往來。與子之別，思心徘徊。

【章旨】寫戀人之別，以春秋兩季之景烘托之。

【注釋】❶下有芍藥之詩二句　以〈溱洧〉與李延年歌寫男女相戀。下有，相當於「接下去又有」，承上文「儻有」而來。芍藥之詩，指《詩·鄭風·溱洧》，中有「維士與女，伊其相謔，贈之以勺藥」句，《毛傳》：「勺藥，香草。」鄭箋：「其別則女送以勺藥，結恩情也。」，崔豹《古今注》載，牛亨問曰：「將離別，相贈以芍藥者何？」答曰：「芍藥一名可離，故將別以贈之。」佳人之謌，指李延年歌「北方有佳人，絕世而獨立」。謌，「歌」的異體字。❷桑中衛女二句　《詩·鄘風·桑中》有「期我乎桑中，要我乎上宮，送我乎淇之上矣」句，〈鄘風〉實際上多為衛地歌詩，此詩中地名均為衛地。衛、陳，周諸侯國名，衛在今河南北部和河北南部一帶，陳在今河南東南部和安徽北部一帶。❸送君南浦　《楚辭·九歌·河伯》「子交手兮東行，送美人兮南浦」，後世便用「南浦」來泛指送別之地。❹珪　瑞玉。

【語譯】其次又有芍藥之詩，佳人之歌，桑中的衛國女子，上宮的陳國嬌娥。春草綻碧色，春水泛綠波，送君於南浦，悲傷如之何。或者秋露如玉珠，秋月如潔珪，明月照著白露，光陰去了又來。和你分別之後，思心回環徘徊。

是以別方❶不定，別理千名，有別必怨，有怨必盈，使人意奪神駭，心折骨驚❷。雖淵雲之墨妙，嚴樂之筆精，金閨之諸彥，蘭臺之群英，賦有凌雲之稱，辯有雕龍之聲，誰能摹暫離之狀，寫永訣之情者乎❸。

【章　旨】總結全文，並說生花妙筆也不能寫盡別情。

【注　釋】❶方　種類。❷使人意奪神駭二句　謂心神震動，即「意駭神奪，骨折心驚」，亦互文見義，以見奇崛。❸雖淵雲之墨妙八句　羅列辭賦文章之士，謂其大才也不能寫盡別情。淵雲，指王褒（字子淵）和揚雄（字子雲），兩人是漢代著名辭賦家。嚴樂，指嚴安和徐樂，兩人是漢代有名文章家。金閨，指金馬門，漢官署名，為著作之庭。彥，有才學者。蘭臺，是漢代宮中藏書處，後設有蘭臺令史，掌圖書典籍。凌雲，《史記・司馬相如列傳》載，「相如既奏〈大人之頌〉，天子大說，飄飄有凌雲之氣，似游天地間」。雕龍，《史記・孟子荀卿列傳》載，騶衍之術迂大閎辯，騶奭文具難施，齊人稱之為「談天衍，雕龍奭」。

【語　譯】所以別的類型多樣不一，別的理由百種千名，有別必然有怨，有怨必定滿盈，使人魂飛魄散，心神震驚。即使王褒揚雄之妙於文，嚴安徐樂之精於筆，金閨各位俊彥，蘭臺眾多才英，作賦有凌雲之稱，口辯有雕龍之聲，誰又能摹寫暫離的模樣，描繪永別的情意呢。

【研　析】〈恨〉、〈別〉二賦，描寫的情感普遍而感人，隱然成為江淹眾賦的統帥，其他辭賦環繞周圍，猶如眾星之拱北辰。如〈去故鄉賦〉可看成〈別賦〉的子枝，〈倡婦自悲賦〉是〈恨賦〉之傍出者，〈待罪江南思北歸賦〉「願歸靈於上國」即〈恨賦〉「遷客海上，流戍隴陰」的心願，〈哀千里賦〉「徒望悲其何極，銘此恨於黃泉」正是〈恨賦〉「自古皆有死，莫不飲恨而吞聲」的翻版。〈青苔賦〉「頓死豔氣於一旦，埋玉玦於窮泉，寂兮如何，苔積網羅，視青蘼之杳杳，痛百代兮恨多」，則兼〈別賦〉「春宮閟此青苔色」與〈恨賦〉「閉骨泉裏」。〈泣賦〉「若夫齊景牛山，荊卿燕市，孟嘗聞琴，馬卿廢史，少卿悼躬，夷甫傷子」，「少卿」又見〈恨賦〉「李君降北，……弔影慚魂」，餘人亦均可入〈恨賦〉。後人寫恨、別情感，也不能出江淹之藩籬，如辛棄疾〈賀新郎‧別茂嘉十二弟〉「馬上琵琶關塞黑，更長門，翠輦辭金闕。看燕燕，送歸妾。將軍百戰身名裂。向河梁，回頭萬里，故人長絕。易水蕭蕭西風冷，滿座衣冠似雪，正壯士，悲歌未徹」，馬上琵琶，說的正是明妃；將軍百戰，說的就是李陵；易水蕭蕭，說的正是荊軻。只不過辛棄疾的詞作體裁相異，加上作者的切身感慨，後出轉精，刻畫更見沉痛。

昭明太子《文選》兼採〈恨〉、〈別〉，遂爾膾炙眾口，而二賦間軒輊俯仰的分析，亦千年不斷。陶元藻便認為〈別賦〉遠勝〈恨賦〉，以為〈別賦〉分別門類，摹其情與事，而不實指其人，言簡而該，味深而永。〈恨賦〉則使用「實名制」，容易招來選材不當的批評，「掛漏之譏，固難免矣」，並認為「恨」的情感，應當起於「宜獲吉而反受其殃，事應有成而竟遭其敗」，而非揣摩一己之私，遂其欲則忻忻，不遂其欲則怏怏也。浦起龍《古文眉詮》亦錄〈別賦〉而黜〈恨賦〉，以為「寫恨如蠶死蠟灰，無還境矣」，而寫別則能「行者居者，別時別後，八面淒其」。我們品味「黯然銷魂者，唯別而已矣」的凝練，「閨中風暖，陌上草薰」、「春草碧色，春水綠波」、「秋露如珠，秋月如珪」的渲染，「驅征馬而不顧，見行塵之時起」的細緻，「視喬木兮故里，決北梁兮永辭」的沉痛，「同瓊佩之晨照，共金鑪之夕香」的反襯，是否也會認同浦起龍的判斷呢。不過〈別賦〉「方外別」一節，寫遊仙多過別離，乾癟偏枯，未能以情動人，似乎與其他眾別無法媲美，也算是白璧微瑕了。

麗人賦

梁　沈約

【題　解】描寫男女歡愛的作品，歷來並不少見，如《詩・召南・野有死麕》「舒而脫脫兮，無感我帨兮，無使尨也吠」、《詩・齊風・東方之日》「東方之日兮，彼姝者子，在我室兮，在我室兮，履我即兮」等，至漢有張衡〈同聲歌〉「衣解巾粉御，列圖陳枕張。素女為我師，儀態盈萬方」等，而蔡邕〈協和婚賦〉「粉黛弛落，髮亂釵脫」，被錢鍾書批為「淫褻文字始作俑者」、「釵脫景象，尤成後世綺豔詩詞常套」。六朝此風更盛，名〈神女〉、〈麗色〉、〈鴛鴦〉者多有情色內容，名〈靜情〉、〈止欲〉、〈閒情〉亦是如此。沈約此賦，也寫綺豔，而能著眼於來前事後的神情細節，突破常套，渲染烘托，曲盡意態，不涉淫褻，而別有風致。

【作　者】沈約（西元四四一—五一三年），字休文，吳興武康（今浙江德清）人。年十三喪父，二十餘起家宋奉朝請。入齊特為蕭長懋親遇。永明五年（西元四八七年），蕭子良集眾學士抄五經百家，沈約與蕭衍等並遊其門下，號「八友」。齊末擁蕭衍登帝位，並草擬詔書。入梁後，「久處端揆，有志臺司，論者咸謂為宜，而帝終不用，而求外出，又不見許」，終憂懼而死。《梁書·沈約列傳》說他乘時借勢，昧於榮利，博物洽聞，為一代之英偉、詩文之領袖。開創永明體，認為詩歌當「宮羽相變，低昂舛節」，提出「四聲八病」說，主張直舉胸情，不旁詩史，輸寫便利，圓美流轉。文章主張易見事、易識字、易讀誦。撰《四聲譜》，自謂入神之作，詩文有《沈隱侯集》輯本二卷。

有客弱冠❶未仕❷，締交戚里❸，馳騖❹王室，遨遊許史❺。歸而稱曰：狹邪才女，銅街麗人❻。亭亭似月，嬿婉如春❼。凝情待價❽，思尚衣巾❾。芳逾散麝❿，色茂開蓮⓫。陸離羽佩，襍錯花鈿⓬。響羅衣而不進，隱明鐙而未前。中步檐而一息，順長廊而迴歸。池翻荷而納影，風動竹而吹衣⓭。薄莫延佇，宵分乃至⓮。出闇⓯入光，含羞隱媚。垂羅曳錦，鳴瑤動翠⓰。來脫薄妝，去留餘膩⓱。霑粉委露⓲，理鬢清渠。落花入領，微風動裾。

【注釋】❶弱冠　古代稱男子二十左右為弱冠，《禮記·曲禮上》「二十曰弱，冠」，指二十成人，初加冠，然體猶未壯，故曰弱。❷仕，出仕做官。❸締交戚里　締，結合；連結。戚里，帝王外戚聚居的地方。❹馳騖　奔走；奔競，《史記・李斯列傳》：「此布衣馳騖之時而游說者之秋也。」❺許史　許指漢宣帝封許皇后祖父廣漢為平恩侯，史指宣帝封其兄子高為樂陵侯，見《漢書・外戚傳》，此泛指豪門貴族。❻狹邪才女二句　謂有富家美人。狹邪，即狹斜，指小街深巷，漢時多為富貴所居，以避喧囂，漢樂府有〈長安有狹斜行〉。銅街，即銅駝街，在洛陽，俗語云「金馬門外集群賢，銅駝街上集少年」。❼亭亭似月二句　寫其美。亭亭，高潔的樣子。嬿婉，美好柔順的樣子。❽待價　喻待人賞識，語本《論語・子罕》夫子言「沽之哉，沽之哉，我待賈者也」。❾思尚衣巾　喻情有獨鍾，語本《詩・鄭風・出其東門》「出其東門，有女如雲。雖則如雲，匪我思存。縞衣綦巾，聊樂我員」。❿芳逾散麝　寫其香。劉緩〈敬酬劉長史詠名士悅傾城〉寫美人「遙見疑花發，聞香知異春」。⓫色茂開蓮　寫其美。《西京雜記》有「文君姣好，眉色如望遠山，臉際常如芙蓉」，蕭繹〈采蓮曲〉有「蓮花亂臉色」。⓬陸離羽佩二句　寫佩飾之美。陸離，參差的樣子，《楚辭・九歌》「玉佩兮陸離」。羽佩，指佩飾以翠鳥羽毛裝飾。花鈿，用金翠珠寶製成的花形首飾。⓭響羅衣而不進六句　寫其行進之美。響羅衣二句，可參看蕭衍〈子夜歌〉「恃愛如欲進，含羞未肯前」句。隱明鐙，熄滅燈燭。步檐，即長廊，言其下可行步。迴歸，謂消失於長廊遠處，與上句「一息」相對而言，有本「迴」作「迴」，誤。歸，即《易》「天下同歸」、「萬物之所歸」之「歸」，謂歸藏也。⓮薄莫延佇二句　薄，近。莫，「暮」的古字。延佇，引頸企立，陶潛〈停雲〉有「良朋悠邈，搔首延佇」。宵分，謂夜半。⓯闇　通「暗」。幽暗。⓰垂羅曳錦二句　寫步態婀娜搖曳。⓱來脫薄妝二句　脫薄妝，謂薄裝稱身，語本宋玉〈神女賦〉「嫷被服，侻薄裝」。脫，通「侻」。相宜。妝，通「裝」。衣裝。膩，謂脂粉。⓲委露　指凝結於花葉的露水。

【語　譯】有旅居之人弱冠而未仕，結交外戚，奔競王室，交遊貴族。歸來稱說道：長安深巷中的才女，洛陽銅街上的麗人。亭亭玉立，高潔似月，委婉柔順，美好如春。情意專一，待人賞識，青青子衿，悠悠我心。思緒傾注，只在一人。芳氣超過散開的香麝，臉色豔於綻放的紅蓮。陸離的翠羽佩飾，雜錯的花形金鈿。羅衣聲響而不復再進，熄滅燭光卻未肯近前。過道當中稍作休息，順著長廊消失不見。荷葉翻舉，池中容納倩影，篁竹搖擺，清風吹拂羅衣。日暮引頸企立，夜半姍姍而至。步出幽暗走入亮光，微含羞澀藏著嬌媚。低垂的羅衣，搖曳的絲錦，丁當作響的瑤簪，微微晃動的羽翠。來時薄裝稱身，去後殘留粉脂。沾水補粉，使用花露之珠，整理雲鬢，對著似鏡清渠。落花飄入衣領，微風吹動裙裾。

【研　析】本賦描繪的，應當是某弱冠之客與麗人的幽會。長安狹斜、洛陽銅駝街，點明其場所之高檔豪華。如月似春，是其初遇之總體印象。初遇之後，男子被吸引，進而做了細緻觀察，於是寫其香、色、佩飾。「隱明鐙而未前」的「隱」字，是「熄滅」的意思，如後來南朝陳徐陵〈烏棲曲〉「繡帳羅幃隱燈燭，一夜千年尤不足」、清蒲松齡《聊齋志異・人妖》「田便燃燭展衾，讓女先上床，己亦脫衣隱燭」等，還見使用。

麗人踟躕而不進，燭滅卻不前，雖然也曾步檐一息，似乎給男子以希望，猶如「欲去復回身」，但終究漸行漸遠，消失於長廊盡頭，只剩下男子顒望歎息的身影。然而男子並不放棄，他繼續跟著麗人：風荷翻舉，似乎只是為了容納麗人的倩影，叢竹搖擺，似乎只是為了吹動麗人的羅衣。他得到機會，與麗人相期。麗人終於從暗處步入聚光燈下，含著羞意，更顯嬌媚，步態妖嬈，婀娜多姿。然後歡愛事盡，晨起補妝理鬢，男子仍興致盎然地看著麗人：視線隨著落花進入鬆開的衣領，微風帶著情意吹開輕薄的裙裾。

如何使這類作品成為審美之文學而非下流的文字呢？其「金線」應當在於，描寫的文字，應當是側面描寫以引起聯想和想像進而引發審美過程，而非直接記錄以引起肉慾和淫思進而引發罪惡心理。這也許是「情色」區別於「色情」的特徵，也是「宮體」之所以為「文學」的標誌。

像本賦「落花入領，微風動裾」一樣，不直露，不說盡，如繪「蛙聲十里圖」，只寫蝌蚪四五隨水搖曳，無蛙而蛙聲可想；如繪「古寺深林圖」，只寫一僧擔水曲徑高山，無寺而寺深可知。場面不由文字直接呈現，而賴於讀者的想像和補充。比如「落花入領」，既是作者的視線，也自然帶著讀者的視線，走向文字本身未呈現的內容，美於「皓體呈露」、「玉體映羅裳」、「雪胸鸞鏡裏」的直露。比如「微風動裾」，作者的情欲寄託於清風，就美於「一雙金齒履，兩足白如霜」。即使同是寫裙裾，本句也優於沈約自己的「裾開見玉趾，衫薄映凝膚」的直白。另外如一樣寫事後的脂粉鬢髮，本賦先寫事前「垂羅曳錦，鳴瑤動翠」、「來脫薄妝」，而事後只一句極其簡略但有意味的「去留餘膩」，接下去便寫梳妝時「霑粉委露，理鬢清渠」，留白充分，又具有健康朝氣的建設感，當然也就美於「蘭麝細香聞喘息」的粗魯，也美於蔡邕「粉黛弛落，髮亂釵脫」的髒亂。唐長沙窯瓷枕有詩曰「熟練輕容軟似綿，短衫披帛不綝纏。蕭郎惡臥衣裳亂，往往天明在花前」，從事前的衫帛整齊，到事後的「衣裳亂」，似乎與「髮亂釵脫」類似而俗氣。但這裡「衣裳亂」的主角，卻改成了男性的「蕭郎」，便降低了情色意味。而蕭郎擁有「惡臥」即睡姿不好這一孩子式的姿態，我們彷彿能於此感受到女性觀察者既氣又愛的眼神，和蕩漾著的母性光輝，這足以使該瓷枕詩成為情詩中別有新意的一首了。

小園賦

北周 庾信

【題解】本賦當作於庾信入北之初，其時庾信仕途不顯，生活窘迫，甚至衣食也成問題，遠非所謂「位望通顯」的境地。本賦描寫的小園景色，以及避世情趣、鄉關之思、憂生之嗟、仕北之辱等循環交錯的複雜情感，需要基於這樣的背景，才能得到正確的理解。

【作者】庾信（西元五一三—五八一年），字子山，小字蘭成，南陽新野（今河南新野）人。家「七世舉秀才」、「五代有文集」，庾信「幼而俊邁，聰敏絕倫」，自幼隨父庾肩吾出入宮廷，後與徐陵一起任東宮學士，成為宮體文學的代表作家，並稱「徐庾」。侯景之亂，庾信奔江陵，梁元帝承聖三年（西元五五四年）四月，奉命使北，當年十一月西魏進犯江陵，元帝遇害，庾信被留在北方。北周代魏後，遷為驃騎大將軍、開府儀同三司，故世稱「庾開府」。入北後，為文重以飄泊之感，調以清健之音，沉鬱頓挫，蒼涼勁健，「窮南北之勝」。其駢文整麗而疏蕩，組織而流美，勁峭而綺錯，上承漢魏辭賦，下啟唐宋四六，影響極大。明刊詩文合編本主要有《庾子山集》、《庾開府集》，清代吳兆宜《庾開府集箋注》、倪璠《庾子山集集注》兩家注本，影響最大。

若夫一枝之上，巢父得安巢之所❶，一壺之中，壺公有容身之地❷。

況乎管寧藜牀，雖穿而可坐❸，嵇康鍛竈，既煗而堪眠❹。豈必連闥洞房，南陽樊重之第❺，綠墀青瑣，西漢王根之宅❻。余有數畝弊廬，寂寞人外，聊以擬伏臘❼，聊以避風霜。雖復晏嬰近市，不求朝夕之利❽，潘岳面城，且適閒居之樂❾。況乃黃鶴戒露，非有意於輪軒❿，爰居避風，本無情於鐘鼓⓫。陸機則兄弟同居⓬，韓康則舅甥不別⓭。蝸角蚊睫⓮，又足相容者也。

【章旨】本段概括全賦大意，一云園小而可安，再云己無意仕祿。

【注釋】❶若夫一枝之上二句　一枝，《莊子・逍遙遊》：「鷦鷯巢於深林，不過一枝。」巢父，王符《潛夫論・交際》：「巢父木棲而自願。」皇甫謐《高士傳》：「巢父者，堯時隱人也，山居不營世利，年老以樹為巢而寢其上，故時人號曰巢父。」❷一壺之中二句　《後漢書・方術傳》：「市中有老翁賣藥，縣一壺於肆頭，及市罷，輒跳入壺中。」葛洪《神仙傳》：「壺公常懸一壺空屋上，日入之後，公跳入壺中。」❸況乎管寧藜牀二句　《高士傳》載，管寧「常坐一木榻，積五十年未嘗箕踞，榻上當膝皆穿」。藜牀，藜莖編的床榻。坐，古人跪坐，臀部落於腳後跟，雙膝著地，故榻可穿。❹嵇康鍛竈二句　《晉書》本傳載嵇康「性絕巧而好鍛，宅中有一柳樹甚茂，乃激水圜之，每夏月，居其下以鍛」。鍛竈，打鐵所用爐灶。❺豈必連闥洞房二句　《後漢書・樊宏傳》載，樊重「所起廬舍，皆有重堂高閣，陂渠灌注」。闥，門。洞房，連接相通的房間。第，宅第。❻綠墀青瑣二句　《漢書・元后傳》載，王莽的叔父曲陽侯王根住宅華美，「驕奢僭上，赤墀青瑣」。綠墀，以綠色塗飾地面。青瑣，以青色塗飾連環紋，是天子的規格。❼擬伏臘　謂在此準備伏臘二祭，潘岳〈閒居賦序〉：「牧羊酤酪，以俟伏臘之費。」擬，預備，《齊民要術・收種》：「至春，治取別種，以擬別年種子。」伏臘，古代兩種祭祀的名稱，伏在夏季伏日，臘在農曆十二月。❽雖復晏嬰近市二句　《左傳・昭公三年》載齊景公因晏嬰宅近街市，想給他換個住處，晏嬰以「小人近市，朝夕得所求，小人之利也」辭謝，此處謂雖近而不求利。❾潘岳面城二句　潘岳〈閒居賦〉：「陪京泝伊，面郊後市。」適，安享。❿況乃黃鶴戒露二句　喻己因文得名，非有意於祿位。周處《風土記》有「鳴鶴戒露」，《左傳・閔公二年》有「衛懿公好鶴，鶴有乘軒者」。輪軒，供顯貴乘的輕便車，喻祿位。⓫爰居避風二句　喻己避身魏周，本無情於仕途。《國語・魯語》載，有叫爰居的海鳥止於魯東門之外三日，臧文仲命國人祭之，展禽云「今茲海其有災乎，夫廣川之鳥獸，皆知辟其災」。鐘鼓，祭祀用禮樂器。⓬陸機則兄弟同居　《世說新語・賞譽》載陸機兄弟吳亡後在洛陽，「住參佐廨中三間瓦屋，士龍住東頭，士衡住西頭」。⓭韓康則舅甥不別　《晉書・殷浩列傳》載，韓伯字康伯，為舅殷浩愛賞，殷浩北伐失敗，「隨至徙所，經歲還都，浩送至渚側」。此處引陸機韓伯事，皆其羈旅時，扣合庾信處境。⓮蝸角蟁睫　喻小。蝸角，《莊子・則陽》：「有國於蝸之左角曰觸氏，有國於蝸之右角曰蠻氏，相與爭地而戰，伏屍百萬。」蟁睫，《晏子春秋・外篇》：「東海有蟲巢於蚊睫，飛乳去來而蚊不為驚。」

【語譯】一枝之上，巢父得到了安巢的場所，一壺之中，壺公擁有了容身之天地。況且管寧的藜莖床榻，雖磨穿而可跪坐，嵇康的鍛鐵爐灶，既溫暖便足安眠。何須連門接房，如南陽樊重之府第，綠地青紋，像西漢王根之住宅。我有幾畝破屋，偏僻寂寞，在人世之外，聊以預備伏臘之祭，聊以躲避風霜之寒。雖然晏嬰住所近於集市，卻不求朝夕的便利，潘岳住所面對都城，且安享閒居的歡樂。何況黃鶴高鳴於露降之時，非有意於乘坐輪軒，爰居避風而至於此地，本無心來享受鐘鼓。陸機則兄弟同一居所，韓伯則舅甥不相別居。蝸角蚊睫，是足以容納人的場所呢。

爾乃窟室徘徊，聊同鑿坏❶。桐間露落，柳下風來。琴號珠柱，書名〈玉杯〉❷。有棠梨而無館，足酸棗而非臺❸。猶得敧側八九丈，縱橫數十步，榆柳兩三行，梨桃百餘樹❹。撥蒙密兮見窗，行敧斜兮得路❺。蟬有翳兮不驚，雉無羅兮何懼❻。草樹混淆，枝格相交。山為簣覆，地有堂坳❼。藏狸並窟，乳鵲重巢。連珠細菌，長柄寒匏❽。可以療饑，可以棲遲❾。敧嶇兮狹室，穿漏兮茅茨。檐直倚而妨帽，戶平行而礙眉❿。坐帳無鶴，支牀有龜⓫。鳥多閒暇，花隨四時。心則歷陵枯木⓬，髮則睢陽亂絲⓭。非夏日而可畏⓮，異秋天而可悲⓯。

【章旨】寫園小室狹，草木繁茂，結以己之悲情。

【注釋】❶爾乃窟室徘徊二句　言己有意享樂，無心政事。窟室，地下室，《左傳・襄公三十年》有「鄭伯有耆酒，為窟室而夜飲酒，擊鐘焉，朝至未已」句，後以稱暢飲歡娛之所。徘徊，安然徐行。鑿坏，《淮南子・齊俗訓》載，春秋時，魯國有賢士顏闔，「魯君欲相見而不肯，使人以幣先焉，鑿坏而遁之」，後以稱隱遁。坏，通「阡」。牆壁。❷琴號珠柱二句　謂己有琴書相伴。珠柱，琴柱以明珠為飾。玉杯，董仲舒《春秋繁露》中的篇名。❸有棠梨而無館二句　謂園中有棠梨酸棗之樹棘，而無棠梨酸棗之館臺。棠梨，即野梨，亦漢宮名，司馬相如〈上林賦〉：「下棠梨，息宜春。」酸棗，即棘，亦縣名，《水經注》：「酸棗縣城西有韓王望氣臺。」❹猶得欹側八九丈四句　寫園之大小及樹木繁多。欹側，歪斜。❺撥蒙密兮見窗二句　寫草木繁茂，道路欹斜。蒙密，茂密。❻蟬有翳兮不驚二句　寫動物自由自在，《莊子・山木》：「蟬方得美蔭而忘其身。」翳，蔭蔽。羅，捕鳥的網，《詩・王風・兔爰》：「雉離于羅。」❼山為簣覆二句　寫山小而地不平。簣覆，語本《論語・子罕》「譬如為山，未成一簣，止，吾止也」句。簣，土筐。堂坳，堂的低處，泛指低窪之處，《莊子・逍遙遊》：「覆杯水於坳堂之上，則芥為之舟。」❽藏貍並窟四句　寫動植物繁盛，「並窟」、「重巢」亦見園小。連珠，謂相連如串珠，《抱朴子・內篇・仙藥》：「珠芝，其花黃，其葉赤，其實如李而紫色，二十四枚輒相連而垂如貫珠也。」菌，傘菌一類的植物。長柄寒匏，劉義慶《世說新語・任誕》載陸機初入洛，拜訪劉道真，劉唯問「東吳有長柄壺盧，卿得種來不」，亦扣合東吳故地。匏，葫蘆的一種。❾可以療饑二句　語本《詩・陳風・衡門》「衡門之下，可以棲遲，泌之洋洋，可以樂饑」句。棲遲，遊息。❿敧嶇兮狹室四句　寫茅屋矮小簡陋。敧嶇，即崎嶇，高低不平。茅茨，茅草屋頂。直倚，有直有斜。平行，與人等高。⓫坐帳無鶴二句　坐帳無鶴，言己無仙術可歸建業，《神仙傳》載，三國時吳人介象，死於武昌，歸葬建業，死後「常有白鶴來集座上」。支床有龜，言己久滯長安，如龜終老不能動，《史記・龜策列傳》：「南方老人用龜支牀足，行二十餘歲，老人死，移牀，龜尚生不死。」⓬心則歷陵枯木　應劭《漢官儀》有「豫章郡樹生庭中，故以名郡矣，此樹嘗中枯，逮晉永嘉中，一旦更茂，豐蔚如初」，此反用之，寫自己心如枯木，永不再發。歷陵，縣名，漢屬豫章郡，今江西九江市東。⓭髮則睢陽亂絲　《呂氏春秋》載墨翟嘗「見染素絲者而歎」。睢陽，宋國地名，墨子故鄉。⓮非夏日而可畏　謂四時皆可畏，語本《左傳・文公七年》杜預注「冬日可愛，夏日可畏」句。⓯異秋天而可悲　謂四時皆堪悲，語本宋玉《楚辭・九辯》「悲哉秋之為氣也」句。

【語　譯】於是安行享樂於地室之內，權當是為逃跑而鑿破牆阫。桐間清露滴落，柳下微風徐來。琴稱作珠柱，書名是〈玉杯〉。有棠梨樹而無棠梨之館，多酸棗棘而非酸棗之臺。有地斜量八九丈，縱橫數十步，榆柳兩三行，梨桃百餘樹。撥開茂密枝葉看見了窗，行於欹斜林中找到了路。蟬有蔭蔽便不驚，雉無羅網又何懼。雜草樹木混淆叢生，短枝長條錯落相交。山似筐土堆成，地有不平低凹。隱藏的狸貓在並排的洞穴，初乳的喜鵲在重疊的鳥巢。連珠一般的細密傘菌，莖柄修長的秋日瓠匏。可以充飢，可以遊息。崎嶇不平的狹窄內室，穿風漏雨的茅草屋頂。房檐有直有斜遮擋帽子，門戶與人同高妨礙揚眉。座位帷帳並無仙鶴，支撐床腳猶有老龜。群鳥遊戲似多閒暇，眾花綻開依照四時。心似歷陵的枯木，髮如睢陽的亂絲。不是夏日而可畏，不是秋天也堪悲。

一寸二寸之魚，三竿兩竿之竹。雲氣蔭於叢蓍❶，金精養於秋菊❷。棗酸梨酢，桃榹李薁❸。落葉半牀，狂花❹滿屋。名為野人❺之家，是謂愚公之谷❻。試偃息於茂林，乃久羨於抽簪❼。雖有門而長閉❽，實無水而恆沉❾。三春負鋤相識，五月披裘見尋❿。問葛洪⓫之藥性，訪京房之卜林⓬。草無忘憂之意，花無長樂之心⓭。鳥何事而逐酒？魚何情而聽琴⓮？

【章旨】寫園中草木，及己退隱不得而失本性的苦情。

【注釋】❶雲氣蔭於叢蓍　《史記・龜策列傳》：「蓍生滿百莖者，其下必有神龜守之，其上常有青雲覆之。」蓍，蓍草，占卜用其莖。❷金精養於秋菊　金精，指西方之氣。養，蓄留，《禮記・月令》：「(仲秋之月) 玄鳥歸，鳥群養羞。」❸棗酸梨酢二句　棗酸梨酢，即酸棗醋梨。酢，同「醋」。酸。桃榹李薁，即榹桃薁李。榹桃，山桃。薁李，山李。❹狂花　不依時序開的花，葛洪《抱朴子・外篇・循本》：「狂華干霜以吐曜，不崇朝而零瘁矣。」❺野人　鄉野之人，《高士傳》載，有老父不觀皇帝出遊，人問之，曰：「我野人也，不達斯語。」❻愚公之谷　《說苑・政理》載，齊桓公問谷名，對以「愚公之谷」，並解釋命名是「以臣名之」。❼試偃息於茂林二句　言己隱遁之志。偃息，休息。抽簪，抽下簪子，披散頭髮，鍾會〈遺榮賦〉：「散髮抽簪，永縱一壑。」❽雖有門而長閉　語本陶淵明〈歸去來兮辭〉「門雖設而常關」句。❾實無水而恆沉　語本《莊子・則陽》「方且與世違，而心不屑與之俱，是陸沉者也」，無水而沉即陸沉，比喻隱居。❿三春負鋤相識二句　寫己之交遊。負鋤，指農夫。五月披裘，皇甫謐《高士傳》載，延陵季子出遊，見道中有遺金，叫一披裘老人拾取，老人說：「何子處之高而視人之卑？五月披裘而負薪，豈取金者哉。」⓫葛洪　字稚川，晉丹陽句容（今屬江蘇）人，習神仙及醫術。⓬訪京房之卜林　京房，字君明，漢頓丘（今屬河南）人，以《易》及占卜名。卜林，京房所著《周易占》、《周易守林》、《周易集林》、《周易飛候》等，後世合稱「卜林」。⓭草無忘憂之意二句　言花草雖好，卻無法使自己忘憂長樂。忘憂，即忘憂草，又名萱草，可食以解憂，嵇康〈養生論〉：「萱草忘憂。」長樂，即長樂花，六朝謂之紫花，又名月月紅。⓮鳥何事而逐酒二句　言鳥不當逐酒而至廟，魚不當聽琴而出淵，喻己宜鳥翔空際，魚潛深淵。鳥逐酒，《莊子・至樂》載有海鳥止於魯郊，魯侯「御而觴之於廟」，以〈九韶〉、太牢為祭，鳥乃「眩視憂悲，不敢食一臠，不敢飲一杯，三日而死」。魚聽琴，見《韓詩外傳》「伯牙鼓琴而淵魚出聽」。

【語　譯】一寸二寸的游魚，三竿兩竿的翠竹。雲氣遮蔭於叢生的蓍草，金精蓄留於秋日的黃菊。酸棗酸梨，山桃山李。樹葉飄落覆蓋半床，鮮花怒放充滿全屋。稱名為野人之家，這就是愚公之谷。試著休息於茂密的樹林，早就羨慕於抽簪而辭官。雖然有門而一直關閉，其實沒水卻長久沉淪。三春間負鋤農夫來相見，五月時披裘樵夫來相尋。請教葛洪藥物的功性，諮詢京房卜林的奧義。草沒有忘憂之意，花沒有長樂之心。海鳥為了何事而至廟求酒？潛魚緣於何情要出淵聽琴？

加以寒暑異令，乖違德性❶。崔駰以不樂損年，吳質以長愁養病❷。鎮宅神以薶石，厭山精而照鏡❸。屢動莊舄之唫，幾行魏顆之命❹。薄晚閒闔，老幼相攜，蓬頭王霸之子，椎髻梁鴻之妻❺。燋麥兩甕，寒菜一畦❻。風騷騷而樹急，天慘慘而雲低❼。聚空倉而雀噪，驚懶婦而蟬嘶❽。

【章　旨】寫己恆念故國，並寫處境困難，事不如意。

【注　釋】❶加以寒暑異令二句　言南北寒暑時令不同，自己不能習慣。令，時令。乖違，違背。德性，本性。❷崔駰以不樂損年二句　寫己憂勞成疾。崔駰，字伯亭，《後漢書・崔駰列傳》載竇憲擅權，崔駰為主簿，數諫之而不能容，出為長岑長，「駰自以遠去不得意，遂不之官而歸，永元四年，卒於家」。吳質，字季重，在與曹丕的信中寫到「質已四十二矣，白髮生鬢，所慮日深，實不復若平日之時也。但欲保身勅行，不蹈有過之地，以為知己之累耳」。兩典一扣「遠去」，一扣「蹈有過之地」。養，積累蓄積，即上文「金精養於秋菊」之「養」。❸鎮宅神以薶石二句　寫己驅鬼治病。薶石，同「埋石」。劉安《淮南萬畢術》「埋石四隅，家無鬼」，《荊楚歲時記》：「十二月暮日，掘宅四角，各埋一大石以鎮宅。」厭，以符咒法術等制伏邪惡鬼怪，亦稱「厭勝」，《史記・高祖本紀》載，秦始皇以東南有天子氣，故「東遊以厭之」。照鏡，《抱朴子・內篇・登涉》載，物老成精能假託人形，但鏡中必顯示真形，所以「古之入山道士皆以明鏡九寸已上懸於背後，則老魅不敢近人」。❹屢動莊舄之唫二句　寫己病中思鄉，至於昏亂。莊舄之唫，《史記・張儀列傳》載，越人莊舄仕楚執珪，病中仍發越聲，因為「凡人之思故，在其病也，彼思越則越聲」。唫，即吟。魏顆之命，《左傳・宣公十五年》載，晉魏武子有疾，命魏顆把一寵妾嫁人，疾甚則命魏顆殺妾以殉，武子死後，魏顆以「疾病則亂，吾從其治也」而嫁之。兩典一扣在病則「思故」，一扣「疾病則亂」。❺薄晚閒闔四句　寫己老幼妻子皆入長安而生活窘迫，庾信〈謝明皇帝賜絲布等啟〉有「某比年以來，殊有缺乏。白社之內，拂草看冰，靈臺之中，吹塵視甑。懟妻狠妾，既嗟且憎，瘠子羸孫，虛恭實怨」，可參看。薄，接近。閒闔，指小屋。老幼相攜，覽庾信詩文可知其入長安當攜母親、妻妾、子女。蓬頭王霸之子，《後漢書・列女傳》載，王霸，字孺仲，東漢隱士，見友人之子「容服甚光，舉措有適」，而己子「蓬頭歷齒，未知禮則」，「父子恩深，不覺自失」，其妻責以清節宿志，霸笑而起，遂「終身隱遁」。陶淵明〈與子儼等疏〉「余嘗感孺仲賢妻之言，敗絮自擁，何慚兒子」，亦用王霸事。椎髻梁鴻之妻，《後漢書・逸民傳》載，梁鴻家貧博學，其妻孟光「始以裝飾入門」，梁鴻七日不答，後孟光「更為椎髻，著布衣，操作而前」，梁鴻加以讚美。❻燋麥兩甕二句　寫貧困。燋，同「焦」。❼風騷騷而樹急二句　騷騷，擬聲詞，風聲，張衡〈思玄賦〉：「寒風淒其永至兮，拂穹岫之騷騷。」慘慘，黯淡無光的樣子，庾信〈傷心賦〉：「天慘慘而無色，雲蒼蒼而正寒。」❽聚空倉而雀噪二句 寫貧困，蘇伯玉妻〈盤中詩〉：「空倉鵲，常苦饑。」驚懶婦，漢俗諺有「促織鳴，懶婦驚」。蟬嘶，言促織鳴叫如蟬嘶。

【語　譯】加上寒暑時令不同，有違於我的習性。崔駰因憂鬱不樂而折損年壽，吳質因長久愁苦而聚積成病。埋下石頭，鎮住宅中鬼怪，掛起明鏡，制伏山中妖精。多次如莊舄病中越吟，差點向魏顆頒行昏亂遺命。傍晚的小屋，老幼相扶攜，蓬頭無禮就像王霸之子，椎髻布衣恰如梁鴻之妻。焦麥僅有兩甕，寒菜亦只一畦。風聲騷騷樹枝晃動，天色慘慘烏雲壓低。聚於空倉，烏雀聒噪，驚動懶婦，寒蟬哀嘶。

　　昔草濫於吹噓，藉〈文言〉之慶餘❶。門有通德，家承賜書❷。或陪元武之觀，時參鳳皇之墟。觀受釐於宣室，賦〈長楊〉於直廬❸。遂乃山崩川竭，冰碎瓦裂，大盜潛移，長離永滅❹。摧直轡於三危，碎平途於九折❺。荊軻有寒水之悲，蘇武有秋風之別❻。關山則風月悽愴，隴水則肝腸斷絕❼。龜言此地之寒，鶴訝今年之雪❽。百齡兮倏忽，菁華兮已晚❾。不雪雁門之踦，先念鴻陸之遠❿。非淮海兮可變，非金丹兮能轉⓫。不暴骨於龍門，終低頭於馬阪⓬。諒天造兮昧昧，嗟生民兮渾渾⑬！

【章旨】憶往昔出入宮廷，視如今低頭馬阪。小園之閒情，終歸於沉痛。

【注釋】❶昔早濫於吹噓二句　稱己昔時濫竽充數於東宮，乃承先世之德。早，謂早年。濫，本指虛妄不實，常用作謙辭，語本「濫竽充數」的故事，《韓非子‧內儲說上》：「齊宣王使人吹竽，必三百人，南郭處士請為王吹竽，宣王說之，廩食以數百人。宣王死，湣王立，好一一聽之，處士逃。」庾信〈哀江南賦〉：「謬掌衛於中軍，濫尸丞於御史。」吹噓，吹、噓都指呼氣，這裡指吹竽。〈文言〉之慶餘，語本《易‧乾卦‧文言》「積善之家，必有餘慶」。❷門有通德二句　通德，《後漢書‧鄭玄傳》載，北海相孔融敬重鄭玄，為立一鄉曰鄭公鄉，並「廣開門衢，令容高車，號為通德門」，此謂祖父庾易為齊徵士，如漢之鄭玄。家承賜書，《漢書‧敘傳》載漢代班嗣、班彪兄弟二人「共遊學，家有賜書，內足於財」，此謂伯父庾於陵和父親庾肩吾如漢代二班。❸或陪元武之觀四句　寫己陪侍皇帝遊宴，甚見恩寵。元武，即玄武，避清康熙玄燁諱改，宮闕名，《三輔舊事》載「未央宮北有玄武闕」，一說為玄武觀，指南朝玄武湖中的亭觀。鳳皇，漢代建章宮殿名。受釐於宣室，《史記‧屈原賈生列傳》：「孝文帝方受釐，坐宣室，上因感鬼神事，而問鬼神之本。」受釐，祭祀之後皇帝接受祭肉，釐指祭餘之肉。宣室，古代宮殿名，是未央宮前的正室。長楊，漢有長楊宮，揚雄作有〈長楊賦〉。直廬，值宿時的住處。❹遂乃山崩川竭四句　寫侯景之亂。山崩川竭，語本《史記‧周本紀》「山崩川竭，亡國之征也」句。大盜潛移，語本《後漢書‧光武帝紀》「炎政中微，大盜移國」句，西漢遭王莽之亂而遷都洛陽，而侯景之亂，梁元帝遷都江陵。長離，即鳳，以比梁武帝子孫。❺摧直轡於三危二句　言途多危難艱辛，庾信〈詠畫屏風詩〉有「三危上鳳翼，九阪度龍鱗」句。摧，彎折。直轡，在平路上可以把韁繩放直。三危，山名，高聳而危。九折，九折阪，在四川滎經邛崍山，路曲折多險。❻荊軻有寒水之悲二句　寫己出聘西魏而不得歸，庾信〈擬詠懷〉有「秋風別蘇武，寒水送荊軻」。荊軻句，《史記・刺客列傳》載，荊軻入秦，於易水邊臨別作歌曰「風蕭蕭兮易水寒，壯士一去兮不復還」，後刺秦不成被殺。蘇武句，《漢書・李廣蘇建傳》載，蘇武出使匈奴，二十年不降，後終得歸。❼關山則風月悽愴二句　寫己鄉關之思，兩句既以景寫情，同時古樂府有〈關山月〉曲，《樂府解題》謂「關山月，傷離別也」，另古樂府〈隴頭歌辭〉有「隴頭流水，鳴聲嗚咽，遙望秦川，肝腸斷絕」句。❽龜言此地之寒二句　言北方寒冷。龜言，《水經注》引《秦書》載苻堅時縣民穿井得龜，死後苻堅取其骨以問凶吉，名為「客龜」，大卜佐高夢龜言「我將歸江南，不遇，死于秦」，以喻己欲歸不能。鶴訝今年之雪，《異苑》載西晉太康二年大寒，有二鶴相語橋下有言「今茲寒不減堯崩年也」，以「堯崩」喻梁元帝被殺事。❾百齡兮倏忽二句　謂光陰瞬息，年已暮齒。百齡，指一生。❿不雪雁門之踦二句　言己不得南歸。雁門之踦，《漢書・段會宗傳》載，雁門郡守段會宗坐法免，後為都護，友人谷永寫信戒之曰「願吾子因循舊貫，毋求奇功，終更亟還，亦足以復雁門之踦，萬里之外以身為本」，此典扣住「終更亟還」。踦，數奇不偶。鴻陸，《易・漸》有「鴻漸於陸，夫征不復」，此典扣住「不復」。⓫非淮海兮可變二句　喻己無法改變。淮海兮可變，《國語・晉語》載趙簡子感歎「雀入於海為蛤，雉入於淮為蜃，黿鼉魚鱉莫不能化，唯人不能，哀夫」。轉，道家煉丹翻轉變化，《抱朴子・內篇・金丹》載「九轉之丹，服之三日得仙」。⓬不暴骨於龍門二句　寫己在梁時身登龍門，入北後俯首服役。暴骨於龍門，因跳不過龍門而死去，《藝文類聚》引《三秦記》云「河津一名龍門，大魚集龍門數千不得上，上者為龍」。低頭於馬阪，在山路上埋頭拉車，《戰國策・楚策》載駿馬年老，拉鹽車上太行，「中阪遷延，負轅不能上，伯樂遭之，下車攀而哭之」，庾信〈和張侍中述懷〉有「伏轅終入絆」句可參。⓭諒天造兮昧昧二句　謂天道人世昏昧。諒，確實。天造兮昧昧，語本《易・屯》「天造草昧」句。天造，謂天之初造。昧昧，昏暗貌。

【語譯】早年濫竽充數於太子東宮，借著累世積善的家門餘緒。祖輩受賜建造通德門，父輩蒙受皇帝賜書。至我則間或陪駕欣賞玄武觀，時而參與遊玩鳳皇墟。如賈誼在宣室觀皇上受釐，如揚雄在宮內作〈長楊〉之賦。接下去卻山崩河斷，冰碎瓦裂，大盜暗中變換權柄，靈鳥永遠消失泯滅。彎折韁繩在三危山，打破平途在九折阪。荊軻有寒水蕭蕭的傷悲，蘇武有秋風肅肅的離別。關山陣陣，風月悽愴，隴水濺濺，肝腸斷絕。大龜談說此地極寒，白鶴驚訝今年大雪。人生百歲倏忽而過，青春轉眼已至晚年。無法還鄉以扭轉多奇的命運，先如鴻雁飛向高山越走越遠。既非蜃蛤入於淮海就可變化，又非金丹熔爐之內能夠翻轉。早先沒有暴露屍骨在龍門，最終還得俯首拉車在馬阪。萬物初造確實蒙昧，感歎眾民噩噩渾渾！

【研　析】魯迅在〈題未定草〉中說：「讀者是種種不同的，有的愛讀〈江賦〉和〈海賦〉，有的欣賞〈小園〉和〈枯樹〉。後者是徘徊於有無生滅之間的文人，對於人生，既憚擾攘，又怕離去，懶於求生，更不樂死，實有太板，寂絕又太空，疲倦得要休息，而休息又太淒涼，所以又必須有一種撫慰。」這幾句話，稍嫌尖銳之外，頗切於庾信寫〈小園賦〉時候的狀態。

庾信入北之初，「三年囚於別館」，過著一種類似軟禁的生活。後西魏拜撫軍將軍、右金紫光祿大夫、大都督，但這些都只是戎號、散階、勛官，並無實際職事，也未能改變境遇。這種「從官非官，歸田不田」的尷尬境地，如實地反映在庾信當時作品中，如「藜牀負日荷，麥隴帶經鋤」、「寂寥共羈旅，蕭條同負郭，農談止穀稼，野膳惟藜藿」、「野老披荷葉，家童掃栗跗」等。本賦也有「數畝弊廬，寂寞人外，聊以擬伏臘，聊以避風霜」、「山為簣覆，地有堂坳」、「敧嶇兮狹室，穿漏兮茅茨」等文句，實錄當時窘迫的生存環境。本賦雖也有「桐間露落，柳下風來」、

「鳥多閒暇，花隨四時」、「一寸二寸之魚，三竿兩竿之竹」、「落葉半牀，狂花滿屋」等生機勃勃、悠閒自得的文句，不過總不同於其他田園作品的寧靜恬淡：至少我們並無法從〈小園賦〉中讀出一個完整的隱居高人的形象。所寫小園景色，既有瀟灑飄逸的部分，也有悲苦壓抑的部分。而即便是直接表達情懷的句子，竟然也有強作平靜下的騷動：先說「黃鶴戒露，非有意於輪軒，爰居避風，本無情於鐘鼓」，復又不能忘懷於往日的榮耀「或陪元武之觀，時參鳳皇之墟。觀受釐於宣室，賦〈長楊〉於直廬」；先高標「蝸角蚊睫，又足相容者」，復表白「心則歷陵枯木，髮則睢陽亂絲。非夏日而可畏，異秋天而可悲」；先寫小園花草繁茂，又言「草無忘憂之意，花無長樂之心」，都足以讓我們感覺到庾信及本賦的複雜。

清代倪璠注本賦云「既異潘岳之〈閒居〉，亦非仲長之〈樂志〉，以鄉關之思，發為哀怨之辭者也」，是以「鄉關之思」作為這種複雜的原因。除此之外，當時北方「政教嚴切，全無退隱者」《顏氏家訓・終制》的政治環境，庾信由南入北生理心理上的不適、「老幼相攜」而「殊有缺乏」的家庭狀況、大國使者而囚於別館的境遇、國破無根的游離、今昔榮辱對比的失落等，都是本賦「複雜」的因素。正是這種本不該如此卻又如此、不願如此卻又不得不如此、既然如此我能如何的複雜情懷，使本賦獨立於一般的田園作品，千載而下，驚人魂魄。

魯迅評論的尖銳，或在於他習慣於人性之批判，把庾信的痛苦僅歸因於其文人心理和性格的缺陷，而未以理解之同情，考慮天翻地覆時庾信本人無法掌控的諸多客觀因素。

春賦

北周 庾信

【題解】所謂「物色之動，心亦搖焉」、「情以物遷，辭以情發」，更何況陽春三月，草長鶯飛，小池漲水，老樹著花，江南春日美好如斯，必能使敏銳的詩人性情搖盪而形諸歌詠。庾信正是為這樣的美好感召，情往似贈，興來如答，寫下這一春的讚歌。本賦以鋪陳為主要手段，寫良辰、美景、賞心、樂事，富麗流暢，可以看作「徐庾體」的代表。清代倪璠注本賦云「〈春賦〉以下（指本賦及〈鏡賦〉、〈燈賦〉、〈對燭賦〉等），庾子山仕南朝時為東宮學士之文也」、「子山自入魏而後，大抵皆離愁之作，觸景傷懷。似此諸賦，辭傷輕艷，恐非羈臣所宜，觀其文氣，略與梁朝諸君相似」。梁元帝蕭繹集中亦有〈春賦〉，或為同時之作，亦可佐證倪璠的說法。

宜春苑中春已歸，披香殿裏作春衣❶。新年鳥聲千種囀，二月楊花滿路飛。河陽一縣併是花，金谷從來滿園樹❷。一叢香草足礙人，數尺游絲即橫路❸。開上林而競入，擁河橋而爭渡❹。出麗華之金屋，下飛燕之蘭宮❺。釵朵多而訝重，髻鬟高而畏風❻。眉將柳而爭綠，面共桃而競紅❼。影來池裏，花落衫中❽。

【章　旨】寫春日之美景佳人。

【注　釋】❶宜春苑中春已歸二句　宜春苑，《三輔黃圖》載，秦有宜春宮，在長安城東南杜縣（今陝西長安南）。披香殿，《三輔黃圖》載，漢武帝時「后宮八區有披香殿」，故址在今陝西西安西北。❷河陽一縣併是花二句　謂花樹滿園。河陽，漢置縣名，治所在今河南孟縣西，《白孔六帖》卷七十七載，潘岳為河陽令時，滿縣皆栽桃花，時稱「河陽一縣花」。金谷，即金谷園，石崇在河陽的別業，石崇〈思歸引序〉：「河陽別業，百木幾於萬株。」❸一叢香草足礙人二句　寫春草茂盛，蛛絲蕩漾，庾信〈行雨山銘〉有「天絲劇藕，蝶粉多塵。橫藤礙路，弱柳低人」句，情境類似。游絲，飄蕩在空中的蛛絲，湯顯祖《牡丹亭・驚夢》「嫋晴絲吹來閒庭院，搖漾春如線」句，用此而轉精。❹開上林而競入二句　庾信〈同州還詩〉有「上林催獵響，河橋爭渡喧」句。上林，即上林苑，故址在今陝西西安西及周至、戶縣界。河橋，黃河浮橋，西晉杜預所建，故址在今河南孟縣西南、孟津東北。❺出麗華之金屋二句　寫佳人出場。麗華，即陰麗華，東漢光武帝劉秀的皇后，《後漢書・皇后紀》載，光武早年見麗華之美而歎曰「娶妻當得陰麗華」。金屋，用漢武帝劉徹事，《漢武故事》載，漢武帝劉徹為太子時說，「若得阿嬌為妻，當作金屋貯之」。飛燕，即趙飛燕，西漢成帝劉驁的皇后，善歌舞，體輕如燕號曰飛燕。蘭宮，《三輔黃圖》載，趙飛燕居昭陽殿，「蘭房椒壁」。❻釵朵多而訝重二句　寫髮飾之盛美。釵朵，釵頭鑲嵌的珠寶。髻鬟，古時婦女將頭髮環束於頂的髮式。❼眉將柳而爭綠二句　寫妝容之豔美，庾信〈行雨山銘〉有「草綠衫同，花紅面似」句，崔國輔〈魏宮詞〉有「柳葉來眉上，桃花落臉紅」，即本此。將，與；共。柳，寫眉之形。綠，既指柳葉的綠色，也指眉黛之烏黑色。❽影來池裏二句　寫儀態之美，沈約〈麗人賦〉有「池翻荷而納影」、「落花入領」句，可參看。

【語譯】宜春苑中春已來歸，披香殿裡忙製春衣。新年鳥聲千回百囀，二月楊花滿路飄飛。河陽一縣皆是桃花，金谷向來滿園繁樹。一叢香草可礙行人，數尺游絲便擋去路。打開上林苑門便競相湧入，聚集黃河浮橋而爭相引渡。步出陰麗華的金屋，走下趙飛燕之蘭宮。釵朵繁多，訝異其重，髻鬟高聳，惟恐有風。黛眉新畫，堪與柳葉爭綠，妝面初成，能和桃花比紅。倩影婀娜，往來池裡，雜花似霰，飄落衫中。

苔始綠而藏魚❶，麥纔青而覆雉❷。吹簫弄玉之臺❸，鳴佩凌波之水❹。移戚里❺而家富，入新豐❻而酒美。石榴聊汎，蒲桃醱醅❼。芙蓉玉盌，蓮子金杯。新芽竹筍，細核楊梅❽。綠珠捧琴至，文君送酒來❾。玉管初調，鳴弦暫撫。〈陽春〉〈淥水〉之曲，對鳳回鸞之舞。更炙笙簧，還移箏柱。月入歌扇，花承節鼓❿。協律都尉，射雉中郎⓫。停車小苑，連騎長楊。金鞍始被，柘弓新張。拂塵看馬埒，分朋入射堂。馬是天池之龍種，帶乃荊山之玉梁。豔錦安天鹿，新綾織鳳凰⓬。

【章旨】寫春日之美物樂事。

【注釋】❶苔始綠而藏魚　蕭綱〈晚春賦〉有「見遊魚之戲藻」句，蕭繹〈春賦〉有「苔染池而盡綠」句。❷麥纔青而覆雉　師曠《禽經》謂「澤雉啼而麥齊」，蕭愨〈春賦〉有「麥壟一驚翬，菱潭兩飛鷺」句。❸吹簫弄玉之臺　《列仙傳》載，蕭史善吹簫，秦穆公以女弄玉妻之，為造鳳凰臺，蕭史夫婦作鳳鳴於其上，後有鳳來，便隨鳳凰仙去。❹鳴佩凌波之水　曹植〈洛神賦〉記，曹植從京城回返封地途中，在洛水之濱遇見洛神，「凌波微步，羅襪生塵」。佩，玉佩。❺戚里　帝王外戚的聚居之地。❻新豐　漢縣名，故址在今陝西臨潼東北，漢高祖定都關中，因太公思歸故里，便仿豐縣建此，故稱「新豐」，庾信〈詠畫屏風詩〉有「池臺臨戚里，弦管入新豐」句，也以新豐與戚里對舉。❼石榴聊汎二句　寫酒美。石榴，《扶南傳》載「頓孫國有安石榴，取汁停杯中數日成美酒」。汎，飲酒，陶淵明〈飲酒〉其七有「汎此忘憂物，遠我遺世情」句。蒲桃，即葡萄，釀以為酒，甘於麴麥，經年不敗。醱醅，釀酒。❽芙蓉玉盌四句　寫酒器、食物之貴美。盌，即碗。❾綠珠捧琴至二句　綠珠，西晉豪富石崇的歌姬，美豔善吹笛。文君，即卓文君，精通音律，善彈琴，新寡時司馬相如以琴心挑之，遂夜亡奔相如，相如與俱之臨邛，買酒舍，文君當壚賣酒。❿玉管初調八句　寫歌舞之美。暫，初；剛剛。〈陽春〉、〈淥水〉，皆古曲名。對鳳回鸞，寫舞姿，張衡〈觀舞賦〉：「裾似飛鸞，袖如回雪。」炙，烘烤，笙簧等竹製樂器易受潮，故吹奏前用火微炙。箏柱，箏上的弦柱，每弦一柱，移動以調定聲音。節鼓，古代樂器，擊之以節樂，庾信〈三月三日華林園馬射賦〉：「玉律調鐘，金錞節鼓。」⓫協律都尉二句　協律都尉，西漢武帝時人李延年，知音律善歌舞，為協律都尉。射雉中郎，指潘岳，字安仁。潘岳有〈射雉賦〉，又曾以太尉掾兼虎賁中郎將，故稱。⓬停車小苑十句　寫騎射之樂及鞍馬弓帶錦綾之富麗。停車小苑，庾信〈詠畫屏風詩〉其二有「停車小苑外」句。長楊，漢代行宮名，秋冬校獵於長楊宮，故址在今陝西周至東南，庾信〈和宇文京兆遊田〉有「小苑禁門開，長楊獵客來」句。柘弓，用柘木製成的強弓。馬埒，騎馬習射的馳道。分朋，分組。射堂，習射場所。龍種，龍所傳之種，指駿馬，《周禮・夏官・廋人》稱「馬八尺以上為龍」，《魏書・吐谷渾傳》載，青海內有小山，每冬冰合後，以良牝馬置此山，「到來春收之，馬皆有孕，所生得駒，號為龍種，必多駿異」，能日行千里。荊山，在今湖北，春秋時楚人卞和得美玉於此。玉梁，《北史・周侯莫陳順傳》載，魏文帝因陳順有殊功，「便解所服金鏤玉梁帶賜之」。天鹿，傳說中靈獸名，亦稱「天祿」，《漢書・西域傳》顏師古注曰「桃拔一名符拔，似鹿，長尾，一角者或為天鹿，兩角者或為辟邪」。

【語　譯】水苔始綠已能隱藏游魚，小麥纔青也可遮蓋野雉。臺是弄玉吹簫引鳳之臺，水是洛神鳴佩淩波之水。移居戚里家門富足，來到新豐有酒醇美。石榴酒且先飲盡，葡萄酒已成新醅。芙蓉般形狀的玉碗，蓮子紋裝飾的金杯。嫩芽竹筍，細核楊梅。綠珠捧獻琴瑟至，文君送上美酒來。玉管剛剛調試，琴弦也才輕撫。奏〈陽春〉、〈淥水〉之曲，跳雙鳳回鸞之舞。又去烘炙了笙簧，還來調節好箏柱。明月落入歌扇，鮮花響應節鼓。有人似李延年做了協律都尉，也有人似潘安仁成了射雉中郎。安放馬車在小苑，騎從相連在長楊。金鞍剛剛披上，強弓初次開張。拂拭塵埃察看馬場，分隊按組進入射堂。馬是產自天池的龍種駿馬，帶是來自荊山的玉梁寶帶。錦緞鮮豔，安坐著天鹿，綾羅新造，織繡著鳳凰。

三日曲水向河津❶，日晚河邊多解神❷。樹下流杯客，沙頭渡水人❸。鏤薄窄衫袖，穿珠帖領巾❹。百丈山頭日欲斜，三晡❺未醉莫還家。池中水影懸❻勝鏡，屋裏衣香不如花。

【章　旨】寫春日晚景，以及時享樂的情感作結。

【注釋】❶三日曲水向河津　舊時三月三，人們在水邊洗濯污垢，祓除不祥。曲水，引水環曲成渠，流觴取飲，王羲之〈蘭亭集序〉「又有清流激湍，映帶左右，引以為流觴曲水，列坐其次」。❷解神　還願酬神。❸樹下流杯客二句　流杯，即曲水流觴。沙頭，沙灘邊。❹鏤薄窄衫袖二句　鏤薄，鏤花金屬薄片。薄，同「箔」。帖，服帖。❺三晡　即下午三到五點，晡，申時，一時辰分上中下，故稱「三晡」。❻縣　「懸」的古字，遠遠，表程度深。

【語譯】三月三日，曲水蜿蜒流向河津，薄暮時分，河邊多人還願酬神。樹下流觴客，灘頭渡河人。鏤花金箔裝飾窄袖的衣衫，成串珍珠環繞服帖的領巾。百丈高山日頭漸漸西斜，傍晚時節未醉且莫還家。池中水影清晰遠勝鏡子，屋裡薰衣香氣不如鮮花。

【研析】庾信善於用典，或借古人逸事以自比，或用典籍故事以寫實，或正或反，或虛或實，或明或暗，或化或借，總能精準貼切，使事無跡，「於異中求同，同中見異，融會異同，混合古今，別造一同異俱冥、今古合流之境界」。尤其是他能用典故如意象，賦予其新的意蘊和象徵，使我們的閱讀，如同行走於故事的樹林，探索於象徵的迷宮。這種複雜性，有時甚至會使我們失去前進的方向，遺忘停止的節點。在欣賞〈小園賦〉時，大家或許已經領略了這一極具現代感的特點。這一特點更多見於庾信的後期作品，其前期作品如本賦，用典相對較直白淺顯，較流利，較少家國感慨的注入。這既是庾信前後期用典的差別，也可視為前後期作品整體風格的差別。

不過本賦「綠珠捧琴至，文君送酒來」、「協律都尉，射雉中郎」二句的用典，有其結構上的獨特作用，用典的這種作用在庾信的其他作品中較為少見，亦未為他人道，聊可一說。

該段從「入新豐而酒美」開始寫酒品之眾、酒器之美、佐酒之菜，都在寫酒，則「綠珠捧琴至，文君送酒來」一句，讀者難免感覺綠珠捧琴出現是否突兀，閱讀期待不應該是「綠珠送酒至，文君捧琴來」麼？其實綠珠作為侍妾，捧琴送酒，當都是常事，庾信在〈擬連珠〉中寫到「樓中對酒，而綠珠前去」，即將綠珠與飲酒關聯。讀至後文，又知綠珠所捧之琴亦能引出後文賞樂之事。這時我們不能不聯想起卓文君善彈琴事，而司馬相如亦以琴挑之，才有夜奔而後有當壚賣酒事。所以，綠珠捧琴，明寫琴，暗亦寫酒，文君送酒，明寫酒，暗亦寫琴，既以收束上文飲酒事，又能引起下文賞樂事。

賞樂事寫過八句，至「協律都尉，射雉中郎」，和綠珠、文君相似，也是在一個對句裡，出現兩事：李延年為協律都尉，掌音樂事，潘岳為虎賁中郎將，有〈射雉賦〉，則以李延年收束上文賞樂事，以潘岳引出下文射獵事。不過仍然有可以發掘的地方。庾信〈小園賦〉中即有「潘岳面城，且適閒居之樂」句，則他不可能不知道〈閒居賦〉中「浮杯樂飲，絲竹駢羅。頓足起舞，抗音高歌」句，《晉書》本傳亦載有阮瞻善彈琴，潘岳「每令鼓琴，終日達夜」，這都表明射雉中郎亦愛賞樂，即「射雉中郎」句明寫射，暗亦寫樂，既引下文，同時也有收束上文的作用。

所以，「綠珠捧琴至，文君送酒來」、「協律都尉，射雉中郎」兩個對句，一個對句兩個典故，指向兩件不同的事，在結構上承上啟下，推動賦文的展開。而通過典故的明用和暗用，造成表面的錯落、內在的循環，達到了頓挫而流麗、順暢而靈活的效果。我們也由此可以領略庾信在用典使事、結構布局上的巧思。

鏡賦

北周　庾信

【題解】中國的銅鏡始見於新石器時代晚期的齊家文化，《莊子・天下》「其動若水，其靜若鏡，其應若響」、《韓非子・觀行》「古之人目短於自見，故以鏡照面」、《六書故・地理一》「鏡，鍊冶銅錫鑄而摩之，其明足以見形也」，可見鏡的形象和使用。古多以銅為鏡，正面磨光照物，背面有紋飾，如漢鏡之神獸、畫像。鏡在漢魏六朝甚為珍貴，所以其貯藏、贈送頗見於文獻記載。五世紀時產銅減退，梁武帝於普通四年（西元五二三年）下令盡罷銅錢，銅鏡鑄造亦必退化，而鐵鏡的生產和使用便漸增多。六朝時人們仍會使用前代銅鏡，本賦中說「鏡臺銀帶，本出魏宮」、「刻千年之古字」，雖是誇飾，也見實情。

天河漸沒，日輪將起❶。燕噪吳王，烏驚御史❷。玉花簟上，金蓮帳裏❸。始摺屏風，新開戶扇。朝光晃眼，早風吹面。臨桁下而牽衫，就箱邊而著釧❹。宿鬟尚卷，殘妝已薄。無復脣珠，纔餘眉萼。靨上星稀，黃中月落❺。

【章　旨】寫佳人晨起妝殘。

【注　釋】❶天河漸沒二句　寫轉夜為晝。天河，銀河。日輪，語本《列子》「日出之初，大如車輪」句。❷燕噪吳王二句　寫晨時鳥聲，《越絕書・吳地傳》載守宮者照燕失火燒毀吳宮，《漢書・薛宣朱博傳》載議者以為御史大夫何武事「職事難分明，無益於治亂」，而御史府吏舍百餘區井水為竭，府中常有野烏數千棲宿，「去不來者數月」，二句用其字面。❸玉花簟上二句　玉花簟，有花紋的竹席，倪璠注引《東宮舊事》「太子納妃，有赤花雙文簟」，劉孝儀有〈謝始興王賜花紈簟啟〉，花紈簟與玉花簟類似。金蓮帳，《鄴中記》載石虎作流蘇帳，頂安金蓮花，花中懸金箔織成綩囊以盛香。❹始摺屏風六句　寫佳人晨起。屏風，用以擋風或遮斷的室內陳設，常由幾扇連成，故可摺疊。桁，衣架，古樂府〈東門行〉有「還視桁上無懸衣」句。釧，臂環，何偃〈與謝尚書書〉有「珍玉名釧，因物託情」句。❺宿鬟尚卷六句　寫佳人妝殘。鬟，環形髮髻，故云「尚卷」。珠，既寫點唇之形，亦借音寫紅色。萼，花萼，既寫眉形，亦寫萼的翠色。朱唇翠眉的搭配，是六朝以來長久不衰的時尚，如岑參〈玉門關蓋將軍歌〉有「朱唇翠眉映明矑」句。靨上星稀黃中月落，指臉上星月形的妝飾零落。星、月，婦人兩頰或眉間塗染妝飾，呈星或月的形狀，與梁簡文帝〈美女篇〉「約黃能效月，裁金巧作星」中的星、月相同。黃，婦女面妝，用黃粉把額前塗成黃色，即鴨黃，如梁簡文帝「異作額間黃」句。

【語　譯】銀河漸漸隱沒，圓日即將升起。燕聲吵醒吳王，烏鳴驚動御史。玉花簟上，金蓮帳裡。剛摺疊屏風，新打開門扇。晨光晃眼，早風吹面。到架拿取衣衫，在箱邊戴上臂環。昨夜的髻鬟尚清空曲卷，殘餘的面妝卻已細薄。不復鮮紅珠唇，僅剩淡淡的眉萼。頰輔上點星稀疏，額黃中粉月零落。

鏡臺銀帶，本出魏宮❶。能橫卻月，巧掛迴風❷。龍垂匣外，鳳倚花中❸。鏡乃照膽照心❹，難逢難值。鏤五色之盤龍，刻千年之古字❺。山雞看而獨舞，海鳥見而孤鳴❻。臨水則池中月出❼，照日則壁上菱生❽。

【章旨】寫鏡臺及鏡面之照、鏡背之紋。

【注釋】❶鏡臺銀帶二句　曹操〈上雜物疏〉：「鏡臺出魏宮中，有純銀參帶鏡臺一枚。」鏡臺，指安放懸掛鏡子的臺座，使用銅鏡雖可執繫於紐上之絛帶攬鏡自照，然而當梳理鬢髮、塗施脂粉、簪帶首飾時，則須置鏡於鏡臺，故後文有「梳頭新罷照著衣，還從妝處取將歸」句，徐陵〈為羊兗州家人答餉鏡〉有「取鏡掛空臺」句，美國奈爾遜藝術博物館所藏東漢八連弧雲雷紋鏡即有配套的鎏金銅鏡臺。銀帶，邊緣處所飾帶狀畫文，以銀錯之稱「銀帶」。❷能橫卻月二句　以誇飾筆法寫鏡臺高大。謝脁〈詠鏡臺詩〉有「玲瓏類丹楹，迢亭似玄闕」句，劉緩〈照鏡賦〉「臺本王官氏姓溫，背後銘文宜子孫，四面迴風若流水，句欄合匝似城闉」句，構思類似。卻月，新月。迴風，旋風。卻月、迴風，或說指卻月釵、迴風扇。❸龍垂匣外二句　寫鏡匣紋飾。謝脁〈詠鏡臺詩〉有「對鳳臨清水，垂龍掛明月」句，龍輔《女紅餘志》載「淑文所寶，有對鳳垂龍玉鏡臺」，南京象山王氏墓群中有鏡隨葬，有的裝置在漆盒內，十分考究。❹鏡乃照膽照心　《西京雜記》載，秦咸陽宮有方鏡，可照人心膽，秦始皇以照宮人，「膽張心動者則殺之」。❺鏤五色之盤龍二句　寫鏡背紋飾。盤龍，雷峰塔地宮出土銅鏡，海獸雙鸞等俱見於裝飾，《鄴中記》載石虎宮中鏡有徑二三尺者，「下有純金蟠龍雕飾」，應該是指鏡臺之雕飾，庾信借以寫鏡背。千年之古字，指鏡銘，如武王鏡銘「以鏡自照者見形容，以人自照者見吉凶」，劉緩〈照鏡賦〉：「臺本王官氏姓溫，背後銘文宜子孫。」❻山雞看而獨舞二句　寫攬鏡者自愛自憐。山雞看而獨舞，劉敬叔《異苑》載，魏武時南方獻山雞，令置大鏡前，雞「鑒形而舞，不知止」。海鳥見而孤鳴，范泰〈鸞鳥詩序〉載，罽賓王得鸞鳥不鳴，乃置鏡前，鸞「睹影而鳴，一奮而絕」。❼臨水則池中月出　寫鏡明亮如月，王子年《拾遺記》：「周穆王時，有如石之鏡，此石色白如月，照面如雪，謂之月鏡。」❽照日則壁上菱生　古磨銅為鏡，不如現在玻璃鏡平整，故照日則有影如菱。梁簡文帝蕭綱〈冬曉〉有「帷褰竹葉帶，鏡轉菱花光」句。《趙飛燕外傳》載趙昭儀賀姐正位三十六物中有七出菱花鏡一枚，此「菱花」當指鏡背紋飾而言。

【語譯】銀帶鏡臺，本出於魏宮。能橫遮新月，可形成旋風。雕龍垂於匣外，鳳凰相倚花中。鏡能照膽照心，難得碰到。鏡背鏤有五色盤龍，刻著千年古字。山雞看了翩翩起舞，海鳥見後傷己孤鳴。來到水邊，則池中湧現明月，照著日光，則壁上生出彩菱。

暫設妝奩，還抽鏡屜❶。競學生情，爭憐今世❷。鬢齊故略，眉平猶剃❸。飛花塼子❹，次第須安。朱開錦蹹❺，黛蘸油檀❻。脂和甲煎，澤漬香蘭❼。量髻鬢之長短，度安花之相去❽。懸媚子於搔頭，拭釵梁於粉絮❾。

【章　旨】寫佳人對鏡妝扮。

【注　釋】❶暫設妝奩二句　暫，且。設，擺開。妝奩，即鏡奩，《後漢書・皇后紀・光烈陰皇后》：「帝從席前伏御牀，視太后鏡奩中物，感動悲涕。」鏡屜，鏡臺的抽屜。❷競學生情二句　寫化妝入時，南朝梁費昶〈詠照鏡詩〉有「城中皆半額，非妾畫眉長」句。生情，使人生情。❸鬢齊故略二句　故，仍然。略，梳理，梁代劉孝威〈和定襄侯初笄詩〉：「合鬢仍昔髮，略鬢即前絲」。剃，其時剃眉以施黛。❹飛花塼子　飛花、塼子，皆當為臉部飾物。花，當指花黃。塼，與飛相對。子，與花相對。❺錦蹹　依文意，當指儲放胭脂的盒子。❻油檀　依文意，當指儲放眉黛的檀木盒。檀，檀木，《草木蟲魚疏》謂其「滑澤」，故稱「油檀」。❼脂和甲煎二句　甲煎，香料名，以甲香和沉麝等製成，以作唇膏，傅玄有「粉加甲煎，名香薰藿，艾納迴光」句。澤漬香蘭，指以香蘭浸泡脂油，枚乘〈七發〉「被蘭澤」張銑注曰：「蘭澤，以蘭漬膏者也。」❽量髻鬢之長短二句　寫佳人細加揣摩。度，觀察揣測。安花，插於髮髻的花飾。❾懸媚子於搔頭二句　媚子，女子飾品，《朝野僉載》寫到「衣服花釵媚子」。搔頭，即髮簪。釵梁，釵的主幹。粉絮，即粉撲。

【語　譯】且擺開化妝奩盒，又拉出鏡臺抽屜。競相倣效令人生情的妝容，爭著追求當下時髦的儀態。鬢髮齊整尚加梳理，眉毛平一仍予刮剃。紋飾飛動的多個盒子，左右次第須妥當安置。敷朱就打開錦蹹，施黛則蘸取油檀。唇膏是甲煎拌和，潤膚有香蘭浸漬。打量髻鬢的長短，揣測安花的距離。把媚子懸在玉簪，用粉撲擦拭釵梁。

梳頭新罷照著衣，還從妝處取將歸。暫看弦繫❶，懸知纈縵❷。衫正身長，裙斜假襻❸。真成箇鏡特相宜❹，不能片時藏匣裏，暫出園中也自隨❺。

【章　旨】佳人妝罷起身，攜鏡出園，收束全文。

【注　釋】❶暫看弦繫　暫，便。弦繫，謂以絲弦繫鏡，《西京雜記》載宣帝繫獄，臂上猶帶「合采婉轉絲繩，繫身毒寶鏡一枚」。❷懸知纈縵　懸知，料想，庾信〈和趙王看伎〉：「懸知曲不誤，無事畏周郎。」纈縵，以繒束環結髮。❸假襻　憑藉。襻，繫衣裙的帶子。❹真成箇鏡特相宜　真成，的確，梁簡文帝〈和人以妾換馬〉：「真成恨不已，願得路傍兒。」箇，指示代詞，這。❺暫出園中也自隨　古銅鏡直徑通常約十五釐米，可隨身攜帶，也有頗小的，如滿城二號墓所出盤龍鏡直徑僅四・八釐米，則可佩帶，如辛延年〈羽林郎〉「貽我青銅鏡，結我紅羅裾」所指，就應該是可隨身佩帶的小銅鏡。

【語　譯】梳頭結束照鏡穿衣，仍從化妝處把它取回。便以絲弦繫於身上，亦可照看頭上髮髻。衣衫齊正身體修長，裙裾斜飛憑帶繫牢。這個鏡子確實特別合用，不能片刻放在盒子裡，暫時去園中遊玩也隨身攜帶。

【研　析】作為詠物賦，文中多處出現的名物，便成了難點，如玉花簟、金蓮帳、桁、釧、星、月、卻月、迴風、甲煎等，已見前注。關於化妝的過程，還可再提供一點資料，做一點分析，既便於理解，也有助於領略庾信構思的精巧。

本賦開頭寫到「無復唇珠，纔餘眉萼。靨上星稀，黃中月落」。「唇珠」與「眉萼」對言，當兼指形色兩面，梁沈約〈少年新婚為之詠詩〉「托意眉間黛，申心口上朱」句只寫顏色，庾信或本此而加以發展。六朝時點唇和現在以紅色塗滿整個嘴唇不同，而是以淺色口脂塗唇，再以深色口脂點上一圓點即「唇珠」，如執失奉節墓壁畫中的舞姬就是在唇上點朱，並不畫滿，即所謂「朱唇深淺假櫻桃」，日本歌舞伎的妝容或仕女圖中仍可見其遺存。五代陶穀《清異錄》記唇形有半邊嬌、內家圓、淡紅心、小朱龍等，說明唇形作圓形外，還有半邊、心形等，這在古墓壁畫及唐代張萱「搗練圖」等畫作中也得到了印證。

第三段寫整個妝扮過程，其中「飛花塼子，次第須安。朱開錦蹹，黛蘸油檀」一句，倪璠注謂塼為「瓴甓之屬」，謂「飛花塼子」為有花紋之地磚，謂「錦蹹」為地毯，與語境不符。也有人謂塼子乃「盛化妝品之小盒，其形似磚，下加子，以示其小」，仍不得其意。「飛花塼子」在這裡作為「次第須安」的主語，則「飛花」、「塼子」必為並列兩物，方可言「次第」。該段寫略鬢、剃眉、塗脂、施黛、點唇、敷水、飾髮等，與第一段對照，唯獨少了臉飾即星、月。我揣測「飛花」、「塼子」即靨上點星、額中粉月，「子」著眼於小，也以「果實」義與「花」相對。塼通「摶」，摶有飛意，狀點星月靈動之態，亦與上句「飛」字相對。這樣，「次第須安」才能得以落實，即指臉上額間的點星、粉月之次第位置須安排妥當。「飛花」與「塼子」相對，承第一段「靨上星稀，黃中月落」而來；「朱開錦蹹，黛蘸油檀」寫點朱唇、畫黛眉，承第一段「無復唇珠，纔餘眉萼」而來，「朱」承「唇珠」，「黛」承「眉萼」。這樣，佳人梳妝之過程才得完整，庾信構文之心思才得揭露。

本賦以鏡為題，其實寫的是佳人晨起妝殘對鏡梳妝事。梁多有詠「照鏡」或「鏡」的詩文，如梁簡文帝、劉緩、費昶、高爽、何遜、朱超道、王孝禮等皆有此。尤其是劉緩〈照鏡賦〉，格局結構，皆與本賦相似，從「夜籌已歇，曉鐘將絕，窗外明來，帷前影滅」寫起，至「訝宿粉之猶調，笑殘黃之不正，欲開奩而更飾，乃當窗而取鏡」，再寫鏡之形制，再寫對鏡之「分明似無礙，影前彌可愛」，最後以「空處宜應描，非是畏釵梳」作結。不過劉賦文字質野，不如庾賦「選聲煉色」、「旖語閒情，紛蕤相引，如入石季倫錦步障中，令人心醉目炫」。庾信〈舞媚娘〉中「朝來戶前照鏡，含笑盈盈自看。眉心濃黛直點，額角輕黃細安」，寫到美人對鏡化妝，與本賦亦可參看。

西晉傅咸亦作有〈鏡賦〉，謂「不將不迎，應物無方。不有心於好醜，而眾形其必詳。同實錄於良史，隨善惡而是彰」、「君子知貌之不可以不飾，則內省而自箴。既見前而慮後，則祗畏於幽深。察明明之待瑩，則以此而洗心」。兩相比照，傅咸的賦作更「近乎詩人之作」，可見個人風格的差異，也能看出一些小賦在晉梁之間的嬗變。

燈賦

北周 庾信

【題解】燈由食器豆轉化而來，《爾雅・釋器》：「瓦豆謂之登。」郭璞注：「即膏燈也」。燈大約出現於商代，漢代最常見的銅燈形制，上有盤，中有柱（主，《說文》謂「燈中火主也」），其小篆的形體就是燈的側面像），下有底座。至魏晉時形制更為豐富，單枝燈的底座極盡巧思，或以侍女托舉形，或以蟾蜍、玄武、仙人騎獅等形。即使簡單的筒狀，也多飾以紋飾，保持變化。多枝燈則從二到五，乃至更多，底座也多有變化。材質則或銅或鐵。本賦所詠，從賦的內容看，當涉及鯨魚、鳴鶴、多枝、四枝等多種燈形。賦某而不出某字，本賦並非個案，梁簡文帝蕭綱的〈列燈賦〉也是如此，上溯更可至荀卿〈禮〉、〈知〉、〈雲〉、〈蠶〉諸賦。小賦的這種寫法，應當是受到了「隱」即謎語「回互其辭」、「體目文字，圖象品物」的影響。

九龍將暝，三爵行棲❶，瓊鉤半上，若木全低❷。窗藏明於粉壁，柳助暗於蘭閨。翡翠珠被，流蘇羽帳❸。舒屈膝之屏風，掩芙蓉之行障❹。卷衣秦后之牀❺，送枕荊臺之上❻。

【章旨】寫日落月升，擬就寢也。

【注釋】❶九龍將暝二句　寫日將落。❷瓊鉤半上二句　寫月初升。瓊鉤，指新月。若木，神話中的樹名，《山海經・大荒北經》載衡石山、九陰山、洞野之山「上有赤樹，青葉赤華，名曰若木」，傳說中日落的地方。❸翡翠珠被二句　寫被帳之豪華。珠被，綴有珍珠的被子，語本《楚辭・招魂》。❹舒屈膝之屏風二句　寫張開屏風，掛起行障，六朝時臥床尚未有與床欄連成一體的帳架，所以多用二曲或三曲屏風置於床側（二曲如L形，置於頭頂、身側，三曲如凵形，是在二曲之上再加腳頭），單幅較窄行障置於上下床一側的臉邊，既以擋風，也用來形成一個私密空間。屈膝，即屈戌，屏風上的環紐，梁簡文帝有「織成屏風金屈膝」句，陸翽《鄴中記》載「石季龍作金銀鈕屈膝屏風」。掩，指以行障掩床頭，非謂卷起行障。芙蓉之行障，指以芙蓉為飾的可以移動的單幅屏障，陰鏗〈秋閨怨〉有「火籠恆煖腳，行障鎮牀頭」句，《南史・隱逸傳》記擅長繪畫的宗測

「自圖阮籍遇蘇門於行鄣上，坐臥對之」。❺卷衣秦后之牀　古樂府有〈秦王卷衣〉，寫「秦王卷衣以贈所歡」事。❻送枕荊臺之上　用〈高唐賦〉寫楚懷王晝寢夢有神女「願薦枕席」事。

【語譯】九龍殿裡日光昏暗，三爵酒杯亦將停歇，玉鉤新月剛剛升起，若木枝條全都垂低。窗戶藏起一絲光明投於粉壁，柳條助使整片陰暗籠罩蘭閨。鑲有翡翠的珠被，飾著流蘇的羽帳。展開屈膝屏風，掩起芙蓉行障。卷起繡衣在秦后之床，送上枕席到荊臺之上。

乃有百枝同樹，四照連盤❶。香添然蜜，氣雜燒蘭❷。燼長宵久，光青夜寒。秀華掩映，蚖膏❸照灼。動鱗甲於鯨魚，焰光芒於鳴鶴❹。蛾飄則碎花亂下❺，風起則流星細落。

【章旨】寫燈之形、味、色、光。

【注釋】❶乃有百枝同樹二句　寫一個燈座上有多個燈燭。傅玄〈朝會賦〉「華燈若乎火樹，熾百枝之煌煌」、江淹〈燈賦〉「雙碗百枝」、梁簡文帝〈列燈賦〉「九微間吐，百枝交布，聚類炎洲，跡同大樹」皆同此，「列燈」的「列」字，也是「眾多」的意思。「百枝」並不算誇張之辭，如河南濟源承留村東漢墓即有廿九枝陶燈出土，另有一盞東漢九十六枝銅燈，曾出現於一九九八年在美國紐約舉辦的國際亞洲藝術節上，堪稱多枝之最。盤，蠟脂的托盤。❷香添然蜜二句　寫燈火之香氣。然，「燃」的古字。蜜，蜜蠟，《樹提伽經》載：「庶人然臘，諸侯然蜜，天子然漆。」蘭，《通志・草木略》載「蘭即蕙，蕙即薰，薰即零陵香」。❸蚖膏　蝮蛇的膏脂，《淮南萬畢術》載「取蚖脂為燈，置火中，即見諸物」。❹動鱗甲於鯨魚二句　動鱗甲，《西京雜記》載漢高祖初入咸陽宮，見有燈下作蟠螭，以口銜燈，「燈燃則鱗甲皆動，炳爛若列星而盈室焉」。鯨魚，寫燈形，殷巨〈鯨魚燈賦〉「橫海之魚，厥號為鯨。普彼鱗族，莫之與京。大秦美焉，乃觀乃詳。寫載其形，托于金燈」。鳴鶴，寫燈形，王筠〈詠燈檠〉有「百華耀九枝，鳴鶴映冰池」句。❺蛾飄則碎花亂下　崔豹《古今注》：「飛蛾善拂燈，一名火花，一名慕光。」

【語　譯】於是點起燭燈，百條枝幹同長於樹，四個火頭連接於盤。芳香超過燃蜜，氣味如同燒蘭。燭燼細長，宵夜漫漫，燭光泛青，夜晚清寒。秀麗光華交相掩映，蝮蛇膏脂光焰閃耀。鯨魚燈燃，鱗甲皆動，鳴鶴焰起，光芒四射。飛蛾飄拂則碎花亂下，微風忽起則流星細落。

況復上蘭深夜，中山醑清❶。楚妃留客，韓娥合聲❷。低歌著節，遊弦絕鳴❸。輝輝朱燼，焰焰紅榮。乍九光而連采❹，或雙花而並明。寄言蘇季子，應知餘照情❺。

【章　旨】寫燈下飲酒作樂，以「分光與人」作結，曲終奏雅。

【注　釋】❶況復上蘭深夜二句　上蘭，漢觀名，在上林中。中山，漢郡國名，張華《博物志》載「劉玄石於中山酒家酤酒，酒家與千日酒」，劉玄石一醉千日。醑，美酒。❷楚妃留客二句　楚妃，借指楚地美女，石崇有〈楚妃嘆〉。韓娥，古之善歌者，《列子．湯問》載其歌「餘響繞梁，三日不絕」。合聲，聲音符合節奏，《周禮．大胥》「秋頒學合聲」鄭玄注云「合聲，亦等其曲折，使應節奏」。❸低歌著節二句　著節，即合拍。遊弦，琴曲名，見嵇康〈琴賦〉。❹乍九光而連采　《漢武內傳》載漢武帝「掃除宮內，然九光之燈」，迎接西王母。❺寄言蘇季子二句　《史記．樗里子甘茂列傳》載，甘茂亡秦奔齊，逢蘇代為齊使於秦，甘茂以貧人女「無以買燭」而富人女「燭光幸有餘」，「可分我餘光，無損子明而得一斯便」為喻，求助於蘇代。蘇季子，蘇代的哥哥，即蘇秦（字季子）。

【語譯】況且上蘭觀中夜已深，中山國內美酒清。楚妃殷勤留客，韓娥合於樂聲。歌聲低迴應著節拍，〈遊弦〉琴聲漸漸止歇。輝煌的朱燼，熾烈的紅光。或九枝火燭光彩連成一片，或兩朵火花並排發出光明。寄語蘇季子，應知「分光與人，無損己明」的餘照之情。

【研析】注釋翻譯，總期望字字落實、句句對應，並細緻反映文句所有意蘊。可是面對庾信的文章，有時卻很難做到，比如本賦第一句「九龍將暝，三爵行棲」。

字面上看，九龍當指以九龍為飾之物，龍生九子，因以為飾而示祥瑞。如張衡〈東京賦〉「九龍之內，寔曰嘉德」句，薛綜注「九龍，本周時殿名也，門上有三銅柱，柱有三龍相糾繞，故曰九龍」。所以在字面上，我們必須承認把「九龍」理解為「九龍殿」的合理性。本句寫太陽西落，我們很自然由「九龍」想到「六龍」，傳說「日乘車駕以六龍，羲和御之」，劉向〈九歎．遠遊〉「貫頊濛以東揭兮，維六龍於扶桑」，即以六龍代日，這樣的理解也和「將暝」契合。另外，當時作品凡寫燈寫燭者，幾乎都會用到「燭龍」的典故，也當為庾信熟知。《山海經．大荒北經》載燭龍「人面蛇身而赤」、「其瞑乃晦，其視乃明」，因「是燭九陰」，為與「三爵」對言而稱「九龍」。這樣「暝」字也就自然指向諧音動詞「瞑」，指燭龍閉目而天晦，與「棲」相對。西晉傅咸〈燭賦〉「六龍銜燭於北極，九日登曜於扶桑」句，也正是這樣使用燭龍典故，不過其字面上為了避免與「九日」重複而用了「六龍」，也使其句子更多指向「日乘車駕以六龍」。

與「九龍將暝」對應，「三爵行棲」也有類似結構。三爵，字面上指三杯酒，《禮記》「君子飲酒禮，三爵而油油以退」、《左傳・宣公二年》「臣侍君宴，過三爵，非禮也」等，當是庾信所本。另外，「三爵」與「九龍」對言，「爵」通「雀」，我們自然會想到《山海經・大荒西經》載「有五采鳥三名，一曰皇鳥，一曰鸞鳥，一曰鳳鳥」，又「有三青鳥，赤首黑目，一名大鵹，一名少鵹，一名青鳥」。「三雀」又能指向象徵太陽的三足雀，漢畫像磚上多有三足鳥形象。這樣的話，「棲」就理解為「棲息」，指三足鳥行將棲息，表示太陽落山。明代楊慎〈華燭引〉「六螭稅駕眠虞淵，三爵行棲珠樹煙」句，明顯脫胎庾信本句，只是因落到實處而少了夢幻迷離的「典故魔力」。

這樣的分析，或許並非一味求深，而極可能貼近了庾信寫作時的真實意圖。因為這樣的用典辭句，在庾信早期賦中甚為常見，如〈鏡賦〉「無復唇珠，纔餘眉萼」、「靨上星稀，黃中月落」、「能橫卻月，巧掛迴風」等句。其中卻月、迴風，依據齊謝朓〈詠鏡臺詩〉「玲瓏類丹楹，迢亭似玄闕」、梁劉緩〈照鏡賦〉「四面迴風若流水，句欄合匝似城闉」句，理解為以之誇飾鏡臺之形制是最為妥當的。不過參考《六朝文絜箋注》黎經誥補注提供的龍輔《女紅餘志》「燕昭王賜旋娟以金梁卻月之釵」、《西京雜記》「趙飛燕女弟上襚三十五條有迴風扇」兩句，我們不得不承認把卻月、迴風理解為卻月釵、迴風扇，用來寫鏡臺之輔助功能，也有其合理性。

前人時彥注此類文句，多陷於非此即彼的是非決斷，實在是未能探得庾信在遣詞造句上的苦心。當時小賦，重數寫少寄寓，僅以遣詞造句、用典使事的巧拙，來比較文學才能的高下。此類文句，正是這種文學土壤上開出的不得不然而又格外妖豔的花朵。

對燭賦

北周 庾信

【題解】中國古代所說的燭，是將火炬、燈火、蠟燭都包括在內的，本賦所說的燭，應該是燈火，而非做成圓柱形、中有棉紗芯、燃點紗芯以發光的現在常見的蠟燭。《西京雜記》載「閩越王獻高帝蜜燭二百枚」，《潛夫論》載「知脂蠟之可明燈」，《晉書》載「周顗弟嵩以所持蠟燭投之」，《世說新語》載「石季倫用蠟燭作炊」，章太炎〈檢論〉以為「漢初炷燭不過麻蒸，後漢之季，始有蠟燭」，其中所謂「蠟燭」，都是指置於盞內用以代替油脂作為燃料的蠟塊、蠟餅或蠟條，並非現在常見的中有棉紗芯的圓形蠟燭，晉代范堅〈蠟燈賦〉「列華槃，鑠凝蠟」一句，明言「凝蠟」，說明是融化後作為油膏使用的。本賦中「銅荷承淚蠟（並非『蠟淚』）」一句，描寫的正是蠟塊融化鋪於銅荷的情形。「對燭」就是「雙燭」，漢魏六朝墓葬多有連枝雙燭臺出土，梁元帝蕭繹〈對燭賦〉「本知龍燭應無偶，復訝魚燈有舊名，燭火燈光一雙炷，詎照誰人兩處情」句亦可證此。題為「對燭」而及燭光下種種情形，是當時小賦的常見寫法，如前〈鏡賦〉多及照鏡之情形、〈燈賦〉多及燈下的場面等。梁簡文帝蕭綱集中也有〈對燭賦〉，可以參看。

龍沙雁塞❶甲應寒，天山月沒客衣單。燈前桁❷衣疑不亮，月下穿針覺最難。刺取燈花持桂燭❸，還卻燈檠下燭盤❹。鑄鳳銜蓮，圖龍並眠❺。燼高疑數翦，心濕暫難然。銅荷承淚蠟，鐵鋏染浮煙❻。本知雪光能映紙，復訝燈花今得錢❼。蓮帳寒檠窗拂曙，筠籠熏火香盈絮❽。傍垂細溜❾，上繞飛蛾。光清寒入，焰暗風過。楚人纓脫盡❿，燕君書誤多⓫。夜風吹，香氣隨，鬱金苑，芙蓉池⓬。秦皇辟惡不足道，漢武胡香何物奇⓭。晚星沒，芳蕪歇，還持照夜遊⓮，詎滅西園月⓯。

【注釋】❶龍沙雁塞　泛指古代邊塞地區。龍沙，中國西部、西北的邊遠山地和沙漠地區。雁塞，古代北方山名，傳為雁之所出。❷桁　疑作「絎」，粗縫曰絎，《廣韻》：「絎，刺縫也。」❸刺取燈花持桂燭　刺，就是「取」的意思，《史記・封禪書》「使博士諸生刺六經中作王制，謀議巡狩封禪事」，司馬貞索隱「小顏云：刺，采取之也」。燈花，即燃燒的燈炷，其時一般以麻稭或細竹條縛成束作為燈炷。桂燭，燭的美稱，王嘉《拾遺記》載西王母以綠桂之膏燃以照夜。❹還卻燈檠下燭盤　卻，拿下。燈檠，燈架。燭盤，燭臺的底盤。按照庾信描述的燈架可以從燭盤上取下來看，此處的對燭燈，應該是用行燈組合而成，行燈的底部鑄有空卯，在燈枝上插合而成，使用時可合可分，和廣西合浦風門嶺二十六號西漢墓出土的銅四枝燈相似。❺鑄鳳銜蓮二句　寫燈架之紋飾。❻燼高疑數翦四句　寫燈燭燃燒的過程。燼，即燈炷燃燒之後的餘燼。疑，估量；猜度，《儀禮・士相見禮》：「凡燕見於君，必辯君之南面；若不得，則正方不疑君。」賈公彥疏：「不可預度君之面位邪立向之。」心，即燈炷。暫，短時間內；頓時。然，「燃」的古字。淚蠟，蠟塊融化如淚。鋏，夾取事物的金屬器具，即上文提到的「燼高疑數翦」的工具，因「數翦」而「染浮煙」，用來寫夜長時久，用意與梁簡文帝〈對燭賦〉「夜久惟煩鋏」句相同。❼本知雪光能映紙二句　上句用孫康「家貧，常映雪讀書」事。燈花今得錢，習俗有燭火結花可得錢財的說法，《西京雜記》載「目瞤得酒食，燈火華得錢財，乾鵲噪而行人至，蜘蛛集而百事喜」。梁簡文帝蕭綱〈對燭賦〉有「熟視絳花多」句。❽筠籠熏火香盈絮　筠籠指以竹篾編成的透空網罩，長沙馬王堆西漢墓有出土，其下置爐，爐炭中添加香料，便成香熏，可熏衣被。❾細溜　指燭旁垂滴而下的燭淚。❿楚人纓脫盡　《說苑》載楚莊王宴群臣，有人乘燭滅牽美人衣，美人拉斷其帽帶，莊王言「與寡人飲，不絕冠纓者不歡」，左右「皆絕去其冠纓」。⓫燕君書誤多　《韓非子·外儲說左上》載鄭人有遺燕相國書者，火不明，因謂持燭者「舉燭」，誤書「舉燭」，燕相國受書曰：「舉燭者，高明，高明者，舉賢而任之。」國以治。⓬鬱金苑二句　鬱金，即鬱金香。芙蓉池，漢末建安時期，曹操所闢銅爵園中池塘，曹丕有〈芙蓉池作〉。⓭秦皇辟惡不足道二句　寫燭香。辟惡，香名，魚豢《典略》「蕓香辟紙魚蠹」，梁簡文帝〈箏賦〉「影入著衣鏡，裙含辟惡香」、徐陵〈玉臺新詠序〉「辟惡生香，聊防羽陵之蠹」，與此同。漢武胡香，張華《博物志》卷二載，漢武帝時弱水西國獻香，後長安大疫，燃香一枚，病者皆癒，香聞百里，數月不息。⓮還持照夜遊　用〈古詩十九首〉中〈生年不滿百〉「晝短苦夜長，何不秉燭遊」意。⓯詎減西園月　曹丕〈芙蓉池作〉有「乘輦夜行遊，逍遙步西園」句，曹植〈公宴〉有「清夜遊西園，飛蓋相追隨，明月澄清影，列宿正參差」句。西園，在今河南臨漳縣舊治北，傳為曹操所建。

【語　譯】龍沙雁塞戰甲應寒，天山月落客衣正單。燈前縫衣光線黯淡，月下穿針最覺困難。於是剪取燈花另拿桂燭，還將燈架撤下燭盤。鑄有鳳凰口銜蓮花，刻著雙龍並排共眠。燭燼漸高想要多剪幾次，燭心潮濕難以一下點燃。銅荷承接融化的淚蠟，鐵鋏多用而染上浮煙。本知燈光如雪能映紙張，又驚燈花結成今可得錢。蓮帳內燈架冰冷，窗外拂曉，熏籠裡爐火溫暖，香氣滿絮。旁邊流下細細燭淚，上方環繞點點飛蛾。燭光清冷寒氣侵入，燭焰暗淡微風吹過。楚人因此冠纓脫盡，燕君隨之書信錯多。夜風輕吹，香氣暗隨，鬱金之苑，芙蓉之池。秦始皇的辟惡不足稱道，漢武帝的胡香有何稀奇。晚星沉沒，芳蕪消歇，仍秉燭夜遊，哪裡會遜色於西園清月。

【研　析】同題賦的創作，建安時已成風氣，其後又出現石崇金谷會、王羲之蘭亭會、陶淵明斜川之遊等。蕭梁的文學集團也多有此。君王侍臣，在一個題目下逞才使巧，一較文學才能的高下，想來也頗讓人嚮往。不過這種做法也存在一定的風險：同題之賦，若無神思及情志性實的差異，便只能在鋪采摛文上一較朱紫，而這恰恰是一目了然的。就像柏樹和桂花樹或許不易軒輊，但兩棵桂花樹若要比較，則只要看誰枝繁花茂就行了。

蕭綱、蕭繹及庾信的〈對燭賦〉，都以輕淺流麗的語言，化用一連串典故，對燭的形制、功能、香氣作了描繪，應該屬於同一「樹種」。我們選幾個點來作一比較。

如庾信賦「光清寒入，焰暗風過」一句，蕭綱賦「宵深色麗，焰動風過」、蕭繹賦「風來香轉散，風度焰還輕」與之對應。蕭繹句邏輯關係清晰：因風來而香散，因風度而焰輕。邏輯常常是文學的敵人，或者說，清晰明確的邏輯常常是文學的敵人。像「明月松間照，清泉石上流」，物象間的邏輯並不清晰：我們可以想像明月如清泉流於石上、明月照著石上清流、清泉流於月下松間等等，月、松、泉、石間的關係，照、流的動作，可能通過讀者的想像加以排列組合，重新繪製渾然一體的畫面。這一點上，蕭繹句已落下風。再看庾信句和蕭綱句。蕭綱句焰的動作是「動」，夜是「深」，燭色是「麗」，幾個詞之間，未能形成統一的氛圍，畫面（如果有的話）空洞蒼白，無法動人。庾信句夜寒侵入，燭光冷清，燭焰昏暗，營造清冷氛圍，也與上文「寒槃窗拂曙」、下文「晚星沒，芳蕪歇」融合無間，燭由燃到滅，光由明到暗，推動時間由宵及晨，堪為妙筆。

再看點題。蕭繹賦以七言四句點題，最為直白，已見題解。「對」字在蕭綱、庾信賦中並未加以明確落實。不過蕭綱以「眠龍傍繞，倒鳳雙安」寫燭盤、以「迥照金屏裏，脈脈兩相看」寫人燭相看，其中「雙」、「兩」可以算是點題。庾信以「鑄鳳銜蓮，圖龍並眠」寫燭盤，其中「並」字也可以算是點題。其實庾信賦不僅以字點題，更以事點題。其賦開頭由甲寒衣單寫到燈下縫衣，再言燭光不足穿針覺難，所以手持桂燭刺取燭火，加一枝燭以增加亮光，加一為二，落實題目「對燭」。這樣點題，既見巧思，而「龍沙雁塞甲應寒，天山月沒客衣單」高山墜石，開拓了畫面的寬度，也增加了賦作的氣勢和意蘊。

庾信之所以為宮體賦代表，確有其高人一頭的地方。人之稟才，大小異分，不能不讓我們感慨。不過庾信能在同題賦中如此淋漓盡致地展示自己的才華，而非如鮑照、江淹等徒使後人有「才盡」之評，二蕭容人之雅量及對文學之熱愛，也不能不讓我們感慨。

卷二

詔

敕條制禁奢靡詔

南齊　武帝

【題解】南朝盛行奢靡，永明七年（西元四八九年）夏四月，齊武帝蕭賾下詔定婚禮曰：「晚俗浮麗，歷茲永久……乃聞同牢之費，華泰尤甚，膳羞方丈，有過王侯。富者扇其驕風，貧者恥躬不逮……宜為節文，須之士庶。」指示擬訂規約，公布於眾，限定婚宴規模，既於禮無虧，又儉樸稱情。半年後，須布本〈禁奢靡詔〉，再次詔命「明為條制，嚴勒所在」，可見其禁絕奢靡的態度和決心。定婚禮，禁奢靡，都是為了改變「動違矩則」的現狀。

【作者】蕭賾（西元四四〇—四九三年），字宣遠，六月己未生於建康縣（今江蘇南京）青溪宅中，齊太祖高帝蕭道成長子。建元四年（西元四八二年），蕭道成去世，太子蕭賾即位，是為齊世祖武帝。次年改元永明（西元四八三—四九三年），南齊進入鼎盛，《南史・齊本紀上・武帝論》以「御衮垂旒，深存政典，文武授任，不革舊章，明罰厚恩，皆由己出，外表無塵，內朝多豫，機事平理，職貢有恆，府藏內充，人鮮勞役」稱之。不過蕭賾又是個矛盾的人，他既「頗喜遊宴雕綺之事」，卻又常自悔恨，而又不能戒除，豪奢依舊，臨崩又詔「凡諸游費，宜從休息」、「遠近薦獻，務存節儉」等等，所以《南史》作者李延壽以「齊之良主」譽之，明代楊慎卻以「從流忘返之奢如此，貽厥孫謀，何怪乎金蓮布地」評之。有詔敕百篇，嚴可均輯為二卷。

三季澆浮❶，舊章陵替❷，吉凶奢靡❸，動違矩則❹。或裂錦曳繡，以競車服之飾❺，塗金鏤石，以窮塋域之麗❻。至斑白不婚❼，露棺累葉❽。苟相姱衒❾，罔顧大典❿。可明為條制，嚴勒所在⓫，悉使畫一⓬。如復違犯，依事糾奏⓭。

【注釋】❶三季澆浮　三季，指夏、商、周三代各自的末期，《國語・晉語》「雖當三季之王，不亦可乎」，韋昭注「季，末也，三季王，桀、紂、幽王也」，此代指兩晉及宋三代之末。澆浮，指社會風氣澆漓輕浮。澆，薄。浮，輕浮。❷舊章陵替　舊章，指昔時典章制度。陵替，衰敗。❸吉凶奢靡　吉凶，指吉事和喪事。奢靡，奢侈靡費。❹矩則　規矩法則。❺或裂錦曳繡二句　謂以錦繡裝飾車輿禮服。可參考齊武帝同年〈定婚禮詔〉「同牢之費，華泰尤甚，膳羞方丈，有過王侯」句。孔穎達疏：「人以車服為榮，故天子之賞諸侯，皆以車服賜之。」車服，車輿禮服，〈尚書・舜典〉：「敷奏以言，明試以功，車服以庸。」❻塗金鏤石二句　謂以金石裝飾墓穴，其時好厚葬。塋域，指墓地。❼至斑白不婚　可參考齊武帝同年〈定婚禮詔〉「以供帳未具，動致推遷，年不再來，盛時忽往」句。斑白，頭髮花白。❽露棺累葉　謂競事奢靡而露棺不葬。累，積。葉，世代。❾苟相姱衒　隨意相互誇耀。❿罔顧大典　不顧國家的典章法令。⓫可明為條制二句　條制，條例制度。勒，約束抑制。所在，所有地方。⓬悉使畫一　完全規整劃一。⓭如復違犯二句　可參考齊武帝同年〈定婚禮詔〉「如故有違，繩之以法」句。糾奏，糾察上報。

【語譯】三代末期世風澆漓，舊日典章衰敗陵替，婚慶凶葬奢侈浮靡，動輒違反規矩法則。或撕裂錦繡，以攀比車輿禮服裝飾，鎏金刻石，以窮盡丘塋壟墓之華麗。以至頭髮斑白而不婚，棺木不葬至累世。隨意互相炫耀，不顧規章法典。應明確制定條例制度，嚴格約束所有地方，皆使整齊劃一。若有再敢違反觸犯，依據事實糾察上報。

【研析】若以歷史的眼光，史書記載諸多蕭賾詔書，自也應當在「文學」範圍之內。「自魏晉詔策，職在中書」，所以這些詔書未必便是蕭賾親筆，不過詔書既以彰顯君主想法，其遣辭、造句、結體、文風，自然也須符合君主的喜好。所以，這些詔書至少可以看成是蕭賾文學傾向的體現。本詔言辭質樸，先列現象，再說危害，再須嚴令，不加渲染，全無誇飾。許槤評本詔曰「語質而厚，漢詔之遺」，可謂披葉尋根。其實漢代詔書，文景以前，詔體浮雜，武帝之後，弘奧淵雅，蕭賾或許也未必便是有意學習漢代詔書的風範。

蕭賾留下來的文字，另有樂府〈估客樂〉四句，可以歸入今天「文學」的範疇。其辭曰：「昔經樊鄧役，阻潮梅根渚。感憶追往事，意滿辭不敘。」《古今樂錄》曰：「〈估客樂〉者，齊武帝之所制也，帝布衣時嘗游樊、鄧，登阼以後，追憶往事而作歌。」約劉宋大明六年（西元四六二年），蕭賾時二十三歲，由江入漢，遊歷樊城、鄧縣，復順江而下，至於梅根河，登基後，追憶往事而作此歌。「感憶追往事，意滿辭不敘」一句，受正始玄學「言不盡意論」的影響，遠承陸機「意不稱物，文不逮意」的見解，與陶淵明「此中有真意，欲辨已忘言」、「擁懷累代下，言盡意不舒」同出機杼。釋寶月善解音律，蕭賾命他被前述四句於管弦，事成之後，寶月又上兩〈估客樂〉，辭曰：

郎作十里行，儂作九里送。拔儂頭上釵，與郎資路用。
有信數寄書，無信心相憶。莫作瓶落井，一去無消息。

大艑珂峩頭，何處發揚州。借問艑上郎，見儂所歡不。
初發揚州時，船出平津泊。五兩如竹林，何處相尋博。

兩相比較，蕭賾〈估客樂〉前二句主體為三個地名，後二句先籠統言感憶往事，再言辭不盡意，顯得極其質樸無華，既無細節，亦無情趣。而寶月的作品，有細節有畫面，有比有興，心思細膩，情趣動人，倒不像釋家情懷，而多兒女旖旎風光。

如果以上舉蕭賾〈估客樂〉與本詔對照，倒是可以推想：本詔的質厚風格，也許正是蕭賾文學水平或文學眼光的體現。而這種文風，雖非〈估客樂〉這類樂府之本色，於本詔而言，指事而告，明罰敕法，峻峭之質，秋霜之烈，正好契合。

舉賢詔　北魏　孝文帝

【題解】北魏太和改制，主持者即馮太后、孝文帝祖孫二人，內容涉及戶制、官制、祿制、禮制、遷都、文化、教育等各方面，變俗遷洛，改官制服，禁絕舊言，引起部分鮮卑舊貴不滿。太和二十年（西元四九六年）久旱不雨，在「天人感應」觀念盛行的時代，被視為國政差錯的象徵。孝文帝「咸秩群神，自癸未不食至於乙酉」，於是「澍雨大洽」。孝文帝在天降大雨後下本詔，既以罪己，表悚慄之情；亦以舉賢，匡不及之過。

【作者】元宏（西元四六七－四九九年），原姓拓跋，後改姓元，北魏顯祖獻文皇帝拓跋弘長子，五歲受禪，年三十三崩，謚曰孝文皇帝，廟號高祖。太和十四年（西元四九〇年）親政，承馮太后進一步推行漢化，以改鮮卑風俗、語言、服飾，史稱「孝文改制」。太和十九年（西元四九五年）下詔定代人姓族，次年詔改鮮卑拓跋姓為漢姓元氏，又明令鮮卑和漢族通婚，評定士族門第，加強鮮卑貴族和漢人士族的聯合統治。於其政治，《魏書》譽以「雄才大略，愛奇好士，視下如傷，役己利物，亦無得而稱之，其經緯天地，豈虛謚也」。而北魏文學的一片生機，亦自孝文帝始。孝文以前，「咸以威武為業，文教之事，所未遑也」，孝文則「銳情文學，蓋以頡頏漢輸，掩踔曹丕，氣韻高豔，才藻獨構。衣冠仰止，咸慕新風」、「帝王製作，朝野軌度，斟酌用舍，煥乎其有文章，海內生民咸受耳目之賜」。總體來看，孝文帝的文教武略都功績卓越，對中國歷史產生了重大的影響。《隋書·經籍志》著錄有《後魏孝文帝集》三十九卷，已佚，所為公文多存於史書，嚴可均輯為四卷。

炎陽爽節❶，秋零卷澍❷。在予之責，實深悚栗❸。故輟膳三晨❹，以命上訴。靈鑒誠款❺，曲流雲液❻。雖休弗休❼，寧敢愆怠❽。將有賢人湛德，高士凝棲❾，雖加詮采❿，未能招致。其精訪幽谷，舉茲賢彥，直言極諫，匡予不及。

【注釋】❶炎陽爽節　語本《漢書·李尋傳》「日初出，炎以陽，君登朝，佞不行，忠直進，不蔽障」。炎陽，即烈日，南朝梁簡文帝〈苦熱行〉「六龍騖不息，三伏起炎陽」。爽節，謂錯失時節。❷秋零卷澍　謂秋雨不至。零，《說文》各本謂「餘雨也」，段注改作「徐雨」，謂「徐徐而下之雨」。卷，收起。澍，《說文》「時雨，所以澍生萬物」。❸悚栗　恐懼顫慄。❹輟膳三晨　停止進食三日，《魏書·高祖紀》「自癸未不食至於乙酉」。❺靈鑒誠款　神靈明鑒虔誠懇切。❻曲流雲液　曲，普遍，《易·繫辭上》「曲成萬物而不遺」。雲液，指雨水。❼雖休弗休　語本《尚書·呂刑》「雖畏勿畏，雖休勿休」，謂「雖見美，勿自謂有德美」。休，美。❽寧敢愆怠　寧，豈。愆怠，過失懈怠。❾將有賢人湛德二句　將，當，《左傳·閔公元年》「難不已，將自斃」。湛，通「沈」。沉沒，《說文》「湛，沒也」，段注「古書浮沈字多作湛，湛沈古今字」，《漢書·五行志中》引《左傳》

曰「以成周之寶圭湛於河」。凝，止，劉向〈九歎・憂苦〉「折銳摧矜，凝氾濫兮」。⑩詮采　選拔擇取。

【語　譯】 烈日異時，秋雨不至。過錯在我，深感恐懍。故停餐三日，向天請訴。神靈鑒別誠懇，普天降下雨液。雖美尚不敢自美，有錯豈能輕怠。當有賢人沉淪美德，高士止息隱棲，雖已選拔擇取，未能招徠羅致。詔命細緻尋訪幽谷，舉薦這些賢彥，敢於直言進諫，匡糾我所不及。

【研　析】 《魏書・高祖紀》載「自太和十年已後詔冊，皆帝之文也」，則本詔極有可能是孝文帝親筆。這是因為孝文「雅好讀書，手不釋卷」、「才藻富贍，好為文章，詩賦銘頌，任興而作，有大文筆，馬上口授，及其成也，不改一字」，實在可以看成是「帝王文人」。

史載孝文路途所見，多有賦詩，「自餘文章，百有餘篇」，惜多不傳。如《魏・彭城王列傳》載，孝文帝幸代都次於上黨，遇松樹十數株，賦詩並謂彭城王元勰曰「吾作詩雖不七步，亦不言遠」，於己之捷才頗為自得。另如「至北邙，遂幸洪池，命澄侍升龍舟，因賦詩以序懷」，也是完全文人作派。其流傳至今最為著名的作品，當屬〈弔比干文〉，原碑不存，北宋重刻，為北碑名品，文為騷體賦，深得屈宋三昧。史載此文還引來嵇紹入夢，「神爽卑懼，似有求焉」，任城王元澄以為比干、嵇紹「二人俱死於王事，墳塋並在於道周，然陛下徙御殷洛，經瀍墟而弔比干，至洛陽而遺嵇紹，當是希恩而感夢」。神怪之事，或出於溢美，而時臣劉芳為〈弔比干文〉注解並表上之，更有溜鬚拍馬之嫌。孝文對劉芳注解的回覆，倒可以見出孝文文學思想的端倪，孝文詔曰：「覽卿注，殊為富博。但文非屈宋，理慚張賈。既有雅致，便可付之集書。」其中謙稱自己作品於「文」、「理」兩方面皆不足稱，可以看出孝文論文的準的，基本在於文質兩端而不偏廢；又以

「雅致」為較低標準，以為作品如果有「雅致」，即高雅的情趣，則可以編入文集。以文理兩端論文，由來有自；而以「雅致」論文，前此並不多見，可為文論研究注意。

與前蕭賾〈敕條制禁奢靡詔〉之平實不同，本詔用典較多，經史不限，而於用字遣詞，也十分講究，如零、澍、曲、湛等字，俱可見孝文對漢典籍的熟悉。僅以「炎陽爽節」四字為例闡述。

「炎陽爽節」源出《易》「縣象著明，莫大乎日月」句，語本《漢書・李尋傳》。因水出地動，哀帝以災異問李尋，李尋以日為「人君之表」，以為「日將旦，清風發，群陰伏，君以臨朝，不牽於色。日初出，炎以陽，君登朝，佞不行，忠直進，不蔽障。日中輝光，君德盛明，大臣奉公。日將入，專以壹，君就房，有常節」。而除了以上正面表述，孝文在使用「炎陽爽節」四字時，不可能不想到後文，即李尋所謂「君不修道，則日失其度，暗昧亡光」，而「君不修道」的關鍵，則在「牽於女謁」、「近臣亂政」、「有以守正直言而得罪者」，及李尋最後勸諫哀帝「執乾剛之德，強志守度，毋聽女謁邪臣之態」的言辭。所以，「炎陽爽節」四字，既敘氣候反常，久旱不雨，又隱含了君主德行有失、未能任用忠直的意思，並與本詔下文舉賢人高士及「直言極諫，匡予不及」緊密聯繫。觀孝文此四字用典，圓融渾然，合契若神，可見其文藝水平之一斑。

與太子論彭城王詔　北魏　孝文帝

【題　解】 題中「太子」指元恪，《魏書・太祖紀》載「二十有一年（西元四九七年）春正月丙申，立皇子恪為皇太子」。「彭城王」指元勰，字彥和，北魏孝文帝元宏六弟，《北史》載其「敏而耽學，雅好屬文，長直禁內，參決軍國大政，萬機之事無不預焉」，初封始平王，太和二十年（西元四九六年）改彭城王。太和二十三年（西元四九九年）齊軍來犯，孝文帝率軍親征，途中病重，欲以六軍社稷託付元勰，元勰以「出入喉膂，每跨時要，此乃周旦遁逃，成王疑惑」相辭，孝文乃手此詔書交付元勰，帶給太子元恪。

汝第六叔父勰，清規懋賞❶，與白雲俱潔，厭榮舍紱❷，以松竹為心。吾少與綢繆❸，提攜道趣❹。每請解朝纓❺，恬真邱壑❻。吾以長兄之重，未忍遠離。何容仍屈素業❼，長嬰世網❽。吾百年之後，其聽勰辭蟬舍冕❾，遂其沖挹❿之性，無使成王之朝，翻疑姬旦之聖⓫。不亦善乎？汝為孝子，勿違吾敕。

【注釋】❶清規懋賞　謂元勰德政俱美，堪稱典範。清規，指清高的規範節操。懋賞，盛大的獎賞，語本《尚書・仲虺之誥》「德懋懋官，功懋懋賞」。❷厭榮舍紱　謂厭棄榮華，捨棄官職。紱，繫官印的絲帶，代指官職。❸綢繆　指情意深厚。❹提攜道趣　喻人生歷程互相扶持。提攜，攙扶。道趣，道路趨向趣。通「趨」。❺朝纓　代指官職。纓，繫冠的帶子。❻恬真邱壑　恬真，恬淡樸素。邱壑，即丘壑，山嶺溝壑，指大自然。❼何容仍屈素業　何容，謂豈能。仍，一直。素業，清白的操守。❽長嬰世網　陸機〈赴洛道中作〉有「世網嬰我身」句。嬰，纏繞。世網，指世俗瑣事如網。❾辭蟬舍冕　謂辭去官職。漢代侍從官所戴之冠叫蟬冠或蟬冕，上有蟬飾，並插貂尾，故亦稱貂蟬冠。❿沖挹　謙虛自抑。⓫無使成王之朝二句　成王疑姬旦，謂周武王去世，其子成王即位，成王年幼，周公姬旦救亂，成王未知周公之志而疑之。

【語　譯】你六叔父元勰，操守清高功勳茂著，與白雲一樣高潔，厭棄榮華捨去官紱，以松竹作為本心。我從小和他情深意厚，一路相互提攜扶持。他多次請求解除朝職，到山水丘壑過恬淡隨性的生活。我以兄長情重，未忍遠離。又怎能一直委屈他的清白操守，長久困於俗塵世網。我死了之後，望你允許元勰辭去官務，成全他沖淡天性，不可使成王之朝廷，反而去懷疑姬旦的聖明。這樣不是也很好麼？你是孝子，不要違背我的戒敕。

【研　析】彭城王元勰是孝文帝同父異母兄弟，兩人之交，既有兄弟相親，又有君臣相得，又有文人相知。比如孝文見堂後桐竹，曰：「鳳皇非梧桐不棲，非竹實不食，今梧竹並茂，詎能降鳳乎？」元勰回答：「鳳皇應德而來，豈桐竹能降？」一問一答，頗有《世說新語．言語》的風貌。又如孝文觀桐葉之茂，以為足敷歌詠，便令讀群臣應制詩，還為元勰詩改一字。還如元勰以皇恩頻至而面辭，孝文執勰手曰：「二曹（曹丕、曹植）才名相忌，吾與汝以道德相親，緣此而言，無慚前烈。」孝文病重時，元勰又能內侍醫藥，外總軍國之務。故兩人在軍國政事、生活起居、詩文唱和各方面都「琴瑟和諧」，孝文於本詔中稱自己與元勰「少與綢繆，提攜道趣」，實非虛言。

不過如果回到歷史、政治的現場，事情也許沒詔書中說的那麼簡單美好。孝文親征，元勰總攝六師。孝文生病，元勰以侍疾無暇，希望別人執掌軍要，孝文則曰：「吾慮不濟，安六軍保社稷者，舍汝而誰？」後來孝文病重，更謂勰曰：「今吾當成不濟，霍子孟以異姓受付，況親賢，不可不勉也！」元勰泣曰：「臣出入喉膂，每跨時要，此乃周旦遁逃，成王疑惑，臣非所以辭勤請逸，正欲仰成陛下日鏡之明，下令愚臣獲避退之福。」而孝文思考良久，也覺得元勰所言「理實難奪」，於是寫了這封詔書給元恪。

細讀上面這段文字，孝文數次託付，真能品出一點「劉備託孤」的味道，而元勰的泣曰、固辭，也許不僅僅因為白雲之潔、松竹之心，也是為了讓自己避免姬旦篡位的嫌疑而能「獲避退之福」。其固辭，既是一種姿態，也相當於與孝文達成了協議：孝文一死，元勰就將軍政大權交給元恪，並安排妥當，確保元恪皇位的穩固。而孝文這一紙詔書，就是我保你「避退之福」、你保我太子登位的協議書。

歷史往往比我們能想到的更為驚險。即使元勰手持「辭蟬舍冕」的協議書，但咸陽王元禧及東宮官屬仍多竊懷防懼，疑元勰有異志。元恪即位，固以元勰為宰輔，元勰以本詔書為依據，請遂素懷。宣武帝（即元恪）不許辭官，最後外任元勰為都督、定州刺史。後又詔元勰至京師為大司馬，侍中、司徒如故。宣武即位後的八年中，元勰入京出京，數經起伏。永平元年（西元五〇八年）九月，高肇誣元勰謀反，宣武信之，召元勰入宮，宴於禁中，夜皆醉，元珍率武士逼飲毒酒，武士就殺之，得年僅三十三。

如果僅以文學的眼光，討論本詔書的遣辭、造句，品味其用典、比興，確實能得出「深致亮懷，藹乎如見」（許槤評語）的感受。不過，當我們把這篇詔書放回《魏書》，放回政治權力鬥爭的漩渦，也許能看到更複雜的人性，領略更立體的文學。

禁浮華詔　北齊　文宣帝

【題解】北齊文宣帝於武定八年（西元五五〇年）五月受禪，改元天保（西元五五〇—五五九年），於當年六月下此詔書，禁絕浮華，以改變民風。

【作者】高洋（西元五二六—五五九年），字子進，神武帝高歡次子，文襄帝高澄同母弟，孝昭帝高演、武成帝高湛同母兄。少有大度，志識沉敏，外柔內剛，果敢能斷。武定八年迫東魏孝靜帝禪位，改國號為齊，史稱北齊。初踐大位，厲行改革，勸農興學，編制齊律，重用楊愔等相才，刪削律令，並省州郡縣，減少冗官，嚴禁貪汙，肅清吏治，前後築北齊長城四千里，置邊鎮二十五所，屢次打敗柔然、突厥、契丹，出擊蕭齊，拓地至淮南，征伐四克，威振戎夏。執政後期縱欲酗酒，大興土木，賞費無度，昏邪殘暴，事極變態，最終飲酒過度而暴斃，廟號顯祖，諡號文宣皇帝。

頃者風俗流宕❶，浮競日滋❷。家有吉凶，務求勝異。婚姻喪葬之費，車服飲食之華，動竭歲資，以營日富❸。又奴僕帶金玉，婢妾衣羅綺，始以刱出為奇，後以過前為麗。上下貴賤，無復等差❹。今運屬維新，思蠲往弊❺，反樸還淳，納民軌物❻。可量事具立條式，使儉而獲中❼。

【注　釋】❶頃者風俗流宕　近來風俗放蕩。流宕，謂流逸放蕩不合規矩。陶潛〈閑情賦序〉：「將以抑流宕之邪心，諒有助於諷諫。」❷浮競日滋　爭名奪利風氣日漸增長，《晉書‧賈謐列傳》：「貴遊豪戚及浮競之徒，莫不盡禮事之。」❸家有吉凶六句　寫浮華浪費的社會現象。勝異，奇異出眾。婣，同「姻」。動，往往。歲資，一年的財資。❹又奴僕帶金玉六句　六朝貴賤在服飾上差別明顯，此寫因追逐浮華而導致上下等第衣著上的混亂。刱，同「創」。❺今運屬維新二句　運，國運。屬，值；當。維新，這裡指北齊新立。《詩‧大雅‧文王》：「周雖舊邦，其命維新。」蠲，去除；免除。❻反樸還淳二句　反，「返」的古字，迴歸。納民軌物，使民物合於法度禮制，語本《左傳‧隱公五年》：「君將納民於軌物者也，故講事以度軌量，謂之軌，取采以章物采，謂之物。不軌不物，謂之亂政。」❼可量事具立條式二句　具，備置。條式，條文法規。中，正；無過無不及。

【語　譯】近來習俗放蕩不拘，浮競之風日益滋長。家有吉凶之事，務求奇異出眾。婚姻喪葬的花費，車服飲食的華麗，往往窮盡一年的財資，來追求一日的豪富。又有奴僕披帶金玉，婢妾穿著羅綺，始興者以前所未有為奇，後繼者以超過前人為麗，上下貴賤，不復等級差異。現在正值國運維新，想要蠲除舊弊，迴歸簡樸恢復淳厚，百姓器物合於法度。可以依據事情置立條文法規，使民風節儉且中正得當。

【研　析】本詔書是在文宣帝高洋踐祚之初興學舉賢、勸農務儉的眾詔書之一。詔者，告也，需要言辭的通俗易讀，茲羅列幾條與本詔同年頒布的詔書，以資參看：

冀州之渤海、長樂二郡，先帝始封之國，義旗初起之地。并州之太原、青州之齊郡，霸業所在，王命是基。君子有作，貴不忘本，思申恩洽，蠲復田租。齊郡、渤海可並復一年，長樂復二年，太原復三年。

古人鹿皮為衣，書囊成帳，有懷盛德，風流可想。其魏御府所有珍奇雜彩常所不給人者，徒為蓄積，命宜悉出，送內後園，以供七日宴賜。

有能直言正諫，不避罪辜，謇謇若朱雲，諤諤若周舍，開朕意，沃朕心，弼於一人，利兼百姓者，必當寵以榮祿，待以不次。

諸牧民之官，仰專意農桑，勤心勸課，廣收天地之利，以備水旱之災。

這些詔書都是言語質樸，表意清晰，與南齊武帝蕭賾的〈敕條制禁奢靡詔〉類似，而與北魏孝文帝元宏的二詔書稍有差別，這種差別，主要與作者的文學品味和追求有關。

與〈敕條制禁奢靡詔〉相似，本詔也以對當下社會浮靡現象的總括起筆，然後對浮靡現象進行描繪刻畫。巧合的是，兩詔書的描繪，都集中於吉凶即婚姻喪葬二事上，這也可以見出當時社會在民情上的風貌。至詔書末尾再申明「明為條制」、「具立條式」，歸於儉樸。

兩詔書禁絕浮靡的目的，首先當然是在推行節儉，但除此之外，維護雖已鬆弛的等級制度，也是重要內容。對現象的批判，〈敕條制禁奢靡詔〉曰「吉凶奢靡，動違矩則」、「苟相夸衒，罔顧大典」，本詔書則曰「奴僕帶金玉，婢妾衣羅綺」、「上下貴賤，無復等差」；對目的的描述，〈敕條制禁奢靡詔〉曰「嚴勒所在，悉使畫一」，本詔書則曰「納民軌物」、「儉而獲中」：這些也可以見出當時的政治風貌。

許槤評此詔云：「洞澈末流惡習，大似箴銘格言，誰謂齊梁間盡靡靡之奏邪？今之士大夫當書此於門屏几席，可以起痿疾、鍼膏肓矣。」又評本詔末句云：「陡住絕奇。」兩句評語似乎都有點為誇而誇，無視文體和社會的語境：無論是「箴銘格言」式的語體風格，還是末句的「陡住絕奇」，都不過是當時無數詔書的常態罷了。如果再考慮到天保六七年後高洋變態癲狂的行為，也肯定不會有士大夫願意「書此於門屏几席」吧。

敕

與臧燾敕

宋　武帝

【題　解】臧燾，字德仁，東莞莒（今山東莒縣）人，是宋武帝劉裕的髮妻臧愛親（追諡為武敬皇后）的哥哥。《宋書》本傳載，臧燾「少好學，善三禮，貧約自立，操行為鄉里所稱。晉孝武帝太元中，衛將軍謝安始立國學，徐、兗二州刺史謝玄舉燾為助教」。劉裕受禪，徵拜太常，「雖外戚貴顯，而彌自沖約，茅屋蔬餐，不改其舊，所得奉祿，與親戚共之」。永初三年（西元四二二年）致仕，拜光祿大夫，加金章紫綬，尋卒，得年七十，少帝劉義符追贈左光祿大夫，加散騎常侍。本敕是劉裕鎮京口（今江蘇鎮江市）時寫給臧燾的書信，希望加強宣揚，誘導京口士子從臧燾學習，重振儒學風氣。敕，自上命下之詞，漢代時凡官長告誡子孫僚屬之詞皆稱敕，六朝以後專指皇帝詔書。

【作　者】劉裕（西元三六三—四二二年），字德輿，小名寄奴，祖籍彭城縣綏輿里，生於晉陵郡丹徒縣京口里（今江蘇鎮江市），自稱西漢楚元王劉交之後。元熙二年（西元四二〇年）代晉自立，改號永初，定都建康，國號宋，史稱劉宋。執政期間，集權中央，抑制豪強，整頓吏治，重用寒門，發展生產，輕徭薄賦，廢除苛法，振興教育，舉善旌賢，被李贄譽為「定亂代興之君」。

虞世南稱「匹夫挺劍，首創大業，旬月之間，重安晉鼎，居半州之地，驅一郡之卒，斬譙縱於庸蜀，擒姚泓於崤函，克慕容超於青州，梟盧循於嶺外，戎旗所指，無往不捷。觀其豁達宏遠，則漢高之風，制勝胸襟，則光武之匹」，重點描述了劉裕的武功，並以之與漢高祖劉邦、光武帝劉秀相比擬。「惜其祚短」，永初三年病逝，得年六十，廟號高祖，諡號武皇帝。

頃學尚廢弛❶，後進❷頹業，衡門❸之內，清風❹輟響。良由戎車屢警❺，禮樂中息❻，浮夫近志❼，情與事染❽。豈可不敷崇墳籍❾，敦厲❿風尚。此境人士，子侄如林，明發⓫搜訪，想聞令軌⓬。然荊玉含寶⓭，要俟⓮開瑩，幽蘭懷馨，事資扇發⓯。獨習寡悟，義著周典⓰。今經師⓱不遠，而赴業無聞。非唯志學⓲者鮮，或是勸誘未至邪？想復宏之。

【注釋】❶頃學尚廢弛　近來學風廢棄懈怠。❷後進　後輩，亦指學識或資歷較淺的人，《論語・先進》：「先進於禮樂，野人也；後進於禮樂，君子也。」❸衡門　橫木為門，指簡陋的房屋，《詩・陳風・衡門》：「衡門之下，可以棲遲。」❹清風　良好的風氣，此指讀書的風氣，張衡〈東京賦〉：「清風協於玄德，淳化通於自然。」❺良由戎車屢警　確實戰事不斷。戎車，兵車，引申指戰事。❻中息　中間停歇，馬融〈長笛賦〉：「蓋滯抗絕，中息更裝。」❼浮夫近志　浮薄的人志向不遠，沉湎安逸。《冊府元龜》作「淫夫恣志」。

❽染　薰染；影響。❾敷崇墳籍　傳布推崇古書。敷崇，《晉書・儒林傳・杜夷》：「漢武欽賢，俊彥響應，故能允協時雍，敷崇盛化。」墳籍，相傳古書有〈三墳〉〈五典〉，後以泛稱古書。❿敦厲　督促勉勵，顏之推《顏氏家訓・勉學》：「縱不能增益德行，敦厲風俗，猶為一藝，得以自資。」⓫明發　尋求發現。⓬想聞令軌　嚮往仰慕美好的規範。《漢書・霍光傳》：「初輔幼主，政自己出，天下想聞其風采。」⓭然荊玉含寶　用和氏璧的故事，《韓非子・和氏》載，春秋時楚人卞和得荊山璞玉獻給厲王和武王，卻被當成石頭，後來獻給文王，剖璞得玉。荊玉，荊山之璞玉。含寶，所含之寶就是和氏璧。⓮要俟　要，關鍵，《韓非子・揚權》：「事在四方，要在中央，聖人執要，四方來效。」俟，等待。⓯扇發　吹拂宣揚。⓰獨習寡悟二句　《禮記・學記》：「獨學而無友，則孤陋而寡聞。」周典，周代的典籍，此指《禮記》。⓱經師　本指漢代講授經書的學官，《漢書・平帝紀》：「郡國曰學，縣、道、邑、侯國曰校。校、學置經師壹人。」後泛指傳授經書的大師，此指臧燾。⓲志學　有志於學，語本《論語・為政》「吾十有五而志於學」句。

【語　譯】近來學風荒蕪鬆弛，後輩學業頹廢，衡門陋室之內，清風停止聲響。確實由於戰事不斷，禮樂中止，浮薄之人胸無大志，縱情於世俗的安逸享樂。怎可不傳布推崇《三墳》《五典》，敦勉激勵讀書風尚。此地的文人士子，子侄小輩如林，尋求搜訪，嚮往美好。然而荊山璞玉雖內含至寶，關鍵還在開剖琢磨，幽谷蘭草雖懷有馨香，成事要靠吹拂宣揚。單獨學習則少得寡悟，這個道理寫在《禮記》之中。現在飽學經師就在附近，而投學之事卻沒有聽說。並非因有志於學的人少，也許是勸說誘導得還不夠？希望把好學之風重新發揚光大。

【研　析】雖然踐祚日短，但作為「南朝第一帝」，宋武帝劉裕在中古乃至中國的發展史上，都可以算是一個關鍵人物。後人對其是非功過評騭亦多，這裡我們僅對由本文生發出的文治教化方面的傾向作一梳理，以幫助本文的研究分析。

劉裕出身貧賤，名微位薄，輕狡無行，文化方面「僅識文字」、「本無術學」、「不經涉學」。《魏書・島夷劉裕傳》載，劉裕「以賣履為業」、「樗蒲傾產，為時賤薄」。劉裕也不善書法，《宋書・劉穆之傳》載，高祖書素拙，劉穆之勸他稍加留意，高祖「既不能厝意，又稟分有在」，穆之便教他「但縱筆為大字，一字徑尺」，高祖從之，一紙不過六七字便滿，明代陶宗儀《書史會要》稱其「書法雄逸」，不知是被其大字驚到，還是劉裕找人代筆。孫楷第先生說：「說京洛話，寫得好字，作得好詩，能談義，這四樣是士大夫的裝飾品，劉裕一樣也不會。」（〈劉裕與士大夫〉）雖然陳寅恪、祝總斌等先生根據劉氏渡江以後人物及其通婚家族的仕宦情況，認定劉裕家族之門第應當為「次（低）級士族」，但仍不改其「卑庶」的定位。門第卑庶，便成為了劉裕走向權力巔峰的絆腳石。如出自東晉一流高門太原王氏的王綏，便「以高祖起自布衣，甚相凌忽」，即便寒門軍事權貴的興起已不可阻擋，但士族仍努力挑選文化水準較高的人物，如北府將領劉毅，因「毅頗涉文雅，故朝士有清望者多歸之」。寧遠將軍胡藩分析劉毅「終不為公下」的原因，說「連百萬之眾，攻必取，戰必克，毅以此服公；至於涉獵傳記，一談一詠，自許以為雄豪」。

隨著政治地位上升，劉裕為取得士族的認同支持，努力提高自身修養，「頗慕風流，時或言論」、「好清談於暮年」，組織詩賦歌詠，模仿學習士族任誕風流的舉止等。同時也注意用其手中的政治權力引導文化風尚，其中特別重要的是援引經師與興辦學校，本文就是劉裕在起兵反對桓玄後不久，期望在京口興學的實證。受禪後於永初三年正月乙丑，又頒布詔書，以興振儒學，曰：

> 古之建國，教學為先。弘風訓世，莫尚於此，發蒙啟滯，咸必由之。故爰自盛王，迄於近代，

莫不敦崇學藝，修建庠序。自昔多故，戎馬在郊，旌旗卷舒，日不暇給。遂令學校荒廢，講誦蔑聞，軍旅日陳，俎豆藏器，訓誘之風，將墜於地。後生大懼於牆面，故老竊歎於子衿。此〈國風〉所以永思，〈小雅〉所以懷古。今王略遠屆，華域載清，仰風之士，日月以冀。便宜博延胄子，陶獎童蒙，選備儒官，弘振國學。主者考詳舊典，以時施行。

這封詔書描述學校荒廢的現狀，分析學尚廢弛的原因，乃至遣辭造句上，都與〈與臧燾敕〉異曲同工，正可參看。如果要說差別，則〈與臧燾敕〉是寫給臧燾個人的書信，言辭語氣更加親切平和，少了些官腔，多了些對個人的揄揚，如「想聞令軌」、「經師不遠」數字。尤其是「荊玉含寶，要俟開瑩，幽蘭懷馨，事資扇發」一句，許棟稱之為「麗語能樸，雋語能淳」，是從辭藻上加以稱讚，其實這一句既力揚臧燾，又暗褒「此境人士」，以便最後將「清風輟響」的原因歸於「勸誘未至」，實在是深得公務文字的奧妙，值得我們學習。

為武帝與謝朏敕

梁　沈約

【題解】題中「武帝」指梁武帝蕭衍。蕭衍，字叔達，小名練南，蘭陵武進中都里人，以中興二年（西元五〇二年）四月受禪，改元天監，在位四十八年，謚曰武皇帝，廟號高祖。沈約在〈梁武帝集序〉中對武帝的文才頗多溢美，謂其「爰始貴游，篤志經術」，又「善發談端，精於持論」，不僅能做「春風秋月，送別望歸」之詩文，又「登庸歷試，辭翰繁蔚，箋記風動，表議雲飛」，應運受禪後，更是「詠志摛藻，廣命羣臣，上與日月爭光，下與鐘石比韻，事同觀海，義等窺天」。

當然，王皇辭翰，多由文臣代寫，如載於武帝集中，蕭衍在平京邑進位相國時表請謝朏、何胤的〈請徵謝朏何胤表〉，在構思、用意、措辭等方面，與本敕皆多類似，極可能也出自沈約手筆。謝朏，字敬沖，祖弘微，宋太常卿，父莊，宋中書令、右光祿大夫，並有名前代。他並不是普通的所謂「山林之士」、「箕潁高人」，而是陳郡陽夏謝氏的一個代表。齊梁間屢徵不起，本文就是梁武帝受禪後為徵召謝朏而命沈約寫成的一封敕書。

吾以菲德，屬當期運❶。鑒與吾賢，思隆治道❷。而明不遠燭❸，所蔽者多。實寄賢能，匡其寡闇❹。嘗謂山林之志，上所宜宏，激貪厲薄，義等為政❺。自居元首，臨對百司❻，雖復執文經武，各修厥職，群才競爽，以致和美❼。而鎮風靜俗，變教論道，自非箕潁高人，莫膺茲寄❽。

【章　旨】寫自己與百官之不足變風化俗，引出對隱者的期盼。

【注　釋】❶吾以菲德二句　自謙以菲薄之德而受禪即帝位，《梁書・武帝紀》「朕以菲德，君此兆民」句，與此類似。菲德，菲薄之德行。屬當，適逢；正當。期運，猶「機運」，蔡邕〈陳太丘碑〉：「含元精之和，膺期運之數。」❷鑒與吾賢二句　寫己之抱負期望。鑒，識見。與，動詞，結交親近。思，期望，與「鑒」相對。

隆，弘揚。治道，治理國家的措施，《禮記・樂記》：「是故審聲以知音，審音以知樂，審樂以知政，而治道備矣。」❸燭　照亮。❹匡其寡闇　匡正自己的不明。匡，匡正。其，第一人稱代詞，指自己。闇，同「暗」。不明。❺嘗謂山林之志四句　寫山林隱居對於世風亦有大用。激，激勵。厲，勉勵。❻自居元首二句　元首，頭，以喻君主，《尚書・益稷》：「股肱喜哉，元首起哉，百工熙哉。」百司，即百官，《書・立政》：「大都，小伯，藝人，表臣，百司。」❼雖復執文經武四句　寫百官各司其職，以致和美。厥，其。競爽，爭勝。❽而鎮風靜俗四句　寫風俗教化非隱者高人不可。鎮風，猶「鎮俗」，抑制不良風習。箕潁高人，指許由，堯時許由曾隱居箕山之下、潁水之陽，因以稱隱者。膺，承擔。

【語譯】我以菲薄之德，適逢受禪機運。知道結交諸位賢人，念想弘揚治國之道。而光亮有限無法遠照，遮蔽之事很多。確實寄希望於賢能，來匡正我的寡陋不明。曾經認為山林隱居之志，在上為政者本宜宏揚，因為能激勵貪薄之風向善，其效益與為政相類似。自居皇位，面對百官，雖也能駕馭文武臣僚，使各修其職，群才共濟爭勝，實現美好政績。然而抑制風氣，淨靜習俗，改變教化，明晰道德，自然非箕山潁水的隱居高人，不能承擔這樣的重責。

是用虛心側席，屬想清塵❶。不得不屈茲獨往，同此濡足❷。便望釋蘿襲袞，出野登朝❸。必不以湯有慚德，武未盡善，不降其身，不屈其志，使璧帛虛往，蒲輪空歸❹。傾首東路，望兼立表❺。羲軒邈矣，古今殊事❻。不獲總駕崆峒，依風問道❼。今方復引領雲臺，虛己宣室❽。紆賢之愧，載結寢興❾。

【章旨】寫自己請謝朏出山的虛心、急切、嚮往、致謝之情意。

【注釋】❶是用虛心側席二句　承上段而來，寫自己的謙虛姿態。是用，相當於「是以」，因此。側席，不正坐，指謙恭以待賢者，《後漢書・章帝紀》：「朕思遲直士，側席異聞。」屬想，猶「寄情」。清塵，車後揚起的塵埃，用作對尊貴者的敬稱，《漢書・司馬相如傳》「犯屬車之清塵」句，顏師古注：「塵，謂行而起塵也。言清者，尊貴之意也。」❷不得不屈茲獨往二句　寫對謝朏的請求。濡足，濕足，喻被玷污。❸便望釋蘿襲袞二句　指當官。釋蘿，脫去隱士之服。襲袞，穿上官服。袞，袞衣，此指官服。❹必不以湯有慚德六句　期望謝朏不因自己薄德而不至。湯有慚德，語本《尚書・仲虺之誥》「成湯放桀于南巢，惟有慚德」。武未盡善，化用《論語・八佾》「謂〈武〉盡美矣，未盡善也」，〈武〉本是樂名，此借指武王，與湯相對。璧帛，璧玉與絲絹，指珍貴的禮物。蒲輪，指用蒲草裹住車輪，行進時震動較小，常用於迎接賢士，以示禮敬，《史記・平津侯主父列傳》：「始以蒲輪迎枚生，見主父而歎息。」❺傾首東路二句　寫己盼望之真誠急切。傾首，側頭，相當於「側耳」，表示恭敬地期待回音。兼，勝過。立表，設置日晷以計時，陸機〈思歸賦〉：「願靈暉之促景，恆立表以望之。」❻羲軒邈矣二句　語本《文子》「三王殊事而同心，異路而同歸」。羲軒，指太昊伏羲氏和黃帝軒轅氏，皆古帝號。❼不獲總駕崆峒二句　語本《莊子・在宥》「黃帝立為天子十九年，令行天下，聞廣成子在於空同之上，故往見之，曰：我聞吾子達於至道，敢問至道之精」。獲，能。總駕，勒束車馬，猶言「驅車」。崆峒，山名，即廣成子隱居地。❽今方復引領雲臺二句　謂盼望等待的殷切。復，又，此「復」字就蕭衍在平京邑進位相國時已表請謝朏而謝朏不起而言。引領，伸頸遠望，以形容期望殷切。雲臺，漢宮中臺名，光武帝時用作召集群臣議事之所，後用以借指朝廷。宣室，指漢未央宮中之宣室殿，《史記・屈原賈生列傳》：「孝文帝方受釐，坐宣室。上因感鬼神事，而問鬼神之本。」❾紆賢之愧二句　寫自己因為要勞煩委屈謝朏而感到惶恐。紆，屈抑。載結寢興，語本《詩・秦風・小戎》「載寢載興」。載，句首語助詞。結，凝聚。寢興，睡下和起床，指時時刻刻。

【語　譯】因此虛心地側席而坐，寄情於尊貴的您。不得不委屈您放棄孤往獨來，到此褰裳濡足，一同受世俗沾汙。盼望您脫釋蘿衣穿上官服，走出山野登上朝堂。一定不要因成湯有所慚德，武王尚未盡善，而不肯降身屈志，使璧玉絲帛虛往，蒲輪之車空歸。我側耳東路，期待回音，盼望急切，超過立表計時。伏羲軒轅，時代邈遠，古今更替，事有不同。我沒能像黃帝一樣，驅車崆峒，依風問道。而只得又在雲臺翹首遠望，在宣室虛心等待。委屈賢者的愧怍，凝聚在夜寐晨興的時時刻刻。

【研　析】本文是沈約代梁武帝寫給謝朏，勸說謝朏出仕的一封敕書。這樣的公文書寫，於作者而言，必須得做到以下兩點：一需對謝朏表達足夠的尊敬和誠意，方有可能打動謝朏；二需照顧蕭衍的帝王身分，不可過於謙卑，進而體會武帝心思，以博其心滿意足。這便給行文的口吻帶來了自然的卑和亢的矛盾。沈約作為一代文宗，很好地處理了這一問題。僅以第二部分中的詞句為例，稍加評析，亦以補注釋之未盡。

如「不得不屈茲獨往，同此濡足」中「獨往」、「濡足」二詞。獨往，謂超脫萬物，獨行己志。《莊子・在宥》：「出入六合，遊乎九州，獨往獨來，是謂獨有。」李善注江淹〈效許詢自序〉

「遣此弱喪情，資神任獨往」一句云：「淮南王《莊子略要》曰：『江海之士，山谷之人，輕天下，細萬物，而獨往者也。』司馬彪曰：『獨往，任自然，不復顧世。』」濡足，《楚辭・九章・思美人》：「因芙蓉而為媒兮，憚褰裳而濡足。」王逸注：「又恐汙泥，被垢濁也。」《後漢書・崔駰傳》載崔駰以典籍為業，未遑仕進，時人或譏其太玄靜，駰答曰「與其有事，則褰裳濡足，冠掛不顧，人溺不拯，則非仁也」。這兩個詞，無論作為語典出處的典籍（《莊子》、《楚辭》），還是作為事典相關的人物（莊子筆下的江海山谷之人、屈原筆下的美人），其折射出的精神，都隱含著用典者尊重和推崇的情感色彩。

如「載結寢興」一語。載結寢興，語本《詩・秦風・小戎》「載寢載興」。「載寢載興」四字，並非孤單出現，其語境是「言念君子，載寢載興。厭厭良人，秩秩德音」。這樣，「寢興」所代表的，就不僅僅是思之深而起居不寧，還蘊含了對厭厭良人之秩秩德音的褒美。如果將這種縱向的組合關係，擴大到橫向的聚合關係，則會發現，由於重章疊句的構成，〈小戎〉一詩中與「言念君子，載寢載興。厭厭良人，秩秩德音」處在對應位置的尚有「言念君子，溫其如玉，在其板屋，亂我心曲」、「言念君子，溫其在邑，方何為期，胡然我念之」等。「溫其如玉」，美之也，「方何為期，胡然我念之」，思之也。如果再擴大聚合的範圍，「寢興」一詞，還與《詩・小雅・斯干》「下莞上簟，乃安斯寢，乃寢乃興，乃占我夢」一句有關，寫的是宣王命人下鋪莞蒲，上施簟席，與群臣安燕歡樂於此寢室之中，包含著君臣同樂之寓意。兩詩中，〈小戎〉，美襄公也，〈斯干〉，美宣王之成室也，這又都與武帝的身分甚至事情（受禪改元恰如成室安居）契合。所以，「寢興」於作者（沈約與武帝）、於讀者（謝朓及士人）而言，絕不僅僅是睡下和起床，也不僅僅是時間上的時時刻刻，更是由「賦詩斷章，余取所求」的傳統帶來的一系列的聯想和想像。這一特點，在「清塵」、「釋蘿」、「不降其身，不屈其志」、「璧帛虛往，蒲輪空歸」、「望兼立表」、「依風問道」等詞句中都有體現。

而武帝的身分和心理，沈約在「湯有慚德，武未盡善」、「總駕崆峒，依風問道」等詞句中都能加以點睛，以黃帝、商湯、周武等古帝聖王連類比擬，必能讓梁武帝心滿意足。尤其「義軒邈矣，古今殊事」幾句，許槤評為「宕起極有意致，令人不可捉摸」，是從文學手法的角度來切入。如果把本敕放回齊梁更迭之際以歷史的角度審視，則會發現，沈約選用這些詞語，表面是為下文梁武帝不能像黃帝那樣「總駕崆峒」親自登門的歉意作鋪墊，實質則更是點出，世更時移，今日的蕭衍已不是〈請徵謝朏何胤表〉時的齊國臣子，而是君臨天下的皇帝，即「古今殊事」。不難體會，此數語謙和而不失威重，自占地步，是很有分量的。接到徵召後，謝朏「又並不屈」，卻在次年六月，「輕舟出，詣闕自陳」，箇中緣故很值得體會。謝朏既至，「詔以為侍中、司徒、尚書令」，然不省職事，許槤病其「守節不終」。其實武帝召拜謝朏，意本不在其是否省職事，而只在於謝朏作為陽夏謝氏的代表，進而作為豪門士族的代表，是否合作的姿態而已。這樣，謝朏「角巾肩輿詣雲龍門謝」、「乘小車就席」的姿態，武帝「輿駕出幸朏宅，宴語盡歡」、「敕材官起府於舊宅，高祖臨軒，遣謁者於府拜授，詔停諸公事及朔望朝謁」的姿態，及至謝朏死時「輿駕出臨哭」的姿態，就容易理解了。

令

與湘東王論王規令

梁　簡文帝

【題　解】題中湘東王指梁元帝蕭繹，六歲封湘東王，梁武帝蕭衍第七子，簡文帝蕭綱的弟弟。蕭綱與蕭繹友善，書信往來，論詩析文，「文章未墜，必有英絕，領袖之者，非弟而誰。每欲論之，無可與語，思吾子建，一共商榷」（〈與湘東王書〉），互相扇吹，多有期許。王規（西元四九二—五三六年），字威明，琅琊臨沂（今屬山東）人，祖王儉，父王騫，子王褒。起家秘書郎，累遷太子洗馬，普通元年（西元五二〇年）蕭綱出為南徐州刺史，引為諮議參軍。王規後與殷芸、王錫、張緬等同為昭明太子屬官。中大通三年（西元五三一年）復為蕭綱長史，蕭綱立為太子，規為太子中庶子，出為吳郡太守，又入為左民尚書，再授太子中庶子，不拜，大同二年卒，年四十五。令，指帝王諸侯對臣民發布的詔令或文告，本文實為書信，因出自皇太子，故稱「令」。

【作　者】蕭綱（西元五〇三—五五一年），字世纘，蘭陵（今江蘇常州西北）人，武帝蕭衍第三子。天監五年（西元五〇六年）封晉安王，中大通三年（西元五三一年）昭明太子蕭統卒，立為太子。太清三年（西元五四九年）武帝卒，蕭綱被立為帝，旋於西元五五一年被囚遇害。次年蕭繹平侯景，追崇為簡文皇帝，廟曰太宗。蕭綱幼而敏睿，識悟過人，六歲能文，蕭衍譽為「吾家之東阿」，既長，讀書十行俱下，九流百氏，經目必記，篇章辭賦，操筆立成，博綜儒書，善言玄理。雅好題詩，尚麗靡輕豔，當時號曰「宮體」，《梁書》本紀史臣評「文則時以輕華為累，君子所不取焉」，《南史．梁本紀》評「文艷用寡，華而不實，體窮淫麗，義罕疏通，哀思之音，遂移風俗」，陳祚明《采菽堂古詩選》評「思入微茫，巧窮變態，色聯五采，味侈八珍，此亦有所長者」，有所不同，可見評價標準之異。蕭綱論詩文有「立身之道，與文章異，立身先須謹重，文章且須放蕩」（〈誡當陽公大心書〉）一句，最為有名。富於著作，有文集百卷，入唐後散佚，明人輯有《梁簡文集》。

威明昨宵奄復殂化❶，甚可痛傷。其風韻遒上，神采標映❷。千里絕跡，百尺無枝❸。文辨縱橫，才學優贍❹。跌宕之情彌遠，濠梁❺之氣特多。斯實俊民❻也。一爾過隙❼，永歸長夜。金刀掩芒，長淮絕涸❽。去歲冬中，已傷劉子，今茲寒孟，復悼王生❾。俱往之傷，信非虛說❿。

【注釋】❶威明昨宵奄復殂化　謂威明猝逝。威明，王規的字。奄，忽然。復，又。殂化，死亡。❷其風韻遒上二句　遒上，雄健超群。標映，光耀特出。❸千里絕跡二句　形容高才直行。千里絕跡，形容才略之大，語本司馬遷《史記．留侯世家》「鴻鵠高飛，一舉千里，羽翮已就，橫絕四海」，亦見曹植〈與楊德祖書〉「飛軒絕跡，一舉千里」。百尺無枝，形容品行正直，語本枚乘〈七發〉「龍門之桐，百尺無枝」。❹文辯縱橫二句　縱橫，雄健奔放。優贍，充實豐富。❺濠梁　《莊子・秋水》記莊子與惠子遊於濠梁之上，見儵魚出游從容，因辯論魚知樂否，後多用濠梁指別有會心、獨得其樂。❻俊民　傑出之士，語本《書・多士》「乃命爾先祖成湯革夏，俊民甸四方」。❼一爾過隟　指時間短暫。一爾，片刻間。過隟，即過隙，語本《莊子・知北遊》：「人生天地之間，若白駒之過郤，忽然而已。」隟，隙的異體字。❽金刀掩芒二句　同悼劉遵和王規。金刀，劉字為卯、金、刀合成，故用以代指劉姓，《漢書・王莽傳》：「夫劉之為字，卯金刀也。」這裡指劉遵，即下文中提到的「劉子」。掩芒，失去光芒。長淮絕涸，《晉書・王導列傳》載，王導渡淮，使郭璞筮之，璞曰：「吉，無不利。淮水絕，王氏滅。」所以這裡以淮水絕涸寫王規之卒。❾去歲冬中四句　劉子，指劉遵，字孝陵，自隨藩及在東宮，以舊恩偏蒙寵遇，為蕭綱太子中庶子，大同元年（西元五三五年）冬卒官。孟，始，與「仲」、「季」相對，表示一季中的頭一月。王生，即王規。❿俱往之傷二句　語本曹丕〈與吳質書〉「徐陳應劉，一時俱逝，痛可言邪」。

【語譯】昨夜威明又突然過世，甚感痛傷。他風韻雄健超群，神采光耀特出。一飛千里，四海絕跡，龍門梧桐，百尺無枝。文章才辨縱橫奔放，才思學問優贍富足。跌宕豪放之情甚為高遠，濠梁自得之氣更是倍增。這真是傑出之士。片時白駒過隙，永遠歸於長夜。金刀掩去光芒，長淮絕水乾涸。去年仲冬，已為劉子哀傷，今歲孟冬，又來哀悼王生。一時俱逝的悲痛，確實不是虛話。

【研　析】《南史・王錫傳》載：「時昭明太子尚幼，武帝敕錫與秘書郎張纘使入宮，不限日數，與太子游狎，情兼師友。又敕陸倕、張率、謝舉、王規、王筠、劉孝綽、到洽、張緬為學士，十人盡一時之選。」《梁書・劉杳列傳》曰：「昭明太子薨，新宮建，舊人例無停者。」「舊人例無停者」，或與昭明太子死立蕭綱為太子，廢嫡立庶，引起士議不滿有關。雖然如此，但王規卻是一個特例：中大通三年（西元五三一年）為蕭綱長史，蕭綱立為太子，規為太子中庶子；中大通六年（西元五三四年）蕭繹為蕭綱組織編撰的《法寶聯璧》作序，列三十八位編者姓名，昭明十學士中，僅王規一人在內。可見蕭王二人關係之不一般。再加上王規的姐姐王靈嬪是蕭綱寵妃這一層關係，王規死時，皇太子蕭綱出臨哭，為王規撰寫墓誌銘，並給湘東王蕭繹寫此令言說傷痛之情，也就可以理解了。

本令著重於對王規品行才學的推崇，並表達自己的悲痛之情，寫得算是通常而套路：才學的推崇，似乎可以放到很多人身上；悲痛之情，也是籠統不切。上一年另一位太子中庶子劉遵去世時，蕭綱寫有〈與劉孝儀令悼劉遵〉，可資比較：

良辰美景，清風月夜，鷁舟乍動，朱鷺徐鳴，未嘗一日而不追隨，一時而不會遇。酒闌耳熱，言志賦詩，校覆忠賢，榷揚文史，益者三友，此實其人。……往矣奈何，投筆惻愴。吾昨欲為志銘，並為撰集。吾之劣薄，其生也不能揄揚吹歔，使得騁其才用，今者為銘為集，何益既往。故為痛惜之情，不能已已耳。

也可以與蕭綱很熟悉的曹丕〈與吳質書〉比較：

昔日遊處，行則連輿，止則接席，何曾須臾相失。每至觴酌流行，絲竹並奏，酒酣耳熱，仰而賦詩，當此之時，忽然不自知樂也。謂百年己分，可長共相保，何圖數年之間，零落略盡，言之傷心。頃撰其遺文，都為一集，觀其姓名，已為鬼錄。追思昔遊，猶在心目，而此諸子，化為糞壤，可復道哉。

相較便知，想要文字動人，則必須得有區別於其他文字的獨特性，比如寫人寫情應當有具體的細節和畫面，以帶動人物和情感。

上舉三篇文字，都是作者寫給某人來悼念另一人，作者、某人、另一人這三者的關係親疏、情感遠近，可能是影響寫作方法並進而影響文本樣貌的一個原因。另外，從文中「威明昨宵奄復殂化」的「復」字看，本令當是節選（本令文字存在《梁書·王規列傳》），甚至節選的未必是寫王規的全部文字，這可能是文本樣貌的又一個成因。

答群下勸進初令

梁　元帝

【題　解】太清五年（大寶二年，西元五五一年）八月，侯景廢梁簡文帝蕭綱為晉安王，幽於永福省，十月壬寅（初二），使王偉等弒之。梁元帝蕭繹大臨三日，百官縞素。侍中、江州刺史、尚書令王僧辯率大將百餘人奉表「喪君有君，《春秋》之茂典，以德以長，先王之通訓」以勸進。蕭繹答本令弗許。所謂「初」，其實不確，因為在上一年即太清四年（大寶元年，西元五五〇年）十一月，南平王蕭恪、侍中臨川王蕭大款等府州國一千人奉箋勸進，蕭繹已有答令。所以本文的標題或可作〈答王僧辯等勸進初令〉，「初」字不能去，是因為王僧辯後來仍有數次上表勸進，蕭繹皆有答覆。

孤以不德，天降之災❶。枕戈飲膽，扣心泣血❷。風樹之酷，萬始莫追；霜露之哀，百憂總萃❸。甫聞伯升之禍，彌切仲謀之悲❹。若封豕既殲，長蛇即戮❺，方欲追延陵之逸軌，繼子臧之高讓❻。豈資秋亭之壇，安事繁陽之石❼。侯景，項籍也；蕭棟，殷辛也。赤泉未賞，劉邦尚曰漢王；白旗弗懸，周發猶稱太子❽。飛龍之位，孰謂可躋；附鳳之徒，既聞來儀。群公卿士，其喻孤之志，無忽❾。

【注釋】❶孤以不德二句　《漢書・文帝紀》：「人主不德，布政不均，則天示之災以戒不治。」孤，諸侯君王的自稱，春秋時諸侯自稱寡人，有凶事則稱孤。不德，缺乏德行，《尚書・伊訓》：「爾惟不德罔大，墜厥宗。」❷枕戈飲膽二句　寫己之痛心奮發。枕戈，枕著兵器等待天亮，形容殺敵心切，語本《晉書・劉琨列傳》「吾枕戈待旦，志梟逆虜，常恐祖生先吾著鞭」。飲膽，謂刻苦自勵，志圖復興，語本《史記・越王句踐世家》「吳既赦越，越王句踐反國，乃苦身焦思，置膽於坐，坐臥即仰膽，飲食亦嘗膽也」。扣心，即捶胸，形容心情悲憤迫切。泣血，淚盡血出，形容極度悲傷，語本《易・屯》「乘馬班如，泣血漣如」。❸風樹之酷四句　寫失父之痛，中大同二年（西元五四七年），蕭衍受東魏大將侯景歸降，後二年，侯景渡江，攻破都城，蕭衍飢病而卒。風樹，語本《韓詩外傳》卷九「樹欲靜而風不止，子欲養而親不待」，後以「風樹」謂父母死亡不得奉養。酷，痛苦，歐陽建〈臨終詩〉：「上負慈母恩，痛酷摧心肝。」萬始，謂父，梁元帝〈又與武陵王紀書〉：

「宣室披圖，嗟萬始之長逝。」始，本源，謂父母為子女之始，《荀子・王制》：「天地者，生之始也。」霜露之哀，語本《禮記・祭義》「霜露既降，君子履之，必有淒愴之心」，鄭玄注：「非寒之謂，為感時念親也。」總萃，會合聚集。❹甫聞伯升之禍二句　寫喪兄之悲。伯升之禍，指漢光武帝劉秀之兄劉縯被更始將軍劉玄殺害，見《後漢書・宗室四王三侯傳》。伯升，劉縯的字。仲謀之悲，指孫權之兄孫策於建安五年（西元二〇〇年）薨一事，見《三國志・吳書・吳主傳》。❺若封豕既殲二句　謂誅殺仇敵，語本《左傳・定公四年》「吳為封豕長蛇，以薦食上國」。封豕，大豬。❻方欲追延陵之逸軌二句　謂仇敵既誅，亦將存心高讓。吳子乘死，長子諸樊欲立少弟季札，季札以曹人不滿公子負而欲立子臧，子臧不受為例辭之，見《左傳・襄公十四年》。延陵，春秋時季札所居，因以稱之。子臧，春秋時曹宣公之子公子欣時。❼豈資秋亭之壇二句　謂己無意於帝位。資，用。秋亭之壇，《後漢書・光武帝紀》載，建武元年（西元二五年），光武「命有司設壇場于鄗南千秋亭五成陌」，即皇帝位。繁陽之石，《魏書・文帝紀》載，延康元年（西元二二〇年），漢帝「為壇於繁陽」，曹丕「升壇即阼」，即皇帝位。❽侯景八句　寫不登帝位之原因。侯景，初屬北魏，後歸高允，後降梁，後又叛梁，西元五五一年廢梁帝而自立，次年被部下殺死，見《梁書・侯景列傳》。蕭棟，侯景廢簡文帝後，立豫章王蕭棟，不久即被迫禪讓，見《梁書・侯景列傳》。殷辛，即商紂王，《史記・殷本紀》：「帝乙崩，子辛立。」赤泉二句，謂侯景尚在，自己不便躋位。垓下之圍，項羽自殺，漢將楊喜得其屍體，漢王劉邦封他為赤泉侯，見《史記・項羽本紀》。白旗二句，謂蕭棟未除，自己當完成未竟事業。姬發滅紂，「以黃鉞斬紂頭，懸大白旗」，見《史記・周本紀》。❾飛龍之位七句　表白不登帝位的決心。飛龍之位，喻帝王之位，語本《易・乾》：「九五，飛龍在天，利見大人。」孔穎達疏：「謂有聖德之人得居王位。」躋，升登。附鳳，語本《後漢書・光武帝紀》：「天下士大夫捐親戚，棄土壤，從大王於矢石之間者，其計固望其攀龍鱗，附鳳翼，以成其所志耳。」後以指依附帝王以成就功業。來儀，這裡指到來，借用《書・益稷》「鳳皇來儀」句。喻，明白。

【語　譯】我因缺乏德行，上天降下災禍。枕戈待旦，臥薪嘗膽，扣心捶胸，眼中泣血。「樹欲靜而風不止」的痛苦，父親已不得追隨；「霜露既降，君子履之」的淒哀，百種憂愁凝聚薈萃。才得聞伯升被殺之禍，更切於仲謀喪兄之悲。如果巨豬得殲，長蛇就戮，則想追延陵季子超逸的軌範，繼承公子子臧高潔的謙讓。用不著千秋亭的高壇，用不著繁陽郡的臺石。侯景，就像是項羽；蕭棟，就像是商紂。赤泉侯未被封賞，劉邦尚稱漢王；大白旗未懸敵首，姬發仍稱太子。飛龍皇帝之位，誰說可以升躋，附鳳得利之徒，聽說已經來此。眾位王公卿士，務必明我心志，不得輕忽。

【研　析】文章先寫失父喪兄之悲痛，再寫自己逸軌高讓的心願，最後寫不躋帝位的原因。風樹、霜露的語詞，允為習套，如同年四月，元帝與武陵王蕭紀書中亦曰「風樹之酷，萬恨始纏，霜露之悲，百憂繼集，扣心飲膽，志不圖全」，與本文如出一轍。季札、子臧逸軌高讓的故事，也甚為常見。寫不躋帝位的原因時，以項羽劉邦、商紂周發為言，「引古立案，構思精而撰語隋」（許槤語），最見巧思：一以見原因，即侯景之屍未得，蕭棟之頭未懸；二以見滅侯景、殺蕭棟的決心；三則隱含了躋位的條件，即自己登帝位，須在滅侯景、殺蕭棟之後；最後，以漢高祖、周武王自比，也體現了自己的期許。

這樣的分析之後，便很容易發現，文章的第二部分和第三部分有內在的矛盾：若真有心繼延陵之逸軌，則完全可以功成而身退，讓權於他人。其實在史書有載的多個答臣下勸進令中，蕭繹都表達大盜不滅則不登帝位的意思，回覆極為統一，如太清四年（西元五五〇年）令謂「鯨鯢未剪，寤寐痛心」，太清五年（西元五五一年）十一月令謂「遭家多難，大恥未雪，國賊則蚩尤弗剪，同姓則有扈不賓，臥而思之，坐以待旦，何以應寶曆，何以嗣龍圖。庶一戎既定，罪人斯得，祀夏配天，方申來議」，稍後的斷表奏令曰「譙沛未復，塋陵永遠，於居於處，寤寐疚懷，何心何顏，撫茲歸運」，至太清六年（西元五五二年）三月，王僧辯等滅侯景傳其首於江陵，蕭繹仍令曰「今淮海長鯨，雖云授首；襄陽短狐（指蕭棟），未全革面。太平玉燭，爾乃議之」。直到八月多次勸進乃從，於十一月丙子，即皇帝位於江陵。

許棟評本文曰：「元帝性好矯飾，始居文宣太后憂，依丁蘭作木母；及武帝崩，祕喪逾年，乃發凶問。狡人好語，固不足信也。」矛頭所指，或許就是文章第二部分的客套及蕭繹最後的即位。但是，如果把本文放回王公卿士的勸進表及蕭繹的答令構成的整個序列中，放回那三五年的歷史長河中，則會發現，蕭繹的言辭前後一致，並且其行為也與言辭相配。逸軌高讓的心願，本來就只是客套話，不必認真。

這些言辭及行為所展現的人性，自然沒有文章裡寫的那麼光明高尚。中大同二年（西元五四七年），蕭衍受東魏大將侯景之降，已給蕭梁的慘劇埋下禍根。後二年（西元五四九年），侯景舉兵反叛，渡江破城，拉開了這段令人感慨唏噓的歷史的序幕。這齣劇，不僅是歷史的興亡更替，民眾的迎屍裹骸，還是人性的曲折展示，君臣、兄弟、叔侄間，權力與情感、信任與背叛的糾葛取捨，陰暗與光明、狡詐與堅貞的展現掩飾，都讓觀眾驚心動魄。本文可以算是這段歷史的一個注腳。這種文章，如果只以辭藻、典實、韻律等文學眼光欣賞，真是隔靴而搔癢，緣木以求魚；如果以價值判斷先歷史而行，更會少掉很多同心同情的閱讀所能帶給我們的關於人性的悲傷的享受。

教

建平王聘隱逸教

梁　江淹

【題解】建平王，即劉景素，是宋文帝劉義隆第七子建平王劉宏之子。《宋書・文九王傳》載劉景素「好文章書籍，招集才義之士，傾身禮接，以收名譽」。元徽四年（西元四七六年）七月舉兵，後兵敗被誅，時年二十五。江淹初入劉景素幕，被景素待以「布衣之禮」，轉巴陵王國左常侍，後又回劉景素幕下，任主簿、參軍等職，於元徽三年（西元四七五年）貶為建安吳興（今福建浦城）令。教，文體的一種，官府或長上的告諭。《宋書・明帝紀》載泰始七年（西元四七一年）二月丙午「湘州刺史建平王景素為荊州刺史」，本文就是劉景素初為荊州刺史時命江淹撰寫的一份招聘隱逸的告諭。

府州國紀綱❶：夫嬀夏已沒，大道不行❷。雖周惠之富，猶有漁潭之士；漢教之隆，亦見棲山之夫❸。跡絕雲氣，意負青天❹。皆待絳螭驤首，翠虬來儀❺。是以遺風獨扇百代，餘烈激厲後生❻。斯乃王教之助，古人之意焉。吾稅駕舊楚，憩乘汀潭❼。挹於陵之操，想漢陰之高❽。而山川遐久，流風亡沫❾。養志❿數人，並未征采。善操將棄，良用慨然。宜速詳舊禮，各遣纁招⓫。庶暢此幽襟，以旌蓬蓽⓬。

【注釋】❶府州國紀綱　指告諭的對象。府州國，皆劉宋時行政區域。紀綱，州郡主簿。❷夫嬀夏已沒二句　嬀，指虞舜，舜居嬀水之內，故稱。夏，指夏禹。大道不行，語本《禮記・禮運》「大道之行也，天下為公，選賢與能，講信修睦」，著重指向「選賢與能」之「不行」。❸雖周惠之富四句　謂聖代亦有隱逸未用之士。漁潭之士，謂太公望呂尚，年老貧窮，垂釣於渭渚，見《史記・周本紀》。棲山之夫，謂嚴光，少有高名，與漢光武同遊學，光武即位，棲身歸耕富春山。❹跡絕雲氣二句　寫隱逸者意氣高遠，語本《莊子・逍遙遊》「絕雲氣，負青天」。❺皆待絳螭驤首二句　謂隱逸者出山登天的期待，語本漢揚雄〈解嘲〉「獨不見夫翠虯絳螭之將登乎天」句，江淹〈草木頌序〉亦有「擢翼驤首」句。螭、虯，傳說中的龍。驤首，抬頭。來儀，鳳凰來舞而有容儀，語本《書・益稷》「〈蕭韶〉九成，鳳皇來儀」句。❻是以遺風獨扇百代二句　寫隱逸之風流傳不絕，影響深遠。❼吾稅駕舊楚二句　《宋書・文九王傳》載，劉景素泰始六年（西元四七〇年）都督荊湘等八州諸軍事、荊州刺史（時間與《宋書・明帝紀》載泰始七年（西元四七一年）二月劉景素為荊州刺史不同），荊楚連稱，故稱「稅駕舊楚」，江淹在為建平王寫的〈散五刑教〉中有「況舊楚地曠，前郢氓殷。水帶枉渚，山匝魯陽」句，表述與本文類似。稅，止；息。汀，謂水之平。❽挹於陵之操二句　寫對高士之嚮往。挹，推崇。於陵之操，謂居於於陵的陳仲子，以兄之祿為不義之祿而不食，以兄之室為不義之室而不居，見《孟子・滕文公》。漢陰之高，謂漢陰有一丈人將為圃畦，認為「有機事者必有機心」，於是鑿隧入井抱甕出灌，見《莊子・天地》。❾沫　停息。❿養志　謂保攝志氣，多指隱居，《莊子・讓王》：「故養志者忘形，養形者忘利。」⓫纁招　《後漢書・逸民傳・嚴光》載嚴光隱逸不出，漢光武「乃備安車玄纁，遣使聘之，三反而後至」，後因謂招聘隱士出仕。纁，玄纁，絳色布帛，用作延聘賢士的禮品，《後漢書・隱逸傳・韓康》：「桓帝乃備玄纁之禮，以安車聘之。」⓬以旌蓬蓽　旌，表彰。蓬蓽，即蓬門蓽戶，形容窮苦人家所住的簡陋房屋。蓽，竹荊樹皮。

【語譯】各府州國的主簿：虞舜夏禹，業已淪沒，選賢與能，大道不行。即便周代恩惠之富，猶有隱遁漁潭之士；漢朝教化之盛，亦見棲身山林之人。行跡高絕雲氣，意氣可負青天。都在等待如赤螭仰首，如翠虯來儀。因此隱逸之風盛行百代，餘留影響激厲後生。這是帝王教化的有力幫助，古人出處的根本心意。我息馬於荊楚舊地，停車於汀渚淵潭。推崇於陵陳仲之操行，念想漢陰丈人之高妙。山川久遠，流風不息。養志隱遁者幾人，未能徵召採用。美好操守將被遺棄，確實讓人感慨不已。應速速掌握原來的禮儀，分別派人以玄纁招聘。希望我的懷想能得以實現，以旌揚那些蓬門蓽戶的隱逸之士。

【研析】本文可以分為兩部分，第一部分寫隱逸之風綿延不絕，第二部分寫自己對隱逸士人的嚮往，以及招其入幕的誠意。文章對隱逸的作用著力不多，其中「王教之助」，是說隱逸者出山效力，則可成為「王教之助」，與沈約〈為武帝與謝朏敕〉謂隱逸本身「激貪厲薄，義等為政」及晉庾峻上疏論隱逸「清邵足以抑貪汙，退讓足以息鄙事」、「節雖離世，而德合於主，行雖詭朝，而功同於政」，見《晉書・庾峻列傳》等觀念，大不相同。

對隱逸之所以風行百代的原因，及隱逸的目的意圖，本文概括為「皆待絳螭驤首，翠虯來儀」，認為這是「王教之助」、「古人之意」，即隱逸是為了等待仰首出山、飛龍登天的時機。所以本文結尾認為以舊禮纏招，暢其幽襟，則能「以旌蓬蓽」，即聘隱逸，能為隱遁士人的蓬門華戶增光添彩。

這樣的表達，是誘之以利，對有些隱士固然會有效果，但卻未必能讓真正的有道隱士心服。士子的出處行藏，一在外界的用舍，一在自身的期望，兩者的聯結點，便在士子對外界是否值得自己效力的判斷。「用之則行，舍之則藏」，是僅從自身的意願著眼，「有道則行，無道則隱」，則對自己效力的外界提出了「有道」的要求。漢馮衍在〈自論〉中表明心跡，語意重在「用行」，但「常務道德之實，而不求當世之名」、「正身直行，恬然肆志」幾句（《後漢書・馮衍傳》），也是提出了標準，夫子自道，應該也是大多隱遁士人的心聲。這樣看來，本文簡單地將所有隱逸都歸結為終南捷徑，真是對箕潁高人的侮辱。堯召為九州長，許由已經洗耳於潁水，要說他遁耕是為了「絳螭驤首」，許由真要跳進潁水了。

不過，本文這樣寫，倒是當時隱逸情形的真實反映。隨著六朝門閥貴族社會的確立和發展，《後漢書・逸民傳序》中描述的四種傳統逸民類型，演變而為《宋書・隱逸傳序》中概括的「賢人之隱」和「隱者之隱」。沈約以為「賢人之隱」是隱於「道」的真隱，是「跡見於外，道不可知」，甚至進一步可以說是「體玄識遠，出處同歸」。對於某些等而下之的「不避世的逸民」，由隱而仕，既是目的，也是事實。如果隱遁本在待賈俟時，盜取虛聲，則出山服官，亦不得謂其「不能固志」矣。只是本文把這類隱逸的目的視作天經地義理當如此，不僅一竿子到底地揭示出來，還擺上教令的檯面，好像有點太直白了呢。由隱而仕，在當時雖然普遍，畢竟還算不得光鮮事，所以袁淑著《真隱傳》以嗤何尚之，孔稚珪作〈北山移文〉以譏周顒，而「朝亦可隱，市亦可隱」的說法，也總是東食西宿，禦人口給。

許槤以「處處矜鍊宵遯，絕非肥艷濃香」評本文，是從詞句著眼。如果拿本文與沈約〈為武帝與謝朏敕〉比較，我們會發現，由於招聘者的心態、招聘對象地位檔次、對隱逸功用的定位等方面的不同，兩文在構思和用力點上，都有一些有趣的差異。

永嘉郡教

梁　丘遲

【題解】天監三年（西元五〇四年），丘遲出為永嘉（今浙江溫州）太守，本教令當發布於到任不久，戒閒遊，勵農織，以變民風，興教化。

【作者】丘遲（西元四六四—五〇八年），字希範，吳興烏程（今浙江吳興北）人。遲八歲能文，其父靈鞠常謂「氣骨似我」。黃門郎謝超宗、征士何點並見而異之。武帝蕭衍平京邑，引為驃騎主簿，甚被禮遇，當時勸進梁王及殊禮，皆丘遲文。入梁拜散騎侍郎，遷中書侍郎，領吳興邑中正。天監七年（西元五〇八年）卒於官，年四十五。鍾嶸《詩品》謂其詩「點綴映媚，似落花依草」、「淺於江淹，而秀於任昉」。

貴郡控帶山海，利兼水陸，實東南之沃壤，一都之巨會[1]。而曝背拘牛，屢空於畎畝❷；績麻治絲，無聞於窐巷❸。其有耕灌不修，桑榆靡樹，遨遊廛里，酣醑卒歲，越伍乖鄰，流宕忘返❹。才異相如，而四壁獨立；高慚仲蔚，而三徑沒人❺。雖謝文翁之正俗，庶幾龔遂之移風❻。

【注釋】❶貴郡控帶山海四句　寫永嘉地理及自然條件。控帶山海，即控山帶海。控，引。帶，繞。❷而曝背拘牛二句　謂不耕，語本賈誼《新書・春秋》「百姓呴牛而耕，曝背而耘」句。拘牛，牽牛，「拘」字或當作「呴」，與「曝」相對，也與典實相合。❸績麻治絲二句　謂不織。窐，窐寥，空深的樣子。❹其有耕灌不修六句　再寫不耕不織及其危害。樹，種植。廛里，市肆。酣醑，縱飲無節制。伍，古代五家為一伍。乖，違背。流宕，放蕩。❺才異相如四句　批評無才無德而不事勞作營生者。相如見《史記・司馬相如列傳》，司馬相如琴挑卓文君，文君與其馳歸，見「家居徒四壁立」。仲蔚見趙岐《三輔決錄》，張仲蔚隱居不仕，住所「蓬蒿沒人」。三徑，借用蔣詡事，《三輔決錄》：「蔣詡歸鄉里，荊棘塞門，舍中有三徑，不出，唯求仲、羊仲從之遊。」後以稱隱者住所，陶潛〈歸去來兮辭〉：「三徑就荒，松竹猶存。」沒人，謂荒草高長，沒過人頭。❻雖謝文翁之正俗二句　表明自己的決心與期望。文翁見《漢書・循吏傳》，景帝末文翁為蜀郡守，「仁愛好教化」，起學官，「益從學官諸生明經飭行者與俱，使傳教令」，蜀郡為此教化大興，文翁也成為循吏的代表。龔遂事同見《漢書・循吏傳》，宣帝時任渤海太守，勸民力農，平息盜賊，民風大變。

【語譯】永嘉郡控引高山，縈帶大海，地產之利，兼有水陸，實是東南之沃壤，一都之大城。

而曝背牽牛，烈日勞作，不見於畎畝；緝麻治絲，織布之聲，無聞於深巷。更有耕地灌渠不加修治，桑樹榆樹未加種植，嬉遊市肆，縱飲終年，違離鄉鄰，放縱不返。才能不如相如，卻如他家徒四壁；高德遠愧仲蔚，卻如他荒草掩人。雖不如文翁之正蜀郡習俗，希望像龔遂之移渤海風氣。

【研　析】本文開頭先寫永嘉郡地理條件之優越；然後筆鋒一轉，開始批評如此優越的條件下，卻不事耕種桑麻，遊手好閒，長年縱酒的民風；最後以文翁、龔遂高自標榜，既以表明自己的決心，也以表明對郡人之期望。

許槤評「才異相如，而四壁獨立；高慚仲蔚，而三徑沒人」幾句云「典質既勝，不事麗采，近人何從夢見」，應該說是頗為中肯的：這幾句是對無才無德而學高士之隱遁、慕相如之無為的士子著重批評，語涉譏諷，而能造句新奇，出以典質，雖然稍顯賣弄，尚不至於輕浮。許槤評「曝背拘牛，屢空於畎畝；績麻治絲，無聞於窒巷」數語云「鍾嶸評其詩『點綴映媚，似落花依草』，觀此益信」，感覺稍微有點偏差。葉適《習學記言序目》卷三二引梁元帝蕭繹太清六年（西元五五二年）正月甲戌〈耕種令〉「三農務業，尚看夭桃敷水；四人有令，猶及落杏飛花」、「不植燕頷，空候蟬鳴」幾句而譏之曰「帝之文章所以潤色時務者如此，豈『載芟良耜』之變者耶」。如果以元帝語與丘遲語相比較，則丘遲的文字顯得平正得體多了。錢鍾書先生也認為元帝此令「直似士女相約遊春小簡，官樣文章而佻浮失體」、「『看夭桃、及落杏』等語，真所謂『娛耳目』也」。如果從官樣文章的得體來看，則許槤移用的「點綴映媚，似落花依草」，反倒成了批評了。當然，元帝其實也是有點冤枉的，因為其〈耕種令〉須布時值「軍國多虞，戎旃未靜」，但令中認為「化俗移風，常在所急」，戰爭再忙，仍應勸耕，就如耕種再忙，「尚看夭桃敷水」，僅以此作類比，以表明勸耕之必行，並不是真的鋪排遊春。

丘遲最聞名於世的文章，當屬天監四年（西元五〇五年）隨中軍將軍臨川王宏北伐，時陳伯之在北魏，遲以書喻之的那封書信，其中「暮春三月，江南草長，雜花生樹，群鶯亂飛。見故國之旗鼓，感平生於疇日，撫弦登陴，豈不愴悢」數語，點綴在書信中，真可以稱得上是「點綴映媚，似落花依草」。於書信而言，描繪江南景色，動人思鄉之情，又頗為得體，真是不可多得的好文字。

所謂「新官上任三把火」，一般太守新到一地，總歸要發布些教令，以聘隱逸，表示對高行的尊重；以戒浮靡，表示對儉約的鼓勵；以勸農織，表示對國之根本的重視。後來丘遲並未能實現文翁之於蜀郡、龔遂之於渤海的功績，而是「在郡不稱職，為有司所糾」，幸好高祖武帝「愛其才，寢其奏」，不久就召丘遲回京都了。

策問

永明九年策秀才文

南齊　王融

【題　解】南朝齊永明九年（西元四九一年），齊武帝蕭賾策秀，本文就是王融為蕭賾撰寫的五首策秀才文中的第二首，主要就農耕土地現狀發問，要求陳興廢之術。《昭明文選》卷三十六有「文」這一體裁，專收策問，所收十三首策問，以勸農、議獄、貨幣、吏治、通使、富民、興學、求諫等設問，要求對策以試士。策問之制，一般認為始於漢文帝舉賢良對策，最初目的是求得「直言極諫」，以匡上之不逮。

【作　者】王融（西元四六七—四九三年），字元長，琅琊臨沂（今屬山東）人。祖王僧達，中書令，其曾祖高祖並台輔，僧達答宋孝武有「亡父亡祖，司徒司空」語，自負才地，於獄賜死，年僅三十六。父道琰則官不通顯。王融作為貴公子孫，弱年便欲紹興家業，上啟求自試有「文武吏法，唯所施用」句，自恃人地，謂三十內望為公輔。與竟陵王子良友善，情分殊常，齊武帝蕭賾疾篤，王融戎服絳衫，於中書省閤口斷東宮仗不得進，欲立子良。鬱林王蕭昭業即位十餘日，收下廷尉獄，詔於獄賜死，時年二十七。在文學方面，王融最為人知的，是其對永明聲律的首創之功，鍾嶸《詩品》序中說王融嘗欲作〈知音論〉而未就，於永明聲律，認為「王元長創其首，謝眺、沈約揚其波，三賢或貴公子孫，幼有文辯，於是士流景慕，務為精密」。鍾嶸認為，「五言之作」是王融「尺有所短」，於其文則認為「詞美英淨」。《昭明文選》錄其「文藻富麗，當世稱之」的〈三月三日曲水詩序〉及永明九年、十一年〈策秀才文〉各五，於其詩則未錄一首，也可見高其文低其詩的態度。據《隋書．經籍志》有集十卷，明人輯有《王寧朔集》一卷。

問：昔周宣惰千畝之禮，虢公納諫❶；漢文缺三推之義，賈生置言❷。良以食惟民天，農為政本❸。金湯非粟而不守，水旱有待而無遷❹。朕式照前經，寶茲稼穡❺。祥正而青旗肅事❻，土膏而朱紘戒典❼。將使杏花菖葉，耕穫不愆；清畎泠風，述遵無廢❽。而釋耒佩牛，相沿莫反；兼貧擅富，寖以為俗❾。若爰井開制，懼驚擾愚民；舄鹵可腴，恐時無史白❿。興廢之術，矢陳厥謀⓫。

【注釋】❶昔周宣惰千畝之禮二句　謂周宣王即位之初，不重農籍田，虢公進諫，見《國語．周語》：「宣王即位，不籍千畝，虢文公諫曰：『不可。夫民之大事在農。』」千畝之禮，古代天子徵用民力耕種農田，天子籍田千畝，諸侯百畝，每逢春耕前，由天子執耒耜在籍田上三推或一撥，稱為「籍禮」或「三推」，以示對農業的重視。虢公，文王母弟虢仲之後。納諫，進諫。❷漢文缺三推之義二句　謂漢文帝即位，賈誼進言勸農，「於是上感誼言，始開籍田，躬耕以勸百姓。」見《漢書・食貨志》。三推，見上注，語本《禮記・月令》「躬耕帝籍，天子三推」。❸良以食惟民天二句　強調食和農作為政本的重要性，語本《漢書・酈食其傳》酈食其語「王者以民為天，民者以食為天」及《漢書・文帝紀》所載文帝詔書語「農，天下之大本也，民所恃以生」。❹金湯非粟而不守二句　金湯句，語本漢氾勝之《氾勝之書・雜項》：「神農之教，雖有石城湯池，帶甲百萬，而無粟者，弗能守也，夫穀帛實天下之命。」金湯，即金城湯池，語本《漢書・蒯伍江息夫傳》「皆為金城湯池，不可攻也」。水旱有待而無遷，語本《禮記・王制》：「以三十年之通，雖有凶旱水溢，民無菜色，然後天子食，日舉以樂。」遷，離開；遷離。❺朕式照前經二句　謂我當遵照以上經典教導，重視農事。朕，天子自稱。式，準則。照，遵照；依照。寶茲句，語本范蠡《范子計然・雜錄》「五穀者，萬民之命，國之重寶也。」稼穡，農作物。❻祥正而青旗肅事　謂立春時節躬耕籍田。祥正，「農祥晨正」的省語，語本《國語・周語》：「古者太史順時覛土，陽癉憤盈，土氣震發，農祥晨正，日月底于天廟，土乃脈發。」韋昭注：「農祥，房星也。農事之候，故曰農祥。晨正，謂立春之日，晨中於午也。」青旗肅事，謂天子躬耕於籍田，語本《禮記・月令》「孟春之月，天子駕蒼龍，載青旗，躬耕帝籍」句。❼土膏而朱紘戒典　土膏，土地潤澤，語本《國語・周語上》「陽氣俱蒸，土膏其動」句。朱紘，古代天子冠冕上的紅色繫帶。戒，準備。❽將使杏花菖葉四句　謂按時遵法以耕作收穫。杏花菖葉，古時有杏花開、菖葉生而開始耕作的說法，分別見於漢氾勝之《氾勝之書・耕田》「杏始華榮，輒耕輕土弱土，望杏花落，復耕。耕輒藺之。草生，有雨澤，耕重藺之」及《呂氏春秋・任地》「冬至後五旬七日，菖始生。菖者，百草之先生者也。於是始耕」。愆，過失。清甽泠風，謂通溝渠，正行路，語本《呂氏春秋・任地》「畝欲廣以平，甽欲小以深」、「正其行，通其風，夬心中央，帥為泠風」二句。甽，通水的溝渠。泠風，《呂氏春秋・任地》：「子能使子之野盡為泠風乎?」高誘注：「泠風，和風，所以成穀也。」迺遵，遵循。❾而釋耒佩牛四句　批評當前輕農兼貧的社會現狀。釋耒，放下農具。佩牛，身佩可買耕牛的刀劍，漢渤海太守龔遂勸民以所持刀劍置換牛犢，「民有帶持刀劍者，使賣劍買牛，賣刀買犢，曰：『何為帶牛佩犢。』」見《漢書・循吏傳》。寖，逐漸。⑩若爰井開制四句　提出改變目前狀況中存在的困難。爰井開制，指採用一夫百畝的井田制，李周翰注：「言欲使人易田開其制度，以上中下均易之。」舄鹵，鹽鹼地。史白，指魏鄴令史起，和趙中大夫白公，史起引漳水溉鄴，民歌曰：「決漳水兮灌鄴旁，終古舄鹵兮生稻粱。」白公引涇水注渭中，溉田四千五百餘頃，民作歌頌之，事俱見《漢書・溝洫志》。⑪興廢之術二句　要求就前述困難做出回答。矢，直。厥，其。

【語　譯】問：昔時周宣王懶於遵循天子籍千畝之禮，虢公入諫；漢文帝缺失皇帝執耒三推之義，賈生進言。確實因食為民天，農為政本。金城湯池，沒有粟糧亦無法守住，洪水乾旱，有所依恃則無人離遷。我遵照前述經典，以稼穡為國之大寶。農祥晨正，立春來臨，則載青旗敬耕於帝籍；陽氣俱蒸，土膏其動，則繫朱紘準備三推之典。希望杏花開落，菖葉始生，耕獲俱無過愆；疏通溝渠，泠風貫通，遵照而無止廢。但是不用耒耜，佩帶刀劍，相沿難反；兼並貧弱，據以為富，漸以成俗。如果易井田開新制，怕驚擾愚民百姓；鹽鹼地成腴田，恐時無史起白公。興廢的方法，可直陳其計謀。

【研　析】用典本是六朝駢文的一大特色，而詔策表敕之類的官樣文字，更重雅致，用典更多，本文在六朝的官樣文字裡，仍然能讓人感受到用典繁複的特點。這種繁複，並不僅僅由用典的數量造成，更由用典的複雜程度營就。

開頭周宣王、漢文帝兩典較為顯明，不過仍可一說。首先，兩典的主人公都是帝王，這切合蕭賾的帝王身分；其次，「千畝」、「三推」之禮，與後文的諸多典實有內在聯繫；再次，兩典的主人公都是先惰農而在臣子進諫後改正失誤，「納諫」、「置言」，又切合策問對應試者陳述謀略的要求。

另如「祥正而青旗肅事，土膏而朱紘戒典」句。「祥正」是「農祥晨正」的省語，這種簡括語典，最不易理解，但如果寫成「農祥晨正而青旗肅事」，下句以「土膏其動而朱紘戒典」相對，則顯得冗沓不勁。「青旗肅事」語本《禮記・月令》「孟春之月，天子駕蒼龍，載青旗，躬耕帝籍」句，既呼應孟春之時日，又扣合天子身分，也與首句「千畝之禮」照應。朱紘，不僅點明天子的身分，而又指向《禮記・月令》「昔天子為籍田千畝，冕而朱紘，躬耕秉耒」句，也照應首句中的「千畝之禮」。朱紘、青旗，對應工整，畫面生動，色彩鮮明。「戒」字指向《詩・小雅・大田》「大田多稼，既種既戒，既備乃事」句，《毛詩正義》言「成王教民治田，百穀茂盛，止役順時，秀實成好」。這樣，帝王、農事、美意，循環反覆，構成的不止是前後流動的線狀文本，更是縱向深厚的立體涵義。

如果僅為瞭解文意，這些事典語典，粗粗看過也無不可。不過王融作為士族文學的代表，在文學屬於士族的時代，他期待的讀者乃至真實的讀者——秀才，應該能體會典故辭藻的妙處。這種形式上的追求而非內容上的深刻，也正是這類文字的「區別性特徵」。

以典故連綴成文，再加上四言駢儷為主的句式，文章容易呆板。本文讀來卻全無呆滯的感覺，這與文章中幾處詞語的使用密切相關。開頭以「昔」字領起兩事；繼以「良以」，進入對故事的分析；再繼以「朕」，繼以「將使」，表白自己的方式和目的；再繼以「而」，一轉，引出對現代不滿；再繼以「若」，舉兩種應對方法為例，並點明難處。真可謂「潛氣內轉，上抗下墜」（清朱一新〈無邪堂答問〉），順承暗進，有如李斯〈上書諫逐客〉以二「今」二「必」一「夫」斡旋三段，駢文而得散文之文脈暢達，流轉自然。鍾嶸《詩品》序曰：「近任昉、王元長等，詞不貴奇，競須新事，爾來作者，浸以成俗，遂乃句無虛語，語無虛字，拘攣補衲，蠹文已甚。」學人有以其中「句無虛語，語無虛字」謂王融，其實鍾嶸此處批評的主要是「浸以成俗」等而下之的「爾來作者」。

許槤評本文曰「此專以勸農為主，援古證今，立言不苟，開唐宋人表啟碑序法門」，李兆洛《駢體文鈔》評〈永明九年策秀才文五首〉曰「純以意運，傳、任之正則」。上面的研析，或許有助於理解許、李二人的評論。

天監三年策秀才文

梁　任昉

【題解】南朝梁天監三年（西元五〇四年），梁武帝蕭衍策秀，本文就是任昉為蕭衍撰寫的五首策秀才文中的一首，主要就惰遊廢學發問，要求陳宏揚學風之法。

【作　者】任昉（西元四六〇—五〇八年），字彥昇，樂安博昌（今山東博興）人，父遙，齊中散大夫。齊竟陵王子良招文學之士，蕭衍、沈約、謝朓、王融、蕭琛、范雲、任昉、陸倕等並遊門下，號曰八友。蕭衍代齊，禪讓文誥，多昉所為。天監二年（西元五〇三年）出為義興太守，次年入建康，除吏部郎，轉御史中丞。天監六年（西元五〇七年）春，出為寧朔將軍、新安太守，為政清省，吏民便之，視事周年，卒於官舍，時年四十九。任昉至孝廉潔，好獎進士友。雅善屬文，尤長於筆，才思無窮，當時王公表奏，多出其手。沈約一代詞宗，與昉並稱「沈詩任筆」。鍾嶸《詩品》曰：「彥昇少年為詩不工，故世稱沈詩任筆，昉深恨之。晚節愛好既篤，文亦遒變。善銓事理，拓體淵雅，得國士之風，故擢居中品。但昉既博物，動輒用事，所以詩不得奇。」對其詩是褒中有貶，以褒為主。昭明太子蕭統《文選》錄其文十七篇，為全書之冠。蕭綱稱「近世謝朓沈約之詩，任昉陸倕之筆，斯實文章之冠冕，述作之楷模」。有文集三十四卷，久佚，明人張溥輯有《任中丞集》。

問：朕本自諸生，弱齡有志❶。閉戶自精，開卷獨得❷。九流《七略》，頗嘗觀覽；六藝百家，庶非牆面❸。雖一日萬機，早朝晏罷，聽覽之暇，三餘靡失❹。上之化下，草偃風從❺，惟此虛寡，弗能動俗❻。昔紫衣賤服，猶化齊風❼；長纓鄙好，且變鄒俗❽。雖德慚往賢，業優前事❾。且夫搢紳道行，祿利然也。朕傾心駿骨，非懼真龍。輜軿青紫，如拾地芥❿。而惰遊廢業，十室而九，鳴鳥蔑聞，〈子衿〉不作⓫。宏獎之路，斯既然矣。猶其寂寞，應有良規⓬。

【注釋】❶朕本自諸生二句　本自，本來就是，〈焦仲卿妻〉：「昔作女兒時，生小出野里。本自無教訓，兼愧貴家子。」諸生，儒生，《漢書．翟方進傳》：「蔡父大奇其形貌，謂曰：『小史有封侯骨，當以經術進，努力為諸生學問。』」❷閉戶自精二句　閉戶，《楚國先賢傳》載，孫敬入學，閉戶牖讀書，被稱為「閉戶生」，因以形容讀書專心。開卷獨得，語本晉陶淵明〈與子儼等疏〉「開卷有得，便欣然忘食」句。❸九流七略四句　寫博覽。九流，指《漢書．藝文志》記載的九個流派：儒、道、陰陽、法、名、墨、縱橫、雜、農。七略，漢劉歆撰《七略》，是中國最早的圖書目錄分類著作，分〈輯略〉、〈六藝略〉、〈諸子略〉、〈詩賦略〉、〈兵書略〉、〈術數略〉、〈方技略〉，原書已佚。六藝，古代教育學生的六種科目，《周禮．地官．大司徒》：「三曰六藝：禮、樂、射、御、書、數。」百家，學術上的各種派別，常與「諸子」並稱。牆面，謂面牆而立，目無所見，語本《書．周官》：「蓄疑敗謀，怠忽荒政，不學牆面，蒞事惟煩。」❹雖一日萬機四句　謂躋位以來亦不廢觀覽。一日萬機，形容帝王政事繁忙，語本《書．皐陶謨》：「兢兢業業，一日二日萬幾」。早朝晏罷，謂早上上朝，晚間罷朝，語本《墨子．尚賢》「賢者之治國也，蚤朝晏退，聽獄治政」句。三餘，魏人董遇勸勉稱說沒時間學習的從學者以「三餘」治學，「三餘」即「冬者歲之餘，夜者日之餘，陰雨者時之餘」，見《魏略》。❺上之化下二句　謂在上者的品行對在下者的影響，當如風加草上，無不低伏，語本《論語．顏淵》：「君子之德風，小人之德草，草上之風，必偃。」偃，倒伏。❻惟此虛寡二句　謙稱自己德行尚不足以移風變俗。虛寡，謂虛才寡德。動俗，改變習俗。❼昔紫衣賤服二句　事本《韓非子．外儲說左上》，齊桓公好服紫，一國盡服紫，桓公患之，聽管仲言謂「吾惡紫臭」，「於是日，郎中莫衣紫，其明日，國中莫衣紫，三日，境內莫衣紫也」。❽長纓鄙好二句　事本《韓非子．外儲說左上》，鄒君好服長纓，左右皆服長纓，纓甚貴。鄒君患之，「因先自斷其纓而出，國中皆不服纓」。纓，衣帶。❾雖德慚往賢二句　謂自己德不如桓公、鄒君，而勸學之重要，則勝過服飾。❿且夫搢紳道行六句　誘之以利，謂學成則利祿可得，表己勸學之真心。搢紳，插笏於紳。紳，古代仕宦者和儒者圍於腰際的大帶。道行，通道，《管子．問》：「闢者，諸侯之陬隧也，而外財之門戶也，萬人之道行也。」駿骨，古代君王以千金求千里馬，以五百金買駿馬之骨而得真千里馬，見《戰國策・燕策》。懼真龍，葉公子高好龍，畫之於壁，真龍聞而下窺，葉公見而驚走，見《新序・雜事》。輜軿，輜車和軿車的並稱，後泛指有遮罩的車子。青紫，本為古時公卿綬帶之色，因借指高官顯爵，《漢書・夏侯勝傳》：「勝每講授，常謂諸生曰：『士病不明經術，經術苟明，其取青紫如俛拾地芥耳。』」地芥，地上的雜草，比喻易得之物。⓫而惰遊廢業四句　寫當今為學之風不盛。鳴鳥蔑聞，語本《書・君奭》「耇造德不降，我則鳴鳥不聞」句。鳴鳥，指鳳凰。子衿，《詩・鄭風》篇名，〈詩序〉以為刺「學校廢」，謂「亂世則學校不脩焉」。⓬宏獎之路四句　謂學習以取富貴之路已經如此，學風仍然沉寂，請提出更多良策。獎，勸勉。

【語　譯】問：我本來自是儒生，幼年即有志於學。閉門讀書自我砥礪，打開書卷獨有所得。九流《七略》之說，頗嘗觀覽；六藝百家之學，幸非無知。雖然一日萬機，但是早晨上朝晚間罷朝，聽政閱奏之暇，三餘的時間從不放過。上之化下，本當如風加草上，無不低伏，只是我虛才寡德，未能改變世俗。昔時桓公賤視紫衣之服，尚能改變齊地風氣；鄒君鄙夷長纓之好，也能改變鄒國習俗。我雖德行不如這些往日賢者，但勸學之業優於前人服飾之事。而且為學是升官加爵的通道，利祿都在裡面。我傾心求賢不惜收買千里馬骨，更不會懼怕真正的天龍。輜軿之車，青紫之衣，高官顯爵，苟明經術，如拾草芥。但是惰於閒遊荒廢學業，仍十室而有九家，鳳凰的鳴聲不得而聞，〈子衿〉這樣的詩歌不見有作。宏揚勉勵之路，已經這樣打開。學風仍然沉淪寂寞，應有更好的方規政策。

【研　析】策問發源於諮詢，如《尚書》多載君垂詢於臣。漢文帝令舉「賢良方正能直言極諫者」，並且親自對被薦者以策問進行考查。所以，策問一事，除了選材之外，亦是君王獲得建議、士人表達政見的重要途徑，如董仲舒「天人三策」，就獲得了君主的賞識和實行，又如晉武帝為了獲得至論讜言，還在策問中明確提出「勿務華辭，莫有所諱」的文風要求（《晉書・阮種列傳》）。從考試測量學的角度看，這是明確了測量目標，即分析問題、解決問題的能力。所以歷來的策問題材大致都不出「王道」、「農桑」、「刑政」、「禮樂」、「邊爭」、「風化」等。

魏晉以後，策題和對策兼重文辭，趨於華辭麗句，策問的制度，也漸成考試之法，而少諮訪之意。《北齊書・儒林傳》載，劉晝舉秀才入京考策不第，「乃恨不學屬文，方復緝綴辭藻」；馬敬德詣州求舉秀才，「舉秀才例取文士，州將以其純儒，無意推薦，敬德請試方略，乃策問之所答五條，皆有文理，乃欣然舉送」。沈約在〈論察舉疏〉中也批評：「假使秀才對五問可稱，孝廉答一策能過，此乃雕蟲小道，非關理功得失，以此求才，徒虛語耳。」這是對測量目標與考試性質的偏離提出了質疑。這種情形的發生，既與六朝的文學環境有關，也與「文吏政治」逐漸轉向「士族政治」有關。在這一轉變過程中，重職事、以能取人的標準，逐漸變為重門第、以文取人。有沒有「文」，正是六朝時士庶之別、官吏之別、清濁之別的集中體現。出身士族，則多可平流進取而為清官，往往重「文」、「章句」之類士人擅長的內容，而輕「治道」、「理功」這類切實的吏務。

任昉本策問還是較好地體現了測量目標，即分析問題、解決問題的能力，也即「治道」、「理功」。試題要給考生展示分析問題的能力的話，需要給出一種現象，這一現象需內含矛盾，能引導考生思考「為什麼」，即「善為疑難者」（徐師曾〈文體明辨序說〉）。本文的「疑難」是梁武帝真心求才並大開宏獎之路卻反響寂寞，這樣自然能引出考生思考「為什麼會這樣」，接下去思考「應該怎麼辦」。

與其他的策問相比，本文的前半部分仍顯得很有意思。文首大誇自己少幼即好學，攝位而不廢。（這一部分似乎引起了許棟的不快，他評論說：「蕭老公喜事鋪張，故其臣亦每為誇飾。」）然後說自以為「上有所好，下必甚焉」，沒想到由於自己虛才寡德，做不到草偃風從，雖然自己德行有虧，但考慮到讀書訓學，事優於紫衣長纓之流，所以還是來加以垂詢諮訪。這部分文字雖然平實，但短短幾行，波瀾數起，潛氣內轉，短策而有大文之開闔動盪、跳躍騰挪，很可見「任筆」風範。

表

為宋公至洛陽謁五陵表

宋 傅亮

【題　解】東晉時，中原及西北五胡十六國乍興乍滅，征伐不斷。義熙十二年（西元四一六年）初，會羌主姚興死，子泓立，兄弟相殺，關中擾亂，宋公劉裕便擬北伐，王鎮惡率前鋒入後秦境，戰無不捷，冬十月，後秦將姚光以洛陽降，王鎮惡軍次洛陽，幾天後，王恢之修謁五陵。傅亮為劉裕寫下本表，既向晉安帝匯報軍旅行程及五陵修繕事宜，也讓晉安帝得以分享拜謁五陵慨喜交加的心情。「宋公」指劉裕，《宋書》載，義熙十二年年初封為宋公。五陵是指晉文帝崇陽陵、武帝峻陽陵、宣帝高原陵、景帝峻平陵、惠帝太陽陵。表，奏章的一種，多用於陳請謝賀。

【作　者】傅亮（西元三七四－四二六年），字季友，北地靈州（今寧夏靈武）人，祖傅咸，晉司隸校尉，父傅瑗，以學業知名，位至安成太守。傅亮初為建威參軍，義熙元年（西元四〇五年）除員外散騎侍郎，直西省，典掌詔命。宋國初建，徙中書令，領中庶子。助宋武帝劉裕受禪，永初元年（西元四二〇年），遷太子詹事，中書令如故，封建城縣公，入直中書省，專典詔命。少帝劉義符即位，進為中書監，尚書令。與徐羨之、謝晦一起謀廢少帝，奉迎文帝劉義隆登阼，加散騎常侍、左光祿大夫、開府儀同三司，又進爵始興郡公。元嘉三年（西元四二六年），文帝劉義隆誅傅亮，時年五十三。傅亮博涉經史，尤善文詞，劉裕受命前後的表策文誥，皆亮辭也。鍾嶸《詩品》云：「季友文，余常忽而不察。今沈特進撰詩，載其數首，亦復平美。」明人輯有《傅光祿集》。

臣裕言：近振旅河湄，揚旌西邁，將屆舊京，威懷司雍❶。河流遄疾，道阻且長。加以伊洛榛蕪，津途久廢，伐木通徑，淹引時月❷。始以今月十二日，次故洛水浮橋❸。山川無改，城闕為墟。宮廟隳頓，鍾虡空列。觀宇之餘，鞠為禾黍。廛里蕭條，雞犬罕音❹。感舊永懷，痛心在目❺。以其月十五日，奉謁五陵❻。墳塋幽淪，百年荒翳❼。天衢開泰，情禮獲申❽。故老掩涕，三軍悽感。瞻拜之日，憤慨交集。行河南太守毛脩之等❾，既開翦荊棘，繕修毀垣。職司既備，蕃衛如舊❿。伏惟聖懷，遠慕兼慰。不勝下情，謹遣傳詔殿中中郎臣某，奉表以聞⓫。

【注釋】❶近振旅河湄四句　寫軍隊行進之方向。振旅，謂振起軍隊，《詩・小雅・采芑》：「伐鼓淵淵，振旅闐闐。」河，黃河。湄，水邊。西，洛陽在西邊。邁，遠行。屆，到達。舊京，指西晉都城洛陽。威懷，使畏服，《左傳・襄公四年》：「戎狄事晉，四鄰振動，諸侯威懷。」司雍，司州和雍州，司州為西漢初置，治所洛陽，雍州為東漢置，治所長安。❷河流遄疾六句　寫行軍艱難，點明大軍晚至的原因。道阻且長，《詩・秦風・蒹葭》中的成句。伊洛，伊水與洛水。榛蕪，草木叢雜。津，渡口。淹引，滯留延誤。❸始以今月十二日二句　謂於義熙十二年（西元四一六年）十月十二日抵達洛水。❹山川無改八句　寫舊京所見。隳頓，毀壞。鍾虡，懸鐘的格架。觀宇之餘，謂除臺觀樓宇外。鞠，皆；盡。廛里，謂百姓居處。❺痛心在目　令人痛心的景物歷歷在目。劉琨〈答盧諶詩〉：「哀我皇晉，痛心在目。」❻以其月十五日二句　寫奉謁五陵之時日在義熙十二年（西元四一六年）十月十五日。《晉書・帝紀》載，義熙十二年冬十月，「己丑，遣兼司空、高密王恢之修謁五陵」。❼墳塋幽淪二句　墳塋，墳墓。幽淪，陷沒。百年，義熙十二年（西元四一六年）上距王室離開洛陽約百年。❽天衢開泰二句　天衢，指京都洛陽。開泰，亨通安泰。獲申，謂得以表達。❾行河南太守毛脩之等　行，兼攝官職。毛脩之，《宋書・毛修之傳》載，「時洛陽已平，即本號為河南、河內二郡太守，行西州事，戍洛陽，修治城壘。」❿既開翦荊棘四句　寫修繕五陵，加以防護。職司，謂負責護衛的人員。蕃衛，護衛。蕃，通「藩」。⓫伏惟聖懷五句　寫上表以慰聖懷。伏，下對上的敬辭，表示自己的低下。聖，敬辭，指晉安帝司馬德宗。遠，敬辭，也指洛陽與建康（今江蘇南京，晉安帝所在）地遠。慕，希望。兼慰，指既以慰奉謁五陵之三軍故老，也想兼慰遠在建康的晉安帝。勝，盡。下情，在下者的心情。傳詔，屬中書舍人，出入宣傳詔旨，《宋書・朱脩之傳》：「會宋使傳詔至，脩之名位素顯，傳詔見即拜之。彼國人敬傳詔，謂為「天子邊人」。」殿中中郎，即殿中郎，掌表疏。

【語譯】臣劉裕上言：近日率軍黃河之湄，高揚戰旗向西邁進，即將到達舊京洛陽，聲威使司雍二州畏服。黃河水流湍疾，道路險阻漫長。再加上伊水洛水草木叢雜，津渡道路久已廢棄，砍伐樹木疏通道路，滯留了一些時日。在本月十二日，才到達舊日的洛水浮橋。山川沒有改變，城闕已成廢墟。宮室宗廟毀壞，懸鐘格架空列。臺觀屋宇之外，都已只有禾黍。城內十分蕭條，雞犬之聲也不得而聞。感念往昔惆悵不已，觸目驚心哀痛無限。在本月十五日，拜謁五陵。墳墓陷沒沉淪，荒蕪陰暗已有百年。京都已亨通安泰，情禮得以表達。故老掩面而垂涕，三軍感懷而淒惻。瞻拜之日，憤慨交集。兼攝河南太守的毛脩之等，已翦除荊棘，修繕殘垣。人員也已齊備，護衛仍然如舊。俯伏揣測您的情懷，所以想把這份心情同時傳遞給遠方的您。在下者的情感敘說不盡，謹遣傳詔殿中中郎臣某，奉表稟告以備聽聞。

【研　析】本表先寫軍旅行程。「威懷司雍」一句，寫其氣勢，倒不是誇張。《宋書・王鎮惡傳》記「鎮惡入賊境，戰無不捷，邵陵許昌，望風奔散，破虎牢及柏谷塢，斬賊帥趙玄，軍次洛陽（司州治所），偽陳留公姚洸歸順」，次年便率水軍自河入渭，士眾莫不騰踴爭先，後秦姚泓一觸崩潰，即陷長安（雍州治所）。再寫行軍之艱難，及次軍洛陽的所見。這兩部分的鋪排，筆墨最多。許槤評曰：「以深婉之思，寫悲涼之態。低徊百折，直令人一讀一擊節也。」於此節文字，最相符契。再寫奉謁五陵，及修繕防護事宜。其中「墳塋幽淪，百年荒翳。天衢開泰，情禮獲申。故老掩涕，三軍淒感。瞻拜之日，憤慨交集」幾句，對情感也稍加鋪陳而較為節制，並不虛飾過甚。

文本二百餘字，讀起來覺得頓挫跌宕，全無一般駢文的壅滯繁蕪。這可能與以下幾個特點有關。

一是不用事典。看「注釋」部分已經能發現，本文竟幾無事典，而所用的語典，也是既少又渾然不使人覺，如「振旅」、「道阻且長」、「痛心在目」之類，不知其為語典，也基本不影響事實和情感的傳遞。這在六朝表策文字中十分少見。

二是駢散結合。文章以單行散句寫時間寫事件，簡潔明瞭，以雙行駢句寫景抒情，稍事潑墨。兩相結合，單雙單雙單的推進，錯落有致。就連說明時間的「始以今月十二日」、「以其月十五日」和說明人物的「行河南太守毛脩之等」幾句，在這樣一個框架中，竟然也隱隱約約有了形式上的美感，雖然這種美感未必是傅亮的有意創造。

三是內容充實。二百餘字所記的時間、地點、事件、景物、情感、人物等，都紮實清晰，這種簡潔有效的表述，客觀上營造出一種內斂深沉的效果，是一般駢文不具有的。

許梿謂本文「不甚斲削，然曲折有勁氣」，基本也與上述三點相關。又評說「六朝章奏，季友不愧專門」。我覺得此文不僅與一般六朝章奏有異，於傅亮自己的文集中，上述三點，也屬另類。不知道這是不是因為軍旅之中時間緊迫，而抄錄古今事類的「隨身卷子」攜帶不便，無法簡閱書冊，左右鱗次如獺祭魚。如果這種揣測有成立的可能，那本文真可以算是一個歪打正著的奇葩了。

為蕭拜太尉揚州牧表

梁　江淹

【題解】《南齊書・高帝紀》載，宋順帝昇明二年（西元四七八年）「二月癸未，進太祖太尉，增封三千戶……太祖解驃騎，辭都督，不許，乃表送黃鉞」，九月丙午，「進位假黃鉞、都督中外諸軍事、太傅，領揚州牧，劍履上殿，入朝不趨，贊拜不名，使持節、太尉、驃騎大將軍、錄尚書、南徐州刺史如故。固辭，詔遣敦勸，乃受黃鉞，辭殊禮」。則蕭道成（即齊太祖高帝）於該年二月進太尉，於九月進位太傅，領揚州牧。則本表當作於昇明二年（西元四七八年）九月領揚州牧後，標題當為〈為蕭拜太傅揚州牧表〉而非〈為蕭拜太尉揚州牧表〉，蓋進位太尉與領揚州牧非在一時。江淹本集載當作於該年二月的〈蕭驃騎讓太尉增封第二表〉、〈蕭驃騎讓太尉增封第三表〉，讓太尉及增封（即「增封三千户」）而全不及揚州牧；當作於該年九月的〈讓太傅揚州牧表〉、〈後讓太傅揚州牧表〉，都是讓太傅同時讓揚州牧，並可證此。

元文既降，雕牒增輝。禮藹前英，寵華昔典❶。仰震威容，俯慚陋識。心魂戰慄，若殞若殯。臣景能驗才，無假外鏡；撰己練志，久測內涯❷。故讓不飾跡，辭非謙距。寸亮尺素，頻觸瑤纊；丹情實理，備塵珠冕❸。而神居寂阻，九重嚴絕。徒懷漢臣伏闕之誠，竟無魯人回日之感。所以回懼鴻威，後奔殊令者也❹。既而永鑒隆魏，緬思宏晉，國之大政，在功與位。故靜民紐亂，不處輿臺之下；去動舍德，寧班袞司之上？咸以休對性業，裁成器靈，詎有移風變範，克耀倫序者乎❺？今臣績不炤民，忠豈宜國；名爵赫曦，僶俛優忝。陛下久超異禮之榮，越次殊常之秩❻。雖寢寐矜戰，曲垂哀亮，而璽冊沖正，愈賜砥礪❼。今便肅順天誥，恭聞睿典。審躬酌私，必跋危撓，將恐詎俗由此方擾，軌訓以之交蕪❽。臣豈不勉智罄忠，未知所以報奉淵聖，輸感霄極。取諸微躬，長為慚荷❾。

【注釋】❶元文既降四句　寫接到詔令，深感榮耀。元文，即玄文，避清康熙玄燁諱改，指朝廷任命的詔令。牒，指授予官職的文書。藹、華，皆為動詞。❷仰震威容八句　寫自己慚陋之情。殞，死亡。殯，死者入殮後停柩以待葬。景，日光，即以日光查驗。外鏡，謂以外物為鏡，語本《墨子・非攻》「君子不鏡於水，而鏡於人」。撰，製造，謂修煉。練，訓練。內涯，謂自己才能的邊際。涯，水的邊際。❸故讓不飾跡六句　寫自己多次辭讓。飾跡，謂故作推辭修飾行跡以得高名。謙距，謂因謙虛而推拒，《後漢書・光武帝紀》：「臣聞帝王不可以久曠，天命不可以謙拒，惟大王以社稷為計，萬姓為心。」距，通「拒」。拒絕。寸亮，謙指自己的心跡。尺素，指書信。瑤纊，古時帝王用以塞耳，上懸於紞，下飾玉，謂之瑱，冕、弁等皆有之，班固《白虎通・紼冕》：「纊塞耳，示不聽讒也。」以玉為飾，故稱「瑤纊」，這裡代指君王。纊，綿絮。丹情，謂赤忱之情。珠冕，天子之冠上飾有垂珠，故稱「珠冕」，這裡代指君王。❹而神居寂阻六句　寫未即赴命的原因。神居，指天子所居。九重，指宮禁朝廷。漢臣伏闕，指漢臣竇融多次辭讓爵位事，見《後漢書・竇融傳》。魯人回日，魯陽公與韓遘難，激戰日暮，援戈麾之，日為之反三舍，見《淮南子・覽冥訓》，此指君王收回詔命。感，感應；回應。回，違逆，《詩・大雅・常武》：「徐方不回，王曰還歸。」鄭玄箋：「回猶違也。」鴻威，指君王的盛威。❺既而永鑒隆魏十二句　寫為國為政，功勞與名位應該相當的道理。魏，西元二二〇年，曹丕代漢稱帝，國號魏，都洛陽，史稱曹魏，西元二六五年司馬炎建晉朝，魏亡。緬思，細緻地思考。晉，西元二六五年，司馬炎代魏稱帝，國號晉，都洛陽，史稱西晉，西元三一六年為前趙所滅，歷五十二年。西元三一七年，司馬睿即位建康，史稱東晉，西元四二〇年為劉裕所滅，與西晉合稱兩晉。國之大政，語本《左傳・成公十三年》「國之大事，在祀與戎」句。靜民，謂安定民心，《逸周書・諡法》：「大慮靜民曰定。」紐亂，把亂絲打上紐結，比喻結束戰亂。輿臺，古代十等人中兩個低微等級的名稱，輿為第六等，臺為第十等，泛指操賤役者，見《左傳・昭公七年》。袞司，指三公的職位，古代三公八命，出封時加一命可服袞，蕭道成所受太尉、揚州牧都在八命之列。休，善。性業，性情與功業。裁成，裁剪製成。器靈，名器靈明，這裡指官制清晰。詎，豈；怎。倫序，條理順序。「休對性業，裁成器靈」與「移風變範，克耀倫序」對舉。❻今臣績不炤民六句　寫自己功績不顯而位次殊常。績，功績。炤，同「昭」。顯。民，字本缺，當為許槤據義補。赫曦，顯赫的樣子。僶俛，勤勉。優忝，職位優於才能，愧居高位。秩，官職品級。❼雖寢寐矜戰四句　寢寐，睡臥。矜戰，危懼顫慄。曲垂，猶言「俯賜」，用於稱君上的頒賜，庾信〈謝趙王賚絲布啟〉：「遠降聖慈，曲垂矜賑。」哀亮，謂自己的私心，這裡的「亮」和前文「寸亮尺素」中的「亮」意思相同。璽冊，指詔命。沖正，中和雅正。砥礪，磨石，精為砥，粗為礪，用來比喻磨練。❽今便肅順天誥六句　表示願意接受詔命，並敘說擔憂。跋，踩。危撓，危難險阻。軌訓，軌範法則。蕪，荒廢。❾臣豈不勉智罄忠五句　表白竭忠盡智的決心，和慚愧感謝的心情。罄，盡。淵聖，對皇帝的美稱。霄極，九霄之極，指皇宮。微躬，謙詞，卑賤的身子。慚荷，羞慚感荷，向對方表示感謝的用詞。

【語　譯】朝廷的詔文既已降達，精美的文書使我增輝。禮遇隆盛勝過前代英賢，恩寵榮華邁越舊日法典。仰頭震於皇上威容，俯首慚愧自己陋識。心情魂魄戰戰慄慄，彷彿殞歿等待出殯。臣查測能力檢驗才華，不必借外物為鏡；修煉自己磨練節志，一向清楚內能邊際。所以推讓不是為修飾行跡，辭命不是因謙虛拒絕。表白寸心的尺素奏章，頻頻觸犯君王塞耳的瑤纊；赤忱之情真實之理，如灰塵玷污君王的珠冕。只是神居之所沉寂而阻隔，九重之殿森嚴而斷絕。空懷漢臣竇融伏闕辭爵之誠意，全無魯人陽公揮戈回日之感應。這就是我違背自己對盛威的懼怕，遲遲不受這一殊榮任命的原因。之後我長久取鑒隆盛的曹魏，細緻思考強大的晉代，國家的大政，在功績與名位的匹配。所以安定民心結束戰亂的人，不處在低下如輿臺的位置；未建功勳沒有德行的人，怎可位列高上如三公八命？都是品格性情與其功業對應一致，方能裁制出靈明的官制，哪裡有改變授官的規章制度，而能夠顯耀於官級次序的呢？現在我功績不顯於眾人，只有忠心卻於國無用；名爵十分顯赫，勤勉不已仍因官職優待感到慚愧。陛下長久以來給我有異常禮的榮光，位次不同於正常的品級。雖然我寢寐睡眠戰戰慄慄，希望皇恩能體察我悲傷的情感，而詔命中和雅正，又賜我新的磨練。現在我莊重地順從皇上的詔誥，恭敬地聽取聖明的冊典。審查自身斟酌內情，必將跋涉危難險阻，擔心民俗因此被擾亂，軌範因此而荒廢。臣怎能不盡智竭忠，除此之外，不知何以報答聖上，傳達感激之情至九霄之上。只有以微賤的自己，長久地承擔慚愧感荷。

【研　析】此表許槤評曰：「太尉，齊明帝蕭鸞也，高帝猶子，嘗為揚州刺史。」是說標題中的「蕭」是指蕭鸞。我以為這裡的「蕭」是指蕭道成，蕭道成曾為太尉（太傅）、揚州牧，題解中已有說明，另寫幾句，從作者江淹的角度再稍加闡釋。

《宋書》江淹本傳謂，「昇明初，齊帝輔政，聞其才，召為尚書駕部郎、驃騎參軍事。……是時軍書表記，皆使淹具草。相國建，補記室參軍事。建元初，又為驃騎豫章王記室，帶東武令，參掌詔冊，並典國史」，記載清晰。而「是時軍書表記」，具見於江淹本集，數量至數十，可信不誣，如〈蕭驃騎讓豫司二州表〉、〈蕭驃騎上頓表〉、〈蕭驃騎錄尚書事到省表〉、〈蕭驃騎讓封第二表〉、〈蕭驃騎讓封第三表〉、〈蕭驃騎謝甲仗入殿表〉、〈蕭驃騎謝被侍中慰勞表〉、〈蕭驃騎解嚴輪黃鉞表〉、〈蕭驃騎讓油幢表〉、〈蕭太尉上便宜表〉、〈蕭太傅東耕教〉、〈蕭拜相國齊公十郡九錫章〉等等。

而其中時間和事件最為接近的〈讓太傅揚州牧表〉、〈蕭重讓揚州表〉、〈後讓太傅揚州牧表〉三表，與本表的措辭極為相似。如〈後讓太傅揚州牧表〉謂「再辭非謙，重讓靡飾」，與本表「讓不飾跡，辭非謙距」相似；前表「臣鄙概早盈，陋才久溢，第超庶後，神絕群班，仰贊東序之賓，平參南宮之政」，與本表「臣績不炤民，忠豈宜國；名爵赫曦，僶俛優忝。陛下久超異禮之榮，越次殊常之秩」相似；前表「魂祈夢請，駐心掛氣。陛下猶降以璽書之榮，被以丹碧之采」，與本表「雖寢寐矜戰，曲垂哀亮，而璽冊沖正，愈賜砥礪」相似。在構思上，由於前表是「讓」表，本表是「拜」表，自然有所區別，不過，以功位名實的不符，來說明自己慚愧推辭之意，都是兩表中的重點，前表謂「古之馭教，當有道焉。量能而受賞，撰智而錫位」，本表謂「國之大政，在功與位。故靜民紐亂，不處輿台之下；去勳舍德，寧班袞司之上？咸以休對性業，裁成器靈」，又表示在「肅順天誥」後「氓俗由此方擾，軌訓以之交蕪」的擔心，也是從此著眼。這種高度的一致性，可以從側面反映此「蕭」當同為一人即蕭道成。

另外，蕭鸞登阼前為相輔國，其文多出於謝朓，如〈為齊明帝讓封宣城公表〉、〈為宣城公拜章〉、〈為明帝拜錄尚書表〉、〈為百官勸進齊明帝表〉等，任昉也有〈為齊明帝讓宣城郡公第一表〉。當時江淹為驍騎將軍，以本官兼御史中丞，最為著名的事件就是彈中書令謝朏、司徒左長史王續、護軍長史庾弘遠，及劉悛、陰智伯、沈昭略、庾曇隆等，而被蕭鸞譽為「嚴明中丞」、「近世獨步」，並無為蕭鸞書記事。

這樣看來，「蕭」指蕭道成而非蕭鸞，是可以確定的。

為蕭驃騎謝被侍中慰勞表

梁　江淹

【題解】《南齊書・高帝紀》載，西元四七七年，蕭道成迎立順帝，「進位侍中、司空、錄尚書事、驃騎大將軍……太祖固辭上命，即驃騎大將軍、開府儀同三司」。題中「蕭驃騎」即蕭道成。題中「侍中」指何戢（西元四四七—四八二年），宋昇明初出為吳郡太守，以疾歸，為侍中、秘書監，與蕭道成交好。據《南齊書・高帝紀》，沈攸之於昇明元年（西元四七七年）十二月舉兵，二年正月攻郢城不克自殺死。史載「太祖（蕭道成）屯閱武堂，馳結軍旅，閏月辛丑，詔假黃鉞，率大眾出屯新亭中興堂（在今江蘇南京西南十五里長江邊）」，則本表應該就作於昇明元年（西元四七七年）歲末閏月，其時何戢至軍中慰勞，蕭道成命江淹寫下本謝表。

臣某言：即日侍中、秘書監臣戢至❶，奉宣詔旨慰勞。便受轂中帷，練甲外壘❷。旍旄蔽景，輿徒競氣。人懷秋嚴，士蓄霜斷。晦魂已掩，氣豎未縣。稽鉞佇威，寢興震慨❸。今王人臨郊，皇華降庭❹。煇燿望實，將激威武。戴鶡之夫，迎光蹀恩；投石之師，攀炤竦惠❺。楚纊越醪，方茲慚潤。臣忝屬闈私，彌抱渥洽，不任下情❻。

【注釋】❶即日侍中句　侍中，職官名，因侍從皇帝左右，故稱「侍中」，出入宮廷，與聞朝政，逐漸變為親信貴重之職。秘書監，秘書省的長官。戢，指何戢。❷便受轂中帷二句　轂，車輪中心的圓木，代指車輪或車，這裡是「轂下」的省稱，轂下是對人的敬稱。練，訓練。甲，甲兵。壘，軍營。❸旍旄蔽景八句　寫兵容之盛。旍旄，泛指旗幟。旍，通「旌」。景，日光。輿徒，車馬徒眾。競氣，以意氣相競。秋嚴，謂秋氣肅殺。霜斷，霜氣肅殺。斷，斬殺。晦魂已掩，指後廢帝劉昱已死，史書載劉昱天性好殺，窮凶極悖，於西元四七七年七月被殺。晦，昏暗不明。魂，人死後的魂靈，此指後廢帝劉昱的屍身，《魏書・高允傳》載高允《諫文成帝不釐改風俗》文：「今已葬之魂，人直求貌類者事之如父母，燕好如夫妻，損敗風化，瀆亂情禮，莫此之甚。」掩，掩埋。氣豎，這裡指車騎大將軍、荊州刺史沈攸之，當時據荊州反。氣，當作「氛」，指凶象之雲氣，這裡用作形容詞。豎，對人的鄙稱，如「逆豎」、「凶豎」等。縣，「懸」的古字，吊掛；繫掛。稽，通「棨」。棨戟，有繒衣的木戟，古代官吏所用的儀仗，出行時作為前導，後亦列於門庭。鉞，古兵器，似斧而大，多用於禮儀。佇，積聚。寢興，睡臥和起身，語本《詩・小雅・斯干》「乃寢乃興」。震慨，振奮激慨。❹今王人臨郊二句　王人，指天子使臣即侍中何戢。皇華，《詩・小雅》中的篇名，〈序〉謂：「皇皇者華，君遣使臣也。」因以指天子使臣。❺煇燿望實六句　寫使臣既至，將士振奮感恩。煇燿，照耀，「煇」也是動詞。望實，威望和實力。將，盛壯，這裡也用作動詞。威武，威名和武力。鶡，兇猛的鷙鳥，這裡指鶡冠，鶡鬥至死乃止，今武士戴之，取其猛也。蹀，踏，《淮南子・俶真訓》：「足蹀〈陽阿〉之舞，而手會〈綠水〉之趨。」投石，投擲石頭，《史記・白起王翦列傳》載，王翦伐荊，休士洗沐，長久未戰，王翦使人問軍中戲乎，對曰：「方投石超距。」於是王翦曰：「士卒可用矣。」後以形容意氣奮發，沈約〈郊居賦〉：「闕投石之猛志，無飛矢之麗辭。」攀炤，與前「迎光」相對，意思相近。炤，同「照」。光線。竦，企立。❻臣忝屬閫私三句　由軍隊及個人，表個人感恩之情。楚纊，楚地的絲綿，《左傳・宣公十二年》：「王巡三軍，拊而勉之，三軍之士皆如挾纊。」後以指君上的賜與，表被德感恩大受激勵。越醪，越地的酒醪，《列女傳》載，越王句踐伐吳，有客獻醇酒，越王令人在上游傾注，士卒在下游取而共飲。玆，「滋」的古字，滋潤。忝，謙詞，表在列而有愧。閫，指郭門，《史記・張釋之馮唐列傳》：「臣聞上古王者之遣將也，跪而推轂，曰閫以內者，寡人制之，閫以外者，將軍制之。」因以指地方軍事，這裡指蕭道成討伐沈攸之而言。私，謂偏愛而獨得厚恩。渥洽，深厚的恩澤，《楚辭・九辯》：「願銜枚而無言兮，嘗被君之渥洽。」任，承受。下情，在下者的情感。

【語　譯】臣某言：近日侍中、秘書監臣何戢到來，奉旨宣詔慰勞大眾。於是在帳中接待貴使，在軍營排練甲兵。旌旗遮蔽日光，徒眾意氣相競。人懷肅殺莊嚴的秋氣，士蓄摧折萬物的霜寒。昏庸的魂魄已經掩埋，凶殘的逆賊未懸於鉤。棨戟斧鉞積聚威嚴，時時刻刻振奮激慨。現今君王之人來到郊外，天子使臣降於庭階。輝照光耀了名望和實際，壯大激勵了威名與武力。頭戴鶡冠兇猛勇敢的武夫，迎著日光蹈涉聖恩；投石超距意氣奮發的師旅，攀附光亮企接恩惠。楚王的纊綿越王的醇酒，滋生令人慚愧的澤潤。我忝位軍旅重任獨得厚恩，更多擁有君王恩澤，不勝感激。

【研　析】許槤評前文〈為蕭拜太尉揚州牧表〉曰：「琢采秀削，別開奧窔。昔人譏其句句生澀，余謂醴陵佳處，即在生澀上。」評本文曰：「用筆深刻，布采陸離。或謂其琢削過甚，少灝達之風。然此乃作者結構苦心，非好為艱深也。」雖然許槤把兩表都當成是為齊明帝蕭鸞所作，不過「生澀」、「深刻」、「琢削」、「艱深」數詞，還是很切合江淹二表的。

比如「受轂中帷」一語。轂代指車輪或車，是常見用法，所以清黎經誥以《漢書・張馮汲鄭傳》載馮唐「臣聞上古王者遣將也，跪而推轂」一語來注釋。但是，在中帷受車，完全不可想像無法理解。其實這裡的「轂」是「轂下」的省稱，轂下，對人的敬稱，唐段成式《酉陽雜俎・禮異》曰：「秦漢以來，於天子言陛下，於皇太子言殿下，將言麾下，使者言節下、轂下，二千石長史言閣下，父母言膝下，通類相言於足下。」為《晉書》載慕容廆與太尉陶侃書有「明公使君轂下」句。

如果「受轂中帷」尚稱有跡可循，「晦魂已掩，氣豎未縣」八字，真讓人無從下手。黎經誥依據《黃庭內景經・高奔》「高奔日月吾上道」句唐梁丘子注「《上清紫書》有呑月精之法：月初出時，西向叩齒十通，微呪月魂名。月中五夫人字曰月魂」，以「月中五夫人字曰月魂」來釋「魂」，與上文「旍旄蔽景」已寫日光不符，也無晚上月下接待王使的道理，不過總歸也還算能理解。而他以「豎褐」釋「豎」，以之為短褐，不僅讓「縣」字無處著落，整句更讓人不知所云。

其中「氣」字，《文選》烏程蔣氏密韻樓藏明翻宋刻本、明萬曆間新安汪士賢輯刻「漢魏六朝名家集」本、明天啟崇禎間張燮輯刻「七十二家集」本等俱作「氛」，僅屢經轉錄異文的元鈔本作「氣」，算許槤提定失審，當以「氛」為是。而檢索江淹集中「氣」、「氛」二字的用法，「氣」多用作個人之意氣義，「氛」常指不祥之雲氣及由凶象引申而來的「凶」義，按照其用字習慣，也當以「氛」為是。如本文「輿徒競氣」句、〈慰勞雍州詔〉「刺史張敬義氣雲騰，秣馬星驅，全羽十萬，殄茲氛鯨，曾不旋踵」句、〈蕭被尚書敦勸重讓表〉「戡折氛蜺，輒資群才之效」句等，皆是明例。上引「殄茲氛鯨」、「戡折氛蜺」兩例句中，鯨、蜺語本《左傳‧宣公十二年》「古者明王伐不敬，取其鯨鯢而封之，以為大戮」，杜預注：「鯨鯢，大魚名，以喻不義之人吞食小國。」《晉書‧湣帝紀》：「掃除鯨鯢，奉迎梓宮。」胡三省注《資治通鑑‧晉湣帝建興元年》引此文曰：「鯨鯢，大魚，鉤網所不能制，以此敵人之魁桀者。」

「豎」即「狂豎」、「逆豎」、「凶豎」之豎。本文的「氣豎」既當為「氛豎」，此「氛豎」意思與「氛鯨」、「氛蜺」類似，皆指賊寇敵人，這裡指的就是荊州刺史沈攸之。未縣，即「未懸」，語本三國魏曹植〈求自試表〉「高鳥未挂於輕繳，淵魚未懸於鉤餌」，指賊寇未得繫於鉤，即沈攸之未滅。「未懸」這一意象又和前述「氛鯨」、「氛蜺」有內在聯繫，兩相比較，發現江淹於「氛豎」則用「懸」，於「氛鯨」、「氛蜺」則用「殄」、用「戡折」，正是為了在動賓語之間造成錯落，以「琢削」營造「生澀」、「深刻」、「艱深」的效果，避免直白。「晦魂已掩，氣豎未縣」八字，只有這樣理解，才與侍中慰勞的情境一致，才與史實一致，才與上文的「秋嚴」、「霜斷」、下文的「寢興震慨」、「載鶡之夫」、「投石之師」一貫而暢通。

許槤所謂的「生澀」、「深刻」、「琢削」、「艱深」，或許是他閱讀的感性體會，或許只是借用評論江淹常見的熟話套語。我檢索歷代文獻，發現「受轂」、「晦魂」、「氛豎」幾字，竟然只有江淹使用了這一次，這與文獻湮沒散佚十不存一有關，也與江淹琢削過甚生澀艱深有關。因為琢削艱深過甚，所以後人既不能理解，當然就無法點鐵成金、檃括利用了。

經通天臺奏漢武帝表

陳　沈炯

【題解】承聖三年（西元五五四年）十二月，西魏破荊州，「選百姓男女數萬口，分為奴婢，驅入長安，小弱者皆殺之」（《梁書・元帝紀》），沈炯也在其時入長安。因母老在東，沈炯恆思歸國，曾獨行經漢武通天台，為表奏之，陳己思歸之意。通天台，漢武帝於元封二年（西元前一〇九年）築以迎候神仙，在漢甘泉宮（今陝西淳化西北甘泉山），因其臺高以通天而名。

【作者】沈炯（西元五〇二—五六〇年），字初明，吳興武康（今浙江德清）人。祖沈瑀，梁尋陽太守，父沈續，王府記室參軍。仕梁為王國常侍，遷尚書左民侍郎。出補吳令，為侯景將宋子仙所獲，後歸王僧辯，封原鄉縣侯，除司徒從事中郎。元帝蕭繹徵為給事黃門侍郎，領尚書左丞。江陵陷，入西魏，為儀同三司。紹泰中歸國，除司農卿，遷御史中丞。入陳加通直散騎常侍。宋文帝陳蒨即位，會兵事，帝欲使炯因是立功，乃解中丞，加明威將軍，遣還鄉里，以疾卒於吳中，時年五十九。贈侍中，諡曰恭子。沈炯少有雋才，為當時所重，王僧辯得之後羽檄軍書皆出其手，勸進蕭繹表，也是沈炯手筆，其詩歌不重辭藻，質直勁遒，應該與他身居北土的經歷有關。明人張溥輯有《沈侍中集》。

臣聞橋山雖掩，鼎湖之竈可祠；有魯遂荒，大庭之跡無泯❶。伏惟陛下，降德猗蘭，纂靈豐谷❷。漢道既登，神仙可望。射之罘於海浦，禮日觀而稱功，橫中流於汾河，指柏梁而高宴❸。何其甚樂，豈不然與？既而運屬上仙，道窮晏駕❹。甲帳珠簾，一朝零落，茂陵玉盌，遂出人間。凌雲故基，與原田而膴膴；扶風餘趾，帶陵阜而芒芒❺。羈旅縲臣，能不落淚❻。昔承明既厭，嚴助東歸；駟馬可乘，長卿西返❼。恭聞故實，竊有愚心。黍稷非馨，敢望徼福❽。但雀臺之弔，空愴魏君；雍丘之祠，未光夏后❾。瞻仰煙霞，伏增淒戀。

【注釋】❶臣聞橋山雖掩四句　先言黃帝、大庭以引出漢武。橋山，山名，在今陝西黃陵西北，相傳為黃帝葬處，沮水穿山而過，山狀如橋，故名，《史記・五帝本紀》：「黃帝崩，葬橋山。」鼎湖，地名，傳說黃帝在荊山鑄鼎，鼎成而乘龍升天，後人便稱鑄鼎處為「鼎湖」。竈可祠，祠灶，祭祀灶神，古代五祀之一，方士之說，祭灶可以致物，化丹砂為黃金，以為飲食器，可以延年見仙，見《史記・孝武本紀》載李少君說漢孝武事。有，名詞詞頭，無實義。魯，古國名，在今山東西南。遂，完全，《詩・商頌・長發》：「率履不越，遂視既發。」大庭，大庭氏，古代帝王名，都於曲阜，亦稱朱顏氏，杜預注《左傳・昭公八年》曰：「大庭氏，古國名，在城內，魯於其處作庫。」❷伏惟陛下三句　轉入漢武帝。伏惟，下對上的敬詞，想到，多用於奏疏或信函。猗蘭，漢殿名，漢武帝誕生前，父景帝夢赤彘從雲中而下，入崇蘭閣，因改閣名為猗蘭殿，後武帝生於此殿，見舊題漢郭憲《洞冥記》。纂，繼承。豐谷，劉邦曾為泗水亭長，居沛、豐，因以「豐谷」代劉邦或帝王事業，陸機〈漢高祖功臣頌〉：「龍興泗濱，虎嘯豐谷。」❸漢道既登六句　寫漢武帝求仙封禪宴樂之事。登，成。神仙可望，指漢武築通天台招徠神仙事。射之罘於海浦，《史記・秦始皇本紀》載秦始皇「登之罘刻石」，司馬相如〈子虛賦〉：「觀乎成山，射乎之罘，浮渤海，游孟諸。」之罘，山名，在山東煙臺北。禮日觀而稱功，漢武帝曾封禪泰山。禮，祭神。日觀，泰山峰名。橫中流于汾河，漢武帝五次幸汾陰祠后土，並於元鼎四年（西元前一一三年）這一次作〈秋風辭〉，曰：「泛樓船兮濟汾河，橫中流兮揚素波。」指柏梁而高宴，漢武帝常在柏梁臺與群臣宴飲賦詩。柏梁，柏梁臺，武帝元鼎二年（西元前一一五年）建，以香柏為梁，故名。❹既而運屬上仙二句　寫漢武帝死。晏駕，車駕晚出，古代稱帝王死亡的諱辭，《史記・范雎蔡澤列傳》「宮車一日晏駕」句，裴駰集解引韋昭曰：「凡初崩為『晏駕』者，臣子之心猶謂宮車當駕而晚出。」❺甲帳珠簾八句　描摹漢武帝死後的景象。甲帳，漢武帝所造的帳幕，《漢書・西域傳》：「立神明通天之台，興造甲乙之帳，落以隨珠和璧。」《北堂書鈔》引《漢武故事》：「上以琉璃珠玉，明月夜光雜錯天下珍寶為甲帳，次為乙帳。甲以居神，乙以自居。」珠簾，珍珠綴成的簾子，見前「甲帳」注。茂陵，在陝西興平東北，《漢書・武帝紀》載，武帝崩後，「三月甲申，葬茂陵」。遂出人間，《漢武故事》載，有民盜用玉杯御物，「案其題，乃茂陵中明器也」，霍光考察後發現是漢武死後現形賣陵中明器。凌雲，漢閣名。膴膴，膏腴肥沃，《詩・大雅・緜》：「周原膴膴，堇荼如飴。」扶風，古郡名，武帝置。趾，建築的基礎部分；基趾。帶，連同；連帶。陵阜，丘陵。芒芒，廣大的樣子。❻羈旅縲臣二句　承上啟下，由景入情，從人到己。羈旅，寄居異鄉。縲臣，指被拘繫之臣，沈炯為西魏虜繫不得歸。❼昔承明既厭四句　承明，承明廬，漢宮中值宿處，在石渠閣外。嚴助，見《漢書・嚴朱吾丘主父徐嚴終王賈傳》，會稽人，漢武近臣，侍燕從容，漢武問助所欲，助對願為會稽太守，於是拜為會稽太守，數年不聞問，賜書曰「君厭承明之廬，勞侍從之事，懷故土，出為郡吏」云云。駟馬，顯貴者所乘的駕四匹馬的高車。長卿，見《成都記》，司馬相如字長卿，蜀人，出蜀時過升仙橋，題柱曰「大丈夫不乘駟馬高車，不復過此橋」云云，後被武帝任為中郎將，建節使蜀。❽恭聞故實四句 寫自己思歸之意。故實，指前述嚴助、司馬相如回歸故土的史事。愚心，謙稱自己的私心。黍稷非馨，語本《書·君陳》「黍稷非馨，明德惟馨」句，謂自己無明德而不敢求福。徼福，求福，《左傳·成公十三年》：「君亦悔禍之延，而欲徼福於先君獻穆。」❾但雀臺之弔四句 寫自己的憑弔之意，於魏武夏后無補，未必能如嚴助、相如得歸鄉里。雀台之弔，陸機有〈弔魏武帝文〉弔曹操，有「登爵台而群悲，佇美目其何望」句。雍丘，秦置縣名，有夏后祠。夏后，即大禹，《史記·夏本紀》：「禹於是遂即天子位，南面朝天下，國號曰夏后，姓姒氏」。

【語 譯】臣聞橋山雖已掩沒，鼎湖之灶仍可祭祠；魯國完全荒蕪，大庭之跡並未泯滅。俯首追想陛下，天降大德於猗蘭殿，繼承英靈虎嘯豐谷。大漢統治已成就，神仙之事可嚮往。射獵之眾於海濱，祭祀日觀而稱揚功績，橫渡中流於汾河，指示柏梁而君臣歡宴。真是多麼的快樂，難道不是這樣麼？不久命歸天上仙境，道路走完車駕晚出。甲帳珠簾，一朝之間，零散脫落，茂陵墓中的玉盌，也出現在人間。凌雲閣的舊時臺基，混同於平原田地，膏腴肥沃；扶風殘留的建築基趾，與丘陵連成一片，廣大遼闊。寄居異鄉的拘繫之臣，睹此景色怎能不落淚。當年因厭倦了承明廬的侍從之事，嚴助東歸故里；因有四馬高車可以乘坐，相如西返家鄉。聽聞這些舊日史事，私下有了愚拙心思。黍稷並不馨香，不敢奢望求福。只是雀台之弔，空為魏武曹操淒愴；雍丘之祠，未使夏后大禹增光。抬頭瞻望滿天煙霞，俯首增添淒惋眷戀。

【研 析】本表的對象，是數百年前的漢武帝而非當今皇帝，這是很獨特的。另外，上表的原因是途徑通天台。這兩個因素，決定了本文的基本寫法。

文章先以黃帝、大庭兩事，連類比擬，引出漢武。其中黃帝、鼎湖，大庭、魯庫，與漢武、通天台一一對應。再寫漢武之「神仙可望」，卻不寫通天台，而繼以之罘、日觀、汾河、柏梁，形成錯落。《漢書・郊祀志》載「乃作通天台，置祠具其下，將招來神仙之屬」，所以，未寫通天，而臺在「神仙可望」四字中矣。再寫漢武死後，「甲帳珠簾」，《漢書・西域傳》記「立神明通天之台，與造甲乙之帳，落以隨珠和璧」，亦扣合通天台，「茂陵玉盌」，《漢武故事》載，漢武死後現形於市賣玉杯，又現形謂陵令薛平曰：「吾雖失世，猶為汝君，奈何令吏卒上吾山陵上磨刀劍乎？自今已後可禁之。」這是扣合上表漢武而冀其真有神靈來寫。朧朧芒芒，則稍加鋪排，既與上文「何其甚樂」相對，又以景寫情，引出自己的「羈旅縲臣」的思歸之悲，文脈潛進，轉入嚴助、相如事，以其「東歸」、「西返」，引起自己的「愚心」，嚴助、相如事又能緊扣漢武不放。最後以憑弔之無補於魏武夏后作結，表達自己的忐忑淒戀，而魏武夏后，貼合漢武，雀台蕹丘，再點通天台。

這樣看來，本文的思歸之意，表達得並不充分，倒是構思隸事，頗見用心，逞才使巧，最出新意。《陳書》本傳載，奏表結束，當天晚上沈炯夢見有宮禁之所，炯便以情事陳訴，聞有人言：「甚不惜放卿還，幾時可至。」果真沒幾時，便獲東歸。看來漢武「神仙可望」，沈炯也是「神仙可望」呢。本傳又載，沈炯「恐魏人愛其文才而留之，恆閉門卻掃，無所交遊，時有文章，隨即棄毀，不令流布」。本表卻得載於本傳而流布不絕，不知道是過於巧妙，沈炯棄毀不捨，還是東歸之後，沈炯靠記憶重新撰錄的呢？

為陳六宮謝表

陳　江總

【題解】陳六宮，指陳後主沈皇后，諱婺華，太建三年（西元五七一年），納為皇太子妃，十四年（西元五八二年）正月後主即位，立為皇后。六宮，古代皇后寢宮，正寢一，燕寢五，合為六宮，《周禮・天官・內宰》「以陰禮教六宮」句，鄭玄注曰：「六宮謂后也。」本文應當是陳後主即位冊封皇后時，江總為沈婺華寫的謝表。

【作者】江總（西元五一九—五九四年），字總持，濟陽考城（今河南蘭考）人，晉散騎常侍江統十世孫，五世祖湛，宋左光祿大夫、開府儀同三司，祖江蒨，梁光祿大夫，父江紑，本州迎主簿。總七歲而孤，依於外氏，年十八解褐宣惠武陵王府法曹參軍，陳宣帝時為太子詹事，後主陳叔寶即位，歷吏部尚書、尚書令，不持政務，日與後主遊晏，時人謂之狎客，國政日頹，綱紀不立，君臣昏亂，以至於滅。入隋，為上開府。開皇十四年（西元五九四年）卒於江都，時年七十六。江總為人寬和溫裕，自敘云：「歷升清顯，備位朝列，不邀世利，不涉權幸。」時人謂之實錄。好學能屬文，於五言七言尤善，然傷於浮豔，多有側辭豔曲。《文鏡秘府》南卷〈文意論〉曰：「柳惲、王融、江總三子，江則理而情，王則情而麗，柳則雅而高。」陳祚明以為江總詩「特有清氣」、「江總持詩如梧桐秋月，金井綠陰之間，自饒涼氣」，這種評價於其入隋後的作品而言，頗為契合。明張溥《漢魏六朝百三家集》中有《江令君集》。

鶴籥晨啟❶，雀釵曉映❷。恭承盛典，肅荷徽章❸。步動雲袿，香飄霧縠❹。愧纏豔粉，無情拂鏡；愁縈巧黛，息意臨窗❺。妾聞漢水贈珠，人間絕世，洛川拾翠，仙處無雙，或有風流行雨，窈窕初日，聲高一笑，價起兩環，乃可桂殿迎春，蘭房侍寵❻。借班姬之扇，未掩驚羞；假蔡琰之文，寧披悚戴❼。

【注釋】❶鶴籥晨啟　借用《書・金縢》「啟籥見書」語。鶴籥，猶「鶴禁」，指後宮，白鶴守之，凡人不得出入，故曰鶴禁。❷雀釵曉映　曹植〈美女篇〉有「頭上金爵釵」句。雀釵，有雀形飾物的釵。❸恭承盛典二句　盛典，隆重的恩典。荷，接受。徽章，指褒崇封贈的策命，與上句「盛典」近義，都指立皇后一事。徽，盛；大，即「徽祚」、「徽績」之徽。章，策命。❹步動雲袿二句　袿，長襦，婦女的上服。縠，縐紗，顏師古注《漢書・江充傳》「充衣紗縠禪衣」句曰：「紗縠，紡絲而織之也，輕者為紗，縐者為縠。」❺愧纏豔粉四句　寫自己慚愧憂愁而無心拂鏡妝扮。❻妾聞漢水贈珠十句　寫貌美如彼方得侍寵於桂殿蘭房。漢水贈珠，鄭交甫南適楚，於漢皋臺下遇二女，佩二珠，應鄭交甫要求，解而與之，見劉向《列仙傳》。洛川拾翠，曹植〈洛神賦〉有「容與乎陽林，流眄乎洛川」、「或採明珠，或拾翠羽」二句。風流行雨，語本宋玉〈高唐賦〉「旦為朝雲，暮為行雨」句。窈窕，語本《詩・周南・關雎》「窈窕淑女，君子好逑」句。初日，語本宋玉〈神女賦〉「耀乎若白日初出照屋梁」。聲高一笑，語本宋玉〈登徒子好色賦〉「嫣然一笑，惑陽城，迷下蔡」。價起兩環，謂聲價高過著名的寶玉，《左傳・昭公十六年》載，宣子有環，有一在鄭商，宣子謁諸鄭伯而子產弗與。桂殿，以桂為柱的殿室，借指后妃所住，《陳書．張貴妃傳》載張麗華起臨春、結綺、望仙三閣，其窗牖、壁帶、懸楣、欄檻之類，並以沉檀香木為之，微風暫至，香聞數里。迎春、侍寵，指侍奉皇帝。蘭房，《三輔黃圖》載趙飛燕皇后所居昭陽殿「蘭房椒壁」，借指后妃所住。❼借班姬之扇四句　謂作本文以表驚羞感恩之情。班姬之扇，指班昭失寵時寫詩於扇。蔡琰之文，指蔡文姬回漢後作詩傷懷。披，本義是剝皮，這裡指披露表白。戴，戴德感恩。

【語　譯】宮廷鶴禁晨時開啟，雀形頭釵曉光掩映。恭敬接受盛大恩典，莊重承荷冊封策命。行步晃動了如雲袿襦，香氣飄出自似霧縐縠。慚愧糾纏於豔麗脂粉，無心擦拭明鏡；憂愁縈繞著精巧眉黛，無意憑欄臨窗。臣妾聽說漢水贈珠的仙女，人間絕代，洛川拾翠的麗人，仙界無雙，或者有流風行雨如高唐神女，初日照梁的窈窕淑女，豔聲高過一笑傾城，名價超越寶玉兩環，才可以在桂殿蘭房，迎春侍寵，侍奉帝王。借班昭之扇，掩蓋不住驚慌羞怯；假蔡琰之文，表白不盡惶恐感戴。

【研　析】本文先寫恭承誥命，再寫「愧」、「愁」而無心梳妝，再潑墨如水，寫如彼之美方可輔弼君王侍寵蘭房，引出最後驚羞悚戴之情作結。

江總另有〈為陳六宮謝章〉，可作參看。本表「愧纏豔粉，無情拂鏡；愁縈巧黛，息意臨窗」，與謝章「恭膺禮命，愧集丹縷之顏，拜奉曲私，愁縈翬羽之色」手法相似而更進一層：謝章中的丹顏翬色，只是靜態呈現，本表則增加了「拂鏡」、「臨窗」兩個動態意象，更具畫面感，動詞「纏」也比「集」更有力度而不泛泛。謝章中「位崇九御，聲高六列」、「弼佐王風，克柔陰化」等語，可以幫助我們敲定陳六宮的皇后身分。兩相比較，雖然表達的情感基本相同，但本表渲染美女的部分，是謝章沒有的，而本表辭句，如描摹衣著的「步動雲袿，香飄霧縠」、表達情感的「借班姬之扇，未掩驚羞；假蔡琰之文，寧披悚戴」等，都遠比謝章刻意用力。許梿評曰：「一意雕繪，語語精絕，恨不喚起十三行妙手玉版書之。」十三行是指晉王獻之書〈洛神賦〉帖，至南宋時僅存十三行，飄逸娟秀流風回雪，故許梿以此稱之。譚獻謂「工麗之中，尚有拙致」。我覺得江總本表文字如「仙處無雙」、「聲高一笑」、「價起兩環」、「班姬之扇，未掩驚羞」、「蔡琰之文，寧披悚戴」之類，可能並不是真正的「拙致」，而是因「一意雕繪」而帶來的板滯。

《陳書》本傳載，沈皇后婺華「性端靜，寡嗜欲，聰敏強記，涉獵經史，工書翰」，素無寵，「澹然未嘗有所忌怨，而居處儉約，衣服無錦繡之飾，左右近侍才百許人，唯尋閱圖史、誦佛經為事」。與本表對讀，真容易讓我們產生「這寫的是同一個人麼」的疑惑。《陳書》作為正史，本表作為表奏，文體不同，文風本已不同，再加上作者個人追求的差異，所以會出現這種現象。其實人還是同一人，只不過這場合是素面朝天，那場合是妝扮豔麗罷了。

疏

與趙王倫薦戴淵疏

晉 陸機

【題 解】趙王倫，即司馬倫，字子彝，司馬懿第九子，咸寧三年（西元二七七年）八月琅琊王徙為趙王，永康元年（西元三〇〇年）四月殺賈后專權，次年正月篡位稱帝，四月惠帝復位，賜倫死。戴淵，字若思，唐人避李淵諱，故稱其字，廣陵人，少好遊俠，不拘操行，遇陸機赴洛，與其徒掠之，戴若思在岸據胡床，指揮徒眾皆得其宜。陸機知非常人，遙謂之曰：「卿才器如此，乃復作劫邪！」若思感悟，流涕投劍就之。戴若思後舉孝廉入洛，陸機寫了本疏，薦之於趙王倫。疏，指奏章，臣屬向帝王進言陳事的文書。

【作 者】陸機（西元二六一—三〇三年），字士衡，籍貫吳郡吳（今江蘇蘇州），居住在華亭。祖陸遜，吳丞相，父陸抗，吳大司馬，陸抗卒，領父兵為牙門將。年二十而吳滅，退居舊里。太康末，與弟雲俱入洛，太傅楊駿辟為祭酒，累遷太子洗馬、著作郎。吳王晏出鎮淮南，以機為郎中令，遷尚書中兵郎，轉殿中郎。趙王倫輔政，引為相國參軍，賜爵關中侯。後委身成都王穎，穎以機參大將軍軍事，表為平原內史，假機後將軍、河北大都督，督諸軍二十餘萬人。後為人譖於穎，言其有異志，受誅前歎曰：「華亭鶴唳，豈可復聞乎！」遇害於軍中，時年四十三。陸機天才秀逸，辭藻宏麗，葛洪稱：「機文猶玄圃之積玉，無非夜光焉；五河之吐流，泉源如一焉。其弘麗妍贍，英銳漂逸，亦一代之絕乎。」鍾嶸《詩品》稱其詩：「其源出於陳思，才高詞贍，舉體華美。氣少於公幹，文劣於仲宣。尚規矩，不貴綺錯，有傷直致之奇。然其咀嚼英華，厭飫膏澤，文章之淵泉也。」以其為「太康之英」。唐太宗稱陸機「百代文宗，一人而已」。所著文章凡三百餘篇，今有宋人輯《陸士衡集》傳世。

蓋聞繁弱登御，然後高墉之功顯；孤竹在肆，然後降神之曲成❶。是以高世之主，必假遠邇之器；蘊匱之才，思托太音之和❷。伏見處士廣陵戴若思，年三十，清沖履道，德量允塞。思理足以研幽，才鑒足以辨物。安窮樂志，無風塵之慕；砥節立行，有井渫之潔。誠東南之遺寶，宰朝之奇璞也❸。若得托跡康衢，則能結軌驥騄；曜質廊廟，必能垂光璵璠矣。惟明公垂神采察，不使忠允之言，以人而廢❹。

【注釋】❶蓋聞繁弱登御四句　寫用才之重要。繁弱，古良弓名，《左傳·定公四年》：「分魯公以大路大旂，夏后氏之璜，封父之繁弱。」登御，指被使用。高墉，高牆，《易·解》：「公用射隼於高墉之上，獲之，無不利。」孤竹，獨生的竹，《周禮·春官·大司樂》：「孤竹之管，雲和之琴瑟，雲門之舞，冬日至，於地上圜丘奏之。」在肆，在作坊裡被加工。肆，作坊，《論語・子張》：「百工居肆以成其事，君子學以致其道。」降神之曲，指前述「雲和之琴瑟，雲門之舞」。❷蘊匱之才二句　寫人才亦圖見用。蘊匱之才，藏於櫃內的器材，《論語・子罕》：「有美玉於斯，韞匵而藏諸，求善賈而沽諸？」大音之和，語本《老子》四十一章「大音希聲」，這裡指人才見用而合奏大音。❸清沖履道十句　寫戴若思之德量才鑒。沖，中正平和。履道，躬行正道，《易・履》：「履道坦坦，幽人貞吉。」允塞，充實，語本《書・舜典》「溫恭允塞」。安窮樂志，語本《論語・雍也》「人不堪其憂，回也不改其樂」句。風塵之慕，謂追逐宦途名利的念頭。井渫之潔，語本《易・井》「井渫不食」句，謂其品性高潔。渫，清除汙穢。東南之遺寶，戴若思是廣陵（郡治淮陰，今江蘇境內長江、淮河之間。）人，故稱。宰朝，猶「宰庭」、「朝廷」，潘岳〈為賈謐作贈陸機〉「爰應旌招，撫翼宰庭」，李周翰注曰「宰庭，天子之庭也」，時趙王倫為相國、侍中，擅朝政。❹若得托跡康衢七句　提出使用戴若思的請求。康衢，四達大路，喻指朝廷。結軌，軌跡交結。驥騄，良馬，曹丕《典論・論文》：「咸以自騁驥騄於千里，仰齊足而並馳。」廊廟，君之所居，猶「朝廷」。璵璠，美玉。明公，對有名位者的尊稱，此指趙王司馬倫。忠允，忠誠公允。以人而廢，語本《論語・衛靈公》「不以人廢言」，這是陸機謙虛的說法。

【語　譯】聽說繁弱良弓見用，然後高牆功用顯現；孤竹在作坊被加工，然後降神樂曲告成。所以超越世俗的人主，必定憑藉無論遠近的偉器；藏於櫃內的器材，也想託身於和美之大音。我見有隱逸之人廣陵戴若思，年紀三十，清正平和躬行正道，品德器量飽滿充實。思理足以研討幽深，才鑒足以辨分物類。安於窮困樂守其志，不求官宦之風塵；砥礪節操成就品行，保有清井之淨潔。真是東南廣陵遺落的珍寶，治理朝廷奇特的璞玉。如果得以委身朝廷要路，則能與驥騄人才並駕齊驅；顯曜材質於廟堂之下，必能如璵璠美玉發出光芒。希望您留意審察採用，不讓忠誠平正之言，因我個人的原因而廢棄。

【研析】本文先從人主著眼，寫器材之於人主的重要。接著「蘊匱之才，思托大音之和」一句，寫人才亦圖見用，從器材著眼。再以較長的篇幅，寫戴若思之德量才鑒，最後提出使用戴若思的請求，並展望若得使用則必將與驥騄並駕如璵璠閃耀的美好期待。

開頭以比起，繁弱之弓，對應高墉之功，「高墉」已經隱含著《易・解》「無不利」語，復得繁弱之弓射隼於其上，自然更加「無不利」。孤生之竹，對應降神之曲，「在肆」直接讓人想到的是《論語・子張》「百工居肆以成其事」句，邢昺疏：「肆，謂官府造作之處也。」因為「肆」與孤竹，所以我們把它譯為「作坊」，但陸機用「在肆」二字，自然有聯繫《楚辭・天問》「師望在肆昌何識」句的功用。師望，太師呂望，《鶡冠子》曰「太公屠牛於朝歌之肆」，則「在肆」二字，既是褒揚若思，也有以西伯昌期望於司馬倫的意思。《論語・子張》「百工居肆以成其事」中的「成」字，也與「在肆」捆綁纏繞，暗合「降神之曲成」的「成」字。「遠邇之器」，重在遠字，繁弱來自封父，封父，古諸侯也，以時間的遠來扣合地方的遠：若思來自遙遠的廣陵，這也與下文的「東南之遺寶」照應。「蘊匱」、「大音之和」，再呼應藏於匱內的孤竹及大音和美的降神之曲，並表明孤竹即人才自己也有見用的期待。

寫若思「有井渫之潔」。「井渫」語本《易・井》「井渫不食，為我心惻，可用汲，王明，並受其福」句，唐孔穎達《正義》曰「渫，治去穢汙之名也。井被渫治，則清潔可食」，「井渫而不見食，猶人修己全潔而不見用，使我心中惻愴」，「井之可汲，猶人可用。若不遇明王，則滯其才用。若遭遇賢主，則申其行能，賢主既嘉其行，又欽其用」。這些內容都由「井渫」一語自然帶出（甚至可以說本身擁有）。所以「井渫之潔」不僅寫了若思之高潔，還以「語典密碼」的形式，寫出如果「井渫不食」（不用若思）則「為我心惻」，如果「王明」而「用汲」（使用若思，也呼應前文「高世之主，必假遠邇之器」句），則「並受其福」（也與後文「結軌驥騄」、「垂光璵璠」有聯繫）等豐富內涵。

張華嘗謂陸機曰：「人之為文，常恨才少，而子更患其多。」而許槤評本文說：「寥寥數語，大旨已得，不似後人鋪張揚厲，稱過其實。」兩人評價似乎矛盾，細細想來，其實不然。才多不代表字繁，語寥不一定才少。僅上述幾句，已經很能讓人感受到陸機內在的才多。只是覺得，這封推薦信，確實展現了陸機自己為文的才能，可是被推薦的若思，可能由於疏中的描寫有些四平八穩，卻沒給我留下生動的印象。《晉書》本傳中作劫為賊的戴若思，倒是千載而下生氣凜然。不過，品評標榜相扇成風，一經品題則聲譽百倍的時代，陸機這封信本身，已經足夠讓司馬倫征辟若思。不久後，以知人聞名的潘京素稱若思「有公輔之才」，會不會也與陸機的揄揚有關。所以，文末「以人而廢」四字，真應該反著看才是。

啟

為卞彬謝修卞忠貞墓啟

梁 任昉

【題解】卞忠貞，即卞壼（西元二八一—三二八年），字望之，濟陰冤句（在今山東）人。卞壼為人斷裁切直，勤於吏事，明帝司馬紹將死，領尚書令，與王導等俱受顧命輔成帝，與庾亮共參機要。咸和二年（西元三二七年）十一月蘇峻反，咸和三年（西元三二八年），領軍將軍卞壼帥六軍與峻戰於青溪柵，王師敗績，卞壼力戰死之，時年四十八，謚曰忠貞。二子眕、盱同時見害。卞眕子卞嗣之，字奉伯；卞嗣之子延之；卞延之子卞彬。卞彬，字士蔚，州辟西曹主簿，奉朝請，員外郎；入齊除右軍參軍，家貧，出為南康郡丞；齊永元中（西元四九九—五〇〇年），為平越長史、綏建太守，卒官。本文是卞彬為感謝朝廷修繕卞壼墓而請任昉寫的一封書啟。啟，泛指奏疏、公文、書函，劉勰《文心雕龍·奏啟》：「至魏國箋記，始云啟聞，奏事之末，或云謹啟……必斂飭入規，促其音節，辨要輕清，文而不侈，亦啟之大略也。」

臣彬啟：伏見詔書，並鄭義泰❶宣敕，當賜修理臣亡高祖、晉故驃騎大將軍、建興忠貞公壼墳塋。臣門緒❷不昌，天道所昧，忠搆身危，孝積家禍❸。名教同悲，隱淪惆悵❹。而年世貿遷，孤裔淪塞，遂使碑表蕪滅，丘樹荒毀，狐兔成穴，童牧哀歌❺。感慨自哀，日月纏迫❻。陛下弘宣教義，非求效於方今；壺餘烈不泯，固陳力於異世❼。但加等之渥，近闕於晉典；樵蘇之刑，遠流於皇代❽。臣亦何人，敢謝斯幸？不任悲荷之至，謹奉啟事以聞。謹啟。

【注釋】❶鄭義泰　人名，齊武帝蕭賾時任大樂令，《南齊書．樂志》：「永明六年（西元四八八年），太樂令鄭義泰案孫興公賦造天台山伎。」❷門緒　家門後代。❸忠搆身危二句　寫天道不彰，忠孝而構成危禍。搆，架屋，引申為造成。❹名教同悲二句　寫無論名教隱者都為之悲傷，《文選》李善注曰：「王隱《晉書述》曰：『壺及二子死，徵士翟湯聞而嘆曰：「父為忠臣，子為孝子，忠孝之道，萃於一門，可謂賢哉。」』名教謂王隱，隱淪謂翟湯。」名教，正名定分的禮教。隱淪，隱者。❺而年世貿遷六句　寫舊墓之荒毀，語本漢桓譚《新論．琴道》「千秋萬歲後，墳墓生荊棘，狐兔穴其中，游兒牧豎躑躅其足而歌其上」句意。貿，變易。淪塞，沉淪阻塞。❻纏迫　謂糾纏逼迫。❼壺餘烈不泯二句　謂卞壺功績不滅，對後世有示範作用。烈，功績。泯，泯滅。陳力，施展才力。異世，不同時代，這裡指後世。❽但加等之渥四句　以晉未加優渥與齊修繕舊墳兩相比較。加等，指死後提高等級，《左傳．僖公四年》：「凡諸侯薨於朝會加一等，死王事加二等。」渥，恩澤。樵蘇之刑，用秦尊重柳下季墳墓的典故，《戰國策．齊策》載顏斶見齊宣王，為說明士貴於王，以秦攻齊時的命令「有敢去柳下季（展禽）壟五十步而樵采者，死不赦」，和「有能得齊王頭者封萬戶侯賜金千鎰」比較，以說明「先王之頭曾不若死士之壟」。樵，砍柴。蘇，刈草。皇代，對當朝的尊稱。

【語譯】臣彬啟奏：俯首接見詔書，同時鄭義泰宣讀告敕，將恩賜修理臣已故高祖、晉故驃騎大將軍、建興縣忠貞公卞壼的墳墓。臣家門後代不昌盛，是天道暗昧所造成，忠造成了身危而死，孝累積了家門災禍。名教中人同感悲痛，隱遁之士為之惆悵。而年代世道變易更遷，後裔孤單沉淪阻塞，遂使墓碑墓表荒蕪湮滅，墳丘陵樹荒廢毀壞，狐狸野兔在此築穴，遊童牧人在此哀歌。我為之感慨不已暗自哀傷，日月糾纏煎熬。陛下弘揚名教宣傳禮義，非求取成效於當下；卞壼遺留業績沒有泯滅，必展現功用於後世。只是加等而葬的優渥，不見於近晉的典制；砍柴刈草於展禽墓壟即殺無赦的刑法，卻遠遠流傳到了當代。臣是何人，怎敢領謝如此恩幸？無法承擔極度悲傷，謹奉上啟文稟告以聞。謹啟。

【研析】文章先記實事，再寫門緒不昌，導致墓塋幽淪，此處化用桓譚語句，稍事鋪排，再讚美皇帝修墓崇教之舉，最後表達感荷之情。

「門緒不昌，天道所昧」一句，分量很重。門緒不昌，本是實情。卞壼的父親卞粹，字玄仁，兄弟六人並登宰府，世稱「卞氏六龍，玄仁無雙」。這句話雖然是為美卞粹，而「卞氏六龍」可見門第昌耀。青溪柵一役，卞壼戰死，二子眕、盱同時見害，便成為轉折。而把不昌歸因於「天道所昧」，指向的雖然應該是晉時天道，但天道有常，百年不易，而皇帝自居天子，即便是在禮教鬆弛的宋齊，這四字仍然容易引起天子的不快。

「加等之渥，近闕於晉典；樵蘇之刑，遠流於皇代」句，以前晉與皇代對比，目的自然重在褒美當朝尊重先烈墳塋，「加等之渥，近闕於晉典」直指晉闕，顯出牢騷。考諸《晉書》本傳，成帝司馬衍贈壼侍中、驃騎將軍、開府儀同三司，謚曰忠貞，贈眕散騎侍郎，盱奉車都尉；咸康六年（西元三四〇年）成帝追思卞壼，下詔「給實口廩」；安帝司馬德宗又詔「給錢十萬，以修塋兆」，似乎「加等之渥」說闕則未闕。但壼第三子瞻位至廣州刺史，即成帝詔所謂「所封懸遠」，第四子眈僅為尚書郎，「加等之渥」或未闕，但未流於後代則是肯定的。

卞彬入《南齊書・文學傳》，當然也是能文，本傳載其〈蚤虱賦序〉曰「為人多病，起居甚疏，縈寢敗絮，不能自釋。兼攝性懈惰，懶事皮膚，澡刷不謹，浣沐失時」云云，時人謂其皆實錄。還載其寫「羊性淫而狠，豬性卑而率，鵝性頑而傲，狗性險而出」指斥貴勢，〈蝦蟆賦〉有「紆青拖紫，名為蛤魚」句，世謂比令僕，又有「科斗（蝌蚪）唯唯，群浮暗水，維朝繼夕，聿役如鬼」，以比令史諮事。看這幾句便已能理解，自己入〈文學傳〉卻要請任昉來寫本啟的原因：卞彬擅長的應該是有韻之「文」，而非表啟之類無韻之「筆」。

上面的文句見本傳也能看出卞彬「文多指刺」，而為文正可見其為人。本傳載齊初受禪，彬曰：「誰謂宋遠，跂予望之。」又載其「頗飲酒，擯棄形骸」，有人以「卿都不持操，名器何由得升」諫之。所以，「碑表蕪滅」是因為「孤裔淪塞」，「孤裔淪塞」的原因，也許就在卞彬自己的任誕詭怪不勤吏事。再回想其高祖卞壼正色在朝，軌正督世，勤於吏事，回想卞壼對王澄、謝鯤放達之風「悖禮傷教，罪莫斯甚，中朝傾覆，實由於此」的指責，回想卞彬前輩嗣之、延之這些名字，真不禁讓人感慨卞壼之切直、卞彬之「不肖」。

送橘啟

梁 劉峻

【題解】橘，果實名，常綠喬木，樹枝細，通常有刺，葉子長卵圓形，果實扁圓形，果皮紅黃色，果肉多汁，酸甜不一。橘皮、橘核、橘實、橘絡及橘葉都可入藥。本文是劉峻奉橘友人時附上的信札。

【作者】劉峻（西元四六二—五二一年），原名法虎，字孝標，平原（在今山東）人，年八歲被略入魏，販為奴，後為人所贖，徙之桑乾。齊永明四年（西元四八六年）得還江南，改名曰峻。自幼家貧好學，讀書自夕達旦。入齊仍多求異書，勤讀不輟，清河崔慰祖謂之「書淫」。齊明帝時，為豫州府刑獄，梁天監初，召入西省，典校秘書。峻率性而動，不能隨眾沉浮，梁武帝蕭衍集文士策經史事，范雲、沈約等引短推長，多被賞賜，曾策錦被事，咸言已罄，峻請紙筆疏十餘事，帝頗嫌惡之。因遊東陽紫岩山，吳興、會稽士人多從其學。普通二年（西元五二一年）卒，年六十，門人諡曰玄靖先生。劉峻文章擅美當時，以〈廣絕交論〉和〈辨命論〉最著，辭采飛揚，辯鋒犀利，情致淋漓。《隋書・經籍志》錄「梁平西刑獄參軍《劉孝標集》六卷」，佚，張溥輯有《劉秘書集》。劉峻輯有《類苑》一百二十卷，已佚，注《世說》行於世，引書近五百種，中多後世亡佚者，被視為輯佚鴻寶。

南中橙甘，青鳥所食❶。始霜之旦，采之風味照座，劈之香霧噀人❷。皮薄而味珍，脈不粘膚，食不留滓，甘逾萍實，冷亞冰壺❸。可以熏神，可以芼鮮，可以漬蜜❹。氈鄉之果，寧有此邪❺？

【注　釋】❶南中橙甘二句　南中，泛指南方，屈原〈橘頌〉曰：「受命不遷，生南國兮。」韓彥直〈橘錄序〉曰：「自屈原、司馬遷、李衡、潘岳、王羲之、謝惠連、韋應物輩皆嘗言吳楚間出。」青鳥，班固《漢武故事》：「七月七日，上於承華殿齋，正中，忽有一青鳥從西方來，集殿前。上問東方朔，朔曰：『此西王母欲來也。』有頃，王母至，有兩青鳥如烏，俠侍王母旁。」用在這裡，與本文是信啟有關。❷始霜之旦三句　寫其色香。始霜，王羲之帖有曰「奉橘三百枚，霜未降，未可多得」，蓋謂橘經霜採摘更香甜。風味，顏色氣味。照座，謂色澤映照四座，屈原〈橘頌〉曰：「青黃雜糅，文章爛兮。」劈之句，謝惠連〈橘賦〉有「圓丹可玩，清氣芬芳」句。噀，噴。❸皮薄而味珍五句　寫其口味。脈，即橘絡，橘皮與橘瓣之間網路形的纖維。膚，指橘皮。萍實，劉向《說苑・辨物》載，楚昭王渡江遇物觸舟，使聘問孔子，孔子曰：「此名萍實，令剖而食之，惟霸者能獲之，此吉祥也。」後以萍實謂甘美的水果。亞，次於。冰壺，盛冰的玉壺，語本鮑照〈白頭吟〉「直如朱絲繩，清如玉壺冰」句。❹可以熏神三句　寫其功用。熏神，謂香氣熏人提神。芼，拌和，賈思勰《齊民要術・羹臛法》：「食膾魚蓴羹：芼羹之菜，蓴為第一。」漬蜜，浸泡蜂蜜，韓彥直〈橘錄〉曰：「柑橘并金柑，皆可切瓣，勿離之，壓去核，漬之以蜜，金柑著蜜尤勝他品。」❺氈鄉之果二句　呼應開頭，謂北方無此果品。氈鄉，指北方，因游牧者以氈帳為居故稱。

【語　譯】南方橙橘甘美，是青鳥所食。霜降之始，採摘美橙色澤映照四座，剖開甘橘香氣如霧噴人。橘皮纖薄橘瓣美味，橘絡不粘於皮，食之不留渣滓，味甘超過萍實，清涼近於冰壺。可以香氣提神，可以拌和時鮮，可以浸漬蜂蜜。北方氈鄉果品，哪有如此之美？

【研　析】關於橘的文字篇章，最早的或許是《書・禹貢》記載「厥包橘柚」，最顯於世的，當然是屈原〈橘頌〉。其中也有對橘的描繪，但主要是以之比譬，讀者一般會從外而內，感染於屈子之精神情操，而非沉醉於字辭。

本啟則沒什麼寄託，著重在橘的色香味，詞句清麗，故許槤評以為「結晝短篇，朗潤芬烈，讀之覺生香如挹紙上」。

橘在當時似乎仍然珍惜難得，所以可以送人，如名帖王右軍〈奉橘帖〉曰「奉橘三百枚，霜未降，未可多得」，如南朝宋謝惠連〈橘賦〉謂「味既滋而事美，實厥苞之最良」。甚至奉橘可以寫入正史，如《梁書・元帝紀》載「太清四年正月辛亥朔，左衛將軍王僧辯獲橘三十子，共蔕以獻」。西元五五〇年，梁臺多事，戰亂仍頻，王僧辯卻獻橘三十子，姚思廉作《梁書・元帝紀》亦加採錄，似乎獻橘也是一件大事。

送人如此之橘，再附上如此之啟，如果再書以右軍妙筆，對於接收者來說，那當真是一種無上享受。

謝始興王賜花紈簟啟

梁 劉孝儀

【題解】始興王指蕭憺，字僧達，梁武帝蕭衍子，天監元年（西元五〇二年）夏四月丙寅，蕭衍即皇帝位，封荊州刺史蕭憺為始興郡王。劉孝儀天監五年（西元五〇六年）舉秀才，起家鎮右始興王法曹行參軍，隨府益州，兼記室，始興王入為中撫軍，轉主簿，遷尚書殿中郎。花紈簟，謂有花紋、輕薄如紈的細竹席。本文是劉孝儀為感謝始興王蕭憺賞賜花紈簟而寫的一封信札。

【作　者】劉孝儀（西元四八四—五五〇年），名潛，字孝儀，彭城安上里（在今江蘇徐州）人。天監五年（西元五〇六年）舉秀才，九年起家始興王蕭憺法曹行參軍。普通四年（西元五二三年）晉安王蕭綱出鎮襄陽，引為安北功曹史。蕭綱為皇太子，孝儀補洗馬，遷中舍人。大同十年（西元五四四年），出為伏波將軍、臨海太守，境內翕然，風俗大革。大寶元年（西元五五〇年）病卒，時年六十七。孝儀幼孤，與兄弟相勵勤學，兄弟及群從子侄七十人，並能屬文，孝綽、孝儀、孝威等尤有文名，孝綽常曰「三筆六詩」，即稱三弟孝儀之筆、六弟孝威之詩也。《隋書・經籍志》記《劉孝儀集》二十卷，今佚，明人張溥輯其兄弟遺文有《劉孝儀孝威集》一卷。

麗兼桃象❶，周洽昏明❷。便覺夏室已寒，冬裘可襲。雖九日煎沙，香粉猶棄；三旬沸海，團扇可捐❸。

【注釋】❶桃象　謂桃笙與象簟，左思〈吳都賦〉「桃笙象簟，韜於筒中」句，劉淵林注曰：「桃笙，桃枝簟也，吳人謂簟為笙；又析象牙以為簟。」❷周洽昏明　周，謂適用，這裡用作名詞。洽，適合。昏明，黑夜和白天。❸便覺夏室已寒六句　寫花紈簟之清涼喜人。裘，皮衣。襲，穿。九日，九個太陽，《楚辭・招魂》、《山海經・海外東經》謂天有十日，九日居大木之下枝，一日居上枝，堯使后羿射之，中九日。煎沙，謂日光煎燎沙石，形容極熱。香粉，猶如「爽身粉」。三旬，即三伏，《初學記・歲時部》引述《陰陽書》曰：從夏至後第三庚為初伏，第四庚為中伏，立秋後初庚為後伏，謂之三伏，曹植謂之「三旬」。沸海，天熱使海沸騰，語本晉傅咸〈感涼賦〉「赫融融以彌熾，乃沸海而焦陵」句。

【語譯】兼有桃笙象簟之麗，同時適用黑夜白天。便覺夏室已經清寒，冬裘亦可襲穿。雖九日同煎沙石，爽身香粉猶可見棄；三伏使海水沸騰，取涼團扇亦可捨捐。

【研析】簟席是古人重要的生活用具。古代席地坐，席之層級檔次，依其位之高低。如《左傳・襄公二十三年》「臧孫命北面重席」以重席示尊，《儀禮・鄉飲酒禮》云：「公三重，大夫再重。」《史記・孫子列傳》載白起為將，「與士卒最下者同衣食，臥不設席」，是以不設席為「與士卒分勞苦」的標誌。東晉時廣州刺史吳隱之歸朝後，「坐無氈席」，人以為儉。席多以草為之，稱為莞席、薦席，簟則以細竹為之，稱為竹簟。莞席性溫，竹簟性涼，三國吳張純賦席有「席以冬設，簟為夏施」句。《詩・小雅・斯干》：「下莞上簟，乃安斯寢。」蓋席賤簟貴，夏日至時，施簟席上，防止磨損，延長用時。《世說新語・德行》記載了一個與簟席相關的趣事曰：

王恭從會稽還，王大看之，見其坐六尺簟，因語恭：「卿東來，故應有此物，可以一領及我。」恭無言。大去後，既舉所坐者送之。既無餘席，便坐薦上。

其中的「薦」就是「下莞上簟」之莞席。

本啟所謂「花紈簟」，是指織有花紋、其薄如紈的竹席。晉左思〈吳都賦〉「桃笙象簟，韜於筒中，蕉葛升越，弱於羅紈」句，即說其柔軟可卷而藏於筒中，蕉葛、升越，皆布類，「弱於羅紈」，是說簟之細薄，細於羅紈。

「花」，即漢〈焦仲卿妻劉氏為姑所遣時人傷之作詩〉「交文象牙簟」之「交文」。

本啟寫花紈簟，主要以誇張、反襯的手法，寫簟之清涼。簡文帝蕭綱有〈謝賚扇啟〉謂「肅肅清風，即令象簟非貴；依依散彩，便覺夏室含霜」，與本啟手法相似。他們謝賜簟則曰「團扇可捐」，謝賚扇則曰「象簟非貴」，還真是有點不講原則呢。本啟只寫清涼，完全不及「花」之簟紋、「紈」之薄軟，不知是劉孝儀重點突出、文辭雅潔，還是《藝文類聚》在編纂時有所取捨。

謝東宮賚內人春衣啟

梁　庾肩吾

【題　解】東宮，指簡文帝蕭綱，初為晉安王，中大通三年（西元五三一年），蕭綱立為皇太子，肩吾兼東宮通事舍人，次年至荊州任湘東王蕭繹錄事參軍，領荊州大中正，大同中入建康，復為東宮通事舍人。本文是庾肩吾為感謝東宮太子蕭綱賞賜妻妾春時衣服而寫的信札，當作於肩吾為東宮通事舍人時。

【作　者】庾肩吾（西元四八七—五五一年），字子慎，南陽新野（在今河南）人。天監八年（西元五〇九年）為晉安王蕭綱國常侍，遷行參軍，王每徙鎮，肩吾常隨府，後除安西湘東王蕭繹錄事參軍，累遷中錄事諮議參軍、太子率更令、中庶子。侯景陷京都，蕭綱即位，以肩吾為度支尚書，侯景矯詔遣肩吾使江州喻當陽公蕭大心，因逃入建昌界，後得赴江陵，蕭繹任為江州刺史，未幾卒。庾肩吾八歲能詩文，蕭綱在藩，肩吾與徐摛、陸杲、劉遵、劉孝儀、劉孝威等，同被賞接；及居東宮，開文德省置學士，肩吾及子庾信、徐摛及子徐陵皆充其選，作詩文改儒鈍，倡麗靡，時號「宮體」。其離亂之作，沉鬱蒼勁，開唐人先河。有集十卷，已佚，今傳張溥輯《庾度支集》。

階邊細草，猶推縹葉之光；戶前桃樹，翻訝藍花之色❶。遂得裾飛合燕，領鬥分鸞❷。試顧采薪，皆成留客❸。

【注　釋】❶階邊細草四句　寫顏色。縹葉，縹草之葉，其色青蒼。藍花，此指紅藍草的花，紅藍草夏季開紅黃色花。❷遂得裾飛合燕二句　寫紋飾。裾，上衣前襟。鸞，鳳凰一類的鳥。❸試顧采薪二句　寫美豔動人，使人留足，用漢樂府〈陌上桑〉「耕者忘其耕，鋤者忘其鋤」句意。

【語　譯】階邊細草青青，猶嚮往縹葉青蒼光澤；戶前桃樹夭夭，卻驚訝藍花紅黃之色。更有前襟飛上雙燕，領口對鬥鸞鳥。試看采薪之人，皆成留足看客。

【研　析】許棟評本啟為「窮狀物之妙，盡摛詞之致」，主要著眼字詞。這裡短短三十八字，按注釋的❶❷❸分成三層，使用三種手法，構思之巧，也值得欣賞。

第一層是側面寫，給細草桃花以人格，並加以動作情態。一「推」，如美人之見美人，頗有戚戚；一「訝」，則若見更美之人，則心中一驚。這種心理描寫，細緻之外，很有情趣。而且春日遲遲，草本細草，細嫩碧綠，桃本夭桃，灼灼其華，猶推翻訝，更見春衣色澤之移物動人。

第二層則直接描寫，本是靜態，卻以「飛」、「鬥」二字，賦予動感。漢魏以上，詩歌高古天成，晉宋而下，漸用工於字面，遂使篇中有句，句中有字。五言詩「二一二」、「二二一」的音節格局，其中的「一」，往往是動詞或形容詞，是兩個「二」的動態或情狀，即「實字雙疊，虛字單使」，這個單使之字，便成為鍛鍊對象。如「山水含清暉」、「密林含餘清」之「含」，如「池塘生春草，園柳變鳴禽」之「生」、「變」。「裾飛合燕，領鬥分鸞」是四字句，與五字不同，不過「虛字單使」而可「練」，則並無二致。以「裾飛合燕，領鬥分鸞」與「裾邊合燕，領上分鸞」對比，便可知此。「飛」、「鬥」二字，可以看成是煉字法在「文」中的體現。

第三層側面烘托。用漢樂府〈陌上桑〉「觀者見羅敷，下擔捋髭鬚。少年見羅敷，脫巾著帩頭。耕者忘其耕，鋤者忘其鋤。來歸相怨怒，但坐觀羅敷」詩意，一鋪排一凝練，各有所得。而且另有一層由春衣及美人的意味，雖非創造，也算妙筆。

謝明皇帝賜絲布等啟

北周 庾信

【題解】題中明皇帝指北周世宗宇文毓。侯景之亂，庾信奔江陵，梁元帝承聖三年（西元五五四年）四月，奉命使北，當年十一月西魏進犯江陵，元帝遇害，庾信被留在北方。北周代魏後，仕北周，《周書・庾信傳》載：「世宗、高祖並雅好文學，信特蒙恩禮。至於趙、滕諸王，周旋款至，有若布衣之交。群公碑誌，多相請托。」本文就是庾信為感謝明皇帝宇文毓賞賜絲布銀錢而寫的書啟。

臣某啟：奉敕垂賜雜色絲布綿絹等三十段、銀錢二百文❶。

某比年以來，殊有缺乏。白社之內，拂草看冰；靈臺之中，吹塵視甑。對妻狠妾，既嗟且憎；瘠子羸孫，虛恭實怨❷。王人忽降，大賚先臨❸。天帝賜年，無逾此樂；仙童贈藥，未均斯喜❹。張袖而舞，元鶴欲來；撫節而歌，行雲幾斷❺。所謂舟楫無岸，海若為之反風；薺麥將枯，山靈為之出雨❻。況復全抽素繭，雲版疑傾；並落青鳧，銀山或動❼。是知青牛道士，更延將盡之命；白鹿真人，能生已枯之骨❽。雖復拔山超海，負德未勝；垂露懸針，書恩不盡。蓬萊謝恩之雀，白玉四環；漢水報德之蛇，明珠一寸❾。某之觀此，寧無愧心。直以物受其生，於天不謝❿。謹啟。

【注釋】❶奉敕垂賜句　雜色，多種顏色。文，南北朝時銅錢外圓中方，一面有文字，故稱一枚為一文。❷某比年以來十句　寫自己貧窮困乏之態。比年，近年。白社，古貧士以白茅為屋，因名，葛洪《抱朴子・內篇・雜應》：「洛陽有道士董威輦（京）常止白社中，了不食。」拂草，語本《詩・大雅・生民》「茀厥豐草」。拂，拔。靈臺，《後漢書・第五倫傳》「少子頡嗣」李賢注引《三輔決錄注》曰，頡字子陵，「洛陽無主人，鄉里無田宅，客止靈台中，或十日不炊」，後以指居處僻陋。吹塵視甑，范冉字史雲，遭黨人禁錮，捃拾自資，結草室而居十餘年，「所止單陋，有時糧粒絕，窮居自若，言貌無改，閭里歌之曰『甑中生塵范史雲，釜中生魚范萊蕪』」，見《後漢書・范冉傳》。甑，蒸飯的一種瓦器。懟、狠，怨恨。瘠、羸，瘦弱。❸王人忽降二句　寫天子使臣攜賞賜而臨。王人，《春秋・莊公六年》「六年春正月，王人子突救衛」句，杜預注：「王人，王之微官也。雖官卑，而見授以大事，故稱人而又稱字。」後因以指天子使臣。賚，賞賜。❹天帝賜年四句　反襯以寫受賜之喜。天帝賜年，《禮記・文王世子》載，武王「夢帝與我九齡」，文王表示「我百爾九十，吾與爾三焉」。仙童贈藥，語本曹丕〈折楊柳行〉「西山一何高，高高殊無極，上有兩仙僮，不飲亦不食，與我一丸藥，光耀有五色，服藥四五日，身體生羽翼，輕舉乘浮雲」。❺張袖而舞四句　寫欣喜之下，起舞放歌。元鶴，即玄鶴，避清康熙玄燁諱改，崔豹《古今注・鳥獸》：「鶴千歲則變蒼，又二千歲變黑，所謂玄鶴也。」孫柔之〈瑞應圖〉：「有玄鶴二八而下，銜明珠，舞於庭。」撫節二句，寫歌聲高亢，語本《列子・湯問》秦青「餞於郊衢，撫節悲歌，聲振林木，響遏行雲」。❻所謂舟楫無岸四句　寫賜物及時有用。海若，海神，即《莊子・秋水》所稱北海若，《楚辭・遠游》：「使湘靈鼓瑟兮，令海若舞馮夷。」反風，倒轉風向，《書・金縢》：「王出郊，天乃雨，反風，禾則盡起。」❼況復全抽素繭四句　寫賜物之美。雲版，板狀的雲層，一作「雪版」。版，同「板」。青鳧，即青鴨，又郭憲《洞冥記》：「有三青鴨群飛，俄而止於臺……青鴨化為三小童，皆著青綺文襦，各握鯨文大錢五枚，置帝几前。身止影動，因名輕影錢。」後因以「青鳧」指錢。梁元帝〈與諸藩令〉：「即日青鳧朽貫，紅粟盈倉。」銀山，《神異經・南荒經十則》：「南方有銀山，長五十里，高百餘丈，悉是白銀。」❽是知青牛道士四句　寫及時有用的賞賜有如仙人生死肉骨，效力非凡。青牛道士，《漢武內傳》：「封君達，隴西人，初服黃連五十餘年，入鳥舉山，服水銀百餘年，還鄉里，如二十者，常乘青牛，故號青牛道士。」白鹿真人，以白鹿為坐騎的仙人，古樂府有「仙人騎白鹿，髮短耳何長。導我上太華，攬芝獲赤幢。來到主人門，奉藥一玉箱。主人服此藥，身體日康強。髮白復更黑，延年壽命長」詩。❾雖復拔山超海八句　表感激不盡。拔山超海二句，謂力大無窮亦承擔不起恩情。拔山，語本《史記・項羽本紀》「力拔山兮氣蓋世」。超海，語本《孟子・梁惠王上》「挾太山以超北海」。垂露懸針二句，謂書體曼妙亦寫不盡恩情。垂露懸針，兩種書體，語本庾肩吾〈書品〉「流星疑燭，垂露似珠」及「長短縣針」。謝恩之雀，漢人弘農楊寶年九歲時見一黃雀為鴟梟所搏，墜於樹下為螻蟻所困，取歸置巾箱中，百餘日毛羽成，朝去暮還，一日三更楊寶讀書未臥，有黃衣童子，向寶再拜謝恩，並以白環四枚與寶曰：「令君子孫潔白，位登三事，當如此環。」見干寶《搜神記》。報德之蛇，隋侯見大蛇傷斷，以藥救之，後蛇於江中銜大珠以報，見《淮南子・覽冥訓》「隋侯之珠」高誘注。❿直以物受其生二句　謂皇帝賜下，猶上天化育萬物，萬物不必言謝，正話反說，再表謝意。

【語　譯】臣某啟奏：接奉詔書賜下各色絲布綿絹等三十段、銀錢二百文。

我近年以來，很是貧乏。白社之內，拔草勞作察冰求魚；靈臺之中，吹拂塵埃察視空甑。怨妻恨妾，一邊歎息一邊憎怨；瘦子弱孫，表面尊恭實際埋怨。皇帝使臣忽然降蒞，巨大的賞賜先行來臨。天帝賜以壽齡，無法超過此樂；仙童贈以靈藥，未能等同此喜。舒張長袖翩翩起舞，玄鶴想要降臨；按照節拍放聲高歌，行雲幾乎阻斷。就如舟船迷途不見涯岸，海若就為它掉轉風向；薺菜蕎麥行將枯萎，山靈就為它送去雨水。況且素白絲繭全部抽繹，好似板狀雲層傾斜；青色水梟一併降落，有如銀山出現移動。於是知道青牛道士，將延人將盡的性命；白鹿真人，能重生已枯的白骨。即使拔山超海之力，背負恩德尚有不足；垂露懸針之書，抒寫恩情無法窮盡。蓬萊有謝恩之雀，奉上四環白玉；漢水有報德之蛇，獻上一寸明珠。我與牠們相比，怎能沒有慚愧之心。只因萬物受天恩而生，對天恩無以為謝。恭敬啟奏。

【研　析】本謝啟先寫自己處境之貧困窘迫，再寫得賜之歡喜雀躍，載歌載舞，再寫賜物之美與及時，能生死而肉骨，最後表謝意，以天恩浩蕩、大恩不謝作結。

庾信入北之初的不得意，已見前〈小園賦〉研析。北周代魏，孝閔帝宇文覺封庾信為臨清縣子，食邑五百戶，任司水下大夫，又出任弘農郡守，升驃騎大將軍、開府儀同三司、司憲中大夫，晉爵義城縣侯，後又任洛州刺史，生活當有所改善，而本啟寫自己生活之困窘，以至「懟妻狠妾，既嗟且憎；瘠子羸孫，虛恭實怨」，當有欲揚先抑之目的。再寫得到皇帝賜賚則「張袖而舞」、「撫節而歌」，語涉誇張。表謝意則云「拔山超海，負德未勝；垂露懸針，書恩不盡」、「物受其生，於天不謝」，並以蛇雀為比，表達愧意。這些內容是「舉體皆奇，掃除庸響」（許槤語），還是「寒乞太甚」(譚獻語),讓人心酸,則要看讀者見仁見智了。

拂草,當語本《詩・大雅・生民》「茀厥豐草」。拂,《廣雅・釋詁》「拂,拔也」,《詩・大雅・生民》「茀厥豐草」,韓詩作「拂厥豐草」,拂就是拔的意思,〈生民〉「茀厥豐草,種之黃茂」,就是描繪勞作過程:拔除豐草,植以嘉禾。庾信〈擬連珠〉有「豫章七年,爨於豐草」句,亦可為旁證。「拂草」又與《大戴禮記・夏小正》「頒冰,頒冰也者,分冰以授大夫也。采識,識,草也」中「采識」一詞相聯繫,識,即藏,《爾雅》曰「藏,黃蒢」,是一種花小而白、中心黃的植物,江東以之為醃菜。「采識」前的「頒冰,頒冰也者,分冰以授大夫也」一句,又自然引出「冰」。庾信詩文屢言北地之寒,如「雪高三尺厚,冰深一丈寒」(〈正旦上司憲府詩〉)、「雪花深數尺,冰床厚尺餘」(〈寒園即目詩〉)、「雪暗如沙,冰橫似岸」(〈哀江南賦〉)之類,此其一也。看冰即察冰,可能用王祥扣冰求魚事,東晉孫盛《晉陽秋》:「母欲生魚,祥解衣將剖冰求之,會有處冰小解,魚出。」庾信〈自古聖帝名賢畫贊〉即有〈王祥扣冰魚躍〉一則,曰:「王祥之母,鮮鱗是求。冰連鈎浦,凍塞寒流。精誠有感,無假沈鉤。二老同膳,雙魚共浮。」如果「拂草」是寫勞作而兼「缺乏」,則「看冰」是說需剖冰求魚為食而直寫「缺乏」。「拂草看冰」倪璠未出典,吳兆宜《庾開府集箋注》謂草疑作葉,以為語本《淮南子》「觀一葉之落而知歲之將暮,覩瓶中之冰而知天下之寒」句,似不甚契。

謝趙王賚絲布啟

北周 庾信

【題解】《周書・庾信傳》載：「至於趙、滕諸王，周旋款至，有若布衣之交。」「趙」就是指題中趙王宇文招，字豆盧突，北周文帝宇文泰第七子，孝閔帝宇文覺、明帝宇文毓、武帝宇文邕異母弟，西元五五六年封正平郡公，北周武成初，進趙國公，累授大司空，轉大司馬，保定元年（西元五六一年）進爵為王，卒於周靜帝大象二年（西元五八〇年），與庾信友善，詩書往來之外，多有賞賜。

某啟：奉教垂賚雜色絲布三十段。

去冬凝閉，今春嚴勁，霰似瓊田，凌如鹽浦❶。張超之壁，未足鄣風；袁安之門，無人開雪❷。覆鳥毛而不暖，然獸炭而逾寒❸。遠降聖慈，曲垂矜賑❹。諭其蠶月，殆罄桑車；津實秉杼，幾空織室❺。遂令新市數錢，忽疑販綵；平陵月夜，驚聞擣衣❻。妾遇新縑，自然心伏；妻聞裂帛，方當含笑❼。莊周車轍，實有涸魚；信陵鞭前，元非窮鳥❽。

仰蒙經濟❾，伏荷聖慈。

【注釋】❶去冬凝閉四句　寫天寒。凝閉、嚴勁，謂天寒地凍，凝閉萬物，語本夏侯湛〈寒雪賦〉「嚴氣枯殺，玄澤閉凝」句，見《文選・雪賦》李善注引。霰，雪粒子。瓊田，玉田，《十洲記・祖洲》載，東海祖洲上有不死之草，生瓊田中。淩，冰。鹽浦，出鹽之海濱，《世說新語・言語》篇載，謝安與兒女講論文義，見雪驟，問：「白雪紛紛何所似？」謝朗曰：「撒鹽空中差可擬。」❷張超之壁四句　寫風雪之大。張超，未詳，舊注以為或即《後漢書・文苑傳》所載之張超。鄣，同「障」。遮擋。袁安，東漢司空，未達時客居洛陽，大雪積地丈餘，洛陽令見袁安門積雪無路，入戶見安僵臥，問何以不出，安曰：「大雪人皆餓，不宜干人。」令以為賢，見《後漢書》本傳李賢注引周斐《汝南先賢傳》。❸覆鳥毛而不暖二句　寫衣物木炭不足以禦寒。鳥毛，《竹書紀年》載高辛氏妃姜嫄生棄，置寒冰上，大鳥以翼覆之，亦見庾信〈傷心賦〉「鳥毛徒覆，獸乳空含」。然，燃的古字。獸炭，做成獸形的炭，《晉書》本傳載羊琇豪侈，「屑炭和作獸形以溫酒，洛下豪貴咸競效之」。❹矜賑　憐憫賑濟。❺諭其蠶月四句　極寫賞賜之豐厚，庾信〈三月三日華林園馬射賦〉有「彩則錦市俱移，錢則銅山合徙」句，構思相類。蠶月，夏曆三月，《詩・豳風・七月》：「蠶月條桑，取彼斧斨，以伐遠揚，猗彼女桑。」桑車，載桑之車。津，渡口。實，充塞。秉杼，手持機杼。織室，織布之室，漢代未央宮中掌管絲帛禮服等織造之機構。❻遂令新市數錢四句　寫得賜絲布能平人羈旅之愁。新市，東漢置南新市縣，劉宋時改名新市，治所在今湖北京山縣東北，古屬江夏，為梁之郢州，庾信故國所在。綵，雜色絲布。平陵，治所在今咸陽西北，古屬右扶風，北周都長安，以扶風為三輔之地，是庾信留北處。擣衣，古時製衣須先以杵反覆舂搗，使衣料柔軟，此處寫作者懷疑絲布從故鄉寄來。❼妾遇新縑四句　寫妻妾之喜悅。妾遇新縑，用〈上山采蘼蕪〉「新人工織縑，故人工織素」字面。妻聞裂帛，用皇甫謐《帝王世紀》「妹喜好聞裂繒之聲而笑」字面。

❽莊周車轍四句　寫賞賜救人於窮困。莊周二句，謂自己如涸轍之鮒，處境困窘，《莊子・外物》載，莊周見車轍中有鮒魚，待斗升之水而活。信陵二句，謂救濟之下，不再窮窘，《列士傳》載信陵君魏公子無忌縱鳩為鷂逐殺，後捕得此鷂而殺之。窮鳥，漢趙壹有〈窮鳥賦〉，謂有一鳥遭到迫害，「思飛不得，欲鳴不可，舉頭畏觸，搖足恐墮」。❾經濟　指幫助接濟。

【語譯】某啟奏：承奉諭告下賜雜色絲布三十段。

去歲冬日凝澤閉塞，今年春天嚴氣勁肅，雪霰似玉田，冰淩如鹽浦。張超破壁，未足擋風；袁安閉門，無人掃雪。覆蓋鳥毛而不覺溫暖，燃燒獸炭卻更加寒冷。您的仁慈從遠而降，曲意垂賞憐憫賑濟。蠶月發布告諭以勸農織，卻因賞賜而桑車徵用殆盡；手持機杼之人充塞渡口，卻因賞賜而使織室幾空。於是使新市之人數點錢幣，懷疑是來此販賣絲縑；客居平陵夜月之下，聽到擣衣聲而吃驚。妾看到新縑之美，自然心服；妻聽到裂帛之聲，正當含笑。莊周所見車轍，實有乾涸瀕死之魚；信陵繩鞭之前，本非走投無路之鳥。抬頭承受接濟，俯首感懷聖恩。

【研析】本啟先寫天寒地凍，次寫賞賜之豐，再寫於己於家的功用，最後感恩。寫天寒雖有語典，而仍然出之以畫面，較有美感。寫賞賜豐厚，也極盡誇張：三十段絲布當然不至於「罄桑車」、「空織室」。寫妻妾之喜悅，借用典實，畫面新鮮，有生活情趣。感恩之語以莊周「且說吳楚之王，激西江水迎子，可乎」，與信陵君盡心救鳥形成對比，一反一正；「窮鳥」又扣合漢趙壹〈窮鳥賦〉「幸賴大賢，我矜我憐。昔濟我南，今振我西」，因此「鳥也雖頑，猶識密恩，內以書心，外用告天」，表示謝意，典故組合變形，頗見機杼。

文中「新市數錢，忽疑販綵；平陵月夜，驚聞擣衣」一句頗耐推尋，可在註釋之外，贅語幾句。侯景作亂，梁簡文帝命庾信率宮中文武千餘人，營於朱雀航。及侯景至，庾信卻先逃跑，至臺城陷後，奔於江陵蕭繹，梁元帝承制，除御史中丞，及即位，轉右衛將軍，加散騎常侍，出使西魏，恰逢魏軍南討，遂留長安。文中「新市」、「平陵」二地名，就是指江陵、長安而言。庾信〈為梁上黃侯世子與婦書〉「人非新市，何處尋家」句中的「新市」，也作此用。「忽疑販綵」，指自己作為新市人看到所賜絲布，便彷彿感覺自己是客至長安、販賣絲布的商旅，而非羈留不還、久住長安的降臣。「驚聞擣衣」，指看到絲布，耳邊似乎聽到了搗衣之聲。搗衣作為意象，往往與鄉愁思人相關，如魏曹毗〈夜聽擣衣詩〉曰：「纖手疊輕素，朗杵叩鳴碪，清風流繁節，回飆灑微吟，嗟此嘉運速，悼彼幽滯心，二物感余懷，豈但聲與音。」如庾信〈夜聽擣衣詩〉有「倡樓驚別怨，征客動愁心」、「玉階風轉急，長城雪應闇」、「誰憐征戍客，今夜在交河」等句。本傳載，當時南朝陳與北周通好，南北流寓之士，各許還其舊國，而王褒及信並留而不遣，「信雖位望通顯，常有鄉關之思，乃作〈哀江南賦〉以致其意」，也可見其確有鄉思，日常為文也不諱言。

相比之下，前文〈謝明皇帝賜絲布等啟〉就顯得用力過猛，而本文確實靈動活潑得多。譚獻稱「用事甚巧」，許槤評「賦物典覈而意趣仍復灑然」，是很準確的。用典巧覈而能意態灑然，應該與以上分析的情的流露、象的描摹有關。

謝趙王賚白羅袍袴啟

北周 庾信

【題解】「趙王」見前文題解。羅指羅綺。袍袴，指袍子和套褲，袴無襠，古人先著褌而後施袴於外。

某啟：垂賚白羅袍袴一具。

程據上表，空諭雉頭；王恭入雪，虛稱鶴氅❶。未有懸機巧緤，變縟奇文❷。鳳不去而恆飛，花雖寒而不落❸。披千金之暫暖，棄百結之長寒❹。永無黃葛之嗟，方見青綾之重❺。對天山之積雪，尚得開衿；冒廣廈之長風，猶當揮汗❻。白龜報主，終自無期；黃雀謝恩，竟知何日❼。

【注釋】❶程據上表四句　以雉頭裘、鶴氅反襯白羅袍袴。太醫司馬程據獻雉頭裘，武帝以奇技異服典禮所禁，焚之於殿前，見《晉書．武帝紀》。雉頭裘，從晉令同列為禁服的其他裘衣如游毛狐白、貂蟬黃貂、班白鼲子來看，雉頭裘當為以雉頭毛織為裘者。王恭，晉人，美姿儀，嘗被鶴氅裘，涉雪而行，孟昶窺見之，歎曰「此真神仙中人也」，見《晉書》本傳。鶴氅，鳥羽製成的裘。❷未有懸機巧緤二句　承上雉頭裘、鶴氅之不美，啟下白羅袍袴之美。懸，高妙。緤，棉布。繡，絲布。文，「紋」的古字。❸鳳不去而恆飛二句　寫紋飾之美。❹披千金之暫暖二句　轉入衣物之暖。千金，寫袍袴之貴重，語本《史記‧劉敬叔孫通列傳》「千金之裘」句。暫，短時間。百結，用碎布綴成的衣服，董京每得殘碎繒，輒結以為衣，號曰百結，見《藝文類聚》引晉王隱《晉書》。❺永無黃葛之嗟二句　黃葛之嗟，見《吳越春秋》，吳王好服，越王令國人上山採葛作黃紗布以獻，採葛女作〈苦之何〉以歎。青綾，見《漢武內傳》，西王母侍女「皆服青綾之袿」。❻對天山之積雪四句　再寫袍袴之暖。天山，即祁連山，長年積雪。廣厦，即廣夏，廣袤的中國大地。❼白龜報主四句　表感謝之意。白龜報主，有養白龜漸大放歸，後遭戰亂落江，得所放白龜載負生還，見《幽明錄》。黃雀謝恩，楊寶救一黃雀，後黃雀以白環四枚與寶以謝恩，見干寶《搜神記》。

【語　譯】某啟：下賜白絹袍袴一套。

程據上表以獻，徒然稱讚雉裘；王恭踏雪而行，虛妄讚歎鶴氅。它們沒有高妙的機杼、精巧的棉布，多變的圖案、奇異的花紋。鳳鳥不去而常年飛翔，鮮花雖寒而永不凋落。披上千金之服立刻溫暖，捨去百結破衣之長久冷寒。永遠沒有採製黃葛之辛苦嗟歎，才得以顯出青綾袿服之貴重。對著天山連綿的積雪，尚得敞開衣襟；冒著廣袤大地的長風，猶且需要揮汗。白龜報答主人，終歸遙遙無期；黃雀感謝恩情，究竟要到何日。

【研　析】許槤評「未有懸機巧緤，變繡奇文。鳳不去而恆飛，花雖寒而不落」謂「葩采迅發，情韻欲流」，評「白龜報主，終自無期；黃雀謝恩，竟知何日」謂「屬對精緻」。趙王宇文招賜庾信事物甚多，觀其集內，即有絲布、犀帶、米、乾魚、雉、馬、鹿子巾、紫油傘、豬等，庾信皆有啟答謝。此類謝啟一般皆以誇飾賜物之多之貴重適用，以及美妙絕倫，再以典實鋪陳。本啟重在讚美袍袴的貴重以及保暖，典故使用，也未出常規。被許槤稱讚的幾句，「鳳不去而恆飛，花雖寒而不落」，寫羅上織成花鳳紋，沈約〈十詠・領邊繡〉有「不聲如動吹，無風自裊枝」句造意彷彿，這種手法庾信詩文中也常見，如〈至仁山銘〉「真花暫落，畫樹常春」句、〈奉和同泰寺浮圖〉「鳳飛如始泊，蓮合似初生」句、「畫水流全住，圖雲色半輕」句等。前人謂庾信作文「一事屢見」、「不勝重犯」（明代姚旅〈露書〉），不算過分。至於白龜黃雀，更是謝啟陳詞俗調，遠未見奇。

謝滕王賚馬啟

北周　庾信

【題解】題中滕王即宇文逌，宇爾固突，周文帝十三子，武成初封滕國公，建德三年（西元五七四年）進爵為王，少好經史，解屬文。《周書・庾信傳》載：「至於趙、滕諸王，周旋款至，有若布衣之交。」庾信死後，宇文逌為編定文集並作序。

某啟：奉教垂賚烏騮馬❶一匹。

柳谷未開，翻逢紫燕❷；臨源猶遠，忽見桃花❸。流電爭光，浮雲連影❹。張敞畫眉之暇，直走章臺❺；王濟飲酒之歡，長驅金埒❻。

【注釋】❶烏騮馬　黑色駿馬。❷柳谷未開二句　《宋書・符瑞》載，張掖金山柳谷有石，蒼質素章，有五馬、麟、鹿、鳳凰、仙人之象，後石形改易，有石馬十二。紫燕，《西京雜記》：「文帝自代還，有良馬九匹，皆天下之駿馬也……一名紫燕騮。」❸臨源猶遠二句　臨源，即陵源，用陶淵明〈桃花源記〉武陵人入桃花源事。桃花，既指桃樹之花，亦指桃花馬。❹流電爭光二句　寫馬之迅疾如流電浮雲，又扣合文帝良馬九匹中赤電、浮雲之馬名，庾信〈三月三日華林園馬射賦〉有「尚帶流星，猶乘奔電」、「弓如明月對堋，馬似浮雲向埒」二句。❺張敞畫眉之暇二句　張敞字子高，無威儀，朝會後過走馬章臺街，使御吏驅馬，而自以便面拍馬，又為婦畫眉，長安中傳張京兆眉憮，見《漢書》本傳。❻王濟飲酒之歡二句　王濟字武子，性奢侈，好馬射，買地作埒，編錢布地竟埒，時人號曰「金埒」，見《世說新語・汰侈》，庾信〈三月三日華林園馬射賦〉有「選朱汗之馬，校黃金之埒」句。埒，騎馬習射的馳道。

【語譯】某啟奏：承奉諭告下賜烏騮馬一匹。

柳谷之石還未改易，卻先遇上紫燕；武陵之源尚且遙遠，忽然看見桃花。可與飛馳的赤電爭奪光芒，可與飄動的浮雲連接光影。張敞畫眉的空隙，可直走章臺下街；王濟飲酒的歡娛，可長驅射場金埒。

【研析】與本文對比，庾信〈三月三日華林園馬射賦〉專賦馬射事，雖藻豐詞縟，事繁音協，倒不若本啟清新流利。許槤評本啟「幽峭雅至，斯為六朝碎金」，也可以看出他的「析文尚絜」的選文標準。

本啟前幾句事中有馬，而皆出之以虛：柳谷所逢之紫燕，可以是真的紫燕，武陵所見之桃花，當然是真的桃花，赤電和浮雲，當然可以僅從字面來理解，則是寫馬之迅疾。而紫燕、桃花、赤電、浮雲，又都指向名馬。末句張敞事，把張敞「走馬章臺街，使御吏驅馬，而自以便面拊馬」的逸事，與「畫眉」事相拼接，自然讓讀者想起「聞閨房之內，夫婦之私，有過於畫眉者」的雋語，增加了與馬相關的典實的旖旎風光。王濟事則將其與馬相關的作金埒與「飲酒之歡」疊加，指向「一起便破的，卻據胡床，叱左右『速探牛心來』」，視八百里駁為無物的豪情，「一臠便去」，更留下一個瀟灑的背影，讓後人感歎。

這樣虛實結合、疊加拼接的使典用字，能增加讀者的想像空間，與〈謝趙王賚白羅袍袴啟〉比較，本文更有意趣，更見風神。這可能與庾信用心多少相關，也可能與馬本身就比袍袴更多有趣典故相關。

王褒也有〈謝賚馬啟〉，當作於入北之前，曰：「邊城無草，來自東南；塞外饒沙，經從西北。漢時樂府，偏愛權奇；晉世桑門，特憐神駿。黃金作勒，足度西河；白玉為鐙，方傳南國。儻逢漢帝，仍駕鼓車；若值魏王，應驚香氣。」相比庾信，當退三舍。

牋

辭隨王子隆牋

南齊 謝朓

【題解】隨王即蕭子隆，永明八年（西元四九〇年）為鎮西將軍、荊州刺史，以謝朓為功曹參軍，尋轉文學。謝朓次年赴江陵，與子隆甚相得，史載子隆「在荊州，好辭賦，數集僚友，朓以文才，尤被賞愛，流連晤對，不舍日夕」，長史王秀之返都，「以朓年少相動，密以啟聞」。齊世祖蕭賾敕曰「朓可還都」。《文選》載本箋題作〈拜中軍記室辭隋王箋〉，蕭昭文於永明十一年（西元四九三年）十一月初四被鬱林王蕭昭業拜為中軍將軍，進爵新安王，謝朓遷為記室，本箋大約作於此時。牋，即「箋」，古代公文的一種體裁，《廣雅・釋詁》：「奏箋表詔……書也。」《文心雕龍・書記》：「箋者，表也，表識其情。」

【作者】謝朓（西元四六四－四九九年），字玄暉，陳郡陽夏（今河南太康）人。父謝緯，因捲入舅父范曄謀反案遠遷廣州，兩位兄弟謝綜、謝約同坐死。名門謝氏，幾經凋零，至謝朓解褐豫章王太尉行參軍，歷隨王東中郎府，轉王儉衛軍東閣祭酒，隨王蕭子隆鎮西功曹，轉文學，似乎有重回政治中心的跡象。然宋齊皇王相殺，政局動盪，蕭子良與蕭鸞爭權，謝朓先躲過一劫而見忌，後依附蕭鸞，大見任用，建武二年（西元四九五年）出為宣城太守，世稱「謝宣城」。後舉報自己岳父謀反被蕭鸞嘉賞遷尚書吏部郎，最後謝朓仍因蕭遙光、江祏謀反，拉攏不得，聯名奏啟下獄死。謝朓少好學，有美名，文章清麗，竟陵王蕭子良開西邸，招文學，謝朓與王融、沈約、蕭琛、蕭衍、范雲、任昉、陸倕俱與，號「竟陵八友」。與沈約、王融倡為聲律，有「四聲八病」之說，號「永明體」。其名句如「大江流日夜」、「澄江靜如練」，歷來傳誦，時人已推為楷模冠冕，後世亦被推崇，如李白有「解道『澄江靜如練』，令人長憶謝玄暉」、「玄暉難再得，灑酒氣填膺」等句，反覆致意。謝朓論詩有「好詩圓美流轉如彈丸」，與沈約「三易」之說暗合。有《謝朓集》，唐時散佚，今傳《謝宣城集》五卷為南宋樓炤在紹興年間取原集前五卷刻之。

故吏文學謝朓死罪死罪❶：即日被尚書召，以朓補中軍新安王記室參軍❷。朓聞潢汙之水，願朝宗而每竭；駑蹇之乘，希沃若而中疲❸。何則？皋壤搖落，對之惆悵；歧路西東，或以歔唈。況乃服義徒擁，歸志莫從，邈若墜雨，翩似秋蒂❹。朓實庸流，行能無筭。屬天地休明，山川受納，褒采一介，抽揚小善，故舍耒場圃，奉筆兔園❺。東亂三江，西浮七澤，契闊戎旃，從容宴語。長裾日曳，後乘載脂。榮立府庭，恩加顏色。沐髮晞陽，未測涯涘；撫臆論報，早誓肌骨❻。不悟滄溟未運，波臣自蕩；渤澥方春，旅翮先謝❼。清切藩房，寂寥舊華。輕舟反溯，吊影獨留。白雲在天，龍門不見❽。去德滋永，思德滋深。唯待青江可望，候歸艎於春渚；朱邸方開，效蓬心於秋實。如其簪履或存，衽席無改，雖復身填溝壑，猶望妻子知歸❾。攬涕告辭，悲來横集，不任犬馬之誠❿。

【注釋】❶故吏文學謝朓句　故吏，謝朓已被任命為鬱林王蕭昭業記室，所以稱「故吏」。文學，官名，州郡及王國置文學，稱文學掾或文學史、文學從事。死罪死罪，表奏之文臣下敘事說情前的套話。蕭子隆為荊州刺史，謝朓為文學。❷即日被尚書召二句　被，接收；接到。中軍新安王記室參軍，見題解。❸朓聞潢汙之水四句　寫自己有心無力。潢汙，也作「潢污」，水聚積不流，《左傳・隱公三年》：「苟有明信……筐筥錡釜之器，潢汙行潦之水，可薦於鬼神，可羞於王公。」朝宗，小水流注大水，以喻人事，《書・禹貢》：「江漢朝宗於海。」孔穎達疏：「以小就大，似諸侯歸於天子。」駑蹇句，語本班彪〈王命論〉：「駑蹇之乘，不騁千里之塗；燕雀之疇，不奮六翮之用。」駑蹇，劣馬。沃若，馴順的樣子，《詩・小雅・皇皇者華》：「我馬維駱，六轡沃若。」❹皋壤搖落八句　謂己無法再侍從於子隆，並渲染悲情。皋壤二句，語本《莊子・知北遊》：「山林與，皋壤與，使我欣欣然而樂與，樂未畢也，哀又繼之。」皋壤，澤邊之地。岐路二句，語本《淮南子・

說林訓》：「楊子見逵路而哭之，為其可以南可以北。」歔唈，即「嗚咽」。服義，膺服正義，《楚辭・招魂》：「朕幼清以廉潔兮，身服義而未沬。」歸志，指歸從隨王之志。邈若二句，語本潘岳〈楊氏七哀詩〉「漼如葉落樹，邈然雨絕天」。邈，遙遠。蒂，葉梗。❺眺實庸流八句　寫己本庸人而為子隆接納。無算，不成數目，表示甚少。天地二句，語本《左傳・宣公十五年》「川澤納污，山藪藏疾」句。休明，美好清明。受納，接受採納。褒采，褒獎採用。一介，一個，語本《書・秦誓》「如有一介臣」句。抽揚，伸發揄揚。舍耒，放下耒耜。兔園，漢梁孝王與眾文人遊宴之林園。❻東亂三江十二句　寫子隆之過從及子隆的恩遇。亂，馳騖，《戰國策・齊策》：「邯鄲之中騖，河山之間亂。」七澤，多個湖泊，這裡指荊楚之地，司馬相如〈子虛賦〉有「楚有七澤」句。契闊，勞苦，《詩・邶風・擊鼓》：「死生契闊，與子成說。」戎旃，軍旗，借指戰事。從容，悠閒舒緩。宴語，閒談，閒宴時談話。長裾日曳，語本《漢書・鄒陽傳》：「飾固陋之心，則何王之門不可曳長裾乎。」以喻託身王侯。後乘，從臣的車馬，曹丕〈與吳質書〉有「文學托乘於後車」句。載脂，抹油於車軸上，語本《詩・邶風・泉水》：「載脂載舝，還車言邁。」顏色，好的面色。沐髮晞陽，語本〈九歌・少司命〉「與女沐兮咸池，晞女髮兮陽之阿」句。晞陽，曬太陽，比喻沐受恩德，劉良注：「言沐王之德深，故不測涯際也。」涯涘，水的邊際。撫臆，以手按胸，表示誠意，陸機〈演連珠〉：「撫臆論心，有時而謬。」早誓肌骨，語本曹植〈責躬表〉「抱舋歸蕃，刻肌刻骨」句。❼不寤滄溟未運四句　謂自己突然遠離，出人意料，語本《莊子・逍遙遊》北冥有魚可化而為鵬，「海運則將徙於南冥」及《莊子・外物》記莊周於涸轍中見鮒魚自稱「我東海之波臣」二句。寤，通「悟」。明白。滄溟，大海。渤澥，即渤海。方春，謂時間尚早，《莊子・逍遙遊》謂鵬之搏扶搖而上，「去以六月息者也」，言「方春」則未至「六月」。旅翮，遷飛的鳥翼。謝，凋零。❽清切藩房六句　描摹別後情景。藩房，指隨王子隆的王府。舊華，指謝朓在荊州的住所。反溯，逆流而上，荊州在長江的上游，故稱。吊影，對影自憐，此指孤獨的自己。白雲在天，用《穆天子傳》載西王母謠「白雲在天，丘陵自出」成句。龍門不見，用〈九章・哀郢〉「過夏首而西浮兮，顧龍門而不見」句。龍門，古楚國都城郢都門名，王逸注「顧龍門而不見」句曰：「龍門，楚東門也。言己從西浮而東行，過夏水之口，望楚東門，蔽而不見，自傷日以遠也。」❾去德滋永十句　想像將來，期待不忘舊情，並託以妻子。去德二句，語本《莊子・徐无鬼》「不亦去人滋久，思人滋深乎」句。德，有德之人，此指隨王子隆。滋，增益。青江可望，反《左傳・襄公八年》引《周詩》「俟河之清，人壽幾何」意用之，謂有機會。艎，船。朱邸二句，謂等子隆歸來當再效力。方，將；且。蓬心，以蓬喻狹隘不暢，郭象注《莊子・逍遙遊》「夫子猶有蓬之心也夫」句云「夫蓬非直達者也」，謝朓〈奉和隨王殿下詩十六首〉其二亦有「暗道空已極，遷直愧蓬心」句。秋實，比喻人的德行成就，此指隨王子隆。簪履或存衽席無改，謂隨王若不忘舊情。簪事用《韓詩外傳》載孔子見有婦人刈薪亡簪哭哀甚，「非傷亡簪，不忘故也」。履事用《文選》李善注引《賈子》載楚昭王亡其踦履，已行三十步，復還取之，「悲與之俱出而不與之俱反」。衽席見《韓非子》載文公至河，命席蓐捐之，咎犯聞之，曰：「席蓐所臥也，而君棄之，臣不勝其哀。」填溝壑，謂死，《戰國策・趙策》：「願及未填溝壑而託之。」妻子知歸，《東觀漢記》載，張湛謂朱暉曰：「願以妻子托朱生。」❿攬涕告辭三句　再表悲情，結束全文。橫集，縱橫交集。犬馬，臣下的自喻。

【語譯】舊吏文學從事謝朓死罪死罪：今日接尚書召命，把朓補為中軍新安王記室參軍。朓聽說潰汙蓄積之水，願意朝宗歸海而往往涸竭；駑蹇劣馬之車，希望馴順長驅而中道疲憊。為什麼呢？澤邊皋壤樹木搖落，對此令人惆悵；岐路岔道各分西東，因此讓人嗚咽。何況空有膺服正義之心，無法實現歸從於您的志向，邈遠如墜雨，翩翩似秋葉。朓本是平庸之流，德行才能不足稱算。恰逢天地清明，山川接納，褒揚採用一介微民，伸發揄揚小小長處，所以放下場圃的農具，侍奉筆墨於梁王兔園。東奔波於三江，西漂浮於七澤，契闊辛苦於戎旃戰事，從容悠閒於宴筵間語。長裾每日拖曳，塗脂乘車跟隨於後。榮幸地立於王府門庭，恩寵地賜我以顏色。一同洗浴曬髮於太陽之下，親近恩情不知邊際；撫按胸口論說報答，早已起誓刻骨銘心。不想滄海尚未起風，游魚卻自飄蕩；渤海方是春季，鯤鵬卻先辭飛。清冷淒惻的藩王房室，空曠寂寥的舊時蓬蓽。輕舟逆上，孤影獨留。白雲在天，龍門不見。離開您時間越長，懷念您思緒越深。唯有等到江水清湛或可期待，在春日江渚守候您歸來的艅艎；王府朱邸將再打開，我再效曲隘蓬心於燦爛秋實。如果遺簪舊履得以保存，衽褥臥席未曾更改，那麼即便身填溝壑，仍可盼望妻子知道何處託歸。揮淚告辭，悲哀交集，表達不盡犬馬忠心。

【研　析】本文寫情，先從有心無力說起，以「何則」一問，引出下文的回答，即分別的不可避免，再寫自己平庸而隨王子隆恩遇非常，過從親昵，再懸想分別後的情狀，並寄重逢於將來的希望，最後表達託付之意，再表悲傷忠誠。全文「圓美流轉如彈丸」，層層推進，姿采幽茂，情致宛妙，頗為動人。

文中用典使事頗多，讀來卻不使人覺，對這些典實的深入，則能增加對文章的理解，豐富對文章的美感的把握。如「皋壤搖落，對之惆悵」句，字面就是情景相生，可是如果知道《莊子・知北遊》的出典，則多了「樂未畢也，哀又繼之」的喜極悲來的深意。如「岐路西東，或以歍唈」句，字面就是分手嗚咽，可是如果知道「楊子見逵路而哭之，為其可以南可以北」的源頭，則「岐路西東」自然從各奔東西之岔路意象化為有選擇而不得選擇的人生大悲。

又如「邈若墜雨，翩似秋蒂」，語本「漼如葉落樹，邈然雨絕天」，從出處的角度看，應是寫自己淚下邈遠如墜雨，愁思翩翩似秋葉，不過謝朓特意隱去「漼」（流淚），則是要使這兩句不僅寫淚下如雨墜如葉飛，還寫謝朓自己離開隨王，如墜雨之離天，秋葉之離枝，這樣才能和前文「何則」二字結合緊密。

「邈若墜雨，翩似秋蒂」這種遣辭用事的理解，可以分為以下三層：一是論字面即可通，二是字面下有用典而「易見事」、「用事不使人覺」，三是明知其為典實之後，仍需再從字面來理解。這樣的典實用法，在本文還有多處，如「沐髮晞陽」、「簪履或存，衽席無改」幾句，出典已見註釋，而我們仍不能以典實覆蓋字面，如《文選》劉良注前句曰「言沐王之德深，故不測涯際也」，注後句曰「言王如或能存故情於我也」，這樣的註釋可能會遮蓋謝朓用這幾處典實的用心。《南齊書》本傳載，子隆在荊州，「朓以文才，尤被賞愛，流連晤對，不舍日夕」，長史王秀之以朓「年少相動」，以啟世祖，世祖乃敕朓還都。其中「流連晤對，不舍日夕」、「年少相動」很能見出謝朓與子隆關係的非同一般。謝朓之死，是因蕭遙光、江祏謀反拉攏不得而聯名奏啟，而最直接的，必然是皇帝的回詔，其中「昔在渚宮，構扇蕃邸，日夜縱諛，仰窺俯畫」幾句，也是指向謝朓與子隆的非常關係。如果瞭解這些背景，再回頭來看本箋中的「沐髮晞陽」、「簪履或存，衽席無改」，可能會有更多一層的聯想。

本文既入《文選》，素為世重，明人張溥《謝宣城集》題詞謂：「集中文字，亦惟文學辭箋、西府贈詩兩篇獨絕。」「西府贈詩」是指〈暫使下都夜發新林至京邑贈西府同僚詩〉，其中「大江流日夜，客心悲未央」兩句最為知名。「文學辭箋」即指本文。張溥給出的理由是「蓋中情深者為言益工也」。謝朓被詔還都，心中情感，對子隆是殊痛離割，對自己是憂懼前路，所以贈詩西府中有「風雲有鳥路，江漢限無梁。常恐鷹隼擊，時菊委嚴霜」句，本箋有「身填溝壑，猶望妻子知歸」句。複雜而濃烈的情感充沛於內，則字詞上的雕琢與否，言語上的工或不工，已經不足以成為評判標準了。

卷三

書

登大雷岸與妹書

宋　鮑照

【題解】大雷池，亦稱雷池，位於安徽望江縣雷池鄉，古雷水東流至此，積而成池。大雷岸，就是大雷池之岸。「妹」指鮑照妹鮑令暉，工詩，鍾嶸《詩品》載鮑照嘗答孝武云：「臣妹才自亞於左芬，臣才不及太沖爾。」《詩品》又評鮑令暉詩云：「往往斷絕清巧，擬古尤勝，唯〈百原〉淫矣。」一般認為本文作於元嘉十六年（西元四三九年），其時臨川王劉義慶出鎮江州，鮑照為佐吏隨行，路過大雷岸，寫了這封書信給妹妹鮑令暉。

吾自發寒雨，全行日少。加秋潦浩汗，山溪猥至，渡泝無邊，險徑游歷❶，棧石星飯，結荷水宿，旅客貧辛，波路壯闊❷。始以今日食時❸，僅及大雷。塗登千里，日踰十晨，嚴霜慘節，悲風斷肌❹。去親為客，如何如何。

【章旨】寫去親為客，寒雨淒風，旅途艱辛。

【注釋】❶加秋潦浩汗四句　寫秋雨水大。潦，雨水。浩汗，水浩渺無邊的樣子。猥，多；盛。泝，同「溯」。逆流而上曰溯洄，順流而涉曰溯游。❷棧石星飯四句　寫行旅之苦況。棧石，石上架棧。星飯，星下進食。結荷，結荷為傘。水宿，宿在水邊。波路，水路。❸始以今日食時　始，剛剛；正。食時，飯時。❹塗登千里四句　渲染風霜逼人。塗，即途，道路。登，行進。踰，即逾，超過。慘，痛，這裡用作動詞。節，骨節。

【語譯】吾自從寒雨中出發，整天行進的日子很少。加以秋日雨水浩瀚連綿，山中溪流匯集而至，船行於無邊江面，遊歷於危險小徑，石上架棧星下進食，結荷為傘水邊夜宿，旅行客居貧乏艱辛，水上之路壯大開闊。剛剛在今日飯時，才到大雷。行路千里，時過十日，凜冽寒霜刺痛骨節，悲淒冷風割裂肌膚。離開親人為客他鄉，真是說不出的悽愴。

向因涉頓，憑觀川陸，遨神清渚，流睇方曛❶。東顧五洲之隔，西眺九派之分，窺地門之絕景，望天際之孤雲，長圖大念，隱心者久矣❷。南則積山萬狀，爭氣負高，含霞飲景，參差代雄，凌跨長隴，前後相屬，帶天有匝，橫地無窮❸。東則砥原遠隰，亡端靡際，寒蓬夕卷，古樹雲平，旋風四起，思鳥群歸，靜聽無聞，極視不見❹。北則陂池潛演，湖脈通連，苧蒿攸積，菰蘆所繁，棲波之鳥，水化之蟲，智吞愚，彊捕小，號噪驚聒，紛牣其中❺。西則回江永指，長波天合。滔滔何窮，漫漫安竭，創古迄今，舳艫相接，思盡波濤，悲滿潭壑。煙歸八表，終為野塵，而是注集，長寫不測，修靈浩蕩，知其何故哉❻。

【章旨】進入寫景，先總起，再南東北西分別寫之。

【注釋】❶向因涉頓四句　承上啟下，由行程的敘述進入景色描寫。涉頓，過水為涉，止息為頓，泛指行進住宿。憑，依靠；得以。遨神，神遊。清渚，清流中的洲渚。流睇，轉目投視。曛，落暉，此指黃昏。❷東顧五洲之隔六句　四顧東西上下，心隨之動。五洲，長江中相連的五座洲渚，《水經注・江水》：「城在山之陽，南對五洲也，江中有五洲相接，故以五洲為名。」九派，指長江在江州（今江西九江市）所分的九條水，郭璞〈江賦〉：「流九派乎潯陽。」派，水的支流。地門，謂大地的門戶，泛稱大地。長圖大念，即宏圖大志。隱心，隱於心中。❸南則積山萬狀八句　寫南顧之群山。爭氣負高，可理解為「負氣爭高」，六朝文多有顛倒字句以為就奇者，如《恨賦》之「心折骨驚」，另外《世說新語・排調》所載之「漱石枕流」，也是此顛。含霞飲景，包含著彩霞與日光。淩跨，謂逾越。隴，高丘。❹東則砥原遠隰八句　寫東顧之平原。砥，磨刀石，這裡形容平坦。隰，低下之地。亡，通「無」。靡，沒有。❺北則陂池潛演十句　寫北望之江湖。陂池，水塘。潛演，潛流。苧蒿，苧麻蒿草，常生水邊。攸積，所積。菰，茭白。水化之蟲，指魚，《說文》：「魚，水蟲也。」牣，滿。❻西則回江永指十四句　寫西望長江的情景。回，曲折環繞。永指，永遠流向遠方。天合，與天相接合。舳艫，首尾相接的船。八表，八極以外極遠的地方。野塵，雲氣塵埃，語本《莊子・逍遙遊》「野馬也，塵埃也，生物之以息相吹也」。寫，「瀉」的古字。修靈浩蕩，語本〈離騷〉「怨靈修之浩蕩兮」。修靈，指神靈。

【語　譯】此前因跋涉歇宿，得以觀覽江川大陸，神遊於清流島渚，注目於黃昏落日。東顧有五處洲島阻隔，西眺有九條支脈分流，俯視大地之絕景，仰望天際之孤雲。宏圖大志，藏於心底很久了，都被激發起來。南面則山巒堆積形態萬變，倚仗氣勢爭高鬥險，隱含彩霞吸納日光，參差起伏更替稱雄，升登跨越綿長丘隴，前後相連，環於天際可繞一周，橫亙於地綿延無窮。東面則原隰遼闊平坦如砥，無邊無際，黃昏寒風卷飛衰蓬，古樹高聳上與雲平，回旋之風四處興起，思歸之鳥群飛而歸，靜心而聽不聞聲響，極目而視卻已不見。北面則陂池水塘潛藏延流，湖泊水脈相通連結，苧麻蒿草積聚叢生，菰茭蘆葦繁殖茂盛，棲息波濤的水鳥，生活水中的魚蟲，聰明的吞食愚笨的，彊大的捕獵弱小的，驚叫聒噪，紛紛撓撓，充斥其中。西面則江水曲折湍流不息，波濤滾滾與天相接，滔滔無窮，漫漫不竭，從古到今，舟船相接，愁思如波濤不盡，悲情如潭壑滿溢。煙雲歸於八極之外，最終化為野馬塵埃，而灌注匯集於此，永遠傾瀉不息，神靈浩蕩曠遠，知道這是什麼原因呢。

西南望廬山，又特驚異。基壓江潮，峰與辰漢連接❶。上常積雲霞，雕錦縟。若華夕曜，岩澤氣通，傳明散綵，赫似絳天。左右青靄，表裏紫霄。從嶺而上，氣盡金光；半山以下，純為黛色。信可以神居帝郊，鎮控湘漢者也❷。若潨洞所積，溪壑所射，鼓怒之所豗擊，湧澓之所宕滌，則上窮荻浦，下至狶洲，南薄燕爪，北極雷澱，削長埤短，可數百里❸。其中騰波觸天，高浪灌日，吞吐百川，寫泄萬壑。輕煙不流，華鼎振涾，弱草朱靡，洪漣隴蹙。散渙長驚，電透箭疾。穹溘崩聚，坻飛嶺覆。回沫冠山，奔濤空谷。碪石為之摧碎，碕岸為之齏落❹。仰視大火，俯聽波聲，愁魄脅息，心驚慓矣❺。

【章旨】專寫廬山之山水。

【注釋】❶基壓江潮二句　一下一上，總寫廬山之高大。基，山基。辰漢，星辰和銀河。❷上常積雲霞十四句　寫廬山之峰。若華，若木之花，此指霞光。《淮南子‧墬形訓》：「若木在建木西，末有十日，其華照下地。」傳明，閃耀光亮。郊，這裡用作動詞，居住。湘漢，湘江和漢江。❸若潨洞所積十句　寫四種不同水流洶湧奔騰。潨，小水匯入大水。洞，疾流。溪壑，小溪和大溝。㕒，相擊。澓，迴流。宕滌，搖盪沖刷。荻浦，長蘆的水濱。狶洲，有野豬的荒洲。狶，豬。薄，迫近。燕爪，不詳，當為附近地名。雷澱，雷池。削長埤短，對眾多水池削長補短。埤，增加。❹其中騰波觸天十六句 描繪高浪巨波。寫，「瀉」的古字，傾洩。渚，水沸。朱，「株」的古字，這裡指草莖。靡，披靡。蹙，局促。散渙，波浪崩散。穹溘，浪峰。坻，河岸。覆，倒覆。回沫，回迸的水沫。冠山，蓋山。空谷，掃空山谷。碪石，即砧石，搗衣石。碕岸，彎曲的河岸。齏落，即齏落，變成碎末飛落。❺仰視大火四句 寫波濤之驚人心魄。大火，星名，即心宿。愁，通「愀」。改變樣貌。脅息，屏住呼吸。脅，斂縮。慓，迅速。

【語譯】西南望廬山，景色又格外奇特驚異。山基壓著江潮，山峰與星辰河漢連接。峰頂常積雲霞，如同雕錦繡縟。日落時霞光照耀，山水間氣韻流通，發出光亮散播色綵，火光一片染紅天空。左右有青色霧靄，內外有紫色雲霞。自山嶺以上，雲氣都發著金光，半山以下，又完全是青黛色。確實可以供神仙天帝居處，鎮守控制湘水漢江的了。至於小水激流所積聚，小溪大壑所噴射，鼓蕩激動所撞擊，洶湧迴流所滌蕩，則上達蘆荻之浦，下至狶豕之洲，往南迫近燕爪，往北到達雷澱，如果削長補短，有數百里之廣。其中波濤奔騰觸碰天際，浪頭高湧灌入太陽，吞吐著百江，傾洩於萬壑。水氣上浮如輕煙不流，江水振盪如鼎中沸水。細波微紋如草莖倒伏，巨浪漣漪如田隴局促。浪頭散渙使人長驚，閃電穿透飛箭疾射。浪峰由聚而崩，岸石飛濺山嶺傾覆。水沫回流蓋住山頭，波濤奔騰掃空山谷。搗衣之石被它摧毀撞碎，曲折石岸為之齏碎脫落。仰視大火明星，俯聽波濤巨聲，令人愀然動容屏住呼吸，心中驚恐心跳加速。

至於繁化殊育，詭質怪章，則有江鵝、海鴨、魚鮫、水虎之類，豚首、象鼻、芒鬚、鍼尾之族，石蟹、土蚌、燕箕、雀蛤之儔，坼甲、曲牙、逆鱗、反舌之屬❶。掩沙漲，被草渚，浴雨排風，吹澇弄翮❷。夕景欲沉，曉霧將合，孤鶴寒嘯，遊鴻遠吟，樵蘇一歎，舟子再泣，誠足悲憂，不可說也❸。

風吹雷飆，夜戒前路，下弦內外，望達所屆。寒暑難適，汝專自慎，夙夜戒護，勿我為念。恐欲知之，聊書所睹。臨途草蹙，辭意不周❹。

【章旨】寫水中化育之物，加悲忱之情，以關懷叮嚀作結。

【注釋】❶至於繁化殊育六句　羅列奇異物類。化、育，產生孕育。質，內質，此指身體。章，花紋，此指外表。江鵝，《本草》引《釋名》：「鷗者浮水上，輕漾如漚也，在海者名海鷗，在江者名江鷗，江夏人訛為江鵝也。」海鴨，《金樓子》：「海鴨大如常鴨，斑白文，亦謂之文鴨。」魚鮫，《山海經》：「荊山，漳水出焉，東南流，注于雎，其中多鮫魚。」鮫，鮒魚類也，皮有珠文而堅，尾長三四尺。水虎，《襄沔記》：「沔水中有物，如三四歲小兒，甲如鱗鯉，秋曝沙上，膝頭如虎掌爪，常沒水，名曰水虎。」豚首，即海豚，郭璞〈江賦〉：「魚則江豚海狶。」象鼻，《北史》載，真臘國有魚名建同，四足無鱗，鼻如象，吸水上噴，高五六十丈。芒鬚，王隱《交廣記》：「吳置廣州，以滕修為刺史，或語修，蝦鬚長一丈，修不信，其人後至東海，取蝦鬚長四丈四尺，封以示修，修乃服之。」鍼尾，尾部細長的魚類。石蟹，傅肱《蟹譜》：「明越溪澗石穴中，亦出小蟹，其色赤而堅，俗呼為石蟹。」土蚌，即河蚌。燕箕，《興化縣志》：「魟魚頭圓禿如燕，其身圓褊如簸箕，又曰燕魟魚。」雀蛤，即蛤蜊，《禮記》：「季秋之月，雀入大水為蛤。」坼甲，即鱉，以其甲有裂縫狀紋路故稱，毛勝《水族加恩簿》以甲坼翁稱鱉。曲牙，獠牙彎曲的水獸。逆鱗，即鯽魚，厲荃《事物異名錄・水族・鯽》：「鯽魚一名鮒，熊氏謂之逆鱗。」反舌，即蛤蟆，舌末向內，故稱，《釋文》：「反舌，蔡伯喈云蝦蟆。」❷掩沙漲四句　寫其活動。沙漲，沙淤積露出水面而形成的沙灘。被，覆蓋，這裡指被覆蓋。排風，頂風。吹澇，吹吸波浪，木華〈海賦〉有「噏波則洪漣踧踖，吹澇則百川倒流」。澇，大波浪。弄翮，梳理羽毛，郭璞〈江賦〉有「鴛雛弄翮乎山東」，王羲之〈用筆賦〉有「飄飄遠逝，浴天池而頡頏；翱翔弄翮，凌輕霄而接行」句。翮，羽毛。❸夕景欲沉八句　回到江面之景。景，日光。樵蘇二句，郭璞〈江賦〉有「舟子於是搦棹，涉人於是檥榜」、「於是蘆人漁子，擯落江山」等句。樵蘇，砍柴割草。❹風吹雷飆十二句　寫自己行程，並叮嚀保重。飆，疾風，這裡是形容詞。戒，提防。下弦，月亮虧缺下半的形狀，《詩・小雅・天保》孔穎達《正義》曰：「至二十三日二十四日，亦正半在，謂之下弦。」屆，至。夙夜，早晚。途，旅途。蹙，急迫。

【語　譯】至於化育之物繁多特殊，詭異的身軀奇怪的紋路，則有江鵝、海鴨、魚鮫、水虎等類，豚首、象鼻、芒鬚、鍼尾等族，石蟹、土蚌、燕箕、雀蛤等儔，坼甲、曲牙、逆鱗、反舌等屬。隱藏在沙灘，躲蔽於草渚，淋著雨頂著風，吹吸波浪梳理羽毛。夕陽將要沉落，曉霧將要瀰漫，孤鶴在寒風中悲鳴，飛鴻在遠處哀吟，砍柴割草之人一聲歎息，船夫多次哭泣，確實讓人悲傷憂愁，無法詳說。

狂風呼號雷電迅疾，夜色或多蒼茫無法前行，下弦左右有望到達。寒暑變換很難適應，你要特別自珍，早晚警惕戒備，不必為我擔憂。怕你想要知道我的情況，姑且寫下所見。即將上路匆忙倉促，措辭表意並不周全。

【研　析】鮑照〈登大雷岸與妹書〉歷來為論者所稱美寶重，如吳汝綸稱「奇崛驚艷」，許槤稱「明遠（鮑照）駢體高視六代，文通（江淹）稍後出，差足頡頏，而奇峭幽潔不逮也」，譚獻稱「矯厲奇工，足與〈行路難〉並美」，錢鍾書稱「鮑文第一，即標為宋文第一，亦無不可」等等。

本文雖是家書，其實除去首尾幾句，實在可以〈大雷賦〉、〈廬山賦〉視之。如寫景視角，先「東顧」、「西眺」、「窺地門之絕景」、「望天際之孤雲」總起，再「南則」、「東則」、「北則」、「西則」分述之。這些分述，仍是宇宙蒼茫的大視角。以下則進入個體即廬山的描繪：西南望廬山，又特驚異。就廬山的描繪，又先「上常」寫山啟之，寫山又「左右」、「表裏」，又「從嶺而上」、「半山以下」。然後目光下移，再寫下方之水，又先以「潀洞所積」、「溪壑所射」、「鼓怒之所豗擊」、「湧澓之所宕滌」鋪排，這些水又「上窮」、「下至」、「南薄」、「北極」。以上還只是江表，再進入江水內部所繁化殊育，則「之類」、「之族」、「之儔」、「之屬」再加鋪排。這種東南西北、上下左右、表裡內外的視角轉換分別鋪寫的手法，正如司馬相如〈子虛賦〉，先「其東則有」、「其南則有」、「其西則有」、「其北則有」，南則再分「高燥」、「埤濕」寫之，西則再分「外發」、「內隱」、「其中」寫之，北則再分「其上」、「其下」寫之。亦如相如以下張衡〈西京賦〉、馮衍〈顯志賦〉、劉劭〈趙都賦〉、左思〈蜀都賦〉之屬，手眼步武完全一致。另如辭藻之華麗驚豔，筆勢之誇張矯奇，用詞之冷僻崛峭，也是賦體一路。這一點既可以類比司馬相如〈上林賦〉、左思〈吳都賦〉、木華〈海賦〉、郭璞〈江賦〉得到；也可以對比鮑照文體不同、題材類似的詩作得到，如〈登廬山〉、〈登廬山望石門〉、〈從登香爐峯〉等；還可以對比相近時代的其他寫景文字得到，如陶弘景、吳均、盛弘之、酈道元等人的作品。

本文的戛戛獨造，當然不在手法、辭藻、筆勢的相似相類，而在不似不類：無論與〈上林賦〉、〈吳都賦〉相比，還是與〈海賦〉、〈江賦〉相比，或與《水經注》、〈與朱元思書〉相比，本文都有該人該時該地的獨特烙印，即鮑照途經大雷時的蓬勃激動之氣。表現最熾烈的，當屬「長圖大念，隱心者久矣」一句，此句就像全文的太陽，給所有字句以情感生命的溫暖。其次還有「積山萬狀，負氣爭高，含霞飲景，參差代雄」、「智吞愚，彊捕小，號噪驚聒，紛牣其中」、「思盡波濤，悲滿潭壑」、「愁魄脅息，心驚慓矣」、「浴雨排風，吹澇弄翮」等，這些詞句就像日光，照耀著其他詞句，萬物受恩，生機勃勃。因為這股鼓怒之氣的厖彄宕滌，全文繁而不覺其繁，多而不見其多。〈上林賦〉、〈吳都賦〉、〈海賦〉、〈江賦〉為文而文，相形之下，就如沒有生命的雕錦繡縟。《水經注》、〈與朱元思書〉就像「廿四橋的明月，錢塘江的秋潮，普陀山的涼霧，荔枝灣的殘荷」，與鮑文相比顯得「色彩不濃，回味不永」。

答新渝侯和詩書

梁　簡文帝

【題　解】新渝侯，即蕭映，始興忠武王蕭憺之子，天監初封廣信侯，普通二年（西元五二一年）

出為吳興太守，改封新渝侯，遷北徐州刺史，大同中遷廣州刺史，卒官。本文是簡文帝蕭綱在讀了蕭映和詩之後所寫的書信。

垂示三首，風雲吐於行間，珠玉生於字裏，跨躡曹左，會超潘陸❶。雙鬟向光，風流已絕；九梁插花，步搖為古。高樓懷怨，結眉表色；長門下泣，破粉成痕。復有影裏細腰，令與真類；鏡中好面，還將畫等❷。此皆性情卓絕，新致英奇。故知吹簫入秦，方識來鳳之巧；鳴瑟向趙，始睹駐雲之曲❸。手持口誦，喜荷交並也。

【注釋】❶垂示三首五句　讚美蕭映和詩之高超。垂，敬辭，用於別人對自己的行動，猶言「賜」。風雲二句，語本夏侯湛〈抵疑〉「咳唾成珠玉，揮袂出風雲」句。跨躡二句，謂其詩超過曹左潘陸。跨，跨越。躡，踩踏。曹，指曹植，六朝時詩文典範，其代表作有〈洛神賦〉、〈白馬篇〉、〈七哀〉等，《詩品》稱其「骨氣奇高，詞彩華茂，情兼雅怨，體被文質，粲溢今古，卓爾不群」。左，指西晉左思，其〈三都賦〉成而「洛陽紙貴」，《詩品》謂「文典以怨，頗為精切，得諷喻之致」。會，當為「含」，含蓋籠罩。潘，指潘岳，文學「鋒發韻流」，鍾嶸稱「陸（機）才如海，潘（岳）才如江」。陸，指陸機，文學為晉「一代之絕」。❷雙鬟向光十二句　寫蕭映和詩及詩中描繪的美人。九梁，九梁之冠。步搖，婦女附在簪釵上的一種首飾，《釋名・釋首飾》：「步搖上有垂珠，步則搖動也。」高樓懷怨，用曹植〈七哀〉「明月照高樓，流光正徘徊，上有愁思婦，悲歎有餘哀」意。結眉表色，用江淹〈燈夜和殷長史〉「結眉慘成慮，銷憂非羽觴」意。長門二句，用司馬相如〈長門賦序〉載陳皇后失寵別居長門宮愁悶悲思事。影裏二句，用漢武帝思已故李夫人使方士李少翁設帳，武帝居別帳而見李夫人居帳中事，見《搜神記》。真，肖像圖畫。鏡中二句，用漢武帝圖畫李夫人像於甘泉宮事，見《漢書・外戚傳》。❸故知吹簫入秦四句　謂讀蕭映和詩後方知詩歌高妙的境界。吹簫二句，春秋時蕭史善吹簫作鳳鳴，秦穆公以女弄玉妻之，作鳳樓，教弄玉吹簫，感鳳來集，弄玉乘鳳、蕭史乘龍，夫婦同仙去，見《列仙傳》。來，使之來。鳴瑟二句，用戚夫人善鼓瑟歌舞，教數百人習之，響駐行雲事，見《西京雜記》。趙，趙人雅善鼓瑟，漢楊惲〈報孫會宗書〉謂「婦趙女也，雅善鼓瑟」，徐陵〈玉臺新詠序〉「傳鼓瑟於楊家」句中，「楊家」即指楊惲家婦，也指向趙地女子。

【語　譯】賜示三首，風雲從詩行裡湧出，珠玉在字詞間產生，跨越曹植左思，超過潘岳陸機。雙鬢向著晨光，風流即已絕世；九梁插上鮮花，步搖便顯古舊。高樓麗人心懷幽怨，結鎖雙眉流露愁色；長門貴婦泣下落淚，畫破妝粉形成絲痕。更有燭影下細腰女子，與肖像類似；銅鏡中姣好面容，與圖畫媲美。這些都是性情超凡脫俗，構思新穎奇特。所以說吹簫者要到秦國，才知道吹簫來鳳之巧；彈瑟者須至趙地，才見識彈瑟駐雲之妙。手持詩篇口中吟誦，喜悅慚愧交合並至。

【研　析】蕭映死後，梁元帝蕭繹為作墓誌銘，稱「方琮有燭，圓珠無類，義若聯環，文同藻繪」、「武實威邊，文能懷遠，乍歌去速，時謠來晚」，《廣弘明集》載蕭映〈答晉安王書〉，回憶與簡文帝蕭綱玄圃奉述，有「芳林勝集，玄圃法座，殿下曳烏寶雲，或從容而問道，拖裾博望，乍折角而解頤」句，稱自己「預聞清論」、「數陪顏色」，並回憶「下官昔游梁苑，曲蒙眷顧，今者獨隔清顏，久睽接仰」，蕭綱另有〈和衛尉新渝侯巡城口號〉，王筠亦有〈和新渝侯巡城詩〉，可見他們詩書往來，甚為融洽。

許槤評本文曰：「貌無停趣，態有遺妍，眉色粉痕，至今尚留紙上。設與〈美人晨妝〉〈倡婦怨情〉諸什連而讀之，當如荀令君坐席，三日猶香。」〈美人晨妝〉有「嬌羞不肯出，猶言妝未成，散黛隨眉廣，燕脂逐臉生」句，〈倡婦怨情〉有「恥學秦羅髻，羞為樓上妝，散誕披紅帔，生情新約黃，斜燈入錦帳，微煙出玉床，六安雙玳瑁，八幅兩鴛鴦」等句，情調與本文相類。觀本文對蕭映詩的讚美，可知蕭綱詩及蕭映和詩，應該也是以女子容貌為描寫對象，則蕭映應該也是宮體一派推波助瀾者。

本文先讚美蕭映和詩可含跨曹左潘陸，再描繪一番美人樣貌，這一部分，應當是對蕭映和詩內容的重現和鑑賞，即蕭映和詩中當出現了相似內容。據其中「九梁」一語可以揣測，蕭映所和之詩可能描繪了一位著梁冠的女子，可能是女官，也可能是女子調笑娛樂，便著梁冠並於冠上插花遊戲。最後以「吹簫入秦，方識來鳳之巧；鳴瑟向趙，始睹駐雲之曲」一句，謂其詩如蕭史弄玉之吹簫，如趙地駐雲之鼓瑟，再次盛讚蕭映和詩技藝高超，堪稱模範。

與蕭臨川書

梁　簡文帝

【題　解】題中「蕭臨川」指蕭子雲，字景喬，蕭嶷第九子，累遷晉安王蕭綱文學，司徒主簿，時湘東王蕭繹為京尹，深相賞好，如布衣之交，中大通三年（西元五三一年），出為貞威將軍、臨川內史，故蕭綱以「蕭臨川」稱之。中大通三年四月乙巳，昭明太子蕭統薨，五月丙申，詔晉安王蕭綱「立為皇太子」，七月乙亥（初七，立秋），蕭綱「臨軒策拜」，觀文中「黑水初旋」、「桂宮既啟」及「零雨送秋，輕寒迎節」等句，可知本文應作於中大通三年七月初。

零雨送秋，輕寒迎節，江楓曉落，林葉初黃❶。登舟已積，殊足勞止，解維金闕，定在何日❷？八區內侍，厭直御史之廬；九棘外府，且息官曹之務。應分竹南川，剖符千里❸。但黑水初旋，未申十千之飲；桂宮既啟，復乖雙闕之宴❹。文雅縱橫，即事分阻，清夜西園，眇然未尅❺。想征艫而結歎，望橫席而沾襟❻。若使弘農書疏，脫還鄴下，河南口占，儻歸鄉里，必遲青泥之封，且覯〈朱明〉之詩❼。白雲在天，蒼波無極。瞻之歧路，眷慨良深。愛護波潮，敬勗光彩❽。

【注釋】❶零雨送秋四句　點明初秋時令，以景出之。零雨二句，用張協〈七命〉「龍火西頹，暄風初收，飛霜迎節，高風送秋」意。零雨，小雨，《詩・豳風・東山》：「我來自東，零雨其濛。」節，指立秋，七月初的節氣，《晉樂志》：「七月為申，時為龍火西頹。」❷登舟已積四句　詢問子雲出發時日。登舟，高大的船。登，本義是自下而上升登，引申為高義。勞止，勞苦，《詩・大雅・民勞》：「民亦勞止，汔可小康。」止，句末助詞，無義。解維，解開纜索，指開船出發。金闕，天子所居的宮闕。❸八區內侍六句　寫自己本已厭宮中官務，有心外任。八區，指漢代八宮院，此泛指宮中。厭直句，用嚴助事，嚴助侍燕從容，漢武問助所欲，助對願為會稽太守，於是拜為會稽太守，數年不聞問，賜書曰「君厭承明之廬，勞侍從之事，懷故土，出為郡吏」云云，見《漢書・嚴朱吾丘主父徐嚴終王賈傳》。御史之廬，泛指宮中。九棘二句，謂己擬止息朝廷公務。九棘，群臣外朝之位，樹九棘為標識，以區分等級職位，《周禮・秋官・朝士》：「左九棘，孤卿大夫位焉……右九棘，公侯伯子男位焉。」外府，掌國內財貨的出納，《周禮・天官・外府》：「外府掌邦布之入出，以共百物，而待邦之用。」分竹二句，謂自己本有意任職，中大通二年（西元五三〇年），蕭綱徵為驃騎將軍、揚州刺史。分竹、剖符，給予作為權力象徵的竹符。南川，泛指南方川原，此指揚州，謝朓〈始之宣城郡〉：「解劍北宮朝，息駕南川涘。」千里，謂揚州。❹但黑水初旋四句　寫不遂己意。黑水，此指雍州，語本《書・禹貢》「黑水西河惟雍州」句，蕭綱普通四年（西元五二三年）至中大通二年（西元五三〇年）為雍州刺史。初旋，剛剛返回，蕭綱中大通二年（西元五三〇年）徵為揚州刺史，次年拜為太子。十千之飲，謂開懷暢飲，語本曹植〈名都篇〉「美酒斗十千」句。桂宮既啟，指蕭綱拜太子事。桂宮，漢宮名，為元帝太子成帝所居。雙闕之宴，謂極娛心意之宴，語本〈古詩十九首〉「兩宮遙相望，雙闕百餘尺，極宴娛心意，戚戚何所迫」句。❺文雅縱橫四句　謂宴會酬唱不得。文雅縱橫，語本劉楨〈贈五官中郎將〉「君侯多壯思，文雅縱橫飛」句。清夜西園，語本曹植〈公宴〉「公子敬愛客，終宴不知疲，清夜遊西園，飛蓋相追隨」。西園，在河南臨漳縣鄴縣舊治北，傳為曹操所建，曹丕常於此宴群臣。眇，同「渺」。遙遠貌。尅，同「克」。成功。❻想征艫而結歎二句　子雲將行，悲傷不已。艫，船。橫席，指揚起的船帆。❼若使弘農書疏六句　寫分別後期望子雲仍能詩書往來。弘農二句，曹植子子建，楊修等為之羽翼，君臣交好，常有書信往來，如《文選》載有植〈與楊德祖書〉。弘農，指漢末楊修，字德祖，弘農人。脫，也許；可能，《後漢書・李通傳》：「事既未然，脫可免禍。」鄴下，今河北臨漳，曹操征孫權，使曹植留守鄴下，這裡以比南京。河南二句，用陳遵事，陳遵為河南太守，召書吏十人，為書謝京師故人，口占百封，一邑皆驚，見《漢書・游俠傳》。口占，口授其辭。儻，也許。遲，等待，《荀子・修身》：「故學曰遲，彼止而待我，我行而就之。」楊倞注：「遲，待也。」青泥之封，古代文書囊笥外加繩捆紮，在繩結處以膠泥加封，上蓋鈐印，這裡指代書信，《東觀漢記・鄧訓傳》載鄧訓「好以青泥封書」。覿，看見。朱明，漢郊祀詩歌名，《史記・樂書》：「春歌〈青陽〉，夏歌〈朱明〉。」這裡代指子雲的詩作。❽白雲在天六句　再寫差別之情景，並囑咐叮嚀。白雲二句，寫自己的情意如白雲青波，悠悠無極。白雲在天，《穆天子傳》載，天子觴西王母於瑤池之上，西王母為天子謠，曰：「白雲在天，丘陵自出。道里悠遠，山川間之。將子無死，尚能復來。」勗，同「勖」。勉勵。

【語　譯】零零細雨送達秋意，漠漠輕寒迎來立秋，江邊楓木清晨脫落，林中樹葉微微泛黃。高船業已停聚，遠行殊為勞苦，解纜離開京城，定在何時何日？我侍奉宮中內廷，已厭倦當值御史之廬；朝廷外府之職，且停息官曹繁忙雜務。本應剖竹分符，出刺南方，遠鎮千里。只是雍州黑水剛剛返還，未得實現「美酒斗十千」的暢飲；東宮之職已經開始，又要錯過「雙闕娛心意」的歡宴。文才雅意縱橫捭闔的酬唱，遇事即被分隔阻斷，飛蓋相隨的清夜西園之遊，渺然難以實現。想到船隻遠行就歎息不已，遙望船帆高掛而淚下沾襟。若使弘農楊修的書信可寄回都城鄴下，河南陳遵的口占能送歸京師故里，我必定期待您以青泥作封的書緘，並拜讀如〈朱明〉般美妙的詩篇。白雲在天悠悠不盡，綠波蕩漾奔流不息。看著歧路揮手分別，眷念良多感慨深沉。波潮水路多加愛護，敬請勗勉華彩榮光。

【研　析】題中「蕭臨川」是蕭子雲而非蕭子顯。子顯亦曾為臨川內史，不久即還除黃門郎，中大通二年（西元五三〇年）遷長兼侍中，三年以本官領國子博士，遷國子祭酒，又加侍中。所以他雖也曾為臨川內史，但於蕭綱拜太子時，已還臺城。子雲見題解。

文中「八區內侍，厭直御史之廬；九棘外府，且息官曹之務」一句非謂子雲，當是蕭綱自謂：可能也只有蕭綱能稱說自己厭直御史欲息官務，也只有這樣題解，下句「應分竹南川，剖符千里」才顯得順暢。

「分竹南川」中「南川」一詞，黎經誥注引《宋書・州郡志》「南川縣，屬西陽」，有點天南地北，學者謂當即指臨川。這樣的誤會，主要是因為他們都把這幾句話當成了對子雲的描述，其實這幾句是蕭綱謙說自己本應在揚州為刺史，所以接下去有一「但」字，這「南川」是泛指南方川原，如謝朓〈始之宣城郡〉「解劍北宮朝，息駕南川涘」句，也是這樣用的。

觀文中又有「解維金闕，定在何日」、「想征艫而結歎，望橫席而沾襟」、「瞻之歧路，眷慨良深」等語，可知當時蕭子雲尚未出發，這封書信也可以看成是送別之文。全文以景起，零雨送秋，輕寒迎節，江楓曉落，林葉初黃，點明時令，也渲染離別悲傷的氣氛；以景結，白雲在天，蒼波無極，又包含對友人的「眷慨良深」，下開「孤帆遠影碧空盡，惟見長江天際流」、「問君能有幾多愁，恰似一江春水向東流」等句。這種寫景，與漢賦，乃至謝靈運、江淹、鮑照、陶弘景、吳均、盛弘之、酈道元等人並不相同，顯出更多不盡之意，言外風流，意蘊更為豐厚。許槤謂本文「風骨翹秀」，良有以也。

與劉孝綽書

梁 簡文帝

【題解】劉孝綽（西元四八一—五三九年），字孝綽，本名冉，小字阿士，彭城（今江蘇徐州）人，幼即能文善書，號神童，年十四，代父劉繪起草詔誥，詩文甚為前輩文人賞識，初為著作佐郎，後官秘書丞，為昭明太子管記，時東宮文士群集，孝綽最為知賞，昭明編纂《文選》，孝綽亦協理其事。觀「頃擁旄西邁，載離寒暑」一句，本文當是蕭綱去雍州後寫給孝綽的書信，大約作於普通五年（西元五二四年）。

執別灞滻，嗣音阻闊❶。合璧不停，旋灰屢徙❷。玉霜夜下，旅雁晨飛。想涼燠得宜，時候無爽。既官寺務煩，簿領殷湊，等張釋之條理，同于公之明察❸。雕龍之才本傳，靈蛇之譽自高。頗得暇逸於篇章，從容於文諷❹。頃擁旄西邁，載離寒暑❺。曉河未落，拂桂棹而先征；夕鳥歸林，懸孤颿而未息。足使邊心憒薄，鄉思邅回❻。但離闊已久，載勞寤寐，佇聞還驛，以慰相思❼。

【注　釋】❶執別灞滻二句　謂離別之後，音信隔絕。灞滻，灞水和滻水的合稱，在長安，這裡借指都城南京，司馬相如〈上林賦〉：「終始灞滻，出入涇渭。」嗣音，後續音信，《詩・鄭風・子衿》：「縱我不往，子寧不嗣音。」阻闊，阻隔遙遠。❷合璧不停二句　謂時光流逝。合璧，本指日月同升，此指日月，《漢書・律曆志上》：「日月如合璧，五星如聯珠。」旋灰，古代觀測節氣，以葭灰抑律管內端，案曆而候之，氣至者灰去，見《文選》李善注引司馬彪《續漢書》。❸想涼燠得宜六句　問安並讚美孝綽官治才能。涼燠，冷暖。時候，指時令和節候。官寺，官署。簿領，官府記事的簿冊。殷湊，叢集，《魏書・禮志四》：「朝典初改，眾務殷湊。」殷，盛多。張釋，即張釋之，西漢時為廷尉，治事平正果敢，天下稱之，見《漢書》本傳。于公，西漢于定國之父，「決獄甚明，罹法者皆無根，郡中為之立生祠，號曰于公祠。」，見荀悅撰《漢紀》。察，形容詞，清楚明晰。❹雕龍之才本傳四句　讚美孝綽文學才華。雕龍，雕鏤龍紋，語本《史記・孟子荀卿列傳》：「騶衍之術迂大而閎辯，奭也文具難施；淳于髡久與處，時有得善言。故齊人頌曰：『談天衍，雕龍奭，炙轂過髡。』」靈蛇，隋侯見大蛇傷斷，以藥救之，後蛇銜珠以報，見《淮南子・覽冥訓》「隋侯之珠」高誘注，後以喻美好的文才或文章，《晉書・文苑傳序》：「西都賈馬，耀靈蛇於掌握；東漢班張，發雕龍於綈槧。」文諷，名詞，文章諷誦。❺頃擁旄西邁二句　寫自己離開的時日。擁旄，持旄，借指率軍，班固〈涿邪山祝文〉：「杖節擁旄，征人伐鼓。」邁，遠行。載，句首助詞，無實義。離，經歷。❻曉河未落六句　寫己征途艱辛及思鄉之情。曉河，清晨的銀河。拂，搖動。桂棹，槳的美稱。颿，同「帆」。邊心，邊人思鄉之情。憤薄，「噴薄」一聲之轉，洶湧激蕩。邅回，盤旋；縈繞。❼但離闊已久四句　謂期待來書以慰自己相思之情。離闊，分離。勞，憂愁，《詩・邶風・燕燕》：「瞻望弗及，實勞我心。」寤寐，本指睡與醒，此指日夜，《詩・周南・關雎》：「求之不得，寤寐思服。」佇，佇立久候。驛，信使。

【語　譯】執手相別灞滻之水，後繼音信阻隔稀疏。日月合璧流轉不停，節氣旋灰多次改易。如玉之霜夜中降下，羈旅之雁晨間高飛。想來您應該寒冷溫暖皆得其宜，時令節候全無差失。儘管官署事務煩雜忙亂，記事簿冊盛多彙聚，不過能等同於張釋之條理清晰，類似於于公清楚明晰。雕龍之才本已流傳，靈蛇之譽亦自高揚。頗得空閒寫作文章，從容不迫吟誦詩篇。先前我持旄西行，已歷寒暑。拂曉銀河未落，搖動桂棹已經出行；傍晚群鳥歸林，懸掛孤帆仍未停息。足以使邊人愁思噴薄激盪，思鄉之情盤旋縈繞。只是離別已久，使我日夜憂愁，佇候回來的信使，以慰藉我的相思。

【研　析】 劉氏一門號七十餘人皆能文，孝綽當為其首，少有盛名，為父黨沈約、任昉、范雲等知賞，任昉尤相賞好，孝綽為〈歸沐詩〉以贈任昉，昉以「子其崇鋒穎，春耕勵秋獲」許之，其為名流所重如此。後來蕭衍、蕭統、蕭綱、蕭繹亦並知賞，如蕭衍宴群臣，命沈約、任昉等言志賦詩，而獨賞孝綽；如蕭統文章繁富，獨使孝綽集而序之。與蕭繹亦多書信往來，見載於《梁書》本傳。孝綽才華既高，又為名流皇王激賞，便仗氣負才，多所凌忽，嗤鄙到洽。孝綽為廷尉卿，攜妾入官府，其母猶停私宅，為到洽案事劾奏，坐免官。觀文中「既官寺務煩，簿領殷湊，等張釋之條理，同于公之明察」，則本文正當作於孝綽任廷尉卿時，故蕭綱以張釋之、于公連類比擬來褒揚他。

本文先寫歲月不居，再問安好，再稱讚孝綽為政、為文之才。蕭綱從為政、為文兩方面來寫，當然是和孝綽當時為廷尉卿有關，不過也可能和孝綽初以本官兼尚書水部郎，奉啟陳謝，武帝蕭衍手敕以「美錦未可便制，簿領亦宜稍習」作答有關：孝綽本來僅以文學名世，現在則簿領之事也可稱巨手了。

接下去寫蕭綱自己的征程，「曉河未落，拂桂棹而先征；夕鳥歸林，懸孤颿而未息」一聯，許槤評為「深情婉致，娓娓動人」。呂仲悌〈與嵇叔夜書〉『鳴雞』一聯，是其所祖」。「鳴雞」一聯，是指「雞鳴戒旦，則飄爾晨征；日薄西山，則馬首靡托」，以雞鳴即飄爾晨征寫早，以日落猶驅馬不止寫晚，與本文句子取象雖不同，手法則一致。雞鳴而晨征，最早應來自《左傳・襄公十四年》「雞鳴而駕」，頗具意象美，也更為後人所用，最為著名的就是溫庭筠〈商山早行〉「雞聲茅店月，人跡板橋霜」句，旅舍寥落之況，侵晨淒清之境，羈旅窮愁，想之在目。

追答劉秣陵沼書

梁 劉峻

【題解】本文題亦作〈重答劉秣陵沼書〉。據《梁書・文學傳》載，劉峻為人率性，為武帝蕭衍不喜，偶聞武帝對管輅有「有奇才而位不達」之論，遂作〈辨命論〉，感慨「命也者，自天之命也」。論成，中山人劉沼（曾任秣陵令，故亦稱劉秣陵）致書難之，主張「不由命，由人行之」。兩人往返論辯，「凡再反，峻並為申析以答之」。不久劉沼故世，生前最後一文未及寄出，有人於劉沼家得以示劉峻，「峻乃為書以序之」。序文表達對逝去的朋友的追思懷念之情，甚為動人。屬詞「淒楚纏綿，俯仰裴回，無限切痛」（許槤語），用典恰切，蘊涵豐富，有「味外之外」（許槤語）。

劉侯既重有斯難❶，值余有天倫之戚❷，竟未之致也。尋而此君長逝，化為異物❸，緒言餘論❹，蘊而莫傳。或有自其家得而示余者，余悲其音徽未沫❺，而其人已亡；青簡尚新，宿草將列❻，泫然不知涕之無從也❼。

【章　旨】書簡尚在，斯人已逝，不勝悲痛。

【注　釋】❶劉侯既重有斯難　劉侯，即劉沼，侯是古代對士大夫的尊稱。斯難，指劉沼對〈辨命論〉的再次質疑。❷天倫之戚　當指劉峻之兄劉孝慶去世一事。❸尋而此君長逝二句　用曹丕〈與吳質書〉「元瑜長逝，化為異物」成句。異物，已死之人，《史記・屈原賈生列傳》：「化為異物兮，又何足患！」司馬貞索隱：「謂死而形化為鬼，是為異物。」❹緒言餘論　緒言，即餘論，已發而未盡之論，此指劉沼未及寄出的書信內容。❺音徽未沫　意為書信尚在。音徽，即徽音，美好的言辭。沫，消失。❻青簡尚新二句　青簡，即竹簡，此處借指書信。宿草，隔年的墓草，《禮記・檀弓上》：「朋友之墓，有宿草而不哭焉。」孔穎達疏：「宿草，陳根也，草經一年則根陳也，朋友相為哭一期，草根陳乃不哭也。」❼泫然不知涕之無從也　泫然，傷心流淚貌。涕之無從，不知淚因何而出，語本《禮記・檀弓》孔子語「予惡夫涕之無從也」。

【語　譯】劉君已再有此論難之文，適逢我兄故世，最終沒有寄給我。不久劉君長逝，陰陽相隔，已發而未盡之論，藏而不傳。恰有人於劉君家中得此文以示我，我悲哀劉君言辭尚在，而斯人已往，書簡尚新，而墓草將長，潸然淚下而不知涕之所出。

雖隙駟不留，尺波電謝❶，而秋菊春蘭，英華靡絕❷。故存其梗概❸，更酬其旨❹。若使墨翟之言無爽❺，宣室之談有征❻，冀東平之樹，望咸陽而西靡；蓋山之泉，聞弦歌而赴節❼。但懸劍空壟，有恨如何❽？

【章旨】時光飛逝，然劉君之論不逝。存其文，酬其旨，劉君泉下有知，亦當欣慰。

【注釋】❶雖隙駟不留二句　言時光飛逝。隙駟，駟馬過隙，此代指時間。尺波，短暫的光陰，語本陸機〈長歌行〉「寸陰無停晷，尺波豈徒旋」。電謝，電光閃滅，言其快。❷而秋菊春蘭二句　言劉沼之論將長存不逝。秋菊春蘭，語本《楚辭・九歌・禮魂》「秋菊兮春蘭，長無絕兮終古」句。靡，不。❸梗概　大略，此指劉沼〈難辨命論書〉等論辯文字。❹酬其旨　回覆他的論旨。酬，回覆。❺若使墨翟之言無爽　墨翟之言，指《墨子・明鬼》中世有鬼神之論。爽，差錯。❻宣室之談有征　宣室之談，指漢文帝坐宣室，因感鬼神之事，賈誼為其具道所以然，見《漢書・賈誼傳》。有征，得到證驗。❼冀東平之樹四句　言劉君若泉下有知，定會欣慰。冀東平之樹二句，《漢書・東平思王傳》顏師古注引《皇覽》言：「東平思王（劉宇）冢在無鹽（東平治所，今屬山東），人傳言王在國思歸京師，後葬，其冢上松柏皆西靡也。」靡，倒。蓋山之泉二句，《宣城記》載，臨城縣（今屬安徽）南蓋山有舒姑泉，相傳舒氏女與父砍柴坐泉旁，牽扯不動，還家告母，及反，唯見清流，遂弦歌泉旁，水流為之回湧，並有朱鯉一雙騰躍其間。赴節，應和節奏。❽但懸劍空壟二句　《史記・吳太伯世家》載，春秋時期吳公子季札出使晉國，途經徐國，徐君心喜季札之劍而未言，季札心知其意，但使命未完，不能贈劍，後出使回來，徐君已逝，於是季札將劍掛於徐君之墓而去。

【語譯】雖然光陰短促，白駒過隙，流逝不居，電光閃滅，但是劉君之論卻像秋菊春蘭，芬芳不絕。因而存下劉君的主要意見，再回覆他的論旨。假使如墨翟、賈誼所言，世間真有鬼神，那麼，我想劉君泉下有知，定會欣慰，就像東平的樹會向西而傾，蓋山的泉會應歌而湧。只是如同季札懸劍於徐君墳墓，心中充滿遺憾，卻又能如何？

【研析】〈追答劉秣陵沼書〉後人大多以為追答死者之書，如宋人葉廷珪《海錄碎事》、明人張溥《漢魏六朝百三家集》卷九十四〈梁劉峻集題詞〉中都作此說。錢鍾書以為此文非「書」實「序」，乃弁於「書」首之序文。這種質疑肇始於清人，如何焯的《義門讀書記》中即有懷疑：「此似重答劉書之序。」而李慈銘的論斷則更為堅定了：「此乃答書之序，非書也。自《文選》誤收入書類，題為〈追答劉沼書〉，沿偽至今。……文中絕無答書之語。」錢鍾書先生在《管錐編》中承繼此論，且申述得更為細緻，他認為蕭統編《文選》時放棄了辨答之文，而只收取了置於書首的序文，但仍標原題。

文章先寫「緒言餘論，蘊而莫傳」，擔憂朋友的見解不能傳之於世，再寫「存其梗概，更酬其旨」，即要保存下劉沼與自己辯論的文字，使這些見解像秋菊春蘭一樣「英華靡絕」，永存於世。這就是盡朋友之責，行朋友之義。這也是對去世的朋友最大的緬懷與告慰了。顯然，這是序言的體制，而非答書。但從「更酬其旨」中，我們也能知道，劉峻當時確實又有追答之書，因而錢鍾書先生才有了「蕭統棄書置序」的推斷。

另外，從行文的語氣來看，本文也絕非追答之書的規模。文章起句即言「劉侯」，再言「此君」，後言「其音」、「其人」，這都是敘述之體，並非書信口吻。追答之文，若庾亮之〈追報孔坦書〉，通篇皆稱「足下」，若與逝者探討商量。因而，此文並非追答之書，可以明矣。

答謝中書書

梁　陶弘景

【題　解】這篇短簡僅六十八字，並無書信之起訖語，前人多以為是斷章。六十八字卻將江南山川之美寫得秀麗脫俗，意蘊無窮，正如許槤評價的「演迤澹沱，蕭然塵埃之外」。「謝中書」指謝微（或作徵），字元度，陳郡陽夏（今屬河南太康）人。因仕梁任中書鴻臚故稱。謝中書此前當有一書付與陶弘景，談及山川之美，故此篇題中有「答」字、書中有「山川之美，古來共談」云云。

【作　者】陶弘景（西元四五二—五三六年），字通明，丹陽秣陵（今屬江蘇南京）人，為避乾隆諱而被改作「陶宏景」。好讀書，「一事不知，以為深恥」，尤好道家，推崇葛洪，傾慕隱居。擔任諸王侍讀、朝奉請等職，心中怏怏，遂隱居句曲山（即今江蘇境內之茅山），開道教之茅山宗，自號「華陽隱居」。梁武帝多次徵召不就，武帝每遇大事，輒前往咨詢，時人稱「山中宰相」。有道教著作、醫藥學著作傳世，如《真誥》、《陶隱居本草》等。

山川之美，古來共談。高峰入雲，清流見底。兩岸石壁，五色交暉❶。青林翠竹，四時俱備。曉霧將歇，猿鳥亂鳴；夕日欲頹，沈鱗❷競躍。實是欲界之僊都❸，自康樂❹以來，未復有能與❺其奇者。

【注釋】❶五色交暉　言石壁色彩斑斕之貌。五色，古代以青黃黑白赤為五種正色，其餘都是間色。❷沈鱗　指沉潛在水中的魚兒。❸實是欲界之僊都　欲界，佛家語，欲界、色界、無色界三界之一，此指人間。僊都，道家語，仙人居住的地方。❹康樂　指謝靈運，因襲康樂公而稱謝康樂，性喜遊歷山川，著有大量山水詩篇。❺與　參與體味。

【語譯】山川之美，自古以來，人所共談。高峰聳入雲端，清流直視見底。兩岸石壁，色彩斑斕。青林翠竹，四季皆具。晨霧止歇，猿鳥交相鳴叫；夕陽傾斜，潛魚競躍出水。真是人間之仙境，自謝康樂以來，無人再能領略這種奇妙了。

【研析】陶弘景此文，寥寥數筆，似不著意刻畫山川，卻將江南之美盡見筆端。與同時代的寫景名文吳均〈與朱元思書〉相較，吳文刻畫細膩，本文更為簡淡。作者簡要地勾勒了幾幅極具色彩和動態的畫面，便渲染出自然之美，頗有求道者的高逸之風。

雖然作者用筆簡淡，但是意蘊卻頗為豐厚。這與作者對自然敏銳的觀察、深刻的體悟不無關係。作者巧妙地在日常景物中選擇了幾幅頗具張力的畫面，並將之組合起來，形成了超越於日常經驗的奇景。作者在文章結尾時寫道：「自康樂以來，未復有能與其奇者。」這個「奇」字是全文的文眼。「高峰入雲，清流見底」，一高一低，著力拓展人的視野，超越了日常的視域。「兩岸石壁，五色交暉」，日常經驗，「石壁」的色調深沉而單調，但作者敏銳地察覺到石壁色彩、明暗的變化，呈現出五彩斑斕之態。「青林翠竹」，本為春夏之景，此地卻是「四時俱備」，也是不同尋常。「曉霧將歇」四句，更是抓住了早晚兩個極富張力和孕育性的時刻，將之繪聲繪色地展現在讀者眼前。一個「將」字和一個「欲」字，把「歇」和「鳴」、「頹」和「躍」動靜轉化、動靜相融的那一刻捕捉出來，形成了一幅日常生活極難關注到的圖畫。而這幾幅奇景又非常自然地組合在一起，有一種超越視野但又在經驗之中的新奇感。這種寫景的筆力，與作者對自然的深刻體悟有關。

宗白華先生在〈論世說新語和晉人之美〉中有一句很動人的話：「晉人向外發現了自然，向內發現了自己的深情。」傳說蕭道成詔問陶弘景「山中何所有」，陶答：「山中何所有？嶺上多白雲。只可自怡悅，不堪持贈君。」看來山中美景，心中深情，不足為外人道，只能傾訴於知己，如謝康樂，如謝中書，這也是陶弘景說「自康樂以來，未復有能與其奇者」的原因。

為衡山侯與婦書

梁 何遜

【題解】本文是何遜為衡山侯蕭恭代寫的一篇情書。衡山侯蕭恭，字敬範，南平王蕭偉之子，受封為衡山縣侯。何遜與南平王父子交情深厚。

【作者】何遜（?—約西元五一八年），字仲言，東海郯（今屬山東郯城）人。少而能詩，弱冠舉秀才，梁武帝天監中任尚書水部郎，後又任廬陵王記室，世稱「何水部」或「何記室」。關於何遜最被廣知的評論應該是來自梁武帝的「吳均不均，何遜不遜」，見《南史》列傳第二十三，不過這句話大概也只是梁武帝用其名字開個玩笑。詩文與劉孝綽齊名，並稱「何劉」；詩風又與陰鏗相類，世號「陰何」。其詩多有不平之鳴，然描摹精當、抒情真切，格調清新婉轉，深受後人推崇。另外，何遜的詩受到「永明體」的影響，工於煉字，音韻和諧，可視為六朝詩與唐律之間的過渡體裁。何遜身後有時人王僧孺編定集八卷，後殘缺不全，明人輯有《何記室集》。

昔人遨遊洛汭❶，會遇陽臺❷，神仙仿佛，有如今別❸。雖帳前微笑，涉想❹猶存；而幄裏餘香，從風且歇。掩屏為疾，引領成勞❺。鏡想分鸞❻，琴悲〈別鶴〉❼。心如膏火，獨夜自煎❽；思等流波，終朝不息❾。

【章　旨】述分離之苦，想念之深。

【注　釋】❶昔人遨遊洛汭　曹植〈洛神賦〉中寫自己在洛水邊與洛神邂逅並相互愛慕，情意纏綿。汭，河流彎曲處。❷會遇陽臺　宋玉〈高唐賦〉中寫楚襄王晝寢夢遇巫山神女之事。陽臺，高唐觀名。❸神仙仿佛二句　言分別之後的對方就如洛神、巫山神女，縹緲隱約，無法再見。仿佛，縹緲隱約的樣子，司馬相如〈子虛賦〉：「眇眇忽忽，若神仙之彷彿。」❹涉想 念及。❺掩屏為疾二句 掩屏獨居或延頸盼望，思念成病，憂愁成疾。勞，愁苦，《詩・邶風・燕燕》：「瞻望弗及，實勞我心。」引領，伸頸遠望盼歸，〈古詩十九首〉：「引領還入房，淚下沾衣裳。」❻鏡想分鸞 劉敬叔《異苑》載，古罽賓王得一鸞鳥，三年不鳴，後聽夫人言，置鏡於鸞前，鸞鳥睹影悲鳴，一奮而絕。❼琴悲別鶴 崔豹《古今注》載，商陵牧子娶妻五年無子，父母欲為改娶，故援琴作〈別鶴操〉。❽心如膏火二句 語本《莊子・人間世》「膏火自煎」句。膏火，照明用的油火。❾思等流波二句 語本漢武帝〈悼李夫人賦〉：「思若流波，怛兮在心。」等，同。

【語譯】從前曹植在洛水邊與洛神邂逅，襄王在陽臺與神女相會，遇神之事縹緲隱約，恰如今日分別後的你我。雖然紗帳前你迷人的微笑，回想似乎仍在；但是帷幔裡你留下的芳香，隨風即將消逝。掩起屏風，思念成病；延頸盼望，憂思成疾。對著鏡子，就想起那分離的鸞鳥；撫奏琴曲，就想起那怨別的雲鶴。內心猶如點燃的油火，獨自在夜間苦苦煎熬；思念猶如流動的波濤，終日在心間奔騰不息。

始知萋萋萲草，忘憂之言不實❶；團團輕扇，合歡之用為虛❷。路邇人遐❸，音塵寂絕。一日三秋，不足為喻❹。聊陳往翰，寧寫款懷❺？遲枉瓊瑤，慰其杼軸❻。

【章旨】言思念之切，期盼回音。

【注釋】❶始知萋萋諼草二句　古人言諼草可以使人忘憂，《詩・衛風・伯兮》：「焉得諼草，言樹之背。」萋萋，草茂盛狀。諼草，亦作萱草。❷團團輕扇二句　團扇又名合歡扇，古人喻夫妻團圓，漢班婕妤〈怨歌行〉：「裁為合歡扇，團團似明月。」輕扇也暗寫新婚卻扇情景。❸路邇人遐　語本《詩・鄭風・東門之墠》「其室則邇，其人甚遠」。邇，近。遐，遠。❹一日三秋二句　語本《詩・王風・采葛》「一日不見，如三秋兮」，喻相思之切。❺聊陳往翰二句　只得在去信中陳述這般，卻怎能寫得盡我款款深情。翰，書信。寧，怎麼。款，誠懇；真切。❻遲枉瓊瑤二句　期盼你屈尊寫信來覆我，以寬慰我織錦般思念的情懷。遲，相望；期待，曹植〈責躬〉：「遲奉聖顏，如渴如飢。」瓊瑤，美玉，《詩・衛風・木瓜》：「投我以木桃，報之以瓊瑤。」此指覆信。杼軸，織布機的部件，此指構思、心思，陸機〈文賦〉：「雖杼軸於予懷，怵佗人之我先。」李善注：「杼軸，以織喻也。」

【語譯】我這才知道萱草萋萋，能使人忘憂的傳言並不真實，圓圓輕扇，能讓人相聚的妙用也不可靠。路近人遠，毫無音信。一日三秋，不足為喻。我只得在去信中陳述如此這般，卻怎能寫得盡我款款深情？期盼你屈尊寫信，像瓊瑤一般回報我，以寬慰我織錦般的思念。

【研析】何遜這篇〈為衡山侯與婦書〉寫得情意纏綿，情致宛然。許槤評價「婉孌極豔，情緒綿牽」。這個「豔」字頗值得注意，不僅強調了此文情感的纏綿，更暗示了此文情慾的色彩。如許槤特別讚賞的「雖帳前微笑，涉想猶存；而幄裏餘香，從風且歇」一聯，論之「尤為奇中之奇」。這一聯寫思念妻子，以致恍惚，妻子的形象隱隱約約似乎就在目前。寫得確實真切深摯、情意綿綿。而更重要的是，這裡綿綿的情意是有情慾暗示的。「微笑」調動人的視覺，寫妻子迷人的淺淺一笑；「餘香」調動人的觸覺，寫妻子身上散發出的淡淡的香味。作者調動各種感官，描摹妻子之美。而這種美，不是一般的美，而是一種軀體的美，而且是在極其私密的環境中，極其相近的距離裡，才能發現的軀體之美。因為那「淺淺的一笑」與「淡淡的香味」是在極近的空間距離裡才能發覺得到的。再加上這「微笑」是「帳前」的，這「餘香」是「幄裏」的，更加表明這是在極其私密的語境下表現出來的情態。

然而，這種情慾的暗示卻並不讓人感到反感。首先在於書信的對象。這是丈夫寫給妻子的家信或者說情書，理論上閱讀的對象只有妻子。雖然此文是請人代寫的情書，似乎有些遊戲的成分，閱讀的對象也不只是妻子了；但是既標明「與婦書」，我們在潛意識中仍會將妻子當作唯一的閱讀對象。其他的閱讀者倒顯得有些窺奇的心思了。既然這樣，那麼書信中有些合乎人性的情慾的表達似乎也不過分了。其次在於書信的意圖。通篇反覆申述丈夫對妻子無盡的思念，思念成疾，憂思成病。在這種成病的憂思中，恍恍惚惚地想起了妻子的美態，這也正是情到深處的表現。後世杜甫的〈月夜〉中有一聯想像妻子的美：「香霧雲鬟濕，清輝玉臂寒。」「香霧」、「玉臂」云云，想像妻子的軀體之美，似乎也近於香豔了。但是正是因為寫作對象的特殊、寫作意圖的深摯，這種香豔反而有助於情感的表達。

而這種張揚人性慾望的「豔情」在當時也是被允許的。如在蕭綱的文學觀中，他一反傳統，大膽地主張「文章且須放蕩」。以蕭綱為中心的文學集團中，也有大量的「輕豔」詩文出現。可以說，本文正是這種時代新風尚的產物。這種風氣在後代受到了強烈的指責。但是，若是這種情慾的表達是合乎人性的，是對生命本質的彰顯，那麼我看也無可厚非。

北使還與永豐侯書

梁　劉孝儀

【題解】永豐侯，即蕭撝，字智遐，梁武帝弟安成王蕭秀之子，封永豐縣侯。《梁書·劉潛列傳》載，劉孝儀（名潛）於梁武帝大同三年（西元五三七年）任安西諮議參軍兼散騎常侍，出使西魏，此書當寫於此次出使歸來之時。當時的西魏在鮮卑貴族的統治之下，欽慕漢族文化，移風易俗，推行漢化，頗有民族融合之態，這在本文中也有體現。

足踐寒地，身犯朔風❶。暮宿客亭，晨炊謁舍❷。飄颻辛苦，迄屆氈鄉❸。雜種覃化，頗慕中國❹。兵傳李緒之法❺，樓擬衛律所治❻，而毛毼幕難淹，酪漿易饜❼。

【章旨】敘北地寒苦與氈鄉風情。

【注釋】❶身犯朔風　犯，冒。朔風，北風。❷謁舍　即客舍。❸迄屆氈鄉　迄，最終。屆，到達。氈鄉，北方游牧民族聚集地。❹雜種覃化二句　雜種，各種族。覃化，指各少數民族都受到漢文化的影響。覃，遍及。中國，中原地區。❺兵傳李緒之法　李緒，漢代塞外都尉，後投降匈奴，教匈奴人治兵，《漢書·李陵傳》：「使者曰：『漢聞李少卿教匈奴為兵。』」陵曰：『乃李緒，非我也。』」❻樓擬衛律所治　衛律，據《漢書・匈奴傳》載，本是胡人，生長於漢朝，與李延年友善，得李延年推薦出使匈奴，使歸，正值李延年獲罪，害怕受到牽連，逃往匈奴，在匈奴期間，為單于掘井築城，建樓藏穀。❼毳幕難淹二句　毳幕，氈帳。淹，久留。饜，吃飽。

【語　譯】腳踏寒苦的大地，身冒凜冽的北風。傍晚在驛亭裡投宿，清晨在客店裡做飯。漂泊不定歷經辛苦，終於達到了氈帳之鄉。雜居的各個種族都接受漢族文化，欽慕中原地區的生活。軍隊還流傳著李緒的治兵之法，城樓還模擬著衛律的建築式樣。但是氈帳毳幕難以久留，乳酪奶漿容易吃膩。

王程有限，時及玉關❶。射鹿胡奴，乃共歸國；刻龍漢節，還持入塞❷。馬銜苜蓿，嘶立故墟；人獲蒲萄，歸種舊裏❸。稚子出迎，善鄰相勞。倦握蟹螯，亟覆鰕碗❹。未改朱顏，略多白❺醉。用❻此終日，亦以自娛。

【注　釋】❶王程有限二句　王程，奉命出使的行程。玉關，指玉門關。❷射鹿胡奴四句　用張騫事，《史記・大宛列傳》載，張騫出使西域，與堂邑氏胡奴甘父俱出隴西，經過匈奴，為單于扣留達十多年，後單于死，趁匈奴內亂，張騫與胡地娶的妻子、胡奴甘父一起持漢節歸國。甘父善射，食物匱乏之時，射獵為食。❸馬銜苜蓿四句　苜蓿、葡萄（蒲萄）皆西域之物，張騫通西域後，傳入漢地。《史記・大宛列傳》：「宛左右以蒲萄為酒，……俗嗜酒，馬嗜苜蓿。漢使取其實來，於是天子始種苜蓿、蒲萄肥饒地。」❹倦握蟹螯二句　蟹螯，蟹鉗。亟，多次。鰕碗，酒杯。據《南越志》載：「南海以鰕頭為杯，鬚長數尺，金銀鏤之。晉康州刺史嘗以杯獻簡文以盛酒，未及飲而躍於外。」❺白　《禮記・內則》：「酒清白。」鄭玄注：「白，清酒也。」❻用　以；憑。

【語譯】奉命出使的行程有限，我按時返回到了玉門關。就像當年張騫帶著善於射獵的胡奴，手持著刻有龍紋的漢節，入塞回國。馬兒口銜苜蓿，站在舊地上嘶鳴；行人拿著葡萄，回到故鄉裡栽種。幼子出門相迎，友鄰前來慰問。手握蟹螯盡情品嘗，端起酒杯屢次乾盡。紅顏不改，酒意已足。以此遣日，自有其樂。

【研析】劉孝儀在這封書信中首敘出使北地的寒苦及氈鄉的風情，接言持節歸國。許槤評論道：「絕妙一幀子卿（蘇武）歸國圖，寫行役景象，酸涼滿目。」不過此文最動人之處，還是對出使回歸後把酒自娛的生活的描繪。

其實，所謂的把酒自娛的生活也不過是「右手持酒杯，左手持蟹螯」的簡單生活。陶淵明〈歸去來兮辭〉中寫歸家也是一派欣喜，「僮僕歡迎，稚子候門」，與本文中作者歸家時「稚子出迎，善鄰相勞」的情形相似。當然，「候門」比「出迎」用得更為動人心扉，「候門」寫出了稚子內心期待父親回家之切，更是陶淵明自身的情感投射，極富力量，「出迎」似乎只是一般的禮數而已。但兩者更大的不同是：陶淵明歷經了官場的喧囂和束縛，這次回歸可以說是心靈的回歸，因而這種欣喜也主要是掙脫了塵世對心靈束縛的欣喜。而劉孝儀經歷了北地的苦寒與行役的艱辛，這次回歸可以說是對日常的回歸，因而他的欣喜主要是對日常生活中美的發現。承認陶淵明回歸的精神意義的同時，我們也應該尊重劉孝儀回歸的審美意義。

當劉孝儀發現日常之美後，自然就盡情地享受日常的樂趣了。「倦握蟹螯」，盡情品嘗大蟹的美味，以致握得雙手都有些「疲倦」了；「亟覆鰕碗」，屢次乾盡杯中的美酒，以致「略多白醉」了。正是經歷了苦寒生活的體驗，日常生活才顯得彌足珍貴。因而，這裡恐怕是有對生活真相與生命本質的一種體悟在的，而不僅僅是時人所謂的「名士風度」而已。而對讀者而言，也正是讀了「酸涼滿目」的行役景象後，才會覺得「把酒自娛」的生活是如此的動人。

與宋元思書

梁　吳均

【題解】本文描繪富春江畔水色山光，天籟萬象，意境清新峻峭，覽之如行圖畫中，「窺谷忘反」一語，則逗露作者陶醉自然、厭嫌俗務的心態。元方回評此文「誠為叔庠佳作」。明梅鼎祚編《梁文紀》卷十四〈與朱元思書〉題下注曰：「劉孝標有〈與宋玉山元思書〉，『宋』與『朱』必有一誤。」，「與朱元思書」的標題更為流行。

【作　者】吳均（西元四六九—五二〇年），一作吳筠，字叔庠，吳興故鄣受榮里（今浙江湖州安吉西畝受榮村）人。官至奉朝請。家世寒賤，然好學有俊才，詩文自成一家，稱為「吳均體」，受沈約稱賞。梁武帝天監初，為吳興太守柳惲賞識，召補主簿，日引興賦詩。有史才，欲撰齊史書，求齊起居注及群臣行狀，武帝不許，私撰《齊春秋》，稱梁武帝為「齊明帝佐命」，武帝惡其實錄，焚書免職。後奉旨撰通史，未畢而卒。其史著甚多，有《後漢書注》九十卷、《齊春秋》二十卷、《廟記》十卷、《錢塘先賢傳》五卷，皆佚散不傳。明人輯其文學作品為《吳朝請集》一卷。

風煙俱淨，天山共色，從流飄蕩，任意東西。自富陽至桐廬，一百許里，奇山異水，天下獨絕❶。水皆縹碧，千丈見底，游魚細石，直視無礙。急湍甚箭，猛浪若奔❷。夾岸高山，皆生寒樹，負勢競上，互相軒邈，爭高直指，千百成峰❸。泉水激石，泠泠作響，好鳥相鳴，嚶嚶成韻。蟬則千轉不窮，猿則百叫無絕❹。鳶飛戾天者，望峰息心，經綸世務者，窺谷忘反❺。橫柯上蔽，在晝猶昏，疏條交映，有時見日❻。

【注釋】❶風煙俱淨八句　以簡筆勾勒起。從流，隨著水流，《楚辭·九章·哀郢》：「順風波以從流兮，焉洋洋而為客。」富陽、桐廬，地名，今屬浙江，兩地相接，皆在富春江畔。許，表約略估計數。❷水皆縹碧六句　寫水。縹碧，同「碧縹」。《釋名》：「縹猶漂，漂，淺青色也。有碧縹，有天縹，有骨縹，各以其色所象言之也。」左思〈吳都賦〉：「紫貝流黃，縹碧素玉。」游魚二句，張協〈洛禊賦〉：「游魚瀺灂於淥波。」這種寫法時人常見，亦多為後人效仿，如酈道元《水經注·洧水》「綠水平潭，清潔澄深，俯視游魚，類若乘空矣」、柳宗元〈小石潭記〉「潭中魚可百許頭，皆若空遊無所依」、沈從文《邊城》「靜靜的水即或深到一篙不能落底，卻依然清澈透明，河中游魚來去皆可以計數」。急湍，急流的水。甚箭，謂速度快如飛箭。奔，奔馬。❸夾岸高山六句　寫山。寒樹，指林木森森，使人望而生寒，江淹〈雜體詩〉：「千里何蕭條，白日隱寒樹。」負，恃；仗著，《左傳・襄公十八年》：「齊環怙恃其險，負其眾庶。」軒邈，謂上舉遠揚。❹泉水激石六句　寫聲。泠泠，擬聲詞，形容水聲的清越悠揚，陸機〈招隱〉其二：「山溜何泠泠，飛泉漱鳴玉。」好，貌美。嚶嚶，鳥和鳴聲，《詩・小雅・伐木》：「伐木丁丁，鳥鳴嚶嚶。」轉，「囀」的古字，指鳥鳴婉轉。❺鳶飛戾天者四句　寫人。鳶飛句，語本《詩・大雅・旱麓》「鳶飛戾天，魚躍於淵」。鳶，俗稱老鷹，善高飛，性兇猛。戾，至。望峰句，《南史・何點傳》載，豫章王嶷命駕拜訪何點，點從後門遁去，司徒竟陵王子良聞之，曰：「豫章王尚望塵不及，吾當望岫息心。」經綸，整理絲縷，引申為籌劃治理國家大事，《易・屯》：「雲雷屯，君子以經綸。」窺谷句，用嵇康事，《晉書・嵇康列傳》：「嘗采藥遊山澤，會其得意，忽焉忘反。」反，「返」的古字。❻橫柯上蔽四句　寫舟行江中不見天日。柯，大枝幹。條，小枝。見，「現」的古字。

【語　譯】風煙全無蹤影，天山一種顏色。順著水流飄來蕩去，任隨小舟或東或西。從富陽到桐廬，一百里左右，奇特的山水，普天之下，無與倫比。水面一片碧青，河底千丈可見。游魚細石，直視無礙。急流快如離弦之箭，猛浪迅如脫韁之馬。兩岸高山，長滿茂密的樹林，憑藉氣勢競相上升，伸向蒼天，爭高直驅，形成千百座山峰。泉水激蕩巖石，發出清越的聲響，鳥兒互相和鳴，奏出悅耳的曲調。蟬聲婉轉不窮，猿啼長久無絕。鳶飛於天的人，望著峰巒，平息高飛之心，治理世務的人，欣賞山谷，忘記重返世俗。橫斜的枝幹遮在頂上，白天猶如黃昏，疏朗的枝條交叉相疊，偶爾漏下日光。

【研　析】書信中描寫山水景色，是六朝書信一個突出內容，大約當時的作者感到，通過書信與親人友朋分享山水之美是一件樂事。《詩經》中已有簡略的自然景物的描寫，如「蒹葭蒼蒼，白露為霜」、「昔我往矣，楊柳依依，今我來思，雨雪霏霏」等。《楚辭》裡山水自然的描寫，比《詩經》複雜細緻，如「嫋嫋兮秋風，洞庭波兮木葉下」，已能「論山水則循聲而得貌，言節候則披文而見時」。漫長歷程後，文人突出地把山水自然作為獨立的審美對象加以欣賞和表現，則要到漢末魏晉六朝，其時莊老雲湧，玄學興起，人對生命、對自然、對美的感受，都得到充分的發展，故被稱為人和文學的「自覺時代」。吳均亦可算這一時代的佼佼者，其寫景詩文簡淡高素，如「夕魚汀下戲，幕雨檐中息」、「輕雲紉遠岫，細雨沐山衣」等句，觀察細緻，捕捉敏銳，大自然的聲、色、形、質、觸，在他的筆下呈現得精準細膩。而〈與朱元思書〉一文，又是吳均集中的代表作。

吳均此文，層層寫出富春江水底、江面、兩岸、群峰的種種不同景色，而又以水面為中軸，縱向展開背景，使勾勒的整體畫面富有立體感。文中的景物，微而及於游魚細石，宏而及於高山長天，遠近大小，互相交織，而這一切又都隨著作者的坐舟，逐波而行，充滿流動變化的韻律。

《藝文類聚》卷七〈山部〉將吳均〈與朱元思書〉、〈與施從事書〉載在一起，兩文寫法以至某些細節上頗有類似之處。〈與施從事書〉云：「故鄣縣東三十五里，有青山絕壁干天，孤峰入漢，綠嶂百重，清川萬轉。歸飛之鳥，千翼競來，企水之猨，百臂相接。秋露為霜，春蘿被逕，風雨如晦，雞鳴不已。信足蕩累頤物，悟衷散賞。」也是繪景如畫，景起情結，韻味雋永。然兩文相比，〈與朱元思書〉的語言更加輕清流轉，寫物狀景更加具體細緻，而且無論是描寫物色，還是表現它們互相之間的交織，都更加豐富，也更加活潑。比如同樣是寫聲音，〈與施從事書〉僅寫

「雞鳴不已」，相對簡單，而〈與朱元思書〉非但寫泉石相激，好鳥鳴唱，還寫蟬囀猿啼，形成一部自然界的交響樂，寫法上前後構成兩聯偶句，句式各不相同，整飭中顯出變化。許槤《六朝文絜》取此不取彼，誠有鑒賞的眼光。

在南北朝描摹山水的作品中，吳均這篇文章的氣概及描寫的精細程度雖然不如鮑照、酈道元所作，而裁剪過之。全文清新疏宕，流暢宛轉，讀之翩翩可樂，可以用之避暑，可以用之療俗。前人對此文評價甚高，如譚獻說它「巧構形似，助以山川」，許槤評它「埽除浮豔，澹然無塵」。譚氏的評論著眼於表現手法，稱讚其體物寫景工巧逼真，得自然妙境。許氏的評論著眼於藝術風格，肯定其風格清淡，不沾染六朝浮豔習氣。兩人說的，都恰如其分。

與顧章書

梁　吳均

【題解】本文是吳均寫給朋友顧章的一封書信，描繪梅溪石門山景，交流隱居山林之樂。

僕去月謝病❶，還覓薜蘿❷。梅溪之西，有石門山者❸。森壁爭霞，孤峰限日；幽岫含雲，深溪蓄翠❹。蟬吟鶴唳，水響猿啼，英英相雜，綿綿成韻❺。既素重幽居，遂葺宇其上。幸富菊花，偏饒竹實，山谷所資，於斯已辦❻。仁智所樂❼，豈徒語哉。

【注釋】❶僕去月謝病　僕，謙稱。謝病，託病引退。❷薜蘿　薜荔和女蘿，藉以指隱者衣服或住所，〈九歌・山鬼〉：「若有人兮山之阿，被薜荔兮帶女蘿。」❸梅溪之西二句　吳均《續齊諧記》載，吳興故鄣縣東三十里，有梅溪山，山根直豎一石，可高百餘丈，至青而圓，四面斗絕，仰之干雲外，無登陟之理。❹森壁爭霞四句　寫石門山的景色。限日，限隔太陽。岫，山穴。❺蟬吟鶴唳四句　寫石門山的聲音。英英，聲音和盛，《呂氏春秋・古樂》：「以其尾鼓其腹，其音英英。」❻幸富菊花四句　寫石門山的物產，菊花竹實，皆隱者所食也。幸，本來。菊花，屈原〈離騷〉有「夕餐秋菊之落英」。偏，程度副詞，特別；最。竹實，竹子所結的子實，《世說新語・棲逸》「阮步兵嘯聞數百步」劉孝標注引孫盛《魏氏春秋》：「有隱者莫知姓名，有竹實數斛杵臼而已。」辦，齊備。❼仁智所樂　語本《論語・雍也》「知者樂水，仁者樂山」。

【語譯】我上月託病辭歸，回鄉尋求薜蘿叢生的居所。梅溪之西，有石門山。森然穹壁與霞爭高，孤峰直指限斷天日；幽遠岫穴含雲吐霧，深邃溪流積蓄翠碧。蟬吟鶴唳，水響猿啼，和音交匯，連綿成韻。我既向來愛重幽居，便在山上修葺了屋宇。本就很多菊花，最是盛產竹實，山谷取用之物，在此既已齊備。仁者樂山智者樂水，真不是一句空話呢。

【研析】自然的發現，到了東晉才算完成。《世說新語》載，孫興公為庾公參軍，與庾公、衛君長共遊白石山，孫對庾說：「此子神情都不關山水，而能作文？」認為不懂得欣賞山水，就談不上寫詩作文。自然的發現，與語言的精美緊密相關。為了描繪和讚美自然，六朝人美化了自己的語言。如本文，及與本文類似的〈與朱元思書〉、陶弘景〈答謝中書書〉，及鮑照〈登大雷岸與妹書〉等，都可以看成六朝人發現自然、美化語言的結果。

與詹事江總書

陳後主

【題解】這封書信是陳叔寶寫給時任詹事的江總，以表達對陸瑜逝世的悲悼之情。其時陳叔寶仍是皇太子身分，江總、陸瑜皆為文學之臣。陸瑜，字幹玉，《南史》卷四十八載，陸瑜，字幹玉，篤學美詞藻，州舉秀才，再遷軍師晉安王外兵參軍，東宮學士，與兄琰並以才學侍東宮，時人比之二應（三國時魏之應瑒、應璩兄弟，以文才著稱），時皇太子欲博覽群書，以子集繁多，命瑜抄撰，未就而卒，太子「為之流涕，親制祭文，仍與詹事江總論述其美，詞甚傷切」。

【作者】陳後主（西元五五三—六〇四年），即陳叔寶，字元秀，小字黃奴，吳興長城（今浙江長興）人。陳宣帝陳頊之嫡長子，南朝陳最後一位皇帝。太建元年（西元五六九年）立為皇太子，太建十四年（西元五八二年）即帝位。在位七年，大建宮室，起臨春、結綺、望仙三閣，窮土木之奇，極人工之巧。生活奢侈，不理朝政，日夜與妃嬪、文臣遊宴，製作豔詞如〈玉樹後庭花〉、〈臨春樂〉等。隋軍南下，自恃長江天險，不做防禦準備。西元五八九年（禎明三年），隋軍入建康（今江蘇南京），陳叔寶被俘，開始了十多年的囚徒生涯。隋仁壽四年（西元六〇四年），在洛陽城病死，追贈大將軍、長城縣公，諡號煬。明人輯有《陳後主集》。

管記陸瑜，奄然殂化❶，悲傷悼惜，此情何已。吾生平愛好，卿等所悉❷。自以學涉儒雅，不逮古人，欽賢慕士，是情尤篤❸。梁室亂離，天下糜沸❹。書史殘缺，禮樂崩淪❺。晚生後學，匪無牆面，卓爾出群，斯人而已❻。

【章旨】生當亂世，陸瑜才華秀逸，一心向學，其遽然而逝，令人悲傷不已。

【注釋】❶管記陸瑜二句　管記，古代對書記、記室參軍等文翰職官的通稱。奄然，忽然。殂化，死亡，道家稱死亡為羽化，陸瑜好道，故稱殂化。❷吾生平愛好二句　生平愛好，史載陳後主不理朝政，日與文臣、妃嬪遊宴，製作豔詞歌曲，是歷史上有名的亡國之君，《陳書》卷六載魏徵評「唯寄情于文酒，昵近群小，皆委之以衡軸。謀謨所及，遂無骨鯁之臣，權要所在，莫匪侵漁之吏」、「躭荒為長夜之飲，嬖寵同豔妻之孽」。卿，敬稱之詞。❸自以學涉儒雅四句　儒雅，指儒家思想，這裡泛指傳統文化，北齊顏之推《顏氏家訓・誡兵》：「顏氏之先，本乎鄒、魯，或分入齊，世以儒雅為業，編在書記。」篤，深厚。❹梁室亂離二句　梁室亂離，指南朝梁的末年，政局動盪不安。糜，敗壞。沸，鼎沸，比喻世事紛擾，局勢不寧。❺書史殘缺二句　書史，典籍，指經史一類書籍。崩淪，崩潰淪喪，此指衰頹敗落。❻晚生後學四句　晚生後學，指學習同一技藝或同一學問的後生晚輩。匪，同「非」。牆面，指面牆而立，目無所見，意思是不學無術，《書・周官》：「不學牆面，蒞事惟煩。」孔安國傳：「人而不學其猶正牆面而立。」孔穎達疏：「人而不學如面向牆，無所覩見。」後以「不學面牆」謂不學無知。卓爾，優異突出的樣子。出群，指出類拔萃。

【語　譯】管記陸瑜，忽然羽化。悲傷哀痛之情，如何能已。我生平之愛好，你們悉數知曉。我自以為，涉獵經史，讀書向學，不及古人；但仰慕賢士之情，卻是篤深淳厚。蕭梁末造，天下敗亂，世事紛擾，鼎沸盈天。書卷殘破折損，禮樂崩潰淪喪。後進學者，多面牆而立、不學無知之人；出類拔萃、卓爾不群的，僅此一人而已。

吾識覽雖局，未曾以言議假人❶。至於片善小才，特用嗟賞；況復洪識奇士，此故忘言之地❷。論其博綜子史，諳究儒墨，經耳無遺，觸目成誦❸。一褒一貶，一激一揚，語元析理，披文摘句，未嘗不聞者心伏，聽者解頤❹。會意相得，自以為布衣之賞❺。

【章　旨】讚賞陸瑜學問淵深，見解卓越。

【注　釋】❶吾識覽雖局二句　識覽，見識閱歷。局，局促狹隘。未曾以言議假人，指不隨便誇讚他人。假人，授予人，《左傳・成公二年》：「惟器與名，不可以假人，君之所司也。」❷至於片善小才四句　片善小才，微小的長處與才能。特用嗟賞，特地加以歎賞。忘言，心中領會其意，不須用言語來說明，《莊子・外物》：「言者所以在意，得意而忘言。」❸論其博綜子史四句　諳究，熟悉探究。儒墨，儒家墨家，這裡指兩家的典籍。❹一褒一貶六句　寫陸瑜言辨才能。語元析理，談玄論道，剖析事理。元，即玄，避清康熙玄燁諱改。心伏，即心服。解頤，開顏歡笑。❺會意相得二句　寫自己與陸瑜交情深厚。會意，會心，陶淵明〈五柳先生傳〉：「每有會意，便欣然忘食。」布衣之賞，猶「布衣之交」，謂不拘地位高低的朋友。

【語譯】我識見雖局促狹隘，卻未曾虛誇某人。對小善微才，也會特地加以嗟賞，何況是奇才卓識之人，更不須用言語說明了。我們來略加說論。他博覽諸子和史書，諳熟儒墨的典籍，真是經耳不忘，過目成誦。不管褒貶抑揚，談玄論道，披章摘句，未嘗不聞者歎服，聽者歡笑。交往會心，頗為相得，自以為與他如同布衣之交。

吾監撫之暇，事隙之辰，頗用談笑娛情，琴樽間作❶。雅篇豔什，迭互鋒起❷。每清風朗月，美景良辰，對群山之參差，望巨波之滉瀁❸。或玩新花，時觀落葉；既聽春鳥，又聆秋雁。未嘗不促膝舉觴，連情發藻❹。且代琢磨，間以嘲謔❺。俱怡耳目，並留情致。自謂百年為速，朝露可傷；豈謂玉折蘭摧，遽從短運❻。為悲為恨，當復何言！

【章旨】回顧往昔切磋琢磨的歲月，不似君臣，更像密友。

【注釋】❶吾監撫之暇四句　總起回憶。監撫，監國與撫軍，為太子的職責，古代國君外出，太子留守，代理國事，稱監國；隨國君出征，稱撫軍，《左傳・閔公二年》：「君行則守，有守則從，從曰撫軍，守曰監國，古之制也。」間作，交替進行。❷雅篇豔什二句　謂雅制與豔詩都有創作。什，泛指詩篇、文卷，古時詩文多以十篇為一卷。鋒起，喻紛紛發生，《荀子・王制》：「奸言並至，嘗試之說鋒起。」❸每清風朗月四句　寫共賞美景。滉瀁，指光影搖動，水波蕩漾。❹未嘗不促膝舉觴二句　促膝，膝蓋對著膝蓋，指相對近坐，《抱朴子・外篇・疾謬》：「促膝之狹坐，交杯觴於咫尺。」發藻，顯示文采，此指寫作詩文。❺且代琢磨二句　琢磨，雕刻打磨玉石，後用來比喻修養德業，研討義理，修飾詩文等，語本《詩・衛風・淇奧》「如切如磋，如琢如磨」句。嘲謔，逗樂；開玩笑。❻自謂百年為速四句　寫陸瑜突然辭世。朝露，比喻人生短促，《漢書・蘇武傳》：「人生如朝露，何久自苦如此。」

【語　譯】我監國撫軍之餘，經辦事務之隙，常常談笑愉樂，酒琴交替。雅篇豔詩，蜂擁而來。每當清風朗月，良辰美景，面對起伏的群山，遙望蕩漾的水波，或者賞玩新開之花，時而細觀初落之葉，既聽春鳥的歡叫，又聆秋雁的啼鳴。未嘗不促膝對坐，舉杯暢飲；情感相通，文思泉湧。有如切磋琢磨，再雜以戲言嘲謔，耳目同歡，情致綿綿。只覺得人生短促，譬如朝露，實可哀傷。何曾料想轉瞬之間，玉石摧折，幽蘭委頓，陸瑜遽然逝去。悲恨哀痛，如何言說！

遺跡餘文，觸目增泫❶。絕弦投筆，恆有酸恨❷。以卿同志❸，聊復敘懷。涕之無從，言不寫意❹。

【章　旨】睹物思人，見文落淚。文末表達痛惜之情。

【注釋】❶遺跡餘文二句　增泫，更加痛苦。泫，水珠下滴，此指落淚。❷絕弦投筆二句　不再彈琴，不再作文，還會永遠伴有悲酸遺恨。絕弦，弄斷琴弦，不再彈琴，《呂氏春秋・本味》：「伯牙善鼓琴，鍾子期善聽。伯牙鼓琴，志在高山，鍾子期曰：『善哉，峨峨兮若泰山。』志在流水，鍾子期曰：『善哉，洋洋兮若江河。』伯牙所念，鍾子期必得之。子期死，伯牙謂世再無知音，乃破琴絕弦，終身不復鼓。」❸同志　志同道合者，《國語・晉語》：「同德則同心，同心則同志。」❹涕之無從二句　不知如何哭弔陸瑜，言語難以傳達心情。

【語譯】遺留的痕跡，餘下的詩文，觸目而落淚不止。斷弦擲筆，不再作文，但是悲酸遺恨揮之不去。因為與您志趣相投，便姑且再寫文敘說我的情懷。落淚不止，不知緣由，千言萬語，不盡心意。

【研析】從治國平天下的儒家倫理來看，陳後主是典型的亡國之君，與李後主、宋徽宗同歸於一類；單就藝術成就高低而論，他還比不了那兩位。但就事論事，不得不承認，他也是性情之人，於詩文音樂皆有所好，這份文才也很難得。在〈與詹事江總書〉這封不足四百字的書信裡，後主把他對亦臣亦友的陸瑜的一番真情，抒發得淋漓盡致。王國維評價李後主時說：「詞人者，不失其赤子之心者也。故生於深宮之中，長於婦人之手，是後主為人君所短處，亦即為詞人所長處。」（《人間詞話》）這個說法完全可以移用於陳後主身上。李後主的南唐小國，勢必擋不住大宋一統的歷史潮流，有為也罷，無為也罷，都是滅亡。陳後主就不一樣了，他的荒淫誤國是不可原諒的，某種程度上，亡國屬於咎由自取。所以，荒廢朝政，與一幫文學弄臣的詩酒酬唱，註定是悲劇性的。唐代史家朱敬則評之曰：「貴妃夾坐，狎客承筵。玉貌絳唇，咀嚼宮徵；花箋彩筆，吟詠煙霞。長夜不疲，略無醒日。」（〈陳後主論〉）朱敬則是把陸瑜、江總等文臣也一併包括批評的。

拋開歷史的因緣不談，在這封書信裡，陳後主所寫之情乃是肺腑之情，不可抑止。倘若為文造情，只是一般應酬文字，絕不會有這般椎心泣血之效果。歎服陸瑜的穎悟，敬佩亡友的學識，作者可謂心誠之語。陳後主和他的文友之間，早已消泯了君臣之間的界限，更像切磋詩文的密友。良辰美景之中，「對群山之參差，望巨波之滉瀁。或玩新花，時觀落葉；既聽春鳥，又聆秋雁」。如此場景，其樂何如？假如這不是一幫亡國君臣，切磋琢磨的氛圍，還真令人豔羨。當然，這一切又是轉瞬即逝，突然之間，玉折蘭摧，陸瑜的離去，猶如天地反覆。陳後主的情，陳後主的淚，便自然傾瀉而出了。

為王寬與婦義安主書

陳　伏知道

【題　解】王寬，琅琊臨沂人。官至司徒左長史侍中，王固子。義安主，即義安公主。本文是作者代王寬寫給義安公主的情書。

【作　者】伏知道，南朝梁陳之際詩人，平昌安丘（今屬山東）人。梁武康令伏挺之子，《梁書・文學列傳》載伏挺有子伏知命，當為伏知道兄。伏知道今存〈從軍五更轉〉，中有「三更夜驚新，橫吹獨吟春。強聽梅花落，誤憶柳園人」句，深情悲涼。

昔魚嶺逢車，芝田息駕，雖見妖嫿，終成揮忽❶。遂使家勝陽臺，為歡非夢；人慚簫史，相偶成仙❷。輕扇初開，欣看笑靨；長眉始畫，愁對離妝❸。猶聞徙佩，顧長廊之未盡；尚分行幰，冀迴陌之難回❹。廣攝金屏，莫令愁擁；恆開錦幔，速望人歸❺。

【章旨】寫夫妻好合勝過仙人，及新婚離別的情狀。

【注釋】❶昔魚嶺逢車四句　寫遇合神女的倏忽易逝。魚嶺逢車，用《搜神記》載三國時魏人弦超遇神女智瓊事，兩人初遇後，因故分離，五年後弦超路過濟北魚山下，重遇智瓊，同乘至洛，遂為室家，克復舊好。芝田息駕，語本曹植〈洛神賦〉「爾乃稅駕乎蘅皋，秣駟乎芝田」句。芝田，種植芝草之田，泛指仙境。息駕，停車休息。妖嫿，指豔麗美好的女子。揮忽，倏忽之間，表示時間短暫。❷遂使家勝陽臺四句　連用兩典，表示二人和合之樂好似神仙。陽臺，用宋玉〈高唐賦〉楚王夢遇巫山神女事，神女自薦枕席，去而辭曰：「妾在巫山之陽，高丘之阻，旦為朝雲，暮為行雨。朝朝暮暮，陽臺之下。」簫史，劉向《列仙傳》：「簫史者，秦穆公時人也。善吹簫，能致孔雀白鶴於庭，穆公有女，字弄玉，好之，公遂以女妻焉，日教弄玉作鳳鳴。居數年，吹似鳳聲，鳳凰來止其屋，公為作鳳樓，夫婦止其上，不下數年，一旦皆隨鳳凰飛去。」後以泛指郎君。❸輕扇初開四句　寫新婚燕爾，旋遇離別。輕扇初開，古代婚禮時新婦以扇遮臉，交拜後去之，《世說新語・假譎》載，溫嶠娶姑女，「既婚，交禮，姑女以手披紗扇，笑曰，固疑是此老奴，果如所疑」。長眉始畫，用漢張敞為婦畫眉事，謂夫妻恩愛，閨情旖旎。❹猶聞徙佩四句　想像妻子盼望自己歸來的場景。徙佩，行走時玉珮撞擊有聲。幰，車前帷幔。❺廣攝金屏四句　寫妻子愁狀。攝，收攏。金屏，屏風，按建造材料可分為金屏、銀屏、錦屏、畫屏、石屏、木屏、竹屏等。錦幔，窗前帷幔。

【語譯】舊傳濟北魚山遇見車馬，芝草之田停息座駕，雖然見到絕色美人，轉眼之間東西飄零。而我們卻能喜結良緣，便使家庭勝過陽臺，歡樂真實非夢；我人難比蕭史，相遇相合卻好似神仙。團扇初次移開，喜看如花笑靨；蛾眉才為你描畫，卻已是離別哀傷的妝容。彷彿仍然可以聽見步行玉珮撞擊聲音，長廊凝望，綿長悠遠；掀起車前帷幔離別的景象仍在眼前，道路迢遙，渺無影蹤。收攏金鈕屏風，不使愁緒擁聚；常開窗前帷幔，盼望行人快快歸來。

鏡臺新去，應餘落粉；熏爐未徙，定有餘煙❶。淚滴芳衾，錦花常濕；愁隨玉軫，琴鶴恆驚❷。已覺錦水丹鱗，素書稀遠；玉山青鳥，仙使難通❸。彩筆試操，香箋遂滿；行雲可託，夢想還勞❹。九重千日，詎憶倡家；單枕一宵，便如蕩子❺。當今照影雙來，一鸞羞鏡；弗使窺窗獨坐，嫦娥笑人❻。

【章旨】描摹情狀，極寫思念。

【注釋】❶鏡臺新去四句　想像妻子心有愁思的情狀。熏爐，熏香的爐子。❷淚滴芳衾四句　寫妻子愁思落淚，期望彈琴消愁，卻愁上加愁。玉軫，琴上的玉製弦柱，此處代指琴。鶴，即〈別鶴操〉，古琴曲名，《古今注》載，商陵牧子娶妻五年無子，父母為改娶，乃援琴為〈別鶴操〉。❸已覺錦水丹鱗四句　寫音信難通而漸少。錦水丹鱗，用古代鯉魚傳書事，古詩有「呼兒烹鯉魚，中有尺素書。」玉山，《山海經・西山經》：「玉山，西王母所居之處也。」青鳥，指信使，《山海經》：「又西二百二十里，曰三危之山，三青鳥居之。」郭璞注：「三青鳥主為西王母取食者，別自棲息於此山也。」❹彩筆試操四句　勞，憂愁辛勞，《詩・邶風・燕燕》：「實勞我心。」❺九重千日四句　表明自己對妻子的堅貞和自己離別的歉意。九重，指宮禁，此處代指京城，宋玉〈九辯〉：「君之門兮九重。」詎，豈。蕩子，指辭家遠遊、羈旅不返的男子，《文選・古詩》：「昔為倡家女，今為蕩子婦。蕩子行不歸，空牀難獨守。」❻當今照影雙來四句　表明自己歸家團聚的決心。一鸞羞鏡，《異苑》載，罽賓王有一鸞，三年不鳴，「懸鏡照之，鸞睹影，悲鳴沖霄，一奮而絕」。嫦娥笑人，讓嫦娥嘲笑女子孤獨，劉安《淮南子・覽冥訓》：「羿請不死之藥於西王母，姮娥竊以奔月，悵然有喪。」

【語　譯】鏡臺剛剛移開，還應留有掉落的脂粉；熏爐未曾取走，必定冒著嫋嫋的餘煙。落淚滴在芳衾，錦綢繡花常被打濕；別愁伴隨玉柱，〈別鶴〉琴曲讓人心驚。已覺錦水紅鯉，素絹書信稀少渺遠；玉山青鳥，仙人信使難以通達。試著拿起彩筆，飄香書箋便被寫滿；行雲可以託付，夢中念想仍堪勞苦。九重京城千日相聚，怎會去想倡家女子；單枕而眠只過一夜，便已如同不歸蕩子。必當照影成雙，孤單鸞鳥羞於照鏡；不讓窺窗獨坐，月中嫦娥取笑於你。

【研　析】昭明太子《文選》「雜擬」一門，輯錄陸機、張載、陶淵明、謝靈運等人的擬古詩作計六十三首。模擬的作品，多會在詩題加擬、學、紹、效、依、代、為等字眼，以示區別。標識代、為的，更多注重仿效他人聲口，切合其人身分情感，如庾信，如何遜，如本文作者伏知道。代筆者揣情擬物，努力做到口吻畢肖之外，尚需足夠的練達人情、生活體驗。庾信也好，何遜也好，伏知道也好，這幾位恰好具有這樣的經歷和能力，所以他們的代筆文章讀來完全不「隔」，卻使人感覺辭由己出，情由己出。

這篇書信，開頭以神仙事渺來反襯自己兩情相悅勝過陽臺如夢，但是世事無常，轉眼卻天涯阻隔。文章的妙處在於，把自己的思戀之痛拋在一邊，重在揣想妻子的愁狀。這也是後世詩文的常用手法，清人浦起龍談到杜甫〈月夜〉時所說「心已馳神到彼，詩從對面飛來」，另如「過盡千帆皆不是，斜暉脈脈水悠悠」、「誤幾回天際識歸舟」等皆是如此。想到妻子的苦苦思戀，「我」的痛苦便深入一層。清代學者李兆洛評價這封書信：「多緣情托興之作。……其言小，其旨淺，其趣博。往往托思於言表，潛神於旨裡，引情於趣外。是故小而能微，淺而能永，博而能檢。」《駢體文鈔》「當令照影雙來，一鸞羞鏡」懸想歸家之後，與妻子相擁鏡前，照影雙雙，重畫長眉，頗為動人。李商隱〈夜雨寄北〉「何當共剪西窗燭，卻話巴山夜雨時」，機杼類似。

復王少保書

陳　周弘讓

【題解】這是對王褒〈與周弘讓書〉一信的回覆，而文辭句多可參看。王少保，即王褒，字子淵，官太子少保，《北史》本傳載：「東宮既建，授太子少保，遷少司空，仍掌綸誥。乘輿行幸，褒常侍從。初，褒與梁處士汝南周弘讓相善，及讓兄弘正自陳來聘，帝許褒等通親知音問，褒贈弘讓詩並書焉。」王褒來信，訴說北地景況，勸慰老友珍重玉體，表達思歸之情。周弘讓接到來信，做了回覆。信中訴說與老友天涯阻隔之苦，回顧往昔相聚之樂，最後殷勤叮囑老友多多保重。

【作　者】周弘讓，約西元四九八年至五七七年間在世，南朝梁陳之際汝南安城（今河南汝南）人。出身世家，祖、父、叔父皆為高官。長兄周弘正官拜國子祭酒、尚書右僕射。早年不得志，曾隱居於句容之茅山，朝廷多次徵召不出。晚年值侯景作亂，為侯景中書侍郎，為人譏彈。梁元帝時為國子祭酒、仁威將軍。入陳，以白衣領太常卿、光祿大夫，加金章紫授。《陳書》稱其「性簡素，博學多通」。《南史》稱「弘讓善隸書」。存詩〈留贈山中隱士〉，曰：「行行訪名嶽，處處必留連。遂至一岩裡，灌木上參天。忽見茅茨屋，曖曖有人煙。一士開門出，一士呼我前。相看不道姓，焉知隱與仙。」論者以為有淵明之風。

甚矣悲哉，此之為別也。雲飛泥沈，金鑠蘭滅❶。玉音不嗣，瑤華莫因❷。家兄至自鎬京，致來書於窮谷❸。故人之跡，有如對面❹。開題申紙，流臉沾膝❺。

【章　旨】人既分別，音訊也無，見字如面，感慨不已。

【注　釋】❶雲飛泥沈二句　雲飛泥沈，指天上地下，比喻相隔遙遠。金鑠蘭滅，意思是堅貞的友誼也可能會因相隔遙遠而歸於寂滅，《易・繫辭上》：「二人同心，其利斷金，同心之言，其臭如蘭。」鑠，銷熔。❷玉

音不嗣二句　一別之後，再無音訊。玉音，音訊的美稱，曹植〈七啟〉：「將敬滌耳，以聽玉音。」瑤華，玉白色的花，用以對人詩文的美稱，《楚辭・九歌・大司命》：「折疏麻兮瑤華，將以遺兮離居。」❸家兄至自鎬京二句　弘讓兄周弘正於天嘉三年（西元五六二年）出使北周，探訪時為北周羈留的安成王陳頊，此指周弘正從長安返回，王褒托其帶書給周弘讓。鎬京，指長安，王褒所在。窮谷，荒僻的山谷，此指周弘讓所在。❹故人之跡二句　面對書信，就好比見到了老友。❺開題申紙二句　打開信封，展開信紙，淚流滿面，膝蓋為之沾濕。題，這裡指書札的封口，原指在封題書札的封口上簽押，班婕妤〈擣素賦〉：「書既封而重題，笥已緘而更結。」

【語　譯】多麼悲哀啊，這就是離別。如雲在天，如泥沉地，金塊銷熔，蘭香泯滅。美音不再繼續，玉花無從送達。家兄出使長安，才把你的信箋送至荒谷。故人手跡，見字如面。打開信封，展開信紙，淚流滿面，沾濕膝蓋。

江南燠熱，橘柚冬青；渭北沍寒，楊榆晚葉❶。土風氣候，各集所安❷。餐衛適時，寢興多福，甚善甚善❸。與弟分袂西陝，言反東區❹。雖保周陂，還依蔣徑❺。三荊離析，二仲不歸❻。麋鹿為曹，更多悲緒❼。丹經在握，貧病莫諧；芝朮可求，聊因采綴❽。

【章　旨】南北不同，仍需各安所安。

【注　釋】❶江南燠熱四句　南北氣候各自不同、差異很大，王褒來信有「舒慘殊方，炎涼異節，木皮春厚，桂樹冬榮」語。燠熱，悶熱。沍寒，閉寒，謂不得見日，極為寒冷，《左傳・昭公四年》：「其藏冰也，深山窮谷，固陰沍寒，於是乎取之。」杜預注：「沍，閉也。」晚葉，指很晚才長出葉子。❷土風氣候二句　風土氣候雖不同，希望能各安其所。集，鳥息於木謂之集，司馬相如〈喻巴蜀檄〉：「存撫天下，安集中國。」❸餐衛適時三句　希望老友合理安排食宿、調理身體。王褒來信有「想攝衛惟宜，動靜多豫」、「何其愉樂，幸甚幸甚」語。餐，吃飯。衛，調護。❹與弟分袂西陝二句　與你在荊州分別，回到了建康，梁承聖三年（西元五五四年）十一月，西魏攻克荊州，殺梁元帝，王褒俘入長安，周弘讓與周兄弘正東行返回建康。袂，衣袖。西陝，即陝西，指荊州，當時通以陝西稱荊州，文獻習見，如《世說新語・識鑒》：「王忱死，西鎮未定，朝貴人人有望。時殷仲堪在門下，雖局機要，資名輕小，人情未以方岳相許。晉孝武欲拔親近腹心，遂以殷為荊州。事定，詔未出，王珣問殷曰：『陝西何故未有處分？』殷曰：『已有人。』」東區，這裡指建康。言，語助詞，無義，《左傳・僖公九年》：「既盟之後，言歸於好。」❺雖保周陂二句　說自己擁有的歸處，王褒來信有「猶依杜陵之水，尚保池陽之田，鏟跡幽蹊，銷聲窮谷」語。周陂，《後漢書・周燮傳》：「有先人草廬結於岡畔，下有陂田，常肆勤以自給。」蔣徑，謝靈運〈田南樹園激流植援〉李善注引《三輔決錄》：「蔣詡，字元卿，隱于杜陵。舍中三徑，惟羊仲、求仲從之遊。二仲皆挫廉逃名。」周陂、蔣徑，後世常用來代指歸隱處所。❻三荊離析二句　兄弟親友分散零落。三荊，《藝文類聚》卷八十九中引述《孝子傳》：「古有兄弟，忽欲分異。出門見三荊同株，接葉連陰。歎曰：『木猶欣聚，況我而殊哉？』還為雍和。」二仲，指羊仲、求仲，代指朋友，見前蔣徑典。❼麋鹿為曹二句　麋鹿皆可結伴而處，與之相比更覺感傷。曹，同伴。❽丹經在握四句　說自己在家求道。丹經，煉丹之經書。諧，謂事情成功，這裡指生病。芝朮，靈芝和山薊，服之可養生，謝靈運〈曇隆誄〉：「茹芝朮而共餌。」采綴，採集。

【語譯】江南暖熱，橘柚冬日常青；渭北酷寒，楊榆晚發葉芽。風土氣候雖然不同，卻也都能各安其所。希望您依時就餐，調理身體，起居歇息，多有福氣，很好很好。與弟在陝西揮袖作別，返回東甌。雖然保有周燮的陂田，也仍遵依蔣詡的三徑。三荊兄弟分崩離散，二仲好友遠去不歸，日與麋鹿為伴，更添悲情愁緒。丹經握在手中，貧病不會相隨；靈芝山薊可求，姑且加以採集。

昔吾壯日，及弟富年，俱值邕熙，並歡衡泌❶。〈南風〉雅操，清商妙曲，弦琴促坐，無乏名晨❷。玉瀝金華，冀獲難老❸。不虞一旦，翻覆波瀾❹。吾已愒陰，弟非茂齒❺。禽尚之契❻，各在天涯。永念生平，難為胸臆❼。正當視陰數箭，排愁破涕❽。

【章旨】憶昔視今，胸臆難平，還當破涕為笑。

【注釋】❶昔吾壯日四句　回顧往昔與老友聚在一起相得甚歡的日子。邕熙，和洽興盛，荀勗〈舞曲歌辭．大豫舞歌〉：「時邁其仁，世載邕熙。」衡泌，語本《詩．陳風．衡門》「衡門之下，可以棲遲。泌之洋洋，可以樂饑」，衡門指橫木為門，泌指泉水，後以指簡陋的隱逸生活。❷南風雅操四句　一起彈琴歌詠。南風，相傳為舜時琴操曲，《禮記．樂記》：「昔者舜作五弦之琴，以歌〈南風〉。」無乏，沒有空度。名晨，指美好的時光。名，通「明」。❸玉瀝金華二句　服食仙藥，希望能夠長生不老。玉瀝金華，指道家宣揚的長生不老之藥，庾信〈周譙國公夫人步陸孤氏墓誌銘〉：「是以天屬之疾，遂成沉痼。玉瀝難開，金膏實遠。」倪璠注：「玉瀝，玉膏也。」《抱朴子．內篇．金丹》：「又附後丹法，以金華和丹乾瓦封之，蒸八十日，取如小豆，置盤中，向日和之，其光上與日連，服如小豆，長生矣。」❹不虞一旦二句　沒有料到轉眼之間時世變幻動盪。翻覆波瀾，陸機樂府詩：「休咎相乘躡，翻覆若波瀾。」❺吾已愒陰二句　王褒來信有「視陰愒日，猶趙孟之徂年」語。愒陰，荒廢光陰而時日不多，《左傳．昭公元年》載，趙孟視蔭曰：「朝夕不相及，誰能待五。」后子出而告人曰：「趙孟將死矣，主民，翫歲而愒日，其與幾何？」茂齒，年輕之時。❻禽尚之契　寫朋友間的情誼，王褒來信中「常懷五嶽之舉」也是禽、尚二人事。禽尚，即禽慶與尚長，嵇康〈高士傳〉載，尚長，字子平，禽慶，字子夏，二人相善，禽慶隱避不仕王莽，尚長通《易》、《老子》，兩人安貧樂道，有同好之契。❼永念生平二句　想起生平之事，胸臆難以平復。❽正當視陰數箭二句　當看著日影，數著漏箭，排解愁思，破涕為笑。視陰，見前注❺「愒陰」。箭，漏箭，計時之具，鄭玄《周禮注》：「漏之箭，晝夜共百刻，冬夏之間，有長有短。太史立成法，有四十八箭。」

【語譯】昔日我正壯歲，弟也正是年富，適逢和洽興盛的世道，一起為歡於陋室泉邊。〈南風〉這樣古雅的琴歌，清商那般清越的妙曲。弦琴相伴，緊靠而坐，未虛度美好時光。仙露金花，仙丹靈藥，用來企求長生不老。不料一日之內，波瀾起伏翻滾。我已虛度光陰，弟也不再年輕。禽慶、尚長一樣投契，卻天各一涯。常想到生平之事，胸臆實難平靜。正應當靜觀日影，計數漏箭，排愁解悶，破涕歡笑。

人生樂耳，憂戚何為❶？豈能遽悲次房，遊魂不返；遠傷金產，骸柩無托❷！但願愛玉體，珍金相，保期頤，享黃髮❸。猶冀蒼雁頳鯉，時傳尺素；清風朗月，俱寄相思❹。子淵子淵，長為別矣！握管操觚，聲淚俱咽❺。

【章　旨】不必多憂，應多求樂趣，保重身體，多通音信。

【注　釋】❶人生樂耳二句　意謂人生當追求快樂，不必憂愁。❷豈能遽悲次房四句　指不必悲歎自己的屍骸不能返歸故鄉，王褒來信有「所冀書生之魂，來依舊壤；射聲之鬼，無恨他鄉」，這幾句是對王褒的寬慰。遽，急促。次房，臨時息止之處，這裡指離鄉後的居所。金產，萬金產、千金產的省稱，這裡指王褒故鄉的產業。❸但願愛玉體四句　希望朋友保重身體，頤養天年，王褒來信有「年事遒盡，容髮衰謝，芸其黃矣，零落無時」語。玉體、金相，都是指身體，意思是金玉之質體。期頤，一百歲，《禮記・曲禮上》：「百年曰期頤。」黃髮，指長壽老人，老人頭髮由白轉黃。❹猶冀蒼雁頳鯉四句　希望書信往來，相思不斷。蒼雁頳鯉，書信傳遞者，《漢書・蘇武傳》：「教使者謂單于，言天子射上林中，得雁，足有係帛書。」古樂府《飲馬長城窟行》：「客從遠方來，遺我雙鯉魚。呼兒烹鯉魚，中有尺素書。」尺素，書信。清風二句，指以美景寄託相思之情，謝莊《月賦》有「隔千里兮共明月」句。❺子淵子淵四句　握筆寫信，聲淚俱下。子淵，王褒的字。握管操觚，指寫作。管，指毛筆。操觚，手持寫字用的木簡，陸機〈文賦〉：「或操觚以率爾，或含毫而邈然。」

【語　譯】人生就是追求歡樂，何必憂傷悲戚？豈能眼前為客居他鄉而悲傷，擔心遊魂無法返回家鄉，長遠又擔心萬金家產，骸骨棺柩無所依託！唯願保重玉體，珍愛金身，保百歲長命，享黃髮高壽。仍盼蒼雁紅鯉，不時傳來尺素書信，清風朗月，一併寄託相思之情。子淵子淵，長別了啊！握筆持簡，聲淚嗚咽。

【研析】寧為太平犬，不做亂離人。這是古往今來多少沉痛人生的回聲。六朝是歷史上典型的亂世。生逢其時，誰能好過？周弘讓的這封給朋友的覆信，自始至終，字字句句，彌漫著悲涼至骨的情緒。面對朋友的遠方來信，面對天涯阻隔、家國破敗的亂局，從何說起，又如何訴說？文字在冷酷的現實面前，總顯得蒼白無力。朋友的傷痛，是幾句安慰的話語能撫平的？

信的開端，「甚矣悲哉」，就定下了全文悲涼的基調。天涯阻隔，音訊難通。沒成想家兄長安歸來，帶來了好友的一封書信，悲喜交集，老淚縱橫。情感似亂麻，難以言說。雖然江南也不平靜，但相較而言，自己的境遇比遠離故國的王褒好多了。安慰的話語，明知綿軟無力，還是不能不說：保重身體，自求多福。接著，回顧往昔的詩意歲月，曾經有過的美好時光，「昔吾壯日，及弟富年，俱值邕熙，並歡衡泌。南風雅操，清商妙曲，弦琴促坐，無乏名晨」，承平之時，年少翩翩，彈琴詠歌，其樂何如。而人生的痛楚莫過於此：年紀老大，友朋如飛絮，家國似飄蓬，人生至此，有何樂趣？但是，作者轉念一想，一味地悲歎於事無補，徒然增加朋友的掛慮，於是，在信的末尾，還要強顏歡笑，寬人亦自寬，「人生樂耳，憂戚何為」，還是多多保重，多多開懷。我們還有魚雁傳書，還有「清風朗月，俱寄相思」。勸慰的言語背後還是綿綿不盡的痛楚啊。

這封書信，多以四字句構成，整飭流利，讀來爽口悅耳。「雲飛泥沈，金鑠蘭滅。玉音不嗣，瑤華莫因」，書信開頭即以工整的對句出現，音韻和諧。典故的運用也很純熟，自然暢達，言約義豐。「雖保周陂，還依蔣徑。三荊離析，二仲不歸」，連用多個典故，也沒有臃腫拖遝之感。周陂、蔣徑，三荊、二仲，兩兩相對，自然天成。

與陽休之書

北魏　祖鴻勳

【題　解】這是一封勸友人棄官歸隱的書信。陽休之，字子烈，右北平無終（今天津市薊縣）人。歷魏、齊、周、隋，北齊時三為中書監，除正尚書右僕射，隆化還鄴，封陽休之燕郡王。陽休之外似疏放，內實謹厚，俊爽有風概，好學愛文藻，時人曰「能賦能詩陽休之」。祖鴻勳棄官返鄉時，寫下本文給陽休之。

【作　者】祖鴻勳，涿郡范陽（今河北定興南）人。父慎，仕魏，歷雁門、咸陽太守，政有能名。《北史·文苑傳》載，祖鴻勳弱冠時與同郡盧文符並為州主簿，僕射、臨淮王元彧表薦其文學，除奉朝請，後為防河別將，守滑臺以禦葛榮，為元徽奏為司徒法曹參軍，轉廷尉正，棄官返鄉。後復為官，位至高陽太守，文宣帝天保初（約西元五五〇年）卒官。在官清素，妻子不免寒餒，時議高之。

陽生大弟：吾比以家貧親老，時還故郡❶。在本縣之西界，有雕山焉。其處閑遠，水石清麗，高岩四匝，良田數頃❷。家先有野舍於斯，而遭亂荒廢，今復經始❸。即石成基，憑林起棟。蘿生映宇，泉流繞階❹。月松風草，緣庭綺合；日華雲實，旁沼星羅❺。檐下流煙，共霄氣而舒卷；園中桃李，雜松柏而蔥蒨❻。時一褰裳涉澗，負杖登峰。心悠悠以孤上，身飄飄而將逝，杳然❼不復自知在天地間矣。若此者久之，乃還所住。孤坐危石，撫琴對水；獨詠山阿，舉酒望月❽。聽風聲以興思，聞鶴唳以動懷❾。企莊生之逍遙，慕尚子之清曠❿。首戴萌蒲，身衣縕襏，出藝粱稻，歸奉慈親⓫。緩步當車，無事為貴⓬。斯已適矣，豈必撫塵哉⓭。

【章旨】作者故郡別業，修葺一新。動靜之間，極林泉之樂。

【注釋】❶吾比以家貧親老二句　比，近來。故郡，指作者的家鄉涿郡范陽一帶。❷其處閑遠四句　閑遠，安靜僻遠，《宋書・隱逸傳論》：「岩壑閑遠，水石清華。」匝，環繞。❸家先有野舍於斯三句　家先，指祖上，祖輩。野舍，別墅；別業。經始，修繕整治，《詩・大雅・靈臺》：「經始靈臺，經之營之。」❹即石成

基四句　即石，就著山石。憑林，靠近山林。映宇，映照屋宇。❺月松風草四句　緣庭綺合，繞著庭院四處生長。緣，沿著；繞著。綺，絲織品，此處比喻花草美麗。日華雲實，日光中的花，霧氣中的果實。華，通「花」。旁沼星羅，傍著池沼為星羅列。旁，傍的古字，靠著。星羅，像星星一樣羅列，形容多。❻檐下流煙四句　蔥蒨，青翠豔麗，江淹〈池上酬劉記室〉：「蔥蒨亙華堂，葐蒀雜綺樹。」❼杳然　深遠的樣子。❽孤坐危石四句　危石，高聳的巨石。山阿，山的曲折之處，《楚辭・山鬼》：「若有人兮山之阿，被薜荔兮帶女蘿。」❾聽風聲以興思二句　鶴唳，鶴的叫聲，《晉書・陸機列傳》：「陸機軍敗，宦人孟玖譖機於穎，言機有異志。穎使秀密收機。機釋戎服，著白帢，與秀相見，神色自若。因與穎箋，詞甚悽惻。既而歎曰：『華亭鶴唳，豈可復聞乎！』遂遇害於軍中。」❿企莊生之逍遙二句　莊生，莊子，道家思想的代表，著有〈逍遙遊〉等。尚子，即尚長，字子平，《後漢書・逸民傳》載，向長（即尚長）「隱居不仕，性尚中和，好通《老》《易》……與同好北海禽慶俱遊五嶽名山，竟不知所終」。清曠，清雅疏曠。⓫首戴萌蒲四句　萌蒲，即竹笠。緼襏，亂麻做的蓑衣，緼指亂麻，襏是蓑衣之類，《國語・齊語》：「首戴茅蒲，身衣襏襫，沾體塗足，暴其髮膚，盡其四支之敏，以從事於田野。」藝，種植。⓬緩步當車二句　典出《戰國策・齊策》「斶願得歸，晚食以當肉，安步以當車，無罪以當貴，清靜貞正以自虞」句。⓭斯已適矣二句　撫麈，六朝清談，必執麈尾，後相沿成習，遂為名流雅器。麈，亦名駝鹿，俗稱四不像。「撫麈」又作「撫塵」，指少年交好。

【語　譯】陽生大弟：我近來因家中貧困親人年老，時常返還故郡。在本縣的西境，有一座雕山。那地方偏遠靜謐，水流山石清澈秀麗，高崖四面環繞，中有良田數頃。我家祖輩有一別墅在此，遭逢亂世，荒蕪頹圮，而今又加整治修繕。就著山石形成地基，靠近山林架起屋梁。女蘿濃密，照映屋宇，泉流淙淙，環繞臺階。月中蒼松，風下綠草，環繞庭院，如錦綺會合。日下花卉，霧中果實，靠著池沼，如繁星羅列。檐下炊煙流動，和雲氣一起舒卷；園中夭桃穠李，與松柏一樣蔥蘢。時而牽衣涉水，拄杖登山。心神悠悠而獨升，身形飄飄如仙逝，深遠浩渺不自知在天地之間了。凝神良久，便還所住。孤坐於高岩，撫琴對水，獨詠於山阿，舉酒望月。傾耳山風，興起情思；聽到鶴鳴，激動情懷。嚮往莊子的逍遙，景慕尚子的清曠。頭戴竹笠，身著蓑衣，出則栽種稻粱，歸則侍奉雙親。緩步以當車，無事以為貴。這已經很愜適，又何必交遊名流。

而吾子既繫名聲之韁鎖，就良工之剞劂❶。振佩紫臺之上，鼓袖丹墀之下❷。采金匱之漏簡，訪玉山之遺文，敝精神於《丘》《墳》，盡心力於河漢❸。摛藻期之鞶繡，發議必在芬芳❹。茲自美耳，吾無取焉❺。嘗試論之：夫昆峰積玉，光澤者前毀；瑤山叢桂，芳茂者先折❻。是以東都有掛冕之臣，南國見捐情之士❼。斯豈惡粱錦，好蔬布哉，蓋欲保其七尺，終其百年耳❽。

【章　旨】寫官場之辛苦危險，表明觀點並分析原因。作者山林安樂與官銜危苦適成比照。

【注　釋】❶而吾子既繫名聲之韁鎖二句　吾子，敬愛之稱，一般用於男子之間，《左傳・隱公三年》：「吾子其無廢先君之功。」韁鎖，即韁繩和枷鎖，班嗣〈報桓譚書〉：「吾子已貫仁義之羈絆，繫名聲之韁鎖，伏周孔之軌躅，馳顏閔之極摯。」良工，能工巧匠，此以良工治物借指朝廷御人，《尸子・分》：「良工之馬易御也，聖王之民易治也。」剞劂，刻鏤的刀具，《楚辭・哀時命》「握剞劂而不用兮，操規矩而無所施。」洪興祖引應劭曰：「剞，曲刀；劂，曲鑿。」❷振佩紫臺之上二句　描繪為官之貌。佩，本指繫於衣帶的裝飾品，如佩綬、玉佩之類，此指朝服上的飾物。紫台，紫宮，指皇宮。丹墀，指宮殿的赤色臺階、地面，張衡〈西京賦〉：「右平左城，青瑣丹墀。」❸采金匱之漏簡四句　金匱，銅製的櫃，古時用以收藏文獻或文物，引申為朝廷收藏典籍和機要文件的文庫，《漢書・高帝紀》：「與功臣剖符，作丹書鐵契，金匱石室，藏之宗廟。」漏簡，指遺佚的典籍。簡，即竹片，是紙張通用前的主要書寫材料。玉山，《穆天子傳》曰：「至於羣玉之山，四徹中繩，先王之所謂策府。」郭璞注：「策府，言往古帝王以為藏書冊之府。」原指神仙居所，此指藏書冊處。敝精神，耗費心力。《丘》、《墳》，代指古代典籍，傳說上古有《三墳》、《五典》、《八索》、《九丘》等書。河漢，指黃河與漢水，喻博大精深之文，漢代王充《論衡・案書》：「漢作書者多，司馬子長、揚子雲，河漢也，其餘涇渭也。」《論衡・定賢》又謂其文「文如錦繡，深如河漢」。❹摛藻期之鞶繡二句　謂寫文章竭盡心力，期望文辭精美。摛藻，鋪陳辭藻，指作文。鞶繡，錦繡腰帶，喻文辭絢麗華美，漢揚雄《法言・寡見》：「今之學也，非獨為之華藻也，又從而繡其鞶帨。」劉勰《文心雕龍・序志》：「飾羽尚畫，文繡鞶帨，離本彌甚，將遂訛濫。」鞶，指男子束衣的腰帶。❺茲自美耳二句　謂這些你自以為美，我卻不以為然，語本《莊子・山木》「其美者自美，吾不知其美也」。茲，此。自美，自以為美，《楚辭・遠游》：「內欣欣而自美兮，聊媮娛以自樂。」❻嘗試論之五句　嘗試，試行，《孟子・梁惠王上》：「我雖不敏，請嘗試之。」昆峰，指昆侖山，多產美玉。瑤山，泛稱產玉之山。❼是以東都有掛冕之臣二句　東都，洛陽。掛冕之臣，指棄官之人，用東漢逢萌的典故，《後漢書・逸民傳》載，逢萌曾為亭長，後解冠掛東都城門而歸。掛，許槤原刻本作「珪」，據文意改。捐情之士，拋開世俗之情的術人，此指葛洪，《晉書》本傳載，葛洪以將兵都尉平張昌、石冰事，授伏波將軍，而葛洪「不論功賞」，後賜爵關中侯，多有舉薦，葛洪一無所受，「在山積年，優游閒養，著述不輟」。

❽斯豈惡粱錦四句　粱錦，指精美的食物和錦繡的服飾，喻指奢華的生活。七尺，指身軀，人身長約當七尺，故稱，《荀子・勸學篇》：「口耳之間，則四寸耳，曷足以美七尺之軀哉。」百年，指人壽百歲，《禮記・曲禮上》：「百年曰期。」

【語　譯】而你已繫上名聲的韁繩枷鎖，接受工匠的刀具刻鏤。紫臺之上振動玉佩，丹墀之下揮舞衣袖。採集金匱石室漏編的竹簡，尋訪玉山策府遺收的典籍。耗費精神於《九丘》、《三墳》這一類的要典，竭盡心力在黃河漢水般精深的文辭。鋪采摛藻期望華麗如錦繡腰帶，闡發議論必求芬芳似蘭草橘柚。這是自美其美，我以為無足取。試著論述如下：昆侖之巔盛產美玉，光華耀眼的先被毀滅，瑤山之上桂樹叢密，芳香襲人的先被折斷。是以東都有掛冠而去的臣子，南國就有捨棄世情的術人。這難道是厭惡稻粱錦繡，喜歡菜蔬粗服嗎，只是想保全七尺之軀，終其百年之壽罷了。

今弟官位既達，聲華❶已遠。象由齒斃，膏用明煎❷。既覽老氏谷神之談，應體留侯止足之逸❸。若能翻然清尚，解佩捐簪，則吾於茲山，莊可辦一❹。得把臂入林，掛巾垂枝；攜酒登巘，舒席平山❺。道素志，論舊款，訪丹法，語兀書❻。斯亦樂矣，何必富貴乎？去矣陽子，途乖趣別❼。緬尋此旨，杳若天漢❽。已矣哉，書不盡意❾。

【章旨】再加規勸，想像同遊之樂。

【注釋】❶聲華　美好的名聲。❷象由齒斃二句　象由齒斃，語本《左傳・襄公二十四年》「象有齒以焚其身，賄也」句。膏用明煎，語本阮籍〈詠懷詩〉「膏火自煎熬」句。膏，油脂。用，以；因為。❸既覽老氏谷神之談二句　老氏，即老子李耳。谷神之談，《老子》有「谷神不死」句，司馬光《道德真經論》：「中虛故曰谷，不測故曰神，天地有窮而道無窮，故曰不死。」留侯止足之逸，留侯即謀臣張良，多有奇計，助劉邦平天下，漢六年（西元前二〇一年）封留侯，蕭何為相國，張良乃稱曰：「今以三寸舌為帝者師，封萬戶，位列侯，此布衣之極，於良足矣。願棄人間事，欲從赤松子遊耳。」見《史記・留侯世家》。止足，知止知足，《老子》：「知足不辱，知止不殆，可以長久」。❹若能翻然清尚四句　期望朋友醒悟。翻然，同「幡然」。清尚，清白高尚，《三國志・楊戲傳》：「尚書清尚，勑行整身。」解佩，解除朝服上的佩綬，謂脫去朝服而辭官。捐簪，棄官，簪是官帽飾品，代指官位。❺把臂入林四句　寫一同歸隱之樂。把臂入林，《世說新語・賞譽》：「謝公道：『豫章若遇七賢，必自把臂入林。』」巘，小山。❻道素志四句　舊款，舊情。元書，即玄書，清代避康熙玄燁之諱而改，指道家談玄論道之書。❼途乖趣別　謂道路不同，志趣有別。❽緬尋此旨二句　緬，盡貌。尋，考索。天漢，天河，《詩・小雅・大東》：「維天有漢，監亦有光。」《毛傳》：「漢，天河也。」❾書不盡意　書信結尾習用語，謂書信、文辭無法充分表達言語、意思，語本《易・繫辭》「書不盡言，言不盡意」句。

【語譯】現在你已經官位顯達，名聲遠播。大象因牙齒珍貴而斃命，膏油因能照明而殞身。既已閱讀老子谷神中虛至理，應當效法留侯知止知足的逸致。若能幡然醒悟清白高尚，解除佩綬捨棄帽簪，則我在此山，別墅可置辦一幢。得以把臂入林，掛巾於低垂的枝頭，攜酒登山，鋪席在平坦的山巔。敘說平素志向，暢論舊日之情，遍尋靈藥丹法，晤談玄理之作。這也是人生樂趣，何必富貴呢？陽子已經離我而去，道途不同，志趣迥異，遍求此意，遠若銀河。罷了罷了，文辭書信說不盡我的意思。

【研析】政教嚴切的環境下，退隱是一件奢侈的事，而以退隱相號召，卻仍是可以做的開心事。讀這封言出肺腑、情真意切的書信，心中未免好奇，陽休之接到書信之後，有何反應。陽休之為吏部尚書，多識故事，諳悉氏族，有所選用，無不人地俱允，然性本簡率平坦，不樂煩職，典選稍久，常謂人曰：「此官實自清華，但煩劇，妨吾賞適，真是樊籠矣。」看來，陽休之也不是那種不識風月的人。

家鄉的雕山，未必真是佳山水，祖鴻勳也不是故意塗飾。一者情意濃，一者文筆好，珠聯璧合，字字句句便有搖盪心旌的效力。「其處閑遠，水石清麗，高岩四匝，良田數頃」，起初之描繪筆觸閒淡，輕輕勾勒，已撩撥起讀者的心弦。之後的繁筆寫真，句句繪景，句句成詩。「蘿生映宇，泉流繞階」、「簷下流煙，共霄氣而舒卷；園中桃李，雜松柏而葱蒨」，平常風景，卻成畫卷。時而整飭四言，時而四六對舉，參差錯落，節奏和諧，令人驚歎生花妙筆。

好山好水看不足，閒情閒心寫不盡。「孤坐危石，撫琴對水；獨詠山阿，舉酒望月」再現出與世無爭的隱者形象。「緩步當車，無事為貴」，畫出自己無意功名富貴、瀟灑出塵的神仙姿態。這一切意在與陽休之的官場生活對照，為勸導陽生歸隱山林做好鋪墊。

文章接著敘寫陽生官場生涯：汲汲於名利，勞心於案牘，單調一律，無滋無味。「振佩紫台之上，鼓袖丹墀之下」，表面上風光無限，內裡的辛酸痛苦，卻只有自己知道。在作者看來，這些關於功名利祿的追逐，不過是浮雲，不但沒有價值，還可能成為人生的禍根。「象由齒斃，膏用明煎」，這是歷史上不斷上演的悲劇。如果不能及時抽身，恐怕還會鑄成人生悲劇。出於朋友之間的情誼，作者勸導陽生「迷途知返」，及早返歸山林田園，還可享受朋友切磋琢磨的樂趣。

作者以清麗的文筆，殷切的情誼，寫景狀物，逼真生動，文辭華美，輕靈飄逸，引人林泉之想。發言議論，直指要害，寥寥數筆，寫盡官場的壓抑和窒礙。林泉宦海，恰如天壤之別，不由得不為心動。文章層層推進，以情動人，以理服人。對仗整飭工穩，聲韻悠揚，言辭懇切，情思綿密，堪稱駢文中的佳品。

與周弘讓書

北周　王褒

【題解】西魏攻克江陵，王褒被拘送長安，後入北周，梁處士汝南周弘讓兄弘正自陳來聘，王褒給周弘讓寫了這封信。參見〈復王少保書〉題解及作者介紹。

【作者】王褒，字子淵，祖籍琅琊臨沂（今屬山東），曾祖王儉，為南齊侍中、太尉，祖騫、父規，皆知名。王褒識量淵通，志懷沉靜，美風儀，善談笑，博覽史傳，尤工屬文。梁武帝時，官至秘書丞。簡文帝時，遷安成郡守。元帝平侯景，拜為侍中，累遷吏部尚書、左僕射，甚見寵遇。入北周後，頗受優遇，歷仕明帝、武帝，累遷太子少保、小司空，出為宜州刺史，卒於任。王褒詩文在梁時多華麗，歷戰亂，經沉浮，遂多悲涼之氣，蒼茫渾厚，筆力遒勁。明人輯有《王司空集》。

嗣宗窮途，楊朱岐路❶。征蓬長逝，流水不歸❷。舒慘殊方，炎涼異節❸。木皮春厚，桂樹冬榮❹。想攝衛惟宜，動靜多豫❺。賢兄入關，敬承款曲❻。猶依杜陵之水，尚保池陽之田，鏟跡幽蹊，銷聲窮谷❼。何其愉樂，幸甚幸甚！

【章旨】弘讓兄周弘正來到長安，告知了朋友近況，表示欣慰。

【注釋】❶嗣宗窮途二句　嗣宗，阮籍的字，《晉書·阮籍列傳》：「時率意獨駕，不由徑路，車跡所窮，輒慟哭而反。」楊朱，《列子·說符》載，楊朱鄰人因「歧路之中又有歧焉，吾不知所之」而亡羊，楊子為之戚然變容，不言者移時，後來心都子明白了楊朱變容默然的原因是，「大道以多歧亡羊，學者以多方喪生，學非本不同，非本不一，而末異若是。」❷征蓬長逝二句　以征蓬、流水自喻入北而不還。征蓬，猶「飄蓬」，比喻飄泊的旅人。❸舒慘殊方二句　寫入北後節氣有異，甘苦不同。舒慘，舒適、悲慘兩種境遇。殊方，地域不同。❹榮　開花。❺想攝衛惟宜二句　攝衛，保養身體。動靜，指起居作息。豫，安樂。❻賢兄，指周弘讓之兄周弘正。款曲，誠摯殷勤的心意，漢秦嘉〈留郡贈婦〉：「念當遠別離，思念敘款曲。」❼猶依杜陵之水四句　複述周弘正告知的弘讓情形。杜陵，漢張仲蔚、蔣詡隱居於杜陵，杜陵治所在今陝西西安。池陽之田，《漢書・溝洫志》載，趙中大夫白公引水溉田四千餘頃，民歌之曰：「田於何所？池陽谷口。」池陽，漢置縣名，治所在今陝西涇陽。鏟跡，銷聲匿跡。

【語譯】嗣宗窮途慟哭，楊朱歧路而返。征蓬永遠飄逝，流水不得復歸。舒適悲慘，地域不同，炎熱清涼，節氣有異。樹皮春日仍然粗厚，桂樹臨冬方才開花。想你養護得當，起居安樂。賢兄來到關中，承蒙誠摯殷勤。得知你已隱居，如蔣詡隱於杜陵之水，也仍保有池陽之田，滅跡於幽溪，銷聲於深谷，何其快樂，幸甚幸甚！

弟昔因多疾，亟覽九仙之方；晚涉世途，常懷五嶽之舉❶。同夫關令，物色異人；譬彼客卿，服膺高士❷。上經說道，屢聽玄牝之談❸；中藥養神，每稟丹砂之說。頃年事遒盡，容髮衰謝，芸其黃矣，零落無時❹。還念生涯，繁憂總集❺。視陰愒日，猶趙孟之徂年；負杖行吟，同劉琨之積慘❻。河陽北臨，空思鞏縣；霸陵南望，還見長安❼。所冀書生之魂，來依舊壤；射聲之鬼，無恨他鄉❽。

【章旨】寫漸入衰老之境，身寄異鄉，唯求能夠落葉歸根。

【注釋】❶弟昔因多疾四句　亟覽，多次搜尋。九仙之方，指道家的養生術，滑子隱宕山，受伯陽九仙法，漢代淮南王劉安得其文而不解其旨，見《列仙傳》。五嶽之舉，漢代隱士向長與禽慶同遊五嶽不知所終，見《後漢書・向長傳》。❷同夫關令四句　同夫二句，《列仙傳》載，周大夫關令尹喜，隱德修行，老子西遊，尹喜見其氣，知有真人當過，「候物色而跡之」，果得老子，《列仙傳》又有「關令尹喜望見有紫氣浮關，而老子果乘青牛而過也」。關令，指尹喜。物色，指雲氣的形狀。客卿，指燕國人蔡澤，積久不遇，唐舉為他相面，後功名富貴果如所言，見《史記・范雎蔡澤列傳》。❸上經說道二句　上經，上等的經書，此指《道德經》。玄牝之談，《道德經》有「谷神不死，是謂玄牝，玄牝之門，是謂天地根」句，蘇轍解：「玄牝之門，言萬物自是出也，天地自是生也。」❹頃年事遒盡四句　頃，近來。遒盡，迫近於盡頭，《楚辭・九辯》：「歲忽忽而遒盡兮，恐餘壽之弗將。」朱熹集注：「遒，迫也，盡也。」芸其黃矣，借用《詩・小雅・苕之華》「苕之華，芸其黃矣」成句，《正義》曰：「陵苕之英華，本紫赤而繁多，至今亦芸然，其色黃而衰矣。」本文中的芸可以理解為芸草，黃理解為衰黃，與《詩》原句意思不同。零落，凋零，《楚辭・離騷》：「惟草木之零落兮，恐美人之遲暮。」王逸注：「零、落，皆墮也。草曰零，木曰落。」無時，隨時；不定時。❺總集　匯總聚集。❻視陰愒日四句　視陰愒日二句，見《左傳・昭公元年》，秦大夫后子與趙孟論君主無道與亡國事，后子以為「國無道而年穀和熟，天贊之也，鮮不五稔」，趙孟視蔭曰：「朝夕不相及，誰能待五。」后子出而告人曰：「趙孟將死矣，主民，翫歲而愒日，其與幾何？」趙孟在這裡是以日景自喻，故言朝夕不相及，誰能待五。愒日，虛度時日。徂年，猶「流年」。負杖二句，見劉琨〈答盧諶書〉，中有「塊然獨立，則哀憤兩集；負杖行吟，則百憂俱至」句。劉琨，字越石。❼河陽北臨四句　河陽，今河南孟縣，西晉潘岳曾任河陽令。臨，蒞止。鞏縣，潘岳生於河南鞏縣（今河南鞏義）。霸陵，漢文帝劉恆墓，在長安東北。❽所冀書生之魂四句　謂希望能葬於故土，此用班超事。班超，字仲升，家貧常為官傭書以供養，嘗投筆歎曰：「大丈夫無他志略，猶當效傅介子、張騫，立功異域，以取封侯，安能久事筆研間乎？」超後久使西域，自以久在絕域，年老思土，上疏求歸，有「太公封齊，五世葬周，狐死首丘，代馬依風」、「遠處絕域，小臣能無依風首丘之思哉」、「臣不敢望到酒泉郡，但願生入玉門關」等言，超妹昭亦上書請超，帝感其言，乃徵超還，超至洛陽，拜為射聲校尉，見《後漢書・班梁傳》。書生，用班超早年抄寫為生事，指向自己。射聲，班超歸洛陽，拜射聲校尉，射聲指聞聲射而能中。

【語譯】我昔時因身多疾病，遍尋伯陽九仙的妙方；而後步入仕途，常懷同遊五嶽的念頭。同關令尹喜一樣，據雲氣知真人將過；像客卿蔡澤一般，衷心欽慕相人的高士。上等經書述說天道，屢次聽聞玄牝根源的言論；中等藥物保養精神，一直稟服丹砂延壽的說法。近來年事已高，容顏衰老，黃髮漸稀，芸草衰黃，隨時凋零。回顧平生，憂愁匯集。看著樹蔭虛度時光，如趙孟一般概歎光陰流逝；拄著木杖邊行邊吟，像劉琨一樣悲痛累積。北至河陽為令，徒然思念故鄉鞏縣；霸陵向南眺望，尚可見到長安。所希望的是能如抄寫為生的班超一般，雖久在絕域，終究還至洛陽拜為射聲校尉，他的靈魂得以依附故土，不必為飄零於異鄉而抱恨。

白雲在天，長離別矣❶。會見之期，邈無日矣。援筆攬紙，龍鍾❷橫集。

【章旨】相見無期，痛何如之。

【注釋】❶白雲在天二句 《穆天子傳》載，天子觴西王母於瑤池之上，西王母為天子謠，曰：「白雲在天，丘陵自出。道里悠遠，山川間之。將子無死，尚能復來。」「長離別矣」與「尚能復來」形成比對。❷龍鍾 涕淚沾濕貌，蔡邕《琴操·信立退怨歌》：「紫之亂朱，粉墨同兮，空山歔欷，涕龍鍾兮。」

【語譯】白雲在天，長久離別了。會面之日，遙遙無期。執筆持紙，老淚縱橫。

【研析】王褒的〈與周弘讓書〉，是一篇淒苦的告白。世家大族，南梁高官，「一旦歸為臣虜」，雖然西魏、北周仍以為座上賓，終是天壤雲泥。朋友私信，最能掏出真心，端出實情。「渭北春天樹，江東日暮雲」，分隔千里，漂泊異鄉，到了政教嚴切的北方，才更加體會到「韱跡幽蹊，銷聲窮谷」的幸運，便更容易想起早年「亟覽九仙之方」、「常懷五嶽之舉」的心思。不管話怎麼說，回到現實的處境裡，王褒還是清醒的，畢竟老境已至，時日無多。平生的宏願大志盡付東流，唯一的願望葉落歸根，不願埋骨異鄉。心知這可能只是一種奢望，但筆下還是順流而出。許槤評「河陽北臨」以下八句「酸淒入骨，情何以堪」。「援筆攬紙，龍鍾橫集」，真不是套話。

用典，是駢文的一大特色，並非本文的專屬。但不得不說，王褒是詩文大家，閱歷豐厚，見聞又多，才華特出，驅遣典故嫻熟自如。書信開頭，「嗣宗窮途，楊朱岐路。征蓬長逝，流水不歸」，用語簡潔，用意豐富。有明用，如嗣宗、楊朱，典型傳神，有化用，如征蓬、流水，自然貼切。文末，情到濃處，典故接踵而至。「視陰愒日，猶趙孟之徂年；負杖行吟，同劉琨之積慘。河陽北臨，空思鞏縣；霸陵南望，還見長安。所冀書生之魂，來依舊壤；射聲之鬼，無恨他鄉。」

句句用典，語語含情，並不給人疊床架屋之感。現代學者劉永濟說：「故用典所貴，在於切意。」《文心雕龍校釋》聯繫王褒用典，誠為的論。老年心境，漂泊之身，趙孟、劉琨、潘岳、班超等等，排闥而來，似乎不如此就難以傳達是時心境。聯翩而來，卻無堆疊之感。杜甫評價庾信「文章老更成」，王褒也是如此。

為梁上黃侯世子與婦書

北周　庾信

【題解】「梁上黃侯世子」指南朝梁上黃侯蕭曄的嫡長子蕭慤，字仁祖，蘭陵（今江蘇常州西北）人。天保中由梁入北齊，工於詩詠，〈秋思〉有「芙蓉露下落，楊柳月中疎」句，為顏之推知賞，推為「蕭散」、「宛然在目」（《顏氏家訓》）。這是庾信為蕭慤代寫的情書。

昔仙人導引，尚刻三秋；神女將梳，猶期九日❶。未有龍飛劍匣，鶴別琴台，莫不銜怨而心悲，聞猿而下淚❷。人非新市❸，何處尋家；別異邯鄲❹，那應知路？想鏡中看影，當不含啼，欄外將花，居然俱笑，分杯帳裏，卻扇床前❺。故是不思，何時能憶？當學海神，逐潮風而來往；勿如織女，待填河而相見❻。

【注釋】❶昔仙人導引四句　謂仙人也以離別為意，期以時日。仙人導引，用神仙杜蘭香與張傳事，杜蘭香出薯蕷子三枚令傳盡食，可辟寒溫，不畏風波，自述本當作妻，「以年命未合，且小乖」，遂約定「太歲東方卯，當還求君」，見干寶《搜神記》。導引，導氣引體的養生術，西漢有「導引圖」。神女將梳，用《搜神記》載三國時魏人弦超遇神女智瓊事，兩人初遇後，因故分離，五年後弦超路過濟北魚山下，重遇智瓊，同乘至洛，遂為室家，克復舊好，後來行跡漸疏，僅於三月三日、五月五日、七月七日、九月九日、旦十五日來，這裡指智瓊行跡漸疏。梳，疑作疏，疏遠。❷未有龍飛劍匣四句　謂物或人亦以離別為悲。龍飛劍匣，寫劍的離別重逢，《豫章記》載，張華、雷煥於豐城觀氣掘地得一玉匣，中有龍淵、太阿二劍，雷留太阿而進龍淵於張，後張遇害，其劍飛入襄城水中，雷煥亡後，其子雷爽經淺瀨，太阿忽於腰中躍出，入水乃變為龍，與另一龍相隨而逝。鶴別琴台，《琴操》載，商陵牧子娶妻無子，父母將改娶，牧子援琴鼓之，痛恩愛乖離，故曰〈別鶴操〉。銜怨，心懷怨恨。聞猿而下淚，酈道元《水經注．江水》謂三峽有「高猿長嘯，屬引淒異，空谷傳響，哀轉久絕」，故漁者歌曰「巴東三峽巫峽長，猿鳴三聲淚沾裳」。❸新市　東漢置南新市縣，劉宋時改名新市，治所在今湖北京山縣東北，古屬江夏，為梁之郢州，新市在庾信詩文中常見，皆指向江夏，如〈謝趙王賚絲布啟〉「新市數錢，忽疑販綵；平陵月夜，驚聞擣衣」、〈哀江南賦〉「鬼火亂於平林，殤魂遊於新市」。❹別異邯鄲　慎夫人，邯鄲人，漢文帝至霸陵，慎夫人從，上指新豐道示慎夫人，曰：「此走邯鄲道也。」見《史記．張釋之馮唐列傳》。❺想鏡中看影六句　回想當年婚時情景。鏡中二句，反用《異苑》載一鸞鳥為人所得，三年不鳴，見鏡悲啼，一奮而絕事。居然，猶「安然」，《詩．大雅．生民》：「不康禋祀，居然生子。」分杯，古代婚禮有合巹儀式。卻扇，婚禮時新婦以扇遮臉，交拜後去之，何遜〈看新婚詩〉有「何如花燭夜，輕扇掩紅粧」句。卻，拿掉。❻當學海神四句　以海神與織女事對舉，謂當來往相見。當學二句，海上有風伯使者，馳馬海上，如飛如風，海潮隨之，見《神異經》。勿如二句，天帝孫女長織雲錦，與牛郎成婚，每年七夕烏鵲填河成橋始得相見，見《淮南子》。

【語　譯】昔時仙人蘭香導體引氣，尚以三秋為限；神女智瓊日趨疏遠，猶以九日為期。未曾有龍飛出劍匣，鶴離開琴臺，無不懷哀怨而心悲，聞猿聲而落淚。斯人不在新市故郡，何處尋找家園；分離不同邯鄲之別，哪裡辨別歸路？想當年鏡裡麗影成雙，自然不像孤鸞悲啼，欄外手持鮮花，心情和美一起歡笑，帳裡合巹分杯，床前除卻遮扇。這些情景若不加念想，還有什麼時光值得思憶？應當學海神，隨潮漲風起時時來往；不要像織女，等烏鵲填河方得相見。

【研　析】代寫情書寄婦，當時頗成風氣，許梿本書就選有何遜〈為衡山侯與婦書〉、伏知道〈為王寬與婦義安主書〉、庾信〈為梁上黃侯世子與婦書〉三文。有意思的是，這些代寫之作，往往不關注具體事務，僅以傳遞男女思慕為目的。這三封家書，也被許梿推崇，認為「並為香奩絕作」。清人倪璠注本文說：「按此〈《顏氏家訓》記蕭慤事〉知慤亦善屬文者也。昔陸機入洛有代彥先之詞，何遜裁書有為衡山之札，才子詞人，自能揮翰，而夫妻致詞，間多代作，此亦感其燕婉之情，代傳別恨，可以葛龔無去者也。」葛龔是和帝時人，善為文奏，有請龔代為作奏，而忘去龔名，時人嘲笑說：「作奏雖工，宜去葛龔。」倪璠認為何遜、伏知道、庾信這類文字，是被主人公的燕婉之情感動而作，所以可以「葛龔無去」。

倪璠接下去說：「慤本梁朝宗室，疑江陵陷後，隨例入關，若非隔絕，即是俘虜，此書摹暫離之狀，寫永訣之情，茹恨吞悲，無所投訴，殆亦〈江南賦〉中臨江愁思之類也。」把本書所選三封情書比較閱讀，發現倪氏的揣測可能求之過深。

三封情書格局相似：先給出神女事，或以正襯，或以反比。再寫自己或對方的思想之苦，摹寫婚後相聚的旖旎畫面，最後表達自己相見的決心或對對方回信的期望。使事措辭上，也多類同。如三文都用「昔」字開頭，以引出往昔仙人事，三文用杜香蘭、智瓊、洛神、巫山女神四事。另如鏡鸞、琴鶴、卻扇諸事，三文全都用到，雖有正反明暗之別，也只是同曲而異工。具體到辭藻，則「分杯帳裏，卻扇床前」、「輕扇初開，欣看笑靨」、「帳前微笑，涉想猶存」、「欄外將花，居然俱笑」幾句之間，「廣攝金屏，莫令愁擁」與「掩屏為疾，引領成勞」，「照影雙來，一鸞羞鏡」與「鏡想分鸞，琴悲別鶴」，等等，頗為趨同，從甲文本挪到乙文本，或許也很難識別呢。

我覺得本文應當是庾信在梁時的作品，寫作目的當然也不是〈哀江南賦〉的「臨江愁思」。為「善屬文者」代寫這類情書，傳遞被代寫者或代寫者的情意，或許不是那麼重要。情意真切的基礎之上，相對趨同的範式之內，辭藻華麗，使事恰切，造詞新奇，音節婉轉，這些形式上的美感，也是被代寫者或代寫者看重的。「戴著鐐銬跳舞」常常被用來形容格律詩的寫作，其實用來說這幾封書信，也是很恰當的，而且，這裡的鐐銬，甚至都不算是用來束縛舞蹈的鐐銬，而成舞者手中表現美的工具，甚至成了舞者的目的，成了舞蹈美本身的一部分。譚獻稱本文「纖巧如剪彩宮花」，從形式美這一點上來看，是很有道理的。

召王貞書

隋　楊暕

【題解】王貞，字孝逸，梁郡陳留（今河南開封）人。善屬文詞，不治產業，每以諷讀為娛，開皇初引為主簿，後舉秀才，授縣尉，非其好而謝病於家。楊暕鎮江都，聞其名，以書召之。及貞至，暕以客禮待之，又索文集，覽而善之。後王貞以疾還鄉里，終於家。

【作者】楊暕（西元五八五－六一八年），隋煬帝之子。《隋書》本傳載，楊暕，字世朏，小字阿孩，開皇中立為豫章王，及長，頗涉經史，尤工騎射，煬帝即位，進封齊王，頗驕恣，昵近小人，聲色狗馬，所行多不法。西元六一八年，宇文化及發動政變，楊暕與諸王一併被殺。

夫山藏美玉，光照廊廡之間；地蘊神劍，氣浮星漢之表❶。是知毛遂穎脫，義感平原；孫惠文詞，來遷東海❷。顧循寡薄，有懷髦彥。籍甚清風，為日久矣❸。未獲披覿，良深佇遲❹。

【章旨】稱美王貞才華，表達思慕之心。

【注釋】❶夫山藏美玉四句　謂賢能之人雖然歸隱僻地，依然光芒遠射。山藏美玉二句，《尹文子》載，魏田父於山中得寶玉徑尺持以歸，置於廡下，至夜則明光照室。廊廡，即堂下四周的廊屋，廊無壁，僅作通道，廡則有壁，可以住人。地蘊神劍二句，《豫章記》載，張華、雷煥於豐城觀氣掘地得一玉匣，中有龍淵、太阿二劍。❷是知毛遂穎脫四句　毛遂穎脫，見《史記・平原君虞卿列傳》，平原君曰：「夫賢士之處世也，譬若錐之處囊中，其末立見，今先生處勝之門下三年於此矣，左右未有所稱誦，勝未有所聞，是先生無所有也。」毛遂曰：「臣乃今日請處囊中耳，使遂蚤得處囊中，乃穎脫而出，非特其末見而已。」孫惠文詞，見《晉書》本傳，孫惠字德施，吳國富陽人，上書東海王司馬越，司馬越識才，擢用孫惠，「東海王越舉兵下邳，惠乃詭稱南嶽逸士秦祕之，以書於越」，「越省書，榜道以求之，惠乃出見。越即以為記室參軍」。❸顧循寡薄四句　顧，念。循，順著。寡薄，自謙之詞。髦彥，指超拔特出之士。籍甚，盛大，《漢書・陸賈傳》：「賈以此遊漢廷公卿間，名聲籍甚。」清風，比喻美好的名聲，《詩・大雅・烝民》：「吉甫作誦，穆如清風。」❹未獲披覿二句　披覿，開誠相見。披，翻開。覿，見。遲，等待。

【語　譯】美玉深藏於山，明光可照耀廊廡之間；寶劍深埋於地，紫氣可凌越星漢之外。由此可知，毛遂脫穎而出，才義驚動平原君；孫惠彩筆新題，文采打動東海王。想我才淺學陋，特別仰慕賢士。您穆如清風，傳播已久。未得到您的接見，便恭敬地佇立等候。

比高天流火，早應涼飆；凌雲仙掌，方承清露❶。想攝衛攸宜，與時休適❷。前園後圃，從容丘壑之情；左琴右書，蕭散煙霞之外❸。茂陵謝病，非無〈封禪〉之文；彭澤遺榮，先有〈歸來〉之作❹。優游❺

儒雅，何樂如之。

【章　旨】懸想王貞隱逸生活之境況。

【注　釋】❶比高天流火四句　寫近來暑往寒來，天氣轉涼。比，近來。高天，秋高氣爽，故稱。流火，農曆七月火星下行向西，《詩・國風・豳風》：「七月流火，九月授衣。」飆，風。凌雲二句，張衡〈西京賦〉有「立脩莖之仙掌，承雲表之清露」句。凌雲，高聳入雲，同時也是露盤名。仙掌，《三輔故事》載，建章宮承露盤上有仙人掌承露。❷想攝衛攸宜二句　攝衛，保養身體。攸，所。休適，安閒適宜。❸前園後圃四句　蕭散，指舉止自由灑脫，無拘無礙。煙霞，指山川勝景。❹茂陵謝病四句　《史記・司馬相如列傳》載，相如病免居家，天子使所忠往取書，而相如已死，得其遺札書言封禪事，即世傳〈封禪文〉。彭澤，今江西省北部，陶淵明曾為彭澤令，後辭官歸田，作〈歸去來兮辭〉。❺優游　悠然自得，《詩・大雅・卷阿》：「伴奐爾游矣，優游爾休矣。」

【語　譯】近來秋高氣爽七月流火，早有涼風習習；仙人之掌高聳入雲，正承清冷露珠。想您保養得宜，依時休養。前有園後有圃，從容安享丘壑之樂；左有琴右有書，蕭散處身煙霞之外。茂陵相如因病辭官，還有〈封禪〉之文；彭澤淵明遺棄榮華，先作〈歸去來兮辭〉。悠然自得風流儒雅，沒什麼快樂比得上了。

余屬當藩屏，宣條揚越❶。坐棠聽訟，事絕詠歌；攀桂摛詞，眷言高遁❷。至於揚旌北渚，飛蓋西園，托乘乏應劉，置醴闕申穆❸。背淮之賓，徒聞其語；趨燕之客，罕值其人❹。

【章　旨】自己的宏圖偉業更希望有王貞這樣的賢士相助，再申求賢之意。

【注　釋】❶余屬當藩屏二句　我恰好以諸侯王的身分要到揚越之地宣諭文告。屬，適值。藩屏，指諸侯王，諸侯王衛護朝廷恰如藩屏一樣。宣條，宣示文告。揚越，揚州及南越之地。❷坐棠聽訟四句　坐棠，坐於甘棠樹下，相傳周代召公坐於甘棠樹下聽訟，處理政務，《詩・召南・甘棠》：「蔽芾甘棠，勿剪勿敗，召伯所憩。」攀桂摛詞，選擇美好的文辭來書寫文章。攀桂，漢淮南小山〈招隱士〉：「攀援桂枝兮聊淹留。」眷，眷戀。言，語助詞。高遁，歸隱之人。❸至於揚旌北渚四句　揚旌，舉起旗幟，指統帥軍事。飛蓋，馳車。蓋，車蓋，代指車子。西園，曹魏時期，鄴都有西園，是曹氏和詩友們的宴遊之所，曹植〈公宴詩〉：「清夜遊西園，飛蓋相追隨。」托乘，侍從，曹丕〈與吳質書〉：「從者明笳以啟路，文學托乘於後車。」應劉，應瑒、劉楨，皆屬於建安文學集團。置醴，西漢楚元王劉交敬禮申公、白生、穆生等，穆生不嗜酒，每有宴集，楚元王皆特為穆生置醴，見《漢書・楚元王劉交傳》，後以為崇道尊賢的典實。闕，通「缺」。申穆，申公、穆生，漢代楚元王文學侍從。❹背淮之賓四句　背淮之賓，指鄒陽，鄒陽在上書吳王劉濞的文章裡有「背淮千里而自致」的話語。趨燕之客，指樂毅，戰國時期，燕昭王築黃金臺招攬天下賢士，魏人樂毅赴燕為燕王報仇。

【語　譯】我適值以王侯之身，奔赴揚越之地宣諭文告。甘棠聽訟處理政務，事務繁忙不再歌詠；攀援桂枝鋪陳詞藻，嚮往留意高遁之人。至於揚旌帥軍於北渚，飛蓋相逐於西園，後車托乘，缺乏應瑒劉楨這樣的文士，置酒相敬，亦無申公穆生這樣的巨儒。背淮千里而自致的鄒陽，現在只能空聞那樣的話語；甘心為燕國效力的樂毅，再難碰得到這樣的人。

卿道冠鷹揚，聲高鳳舉❶。儒墨泉海，詞章苑囿❷。棲遲衡泌，懷寶迷邦❸。徇茲獨善，良以於邑❹。今遣行人，具宣往意。側望起予，甚於饑渴❺。想便輕舉，副此虛心❻。無信投石之談，空慕鑿坏之逸❼。書不盡言，更慚詞費。

【章旨】讚揚王貞英才，期望他達則兼濟，以助自己。

【注釋】❶卿道冠鷹揚二句　謂王貞道聲俱高。鷹揚，鷹之飛揚，《詩・大雅・大明》：「維師尚父，時維鷹揚。」鳳舉，如鳳鳥之飛舉，曹植〈王仲宣誄〉：「翕然鳳舉，遠竄荊蠻。」❷儒墨泉海二句　謂王貞學匯各家，詞章出眾。儒墨，儒家和墨家，這裡以泛指各種學派，《韓非子・顯學》：「世之顯學，儒、墨也。儒之所至，孔丘也；墨之所至，墨翟也。」苑囿，古代帝王種植草木、蓄養禽獸的地方。❸棲遲衡泌二句　棲遲衡泌，語本《詩・陳風・衡門》「衡門之下，可以棲遲。泌之洋洋，可以樂饑」句，朱熹集傳：「此隱居自樂而無求者之詞。言衡門雖淺陋，然亦可以遊息；泌水雖不可飽，然亦可以玩樂而忘飢也。」懷寶迷邦，比喻隱匿才德，不願出仕，語本《論語・陽貨》「懷其寶而迷其邦，可謂仁乎」句，朱熹注：「懷寶迷邦，謂懷藏道德，不救國之迷亂。」❹徇茲獨善二句　謂先生獨善其身的做法令我抑鬱。徇，求取。獨善，語本《孟子・盡心上》「窮則獨善其身，達則兼濟天下」句。於邑，抑鬱，《楚辭・九章・悲回風》：「氣於邑而不可止。」❺今遣

行人四句　側望，側身佇望，表示十分嚮往。起予，啟發我，《論語・八佾》：「起予者商也，始可與言詩已矣。」❻想便輕舉二句　副，相稱，這裡指滿足。虛心，謂用盡其心，一心嚮往，《史記・秦始皇本紀》：「既元元之民冀得安其性命，莫不虛心而仰上。」❼無信投石之談二句　謂自己會聽從王貞計謀，叫他不必追求鑿牆而遁的逸舉。投石之談，以水投石，不被接受，李康〈運命論〉：「張良受黃石之符，誦《三略》之說，以遊於群雄，其言也，如以水投石，莫之受也。及其遭漢祖，其言也，如以石投水，莫之逆也。」鑿坏，《淮南子・齊俗訓》載，春秋時，魯國有賢士顏闔，「魯君欲相見而不肯，使人以幣先焉，鑿坏而遁之」，揚雄〈解嘲〉：「故士或自盛以橐，或鑿坏以遁。」坏，通「阫」。牆壁。

【語　譯】您道德冠絕如鷹飛揚，聲聞高揚如鳳飛舉。儒墨之學如泉似海，詞章絢麗如苑似囿。隱居棲遲於衡門泌水，懷藏道德於迷亂之國，求取獨善不求聞達，確實讓我困惑抑鬱。現今派去使者，勉力傳遞此去真意。側身盼望您的啟發引導，期待急切甚於飢渴。盼您便能飄然而至，滿足我的一心嚮往。不要相信以水投石一無所受的說法，而徒然去學鑿牆以遁的逸舉。書不盡言，言不盡意，耗費言詞，慚愧不安。

【研　析】「青青子衿，悠悠我心。但為君故，沈吟至今。」有志功業的人，必然求賢若渴。信的開頭，就極力稱美對方的才華，比之美玉，比之寶劍，光芒四射，藏也藏不住。接著寫時節變化，問候先生的飲食休息、生活起居、心志情趣，細緻入微，關懷備至，讓人動心。再說自己的宏圖偉志，求賢心思，「托乘乏應劉，置醴闕申穆」，渴望先生助一臂之力。最後表明理解先生的處世之道、高人逸行，但還是忍不住勸導先生，出山相助，「側望起予，甚於饑渴」，如此心腸，如此話語，教人如何忍心拒絕。文章波瀾起伏，進退裕如，人情練達，事理通暢。書信以四言為主，偶爾雜以六言，整飭之中，兼有錯落，音韻和諧又有節奏感。運用典故稔熟，鋪陳體物細膩，措詞新鮮而不怪異，文筆清美並不輕浮，情意誠摯而不誇飾。許槤評本文以「寫情如訴，流美不澀」、「不甚斲削，然卻有勁氣」等，認為南北朝文至隋大壞，初唐復興，而此書「猶是六朝賸馥，取其疏邕磊落」，並認為宋人四六宗風，也開於此。

隋代楊氏多才智之人，隋文帝楊堅一代英主，名震今古。隋煬帝雖臭名遠揚，非乏才具。至於楊暕，史書說他「美容儀，疏眉目，少為高祖所愛」、「元德太子薨，朝野注望，咸以暕當嗣帝」，也當是有才之人。本文未必便是楊暕所寫，不過手下文士能寫出這樣的好文，至少也體現了他識人、立人的才能。

卷四

移文

北山移文

南齊　孔稚珪

【題　解】北山，即今南京之鍾山，又名紫金山，因為在南京之北而稱北山。呂向注《文選》說，周顒起初隱居於此，後應召為海鹽令，秩滿入京，要路過北山，孔稚珪就寫了這篇移文來嘲謔他。移文，又稱「移」、「移書」，這種文書，多用於勸喻訓誡，文詞曉暢剛健。

【作　者】孔稚珪（西元四四七－五〇一年），字德璋，會稽山陰（今浙江紹興）人。自幼好學，有美譽，為當時太守王僧虔所器重，聘為主簿，後舉秀才，解褐安成王劉準車騎法曹行參軍，轉尚書殿中郎。蕭道成為驃騎大將軍，慕其文名，引為記室參軍，與江淹共掌文筆。齊武帝永明末，任御史中丞，劾王融下獄死。齊明帝蕭鸞為驃騎大將軍，以孔為驃騎長史輔國將軍，建武四年（西元四九七年）為平西將軍荊州刺史蕭遙欣長史，曾上書論魏齊之策。東昏侯永元元年（西元四九九年），還都為都官尚書，遷太子詹事，永元三年卒，追贈金紫光祿大夫。孔稚珪風韻清疏，愛好文詠，嗜酒能飲，居處構築山水，憑几獨酌，不問雜事，門庭草萊不除，中有蛙鳴，說以此當兩部鼓吹，性情剛直，史傳載其彈章劾表較多，如〈奏劾王融〉中有「狡算聲勢，專行權利，反覆唇齒之間，傾動頰舌之內。威福自己，無所忌憚，誹謗朝政，歷毀王公」，言辭犀利，字字如刀。明人輯有《孔詹事集》。

鍾山之英，草堂之靈，馳煙驛路，勒移山庭❶：夫以耿介拔俗之標，蕭灑出塵之想❷，度白雪以方潔，干青雲而直上❸，吾方知之矣。若其亭亭物表，皎皎霞外，芥千金而不盼，屣萬乘其如脫❹。聞鳳吹於洛浦，值薪歌於延瀨❺，固亦有焉。豈期終始參差，蒼黃翻覆，淚翟子之悲，慟朱公之哭❻。乍回跡以心染，或先貞而後黷，何其謬哉❼！嗚呼，尚生不存，仲氏既往❽，山阿寂寥，千載誰賞？

【章　旨】明確山靈的身分，然後泛論隱士的不同行徑，為後文主角出場做準備。

【注　釋】❶鍾山之英四句　英、靈，皆指鍾山的神靈。草堂，茅草為頂的堂屋，以草堂名所居，可標風操高雅。馳煙驛路，指神靈騰煙駕霧驅馳於驛路。勒移山庭，把移文鐫刻在山石上。❷夫以耿介拔俗之標二句　拔俗，超越流俗。標，風度；格調。出塵，超出世俗之外。❸度白雪以方潔二句　度，估量。干，凌駕。❹若其亭亭物表四句　亭亭，聳立貌。物表、霞外，皆指塵俗之外，表現志趣高超。芥千金，以千金為芥。屣萬乘其如脫，遺棄帝位當作脫掉草鞋，《淮南子・主術訓》載，堯「年衰志閔，舉天下之重而傳之舜，猶卻行而脫蹝也」，蹝即草鞋。屣，草鞋。萬乘，指帝王之位。❺聞鳳吹於洛浦二句　寫與神仙隱逸之士交往。鳳吹，用王子喬事，子喬「好吹笙作鳳鳴，常游于伊洛之間」，見《列仙傳》。值薪歌於延瀨，《文選》呂向注：「蘇門先生游于延瀨，見一人采薪，謂之曰：『子以終此乎？』采薪人曰：『吾聞聖人無懷，以道德為心，何怪乎而為哀也。』遂為歌二章而去。」出處未詳，或以為似指延陵季子值被裘公事，見《高士傳》。值，遇到。瀨，水流沙石之上。❻豈期終始參差四句　語本《淮南子・說林訓》：「楊子見逵路而哭之，為其可以南可以北，墨子見練絲而泣之，為其可以黃可以黑。」終始參差，前後不一致。蒼黃翻覆，比喻變化無常。蒼黃，青色和黃色。翟子，墨翟，悲絲見《墨子・所染》。朱公，楊朱，泣歧見《列子・說符》。❼乍回跡以心染三句　乍回跡以心染，剛剛隱居卻又心戀仕途。貞，端正；正直。黷，汙濁。謬，虛假；偽詐。❽尚生不存二句　尚生，尚子平（《後漢書・逸民傳》作「向子平」），隱居不仕，性尚中和，王莽大司空王邑辟之，連年乃至，欲薦之於莽，固辭乃止，見《後漢書・逸民傳》。仲氏，仲長統，每州郡命召，輒稱疾不就，以為若得良田廣宅，優游偃仰，可以自娛，「豈羨夫入帝王之門哉」，見《後漢書・王充王符仲長統傳》。

【語　譯】鍾山的英魂，草堂的神靈，騰煙駕霧，奔馳驛路，要把這篇移文鐫刻在山崖之上：擁有耿介超俗的標格，瀟灑出塵的理想，可與白雪比純潔，凌駕青雲而直上，我是知道這樣的人的。至於亭亭玉立於俗物之上，皎皎側身於塵霞之外，視千金如芥草，不屑一顧，視萬乘如敝屣，隨拋隨擲。在洛水之濱聽仙人吹笙作鳳鳴，在延瀨之上遇高人采薪而行歌，這種人固然也是有的。怎能想到有人首尾不一，青黃反覆，垂淚於墨翟悲絲，哀慟於楊朱泣歧。暫時避跡山林，忽然又染上俗塵，開始貞潔自守，而後齷齪不堪，多麼偽詐啊！唉，尚子平不復存在，仲長統亦已過世，山阿寂寞空曠，千年有誰欣賞？

世有周子，雋俗之士，既文既博，亦玄亦史❶。然而學遁東魯，習隱南郭。竊吹草堂，濫巾北嶽❷。誘❸我松桂，欺我雲壑。雖假容於江皋，乃攖情於好爵❹。其始至也，將欲排巢父，拉許由，傲百氏，蔑王侯❺。風情張日，霜氣橫秋❻。或歎幽人長往，或怨王孫❼不遊。談空空於釋部，核玄玄於道流❽。務光何足比，涓子不能儔❾。及其鳴騶入谷，鶴書赴隴，形馳魄散，志變神動❿。爾乃眉軒席次，袂聳筵上⓫。焚芰制而裂荷衣，抗塵容而走俗狀⓬。風雲淒其帶憤，石泉咽而下愴。望林巒而有失，顧草木而如喪⓭。

【章旨】鋪陳描繪先貞與後黷。

【注釋】❶世有周子四句　介紹周子才學。元，本為「玄」，避清康熙玄燁諱改。❷然而學遁東魯四句　寫周子之假隱於北山，猶南郭之濫竽充數。東魯，指顏闔事，《淮南子．齊俗訓》載，春秋時，魯國有賢士顏闔，「魯君欲相見而不肯，使人以幣先焉，鑿坏而遁之」。習隱南郭，字面上用《莊子．齊物論》「南郭子綦隱几而坐，仰天而噓，嗒焉似喪其偶」句，實用南郭先生濫竽充數事，《韓非子．內儲說上》：「齊宣王使人吹竽，必三百人，南郭處士請為王吹竽，宣王說之，廩食以數百人。宣王死，湣王立，好一一聽之，處士逃。」吹，即吹竽。濫巾，虛假地穿戴隱士頭巾，以冒充隱士。濫，虛妄不實，此與「濫竽充數」扣合。北嶽，即北山。❸誘　欺誑。❹雖假容於江皋二句　假容，假裝作隱士的樣子。攖，纏繞，指心中牽念。好爵，優厚的爵祿。❺其始至也五句　巢父、許由，都是堯時隱士，《高士傳》：「堯讓天下於許由……不受而逃去。……堯又召為九州長，由不欲聞之，洗耳於潁水濱。時其友巢父牽犢欲飲之，見由洗耳，問其故，對曰：『堯欲召我為九州長，惡聞其聲，是故洗耳。』巢父曰：『……汙吾犢口。』牽犢上流飲之。」拉，摧折；折辱。百氏，指眾人。❻風情張日二句　意氣之高遮天蔽日，志嚴之盛秋霜彌漫。❼王孫　《楚辭．招隱士》：「王孫遊兮不歸，春草生兮萋萋。」❽談空空於釋部二句　空空，佛家的義理。佛家認為世上一切皆空，以空明空，故曰「空空」。釋部，佛家的著作。元元，即玄玄，避康熙皇帝玄燁諱，《老子》有「玄之又玄，眾妙之門」句，故曰「玄玄」。道流，道家之流。❾務光何足比二句　務光，《列仙傳》載，務光者，夏時人，殷湯伐桀，謀於光，光曰：「非吾事也。」湯得天下，後欲讓光，光遂負石沉水。涓子，《列仙傳》載，涓子，齊人也，好餌朮，隱於宕山。儔，匹敵。❿及其鳴騶入谷四句　鳴騶，古代達官貴人出行時前呼後擁的侍從。騶，前後隨從的騎卒。鶴書，詔書，寫詔書的一種特殊字體，狀如鶴頭。隴，同「壟」。山丘。⓫爾乃眉軒席次二句　爾乃，於是。眉軒，眉飛色舞。軒，高揚。袂聳，衣袖高舉。⓬焚芰制而裂荷衣二句　芰制、荷衣，以荷葉做成的隱者衣服，屈原〈離騷〉：「制芰荷以為衣兮，集芙蓉以為裳。」抗，高舉，這裡指顯露。走，趨；歸附。⓭風雲淒其帶憤四句　渲染山林風石因周子的離開而悲憤感傷，「有失」、「如喪」的主語是林巒草木。有失、如喪，像死了父母一樣，形容極度悲傷，《書·舜典》：「二十有八載，帝乃殂落，百姓如喪考妣。」

【語譯】當世有一周子，是才智超俗之士，既富文采，又很淹博，也通玄學，亦擅史筆。卻學顏闔遁世東魯，效仿南郭充數假隱，混跡草堂濫竽充數，身寄北山冒充隱士。誑騙我山中松桂，欺哄我煙雲幽谷，雖然在江岸裝模作樣，其實心裡掛念高爵厚祿。他初至時，簡直要拋開巢父，摧折許由，傲視眾子，蔑薄王侯。風度神情高遮天日，志氣凜嚴秋霜彌漫。忽而慨歎幽人隱士長去不存，忽而怨怪貴公子孫不再遠遊。高談佛家之「四大皆空」，暢論道家的「玄之又玄」，務光不足比擬，涓子無法匹敵。等到使者鳴鑼驅馬進入山谷，鶴頭詔書來到山丘，便形貌馳遊，魂飛魄散，志移心動。於是筵席之上，眉飛色舞，衣袖飛揚。焚燒芰衣，撕裂荷裳，顯現塵世樣容，歸於俗人情狀。山中風雲悲淒含憤，岩上泉水幽咽悲愴，遠望林巒，若有所失，顧視草木，如喪考妣。

至其紐金章，綰墨綬，跨屬城之雄，冠百里之首❶。張英風於海甸，馳妙譽於浙右❷。道帙長擯，法筵久埋❸。敲撲喧囂犯其慮，牒訴倥傯裝其懷❹。琴歌既斷，酒賦無續。常綢繆於結課，每紛紜於折獄❺。籠張趙於往圖，架卓魯於前籙❻。希蹤三輔豪，馳聲九州牧❼。使我高霞孤映，明月獨舉，青松落陰，白雲誰侶？澗戶摧絕無與歸，石徑荒涼徒延佇❽。

【章　旨】寫迎來送往，敲撲牒訴，雄懷大圖，而人去山空，風物孤獨淒涼。

【注　釋】❶至其紐金章四句　謂為縣之令，《漢書．百官公卿表》：「秩比六百石以上皆銅印黑綬」。紐，繫佩。金章，銅印。綰，繫。墨綬，黑色的印帶。屬城，下屬的各縣。百里，指一縣之地。❷張英風於海甸二句　英風，美好的名聲。海甸，海濱之地。浙右，今浙江紹興一帶。❸道帙長擯二句　謂棄絕釋道。道帙，指道家書籍。法筵，指佛家講席。❹敲撲喧囂犯其慮二句　敲撲，鞭打罪犯。牒訴，訴狀文書。倥傯，事務繁忙迫切的樣子。❺常綢繆於結課二句　綢繆，糾纏；束縛。結課，官吏政績考核。折獄，判理案件。❻籠張趙於往圖二句　籠，籠蓋。張趙，張敞、趙廣漢，兩人都做過京兆尹，是西漢的能吏。往圖，往昔圖籍的記載。架，通「駕」。超越。卓魯，卓茂、魯恭，兩人都是東漢的循吏。籙，簿冊，此處指政績登錄冊。❼希蹤三輔豪二句　希蹤，願寄跡於某處。三輔豪，能治理好三輔有名的能吏。三輔，漢代稱京兆、左馮翊、右扶風這些京畿之地為三輔。九州牧，泛指地方官。九州，指天下。牧，州長官，刺史、太守之類。❽使我高霞孤映六句　渲染人去山空，風物孤獨而寂寞嗟怨。

【語　譯】等到佩上銅印，繫上墨綬，橫跨下屬各城而為雄，管轄百里之地而為長。擴張威風及於海濱，傳播美名至於浙右。道家書籍長被擯棄，佛法筵席久為掩藏。敲撲鞭笞嘈雜喧囂擾亂思緒，文書訴訟公務急迫填滿胸懷。彈琴詠歌既已斷絕，飲酒賦詩不再持續。常常糾結於政績考核，每每忙碌於斷案折獄。政績蓋過舊書記載的張敞和趙廣漢，高於前籍登錄的卓茂和魯恭，希望成為三輔令尹，聲名遠播九州牧守。使我山中高霞孤單映照，明月煢煢獨懸，青松落下濃蔭，白雲有誰作伴？澗戶毀壞，無人一同歸來，石徑荒涼，白白延頸企盼。

至於還飆入幕，寫霧出楹，蕙帳空兮夜鶴怨，山人去兮曉猿驚❶。昔聞投簪逸海岸，今見解蘭縛塵纓❷。於是南嶽獻嘲，北隴騰笑，列壑爭譏，攢峰竦誚❸。慨遊子之我欺，悲無人以赴弔❹。故其林慚無盡，澗愧不歇，秋桂遣風，春蘿罷月❺。騁西山之逸議，馳東皐之素謁❻。

【章旨】北山受欺，群山爭嘲，無人以弔，風物慚愧不已，所以要勒移山庭。

【注釋】❶至於還飆入幕四句　還飆，回風。寫霧，流動的霧氣。寫，「瀉」的古字。楹，屋柱。蕙帳，指隱士用蕙草編成的帷帳。❷昔聞投簪逸海岸二句　投簪，拋棄冠簪，指棄官，用漢代疏廣事。逸，隱遁。解蘭縛塵纓，指出山做官。蘭，用蘭做的佩飾，隱士所佩。塵纓，塵世的冠帶。❸於是南嶽獻嘲四句　寫群峰譏嘲。竦，高聳。誚，譏笑。❹慨遊子之我欺二句　謂北山受欺而無人安慰。遊子，遠離家門的人，此處指周子。❺故其林慚無盡四句　寫山中風物羞慚不已。遣、罷，都是遣送、打發走的意思。❻騁西山之逸議二句　騁、馳，都是傳播的意思。西山、東皐，泛指隱逸之地。西山，即首陽山，伯夷、叔齊隱居之地，《史記・伯夷列傳》載〈采薇歌〉：「登彼西山兮，采其薇矣。」逸議，隱逸之議。素，貧素，與「貴」相對。謁，拜見時所說的話。

【語　譯】至於旋風吹入帷幕，雲霧瀉出楹柱，蕙帳空虛呵夜鶴懷怨，山人離去呵晨猿吃驚。昔日聽說脫去官帽逃到海濱，今天卻見解下佩蘭繫上冠纓。於是南嶽送上嘲諷，北壟響起恥笑，群壑爭相刺諷，眾峰高揚譏誚。慨歎那位遊子欺騙了我，為無人慰問而悲傷。所以林木羞慚不盡，溪澗慚愧不已，秋桂不再迎風，春蘿不再待月。西山宣告他的隱逸之議，東皋發來他的貧素說辭。

今又促裝下邑，浪栧上京❶。雖情殷於魏闕，或假步於山扃❷。豈可使芳杜厚顏，薜荔蒙恥，碧嶺再辱，丹崖重滓❸，塵游躅於蕙路，汙淥池以洗耳❹！宜扃岫幌，掩雲關，斂輕霧，藏鳴湍，截來轅於谷口，杜妄轡於郊端❺。於是叢條瞋膽，迭穎怒魄，或飛柯以折輪，乍低枝而埽跡，請回俗士駕，為君謝逋客❻。

【章　旨】周子若再至，則風物再辱，故山神作出指示，發出呼告。

【注　釋】❶今又促裝下邑二句　促裝，束裝。下邑，國都以外的城邑，與下句中的「上京」相對。浪栧，鼓棹駕舟。栧，船槳。上京，指京城建業。❷雖情殷於魏闕二句　魏闕，高大聳立的樓觀，這裡指朝廷。假步，借路。山扃，山門，此處指北山。❸豈可使芳杜厚顏四句　謂不可再讓北山受辱。杜，杜若，香草名，《楚辭・九歌・湘君》：「采芳洲兮杜若，將以遺兮下女。」厚顏，羞慚。薜荔，植物名，《楚辭・離騷》：「擥木根以結茝兮，貫薜荔之落蘂。」王逸注：「薜荔，香草也，緣木而生蘂實也。」❹塵游躅於蕙路二句　塵，使蒙塵；污染。游躅，猶「遊蹤」。躅，足跡。汙，汙染。淥池，清池。洗耳，用許由潁水邊洗耳的典故，皇甫謐《高士傳‧許由》：「堯讓天下於許由……由於是遁耕於中嶽潁水之陽，箕山之下，終身無經天下色。堯又召為九州長，由不欲聞之，洗耳於潁水濱。」❺宜扃岫幌六句　扃，關閉。岫，山穴。幌，窗幔。杜，杜絕。妄轡，擅自闖入的車馬。❻於是叢條瞋膽六句　瞋膽，把膽張大，由「瞋目張膽」省變而來，言其勇。怒，奮發，《莊子‧逍遙遊》：「怒而飛，其翼若垂天之雲。」飛柯，飛落枝柯。乍，驟然。掃跡，掃除車跡，使無路可循。君，北山神靈。逋客，逃亡者，指周子。

【語譯】周子現又整理行裝從地方出發，鼓棹駕舟奔赴京城。雖然他殷切嚮往朝廷，但或許會借路林間再遊北山。豈可讓我山芬芳杜若感到慚愧，香草薜荔蒙受羞恥，碧綠山嶺再為侮辱，丹紅崖壁重遭汙穢，蘭蕙路上，使高人遊蹤蒙塵，清澈池水，因洗耳受到污染！應當放下巖穴的簾帷，關上白雲的門鎖，收斂輕霧，藏匿鳴泉，攔截前來的車轅在山谷入口，拒絕妄至的鞍轡在山外遠處。則枝條叢生瞋目張膽，尖枝交迭奮起魂魄，或可飛落枝柯來折斷車輪，突然低垂枝葉掃除車跡，請回轉俗士的車駕，為神君拒絕這個逃客。

【研析】周顒字彥倫，解褐海陵國侍郎，隨益州刺史蕭惠開入蜀，後隨還都，宋明帝頗好玄理，以顒有辭義，引入殿內，親近宿直。元徽初，出為剡令。建元初為長沙王參軍、後軍參軍、山陰令。還為文惠太子中軍錄事參軍，隨府轉征北。文惠在東宮，顒為正員郎，始興王前軍諮議，直侍殿省，復見賞遇，見《南齊書‧周顒傳》。這樣看來，周顒一生仕宦不絕，未有隱而復出之事。另外，周顒「清貧寡欲，終日長蔬食，雖有妻子，獨處山舍」，這裡的「山舍」，也並非去官隱居之所，而是為官時的休閒去處。

這篇文本很可能只是朋友間嘲謔調笑的文字遊戲，並非呂向注《文選》所謂「其先周彥倫隱於此山，後應詔出為海鹽縣令，欲卻過此山，孔生乃假山靈之意移之，使不許得至」云云。文章寫到「竊吹草堂」，《文選》李善注引梁簡文帝《草堂傳》曰：「汝南周顒，昔經在蜀，以蜀草堂寺林壑可懷，乃於鍾嶺雷次宗學館立寺，因名草堂，亦號山茨。」寫先貞時說「談空空於釋部，核元元於道流」，為官後則「道帙長擯，法筵久埋」，著重於釋道兩部寫，與周顒「有辭義」、「泛涉百家，長於佛理」一致。文中「周子」即是周顒自無異議。說它是「朋友間嘲謔調笑的文字遊戲」，史實方面是因為上述生平事蹟的不合，文學方面則是因為本文漫畫式的誇張手法帶來的滑稽搞笑的效果，與真情實感的抒發並不相同。

以北山神靈的身分，用「移文」這一正式的官方文書的文體，本身已夠有趣。再賦山中風物以情意心態，風雲可帶淒憤，石泉可下咽愴，林巒可有失，草木可如喪，澗戶盼人與歸，石徑而能延佇，南嶽北隴可獻嘲騰笑，列壑群峰可爭譏竦誚，林慚澗愧，秋桂能遣風，春蘿有罷月，還可扃岫幌，掩雲關，斂輕霧，藏鳴湍，最後叢條可瞋目張膽，迭穎可怒魄奮魂，還能飛柯折輪，低枝掃跡，這些極多的文字，猶如潑墨，已經超出了正經使用文字能帶來的正面效果。再如寫先前之貞，也是刻畫得極其誇張，清潔脫俗不說，還眼高於天，「務光何足比，涓子不能儔」，隨後又極力鋪陳鳴騶入谷後的「形馳魄散」，先貞後黷，對照十分強烈。又如為令後的豐功偉績，「籠張趙於往圖，架卓魯於前籙，希蹤三輔豪，馳聲九州牧。」，也與六百石的小小山陰令形成超出正常範圍的對比。這種漫畫式的誇張，讀來卻也並不讓人驚心動魄，更多的還是有趣好玩，很容易讓人想到「戲贈」、「戲題」、「嘲某某」為題的詩歌，想起自己與親密朋友間的玩笑。

齊太祖蕭道成輔政，以顒善尺牘，頗加引接，沈攸之送絕交書，太祖口授，令顒裁答，後轉齊臺殿中郎。蕭道成為驃騎大將軍，慕孔稚珪文名，引為記室參軍，使掌文筆。同為蕭道成文筆書記，周孔二人應互相熟稔。《南齊書》本傳載，孔稚珪「與外兄張融情趣相得，又與琅邪王思遠、廬江何點、點弟胤，並款交」，而《南齊書・周顒傳》載顒「兼善《老》《易》，與張融相遇，輒以玄言相滯，彌日不解」，還曾寫信給何點（《南史》及《廣弘明集》作何胤），勸他吃素，可見二人有共同的朋友圈。再加上周孔二人性情相近，交好的可能頗大。周顒「雖有妻子，獨處山舍」的行為，加上王儉問「山中何所食」，顒曰「赤米白鹽，綠葵紫蓼」、文惠太子問他「菜食何味最勝」，顒曰「春初早韭，秋末晚菘」這一類的言談，或許周顒為山陰令還都後和孔稚珪聊天時說過些什麼話，激發孔稚珪寫下了這一文學史上的雅謔妙文。也正因為只是遊戲文字，所以構思的新奇，用語的驚險，刻鏤的盡態，都過分地格外用力，以得到謔笑的效果。許槤評本文「此六朝中極雕繪之作」中的「極雕繪」，與此相關。譚獻稱之為「俗調開山」（《駢體文鈔》卷三一），是有道理的。而許槤以本文和徐陵〈玉臺新詠序〉「並為唐人軌範」，則未必貼切。

錢鍾書先生以為本文「以風物刻畫之工，佐人事譏嘲之切，山水之清音與滑稽之雅謔，相得而益彰」（《管錐編》），故能傳誦不息。其中「風物刻畫之工」、「山水之清音」說到了本文的另一大特色，而「滑稽之雅謔」，正是我們前面文字精簡的概括。

序

玉臺新詠序

陳　徐陵

【題　解】《玉臺新詠》是現存最早的一部詩歌總集，雖然在它之前，已有《詩經》、《楚辭》，兩者或因被尊為「經」，或因稱為「楚辭」，古人視其皆有別於古詩。編者為南朝陳徐陵。明代胡應麟以為「《玉臺》但輯閨房一體」（《詩藪・外編》卷二），清代紀容舒稍加訂正，以為「按此書之例，非詞關閨闥者不收」（《玉臺新詠考異》卷九）。四庫館臣評《玉臺新詠》曰「雖皆取綺羅脂粉之詞，而去古未遠，猶有講於溫柔敦厚之遺，未可概以淫豔斥之」，較為中肯。該書的編撰，唐代李康成《玉臺後集》曰：「昔陵在梁世，父子俱仕東朝，特見優遇。時承平好文，雅尚宮體，故采兩漢以來詞人所著樂府豔詩，以備諷覽。」從《玉臺新詠》的書名看，該書最初可能只是蕭綱東宮文人的新作集，故謂之「新詠」，徐陵入陳後，合以古人及其他相關的作品，編成新書，寫下本序。《玉臺新詠》在唐代劉肅《大唐新語》中稱作《玉臺集》，可能與編成的新書中包含古人作品，按理不能再稱「新詠」有關。玉臺，漢臺名，這裡指宮廷。序，文體名稱，一般陳述著作經過、作品主旨、功能價值等。

【作　者】徐陵（西元五〇七－五八三年），字孝穆，東海郯（今山東郯城）人。父徐摛為梁太子左率衛，對詩體新變及宮體之流行影響甚大。梁武帝普通四年（西元五二三年），晉安王蕭綱為平西將軍、寧蠻校尉，以徐摛為諮議，以徐陵參寧蠻府軍事。中大通三年（西元五三一年），蕭綱為太子，徐陵為東宮學士，稍遷為尚書度支郎，出為上虞令，被劾免官。後起為南平王行參軍，遷通直散騎侍郎，後遷鎮西湘東王蕭繹中記室參軍。太清二年（西元五四八年），兼通直散騎常侍，出使東魏，未歸而侯景作亂，臺城陷，遂留鄴不得南返。北齊代東魏，湘東王蕭繹稱制江陵，通使北齊，陵求返不得。後隨蕭淵明南歸，為尚書吏部郎，掌詔誥。陳霸先代梁，加散騎常侍，後歷五兵尚書、御史中丞、吏部尚書、尚書右僕射、尚書左僕射、右光祿大夫、丹陽尹、中書監、左光祿大夫、太子少傅，卒於後主至德元年。徐陵兼擅詩文，在蕭梁時與父徐摛及庾肩吾、庾信父子同侍東宮，多有應令唱和，形成風氣。《陳書》本傳稱「其文頗變舊體，緝裁巧密，多有新意，每一文出手，好事者已傳寫成誦，遂被之華夷」，以之為「一代文宗」。《隋書·文學傳序》則曰：「梁自大同之後，雅道淪缺，漸乖典則，爭馳新巧。簡文、湘東，啟其淫放，徐陵、庾信，分路揚鑣。其意淺而繁，其文匿而彩，詞尚輕險，情多哀思，格以延陵之聽，蓋亦亡國之音乎。」《陳書》本傳稱其作品「後逢喪亂，多散失，存者三十卷」，此三十卷再經唐末宋初散失，至宋已十不存一，明人輯有新本。

凌雲概日，由余之所未窺；萬戶千門，張衡之所曾賦。周王璧臺之上，漢帝金屋之中，玉樹以珊瑚作枝，珠簾以玳瑁為柙❶。其中有麗人焉。其人也，五陵豪族，充選掖庭；四姓良家，馳名永巷，亦有潁川新市，河間觀津❷。本號嬌娥，曾名巧笑。楚王宮內，無不推其細腰；魏國佳人，俱言訝其纖手❸。閱詩敦禮，非直東鄰之自媒；婉約風流，無異西施之被教。弟兄協律，自小學歌；少長河陽，由來能舞。琵琶新曲，無待石崇；箜篌雜引，非因曹植。傳鼓瑟於楊家，得吹簫於秦女❹。

【章旨】先寫麗人居所之高廣，再寫麗人出身的高貴，再寫其美貌與才藝。

【注釋】❶凌雲概日八句　寫麗人之居所。凌雲概日，指高聳入雲、摩接太陽的臺觀。凌雲，《三國志・魏書・文帝紀》載黃初二年（西元二二一年）十二月，「行東巡，是歲築凌雲臺」。概，連接；相摩。由余句，李善注張衡《東京賦》引《史記》曰：「由余本晉人，亡入西戎，相戎王，使來聘秦，觀秦之強弱。穆公示以宮室，引之登三休之臺。由余曰：臣國土階三尺，茅茨不翦，寡君猶謂作之者勞，居之者淫。此臺若鬼為之，則神勞矣；使人為之，則人亦勞矣。於是穆公大慚。」萬戶千門，謂房室之多，屋宇深廣，語本《史記・封禪書》「於是作建章宮，度為千門萬戶」。張衡句，張衡《西京賦》有「閈庭詭異，門千萬戶」句。張衡，字平子，善辭賦，《後漢書》卷五十九有傳。周王句，《穆天子傳》卷六載，周穆王「乃為之臺，是日重璧之臺」。漢帝句，漢武帝幼時說：「若得阿嬌，當作金屋藏之。」見《漢武故事》。玉樹二句，寫居所之裝飾，《漢武故事》載，「上起神屋，前庭植玉樹，珊瑚為枝，碧玉為葉」，「以白珠為簾箔，玳瑁押之，象牙為篾」。柙，通「押」。簾押，裝在簾上作鎮押之用的物件。❷五陵豪族六句　寫麗人的出身豪族。五陵，西漢高祖長陵、惠帝安陵、景帝陽陵、武帝茂陵、昭帝平陵五陵縣的合稱，在渭水北岸今陝西咸陽附近，每立陵墓，輒遷徙四方富豪及外戚於此居住。掖庭，宮中旁舍，妃嬪居所。四姓，此指東漢明帝時外戚有樊郭陰馬四姓，見《後漢書・明帝紀》李賢注。良家，世家。永巷，宮中署名，掌管後宮人事，漢武帝時改為掖庭。潁川，晉明穆庾皇后，諱文君，潁川鄢陵（今河南禹縣）人。「性仁慈，美姿儀」，「以德行見重」，見《晉書・后妃列傳》。新市，東漢置南新市縣，劉宋時改名新市，治所在今湖北京山縣東北，古屬江夏，揣測文意，這一地名應當是某一后妃的籍貫，所以舊注以為「新市」當為「新野」，指光烈陰皇后諱麗華，南陽新野（今屬河南）人。河間，今屬河北，《史記・外戚世家》載，鉤弋夫人姓趙氏，河間人，得幸武帝，生子一人，後即位為昭帝。觀津，在今河北武邑東南，《史記・外戚世家》載，竇太后，趙地清河觀津人，為代王寵倖，後代王為帝，「立竇姬為皇后」。❸本號嬌娥六句　寫麗人之美貌。嬌娥，美貌女子，《方言》：「秦晉之間美貌謂之娥。」巧笑，美好的笑，《詩・衛風・碩人》：「巧笑倩兮，美目盼兮。」楚王二句，謂麗人細腰能使號稱腰如約素的楚宮人推崇，《韓非子・二柄》：「故越王好勇，而民多輕死；楚靈王好細腰，而國中多餓人。」魏國二句，謂麗人纖手，使魏女驚歎，《詩・魏風・葛屨》：「摻摻女手，可以縫裳。」《毛傳》：「摻摻，猶纖纖也。」❹閱詩敦禮十四句　寫麗人的才藝。非直，不僅。東鄰之自媒，指東鄰女子不經媒妁而自求婚愛，宋玉〈登徒子好色賦〉描繪「東家之子」美貌後謂「此女登牆窺臣三年，至今未許也」。西施之被教，指西施獻吳前「飾以羅縠，教以容步，習於土城，臨於都巷，三年學服」，見《吳越春秋》。弟兄協律，漢武帝李夫人乃協律都尉李延年女弟，見《漢書・外戚傳》。少長河陽，趙飛燕曾在陽阿主家學歌舞，成帝見而悅之，召入宮，後為皇后，見《漢書・外戚傳》。少長，年少時成長於，這裡與「弟兄」形成借對。河陽，當為「陽阿」。琵琶二句，晉太康中，石崇作有〈王明君辭〉，序裡稱武帝以公主嫁烏孫王昆莫，「令琵琶馬上作樂，以慰其道路之思，送明君亦然也，其造新曲，多哀怨之聲，故敘之於紙云爾」。箜篌二句，曹植有〈箜篌引〉。箜篌，古代撥弦樂器名。雜引，謂各種樂曲。引，樂曲的序曲，用以指樂曲。傳鼓句，謂善鼓瑟，楊惲〈報孫會宗書〉謂「婦趙女也，雅善鼓瑟」。楊家，指楊惲家婦。得吹句，謂善吹簫，蕭史善吹簫作鳳鳴，教秦穆公女弄玉吹簫，感鳳來集，見《列仙傳》。

【語譯】凌雲摩日之高樓，由余未曾得見；萬戶千門之宮室，張衡曾為作賦。周穆王重璧臺上，漢武帝黃金屋中，玉樹以珊瑚作為枝幹，珠簾用玳瑁作為簾押。裡面住著麗人。這些人，或出自五陵豪族，挑選進入皇宮；或來自四姓世家，名字流傳永巷，還有的來自潁川、新市、河間、觀津。原本號稱嬌娥，也曾被名巧笑。楚王宮裡，無不推許其款款細腰；魏國佳人，全都驚異其纖纖玉手。閱讀詩文敦習禮教，非東鄰不經媒妁可比；姿態婉約容步風流，與西施受教三年無異。弟兄是協律都尉，自小學習歌詠；幼時長於陽阿，歷來擅長跳舞。琵琶新聲，不依賴石崇〈王明君辭〉；箜篌雜曲，不承襲曹植〈箜篌引〉。鼓瑟之技，傳自楊惲家婦；吹簫之藝，得於秦女弄玉。

至若寵聞長樂，陳后知而不平；畫出天仙，閼氏覽而遙妒❶。且如東鄰巧笑，來侍寢於更衣；西子微顰，將橫陳於甲帳❷。陪游馺娑，騁纖腰於〈結風〉；長樂鴛鴦，奏新聲於度曲❸。妝鳴蟬之薄鬢，照墮馬之垂鬟。反插金鈿，橫抽寶樹。南都石黛，最發雙蛾；北地燕脂，偏開兩靨❹。

【章　旨】寫麗人之容貌、歌舞、妝容。

【注　釋】❶至若寵聞長樂四句　寫麗人容貌之美。寵聞二句，平陽主歌女衛子夫得寵於武帝，陳皇后「聞衛子夫得幸，幾死者數焉」，見《漢書·外戚傳》。晝出二句，漢高祖被圍白登，使人厚遺閼氏，陳平使畫工圖美女遺閼氏，謂皇帝欲獻之以脫困厄，閼氏畏其奪己寵，因說單于放歸漢高祖，見漢桓譚《新論·述策》、《漢書·高帝紀》及顏師古注。閼氏，漢代匈奴單于、諸王妻的統稱。❷且如東鄰巧笑四句　寫麗人侍寢。東鄰，宋玉〈登徒子好色賦〉：「楚國之麗者，莫若臣里，臣里之美者，莫若臣東家之子。」後因以指美女。更衣，換衣休息處。西子微顰，語本《莊子·天運》「西施病心而矉其里」。西子，即西施。橫陳，語本司馬相如〈好色賦〉「花容自獻，玉體橫陳」句。甲帳，《漢武故事》：「上以琉璃珠玉，明月夜光雜錯天下珍寶為甲帳，次為乙帳。甲以居神，乙以自居。」❸陪游馺娑四句　寫麗人侍宴遊。馺娑，漢宮殿名，《漢書·揚雄傳》：「穿昆明池象滇河，營建章、鳳闕、神明、馺娑。」結風，楚地曲名，司馬相如〈上林賦〉有「鄢郢繽紛，〈激楚〉〈結風〉」句，〈激楚〉、〈結風〉皆曲名。鴛鴦，漢殿名，在未央宮。度曲，按曲譜歌唱，張衡〈西京賦〉：「度曲未終，雲起雪飛。」❹妝鳴蟬之薄鬢八句　寫麗人妝容之美。鳴蟬之薄鬢，蟬鬢，一種髮型，傳為魏文帝宮人莫瓊樹始創，縹緲如蟬翼，見崔豹《古今注》。墮馬之垂鬟，即墮馬髻，一種髮型，頭髮偏於一側，傳為漢梁冀妻孫壽所創，見《後漢書·梁冀傳》。金鈿，金質首飾，丘遲〈敬酬柳僕射征怨〉：「耳中解明月，頭上落金鈿。」寶樹，如樹枝狀的步搖，《後漢書·輿服志》：「步搖以黃金為山題，貫白珠，為桂枝相繆。」石黛，古代婦女用以畫眉的青黑色顏料。雙蛾，即雙眉，語本《詩・衛風・碩人》「螓首蛾眉」句。北地燕脂，崔豹《古今注》載，紅藍花汁可凝而為燕脂，以燕國產，故謂之燕脂。燕脂，即今胭脂。偏，「遍」的異體字，全面。兩靨，即雙頰。

【語　譯】至若受恩寵傳至長樂，陳后知曉心中不平；圖畫中生出天仙，閼氏觀覽遙生嫉妒。至如東鄰嫣然巧笑，前來侍寢於更衣之所；西施微顰娥眉，玉體橫陳於甲帳之內。陪同宴遊於馺娑殿，舒展細腰跳起〈結風〉之曲；長樂不盡於鴛鴦殿，按照曲譜演奏新制之聲。梳起鳴蟬鬢輕薄縹緲，映照墮馬髻垂於一側。反插金製花鈿，橫引樹形步搖。南方的石黛，可使雙眉細長如蛾；北國的胭脂，能使兩靨如花綻開。

亦有嶺上仙童，分丸魏帝；腰中寶鳳，授曆軒轅❶。金星與婺女爭華，麝月共嫦娥競爽❷。驚鸞冶袖，時飄韓掾之香；飛燕長裾，宜結陳王之佩❸。雖非圖畫，入甘泉而不分；言異神仙，戲陽臺而無別❹。真可謂傾國傾城，無對無雙者也❺。

【章　旨】寫麗人德行容貌。

【注　釋】❶亦有嶺上仙童四句　謂麗人德行有助於帝王。嶺上二句，寫可分仙藥與帝王，曹丕〈折楊柳行〉：「西山一何高，高高殊無極，上有兩仙僮，不飲亦不食，與我一丸藥，光耀有五色，服藥四五日，身體生羽翼，輕舉乘浮雲。」腰中二句，寫助黃帝造曆得仙，見《漢書・律曆志》顏師古注引應劭注，《漢書・律曆志》載，黃帝使泠綸取竹，「制十二筒以聽鳳之鳴」，以為律本，十二律定，繼而造曆。聲協鳳鳴的「十二筒」能攜於腰間，故稱「腰中寶鳳」。軒轅，即黃帝。❷金星與婺女爭華二句　寫麗人面妝。金星、麝月，婦人兩頰或眉間塗染妝飾，呈星或月的形狀，梁簡文帝〈美女篇〉：「約黃能效月，裁金巧作星。」婺女，即女宿，二十八宿之一，玄武七宿之第三宿，有星四顆。嫦娥，傳說中后羿之妻，食西王母不死藥而奔月，後以為月中女神，這裡指月亮。競爽，猶「爭勝」。❸驚鸞冶袖四句　寫麗人舞姿。驚鸞，以飛鸞驚動形容舞姿曼妙。冶袖，華麗的袖子。韓掾之香，晉人韓壽美姿容，賈充女見而悅之，並與私通，賈充聞韓壽身上有女兒奇香，拷問知情而以女妻之，見《世說新語・惑溺》。掾，屬官之通稱。飛燕，以燕飛形容舞姿輕盈，亦指漢成帝趙皇后飛燕。長裾，《拾遺記》載，趙飛燕體瘦，輕風時至，飛燕殆欲隨風入水，漢成帝乃以翠纓結飛燕之裾。陳王之佩，語本曹植〈洛神賦〉「願誠素之先達兮，解玉佩以要之」句。陳王，即曹植。❹雖非圖畫四句　寫麗人容貌之美，如圖畫似神仙。雖非二句，漢武帝李夫人卒，武帝圖其像於甘泉宮，見《漢書・外戚傳》。言異二句，宋玉〈高唐賦序〉：「昔者先王嘗遊高唐，怠而晝寢，夢見一婦人，曰：『妾巫山之女也，為高唐之客，聞君遊高唐，願薦枕蓆。』王因幸之。去而辭曰：『妾在巫山之陽，高丘之阻，旦為朝雲，暮為行雨，朝朝暮暮，陽臺之下。』」言，句首語助詞，無義。❺真可謂傾國傾城二句　總括容貌之美。傾國傾城，語本李延年歌「北方有佳人，絕世而獨立，一顧傾人城，再顧傾人國，寧不知傾城與傾國，佳人難再得」，見《漢書・外戚傳》。無對無雙，謂無可匹敵，《莊子・盜跖》：「生而長大，美好無雙。」

【語　譯】也有如西山嶺上的仙童，送給魏帝長生丸藥；腰中聽鳳的竹筒，傳授軒轅律曆之法。靨上金星與婺女星光爭明，額間麝月與嫦娥月華競勝。彩袖如驚鸞飛動，不時飄出韓壽異香；長裾如飛燕翩翩，應當繫結曹植玉珮。雖非圖畫，進入甘泉宮不可分辨；不是神仙，遊於陽臺無法區別。真可謂是傾國傾城、無對無雙的呢。

加以天情開朗，逸思彫華，妙解文章，尤工詩賦❶。琉璃硯匣，終日隨身；翡翠筆床，無時離手❷。清文滿篋，非惟芍藥之花；新制連篇，寧止蒲萄之樹。九日登高，時有緣情之作；萬年公主，非無誄德之辭❸。其佳麗也如彼，其才情也如此。

【章旨】寫麗人詩賦才情。

【注釋】❶加以天情開朗四句　天情，天然的情性，猶「天性」。彫華，雕琢華麗。❷琉璃硯匣四句　寫麗人用功之勤。筆床，臥置毛筆的器具。❸清文滿篋八句　寫麗人作品題材之廣，贈別、奉和、遊宴、悼亡等，無所不有。芍藥之花，傳統妻有〈芍藥花頌〉。蒲萄之樹，鍾會〈蒲萄賦序〉：「余植蒲萄於堂前，嘉而賦之，命荀勖並作。」芍藥、葡萄二事，詠物之外，可能也指向贈別與奉和。九日登高，九月初九重陽節有登高賦詩的習俗，《續齊諧記》載，九月九日，「作絳囊，盛茱萸，以系臂，登高，飲菊花酒」。緣情之作，指詩，語本陸機〈文賦〉「詩緣情而綺靡」句。萬年二句，晉武帝女萬年公主薨，詔左芬為誄，其文甚麗，見《晉書・后妃列傳》。誄德之辭，《釋名・釋典藝》：「誄，累也，累列其事而稱之也。」《文心雕龍・誄碑》：「誄者，累也，累其德行，旌之不朽也。」誄，當作「累」，累德之辭，謂誄也。

【語　譯】加以天性活潑樂觀，逸思華麗多彩，妙解文章，尤工詩賦。琉璃硯盒，終日隨身攜帶；翡翠筆架，無時不在手邊。清麗詩文裝滿箱篋，並非只有芍藥之花；新鮮製作連篇不斷，更不限於蒲萄之樹。九月九日登高，時有緣情而發的詩作；萬年公主去世，非無累列德行的誄辭。其姿色是那樣美麗，其才情是這樣出眾。

既而椒房宛轉，柘館陰岑，絳鶴晨嚴，銅蠡晝靜❶。三星未夕，不事懷衾；五日猶賒，誰能理曲。優游少托，寂寞多閒❷。厭長樂之疏鐘，勞中宮之緩箭。輕身無力，怯南陽之擣衣；生長深宮，笑扶風之織錦❸。雖復投壺玉女，為歡盡於百驍，爭博齊姬，心賞窮於六箸，無怡神於暇景，惟屬意於新詩，可得代彼萱蘇，微蠲愁疾❹。

【章　旨】寫後宮寂寞多閒，麗人屬意詩書，不樂遊戲，故需編輯新詩以供閱覽。

【注　釋】❶既而椒房宛轉四句　描繪後宮清冷寂靜。椒房，古代皇后居所，以椒塗室，取溫暖，除惡氣，見應劭《漢官儀》，另，未央宮有椒房殿。宛轉，蜿蜒曲折。柘館，漢成帝班婕妤所居，在上林苑內，《漢書・外戚傳》載班婕妤退處東宮，作賦自傷，有「痛陽祿柘館兮，仍繈褓而離災」句。陰岑，深邃寂靜。絳鶴，紅色仙鶴，此處借指鶴籥、鶴禁，代此後宮。銅蠡，指銅製鋪首，傳說中公輸般以蠡首之形施之門戶，見《風俗通》

引《百家書》。❷三星未夕六句　寫麗人無聊多閒。三星，天空中明亮而接近的三星，有參宿三星、心宿三星、河鼓三星，《詩・唐風・綢繆》：「綢繆束薪，三星在天。」夕，傾斜。懷衾，即擁衾而眠。五日，古時工作五天得一休假。賒，長久。理曲，猶「理樂」。優游，遊玩。託，寄託。❸厭長樂之疏鐘六句　寫麗人無所事事。長樂，漢宮名。中宮，皇后之宮。緩箭，緩慢的漏箭，指時光緩慢。南陽之擣衣，琅琊郡有擣衣山，傳說有神女擣衣於此。南陽，即汶陽，在泰山之西南，汶水之北。扶風之織錦，前秦竇滔為秦州刺史，被徙流沙，妻蘇氏思之，織錦為迴文旋圖詩以贈滔，詞甚淒婉，見《晉書・列女列傳》。❹雖復投壺玉女八句　謂唯詩文以消閒忘憂。投壺玉女，《神異經》：「東荒山中有大石室，東王公居焉，與一玉女投壺，設有入不出者，天為之笑。」百驍，謂投壺發矢，百發百還，見《西京雜記》卷五。投壺時矢從壺中躍出復還，謂之驍。爭博齊姬，《戰國策・齊策》載，蘇秦說齊宣王，稱臨菑之民無不「六博蹋鞠者」。六箸，古博弈之具。暇景，空閒的時光。萱蘇，萱草和皋蘇，可以忘憂釋勞，《初學記》引王朗〈與魏太子書〉：「不遺惠書，所以慰沃，奉讀歡笑，以藉飢渴，雖復萱草忘憂，皋蘇釋勞，無以加也。」蠲，免除。

【語　譯】椒房後宮宛轉曲折，上林柘館陰暗深邃，絳色鶴籥晨時緊閉，銅製鋪首白日寂靜。三星未曾西斜，則不擁衾入眠；五天猶嫌長久，誰能終日理樂。優遊娛樂缺少寄託，寂寞無聊頗多閒暇。厭倦了長樂稀疏的鐘聲，疲憊於宮中緩慢的漏箭。身輕無力，心怯南陽擣衣的勞苦；生長深宮，只覺扶風織錦的可笑。即便有投壺為戲的玉女，百發百還盡情歡樂，以博相爭的齊姬，六箸博弈心神歡暢，也無法在閒暇時怡神悅性，唯有屬意於新近詩體，可以替代萱草皋蘇，稍微排解憂愁疾苦。

但往世名篇，當今巧製，分諸麟閣，散在鴻都，不藉篇章，無由披覽❶。於是然脂暝寫，弄墨晨書，撰錄豔歌，凡為十卷❷。曾無參於雅頌，亦靡濫於風人，涇渭之間，若斯而已❸。於是麗以金箱，裝之寶軸❹。三臺妙跡，龍伸蠖屈之書；五色花箋，河北膠東之紙。高樓紅粉，仍定魯魚之文；辟惡生香，聊防羽陵之蠹❺。靈飛六甲，高擅玉函；《鴻烈》仙方，長推丹枕❻。

【章旨】寫《玉臺新詠》集的編選、抄寫、審定、裝潢。

【注釋】❶但往世名篇六句　寫編集的直接原因。麟閣，「麒麟閣」的省稱，《三輔黃圖．閣》：「麒麟閣，蕭何造，以藏秘書、處賢才也。」鴻都，漢代藏書所，《後漢書．儒林傳序》：「乃董卓移都之際，吏民擾亂，自辟雍、東觀、蘭臺、石室、宣明、鴻都諸藏典策文章，競共剖散。」篇章，用如動詞，連成篇章。❷於是然脂暝寫四句　寫編集經過。然，「燃」的古字，燃燒。暝，日落天黑。豔歌，豔詩。凡，共。❸曾無參於雅頌四句　寫本集內容特點，即無關雅頌，亦不充數於正統詩人，區別之大，有如涇渭。曾，全；竟。雅頌，《詩》分為風、雅、頌，雅為宮廷樂曲，頌為宗廟祭祀之用，《禮記．樂記》「聽其雅頌之聲，志意得廣焉」句，孔穎達疏：「雅以施正道，頌以贊成功，若聽其聲，則淫邪不入，故志意得廣焉。」靡，無，《詩．邶風．泉水》：「有懷於衛，靡日不思。」濫，虛妄不實，猶濫吹、濫竽充數。風人，詩人，曹植〈求通親親表〉：「是以雍雍穆穆，風人詠之。」涇渭，涇水和渭水，兩水清濁分明，因以喻差異顯著。❹於是麗以金箱二句　寫裝幀。麗，配。金箱，金製的箱，《漢武內傳》載河東功曹李友入山採藥，「於巖室中得此經，盛以金箱」。寶軸，精緻的卷軸，徐陵〈諫仁山深法師罷道書〉：「朝覩尊儀，暮披寶軸，剎那之善，逐此而生。」❺三臺妙跡八句　寫麗人舒卷而睹書法、紙張，見有訛文，隨手標識。三臺，尚書為中臺，御史為憲臺，謁者為外臺，是謂三臺，這裡當指書家蔡邕，《後漢書・蔡邕傳》載，州郡舉邕詣府，置祭酒，後舉高第，補侍御史，又轉持書御史，遷尚書，「三日之間，周歷三臺」，《古今書評》謂蔡邕書「骨氣洞達，爽爽有神」。龍伸蠖屈，形容書勢遒勁，語本《易・繫辭》「尺蠖之屈，以求伸也；龍蛇之蟄，以存身也」句，王珉〈行書狀〉描繪書法形態有「虎踞鳳跱，龍伸蠖屈」句。五色花箋，《鄴中記》載，石虎詔令「以五色紙，著鳳雛口中」。高樓紅粉，麗人的胭脂和鉛粉，〈青青河畔草〉：「盈盈樓上女，皎皎當窗牖，娥娥紅粉妝，纖纖出素手。」仍，便；因。魯魚之文，豎排之書，「魯」字容易被誤為「魚」、「日」二字，故以「魯魚」指抄寫刊印中的文字訛誤，《抱朴子・內篇・遐覽》載有時諺曰「書三寫，魚成魯，虛成虎」。辟惡生香，指原本用來辟除穢惡的麝香，可置於香囊內供女子佩身裝飾。生香，麝香品類之一，庾信〈燕歌行〉有「盤龍明鏡餉秦嘉，辟惡生香寄韓壽」句，〈奉和夏日應令詩〉有「開冰帶井水，和粉雜生香」句。羽陵之蠹，《穆天子傳》卷五：「仲秋甲戌，天子東游，次於雀梁，暴蠹書於羽陵。」後以羽陵稱藏書之所。❻靈飛六甲四句　寫將書放置於玉函丹枕中，前文的「金箱」、「寶軸」重在裝潢的奢華金貴，本句的「玉函」、「丹枕」重在平日放置的地方，並不重複。靈飛二句，《漢武內傳》曰：「武帝受西王母真形、六甲、靈飛十二律，帝盛以黃金，封以白玉函。」擅，據有，《莊子・秋水》：「且夫擅一壑之水，而跨跱埳井之樂，此亦至矣。」鴻烈二句，《漢書・劉向傳》載，淮南有《枕中鴻寶苑秘書》，「言神僊使鬼物為金之術」，顏師古注曰：「《鴻寶》、《苑秘書》，並道術篇名，藏在枕中，言常存錄之，不漏泄也。」鴻烈，劉安著《淮南鴻烈》，也名《淮南子》。

【語　譯】只是往世名篇，當今巧作，分於麒麟閣內，散在鴻都樓中，不編成連篇續章，便無從披閱觀覽。於是夜間燃起膏脂騰抄，晨裡執筆研墨書寫，編撰收錄豔歌，共為十卷。完全無關於雅頌正聲，也不濫吹於正統詩人，差別之大，有如涇渭。然後給它配上金箱，裝上寶軸。字是蔡邕墨跡，龍伸蠖屈的妙書；紙是五色花箋，河北膠東的名紙。高樓佳人的紅粉胭脂，便以勘定魯魚虛虎的訛文；本為辟惡的生香香料，聊以驅防羽陵圖書的蠹蟲。如靈飛六甲，高高據有白玉之函；如《鴻烈》仙方，常常放入紅色枕中。

至如青牛帳裏，餘曲未終；朱鳥窗前，新妝已竟❶。方當開茲縹帙，散此條繩。永對玩於書帷，長循環於纖手❷。豈如鄧學《春秋》，儒者之功難習；竇傳黃老，金丹之術不成。固勝西蜀豪家，托情窮於《魯殿》；東儲甲觀，流詠止於《洞簫》❸。孌彼諸姬，聊同棄日，猗與彤管，無或譏焉❹。

【章　旨】寫書成展卷，以諸事對比，收束全文。

【注　釋】❶至如青牛帳裏四句　寫適宜展卷閱讀的時機。青牛帳，或為以老子出關或神仙事蹟為內容的屏障。青牛，《列仙傳》載，關令尹喜望見有紫氣浮關，「老子果乘青牛而過」，後以青牛為神仙道士之坐騎。帳，同「障」。屏風步障。朱鳥窗，《博物志》載，西王母乘紫雲車降於九華殿西，與武帝分食仙桃，「時東方朔竊從殿南廂朱鳥牖下窺母」。竟，結束。❷方當開茲縹帙四句　寫展卷閱讀。縹帙，淡青色書衣。絛繩，絲帶，此指繫縛卷軸的絲繩。書帷，書齋的帷帳，此指書齋。循環，書以卷軸裝，舒卷轉動以閱覽。❸豈如鄧學春秋八句　與四事對比，寫展讀之樂。鄧學《春秋》，《後漢書・皇后紀》載，鄧皇后綏十二通《詩》、《論語》，「諸兄每讀經傳，輒下意難問，志在典籍，不問居家之事」，未明言《春秋》，又載明德馬皇后「能誦《易》，好讀《春秋》、《楚辭》」。竇傳黃老，《史記・外戚世家》：「竇太后好黃帝老子言，帝及太子諸竇不得不讀黃帝老子尊其術。」固勝二句，《三國志・劉琰傳》載，劉琰，魯國人，為車騎將軍，有侍婢數十，「悉教誦〈魯靈光殿賦〉」。〈魯靈光殿賦〉，東漢作家王延壽少年時遊魯地而作，廣為傳誦。東儲二句，《漢書》王褒本傳載，元帝為太子時，「苦忽忽善忘，不樂。詔使褒等皆之太子宮虞侍太子，朝夕誦讀奇文及所自造作」，「太子喜褒所為〈甘泉〉及〈洞簫〉頌，令後宮貴人左右皆誦讀之」，徐陵〈宛轉歌〉有「已聞能歌〈洞簫賦〉，詎是故愛邯鄲倡」句，徐陵以〈洞簫賦〉作對比，因為該賦多有寄寓，如「詳察其素體兮宜清靜而弗諠，幸得謚為洞簫兮蒙聖王之渥恩」、「并包吐含，若慈父之畜子」、「順敘卑达，若孝子之事父」等句。東儲，東宮太子。甲觀，漢代樓觀名，猶言第一觀，為皇太子所居。❹孌彼諸姬四句　寫此書可供麗人消磨時光。孌彼諸姬，用《詩・邶風・泉水》成句。孌，美好貌。諸姬，指眾麗人。聊同棄日，謂麗人尚可以《玉臺新詠》一書消磨時光，《漢書》王褒本傳載宣帝以辭賦與「女工有綺縠，音樂有鄭衛」作比，以為辭賦「小者辯麗可喜」，除「娛說耳目」外，「尚有仁義諷諭鳥獸草木多聞之觀，賢於倡優博弈遠矣」。聊，聊且。同，等同。棄日，本指虛度光陰，這裡指消磨時光。猗與彤管，語本《詩・邶風・靜女》「靜女其孌，貽我彤管」。《後漢書・皇后紀論》：「女史彤管，記功書過。」皇后有女史作彤管之法，如太史之於君王，這裡是以彤管記功書過的大用與豔歌無關雅頌的情趣作對比。無或譏焉，許槤原刻本作「麗矣香奩」，謂存書的匣子十分美麗，然《玉臺新詠》卷首、《藝文類聚》卷五十五、明鈔本卷六等，本句俱作「無或譏焉」，謂彤管女史之有大用，請勿譏豔歌新詩之小道，文義較勝。無或，祈使之辭，不要。

【語　譯】至如繪有青牛的屏障裡，樂曲餘音未終；朱鳥為飾的窗牖前，新著妝容已畢。正適合打開這書衣，解散這絲繩。長久把玩於書齋之內，舒卷轉動於纖纖素手。不像鄧皇后學習《春秋》，儒者的修養難以把握；竇太后推廣黃老，金丹的方術不得成就。確實勝過西蜀豪家劉琰，寄託鄉情盡於誦讀〈魯殿〉，東宮太子劉奭，流連吟詠止於〈洞簫〉。本書提供給那些麗人，聊用以消磨時光，記功書過的彤管女史，還請不必非議譏斥。

【研　析】本序之重要，不僅在於它華麗優美而早已成為名篇，還在於它是研究《玉臺新詠》的極重要資料。許槤曰：「駢語至徐庾，五色相宣，八音迭奏，可謂六朝之渤澥、唐代之津梁。而是篇尤為聲偶兼到之作，煉格煉詞，綺綰繡錯，幾於赤城千里霞矣。」譚獻以「無字不工」、「四六之上駟，峭倩麗密」稱之。他們就是從文學之美和文學史地位來評說的。

作為研究資料，在使用時，準確理解文本是前提。本文因為典故使用眾多，再加上發揮到極致的駢文體式，造成歧讀誤會甚夥。典故多，則典故使用時表意有效邊界的劃定變得十分重要；駢文體式形成的省略、倒裝、變形等，使詞句理解變得困難。因為文本重要，加上準確理解本身也是欣賞文學之美、理解作者匠心的前提，故不憚與「注釋」、「語譯」的重複，在此再加研析。

本文可以分成兩大部分，第一部分寫麗人，第二部分寫《玉臺新詠》的編撰、閱讀。描繪麗人從出身之高貴寫起，然後寫其美貌、才藝，寫才藝則最終落在對「文章」、「詩賦」的愛好上，因其「妙解文章，尤工詩賦」，才有下文宕起一筆的「優游少托，寂寞多閒」時的不樂投壺爭博，才有「屬意於新詩」，所以有《玉臺新詠》編撰的需求，順暢引出下文該書的編撰，然後綜合麗人的如此愛好才情、書籍的編選裝幀俱妙，才有下文展讀之欣喜，並進行對比，再突出《玉臺新詠》無關大用、僅錄豔歌的特點帶來的閱讀的愉悅。所以，兩大部分雖然各有重點、保持相對獨立，而又脈絡一致，循環反覆。

寫出身，極盡鋪排，「五陵豪族，充選掖庭；四姓良家，馳名永巷，亦有潁川新市，河間觀津」，反覆致意麗人出身之高貴，典故已見注釋。其中「良家」一詞，與「豪族」對言，再加上「五陵」、「四姓」的限定，當釋為「世家」，用例如《後漢書・陳蕃傳》載桓帝欲立所幸田貴人為皇后，陳蕃以「田氏卑微，竇族良家，爭之甚固」，又如《晉書・武元楊皇后列傳》載泰始中帝「博選良家以充後宮……名家盛族子女，多敗衣瘁貌以避之」。前例中與「卑微」對舉，後例中與「名家盛族」同義，頗可證此。這樣的理解也與語境契合。這些典實，都與皇后有關，但我們並不能就把麗人確定為皇后，這些典實的有效性的邊界，應該就限於「宮中之人」。指實為皇后，則下文對麗人細腰纖手的描寫，兩次比較於東鄰和西施，即「閱詩敦禮，非直東鄰之自媒；婉約風流，無異西施之被教」及「東鄰巧笑，來侍寢於更衣；西子微顰，得橫陳於甲帳」，尤其是「橫陳」二字，將變得極不得體。

上述典實不能被過度解釋，而有的典實，則必須理解到位。如「孌彼諸姬，聊同棄日，猗與彤管，無或譏焉」幾句，如果「彤管」一典理解不到，則整句的意思也無法把握。「孌彼諸姬，聊同棄日」、「猗與彤管，無或譏焉」兩句對舉，「孌彼諸姬」是「聊同棄日」的主語，「猗與彤管」是「無或譏焉」的主語。「孌彼諸姬，聊同棄日」謂該書編寫，聊供麗人消磨時光。聊，聊且的意思，今天我們贈書於人會於扉頁題曰「方家君子，聊供消遣」，正可彷彿。「諸姬」指麗人，而非前述鄧、竇二后，及劉琰侍婢、劉奭宮人。首先以「諸姬」一詞稱太后皇后並不合適，其次「棄日」義為「虛度光陰」，多帶貶義，謙以稱己則可，謂鄧學《春秋》、竇傳黃老為「棄日」，苛以責人，則過矣。而且，如果把「諸姬」當成太后皇后諸婢宮人，把「棄日」理解為真實的「虛度光陰」這一苛責，則「聊」字也無法落實。彤管，李賢注《後漢書・皇后紀論》「女史彤管，記功書過」一句曰：「《周禮》云『女史，掌王后之禮，書內令，凡后之事以禮從』也，鄭玄注云『亦如大史之於王』也。彤管，赤管筆也，《詩》云『貽我彤管』，注云『古者，后夫人必有女史作彤管之法』也。」這裡的「彤管」一典，指向的並不是麗人，而是記功書過、有類於王之太史的女史，正是以女史正式、傳統、服務政治的大用，來與隨興、新變、愉悅性情的小用進行對比，所以最後說「還請不必非議譏斥」。「無或」在這裡是祈使之辭，不得、不必、不要的意思，如崔寔《四民月令》「無或蘊財，忍人之窮；無或利名，罄家繼富」、荀攸〈復勸進魏公〉「願明公恭承帝命，無或拒違」、陶弘景〈授陸敬游十賚文〉「可對揚嘉策，循言求理，無或驕惰，以騫斯旨」等，是最為常見的義項。「無或」也有「沒有」這一義項，如《後漢書・馬融傳》載，時俗重文德而輕武功，馬融則以為「文武之道，聖賢不墜，五才之用，無或可廢」，即五才的功用，沒有任何一樣可以廢棄。但在本文中，把「無或」理解為「沒有」，而把「彤管」指向麗人，說麗人的閱讀《玉臺新詠》是毫無缺點——一點也沒有可譏之處的，既過於生硬，也與「彤管」的文化內涵不合。

詞句理解變得困難，主要體現在文中描述《玉臺新詠》編撰過程的一節中。這一節前文說到麗人不樂博戲，惟好歌詩，「無怡神於暇景，惟屬意於新詩」一句，主語當然是麗人。但中間加上

「但往世名篇，當今巧製，分諸麟閣，散在鴻都，不藉篇章，無由披覽」一長句後，「於是然脂暝寫」以下至於「五色花箋，河北膠東之紙」的主語，則已發生暗換，已經成為《玉臺新詠》一書的編撰者。打一個比方，「現在有人有這樣的需求（麗人惟屬意於新詩），而社會上沒有相應的產品（不藉篇章，無由披覽），於是我們就研發了本產品（編撰《玉臺新詠》）」。即便用現代白話來寫，「我們」一詞也可以刪去，成為「現在有人有這樣的需求，而社會上沒有相應的產品，於是就研發了本產品」，因為前文已把主語換為「名篇」、「巧製」，後文如果不出主語，除了承前省之外，當然也可以省去客觀敘述者，即「我們」，尤其是當「我們」在介紹自己的產品的時候。用駢文寫作，若加上「我」，則顯得不順，更與全文的構思手法格格不入。

其中「曾無參與雅頌，亦靡濫於風人，涇渭之間，若斯而已」，頗不易解，尤其「亦靡濫於風人」一句，多有學者把它理解為「把溫柔敦厚的儒家詩教當作編選《玉臺新詠》作品的思想標準」、「合於風騷比興之志」、「並不逾越《詩經・國風》的範圍」等。他們都是把「濫」理解為「溢出逾越」意。其實這裡的濫，本指虛妄不實，《左傳・昭公八年》：「八年，春，石言於晉魏榆，晉侯問於師曠，曰，石何故言？對曰，石不能言，或馮焉，不然，民聽濫也。」杜注：「濫，失也。」孔疏：「或民聽濫失實，無言而妄稱有言也。」後因「濫竽充數」故事，以「濫」及「濫吹」、「濫竽」指充數、假冒、偽裝之意，見《韓非子・內儲說上》。如庾信〈哀江南賦〉「謬掌衛於中軍，濫尸丞於御史」、〈小園賦〉「昔早濫於吹噓，藉《文言》之慶餘」，孔稚珪〈北山移文〉「偶吹草堂，濫巾北嶽」，王融〈出家懷道篇頌〉有「韞石諒非真，飾瓶信為假，竊服皋門上，濫吹淄軒下。」顏之推《觀我生賦》有「濫充選於多士，在參戎之盛列。」等。本文使用的濫，猶

「濫竽」、「濫吹」，用例十分常見。其實本句與上句並列，上句說不等同於雅頌（此「參」為羅列、並之意，皇甫謐《高士傳・贄恂》：「恂行侔顏閔，學擬仲舒，文參長卿，才同賈誼。」此參與侔、擬、同並用。），本句則說也不假冒充數於風人詩教，所以接下去說涇渭之間的差別，也就像本書和雅頌風人間的差別一樣而已，極寫《玉臺新詠》之與雅頌風人差異之大。這兩句似謙實恭，很有倨傲自得之意。「靡濫於風人」的風人與上句雅頌對舉，也不指普通詩人，而指儒家正統的重詩教的詩人，一般重視歌詩在修身、齊家、治國各方面的積極功用，持「詩言志」、「興觀群怨」、「思無邪」、「順美匡惡」之類觀點。「亦靡濫於風人」一句只有這樣理解，「涇渭之間，若斯而已」中的「涇渭」，才得以落實，後文與「鄧學《春秋》，儒者之功難習」的對比，方得以成立。未解「濫」字，又無視上下文的語境，加上四庫館臣評語「猶有講於溫柔敦厚之遺」的先聲奪人，則容易導致這樣的誤讀。

「高樓紅粉，仍定魯魚之文；辟惡生香，聊防羽陵之蠹」，有學者認為紅粉只能釋為美麗的女性，而「高樓紅粉」當成文中的麗人，認為是她做了校勘工作，把「仍」字理解為「仍然」，承上文的「撰錄豔歌」而說，證明撰錄者和校勘者都是那一位「無雙無對」的女性。其實「紅粉」的本義是胭脂鉛粉，當然不會只能解釋為「美麗的女性」這一用法，不過是後來美女義用得多而本義不常見而已。此處「高樓紅粉」乃與「辟惡生香」並舉，用的正是「紅粉」的本義，即高樓中麗人們所使用的胭脂鉛粉，「紅粉」前加了「高樓」二字，則亦不能理解為專用於校書的丹鉛了。這些高樓麗人的胭脂，本當用來化妝美容，現在卻被用來勘定訛文，與下句方能成對，即生香（麝香的一種）本當用來辟除穢惡，現在卻被用來驅防書蠹。

這和上文的「然脂暝寫，弄墨晨書」其實形成了一定的對照關係，即編撰者是膏以繼晷，以墨騰抄，校勘者是以胭脂鉛粉，則其校勘必然不是當作專門一項工作來做（否則當然會配給以充足而專門的工具），而是在書成後（「撰錄豔歌，凡為十卷」則已經撰集完成，「麗以金箱，裝之寶軸」則裝幀結束），展讀之間（所以裝幀結束之後，又提到「三臺妙跡」、「五色花箋」，此處寫書法高妙、紙張華美，則已經是麗人舒卷所見），見有訛誤，隨手標出而已，所以使用的是手邊的胭脂鉛粉。「仍」字，也不能理解為「仍然」，而當理解為「便」、「因」之類，《詩・大雅・常武》：「鋪敦淮濆，仍執醜虜。」《毛傳》：「仍，就。」孔穎達疏：「〈釋詁〉云『仍，因也』，因是就之義也。」「仍」字這樣理解，表示麗人在書成閱讀時，發現有魯魚之文，順手就此以胭脂標識。這句話，近接上文抄寫撰錄、裝潢書紙的過程，而寫勘定與收藏，遠接前文麗人「才情如此」，在說撰錄過程時，仍以褒獎主人公來點綴，呼應前文，也引出下文麗人的閱讀，伏脈千里。

這一段的每句話都不易理解，而對每句話的理解，都會影響對全文的理解，進而影響對《玉臺新詠》撰著信息的判斷。

此序別出心裁，不同於一般序文。從寫法上看，它更像一篇賦。我在看本序時，常常會想到簡文帝、庾肩吾等人的〈詠美人看畫詩〉。本序前半部分完全可以看成〈麗人賦〉，加上後半部分則進一步成為〈麗人讀書賦〉，它與〈協初賦〉、〈檢逸賦〉、〈靜思賦〉、〈麗色賦〉、〈閑情賦〉、〈永懷賦〉等賦一脈相承，而結合了梁陳宮體新變，將以往賦麗人時全方位的鋪陳，集中到讀書這一個事件上，同時更重視細節，使刻畫更具畫面感，這與〈詠內人晝臥〉及上舉〈詠美人看畫詩〉等典型的宮體詩是一致的。更為別緻的是，徐陵又沒有忘記「序」的本位，撰集緣起，文集的功用價值，徐陵的文學觀點，這些內容都存身於文中，如「新詩」、「豔歌」這些點睛之詞，如「曾無參與雅頌，亦靡濫於風人，涇渭之間，若斯而已」這句直接告白，如文末與「鄧學《春秋》之儒者之功」、「竇傳黃老」之道家之術及〈魯殿〉、〈洞簫〉等有所寄託的正統文學的對比，再如「孌彼諸姬，聊同棄日，猗與彤管，無或譏焉」這句似謙實恭、以退為進的收束，都顯示出作者徐陵的文學追求。當然，這些內容，如鹽入水，絕不擾亂全文的構思和章法。

所以，可以把本序看成是徐陵以宮體賦為序的一次有趣的文學嘗試，文中虛虛實實、真真假假。為麗人讀書而編《玉臺新詠》可能虛假（可能只是「為文而造事」而已），麗人可能有其原型，但也可能全為虛構。

論

鄭眾論

梁　元帝

【題解】鄭眾，字仲師，河南開封人。善《左氏春秋》，兼通《易》、《詩》，知名於世。《後漢書・鄭范陳賈張傳》載，當時北匈奴遣使求和親，漢明帝永平八年（西元六五年），派遣鄭眾出使匈奴，「眾至北庭，虜欲令拜，眾不為屈。單于大怒，圍守閉之，不與水火，欲脅服眾。眾拔刀自誓，單于恐而止，乃更發使隨眾還京師」。論，以議論為主的文體，魏曹丕《典論・論文》謂「書論宜理」，《文心雕龍・論說》：「論也者，彌綸群言而研精一理者也。」

漢世銜命匈奴，困而不辱者，二人而已❶。子卿手持漢節，臥伏冰霜；仲師固無下拜，隔絕水火❷。況復風生稽落，日隱龍堆，翰海飛沙，皋蘭走雪❸，豈不酸鼻痛心，憶洛陽之宮陛，屑泣橫悲，想長安之城闕❹。直以為臣之道，義不為生，事君之節，生為義盡❺，豈望拔幽泉，出重仞，經長樂，抵未央❻。及還望塞亭，來依候火，傍觀上郡，側眺雲中❼，雖在己之願自隆，而於時之報未盡❽。

【注釋】❶漢世銜命匈奴三句　總括給出議論對象及其特點「困而不辱」。銜命，接受命令，《禮記・檀弓上》：「銜君命而使。」❷子卿手持漢節四句　概述二人事蹟。子卿二句，蘇武，字子卿，漢武帝時使單于被扣，幽置大窖中，絕不飲食，天雨雪，武臥齧雪與旃毛並咽之，數日不死，見《漢書・李廣蘇建傳》。仲師二句，見題解。❸況復風生稽落四句　描繪北地飛沙走雪的惡劣地貌。稽落，即稽落山，在今蒙古國西南。龍堆，即白龍堆沙漠，在今新疆羅布泊以東至甘肅玉門關間。翰海，當指北海，即今貝加爾湖。皋蘭，即皋蘭山，在今甘肅蘭州南。❹豈不酸鼻痛心四句　寫二人亦思故國。酸鼻痛心，語本宋玉〈高唐賦〉「孤子寡婦，寒心酸鼻」句。屑泣橫悲，語本《楚辭》「涕漸漸其如屑」，見《文選》李善注〈祭顏光祿文〉「屑涕」引。❺直以為臣之道四句　謂二人秉君臣之道，為義捨生，語本《孟子・告子上》：「生，亦我所欲也；義，亦我所欲也，二者不可得兼，捨生而取義也。」❻豈望拔幽泉四句　故二人不以歸國為望。拔，脫離，《晉書・周虓列傳》：「未及拔身，奄隕厥命。」幽泉，指陰間地府，此以喻北地。重仞，指數仞高牆，此指匈奴宮廷，語本《論語・子張》「夫子之牆數仞」。長樂、未央，皆漢宮名。❼及還望塞亭四句　寫歸漢。還望二句，沿途所見塞亭、烽火、候望，《漢書・匈奴傳》：「匈奴行攻塞外亭障，略取吏民去，是時漢邊郡烽火候望精明。」塞亭，即塞外亭障。候火，即用以候望的軍中哨所和用以警報軍情的烽火。上郡，漢郡名。雲中，秦漢郡名。❽雖在己之願自隆二句　謂歸漢後實現自己心願，而朝廷賞之不足。隆，使成長實現。於時之報未盡，《後漢書・鄭范陳賈張傳》載，鄭眾回漢朝後不久，漢帝復遣他出使北匈奴，鄭眾上言這麼做對漢朝不利，於是被捕入獄，會赦，歸家，其後帝見匈奴來者，問眾與單于爭禮之狀，皆言匈奴中傳眾意氣壯勇，雖蘇武不過，乃復召眾為軍司馬。

【語　譯】漢時奉命出使匈奴，能被困而不辱的，二人而已。蘇武子卿手持漢朝使節，臥冰伏霜；鄭眾仲師堅持不拜匈奴，斷絕水火。況且風生於稽落山，日落於白龍堆，翰海飛卷狂沙，皋蘭奔騰大雪，怎能不鼻酸心痛，思憶洛陽的宮殿，淚飛悲集，想念長安的城闕。只因為臣的方法，踐行道義不為偷生，事君的節操，生命可為道義而盡，當然不會期望離開北國地府，逃出數仞高牆，來到長樂，抵達未央。等到真的返還，回看塞上亭障，靠近候望烽火，旁觀上郡，側眺雲中，雖然對自己而言，心願已得到實現，但於朝廷來說，回報卻不算盡足。

【研　析】本文先給出議論對象，對蘇武、鄭眾二人處境進行描繪，再分析其困而不辱的原因，最後寫其歸國後報遇不足以當其功。其中「風生稽落，日隱龍堆，翰海飛沙，皋蘭走雪」幾句，以四個地名連綴，鋪排風生、日隱、飛沙、走雪之狀，給人籠罩天地的感覺，許槤評以「濃至有態」。「為臣之道，義不為生，事君之節，生為義盡」從孟子捨生取義化出，加以君臣之道，實是本文核心。

觀先秦文獻，於君臣關係，似乎多對君王提要求，如《左傳・襄公二十一年》「夫上之所為，民之歸也」，孔子說「其身正，不令而行，其身不正，雖令不從」，孟子說「君仁莫不仁，君義莫不義，君正莫不正，一正君而國定矣」等等，似乎可以概括為「從道不從君」（《荀子・臣道篇》），進而還要以道格君心之非。即使說到「忠」，如曾子說：「夫子之道，忠恕而已。」朱熹的解釋是：「盡己之謂忠，推己之謂恕。」「盡己」的對象，如《左傳・昭公元年》記趙孟的話「臨患不忘國，忠也」，未必是指向君王，而更多是指向「國」。到漢班固《白虎通・三綱六紀》「三綱者，何謂也?君臣、父子、夫婦也」,君臣之間,已經開始從對君的要求轉向對臣的規範。而到本文「為臣之道,義不為生,事君之節,生為義盡」幾句,則完全從臣著眼。這雖然與本文的標題是〈鄭眾論〉而非〈君臣論〉有關,但也可以看出梁元帝蕭繹對重拾大漢「君為臣綱」的儒教工具,以明《左傳》通《易》《詩》的鄭眾為模範,號召儒臣盡忠報國的用心。而對於朝廷的責任,文中有「於時之報未盡」一句,表明朝廷應當對像鄭眾一樣的義子節士,給予更多的酬報,來表彰這類義行。所以本文看似論鄭眾,其實也是醉翁之意不在酒呢。

本文以「鄭眾論」為標題,內容卻蘇武、鄭眾並行,末尾「雖在己之願自隆,而於時之報未盡」一句,語意也似未能收束。本文是賴《藝文類聚》得以存在的碎玉,或非完璧,也未可知。

銘

石帆銘

宋　鮑照

【題解】石帆，山名，位於長江北岸，在今江蘇儀徵。銘文作用有二：一用於規戒，二用於祝頌，吳訥《文章辨體》「銘者，名也，名其器物以自警也」，說的就是第一種。銘的內容有記功的，有勒勳的，有官室銘，有器皿銘，還有「座右銘」之類。銘文多四字一句，短的可以只有幾句。

應風剖流❶，息石❷橫波，下澋地軸❸，上獵❹星羅。吐湘引漢❺，歙蠡吞沱❻，西歷岷冢❼，北瀉淮河。眇森宏藹❽，積廣連深，淪天測際，亙海窮陰❾。雲旌未起，風柯不吟❿，崩濤山墜，鬱浪雷沉⓫。

【章旨】石帆山雄偉壯觀，地勢奇險。

【注釋】❶應風剖流　應，迎擊。剖，分。❷息石　安然不動的岩石，指石帆山。❸下澋地軸　澋，眾水相匯處，此處用來形容石帆山峰巒密集。地軸，《河圖括地象》：「地下有四柱，廣十萬里，有三千六百軸。」❹獵　取。❺吐湘引漢　湘，湘江。漢，漢水，又名漢江。❻歙蠡吞沱　歙，吸；吸進。蠡，彭蠡，古澤名，舊釋即今江西鄱陽湖，通長江，一說為今鄂東皖西一帶江湖。沱，沱江，在今四川省，《書・禹貢》謂「岷山導江，東別為沱」，以沱水為長江的支流。❼西歷岷冢　歷，經歷；經過。岷冢，指岷山、嶓冢，均是山名。岷山，在四川省北部，綿延四川、甘肅兩省邊境，為長江、黃河分水嶺，岷江、嘉陵江支流白龍江發源地。嶓冢，在今甘肅天水市與禮縣之間，古人以為是漢水上源。❽眇森宏藹　眇，遼遠。森，陰沉幽暗的樣子。藹，盛多的樣子。❾淪天測際二句　淪，入。測，盡；極。亙，窮盡。陰，謂幽深不測之地，揚子雲《太玄經》：「幽無形，深不可測之謂陰也。」❿雲旌未起二句　雲旌，形狀如旗的雲。柯，樹枝。⓫鬱浪雷沉　大浪聚集似雷轟鳴。鬱，積聚。

【語譯】迎著疾風剖開水流，巨石屹立橫阻波濤。眾水下匯深達地軸，峰巒高聳上及群星。吐納湘江牽引漢水，吸進彭蠡吞入沱江。向西經過岷山、嶓冢，向北奔瀉千里淮河。浩渺幽暗宏大蒼茫，累積廣闊勾連深遠，沒入天宇極盡天之邊際，終極海濱窮盡海之幽冥。旗狀雲霧還未聚起，樹枝間的風尚未低吟，巨濤崩裂如山墜毀，大浪聚集似雷轟鳴。

在昔鴻荒❶，刊啟源陸❷。表裏民邦，經緯鳥服❸。瞻貞視悔，坎水巽木❹，乃剡乃鑱，既刳既斫❺。飛深浮遠，巢潭館谷❻。涉川之利❼，謂易則難；臨淵之戒❽，曰危乃安。泊潛輕濟，冥表勤言❾。穆戎遂留，昭御不還❿。徒悲猿鶴，空駕滄煙。

【章　旨】洪荒時代，古人開墾土地，伐木為舟，涉渡深淵遠海，多有風險。

【注　釋】❶鴻荒　同「洪荒」。混沌、蒙昧的狀態，借指遠古時代。❷刊啟源陸　開闢未開發的土地。❸表裏民邦二句　表裏，內外，此處用作動詞，謂建立國家，劃分政區。民邦，邦國。經緯，規劃治理。鳥服，本謂東方海島居民以鳥獸皮毛為服，後以「鳥服」借指荒遠之地。❹瞻貞視悔二句　貞、悔，卦象的分類，《易》卦象由六爻組成，下三爻為內卦，曰貞，上三爻為外卦，曰悔。坎、巽，《易》中的卦名，〈說卦〉：「巽為木，坎為水。」❺乃刳乃鏟二句　語本《易・繫辭》「刳木為舟，剡木為楫」，謂伐木造船。剡，削；削尖。刳，挖；挖空。斫，用刀斧等砍或削。❻巢潭館谷　巢，居住。館，寓居；留宿。❼涉川之利　語本《易・需》「利涉大川，往有功也」句。❽臨淵之戒　語本《詩・小雅・小旻》「戰戰兢兢，如臨深淵」句。❾泊潛輕濟二句　泊潛，水匯集而幽深處，錢仲聯注：「『泊』，疑當作『汨』。《史記・屈原列傳》：『於是懷石，遂自投汨羅以死。』……《楚辭・九章》：『哀南夷之莫吾知兮，旦余濟乎江湘。』」冥表，海表，謂海上的情況。一說「冥」為殷商的先祖，《史記・殷本紀》集解：「冥為司空，勤其官事，死於水中，殷人郊之。」❿穆戎遂留二句　穆，周穆王。戎，用兵，語本《太平御覽》引《抱朴子・內篇・釋滯》：「周穆王南征，一軍盡化，君子為猿鶴，小人為沙蟲。」昭，周昭王，《史記・周本紀》：「昭王南巡守不返，卒于江上。」

【語　譯】在往昔遠古時代，開闢未開墾的土地。劃分內外建立邦國，經營治理荒遠邊民。反覆察看貞卦悔卦的示意，體會坎卦為水巽卦為木的道理，於是砍伐鏟削樹木做楫，剖開挖空樹木為舟。用以飛越深淵浮游遠海，棲居溪潭寄宿河谷。涉越川流的便利，說來容易其實很難；面臨深淵的戒備，說來危險卻也安全。汪洋大水輕舟遠渡，海上情況多有言談。周穆王出兵於是被留，周昭王南巡因而不返。猿啼鶴鳴徒然悲切，滄海煙波空自瀰漫。

君子彼想，祗心載惕❶。林簡松栝，水采龍鷁❷。覘氣涉潮，投祭沉璧❸；揆檢含《圖》❹，命辰定曆❺。二崤虎口，周王夙趨；九折羊腸，漢臣電驅❻。潛鱗浮翼，爭景乘虛❼。衡石頳鰩❽，帝子察殂❾；青山斷河，后父沉軀❿。川吏掌津，敢告訪途⓫。

【章　旨】告誡山川兇險，應敬畏天地，謹慎小心。

【注　釋】❶君子彼想二句　君子彼想，孫德謙認為應是「想彼君子」的倒裝。祗，恭敬。載，語助詞。惕，戒懼。❷林簡松栝二句　簡，選擇；挑選。栝，木名，即檜樹。采，用。龍鷁，船首畫有鷁鳥的龍舟，《淮南子・本經》：「龍舟鷁首，浮吹以娛。」鷁，水鳥名，形如鷺而大，羽色蒼白，善高飛。❸覘氣涉潮二句　覘，觀察。投祭沉璧，將玉璧投入江河，舉行沉祭。《帝王世紀》：「堯與群臣沉璧於河。」❹揆檢含圖　揆，揣度。檢，古書以竹木簡為之，書成，穿以皮條或絲繩，於繩結處封泥，在泥上鈐印，謂之檢，此處代指圖書。含，品味；領會。圖，《河圖》。❺命辰定曆　規定時辰曆法，《路史》：「軒轅黃帝受《河圖》作曆，歲紀甲寅，日紀甲子。」❻二崤虎口四句　意謂到了險要關頭要趨避或急走。二崤虎口周王夙趨，典出《左傳・僖公三十二年》：「崤有二陵焉：其南陵，夏后皋之墓也；其北陵，文王之所避風雨也。」二崤，崤山，在今河南洛寧北。虎口，指險要之地。夙，早年。錢仲聯《鮑參軍集注》引吳汝綸說，疑為「風」。九折羊腸漢臣電驅，典出《漢書・王尊傳》：「琅邪王陽為益州刺史，行部至邛崍九折阪。歎曰：『奉先人遺體，奈何數乘此險！』後以病去。及尊為刺史，至其阪，問吏曰：『此非王陽所畏道邪？』吏對曰：『是。』尊叱其馭曰：『驅之！

王陽為孝子，王尊為忠臣。』」九折，九折阪，四川滎經邛崍山中的險道。羊腸，比喻道路狹隘曲折。漢臣，指王尊。電驅，迅速行進。❼潛鱗浮翼二句　潛鱗，指魚。浮翼，指鳥。景，日光。乘虛，凌空。❽衡石頳鰩　衡石，山名，《山海經．大荒北經》：「大荒之中，有衡石山。」頳，紅。鰩，文鰩魚，又名飛魚、燕鰩魚，《山海經．西山經》：「泰器之山，觀水出焉。多文鰩魚，狀如鯉，魚身如鳥翼，蒼文而白首赤喙，常行西海，游於東海，以夜飛而行。」❾帝子察殂　帝子，指堯帝二女娥皇和女英。二人嫁舜為妃，舜南巡，死於蒼梧，二妃往視，亦死於江、湘之間，化為湘江之神。出入時每有飄風暴雨伴隨。殂，死亡。❿青山斷河二句　青山，青要山，神話中的山名，《山海經．大荒北經》：「青要之山，實惟帝之密都。北望河曲，是多駕鳥；南望墠渚，禹父之所化。」后父，指夏禹之父鯀，相傳他治水失敗，自沉於羽淵，《拾遺記》：「堯命夏鯀治水，九載無績，鯀自沉於羽淵，化為玄魚，時揚須振鱗，橫修波之上，見者謂為河精。」⓫川吏掌津二句　《吳越春秋》：「椒邱為齊王使於吳，過淮津，欲飲馬於津。津吏曰：『水中有神，見馬即出，以害其馬，君勿飲也。』」川吏，掌管水路的官吏。津，渡口。訪途，探詢路途情況的行人。訪，搜尋；探訪。

【語　譯】揣想那些古代君子，心中充滿恭敬戒懼。挑選林木中的松檜，用龍鷁裝飾行水之舟。觀看天氣考察潮汐，投沉玉璧祭祀神靈；揣度書籍領會《河圖》，命名時辰制定曆法。崤山二陵險如虎口，早年周文王趨避風雨；九折阪道路曲似羊腸，經過的漢臣如電馳驅。水中游魚天上飛鳥，爭逐日光淩空而行。衡石山的紅鰩魚，是堯帝二女死後所見；青要山阻斷河流，為自沉的禹父的身軀。掌管水路渡口的官吏，冒昧以此告示過往行人。

【研　析】《大清一統志．江寧府》記載：「石帆山，在六合縣東南四十里，鮑照曾過小帆山，出佛洞，旁有石帆，因為之銘。」又引《太平寰宇記》和舊志，說此山即是小石山，「在瓜步山東，矗起江中，形若張帆，通體皆石，無草木」；這與「應風剖流，息石橫波」的描寫相符。而《六朝文絜箋注》與《鮑參軍集注》並引盛弘之《荊州記》「武陵郡舞陽縣有石帆山」，認為此文是鮑照在荊州任劉子項參軍時，為舞陽（今湖南靖縣）石帆山而作。但當時舞陽屬郢州，遠在湘西南，又不臨江，而文中所描寫的「吐湘引漢，歙蠡吞沱，西歷岷冢，北瀉淮河」的情況都與長江有關，故「荊州作」之說並無依據。

本文以詩一般的文字，對石帆山雄奇壯麗的景象進行了多角度的刻畫，從石帆山的外在形態，神秘色彩，聯繫到歷史傳說。並於山水觀賞中流露出警戒之語，告誡人們須敬天畏地，謹慎小心。文章想像豐富，下字新警，篇幅雖短，卻有大開大合，挺拔峻峭的風格特色。許槤評曰：「奇突古兀，錘鍊異常。」

飛白書勢銘

宋　鮑照

【題解】飛白，書體之一種，謂筆勢飛舉而字畫中空者。其特徵是筆畫露白，「字宜輕微不滿」。常常用來作大字，漢魏宮殿匾額多用此體書寫。此書體相傳為東漢蔡邕所作，於鴻都門見役人以堊帚作字，遂悟而創「飛白」。

秋毫精勁❶，霜素凝鮮❷。沾此瑤波，染彼松煙❸。超工八法，盡奇六文❹。鳥企龍躍，珠解泉分❺。輕如游霧，重似崩雲❻。絕鋒劍摧，驚勢箭飛。差池燕起，振迅鴻歸❼。臨危制節，中險騰機❽。圭角星芒，明麗爛逸❾。絲縈髮垂❿，平理端密。盈尺錦兩，片字金鎰⓫。故仙、芝煩弱，既匪足雙；蟲、虎瑣碎，又安能匹⓬。君子品⓭之，是最神筆。

【注釋】❶秋毫精勁　秋毫，秋天的獸毛，用以指代毛筆。精勁，精良有力。❷霜素凝鮮　形容白絹柔潤明潔。霜素，白絹。❸沾此瑤波二句　瑤波，瑤池之水。松煙，指墨，松木燃燒後所凝之黑灰，是製松煙墨的原料。❹超工八法二句　八法，即「永字八法」，即側（點）、勒（橫）、努（直）、趯（鉤）、策（斜畫向上）、掠（撇）、啄（右邊短撇）、磔（捺），認為它包括了書法中的所有筆畫。六文，新莽時的六種通用書體，即古文、奇字、篆書、隸書、繆篆、鳥蟲書。❺鳥企龍躍二句　形容字勢生動、瀟灑，似欲飛的鳥、飛動的龍，又似珍珠、山泉飛濺。企，踮起腳後跟，謂鳥將飛起。❻崩雲　濃雲欲傾之狀。❼差池燕起二句　差池，參差不齊，《詩・邶風・燕燕》：「燕燕於飛，差池其羽。」振迅，亦作振訊，抖動，此謂鴻雁振翅疾飛。❽臨危制節二句　制節，即節制，言用筆要能控制而約束。中險騰機，謂遇到字的險要處能機警地跳脫出來。中險，謂遇險，與上文臨危意思相近。❾圭角星芒二句　圭角星芒，謂字的棱角、鋒芒。爛逸，光輝四射。❿絲縈髮垂　飛白中空，故有此喻，飛白書如運枯筆，墨跡絲絲如白髮，空白處亦如絹絲。⓫盈尺錦兩二句　盈尺，一尺見方的字。錦兩，錦緞一匹。片字，猶隻字，一個字。金鎰，亦作金溢。鎰，二十兩為一鎰。⓬仙芝煩弱四句　仙、芝、蟲、虎，均為書法字體，指仙人書、芝英書、蟲書、虎書。既匪足雙，謂不能相提並論。匪，同「非」。不。⓭品　品評；欣賞。

【語譯】毛筆精良勁健，白絹柔潤明潔。沾上瑤水、松煙研磨而成的墨汁，準備開始書寫。工巧超過永字八法，奇妙極盡六種書體。字勢瀟灑，如欲飛之鳥、騰躍之龍，又如串珠散落、山泉飛濺。運筆提按分明，輕處如遊霧縈空，重處如崩雲委地。筆鋒斷絕處如利劍斬物，筆勢驚險處如箭矢飛馳。起筆處如群燕參差展翅，收筆處似鴻雁振翅疾飛。面臨危境能節制約束，遇到險要處可機警跳脫而出。棱角鋒芒如圭玉之角、繁星之光，鮮明絢麗光彩四射。飛白中空，如白髮絹絲縈繞懸垂，平整而有條理，端正而又細密。一尺之卷幅價值錦緞一匹，僅僅一字便抵一鎰金子。故而仙人書、芝英書都顯得煩亂無力，不足與其同日而語，蟲書、虎書顯得瑣屑零碎，又安能與之抗衡匹敵。君子品評飛白書，以為它最可稱為超凡書法。

【研析】在南朝眾多的書法欣賞文字之中，鮑照的〈飛白書勢銘〉可謂是其中的佼佼者。通過這篇銘文，我們可以領略到「飛白」的神采和風貌。許槤稱道本文：「博奧蒼堅，聲沉旨鬱。唐惟柳子厚往往胎息此種。」

開篇四句，作者先鋪寫書寫工具和材料的精美。「秋毫精勁」，寫用筆之良，「霜素凝鮮」，寫書縑之美，「沾此瑤波」，寫墨色之潤，「染彼松煙」，寫用墨之黑。通過這些帶有奇幻色彩的文字，作者為我們展示了一個純淨而又瑰麗的神奇世界。「超工八法，盡奇六文」二句，概寫「飛白」之奇。這是完全不同於以往用筆方法和任何一種書體的新樣式。它超出了傳統「八法」用筆的範疇，傳統的「六文」，都不及「飛白」新穎、奇特。接下來，作者便放筆鋪寫「飛白書勢」的美和動勢。一個個字的形態，或如「鳥企」，或如「龍躍」。再察看細部，點畫的分斷與連接，或如串珠散落，或如山泉飛濺。用筆輕重交替，節奏鮮明，有時「重似崩雲」，有時「輕如遊霧」，令人應接不暇，神情恍惚。轉折之處，斬釘截鐵，痛快利落，如「絕鋒劍摧」；疾行之處，一觸即發，勢不可遏，如「驚勢箭飛」。起筆之處如群燕參差展翅，收筆之處似鴻雁振翅疾飛。緊急之處，猶如「臨危制節」，從容不迫，下筆有度；險要之處，恰如「中險騰機」，藏而不露，騰挪有方。棱角分明，如同圭玉之角、繁星之光；飛白中空，如白髮絹絲縈繞懸垂。這一處處比喻豔麗生動，將極抽象的書法形象化、可視化，把「飛白」最精妙，以往「不可言傳，只可意會」之處淋漓盡致地展現在讀者面前。最後，全文以「是最神筆」作結，表達了作者對「飛白」這種新穎的書法樣式由衷的讚美之情。

從作者筆下，我們不僅能感受到「飛白」之中自然生動、變化莫測的意象，也能覺察到，這是一種有性格，有生命的線條藝術。我們讀此文，就能感受到作者是在用自己的全部生活經歷、全部身心來感受書法的律動。

藥奩銘　宋　鮑照

【題解】藥奩，即藥匣子。鮑照一生仕途頗為坎坷，而在孝武帝孝建初年也一度為孝武帝信任，任太學博士，並代理中書舍人。在京都任職初期，鮑照度過了一段政治上美好的時光。〈藥奩銘〉當是這一時期的作品。此文起先描繪了各種極富奇效的中藥，寫得神異莫測；最終歸於對良醫的讚美。

歲霣走丸❶，生厭隤牆❷，時無驟得❸，年有遐方❹。水玉出煙❺，靈飛生光❻，龜文電衣❼，龍采雲裳❽。九芝八石，延正蕩斜❾。二脂六體，振衰返華❿。毛姬餌葉，鳳子藏花⓫。景絕翠虯，氣隱頳霞⓬。深神罕別，妙奇不揚⓭。或縶虎杖，或亂蛇床⓮。故不世不可以服，未達不可以嘗⓯，眩晴逆目，是乃為良⓰。

【注釋】❶歲霣走丸　時光流逝猶如滾動的圓丸。霣，墜落。走丸，語本《漢書・蒯通傳》「必相率而降，猶如阪上走丸也」句。❷生厭隤牆　生命崩壞如泥牆敗壞不可阻擋。厭，「壓」的古字，崩壞。隤，敗壞。❸驟得　猶「多得」，語本《楚辭・九歌・湘夫人》：「時不可兮驟得。」❹年有遐方　年歲有延長的妙方。遐，久遠；綿長。❺水玉出煙　水晶升起輕煙。水玉，水晶。❻靈飛生光　神靈飛動放射光芒。靈飛，指修身養生之術，《漢武內傳》：「求道益命，皆須五帝六甲靈飛之術，六丁六壬名字之號。」❼龜文電衣　龜甲上的裂紋猶如閃電的外形。❽龍采雲裳　蛟龍的色彩猶如雲霞的衣裳。❾九芝八石二句　九芝八石，可以扶正祛邪。九芝，九莖相連的芝草，《史記・孝武本紀》：「甘泉防生芝九莖。」八石，道家煉丹所常用的硃砂、雄黃、雌黃、空青、雲母、硫黃、戎鹽、硝石八種石質原料，葛洪《抱朴子・內篇・勤求》：「飛八石，轉九丹，治黃白水。」延，導。蕩，清除。斜，邪。❿二脂六體二句　人的身體，改變衰老恢復青春。二脂六體，泛指人的身體。二脂，指外肌與內臟。六體，指頭、身和四肢，《漢書・翼奉傳》：「人之有五臧六體，五臧象天，六體象地。」⓫毛姬餌葉二句　毛姬採食松葉乃得長壽，鳳子藏身花叢是為神仙。毛姬，《列仙傳》：「毛女字玉姜，秦始皇宮人。逃之華陰山中食松葉，遍體生毛，故謂毛女。」鳳子，《修真錄》：「僊人名鳳子，與笙璡會於九口，各以生生二肆之符相授。」⑫景絕翠虬二句　草藥的翠綠超過了青龍，草藥的赤紅蓋過了霞光。景，光色。絕，超過。翠虬，青龍。隱，掩蔽；蓋過。⑬深神罕別二句　精深神奇的藥理世人罕能辨別，而奇妙的效應就不能顯揚。⑭或繁虎杖二句　有人弄錯了虎杖，有人混淆了蛇床。繁，多，這裡用作動詞，指因混淆而增多。虎杖，草藥名，《爾雅》郭璞注謂其「似紅草而粗大，有細刺」。亂，混淆。蛇床，草藥名，《淮南子・說林訓》謂「蛇床似蘼蕪而不能芳」，郭璞《爾雅圖贊・釋草・蘼蕪》謂「蘼蕪善草，亂之蛇床，不隕其實，自別以芳」。⑮故不世不可以服二句　因此要格外謹慎。不世，《禮記・曲禮》：「醫不三世，不服其藥。」未達，不知藥性，《論語・鄉黨》：「康子饋藥，拜而受之，曰：『丘未達，不敢嘗。』」⑯眩睛逆目二句　謂得世醫良藥，則眩睛逆目之病亦可以癒矣。眩，眼睛昏花，視物不定，《說文》：「眩，目無常主也。」逆目，眼珠逆翻。良，好，這裡指病癒。

【語譯】時光流逝猶如滾動的圓丸，生命崩塌如敗壞的泥牆。時光不可多得，延年卻有妙方。水晶升起輕煙，靈飛放射光芒。龜甲的裂紋猶如閃電的外形，蛟龍的色彩猶如雲霞的衣裳。九芝八石，可以扶正祛邪，可以使人的身體，改變衰老恢復青春。毛姬採食松葉乃得長壽，鳳子藏身花叢是為神仙。草藥的翠綠超過了青龍，草藥的赤紅蓋過了霞光。精深神奇的藥理世人罕能辨別，而奇妙的效應就不能顯揚。在繁多的藥草中有人弄錯了虎杖，有人混淆了蛇床。因此不是世代良醫開的藥方不能服用，自己不知藥性也不能品嘗，眼睛昏花眼珠逆翻，得此良藥可癒可痊。

【研析】鮑照的這篇〈藥奩銘〉將藥名寫得色彩斑斕，將藥理寫得神秘莫測，似乎頗解醫中三昧。許槤評論道：「換頭紫粉，七返丹砂，此二藥世人千百中無一人解作。讀是銘如得秘藥於孟簡，可以悅心脾，可以滌腸胃，即謂明遠（鮑照）能為二藥，亦何愧焉。」

從寫法上看，本文扣準「藥奩」二字，描繪了繁多的草藥，並輔以神話傳說，渲染出神奇的藥性。作者一一羅列，猶如中藥鋪中藥劑師將一個個裝藥的抽屜抽出，將草藥展現給患者一般。藥劑師的手法自然會讓患者應接不暇；作者的描繪當然也會讓讀者眼花繚亂。正當讀者驚異於繁多的草藥神奇的藥性之時，作者忽然警告「不世不可以服，未達不可以嘗」，不是世代良醫開的藥方不能服用，自己不知藥性也不能隨意品嘗。那麼，良醫的重要性就不言而喻了。因而，與其說寫的是「藥」，不如說寫的是「醫」。

看似頗為輕鬆有趣的一篇銘文，它的本質卻是沉重悲傷的。文章背後是人對疾病與死亡的恐懼。這在文章開頭「歲賈走丸，生厭隤牆」中已有流露。正是因為恐懼，這才有了神奇美妙的想像。可以說，想像得越是離奇美妙，現實就越顯得悲哀。而從更深層次的角度來看，它也是六朝人生命意識覺醒的一種體現，是六朝人在生命規律面前無助的悲哀。若以這個角度來關照許槤所謂的「明遠能為二藥（換頭紫粉和七返丹砂）」的評論，我們可以說許槤恰恰忽略了這悲哀的本質。

團扇銘

梁　庾肩吾

【題　解】盛暑襲來，小扇送涼，倍受人愛。可惜秋風一至，扇子即遭棄置。此番夏扇秋捐的現象，也勾起了文人墨客人情冷暖、世態炎涼的感喟。庾肩吾的這篇銘文，以精煉的語言描寫了團扇的製作、形態、作用，並寓以「恩深難恃，愛極則遷」的深意，當為詠物警戒的佳作。

武王玄覽，造扇於前❶。班生贍博，〈白綺〉仍傳❷。裁筠比霧，裂素輕蟬❸。片月內掩，重規外圓❹。炎隆火正，石鑠沙煎❺。清逾蘋末，瑩等寒泉❻。恩深難恃，愛極則遷。秋風颯至，篋笥長捐❼。勒銘華扇，敢薦夏筵❽。

【注釋】❶武王玄覽二句　謂周武王時製作了扇子。此二句語本陸機〈羽扇賦〉：「昔武王玄覽，造扇於前。而五明安眾，升繁於後。」武王，指周武王。玄覽，深察；明察。《老子》河上公注：「心居玄冥之處，覽知萬物，故謂之玄覽。」❷班生贍博二句　班生，指班固。贍博，才學豐富廣博。白綺，班固有〈白綺扇賦〉。❸裁筠比霧二句　言扇之質料。裁削下的竹皮如霧一樣薄，剪裁的白絹輕如蟬翼。筠，竹的青皮。裂素，班婕妤〈怨歌行〉：「新裂齊紈素，鮮潔如霜雪。」素，白絹。❹片月內掩二句　言扇之形狀。扇面居中如明月，又用扇框在外圍成相合的正圓。徐幹〈團扇賦〉：「仰明月以取象，規圓體之儀度。」規，畫圓。❺炎隆火正二句　炎，炎熱。隆，盛大；程度深。火正，仲夏。古時以五行配合四時，火旺於夏，故稱。石鑠沙煎，言沙石為陽光所炙烤。鑠，熔化；銷鑠。❻清逾蘋末二句　逾，超過。蘋末，蘋的葉尖，風所起處，此處為微風的代稱，語本宋玉〈風賦〉：「夫風生於地，起於青蘋之末。」瑩等寒泉，語本左思〈招隱詩〉：「前有寒泉井，聊可瑩心神。」瑩，使明潔。❼秋風颯至二句　颯，象聲詞，風聲。篋笥，藏物的竹器。捐，放棄；捨棄。

❽勒銘華扇二句 勒銘，鐫刻銘文。薦，進獻；送上。筵，宴席。

【語 譯】周武王深鑒明察，很久之前製作扇子。班固才學廣博，〈白綺扇賦〉至今仍舊流傳。裁削竹皮薄似雲霧，剪裁白絹輕如蟬翼。內中掩了一片明月，外面圍出相合正圓。炎熱酷烈時值盛夏，沙石炙烤幾近熔化。清爽勝過青蘋之末的微風，明潔心神媲美寒泉之水。恩寵深厚難以久依，愛眷至極就會遷移。秋風送涼颯然而至，被藏箱奩長久棄置。在精美的團扇上鐫刻銘文，冒昧地獻上夏日的筵席。

【研 析】扇子，最早稱「箑」，又稱作「翣」。「箑」字從「竹」，「翣」字從「羽」，扇子最初的製作材料也與竹子、羽毛密切相關。憑依著容易獲取的材料，招風納涼的功用，扇子步入了尋常百姓家，流傳至今。在時間的長河中，扇子也沉澱下來屬於自己的文化特質。作為「障風蔽日」之具，它出現在帝王的儀仗中，儼然權勢的象徵。「雲移雉尾開宮扇」，說的便是帝王專用的「障扇」。作為「懷袖雅物」，它又走入了文人墨客的世界。文人墨客、丹青聖手於扇面上題詩作畫、互相贈閱，扇子便與書法、繪畫藝術相結合，成為了點綴生活的高雅藝術品。

在魏晉南北朝時期，持扇風氣很盛，不僅君主常用扇子賞賜臣下，朋友間相互餽贈也用扇子做禮物。這一時期，文人從愛扇惜扇而發為吟詠歌頌，如曹植、陸機、傅毅、崔駰等人都有扇賦與扇銘。本篇扇銘也是此大背景下的一篇作品。許槤對本文頗為欣賞，曰：「值物賦象，姿致極佳。吾嘗以新制齊紈，倩羊欣（南朝宋書法家）書此，庶幾清吹徐來，秀采繁會。」作者將落腳點放在團扇「春秋用事，秋冬潛處」的境遇之上，頗有深意。在「炎隆火正，石鑠沙煎」的夏日，扇子為人們帶來清涼，這份舒爽「清逾蘋末，瑩等寒泉」。然而「秋風颯至」之時，扇子便落了個「篋笥長捐」的結局。面對此情此景，作者不禁發出了「恩深難恃，愛極則遷」的感歎。

團扇的遭遇如此，人的境遇又能怎樣呢？面對無常的人生、變遷的命運，立於世間之人與小小的團扇又有何異？作者表面寫扇，實則借扇以示警戒，而這些警戒之語中亦飽含了作者對生命、對現實的思考。

後堂望美人山銘　北周　庾信

【題　解】後堂，指正堂後邊的堂屋，此即梁簡文帝蕭綱東宮玄圃園之後堂，梁元帝蕭繹有〈東宮後堂仙室山銘〉亦可旁證。望美人山，一般認為是玄圃園中的一座小山。《藝文類聚》卷七〈山部・總載山〉以本文為陳徐陵作，《文苑英華》卷七八七載此文題為〈望美人山銘〉，作者署「前人」即庾信，注云「一作徐陵」。

高唐❶疑雨，洛浦❷無舟。何處相望？山邊一樓。峰因五婦，石是三侯❸。險逾地肺，危凌天柱❹。禁苑❺斜通，春人恆聚。樹裏聞歌，枝中見舞。恰對妝臺，諸窗並開。遙看已識，試喚便回。豈同織女，非秋不來❻。

【注釋】❶高唐　戰國楚國臺觀名，在雲夢澤，宋玉〈高唐賦〉記楚懷王遊雲夢臺，晝寢而有神女薦席，自稱「旦為朝雲，暮為行雨，朝朝暮暮，陽臺之下」。❷洛浦　洛水之濱，張衡〈思玄賦〉「載太華之玉女兮，召洛浦之宓妃」，曹植〈洛神賦〉載其在洛水遇見宓妃，「冀靈體之復形，御輕舟而上溯」。❸峰因五婦二句　誇飾山的形狀。五婦，《初學記》載秦惠王獻五女於蜀王，蜀王遣五丁迎，見大蛇入山，五丁引蛇山崩，五女上山化為石。三侯，《華陽國志》載竹王以劍破石得水，其三子被封為侯。❹險逾地肺二句　誇飾山之險峻。地肺，即終南山，在陝西西安，《括地志》載「終南山一名地肺山」。天柱，在今安徽，《史記·孝武本紀》載「上巡南郡，至江陵而東，登禮潛之天柱山」。❺禁苑　皇家園林，班固〈西都賦〉：「西郊則有上囿禁苑，林麓藪澤陂池，連乎蜀漢，繚以周墻。」❻豈同織女二句　寫美人恆在。織女，《月令廣義·七月令》引南朝梁殷芸《小說》載織女為天帝之子，帝憐其獨處，許嫁河西牽牛郎，嫁後廢織紝，天帝怒，責令歸河東，但使一年一度相會，如〈古詩十九首〉之〈迢迢牽牛星〉，曹丕〈燕歌行〉「牽牛織女遙相望，爾獨何辜限河梁」句，俱詠此。

【語譯】高唐觀前，想見神女乃疑雨，洛水之濱，欲會洛神而無舟。何處能相望？山邊有一樓。峰由五女所化，石是三侯所留。險峻勝過終南山，高聳超越天柱。禁苑有路斜通，遊春之人永聚。樹裡可聞清歌，枝中能見妙舞。正好對著梳妝臺，多扇窗戶都打開。遠遠看去似曾相識，試著呼喚便會回頭。怎能如同織女，不是秋夜不來。

【研析】銘，作為文體，銘於器物以自警，來源極早。《文心雕龍》卷三〈銘箴〉說：「昔帝軒刻輿几以弼違，大禹勒筍簴而招諫，成湯盤盂著日新之規，武王戶席題必戒之訓，周公慎言於金人，仲尼革容於欹器，則先聖鑒戒，其來久矣。」以上所提，《大學》所載成湯〈盤銘〉九字「苟日新，日日新，又日新」，或許是最為我們熟悉的了。文體功用，總是隨著時代的變化而變化。在「先聖鑒戒」之餘，有稱述先人之功德而為銘的，又有以山川宮室門關為銘的，著名的如漢班固的〈燕然山銘〉以旌征伐之功，晉張載的〈劍閣銘〉以戒殊俗之叛等等。銘文「約」趨於「繁」，文體特徵也趨於模糊，出現像劉勰批評的「朱穆之鼎，全成碑文，溺所長也；至如敬通雜器，准矱戒銘，而事非其物，繁略違中；崔駰品物，贊多戒少；李尤積篇，義儉辭碎」等情形。像前面鮑照、庾肩吾幾篇銘文，可能都難免劉勰「繁略違中」、「義儉辭碎」的批評，不過其中仍然有「涉川之利，謂易則難；臨淵之戒，曰危乃安」、「君子彼想，祗心載惕」、「眩睛逆目，是乃為良」、「恩深難恃，愛極則遷」之類的警戒之辭。而庾信本銘，則走得更遠了。

梁朝時文人雅士「終朝點綴，分夜呻吟」，而簡文帝蕭綱為文「傷於輕靡，時號宮體」，「宮體所傳，且變朝野」。庾信本銘，既然作於梁東宮，所銘對象，又為太子蕭綱東宮玄圃之山，則為文自需契合上好，體現宮體風範。開頭的高唐、洛浦，以香豔的典故，點題中「美人」二字。接下去幾句，極盡誇飾，寫題中的「山」字。「禁苑」幾句，虛實結合，動靜相宜，遠近切換，尤其「試喚便回」一句，給讀者以無限想像的空間，許槤評為「不必作時世妝，挽飛仙髻，而一種嫵媚之態，當不減畫裏喚真真也」。最後以「織女」作結，寫美人常在。

任何一個作品，都會有世俗時風的影響，有場合情境的規範，有個人趣味的取向，本銘也是如此。

至仁山銘

北周　庾信

【題解】至仁，指最大的仁德，《莊子・天運》曰：「至仁無親。」至仁山，一般認為是玄圃園中的一座小山，本銘亦當作於梁武帝中大通四年（西元五三二年）九月蕭綱入住東宮後庾信隨侍時。許槤對銘中「三秋雲薄，九日寒新」幾句格外讚賞，以為「有語必新，無字不雋」，並表示「吾於開府，當鑄金事之」。

山橫鶴嶺，水學龍津❶。瑞雲一片，仙童兩人。三秋雲薄，九日寒新❷。真花暫落，畫樹長春。橫石臨砌，飛檐枕嶺。壁繞藤苗，窗銜竹影。菊落秋潭，桐疏寒井❸。仁者可樂，將由愛靜❹。

【注釋】❶山橫鶴嶺二句　誇飾山水形體。鶴嶺，《豫章記》載，江西「鸞岡西有鶴嶺，王子喬控鶴所經」。龍津，《三秦記》載「河津一名龍門，兩旁有山，水陸不通，龜魚不能上」。❷三秋雲薄二句　三秋，此處指秋季的第三月，即農曆九月。九日，指農曆九月九日重陽節，吳均《續齊諧記》載「今世人每至九日，登山飲菊酒」。❸菊落秋潭二句　菊落秋潭，語本陸機《要覽》「谷中皆菊花，墮入水中，居人飲之多壽」句。桐疏寒井，語本魏明帝曹叡〈猛虎行〉「雙桐生空井」，梁簡文帝蕭綱亦有〈雙桐生空井〉，謂「季月雙桐井」。❹仁者

可樂二句　語本《論語・雍也》「知者樂水，仁者樂山，知者動，仁者靜，知者樂，仁者壽」。

【語　譯】山橫峙如鶴嶺，水奔騰似龍津。瑞雲一片，仙童兩人。九月天高雲薄，九日寒意尖新。真花已然飄落，畫樹長保青春。岩石橫臥臨近臺階，屋簷飛動枕著山嶺。牆壁纏繞藤苗，窗口含著竹影。菊花飄零，落入秋日深潭，桐葉疏朗，長在清寒古井。仁者可以此為樂，悟得「仁者愛靜」之理。

【研　析】清代倪璠《庾子山集注》於〈玉帳山銘〉下注曰：「玉帳山以下，梁宮中小山也。」他說的是吹臺山、望美人山、明月山、至仁山、行雨山等。學界也普遍持這種看法。不過在仔細閱讀相關的幾篇銘文後，我覺得上列諸山，或許都不是真的小山，而有可能是施於屏風的畫中之山。

魏晉以後，繪畫藝術作為士族風流的一部分，越來越為文人重視並擅長，如南朝宋王微「性知畫繢（即繪畫）」，遊山玩水，「一往跡求，皆仿像也」，如南朝宋宗炳「澄懷觀道，臥以遊之」的名言為人熟知，他「凡所遊履，皆圖之於室」，謂人曰：「撫琴動操，欲令眾山皆響。」庾信〈寒園即目〉「遊仙半壁畫，隱士一牀書」句或許就是語本宗炳。繪畫於屏風，亦多見記載。如梁代費昶有〈和蕭洗馬畫屏風詩二首〉，分別題為〈陽春發和氣〉、〈秋夜涼風起〉；庾信自己也有〈詠畫屏風詩二十五首〉；梁代江淹〈悼室人詩〉有「苒弱屏風草」句；梁代劉孝威有〈謝敕齎畫屏風啟〉謂「畫巧吳筆，素逾魏賜」等等。《冊府元龜》載：「吳曹不興善畫，大帝使畫屏風，誤落筆點素，因就以作蠅。既進御帝，以為生蠅，舉手彈之。」這一有趣的故事說明屏風畫的逼真巧妙，畫於屏風這種現象的成熟普遍。《東觀漢記》載：「宋弘嘗燕見御座新施屏風，圖畫烈女形，帝數顧視之。弘正容言曰：『未見好德如好色者。』上即徹之。」可見所畫美女之吸引力。山西大同北魏司馬金龍墓出土列女圖漆屏，被視為司馬金龍生前曾使用過的原物，列女漆畫明豔動人，保存完好，可與《東觀漢記》的故事相發明。東晉時期的朝鮮安岳三號墓主冬壽像圖中屏風以墨線繪山巒流雲，可能是中國最早的一幅山水屏風圖，陝西西安上林苑住宅小區出土北周天和六年（西元五七一年）康業墓石棺床畫四墓主背後的屏風上繪有一組獨立的山水畫。這些文獻和文物足以證明，屏風上繪以美人、山水、花草，是當時常事。

具體到這幾篇山銘的文字，如〈後堂望美人山銘〉「春人恆聚」一句，寫圖畫中遊春之人凝固不動，「斜看己識，試喚便回」一句，描寫的對象，應當是圖畫中美女之背影，化靜為動，「豈同織女，非秋不來」，也是以織女之七夕方至，來反襯美女常在畫中。本銘「真花暫落，畫樹長春」一句則出現「畫」字，最為直接明白：大自然的真花已然凋零飄落，而畫中的綠樹則永葆青春。〈梁東宮行雨山銘〉中「樹入牀頭，花來鏡裏」句，如理解為屏風畫中之樹和花，則更順暢自然，因為屏風施於床頭，屏風所繪樹枝花朵，自然與床、鏡渾融一體。另外，本書未收的庾信〈玉帳山銘〉《藝文類聚》記為庾肩吾作）中有「玉策難移，金花不落」句，玉策即玉冊，書籍的美稱，除了繪畫，還有哪裡的書籍難以移動、金花永不凋落呢？這句中的「玉策」在《藝文類聚》中作「玉蘂」，即花蕊，難以移動的花蕊也只能出現在圖畫中。該銘還有「桑田屢變，海水頻盈，長聞鳳曲，永聽簫聲」句，是說滄海桑田、歲月更替，而鳳曲簫聲永遠不變：這也只能是對「玉帳奏曲圖」的歌詠吧。

梁東宮行雨山銘

北周　庾信

【題解】梁武帝中大通三年（西元五三一年）四月，梁皇太子蕭統去世，七月立晉安王蕭綱為皇太子，並修繕東宮。蕭綱於次年九月入住，與文學侍從對東宮景物、設施等多有歌詠。蕭綱集中亦有〈行雨山銘〉，可參看。許槤以庾信數銘與鮑照數銘進行比較，認為「明遠（鮑照）以峭勝，蘭成（庾信）以秀勝」。

山名行雨，地異陽臺❶。佳人無數，神女❷看來。翠幔朝開，新妝旦起。樹入牀頭，花來鏡裏。草綠衫同，花紅面似。開年寒盡，正月遊春。俱除錦帔，並脫紅綸❸。天絲劇藕，蝶粉生塵。橫藤礙路，弱柳低人❹。誰言洛浦，一個河神❺。

【注釋】❶山名行雨二句　宋玉〈高唐賦〉記楚懷王遊雲夢臺，晝寢而有神女薦席，自稱「旦為朝雲，暮為行雨，朝朝暮暮，陽臺之下」。❷神女　即上注之神女，宋玉另有〈神女賦〉謂「楚襄王夢與神女遇，其狀甚麗」。❸俱除錦帔二句　言春日和暖，減除衣物。帔，披肩。紅綸，亦作紅輪，紅色披巾，庾信〈和趙王美人春日〉有「步搖釵朵動，紅輪披角斜」句。❹天絲劚藕四句　庾信〈春賦〉有「一叢香草足礙人，數尺游絲即橫路」句，〈詠畫屏風詩〉有「殘絲繞折藕」句，情境類似，只不過本銘把〈春賦〉中橫路礙人的游絲香草換成了橫藤弱柳，並對游絲加以取譬，極言其重多，再加上撲面飛蝶，比〈春賦〉二句更加細緻熱鬧些，王建〈春詞〉有「天絲軟弱蟲飛揚」句，溫庭筠〈吳苑行〉有「天絲舞蝶俱徘回」句，都以游絲、蝶蟲對舉，足見庾信此句的影響。天絲，飄蕩在空中的蛛絲。劚，斷折。❺誰言洛浦二句　張衡〈思玄賦〉「載太華之玉女兮，召洛浦之宓妃」，曹植〈洛神賦〉載其在洛水遇洛水之神宓妃。

【語　譯】山名為行雨，地非在陽臺。佳人不計其數，神女由遠及近。清晨打開翠色簾幔，早上起身新梳容妝。樹枝探入床頭，花瓣飄來鏡裡。草色碧綠正與衫同，鮮花粉紅面色相似。新年伊始寒氣消盡，正月時節正可遊春。都除去錦製披肩，全脫掉紅色巾綸。蛛絲飄蕩如斷折蓮藕，蝶粉撲面像車過起塵。藤蔓橫生阻礙道路，柳條婀娜行人低頭。誰說洛水之上，只有一位河神。

【研　析】如果要把庾信這三篇山銘看成是對美人山水屏風畫的歌詠，則還有一些問題需要解決，如為什麼這三篇山銘的題目中未出現「畫屏風」的字樣？如何解釋他人幾篇東宮山銘只寫山水不寫畫的現象？

要討論第一個問題，得從庾信文集的來歷說起。《北史》記載庾信「有文集二十卷」，此文集是北周滕王宇文逌於大象元年（西元五七九年）編定並撰序，序云：「昔在楊都（建康），有集十四卷，值罹太清之亂，百不存一。及到江陵，又有三卷，即重遭軍火，一字無遺。今之所撰，止入魏以來，爰洎皇代。」所以庾信入北以前的作品多已毀於戰火，集中現存南朝時期的作品，係從類書等抄撮而來。類書並非忠實抄錄原文，而是有目的地加以刪略改造，即「文棄浮雜，刪其冗長」（歐陽詢〈藝文類聚序〉），如曹植〈洛神賦〉，《文選》卷十九錄全文九〇一字，《藝文類聚》卷八僅錄二五一字；如裴秀〈禹貢九州地域圖序〉本為製圖之後的序言，見錄於《晉書》卷三五〈裴秀傳〉，而《藝文類聚》卷六所錄則刪去其中自敘作圖緣起的一大段，僅保留了論述地圖缺略及製圖體法的部分，標題也變成了〈禹貢九州地域圖論〉。我們這裡討論的幾篇山銘，俱出自類書，確實存在和〈洛神賦〉、〈禹貢九州地域圖序〉一樣被刪或改的可能。

其次，如《文選》載孫綽〈遊天台山賦並序〉，若非其賦序中明言「然圖像之興，豈虛也哉」、「余所以馳神運思，晝詠宵興，俯仰之間，若已再升者也」，只看《藝文類聚》中節選的部分賦序，完全無法知道該賦是看了天台山的繪畫圖像之後的想像之作，而孫綽也並未把賦題標為〈觀天台山畫賦〉。另如庾信〈詠畫屏風詩二十五首〉，《初學記》載二首作〈詠屏風〉，《藝文類聚・服飾部》載五首作〈詠屏風〉，《藝文類聚・歲時部》載二首作〈詠春〉，《文苑英華》載一首作〈俠客行〉，或不出「畫」字，或逕改題目，也可見類書刪改之通習。

再結合梁時「每所臨幸，輒命群臣賦詩」的文學創作情景，所謂題目，只是展示和比較文學才能的一個契機，所賦內容，往往由題目生發開去，與孫綽之「馳神運思」類似。所以對點題的要求，可能並不如後世「不漏不欠」、「字字有來歷」那麼嚴格。這可能可以解釋第二個問題，即與庾信這三篇銘文同時的其他幾篇東宮山銘的行文為什麼只見山水不見畫。庾信作為南北朝文學之「驚才蓋代」、「六季鮮儷」者，對點題有勝過他人的敏感及才能，這一點，我們在讀本書前錄的〈對燭賦〉時已經有所領略。這可能是庾信山銘中較多地以若隱若現或明確落實的手段，點出「畫」這一屬性的原因。

碑

相官寺碑

梁 簡文帝

【題解】「相官寺」，一般作「相宮寺」，具體所在已不可考。碑是古代一種文體，即「碑文」的省稱。它一般由兩部分組成：前一部分多用散文記事，稱為「碑」；後一部分用韻文以讚頌，稱為「銘」或「頌」。本文是蕭綱為新建的相官寺所寫的碑文。

真人西滅，羅漢東游❶。五明盛士，並宣北門之教❷；四姓小臣，稍罷南宮之學❸。超洙泗之濟濟，比舍衛之洋洋❹。是以高簷三丈，乃為祀神之舍；連閣四周，並非中官之宅❺。雪山忍辱之草❻，天宮陀樹之花❼，四照❽芬吐，五衢❾異色。能令扶解說法，果出妙衣❿。鹿苑豈殊，祇林何遠⓫。

【章旨】佛教在南朝發揚光大。

【注釋】❶真人西滅二句　真人，本為道家用語，稱存養本性或修真得道的人，佛教借用來稱證真理的人。西滅，在西方得道。滅，佛教語，指涅槃，是佛教全部修習所要達到的最高理想，一般指熄滅生死輪迴後的境界。羅漢，佛教名阿羅漢的略稱，與上文真人意思相同，《修行本起經》：「羅漢者，真人也。聲色不能汙，榮位不能屈，難動如地，已免憂苦，存亡自在。」❷五明盛士二句　五明，佛教所說的古印度五種學問，即：聲明（相當於聲韻學和語言學）、工巧明（工藝、技術、曆算等）、醫方明（醫藥學）、因明（邏輯學）、內明（佛學），見《天竺大論》。北門之教，古代學士院設在禁中北門，此處借指佛教。❸四姓小臣二句　言崇奉佛理的士大夫一齊宣揚佛教，王公貴戚們逐漸停止學習儒學。四姓小臣，據袁宏《漢紀》載，漢明帝永平中，崇尚儒學，自皇太子、諸王侯及功臣子弟，莫不受經，又為外戚樊氏、郭氏、陰氏、馬氏諸子弟立學，號四姓小侯，以非列侯，故曰小侯。南宮之學，指儒學。南宮，皇室及王侯子弟的學宮。❹超洙泗之濟濟二句　洙泗，洙水和泗水，孔子曾在洙泗之間聚徒講學，後因以「洙泗」代稱孔子及儒家。濟濟，形容人才眾多。舍衛，古印度王國名，舍衛國，本為城名，後用作國號，內有祇園精舍，「本有七層，諸國王人，競興供養，懸繒幡蓋，散花燒香，燃燈續明，日日不絕」，見《佛國記》。洋洋，盛大的樣子。❺是以高簷三丈四句　寫相官寺高簷連舍。中官，當作「中宮」，即宮中。❻雪山忍辱之草　《涅槃經》載：「雪山有草，名曰忍辱，牛若食之，即成醍醐。」❼天宮陀樹之花　《無量壽經》載：「天宮寶樹，非塵世所有。」又，《酉陽雜俎・貝編》載，佛國有麒麟陀樹、拘尼陀樹，其花見月光即開。❽四照　《山海經・南山經》載：「南山之首曰鵲山……有木焉，其狀如穀而黑理，其華四照，其名曰迷穀，佩之不迷。」❾五衢　謂枝杈五出。《山海經・中山經》載：「少室之山……其上有木焉，名曰帝休，葉狀如楊，其枝五衢，黃華黑實，服者不怒。」郭璞注：「言樹枝交錯，相重五出，有象衢路也。」❿能令扶解說法二句　謂能使人揣摩領悟佛法，修成正果。扶解，揣摩理解。妙衣，《百緣經》載，波羅奈國有梵摩達王，其婦生女，身披袈裟，年漸長大，衣亦隨大。一次出遊，在鹿野苑見到佛，佛為之說法，使她心開意解，得須陀洹果，後來出家為比丘尼，精勤修習，得阿羅漢果，諸比丘問佛所緣，佛告知往世有佛出世，號加那牟尼，王女供奉佛及僧三月，還各施妙衣一領。⓫鹿苑豈殊二句　謂相官寺就如鹿苑、祇林，可以媲美。鹿苑，佛教聖地，相傳為佛成道初轉法輪處。祇林，即祇園、祇樹園，《賢愚經》載，須達請太子欲賣園，造精舍，祇陀太子言園地屬卿，樹木屬我，二人共立精舍，號為「太子祇陀樹給孤獨食園」。

【語譯】真人在西方得道涅槃，羅漢來到東方遊歷。精通五明的賢人高士，一起宣講北門的佛教。四個姓氏的外戚小侯，逐漸停止了南宮的儒學。那盛況超過了洙泗講學的人才濟濟，比得上舍衛城中佛事的興旺盛大。所以屋簷高達三丈，是祭祀神明的房舍；樓閣四周相連，並非宮中的住宅。雪山上有名為忍辱的奇草，天宮中有陀樹開著異花，四放光彩吐露芬芳，五枝重出色彩變化。能使人揣摩領悟所傳佛法，像王女施捨妙衣而成正果。和鹿野苑並無不同，祇園精舍又何遠之有。

皇太子蕭緯，自昔藩邸，便結善緣❶。雖銀藏蓋寡，金地多闕❷，有慚四事❸，久立五根❹。泗川出鼎，尚刻之罘之石❺；岷峨作鎮，猶銘劍壁之山❻。矧伊福界❼，寧無鐫刻？

【章　旨】寫作碑文之必要性。

【注　釋】❶皇太子蕭緯三句　蕭緯，考諸史書，當時並無「皇太子蕭緯」其人，可能是因避諱而誤。藩邸，藩王之第宅。善緣，指佛緣。❷金地多闕　金地，指為修建寺廟而以黃金買地，《釋氏要覽》卷上：「金地或云金田，即捨衛國給孤長者，側布黃金，買祇太子園，建精舍，請之居之。」闕，缺少；沒有。❸四事　即四事供養，指衣服、飲食、臥具、湯藥，或房舍、衣服、飲食、湯藥，是敬佛供僧的四種日常之需，見《無量壽經》。❹五根　佛教謂能生一切善法的五種根本法，即信根（信奉佛法）、精進根（勤修善法）、念根（憶念正法）、定根（使心不散）、慧根（思維真理）。❺泗川出鼎二句　用秦始皇刻石的典故，《史記・秦始皇本紀》載，周朝的鼎淪失到泗水中，始皇初年，在彭城被發現，秦始皇想要把鼎從水中撈出來，未果，登上之罘山刻石記之。泗川，即泗水，在山東中部，古泗水曾往南流經彭城入淮。之罘，山名，在山東煙臺市北。❻岷峨作鎮二句　岷山、峨眉山鎮守著四川，有人還專門寫下銘文紀念。張載〈劍閣銘〉：「岩岩梁山，積石峨峨。遠屬荊衡，近綴岷嶓。……惟蜀之門，作固作鎮。是曰劍閣，壁立千仞。」岷峨，岷山和峨眉山，在四川北部和中部。劍壁之山，指劍閣縣北的劍門關，自古以「劍門天下險」著稱。❼矧伊福界　矧，何況。伊，此。福界，指佛寺。

【語　譯】現有皇太子蕭綽，自從往昔在藩王之邸，就結下佛緣。雖然持有的銀兩很少，買地的黃金不多，有慚於四事供養，但久存崇信佛法的五根。在泗水中打撈寶鼎，尚且在之罘山刻石紀念；岷山、峨眉山鎮守四川，還有〈劍閣銘〉稱讚頌揚。何況此寺為佛門福地，怎能沒有銘文鐫刻？

銘曰：洛陽白馬，帝釋天冠❶，開基紫陌❷，峻極雲端。實惟爽塏③，棲心之地。譬若淨土④，長為佛事。銀鋪曜色，玉𤫩金光⑤。塔如仙掌⑥，樓疑鳳皇⑦。珠生月魄⑧，鐘應秋霜⑨。鳥依交露⑩，幡承杏梁⑪。窗舒意蕊⑫，室度心香⑬。天琴⑭夜下，紺馬朝翔⑮。生滅可度⑯，離苦獲常⑰。相續有盡⑱，歸乎道場⑲。

【章　旨】讚美相官寺的佛事功德無量。

【注　釋】❶洛陽白馬二句　以白馬寺、天冠寺等知名寺廟比擬相官寺。白馬，白馬寺，在今河南洛陽，《洛陽伽藍記》載：「白馬寺，漢明帝所立也。佛入中國之始。……時白馬負經而來，因以為名。」帝釋，亦稱「帝釋天」，佛教護法神之一，居於須彌山頂之善見城。天冠，寺名，梁元帝〈荊州長沙寺阿育王像碑〉：「才渡蓮河，即處天冠之寺。」❷開基紫陌　開基，指奠基修建相官寺。紫陌，指京師郊野的道路。❸爽塏　高爽乾燥之地。❹淨土　佛教指無五濁（即劫濁、見濁、煩惱濁、眾生濁和命濁）垢染的清淨世界。❺銀鋪曜色二句　銀鋪、玉𤫩，言相官寺的各種華貴裝飾物。銀鋪，銀製銜門環的底座。玉𤫩，一作「玉礎」，指漢白玉的梁柱礎礅。❻塔如仙掌　寶塔好似仙人伸向雲端的手臂，《洛陽伽藍記》：「瑤光寺有五層浮屠一所，去地五十丈，仙掌凌虛，鐸垂雲表。」❼樓疑鳳皇　此句雙關，既指樓簷挺之如鳳凰，又與洛陽鳳凰樓相關聯，《晉宮閣名》：「洛陽有鳳皇樓。」❽珠生月魄　謂珍珠的生長與月亮的圓缺相感應，《淮南子・墬形訓》：「蛤蟹珠龜，與月盛衰。」月魄，指月初生或圓而始缺時不明亮的部分，亦泛指月亮。❾鐘應秋霜　古有霜降而鳴鐘的習俗，《山海經・中山經》載，豐山「有九鐘焉，是知霜鳴」。郭璞注：「霜降則鐘鳴，故言知也。」❿鳥依交

露　言帷幔發出聲響如鳥鳴。交露，指用交錯的珠串組成的帷幔，其狀若露珠，故稱。《無量壽經》卷上：「又講堂精舍宮殿樓觀，皆七寶莊嚴自然化成。復以真珠明月摩尼眾寶，以為交露，覆蓋其上。」⑪幡承杏梁　幡，舉行佛事時懸掛的高大的布幔。杏梁，文杏木所製的屋梁，言其屋宇的高貴，司馬相如〈長門賦〉：「刻木蘭以為榱，飾文杏以為梁。」⑫意蕊　指心情、心意，謂其糾結如花蕊，故云。⑬心香　佛教語，心中之香。謂心中虔誠，如供佛之焚香。⑭天琴　謂佛家誦經之聲如天上的音樂。一說佛教說佛、菩薩降臨時常有祥雲、樂聲等伴隨，天琴即指此樂聲。⑮紺馬朝翔　《起世經》載：轉輪王有寶馬名婆羅訶，色青，披黑鬃，騰空而行。王日出時乘其跨越大地，還宮朝食。紺馬，佛家寶馬。紺，天青色；深青透紅之色。佛教傳說如來佛的毛髮為紺琉璃色，因此稱佛的毛髮為紺髮，也稱紺頂。推衍開來，佛寺稱紺寺，佛家所用之馬匹稱紺馬。⑯生滅可度　謂超越生死輪迴。生滅，生死。度，佛教語，意謂出離生死。⑰離苦獲常　謂脫離煩惱苦難而獲得永恆常在的境界。苦，塵世的煩惱苦難。常，指佛家超脫境界。⑱相續有盡　擺脫相續無常進入永恆之境。佛教將無常分為「剎那無常」和「相續無常」，前者是就其時刻不斷的生滅而言，後者則就其有一定期間的連續而言。⑲道場　指修行佛道之區域。

【語譯】銘文說：它像洛陽的白馬名寺，又如帝釋的天冠寶剎，在這京師大道上奠基修建，高峻壯麗到達雲端。地勢實在開闊高爽，真是適宜心靈棲居的地方。好比一個沒有污染的清淨世界，能夠長久敬從佛事。銀製環座煥發亮色，白玉柱礎閃耀金光。寺塔宛如仙人的手掌，樓閣疑似飛來的鳳凰。珍珠生長與月亮圓缺相感應，鐘聲鳴響與秋日霜降相呼應。狀如清露的帷幔發出聲響，似鳥兒依偎在側，屋梁由文杏木製作而成，旗幡迎風飄揚。窗口舒展著意念的花蕊，室內飄浮著虔誠的心香。天上的琴聲夜間傳來，天青色的寶馬黎明騰翔。不斷修行超越生死輪迴，脫離苦海獲得永恆常在。相續無常終有盡頭，歸宿就在此寺院道場。

【研　析】杜牧曾在〈江南春〉絕句中感歎道：「南朝四百八十寺，多少樓臺煙雨中。」宋、齊、梁、陳四朝的皇帝都崇信佛教，愛蓋寺廟，從其規模來看，梁武帝蕭衍當為絕對冠軍。《南史》中就有這樣的記載：「(梁武帝時)都下佛寺五百餘所，窮極宏麗，僧尼十萬餘，資產豐沃。所在郡縣，不可勝言。」武帝大弘佛教，親自講說；昭明太子亦崇信三寶，遍覽眾經，於宮內別立慧義殿，專為法集之所，招引名僧，談論不絕，蕭統自立三諦、法身義，並有新意。至於蕭綱與佛相關的事蹟，雖未見史書記載，不過，蕭綱集中收錄多篇寺碑文，多篇法師的墓誌銘，也能一斑而知豹了。比如〈神山寺碑〉一篇，其中說到「自非莊嚴妙土，吉祥福地，何以標茲淨域，置此伽藍。皇太子殿下，幾圓上聖，智周物外，澄明離日，照影春星。長歌安勝，表察書之獨見；馳道回車，鶩班輪而不絕」云云，明顯是為昭明太子寫的。而本文寫到「皇太子蕭緯，自昔藩邸，便結善緣。雖銀藏蓋寡，金地多闕，有慚四事，久立五根」等，應該也是為蕭統而作。其中的「緯」應該是為避諱而誤。

本文先寫佛教興盛，再寫相官寺高簷連閣、異草奇花，可比於鹿苑、祇林，再寫事主事蹟，最後寫銘，盛讚相官寺及佛事。這種格局，與〈神山寺碑〉一篇也頗接近。許槤用釋迦牟尼拈花示意，迦葉微笑表示領悟的典故，評「是以」諸句，說：「隨手拈花，千載下見之，無不破顏微笑。不知正法眼藏，可能付迦葉否？」又用禪宗六祖慧能題東山寺壁偈語「菩提本無樹，明鏡亦非臺」典故，評「銀鋪」諸句，說：「情思雋逸，華采斒斕。尋繹數四，幾有菩提非樹、明鏡非臺之妙。」可以算是妙事而有妙文，妙文而有妙評。

誄

陶徵士誄並序　宋　顏延之

【題　解】陶徵士，即陶淵明（西元三六五—四二七年），潯陽柴桑（今江西九江市）人。四十一歲為彭澤令，逢郡督郵來，縣吏告訴他應束帶相見，陶淵明感歎「我不能為五斗米折腰向鄉里小兒」，解印而歸，耕種為生，不再出仕。何法盛《晉中興書》曰：「延之為始安郡，道經尋陽，常飲淵明舍，自晨達昏。及淵明卒，延之為誄，極其思致。」陶淵明在後世影響極大，在當時卻未多見頌讚，顏延之作本誄，為淵明寫照，諡以「靖節」，高其名實，可以算是最早褒揚陶淵明的人。

【作　者】顏延之（西元三八四—四五六年），字延年，琅琊臨沂（今山東臨沂）人。少孤貧好學，於書無所不覽。晉時為豫章公世子中軍行參軍，入宋為太子舍人，少帝（劉義符）時出為始安太守，文帝（劉義隆）時初任中書侍郎，後轉太子中庶子，後出為永嘉太守，孝武帝（劉駿）時進金紫光祿大夫，故稱「顏光祿」。詩文與謝靈運齊名，《宋書・謝靈運傳論》謂「靈運之興會飆舉，延年之體裁明密，並方軌前秀，垂範後世」。鍾嶸《詩品》評曰：「尚巧似，體裁綺密，情喻淵深，動無虛散，一句一字，皆致意焉。又喜用古事，彌見拘束。」褒中有貶。《南史》本傳載鮑照比較顏謝曰「謝五言如初發芙蓉，自然可愛。君詩若鋪錦列繡，亦雕繢滿眼」，的是妙評。有作品數十卷，多已散佚，有明以後輯本。

夫璿玉致美，不為池隍之寶；桂椒信芳，而非園林之實❶。豈期深而好遠哉，蓋云殊性而已。故無足而至者，物之藉也；隨踵而立者，人之薄也❷。若乃巢、高之抗行，夷、皓之峻節，故已父老堯、禹，錙銖周、漢❸。而綿世浸遠，光靈不屬，至使菁華隱沒，芳流歇絕，不其惜乎❹。雖今之作者，人自為量，而道路同塵、輟塗殊軌者多矣，豈所以昭末景、泛餘波❺！

【章旨】本段先泛寫隱逸出自本性，然後以今之隱逸者輟塗殊軌，引出下文陶徵士。

【注釋】❶夫璿玉致美四句　以美玉芳草比物美而不近於世。璿，即璇，次玉之美石，《山海經．中山經》「(升山)黃酸之水出焉，而北流注於河，其中多璇玉」，郭璞注「石次玉也」。致，通「至」。極。池隍，城下之地，有水稱池，無水稱隍，因以借指城市。桂椒，肉桂及山椒，常以其香喻名士美德。❷故無足而至者四句　謂物本身的美醜，是人們好惡的根本。無足而至，《韓詩外傳》：「珠出於江海，玉出於昆山，無足而至者，由主君之好也。」藉，憑藉。隨踵，跟著腳後跟。❸若乃巢高之抗行四句　巢，指巢父，堯時隱人。高，指伯成子高，禹時棄諸侯而為耕。抗行，高尚的品行，《楚辭・九章・哀郢》「堯、舜之抗行兮，瞭杳杳而薄天」。夷，指伯夷，孤竹君之子，隱於首陽山。皓，指商山四皓，隱於上洛熊耳山西，禰衡有「訓夷、皓之風」句。父老堯禹，指以堯、禹為父老，范曄《後漢書・郅惲傳》有「子從我為伊、呂乎？將為巢、許乎而父老堯、舜乎？」句。錙銖周漢，視周、漢如錙銖，《禮記》有「儒有上不臣天子，下不事諸侯，雖分國如錙銖」句，鄭玄注「雖分國以祿之，視之輕如錙銖矣」。❹而綿世浸遠五句 《東觀漢記・東平憲王蒼傳》有「歲月騖過，山陵浸遠。今魯國孔氏尚有仲尼車、輿、冠、履，明德盛者，光靈遠也」句。浸，逐漸。光靈，德化。屬，連綴。❺雖今之作者四句 作者，稱隱逸之士，語本《論語・憲問》：「子曰：『賢者辟世，其次辟地，其次辟色，其次辟言。』子曰：『作者七人矣。』」邢昺疏「此章言自古隱逸賢者之行也……作，為也，言為此行者，凡有七人」。量，標準規範。同塵，混同塵世，《老子》有「和其光而同其塵」句。輟塗殊軌，指中途放棄改弦易轍，陸機〈俠邪行〉曰「將遂殊塗軌，要子同歸津」。末景，太陽餘輝。餘波，波浪之餘，喻前人的流風遺澤。

【語　譯】璇和玉極美，卻不是出於城市的寶貝；桂和椒很香，但不是長於園林的芳草。這哪裡是嚮往喜歡偏僻悠遠呢，只是因為不一樣的天性罷了。所以沒有腳而到來的，是憑藉事物本身的優良品質；跟著腳後跟而到來的，則為人們鄙薄。如巢父、子高的高尚品行，伯夷、四皓的堅貞節操，則能視堯、禹為父老，把周、漢當錙銖。然而世代久遠，德化不繼，使得精華退隱沉沒，芳流止歇消絕，難道不是很可惜麼。雖然現今的隱逸者，各有自己的尺度，但和同世塵、改弦易轍的人很多，又怎能使殘輝重新昭明、餘波再度氾濫呢！

有晉徵士尋陽陶淵明，南岳之幽居者也❶。弱不好弄，長實素心❷。學非稱師，文取指達。在眾不失其寡，處言愈見其默。少而貧病，居無僕妾。井臼弗任，藜菽不給。母老子幼，就養勤匱❸。遠惟田生致親之議，追悟毛子捧檄之懷❹。初辭州府三命，後為彭澤令❺。道不偶物，棄官從好❻。遂乃解體世紛，結志區外，定跡深棲，於是乎遠。灌畦鬻蔬，為供魚菽之祭；織絢緯蕭，以充糧粒之費❼。心好異書，性樂酒德。簡棄煩促，就成省曠❽。殆所謂國爵屏貴、家人忘貧者與❾？有詔徵為著作郎，稱疾不到❿。春秋若干，元嘉四年月日，卒於尋陽縣之某里⓫。近識悲悼，遠士傷情。冥默福應，嗚呼淑貞⓬！

【章旨】本段寫陶淵明生平經歷、為人處世及去世。

【注釋】❶有晉徵士尋陽陶淵明二句　徵士，指不接受朝廷徵聘的隱士。尋陽，陶淵明故鄉，今江西九江市。南岳，即南山，陶淵明〈飲酒〉有「采菊東籬下，悠然見南山」句。❷弱不好弄二句　弱不好弄，語本《左傳・僖公九年》「夷吾弱不好弄，長亦不改」。弄，戲。素心，《禮記》「有哀素之心」句鄭玄注「凡物無飾曰素」。❸少而貧病六句　寫陶淵明貧困匱乏，陶淵明〈自祭文〉曰：「自余為人，逢運之貧，簞瓢屢罄，絺綌冬陳。」〈與子儼等疏〉曰：「少而窮苦，每以家弊，東西遊走。」井臼，汲水舂米，泛指操持家務，漢劉向《列女傳・周南之妻》「親操井臼，不擇妻而娶」。藜菽，藜和菽，泛指粗糲之食。勤匱，勤勞困苦，語本《左傳・宣公十二年》「民生在勤，勤則不匱」。❹遠惟田生致親之議二句　寫陶淵明出仕之初衷。田生，指田過，《韓詩外傳》載齊宣王問田過君之與父孰重，田過以為君不如父，解釋說：「非君之土地，無以處吾親；非君之祿，無以養吾親；非君之爵，無以尊顯吾親。受之於君，致之於親。凡事君者，亦為親也。」毛子，指毛義，范曄《後漢書》載毛義以孝稱，張奉慕名拜訪，適逢府檄以毛義為守令，毛義捧檄而入，喜動顏色，張奉鄙視，固辭而去，後來毛義母死，服喪去官，後舉賢良，公車徵不至，張奉感歎說：「賢者固不可測，往日之喜，為親屈也。」❺初辭州府三命二句　陶淵明初仕江州祭酒，後來任桓玄幕僚、劉裕鎮軍參軍、劉敬宣建威參軍，後為彭澤令。❻道不偶物二句　陶淵明〈歸去來兮辭並序〉載「質性自然，非矯厲所得。饑凍雖切，違己交病，嘗從人事，皆口腹自役。於是悵然慷慨，深愧平生之志。猶望一稔，當斂裳宵逝。尋程氏妹喪於武昌，情在駿奔，自免去職。仲秋至冬，在官八十餘日。因事順心，命篇曰〈歸去來兮辭〉」。從好，語本《論語》「從吾所好」。❼遂乃解體世紛八句　寫陶淵明棄官後的生活。解體，猶「脫身」。區外，世俗之外，蔡邕〈郭有道碑〉有「翔區外以舒翼」。於是乎遠，當針對陶淵明〈飲酒〉「心遠地自偏」中的「遠」而言。灌畦鬻蔬，潘岳〈閒居賦〉有「灌園鬻蔬，供朝夕之膳」句。鬻，通「育」。培育。魚菽之祭，謂祭祀陋薄，語本《公羊傳》「常之母有魚菽之祭」。織絇，謂織網，《穀梁傳・襄公二十七年》：「織絇邯鄲，終身不言衛。」絇，網罟的別名。緯蕭，編織蒿草為簾箔，蕭指蒿草，語本《莊子・列禦寇》「河上有家貧恃緯蕭而食者」。❽心好異書四句　陶淵明〈五柳先生傳〉稱自己「好讀書，不求甚解。每有會意，便欣然忘食。性嗜酒」。酒德，劉伶有〈酒德頌〉。簡棄，揀擇拋卻。煩促，迫促，張華〈答何劭〉有「恬曠苦不足，煩促每有餘」句。❾殆所謂句　國爵屏貴，語本《莊子・天運》「夫孝悌仁義，忠信貞廉，此皆自勉以役其德者也，不足多也。故曰至貴，國爵屏焉；至富，國財屏焉，是以道不渝」，郭象注曰「屏者，除棄之謂也。夫貴在其身，猶忘之。況國爵乎，斯貴之至也」。家人忘貧，語本《莊子・則陽》「故聖人，其窮也，使家人忘貧，其達也，使王公忘爵祿而化卑」，郭象注曰「淡然無欲，家人不識貧可苦」。❿有詔徵為著作郎二句　《南史・隱逸傳》：「義熙末，徵為著作佐郎，不就。」⓫春秋若干三句　寫陶淵明卒年卒地。春秋，猶「年紀」。元嘉，南朝宋文帝劉義隆年號，西元四二四—四五三年。⓬冥默福應二句　冥默，指幽暗不通。福應，指天與善人、好人好報。淑貞，美好堅貞，漢王粲〈車渠碗賦〉「挺英才於山嶽，含陰陽之淑貞」。

【語　譯】有晉徵士尋陽人陶淵明，是南山的隱居者。自幼不好嬉戲，長大心地純樸。治學不為人師，為文僅取達意。眾人中不失個人性格，談論時更顯沉默寡言。年少時既貧且病，起居無僕人侍妾。汲水舂米無人可使，粗茶淡飯時常不足。母親老邁子女幼小，供養父母勤而仍匱。遠學田過仕君為親的見解，追悟毛義捧檄歡喜的情懷。開始時辭去州府三次任命，後來擔任了彭澤縣令。品性不與世態相合，棄去官職從心所好。於是脫身於世務紛雜，守志於世俗之外，固定行跡歇宿深僻，由此達到了「心遠地自偏」的境地。澆水種菜，來提供魚菽之祭；織網編箔，以充當糧食之費。心思愛好奇書，性情喜歡酒德。拋卻了煩雜迫促，成就了簡約曠達。這大概就是所謂國爵不足為貴、家人不知貧窮的人了吧？有詔書徵他為著作佐郎，稱疾不到。年紀若干，元嘉四年某月某日，卒於尋陽縣某里。身邊熟人悲痛哀悼，遠方士子傷心不已。天與善人晦暗不通，令人感歎啊美好堅貞！

夫實以誄華，名由諡高，苟允德義，貴賤何算❶焉。若其寬樂令終之美，好廉克己之操，有合諡典，無愆前志。故詢諸友好，宜諡曰靖節徵士❷。

【章　旨】本段總結陶淵明品行，同時說明諡以「靖節」的依據。

【注　釋】❶何算　猶「何別」，謂沒有區別，《儀禮‧喪服》：「父母何算焉？」❷靖節徵士　《諡法》曰：「寬樂令終曰靖，好廉自克曰節。」

【語　譯】實事因誄文而增華，名望由諡號而高揚，如果確實有德有義，貴賤又有何區別。像他「寬樂令終」之美德，「好廉克己」之行操，符合贈諡的典則，不違背前人的記述。所以諮詢了朋友同道，適合諡曰「靖節」徵士。

其辭曰：

物尚孤生，人固介立❶。豈伊時遘，曷云世及❷。嗟乎若士，望古遙集。韜此洪族，蔑彼名級❸。睦親之行，至自非敦❹。然諾之信，重於布言❺。廉深簡潔，貞夷粹溫。和而能峻❻，博而不繁。依世尚同，詭時則異，有一於此，兩非默置。豈若夫子，因心違事❼。畏榮好古，薄身厚志。世霸虛禮，州壤推風❽。孝惟義養，道必懷邦❾。人之秉彝，不隘不恭❿。爵同下士，祿等上農⓫。

【章　旨】本段是誄文的第一小節，寫陶淵明出身、品行、處世、待人。

【注　釋】❶介立　卓異獨立，漢張衡〈思玄賦〉有「何孤行之煢煢兮，孑不群而介立」。❷豈伊時遘二句　謂非時世使然，亦非家族世襲，而是出自本性。豈伊，猶「難道」，伊是助詞，無義，《詩・小雅・頍弁》：「豈伊異人，兄弟匪他。」時遘，時世遭遇。世及，家族世襲，《禮記・禮運》「大人世及以為禮」句孔穎達疏曰：「世及，諸侯傳位自與家也。父子曰世，兄弟曰及。謂父傳與子，無子，則兄傳與弟也。」❸嗟乎若士四句　若士，猶「其人」，語本《淮南子・道應訓》「若士者齤然而笑曰」句。望古，猶「比古」，溫嶠〈請召劉群等表〉「陛下更生之恩，望古無二」。望，比較，《論語・公冶長》「賜也何敢望回」何晏集解「望，謂比視」。遙集，此謂同飛同止，司馬相如〈大人賦〉「登閬風而遙集兮，飛鳥騰而一止」。韜，斂藏。洪族，大族，陶淵明曾祖陶侃為晉大司馬。名級，名位品級。❹敦　督促。❺然諾之信二句　《漢書・季布傳》載季布重信，故有諺曰「得黃金百斤，不如得季布一諾」。然諾，然、諾皆應對之詞，表示應允，引申為言而有信。❻和而能峻　語本《論語》「和而不同」句。❼依世尚同六句　《文選》李善注曰：「言為人之道，依俗而行，必譏之以尚同，詭違於時，必譏之以好異，有一於身，必被譏論，非為默置。豈若夫子因心而能違於世事乎，言不同不異也。」尚同，謂混同於流俗，陶淵明〈飲酒〉有「一世皆尚同，願君汨其泥」句。❽世霸虛禮二句　《南史・隱逸傳》載「江州刺史王弘欲識之，不能致也」。虛禮，虛己備禮的省稱，蔡邕〈郭有道碑〉有「州郡聞德，虛己備禮」句。推風，推崇其高風亮節。❾孝惟義養二句　義養，謂侍親以義，范曄《後漢書》有「論言以義養，則仲由之菽，甘於東鄰之牲」句。懷邦，《論語比考讖》曰「文德以懷邦」。❿人之秉彝二句　秉彝，秉性，《詩・大雅・烝民》「民之秉彝，好是懿德」。不隘不恭，語本《孟子・公孫丑上》「伯夷隘，柳下惠不恭，隘與不恭，君子不由也」，此「隘」與「不恭」並列，指不為褊隘，不為不恭。⓫爵同下士二句　語本《禮記・王制》「諸侯之下士，視上農夫，祿足以代其耕」。

【語譯】誄文說：

物崇尚孤單而生，人本應卓異獨立。並非時世使然，亦非家族世襲。令人感歎啊這樣的人，比照古人同飛同止。藏身於高門大族，輕視那名位品級。宗族和睦外親友好，自然做到全非促敦。恪守諾言之信，重於季布之言。清廉深沉簡樸高潔，堅貞平和專一溫潤。和而能峻介，博而不雜繁。依隨世俗則尚同，違背時風則立異，無論身行哪種方式，兩種非難都為默置。哪裡能比這位夫子，因著本心違於世事。畏懼顯榮尚好古風，薄待其身厚待其志。權勢虛己備禮，州里推挹其風。行孝必侍親以義，行道必心存國邦。人之秉性，不為褊隘，不為不恭。爵位同於下士，俸祿等於上農。

度量難鈞，進退可限❶。長卿棄宦，稚賓自免❷。子之悟之，何悟之辨！賦詩〈歸來〉❸，高蹈獨善❹。亦既超曠，無適非心❺。汲流舊巘，葺宇家林，晨煙暮藹，春煦秋陰，陳書綴卷，置酒弦琴❻。居備勤儉，躬兼貧病❼。人否其憂，子然其命❽。隱約就閑，遷延辭聘❾。非直也明，是惟道性❿。

【章旨】本段是誄文的第二小節，寫陶淵明歸隱生活。

【注釋】❶度量難鈞二句　《孝經》有「容止可觀，進退可度」句。鈞，此處用作動詞，計量。限，限度；界限。❷長卿棄官二句　司馬相如字長卿，《漢書》本傳載其稱病去職客遊梁。郇相字稚賓，《漢書・王貢兩龔鮑傳》載其舉州郡秀才，數病去官。❸歸來　指〈歸去來兮辭〉。❹高蹈獨善　高蹈，指隱居，鍾會〈檄蜀文〉有「誠能深鑒成敗，邈然高蹈」。獨善，語本《孟子・盡心上》「古之人，窮則獨善其身，達則兼善天下」句。❺無適非心　語本《莊子・達生》「知忘是非，心之適也」。❻汲流舊巘六句　寫陶淵明隱居生活，可與陶淵明〈歸去來兮辭〉「引壺觴以自酌」、「樂琴書以消憂」、「臨清流而賦詩」、〈五柳先生傳〉「好讀書，不求甚解」、「性嗜酒」、「常著文章自娛」、〈自祭文〉「春秋代謝，有務中園」、「翳翳柴門，事我宵晨」、「欣以素牘，和以七弦」等參看。巘，山。❼居備勤儉二句　勤儉，語本《尚書》「克勤於邦，克儉於家」句。貧病，語本《史記・仲尼弟子列傳》「若憲，貧也，非病也」句。❽人否其憂二句　語本《論語・雍也》「子曰：賢哉回也，一簞食，一瓢飲，在陋巷，人不堪其憂，回也不改其樂」。陶淵明〈五柳先生傳〉謂己「環堵蕭然，不蔽風日，短褐穿結，簞瓢屢空，晏如也」。❾隱約就閑二句　隱約，隱居而約，嚴忌〈哀時命〉「居處愁以隱約兮，志沈抑而不揚」。遷延，猶「倘佯」，謝朓〈三日侍華光殿曲水宴〉有「弱腕纖腰，遷延妙舞」句。❿非直也明二句　句式源於《詩・鄘風・定之方中》「匪直也人，秉心塞淵」。非直，不只。

【語　譯】氣度器量難以計算，進退之間卻有界限。相如稱病棄官，郇相因病自免。夫子的領悟，是多麼明辨！賦了〈歸去來兮辭〉的詩辭，高蹈出世獨善其身。既已超然曠達，所作全出本心。汲取泉流於舊日山巘，修葺屋宇於家園樹林，晨煙暮靄，春和秋陰，陳書誦讀作詩成卷，設置薄酒備有弦琴。居家兼備勤勞節儉，親身勞作既貧且病。別人否定這種辛憂，夫子安於這種命運。隱居儉約卻能清閒，逍遙倘佯辭去徵聘。不只是因明哲保身，更是出於道德品性。

糾纏斡流❶，冥漠報施❷，孰云與仁，實疑明智。謂天蓋高，胡諐斯義？履信曷憑，思順何寘❸？年在中身，疢維痁疾❹。視死如歸，臨凶若吉❺。藥劑弗嘗，禱祀非恤❻。傃幽告終，懷和長畢❼。嗚呼哀哉！

敬述靖節，式尊遺占❽。存不願豐，沒無求贍。省訃卻賻，輕哀薄斂。遭壤以穿，旋葬而窆❾。嗚呼哀哉！

【章　旨】本段是誄文的第三小節，寫陶淵明之死，為其仁而中年即亡鳴不平。

【注　釋】❶糾纏斡流　語本賈誼〈鵩鳥賦〉「斡流而遷兮，或推而還……夫禍之與福兮，何異糾纏」句。糾纏，交互纏繞，《鶡冠子・世兵》：「禍乎福之所倚，福乎禍之所伏，禍與福如糾纏。」斡流，流轉。❷冥漠報施　指報應不明，即前面出現的「冥默福應」意。❸孰云與仁六句　質疑天道不公。與仁，《老子》曰：「天道無親，常與善人」。謂天蓋高，語本《詩・小雅・正月》「謂天蓋高，不敢不局」。愆，違背。履信、思順，語本《易・繫辭上》「天之所助者，順也；人之所助者，信也。履信思乎順，又以尚賢也」。❹年在中身二句　中身，即中年，陶淵明元嘉四年卒，時年六十三。疢，患病。痁疾，瘧疾。❺視死如歸二句　《呂氏春秋》有「遺生行義，視死如歸」句，陶淵明〈自祭文〉謂「陶子將辭逆旅之館，永歸於本宅」、「余今斯化，可以無恨」、「從老得終，奚所復戀」。❻禱祀非恤　謂不為己禱祀。恤，考慮。❼傃幽告終二句　傃，向著。長畢，謂死。❽式尊遺占　式，句首發語詞。尊，「遵」的古字。占，口述文辭。❾存不願豐六句　寫陶淵明下葬，陶淵明〈自祭文〉有「葬之中野，以安其魂，寂寂我行，蕭蕭墓門，奢恥宋臣，儉笑王孫，廓兮已滅，慨焉已遐，不封不樹，日月遂過」等句，可參看。沒，通「歿」。死。訃，訃告。賻，送給喪家的布帛錢財。遭，遇。穿，挖土。旋，即刻。窆，下棺。

【語譯】交互纏繞迴旋流轉，因果報應渺茫不施，誰說「天道無親，常與善人」，著實懷疑這話是否明智。說天高聽卑報應不爽，怎麼又違背了這個道理？履信則會得人幫助，這樣說有何憑據，思順則會得天幫助，為什麼卻又被棄置？方至中年，便患瘧疾。視死如歸，臨凶若吉。藥劑也不吃，禱祀未考慮。向著幽冥宣告結束，心懷平和生命完畢。嗚呼哀哉！

恭敬陳述「靖節」之義，完全遵照臨終遺言。活著不願意富庶，死後更不求豐贍。省去訃告推卻賻禮，減輕傷哀從儉入殮。隨意選址挖掘墓穴，快速落葬放下木棺。嗚呼哀哉！

深心追往，遠情逐化❶。自爾介居，及我多暇。伊好之洽，接閻鄰舍。宵盤晝憩，非舟非駕❷。念昔宴私，舉觴相誨：「獨正者危，至方則閡，哲人卷舒，布在前載，取鑒不遠，吾規子佩。」❸爾實愀然，中言而發：「違眾速尤，迕風先蹶，身才非實，榮聲有歇。」❹睿音永矣，誰箴余闕❺？嗚呼哀哉！

仁焉而終，智焉而斃❻。黔婁既沒，展禽亦逝❼。其在先生，同塵往世。旌此靖節，加彼康惠❽。嗚呼哀哉。

【章旨】本段是誄文的第四小節，追憶作者與陶淵明的交往、對話，再點「靖節」以作結。

【注釋】❶化 生死轉換，《莊子・田子方》：「已化而生，又化而死。」❷自爾介居六句 《宋書・隱逸傳》載，顏延之「在尋陽，與潛情款，後為始安郡，經過日日造潛，每往必酣飲致醉，臨去留二萬錢與潛」。介居，獨居，指隱居。之洽，語本《詩・大雅・生民之什》「辭之輯矣，民之洽矣」。❸念昔宴私八句 記錄作者對陶淵明的規勸。宴私，私下。閡，阻隔不通。哲人，智慧卓越的人，《詩・大雅・抑》「其維哲人，告之話言」。卷舒，猶「進退隱顯」，典出《論語・衛靈公》「邦有道則仕，邦無道則卷而懷之」，潘岳《西征賦》有「遽與國而舒卷」句。佩，佩戴，此處喻採納規勸。❹爾實愀然六句 寫陶淵明的回應。愀然，憂傷的樣子。速尤，招致過錯。迕，違逆。蹶，倒。歇，消歇。❺誰箴余闕 箴，規勸。闕，過失。❻仁焉而終二句 應劭《風俗通》曰：「五帝聖焉死，三王仁焉死，五伯智焉死。」❼黔婁既沒二句 黔婁，春秋時齊國高士，劉向《列女傳》載其「甘天下之淡味，安天下之卑位，不戚戚於貧賤，不遑遑於富貴，求仁而得仁，求義而得義」，其妻諡曰康。沒，通「歿」。展禽，春秋時魯國大夫，食采柳下，諡曰惠，稱柳下惠。❽康惠　黔婁諡康，展禽諡惠。

【語　譯】深沉的心思跟隨往者，深遠的情感追逐逝者。自從您隱居之後，恰逢我公餘多暇。感情融洽，接門鄰舍。晚上盤桓白晝休憩，無勞舟槳不必車駕。想起昔時閒居私下，舉著酒杯勸告您：「單獨正直則處境危險，過於方剛則阻隔不通，明哲之人的卷舒進退，以前的文獻中都有記載，可以取鑒的事例不遠，我的規勸希望您能採納。」您面容憂傷，說出心中所想：「違背眾人招來過錯，逆風之草最早倒伏，人身才學皆非真實，榮華名聲終會消歇。」智慧的話語永遠存在，現今還有誰會規勸我的過失？嗚呼哀哉！

擁有仁德而壽終，擁有智慧而斃命。黔婁已經死去，展禽也已逝世。他們和先生您一起，在過去的光陰中同行。讚頌您靖節的美德，勝過他們的康和惠。嗚呼哀哉。

【研　析】顏延之、陶淵明有深入交往，有醉酒交情。顏延之為始安郡時，經過潯陽，「日造淵明飲焉，每往，必酣飲致醉」。而且，「延之臨去，留二萬錢與淵明，淵明悉遣送酒家，稍就取酒」。與此形成鮮明對比的，先前江州刺史檀道濟饋以粱肉，陶公「麾而去之」，毫不留意。顏延之寫這篇誄，當然是因為兩人的交情。而交情的基礎，是品行趣味的互相吸引。

《南史》本傳載，顏延之「肆意直言，曾無回隱，居身儉約，不營財利，布衣蔬食，獨酌郊野，當其為適，傍若無人」、「文帝嘗召延之，傳詔頻不見，常日但酒店裸袒挽歌，了不應對，他日醉醒乃見」、「好騎馬遨遊里巷，遇知舊輒據鞍索酒，得必傾盡，欣然自得」。王僧達為顏延之作《祭顏光祿文》謂「服爵帝典，棲志雲阿」、「逸翮獨翔，孤風絕侶。流連酒德，嘯歌琴緒」。這些事蹟，會不會覺得有點眼熟？是不是很容易讓人想起陶淵明來？

本誄主要寫陶淵明的隱逸，其實隱逸在當時並不鮮見，《南史・隱逸傳》載，「時周續之入廬山，事釋惠遠；彭城劉遺民，亦遁跡匡山；淵明又不應徵命：謂之潯陽三隱」，說明從隱逸角度看，陶淵明當時只是「潯陽三隱」之一。隱逸其實只是一種韜光晦世的方式，正如梁昭明太子蕭統說的，「或懷釐而謁帝，或披褐而負薪，鼓楫清潭，棄機漢曲，情不在於眾事，寄眾事以忘情者也」。如果以這樣的視角看，顏延之的為官，何嘗不是另一種韜光晦世的方式，只要不違背本心，只要秉持自己的原則，只要仍能喝酒，只要激揚性情。所以，陶淵明的隱逸也罷，顏延之的為官也罷（其實《南史》本傳載顏延之「屏居不豫人間者七載」），關鍵不是隱逸或出仕本身，這只是行跡，關鍵的是這些行跡背後的人，人的品格、趣味、行事方式。

所以，顏延之對陶淵明，是有很多理解和共鳴的，對其效田過、毛義「為親屈」而出仕，對其「道不偶物」而棄官，對其「孤生」、「介立」，對其「蔑彼名級」，對其「因心違事」，對其「性樂酒德」等等。顏延之從陶淵明這位前輩身上，看到了自己。

本誄對陶淵明的文學只說「文取指達」，有人從此得出顏延之「竟不能瞭解陶公的詩」，認為「兩人同時代，同是詩人，更是朋友，其不能相知如此」。其實本誄只是「累其德行，旌之不朽」，意在為陶淵明寫神畫像，意不在品評文章詩歌。況且，詩，也只是「寄眾事以忘情」的「眾事」中的一個，和酒一樣，「意不在酒，亦寄酒為跡者也」。也許，這才是真正的相知：審美取向、作詩宗旨本不必相同，不過由著對品行的親近和仰慕，便可以相處相親，然後你寫你的「草盛豆苗稀」，我寫我的〈應詔燕曲水〉。

宋孝武宣貴妃誄並序

宋 謝莊

【題解】宣貴妃，本為淑儀，死後贈貴妃，謚曰宣。《南史・后妃傳》說她是南郡王義宣女，義宣敗後，宋孝武帝劉駿密取之，假姓殷氏；又說「或云貴妃是殷琰家人，入義宣家，義宣敗入宮」，則本姓殷。殷淑儀麗色巧笑，寵冠後宮，及薨，帝常思見之，每寢，先於靈床酌奠酒飲之，既而慟哭，精神罔罔，不能自反。及葬，給輼輬車、虎賁、班劍、鑾輅九旒、黃屋左纛，上臨過喪車，悲不自勝。追贈貴妃，使群臣議謚，江智淵上議曰懷，孝武以為不盡嘉號，後謚宣，故稱宣貴妃，並立廟。謝莊作本文，帝臥覽讀，起坐流涕，曰：「不謂當今復有此才。」都下傳寫，紙墨為之貴。《資治通鑑》卷一百二十九載「冬十月壬申，葬宣貴妃於龍山」，本文大致作於此時。

惟大明六年夏四月壬子，宣貴妃薨❶。

律谷罷暖，龍鄉輟曉❷。照車去魏，聯城辭趙❸。皇帝痛掖殿之既闃，悼泉途之已宮❹。巡步檐而臨蕙路，集重陽而望椒風❺。嗚呼哀哉！

天寵方隆，王姬下姻❻。肅雍揆景，陟屺爰臻❼。國軫喪淑之傷，家凝霣庇之怨❽。敢撰德於旂旒，庶圖芳於鐘萬❾。

【章　旨】本部分是誄文的序，記時敘事，表達家國對痛失宣貴妃的哀痛。

【注　釋】❶惟大明六年夏四月壬子二句　記時。大明（西元四五七—四六四年）是南朝宋孝武帝的年號，大明六年即西元四六二年。壬子，干支紀日，是該月初二日。薨，稱死，《禮記・曲禮》：「天子死曰崩，諸侯曰薨，大夫曰卒，士曰不祿，庶人曰死。」❷律谷罷暖二句　律谷，黍谷，劉向《別錄》載，燕有谷寒不生五穀，鄒衍吹律，溫使生黍，吹律以暖之，故曰「律谷」。龍鄉，種龍鄉的簡稱，出報曉雄雞。❸照車去魏二句　照車，照車珠的省稱，《史記・田敬仲完世家》載魏國有「徑寸之珠，照車前後十二乘者十枚」。聯城，即連城，和氏璧，《史記・廉頗藺相如列傳》載趙惠文王得和氏璧，秦王使遺趙王書曰「願以十五城易璧」，故稱連城璧。❹皇帝痛掖殿之既闃二句　掖殿，宮中旁舍，妃嬪所居。闃，空。泉途，即黃泉之下。宮，即棺材，緣生事亡，因以為名。❺巡步檐而臨蕙路二句　步檐，即檐下走廊。集重陽，語本《楚辭・遠游》「集重陽入帝宮兮，造旬始而觀清都」句。集，止。椒風，桓譚《新論・譴非》載董賢妹妹為昭儀，居舍號曰椒風。❻天寵方隆二句　把皇女出生比作上天嫁女到人間，謂殷淑儀剛剛生下第二皇女。天寵，指上天的恩寵，語本《易・師》「吉承天寵」。❼肅雍揆景二句　肅雍，莊嚴雍容，《詩・召南・何彼襛矣》有「曷不肅雍，王姬之車」句。揆景，測量日影，以定時間或方位。陟屺爰臻，《詩・魏風・陟岵》有「陟彼屺兮，瞻望母兮」句，表示思念母親。陟，登。屺，山。爰，語助詞。臻，到達。❽國軫喪淑之傷二句　語本潘岳〈秦氏從姊誄〉「家失慈覆，世喪母儀」句，寫家、國對宣貴妃之死的哀痛。軫，聚集。霣，喪失。庇，陰庇保護，此指母親的庇護。❾敢撰德

於旍旒二句　旍旒，有飄帶的旗，漢揚雄〈元后誄〉有「著德太常，注諸旍旒」句。庶，幸，表示期望。圖，繪製。鐘萬，指鐘鼎和萬舞，鐘鼎上勒銘頌德，萬舞，《詩‧邶風‧簡兮》「簡兮簡兮，方將萬舞」句，《毛傳》「以干羽為萬舞，用之宗廟山川」。

【語譯】大明六年夏四月壬子日，宣貴妃去世。

黍谷停止律吹而不暖，龍鄉失去雄雞而不曉。照車寶珠離開了魏，連城之璧辭別了趙。皇帝痛心宮殿空蕩無人，傷悼黃泉築成地宮。巡步廊檐來到芳徑，止於上天遙望椒風。嗚呼哀哉！上天恩寵正隆，王女下界結姻。莊重地測量日影，登山瞻望母親。全國匯聚失去淑人的悲傷，家庭凝結喪失庇護的憂怨。恭敬地撰寫美德在旍旒旌旗，希望能記下芬芳在鐘鼎萬舞。

其辭曰：

元丘煙熅，瑤臺降芬。高唐渫雨，巫山鬱雲❶。誕發蘭儀，光啟玉度。望月方娥，瞻星比婺❷。毓德素里，棲景宸軒。處麗絺綌，出懋蘋蘩❸。修詩貴道，稱圖照言。翼訓姒幄，贊軌堯門❹。綢繆史館，容與經闈❺。陳〈風〉緝藻，臨〈象〉分微❻。遊藝殫數，撫律窮機❼。躊躇冬愛，怊悵秋暉❽。展如之華，寔邦之媛❾。敬勤顯陽，肅恭崇憲❿。奉榮維約，承慈以遜⑪。逮下延和，臨朋違怨⑫。祚靈集祉，慶藹迎祥⑬。皇胤璿式，帝女金相⑭。聯跗齊潁，接萼均芳⑮。以蕃以牧，燭代輝梁⑯。

【章　旨】這是誄文的第一部分，寫宣貴妃生前之音容、德才、孝慈、育子等。

【注　釋】❶元丘煙熅四句　貴妃姓殷，因以殷人祖先的神話讚美。元丘，即玄丘，避清康熙玄燁諱改，劉向《列女傳》載有娀氏之女簡狄浴於玄丘之水，有玄鳥銜卵過而墜之，簡狄誤而吞之，遂生商人祖先契。煙熅，陰陽二氣和合。瑤臺，《呂氏春秋・音初》載，有娀氏簡狄姐妹於瑤臺捕燕得二卵，屈原〈離騷〉有「望瑤臺之偃蹇兮，見有娀之佚女」。高唐、巫山，用宋玉〈高唐賦〉記楚懷王晝寢夢巫山女神薦席自稱「妾在巫山之陽，高丘之阻，旦為朝雲，暮為行雨」事。渫，飄散。❷誕發蘭儀四句　美其容。誕發、光啟，猶言「擴大」。蘭儀、玉度，形容女子的風範準則，晉左九嬪（左思之妹）〈武帝納皇后頌〉有「如蘭之茂，如玉之瑩」句。娥，即嫦娥，傳說中吃了不死之藥奔月。婺，婺女，星宿名，即女宿。❸毓德素里四句　毓德，培育美德。素里，平民里巷。棲景，即棲影，猶言「寄身」。宸軒，指皇宮。處，居處在家。麗，使增色。絺綌，指后妃儉德，語本《詩・周南・葛覃》「為絺為綌，服之無斁」，《毛傳》：「此詩后妃所自作……可以見其已貴而能勤，已富而能儉」。絺，細葛布。綌，粗葛布。楙，通「茂」。使盛大。蘋蘩，蘋和蘩，兩種可供食用的水草，《詩・召南》有〈采蘋〉、〈采蘩〉篇，《毛傳》：「夫人不失職也」、「所以成婦順也」，後以蘋蘩指能遵祭祀之儀或婦職等。❹修詩賁道四句　賁，修飾。稱圖，謂其品德與列女圖相稱。照言，謂其品德與婦禮女誡之言照應。翼訓姒幄，劉向《列女傳》載，姒是夏禹之后，生啟之後，「塗山獨明教訓，而致其化焉」。翼，輔佐。訓，謂典範。

贊軌堯門，《漢書．外戚傳》載，昭帝母妊身十四月生，因堯亦孕十四月而生，乃命所生門曰「堯母門」。贊，輔佐。軌，規矩。❺綢繆史館二句　綢繆、容與，皆謂留意徜徉。史館、經闈，謂史書經書的藏書處。❻陳風緝藻二句　陳，陳列，引申為閱讀。風，國風，代指《詩經》。彖，易彖，代指《易》。❼遊藝殫數二句　藝，指六藝即禮、樂、射、御、書、數。律，指六律即黃鐘、大蔟、姑洗、蕤賓、夷則、無射。❽躊躇冬愛二句　躊躇，謂從容。冬愛，指冬日，語本《左傳．文公七年》杜預注「冬日可愛，夏日可畏」。怊悵，猶「惆悵」，《楚辭．九辯》「心搖悅而日幸兮，然怊悵而無冀」。❾展如之華二句　語本《詩．鄘風．君子偕老》「展如之人兮，邦之媛也」。展如，整飭的樣子。❿敬勤顯陽二句　寫待太后敬勤肅恭。《宋書．后妃傳》載孝武皇帝劉駿即位，奉文帝路淑媛皇太后，宮曰崇憲，殿曰顯陽。⓫奉榮維約二句　寫對待皇帝和太后的恩寵而能唯約唯遜。⓬逮下延和二句　寫對待下人和友朋能和而無怨。逮下，謂恩惠及於下人。延和，求得和氣。違怨，謂避開怨恨。⓭祚靈集祉二句　祚靈集祉，典出《詩．大雅．文王之什》「既受帝祉，施於孫子」句，字面上寫受上帝之福，實際指向福氣延及於子孫。祚靈，好運之神靈。祉，福氣。慶藹，即慶雲，古人視為祥瑞。⓮皇胤璿式二句　寫子女之美，語本《左傳．昭公十二年》「式如玉，式如金」及《詩．大雅．棫樸》「追琢其章，金玉其相」二句。皇胤，皇室後代。璿，即璇，美玉。式，樣式。相，樣子。⓯聯跗齊穎二句　謂子女都十分優秀。跗，通「柎」。子房。穎，穗芒。蕚，花蕚。⓰以蕃以牧二句　以蕃以牧，《宋書．孝武十四王傳》載始平孝敬王子鸞年五歲，封襄陽王，食邑二千戶，為東中郎將、吳郡太守，愛冠諸子；晉陵孝王子雲，年四歲封晉陵王，食邑二千戶。蕃，通「藩」。指封為藩國之王。牧，指為州郡之長。燭、輝，指亮光，這裡用作動詞，勝過的意思。代、梁，漢文帝立劉武為代王，劉參為梁王。

【語　譯】 誄文說：玄丘二氣和合，瑤臺降下芳芬。高唐飄散雨點，巫山凝結行雲。彰顯蘭草儀態，光大貞玉則度。好似月中嫦娥，可比星中婺女。培育美德在民間里巷，棲息身影在皇宮樓軒。

居家能令絺綌儉德增色，出外則使蘋蘩婦儀昌盛。學習詩歌修煉道德，與圖相稱與言相照。輔翼訓式如姒在幄，佐成規範如生堯門。倘佯於史書之館，沉醉於經書殿堂。打開《詩經》連綴辭藻，對著《易》分析入微。遊於六藝窮變化，彈奏六律盡巧機。悠遊於冬日暖陽，惆悵於秋日餘暉。整飭端莊的榮華，實在是邦國麗媛。敬勤於顯陽殿，肅恭於崇憲宮。接受皇恩求簡約，蒙承后慈願稍遜。待下施恩求和氣，交接朋友人無怨。好運神靈聚集福祉，慶雲呈瑞帶來吉祥。皇子似美玉，帝女有金相。子房相連穗芒齊並，花萼相接花朵同芳。出鎮藩國又做牧守，遠勝前朝代王梁王。

視朔書氛，觀臺告祲❶。八頌扃和，六祈輟滲❷。衡總滅容，翬翟毀衽❸。掩采瑤光，收華紫禁❹。嗚呼哀哉！

帷軒夕改，輧輅晨遷❺。離宮天邃，別殿雲縣❻。靈衣虛襲，組帳空煙❼。巾見餘軸，匣有遺弦❽。嗚呼哀哉！

移氣朔兮變羅紈，白露凝兮歲將闌❾。庭樹驚兮中帷響，金釭曖兮玉座寒❿。純孝擗其俱毀，共氣摧其同欒⓫。仰昊天之莫報，怨凱風之徒攀⓬。茫昧與善，寂寥餘慶⓭。喪過乎哀，毀實滅性⓮。世覆沖華，國虛淵令⑮。嗚呼哀哉！

【章　旨】這是誄文的第二部分，寫宣貴妃之卒，並同寫子雲之死。

【注　釋】❶視朔書氛二句　謂觀氣不祥，語本《左傳・僖公五年》「公既視朔，遂登觀臺以望，而書，禮也」。視朔，古代天子、諸侯每月朔日祭告祖廟之後，在太廟聽政。氛，指預示吉凶的雲氣，多指凶象之氣。觀臺，瞭望天象之臺。祲，日旁雲氣，能預示吉凶，多指不祥之氣。❷八頌扃和二句　謂占卜不吉。八頌，以蓍草占筮，八占筮之辭，《周禮・春官・占人》有「以八筮占八頌，以視吉凶」句。扃，關閉。六祈，古代六種禱神方法，即類、造、禬、禜、攻、說。滲，謂滲漉，喻祉福。❸衡緫滅容二句　衡，車軛。緫，車馬垂飾，《周禮・春官・巾車》：「王后之五路：重翟，錫面朱總；厭翟，勒面繢總；安車，彫面鷖總。皆有容蓋。」容，即容蓋，此謂王后幨車。翬翟，雉科鳥類，皇后服有禕衣，「文為翬翟之形」，故以「翬翟」指后妃之服。袿，衣衿。❹掩采瑤光二句　瑤光，指瑤光殿，宋孝武傷宣貴妃〈擬漢武李夫人賦〉有「閟瑤光之密陛，宮虛梁之餘陰」句。❺帷軒夕改二句　帷軒、軿輅，都指王后所乘的有帷有蓋的小車。遷，變化，《禮記・大傳》「有百世不遷之宗，有五世則遷之宗」句，鄭玄注「遷猶變易也」。❻離宮天邃二句　離宮、別殿，皆謂皇帝居所。天邃、雲縣，皆謂其遠。縣，通「懸」。❼靈衣虛襲二句　襲，重衣，衣上加衣。組帳，華美的帷帳。❽巾見餘軸二句　巾，巾箱，用以存放頭巾、書卷、文件等物品，《漢武內傳》載武帝見「西王母巾箱中有一卷書」。軸，指書卷。匣，琴匣。❾移氣朔兮變羅紈二句　寫時節更替及劉子雲卒時，《資治通鑑》卷一百二十九載「秋七月乙未（西元四六二年七月十七日），立皇子子雲為晉陵王，是日卒，諡曰孝」。移，更改。氣朔，原指雲氣和朔日，觀氣視朔以知吉凶，後泛指節氣。闌，將盡。❿庭樹驚兮中帷響二句　寫起寒風，渲染淒冷氛圍。中帷，即屋中帷幌。金釭，金屬燈座。曖，不明的樣子。⓫純孝擗其俱毀二句　寫皇子哀慟。純孝、共氣，謂皇子，純孝語本《左傳・隱公元年》「穎考叔，純孝也」句，共氣語本《呂氏春秋・季秋紀・精通》「父母之於子也，子之於父母也，一體而分形，同血氣而異息」句。擗，捶胸頓足。欒，瘦弱。⑫仰昊天之莫報二句　痛母死無法報答其恩德。昊天之莫報，語本《詩・小雅・蓼莪》「欲報之德，昊天罔極」。凱風，指南風，《詩・邶風》有〈凱風〉篇讚美孝子，〈漢敦煌長史武斑碑〉有「孝深〈凱風〉，志絜〈羔羊〉」句。⑬茫昧與善二句　指責天道不公。與善，語本《老子》「天道無親，常與善人」。餘慶，語本《易・坤・文言》「積善之家，必有餘慶」。⑭喪過乎哀二句　喪過乎哀，語本《易・小過》「君子以行過乎恭，喪過乎哀」。毀實滅性，反用《孝經・喪親》「毀不滅性」句意。⑮世覆沖華二句　沖，謙和。淵，深遠。

【語譯】朔日聽政後寫下凶氣，登臺觀雲表明不吉。八頌占卜不見和順，六祈禱告停止福恩。容車車軛垂飾毀棄，祭服衣袖翬翟殞落。瑤光殿裡神采暗淡，紫禁城中風華不再。嗚呼哀哉！

有帷有蓋的容車，朝夕間換了裝飾。離宮像天一樣遙遠，別殿像雲一樣隔絕。靈衣衣上空加衣，組帳帳中僅留煙。巾箱能見餘卷軸，琴匣尚有遺絲弦。嗚呼哀哉！

時節更替脫去薄衣，白露凝結年歲將盡。庭樹驚動帷幌出響，燭火昏暗玉座生寒。純孝之子傷痛同亡，共氣親兒摧成消瘦。仰問昊天並無吉報，哀怨南風無法追攀。天道茫昧不與善人，福報寂寥並無餘慶。喪親之痛過於悲哀，人毀之痛實能滅性。世上覆滅謙和之德，國中再無深沉之美。嗚呼哀哉！

題湊既肅，龜筮既辰❶。階撤兩奠，庭引雙輴❷。維慕維愛，曰子曰身❸。慟皇情於容物，崩列辟於上旻❹。崇徽章而出寰甸，照殊策而去城闉❺。嗚呼哀哉！

經建春而右轉，循閶闔而徑度❻。旌委鬱於飛飛，龍逶遲於步步❼。鏘楚挽於槐風，喝邊簫於松霧❽。涉姑繇而環回，望樂池而顧慕❾。嗚呼哀哉！

晨轀解鳳，曉蓋俄金❿。山庭寢日，隧路抽陰⓫。重扃閟兮燈已黯，中泉寂兮此夜深⓬。銷神躬於壤末，散靈魄於天潯⓭。響乘氣兮蘭馭風，德有遠兮聲無窮⓮。嗚呼哀哉！

【章旨】這是誄文的第三部分，寫宣貴妃與子雲之出殯、落葬，以形神消散而德響無窮作結。

【注釋】❶題湊既肅二句　題湊，古代天子的槨制，槨室用大木累積而成，木頭上尖下方向內相湊而成，故謂之「題湊」。題，頭。肅，整飭。龜筮，古時占卜用龜，筮用蓍，視其象與數以定吉凶。❷階撤兩奠二句　兩奠、雙輴，謂宣貴妃與晉陵孝王子雲兩人的棺柩。輴，殯車。❸維慕維愛二句　語本潘岳〈妹哀辭〉「庭祖兩柩，路引雙轜。爾身爾子，永與世辭」。維、曰，語助詞。慕，謂子慕母。愛，謂母愛子。❹慟皇情於容物

二句　上句寫宣貴妃，下句寫子雲。容物，容貌衣物，顏延之〈拜陵廟作詩〉有「皇心憑容物，民思被歌聲」句。列辟，指諸侯君主，此指子雲，列辟崩而告於天子，故云。❺崇徽章而出寰甸二句　徽章，指出殯時的旗幟。寰甸，猶言「寰內」。殊策，特加之策。城闉，城內重門。❻經建春而右轉二句　寫前行路線。建春、閶闔，城門名。❼旌委郁於飛飛二句　寫隊伍行進之樣態。委郁，聚集的樣子。飛飛，飄揚的樣子。龍，喻指長條隊伍。逶遲，蜿蜒的樣子。步步，緩慢的樣子。❽鏘楚挽於槐風二句　寫行進之聲音。鏘，鳴發聲響。楚挽，悲楚的挽歌。喝，悲咽司馬相如〈子虛賦〉「榜人歌，聲流喝」，郭璞注「言悲嘶也」。❾涉姑繇而環回二句　喻寫宣貴妃母子葬處。《穆天子傳》載，天子西征至玄池之上，奏樂三日而終，因名為樂池，盛姬亡，葬於樂池之南，並周姑繇之水以圜喪車。❿晨輼解鳳二句　寫下葬。輼，即喪車，《宋書‧孝武十四王傳》載宣貴妃「及葬，給輼輬車」。解鳳，指喪車解去鳳飾。俄，傾。金，車蓋上的金玉裝飾。⓫山庭寢日二句　山，指陵墓。寢日，謂無日光。隧，指墓道。抽陰，指失去光亮而陰暗。⓬重扃閟兮燈已黯二句　扃，指門戶。閟，關閉。中泉，即泉中，指地下。⓭銷神躬於壤末二句　神躬，猶言「神魄」。天潯，即天邊。⓮響乘氣兮蘭馭風二句　承上二句，言形神雖會消散，但聲名德聞乘氣馭風而無窮。

【語　譯】題湊已整理妥當，龜筮已選定時辰。階上撤除兩個奠位，庭中拉出一雙棺輴。子慕母愛，令子玉身。皇情悲慟因睹容貌衣物，皇子隕落而告於上蒼昊天。旌旗高揚駛出京郊，依照特策離開城門。嗚呼哀哉！

經過建春門右轉，順著閶闔門直行。旌旗重疊飛揚，隊伍逶遲緩步。挽歌悲楚鏗鳴混同槐風，簫聲塞咽悠遠縈繞松霧。涉過回轉環流的姑繇之水，望著樂池而眷念愛慕。嗚呼哀哉！

清晨輼車解去鳳羽，臨曉車蓋傾斜飾金。陵冢不見日光，墓道唯有暗陰。重門關閉呵燈已暗，黃泉幽寂呵長夜深。神魄銷亡呵於塵土，靈魂飄散呵於天潯。榮聲乘氣呵芳名馭風，德行永垂呵聲名無窮。嗚呼哀哉！

【研析】許槤評此文曰：「由生而卒，由卒而葬，敘次不紊，綜核有法。」說的是全文之章法，其實生、卒、葬內部文字的屬詞綴句，也是敘次不紊，極其用心。比如寫其生，先美其容，再盛其德，再高其才，再寫其待人接物，再寫其相夫教子，條理清晰。如果我們用這樣的條理來看文中「稱圖照言」四字，則先會注意這一句所處的位置是寫其德，則「稱圖」必不是如有人解讀的寫其容貌美麗可入圖畫。稱圖，乃謂其品德與圖相稱，這裡的圖是指列士、列女、古聖賢圖之類，這是六朝圖的大宗。六朝人多喜在宮殿、墓室繪古來列士、列女圖，如《後漢書．順烈梁皇后傳》記載順烈梁皇后「常以列女圖畫置於左右，以自監戒」，亦是此意。「照言」也不是指言語清晰，而是謂其品德與婦禮女誡之言能相照應，此「言」即如漢班昭「傷諸女方當適人，而不漸訓誨，不聞婦禮，懼失容它門，取恥宗族」、「乃作《女誡》七章」之類。此「稱圖照言」與孝武皇帝〈擬漢武李夫人賦〉「朝有儷於徽準，禮無替於粹圖」中的「徽準」、「粹圖」相類。

本文的寫作有一難點，即題為〈宣貴妃誄〉，而實為「兩奠」、「雙輴」，宣貴妃和她的兒子劉子雲同時出殯。謝莊在這一點上的處理也極見智慧。序裡先以「家凝霣庇之怨」輕輕一提，而在寫其生前品德時，用力寫其皇子皇女之玉式金相，既寫宣貴妃教子之德，亦為後文母慈則子孝、子孝則哀痛、哀痛則同亡作好鋪墊。正因為宣貴妃教子有方，所以當我們看到後文純孝之子傷痛過度而亡時，並未曾覺得突兀。

如何迴避忌諱，是本文寫作的更大難點。宣貴妃的姓氏和出身曲折離奇，已見題解，而其中消息，「左右宣泄者多死，故當時莫知所出」。作為誄文，卻又不得不寫。謝莊假殷商起源之傳說寫其姓，以巫山高唐之神話寫其出身，既含糊地點出宣貴妃姓殷的可能性，並渲染、烘托其高貴出身，而又避免觸犯忌諱。這也算是另一種「有法」吧。

文中數語，李善注與五臣注不同，而其事頗涉宣貴妃與子女之情況，故在下面復作具體討論，以期對理解文本有所說明。「天寵方隆，王姬下姻」一句，李善注曰：

> 沈約《宋書》曰：「淑儀生第二皇女。」《易》曰：「在師中，吉，承天寵也。」〈毛詩序〉曰：「王姬亦下嫁于諸侯。」

呂延濟注曰：

> 貴妃生第二皇女，言帝方寵貴妃，以妃女下降於諸侯。《詩》云：「王姬亦下嫁于諸侯也。」故天子女通言王姬。

「肅雍揆景，陟屺爰臻」一句，李善注曰：

> 言王姬將降至而貴妃遽霣。《毛詩》曰：「曷不肅雍，王姬之車。」又曰：「陟彼屺兮，瞻望母兮。」

劉良注曰：

> 言王姬將擇日出而貴妃遽薨也。肅，敬，雍，和也。揆景，擇日也。

「王姬下姻」，是指把皇女出生比作上天嫁王女到人間皇室，故李善注引沈約《宋書》「淑儀生第二皇女」句。「天寵方隆」中的「天寵」指上天、天帝之寵。李善注引〈毛詩序〉「王姬亦下嫁于諸侯」僅為說明「王姬」一詞的出處，並非真謂孝武嫁女。觀呂延濟注，雖然呂延濟也引了

「貴妃生第二皇女」一句，但又說「言帝方寵貴妃，以妃女下降於諸侯」，則知呂延濟是將「天寵」視為孝武皇帝寵愛貴妃，將「王姬下姻」視為孝武皇帝將貴妃之女嫁與諸侯。「故天子女通言王姬」一句，更明顯地坐實了這種誤讀。這可能是被「王姬亦下嫁于諸侯也」一句誤導的結果。「肅雍揆景，陟屺爰臻」李善注「言王姬將降至而貴妃遽霣」中「王姬將降至」仍指「貴妃生第二皇女」。而劉良注「言王姬將擇日出而貴妃遽薨也」則亦把「王姬下姻」視為孝武皇帝將擇日出嫁女兒，劉良注「揆景」為「擇日」，亦不確，此「揆景」當為測量日影以定時間或方位，接近於下文說到的「龜筮既辰」，即選擇貴妃之葬時葬地而言。

此處五臣注乃誤讀原文，把皇女出生當成皇女出嫁，這樣的理解，使得呂延濟注中「貴妃生第二皇女」一句莫名其妙，扞格難通。我們只能理解為呂延濟注中此句，是對李善注引沈約《宋書》「淑儀生第二皇女」句的承襲。此處李善注和五臣注的異同，可以為《文選》李善注與五臣注關係的研究作一註腳。

李善注引「淑儀生第二皇女」句不見今本《宋書》(今本《宋書》多殘脫駢舛)。今本《宋書‧孝武十四王傳》載，宋前廢帝劉子業即位(西元四六五年)，疾子鸞有寵，乃遣使賜死，時年十歲，「同生弟妹並死」。劉子鸞是宣貴妃首子，生於孝武帝孝建三年(西元四五六年)，「同生弟妹並死」，即指《宋書‧孝武十四王傳》載明帝劉彧詔書所稱「第十二皇女、第二皇子子師俱嬰謬酷」，第十二皇女是宣貴妃第一皇女即劉子鸞第一個妹妹，即便以隔年計，宣貴妃生她最早也在西元四五七年，則宣貴妃死時(西元四六二年)，第十二皇女僅六歲，是一個基本不可能出嫁的年齡，也可見五臣注理解之誤。

宣貴妃西元四五九年生子雲，西元四六〇年生第二皇子子師《宋書・孝武十四王傳》載子師「大明七年，年四歲」），再「生第二皇女」，時間大約正在西元四六二年初，是宣貴妃於西元四六二年四月死，可能與生育第二皇女有關也未可知。這第二皇女既不見於史書記載，也不在明帝劉彧詔書所稱「第十二皇女、第二皇子子師」之內，則有可能宣貴妃生育第二皇女時母女同時並死。李善注「肅雍揆景，陟屺爰臻」一句曰「言王姬將降至而貴妃遽霣」，其中的「將」，可能是《文選》李善注和五臣注在流傳過程中互相影響而形成的衍字，也可能是針對第二皇女並未「真正」降生而言的。

祭 文

祭屈原文

宋 顏延之

【題解】屈原，名平，博聞彊志，明於治亂，嫻於辭令，為楚懷王左徒，甚受器重。後因讒諂被流放，作〈離騷〉、〈九歌〉以明心跡。又批評懷王「不知人」，子蘭、上官大夫短屈原於頃襄王，頃襄王怒而遷之。屈原行至江濱，懷石自沉汨羅。屈原之死，以及他的文、志、行，影響極大，極為後世所同情和推崇。尤其當文人士子失勢落魄時，多會寫文賦詩，向屈原尋求精神力量，也得以吐露自己心聲。少帝（劉義符）即位，顏延之出為始安太守，途經汨羅江，為湘州刺史張邵作此文以致其意。

惟有宋五年月日❶，湘州刺史吳郡張邵，恭承帝命，建旟舊楚❷。訪懷沙之淵，得捐佩之浦❸，弭節羅潭，艤舟汨渚❹。乃遣戶曹掾某，敬祭故楚三閭大夫屈君之靈❺。

蘭薰而摧，玉縝則折❻。物忌堅芳，人諱明絜❼。曰若先生，逢辰之缺。溫風怠時，飛霜急節❽。嬴芈遘紛，昭懷不端❾。謀折儀尚，貞蔑椒蘭❿。身絕郢闕，跡徧湘干⓫。比物荃蓀，連類龍鸞⓬。聲溢金石，志華日月⓭。如彼樹芳，實穎實發⓮。望汨心欷，瞻羅思越。藉用可塵，昭忠難闕⓯。

【注釋】❶惟有宋五年月日　記祭文寫作時間。有宋五年，指西元四二四年。❷湘州刺史吳郡張邵三句　《宋書》張邵本傳載，張邵，字茂宗，吳郡人，武帝劉裕「以佐命功封臨沮伯，分荊州立湘州，以邵為刺史」。湘州，治所臨湘（今湖南長沙），古屬楚地，故稱舊楚。建旟，《周禮・春官・司常》載「及國之大閱，贊司馬頒旗物：王建大常，諸侯建旂，孤卿建旜，大夫士建物，師都建旗，州里建旟」，本指冬季大閱，州里之長立畫有鳥隼的旗為標誌，此指大將出鎮。❸訪懷沙之淵二句　懷沙，《史記》屈原本傳載，屈原作〈懷沙〉之賦，「於是懷石遂自沉汨羅以死」。捐佩，屈原〈九歌・湘君〉：「捐余玦兮江中，遺余佩兮澧浦。」❹弭節羅潭二句　弭節，即停車，屈原〈離騷〉：「吾令羲和弭節兮，望崦嵫而勿迫。」羅潭、汨渚，即汨羅江。艤舟，使船靠岸，左思〈蜀都賦〉有「艤輕舟」。❺乃遣戶曹掾某二句　戶曹掾，漢魏以下官名，主民戶。故楚三閭大夫，屈原與楚同姓，仕於懷王，為三閭大夫。❻蘭薰而摧二句　語本《世說新語・言語》毛伯成稱「寧為蘭摧玉折，不作蒲芬艾榮」。縝，緻密。❼物忌堅芳二句　堅芳，即玉堅蘭芳。明絜，即明潔，清明高潔，漢蔡邕〈度尚碑〉有「明潔鮮白珪」句。❽曰若先生四句　曰若，助詞，用於句首，賈誼〈引屈原文〉有「嗟若先生，獨離此咎」。逢辰之缺，宋玉〈九辯〉有「悼余生之不辰，逢此世之俇攘」。怠時，指怠於時，《周書》載「小暑之日溫風至」，此謂溫風過時不至。急節，謂急於節，白露為霜當於深秋時節，此言其過早。❾嬴芈遘

紛二句　當時秦昭王使張儀騙楚懷王令絕齊交，又脅誘懷王俱歸於秦，拘留不遣，卒客死於秦。嬴，秦姓。芈，楚姓。遘，通「構」。造成。昭懷，指秦昭王、楚懷王。❿謀折儀尚二句　儀尚指張儀、靳尚，椒蘭指子椒、子蘭，見《史記・楚世家》。秦昭王欲與懷王會，懷王欲行，屈原認為秦不可信，子蘭卻勸王行，秦因留懷王。靳尚與屈原同列大夫，妒害其能，共譖毀之，張儀入楚被執，與靳尚商議，以秦六縣和美人欺騙楚懷王及鄭袖，張儀得脫。屈原〈離騷〉有「余以蘭為可恃兮，羌無實而害長」、「椒專妄以慢諂兮，極又欲充夫佩緯」，亦寫子椒和子蘭。⓫身絕郢闕二句　郢闕，指楚都郢的宮闕。徧，同「遍」。⓬比物荃蓀二句　王逸〈楚辭序〉有「〈離騷〉之文，依《詩》取興，引類譬諭」、「善鳥香草，以配忠貞」、「虯龍鸞鳳，以託君子」。⓭聲溢金石二句　頌揚屈原的名聲懷抱。金石，指樂器鐘磬。志華日月，《史記》本傳載司馬遷評價屈原「蟬蛻於濁穢，以浮游塵埃之外，推此志也，與日月爭光可也」。⓮如彼樹芳二句　語本《詩・大雅・生民》「實發實秀」、「實穎實栗」。實，語助詞。⓯藉用可塵二句　語本《易・大過》「藉用白茅，何咎之有」。可塵，指向出處「白茅」，指可化為塵的物件，喻其微薄。

【語譯】宋五年某月某日，湘州刺史吳郡張邵，恭承皇帝之命，建旟出鎮舊楚之地。探訪懷沙自沉的深淵，尋到捐棄玉佩的江浦，駐車停舟，汨羅江渚。讓戶曹掾某某，敬祭原楚國三閭大夫屈原的英靈。

蘭草薰香而毀摧，玉質縝密則斷折。物件忌諱堅硬芬芳，為人忌諱清明高潔。屈原先生，生不逢辰。暖風晚時而至，飛霜先節而臨。嬴秦芈楚製造紛爭，昭王懷王品行不正。謀略方面折穿張儀、靳尚，貞操方面輕視子椒、子蘭。孤身遠離郢都宮闕，行跡踏遍湘江水邊。以物作比則荃蓀香草，以類相連則虯龍鳳鸞。聲名清美高出金石，志向輝煌賽過日月。如同種植芳草，發芽開花茁壯成長。望著汨羅，心中感慨，思緒飛越。藉用之物會化為塵土，昭示忠信卻永不失缺。

【研　析】太守，官名，秦置郡守，漢景帝時改稱太守，為一郡最高的行政長官，「凡在郡國，皆掌治民，進賢勸功，決訟檢奸」，看上去很厲害。不過顏延之任始安太守，好像並不開心。《南史》本傳這樣寫：「少帝即位，累遷始安太守。領軍將軍謝晦謂延之曰：『昔荀勖忌阮咸，斥為始平郡。今卿又為始安，可謂二始。』黃門郎殷景仁亦謂之曰：『所謂人惡俊異，世疵文雅。』」原來在眾人眼裡，任始安太守是「人惡」、「世疵」、忌而斥之的結果。眾人會持這種看法，一是因為六朝士人重內輕外，重清輕濁，二是因為始安郡雖地廣人多，但地處偏遠，檔次較低。相反，與顏延之交善的貴公子王球出任義興太守，秩滿入為侍中，自是美事。所以，內官出宰州縣，關鍵還在於掌管的是哪一級別的郡縣，像「二始」這種，則完全可被視為迫害。

顏延之自己也在〈和謝監靈運〉詩中提到這件事。詩先稱「伊昔遘多幸，秉筆侍兩闈」，以事「兩闈」即宮中為榮。而對任始安太守則以「徒遭良時詖，王道奄昏霾，人神幽明絕，朋好雲雨乖」稱之，詖即諂佞，措辭很重，還斥少帝王道昏暗不明。詩接下去說「弔屈汀洲浦，謁帝蒼山蹊」，所謂「弔屈」，也即本文。顏延之自己，也是把本文的寫作，和他自己的遭遇聯繫在一起的，而且應當頗為本文得意，所以在給謝靈運的詩中特地提及。

不過我總覺得本文似乎與屈原隔了一層，也許因為文章比較短未及鋪開，也許因為人及時代的差別。本文重點寫的，是屈原明潔的品質，而逢辰之缺，為人忌諱，即文中「蘭薰而摧，玉縝則折。物忌堅芳，人諱明絜。曰若先生，逢辰之缺」一句。這與顏延之當時的經歷遭遇、情感體驗完全一致。而屈原之為屈原，其「蟬蛻穢濁之中，浮游塵埃之外」，其「驚才風逸，壯志煙高」，其縱身一躍的沉痛、「知其不可而為之」的悲壯，並非顏延之能完全體會。如果把本文和賈誼、司馬遷關於屈原的文字進行對讀，這種感受會格外深切。

每篇文章寫出的，也許都只是自己：我是怎樣的人，我有怎樣的經歷，我在想什麼，我能想什麼，我能寫出什麼。為太守三年期滿，顏延之被文帝劉義隆徵為中書侍郎，帶著與陶淵明交往的美好回憶，回到建康。顏延之〈和謝監靈運〉詩中稱之為「皇聖昭天德，豐澤振沉泥」。這是在元嘉三年（西元四二六年）。元嘉四年（西元四二七年），陶淵明去世，顏延之寫下〈陶徵士誄〉。兩相比較，顏延之對陶淵明理解更深，共鳴更多。確實，並不是每個文人都能理解屈原，更不是每個文人都能和屈原產生真正的共鳴。

祭顏光祿文

宋　王僧達

【題　解】顏光祿，即顏延之，宋孝武時為金紫光祿大夫，故稱「顏光祿」，見前〈陶徵士誄〉、〈祭屈原文〉。王僧達雖少顏延之近四十年，而少老相從，詩歌往來，甚為融洽。西元四五六年，顏延之因病去世，王僧達寫下這篇祭文，表示哀悼。

【作　者】王僧達（西元四二三—四五八年），琅琊臨沂（今山東臨沂）人。出身顯貴，嘗答詔曰「亡父亡祖，司徒司空」，即指其父親王弘為太保，其祖王珣死贈車騎將軍，桓玄又改贈司徒。貴公子孫，自負才地，以才傲物。幼聰敏，少好學，善屬文，為文帝劉義隆賞識。後來屢屢觸犯孝武帝劉駿，亦無悛心，帝趁高閣作亂加以陷害，於獄賜死，年僅三十六。在今天的文學視野裡，王僧達並不顯眼，不過鍾嶸《詩品》列王僧達於中品，除謝靈運外，是南朝詩人的最高品級，評為「征虜卓卓，殆欲度驊騮前」。昭明太子《文選》收錄其文一篇，即本文；詩二首，其中一首也是寫給顏延之的，即〈答顏延年〉。

維宋孝建三年九月癸丑朔十九日辛未❶，王君以山羞野酌❷，敬祭顏君之靈：

嗚呼哀哉！夫德以道樹，禮以仁清❸。惟君之懿，早歲飛聲❹。義窮幾〈彖〉，文蔽班揚❺。性婞剛潔❻，志度淵英。登朝光國，實宋之華❼。才通漢魏，譽浹龜沙❽。服爵帝典，棲志雲阿❾。清交素友，比景共波❿。氣高叔夜，嚴方仲舉⓫。逸翮獨翔，孤風絕侶⓬。流連酒德，嘯歌琴緒⓭。遊顧移年，契闊宴處⓮。春風首時，爰談爰賦⓯。秋露未凝，歸神太素⓰。明發晨駕，瞻廬望路⓱。心淒目泫，情條雲互⓲。涼陰掩軒，娥月寢耀。微燈動光，几牘誰照。衾袵長塵，絲竹罷調⑲。攬悲蘭宇，屑涕松嶠⑳。古來共盡，牛山有淚㉑。非獨昊天，殲我明懿㉒。以此忍哀，敬陳奠饋。申酌長懷，顧望歔欷㉓。嗚呼哀哉！

【注釋】❶維宋孝建三年句　記祭祀的時間。孝建三年是西元四五六年，《宋書》本傳載顏延之卒於該年。孝建是南朝宋孝武帝劉駿的年號（西元四五四—四五六年）。癸丑朔，指該月朔日（初一）干支紀日為癸丑。辛未，為該月十九日的干支紀日。❷王君以山羞野酌　王君，即作者王僧達。山羞，指野味，羞是「饈」的古字。❸夫德以道樹二句　德以道樹，語本《尚書》「樹德務滋」句。禮以仁清，語本五常：仁、義、禮、智、信。❹惟君之懿二句　《宋書》本傳載顏延之「少孤貧，居負郭，室巷甚陋，好讀書，無所不覽，文章之美，冠絕當時」。❺義窮幾象二句　幾象，指《易》，《易》中斷卦之辭稱象。班揚，指漢代文人班固、揚雄。❻性婞剛絜　婞，剛直。絜，「潔」的古字。❼登朝光國二句　《宋書》本傳載顏延之「高祖受命，補太子舍人。雁門人周續之隱居廬山，儒學著稱……上使問續之三義，續之雅仗辭辯，延之每折以簡要，既連挫續之，上又使還自敷釋，言約理暢，莫不稱善。徙尚書儀曹郎，太子中舍人」。❽譽浹龜沙　浹，遍及。龜沙，指龜茲、流沙等地，極言其遠。❾服爵帝典二句　言人雖為官而志在雲山。服爵，接受官位。帝典，指《尚書》中的〈堯典〉、〈舜典〉，中有「九族既睦，平章百姓。百姓昭明，協和萬邦」、「夙夜惟寅，直哉惟清」、「黜陟幽明，庶績咸熙」等句。雲阿，雲和山。❿清交素友二句　清、素，調清高、素潔，王僧達〈答顏延年〉有「清氣溢素襟」句。比景，指並排曬太陽，王僧達〈答顏延年〉亦有「寒榮共偃曝，春醞時獻斟」句，典出桓譚《新論》「余與揚子雲奏事，坐白虎殿廊廡下，以寒故，背日曝焉」。⓫氣高叔夜二句　叔夜，三國魏嵇康字叔夜，竹林七賢之一，顏延之〈五君詠〉詠嵇康詩有「鸞翮有時鎩，龍性誰能馴」句。仲舉，漢代陳蕃字仲舉，性方峻，不接賓客。⑫逸翮獨翔二句　逸翮，高飛的鳥。孤風，孤高的風度。⑬流連酒德二句　流連，謂耽而不返，《南史》本傳謂顏延之「性既褊激，兼有酒過」，多載其酒後言行，劉伶有〈酒德頌〉。緒，絲頭，引申為曲的開頭。⑭遊顧移年二句　遊顧，指與顏延之的交遊垂顧，顧字亦見王僧達〈答顏延年〉有「篤顧棄浮沉」句。契闊宴處，語本曹操〈短歌行〉「契闊談讌，心念舊恩」句。契闊，指相交好，《梁書．蕭琛列傳》有「雖云早契闊，乃自非同志」。宴處，指閒居玩樂。⑮春風首時二句　首時，指四季中每季的第一個月。爰，句首語助詞。⑯秋露未凝二句　寫顏延之死於夏秋之交。太素，質之始，引申為天地。⑰明發晨駕二句　明發，謂清晨出發。廬，指顏延之的居處。⑱心淒目泫二句　寫己之悲傷。條，長的樹枝，此指情長。雲互，言情緒失次而亂，如雲之互相更變，語本李陵〈與蘇武〉「仰視浮雲馳，奄忽互相逾」句。⑲涼陰掩軒六句　寫王僧達所見影像。娥月，即月，姮娥為月神，故稱。寢耀，指收斂光芒。⑳攬悲蘭宇二句　攬，持取。蘭宇，房宇的美稱。屑涕，涕下如屑，《文選》李善注引《楚辭》曰「涕漸漸其如屑」。松嶠，指墳墓，古墓地多植松柏，故稱。嶠，山嶺。㉑牛山有淚　《晏子春秋．內篇諫上》載景公遊於牛山，北臨其國，流涕曰：「若何滂滂去此而死乎？」㉒非獨昊天二句　語本《詩．秦風．黃鳥》「彼蒼者天，殲我良人」句。㉓申酌長懷二句　申酌長懷，謂以酒申己之悠思。歔欷，歎息，屈原〈離騷〉有「曾歔欷余鬱邑兮，哀朕時之不當」。

【語　譯】宋孝建三年九月，癸丑日是初一，十九日辛未這一天，王某以山野酒食，敬祭顏君之靈：

嗚呼哀哉！品德依於道才得建樹，禮儀依靠仁而能分明。君之美德，早年揚名。義理窮究《易》，文章蓋過班揚。性情剛直高潔，志度深沉華英。入朝使國增光，確是我宋精華。才學上通漢魏兩代，聲譽傳遍龜茲流沙。遵從帝典接受官爵，寄託情志雲間山阿。清高之朋素潔之友，並排曝背共泛清波。氣調高過嵇叔夜，嚴正可比陳仲舉。一鳥高飛獨自翱翔，風度孤高棄絕伴侶。流連於美酒，嘯歌聽琴曲。從遊垂顧多年，交好閒居玩樂。春風初來，談笑作賦。秋露未結，歸於大地。清晨駕車出發，看到房屋去路。心中淒切眼中落淚，情感悠長如雲交互。涼陰遮蓋房室，月亮收斂光耀。燭光微弱搖動，几櫝為誰而照。被席落上微塵，絲竹停止曲調。看著房屋滿懷悲傷，來到墳墓涕如屑飄。古往今來同歸於盡，牛山之上潸然落淚。並不是蒼蒼昊天，單毀我明達哲懿。以此忍住哀傷，恭敬擺上祭品。借酒表達悠思，回望歔欷不已。嗚呼哀哉！

【研　析】如果說顏延之和陶淵明的交集，多在卷舒進退間的真摯誠懇，顏延之和王僧達的交集，更多在不拘細行間的輕險狂狷。

史載顏延之「辭意激揚，每犯權要」、「性既褊激，兼有酒過」。而王僧達「以才傲物」、「輕險無行，暴於世談」，與顏相似。如晉恭思皇后葬，應須百官，以延之兼侍中，邑吏送札，延之醉，投札於地曰：「延之未能事生，焉能事死。」顏延之頗以狂自許，文帝嘗傳詔請之，頻不見。王僧達未遑多讓，孝武帝召見他，傲然不遜，唯張目而視，帝歎曰：「王僧達非狂如何？」後顏師伯詣之，僧達慨然曰：「大丈夫寧當玉碎，安可以沒沒求活。」這種「狂」的態度，既是個人性格的表現，也可視為當時「主威獨運」、皇權加強的情形下，貴族的一種反抗。不過有的行為，則只能歸於個人。如顏延之買人田不肯還值，以強陵弱，免所居官。王僧達與族子美少年王確私款，逼留不得，就想挖坑殺埋之，還好被從弟阻止。這種個性上的共通，應該是兩人交往的基礎。

顏延之有〈贈王太常〉，讚許王僧達「蓄寶每希聲，雖秘猶彰徹」、「德輝灼邦懋，芳風被鄉耋」、「林閭時晏開，亟回長者轍」，則既以漢代陳平稱之，亦自許「長者」。王僧達〈答顏延年〉「長卿冠華陽，仲連擅海陰」、「珪璋既文府，精理亦道心」，亦以司馬相如、魯仲連許之，並讚顏延之既富文才，亦通精理（與祭文中「義窮幾〈彖〉」義近，顏延之這方面才能未為本傳記載，堪為補充）。「結遊略年義，篤顧棄浮沉」、「寒榮共偃曝，春醞時獻斟」幾句，寫與顏延之忘年忘義、棄絕浮沉的交遊，寫並肩曝日、把酒言歡的場面，親切動人。

本祭文也是先讚頌顏延之的品格才學、行跡風度，再寫兩人交往，最後寫己之情思。前面部分或許會讓人覺得常套，而最後部分「涼陰掩軒，娥月寢耀。微燈動光，几幬誰照。衾衽長塵，絲竹罷調」幾句，描摹畫面，格外動人。尤其「微燈動光，几幬誰照」一句，燈光昏暗，燭影搖擺，渲染出抑鬱淒涼的氛圍，而燈光照著几幬，顏延之原來應該坐在那裡，現在物是人非，而無情之物，卻不懂有情之人，仍舊散發著微光，提醒著斯人已逝的事實，勾引起人鬼永隔的淒愴。

也許是許槤有意安排：西元四二四年，顏延之途經汨羅江，寫下〈祭屈原文〉；西元四二七年，陶淵明死，顏延之寫下〈陶徵士誄〉；西元四五六年，顏延之死，王僧達寫下〈祭顏光祿文〉；西元四五八年，王僧達於獄賜死，史傳未見祭誄之文。接連著看下來，真讓人不禁興起「儂今葬花人笑癡，他年葬儂知是誰」的感慨。

祭夫徐敬業文　梁　劉令嫻

【題解】徐悱（西元四九五—五二四年），字敬業，梁僕射徐勉第二子，幼聰敏，能屬文，出入宮坊者歷稔，以足疾出為湘東王友，俄遷晉安內史，卒於郡府，年三十。喪還京師（建康），其妻劉令嫻作了這篇祭文。《梁書·劉孝綽列傳》載，徐悱父徐勉「本欲為哀文，既睹此文，於是閣筆」。

【作　者】劉令嫻，彭城安上里（在今江蘇徐州）人。劉孝綽的三妹，世稱「劉三娘」。兄弟及群從子侄當時七十人，並能屬文，孝綽、孝儀、孝威等尤有文名。有才學，文章清拔。今存詩八首，如〈光宅寺詩〉「何當曲房裏，幽隱無人聲」句，清新有意趣。

惟梁大同五年❶，新婦謹薦少牢於徐府君之靈曰❷：

惟君德爰禮智，才兼文雅❸，學比山成，辨同河瀉❹。明經擢秀❺，光朝振野。調逸許中❻，聲高洛下❼。含潘度陸，超終邁賈❽。

【章　旨】本段稱讚徐悱的道德才學。

【注　釋】❶惟梁大同五年　據《梁書·徐勉列傳》錄其〈答客喻〉「普通五年春二月丁丑，余第二息晉安內史悱喪之問至焉，舉家傷悼」，徐悱當卒於普通五年（西元五二四年），而非大同五年（西元五三九年）。❷新婦謹薦少牢句　新婦，已婚婦女對公婆、丈夫等人的自稱。少牢，舊時祭禮的犧牲，牛羊豕俱用叫太牢，只用羊、豕二牲叫少牢。府君，漢代對郡相、太守的尊稱，後多沿用。❸惟君德爰禮智二句　爰，「援」的古字，牽引，字象二手相引之形，假為語詞後再加一手為「援」以代之，《史記・六國年表》「緜諸乞援」句，裴駰集解：「《音義》曰『援，一作爰。』」文雅，文才雅正，為並列的兩種才能。❹學比山成二句　學比句，語本《論語》「譬如為山，未成一簣，止，吾止也。譬如平地，雖覆一簣，進，吾往也」。辨同句，語本《晉書・郭象列傳》載太尉王衍語：「聽象語，如懸河瀉水，注而不竭。」❺擢秀　指人才秀出，潘岳〈悲邢生辭〉「雄州閭以擢秀」。❻許中　指今河南許昌一帶。❼洛下　指河南洛陽。❽含潘度陸二句　梁簡文帝蕭綱〈答新渝侯和詩書〉有「跨躡曹左，含超潘陸」句。含，含蓋籠罩。潘，指晉人潘岳，文學「鋒發韻流」，鍾嶸稱「陸（機）才如海，潘（岳）才如江」。陸，指陸機，文學為晉「一代之絕」。終，指漢人終軍，辨博能文。賈，指賈誼，博學擅文，所作〈弔屈原賦〉、〈鵩鳥賦〉、〈過秦論〉等為西漢鴻文。

【語譯】梁大同五年，新婦謹獻上少牢在徐府君之靈，致辭說：

夫君道德擁有禮智，才情兼備文雅，學識好比高山疊成，口辨如同大河傾瀉。通曉經書出類拔萃，光耀於朝聲振於野。名氣逸於許地，聲譽揚於洛下。籠罩潘岳超越陸機，勝過終軍遠邁賈誼。

二儀既肇，判合始分❶。簡賢依德，乃隸夫君❷。外治徒奉，內佐無聞❸。幸移蓬性，頗習蘭薰❹。式傳琴瑟，相酬《典》《墳》❺。

【章旨】本段回憶生前夫教妻習，琴瑟和諧。

【注釋】❶二儀既肇二句　二儀，指天地。肇，始。判合，指夫妻相配，《周禮・地官・媒氏》「掌萬民之判」句鄭玄注「判，半也，得耦為合，主合其半，成夫婦也。〈喪服〉傳曰『夫妻判合』」。分，清楚，劉向《列女傳・齊女徐吾》「徐吾自列，辭語甚分」。❷簡賢依德二句　簡，通「揀」。選擇。隸，隸屬，引申為追隨。❸外治徒奉二句　外治，指國家政事，此指徐悱外遷。徒，空，《左傳・襄公二十五年》「齊師徒歸」，杜預注「徒，空也」。內佐，指家庭事務的處理。❹幸移蓬性二句　蓬性，《莊子・逍遙遊》「則夫子猶有蓬之心也」句郭象注「夫蓬非直達者也」，比喻狹隘不暢，曹植遍選己作〈前錄自序〉云「質素也如秋蓬」，謝朓〈奉和隨王殿下詩十六首〉其二「暗道空已極，還直愧蓬心」。蘭薰，蘭之馨香，喻徐悱美德對己的薰染。❺式傳琴瑟二句　式，以，《書・盤庚》「式敷民德，永肩一心」句，孔穎達疏「用此布示於民」。琴瑟，喻夫妻感情和諧，語本《詩・小雅・常棣》「夫妻好合，如鼓琴瑟」。酬，勸。典墳，《五典》、《三墳》的省稱。

【語譯】天地二儀肇始之初，夫婦結合就已分明。挑選賢能依附仁德，於是嫁身追隨夫君。在外從政無法侍奉，內務佐助全無聲聞。幸得教誨移我蓬性，頗多熏陶蘭草芳芬。傳以夫妻琴瑟，教以《五典》《三墳》。

輔仁❶難驗，神情易促。雹碎春紅，霜雕夏綠❷。躬奉正衾，親觀啟足❸。一見無期，百身何贖❹。嗚呼哀哉。

【章旨】本段寫痛訣。

【注釋】❶輔仁　語本《論語・顏淵》「以友輔仁」，此指夫妻相助。❷雹碎春紅二句　喻人死如花葉凋落。離，通「凋」。❸躬奉正衾二句　正衾，擺正覆蓋死者的被衾，劉向《列女傳》載，黔婁先生死，曾子及門人往弔，見先生首足不盡斂，曾子曰：「斜引其被則斂矣。」妻曰：「斜而有餘，不如正而不足也。」啟足，語本《論語・泰伯》「曾子有疾，召門弟子曰『啟予足！啟予手！』」句，朱熹集注「曾子平日以為身體受於父母，不敢毀傷，故於此使弟子開其衾而視之」。❹百身何贖　謂死百次也不能使人復生，語本《詩・秦風・黃鳥》「如可贖兮，人百其身」句。

【語譯】相輔成仁已難實現，心神情感卻易迫促。冰雹擊碎春天紅花，冷霜凋零夏日綠葉。自己整理收殮被衾，自己開衾查看手足。再想一見遙遙無期，我身百死無法贖回。嗚呼哀哉。

生死雖殊，情親猶一。敢遵先好，手調薑橘❶。素俎❷空乾，奠觴徒溢。昔奉齊眉❸，異於今日。

【章旨】本段寫祭祀，哀情無限。

【注釋】❶薑橘　《齊民要術》曰：「案木耳，煮而細切之，和以薑、橘，可為菹，滑美。」❷素俎　祭祀時用以載牲的白木盤，顏延之〈為湘州祭虞舜文〉「咨堯授禹，素俎采堂」。❸齊眉　典出《後漢書・逸民傳》「妻為具食，不敢於鴻前仰視，舉案齊眉」。案，指有腳的托盤。

【語譯】生和死雖已殊隔，情和親仍然如一。遵照生前喜好，動手調製薑橘。白盤盛放的食物空空風乾，祭奠倒上的酒觴徒然滿溢。昔時舉案齊眉，完全異於今日。

從軍暫別，且思樓中❶。薄遊未反，尚比飛蓬❷。如當此訣，永痛無窮。百年何幾，泉穴方同❸。

【章　旨】本段寫一別而成永訣的哀痛。

【注　釋】❶從軍暫別二句　男子從軍、女子在樓中相思，為古詩常見，如曹植〈七哀〉：「明月照高樓，流光正徘徊，上有愁思婦，悲歎有餘哀。」樂府有〈從軍行〉。❷薄遊未反二句　語本《詩・衛風・伯兮》「自伯之東，首如飛蓬」句。薄遊，指為薄祿而宦遊於外。反，「返」的古字。❸百年何幾二句　百年何幾，語本曹操〈短歌行〉「人生幾何」，北周蕭大圜〈閑放之言〉有「百年何幾，擎跽曲拳，四時如流，俯眉躡足」句。百年，指人生。何幾，即幾何。泉穴方同，語本《詩・王風・大車》「死則同穴」句。

【語　譯】因從軍而暫別，尚且思念樓中。因薄遊而未返，尚且自比飛蓬。面對這樣的死別，悲痛永遠無盡無窮。人生百年還有幾何，死歸黃泉方得同穴。

【研　析】死別最痛，因為死別便無再見的希望，而同穴共眠或轉世來生，又過於渺茫無徵。琴瑟和諧者的死別，則格外使人心痛。年輕的琴瑟和諧者的死別，其痛益甚。琴瑟和諧的年輕夫妻中的丈夫死去，由其夫人執筆寫下祭文，則甚之又甚。

徐悱頗具詩才，有「日沒塞雲起，風悲胡地寒。西征馘小月，北去腦烏丸。報歸明天子，燕然石復刊」、「鮮車鶩華轂，汗馬躍銀鞍。少年負壯氣，耿介立衢冠」等句，很容易讓我們想起公瑾當年小喬初嫁雄姿英發的樣子。而劉令嫻詩才更著，祭文中「外治徒奉，內佐無聞。幸移蓬性，頗習蘭薰」所言，當是謙辭，事實應是詩來文往，琴瑟和諧。

徐悱有〈贈內詩二首〉，劉令嫻作〈答外詩二首〉為答，這裡舉其中一組，以見一斑。徐〈對房前桃樹詠佳期贈內詩〉云：「相思上北閣，徙倚望東家。忽有當軒樹，兼含映日花。方鮮類紅粉，比素若鉛華。更使心增憶，彌令想狹邪。無如一路阻，脈脈似雲霞。嚴城不可越，言折代疏麻。」劉詩答：「東家挺奇麗，南國擅容輝。夜月方神女，朝霞喻洛妃。還看鏡中色，比豔似知非。摛詞徒妙好，連類頓乖違。智瓊雖已麗，傾城未敢希。」徐悱看到桃樹，鮮豔讓他想起嬌妻的紅粉，素淨讓他想起嬌妻的鉛華，彷彿看到一切美好的事物，都會讓他想起美豔的愛妻。「彌令想狹邪」一句，「想」為名詞，指想法念頭，「狹邪」為並列的詞組，指想法「不正經」，這一句也有點挑逗調謔的味道。劉令嫻被誇得有點害羞，說人家雖然有一點點小漂亮，不過沒你誇的那麼傾國傾城啦，然後還擺出一本正經的樣子指責徐悱連類失當。潑茶賭酒的旖旎畫面，可以幫助讀者體會年方二十的劉令嫻的永訣之痛。

整篇祭文中規中矩，揚稱丈夫德才，追憶生前場面，結以永訣之痛，辭藻、典實都節制而內斂，所以許槤評「深情無限，復以簡澹出之」，譚獻評「惻愴中無意琢削而語語工」，應該都是注意到了這一特點，這與「祭文」這一場合性文體的功能也是一致的。

「生死雖殊，情親猶一。敢遵先好，手調薑橘。素俎空乾，奠觴徒溢。昔奉齊眉，異於今日」一句，偶露崢嶸：雖已生死兩殊，情感仍在推進，生活仍在延續，做著你愛吃的菜，放到盤子裡，當我舉起盤子，才發現今日與昔時的不同，昔日舉案齊眉相親相愛，今天舉案，卻是供上祭品。習慣推進憂傷，生活的延續推進哀痛的延續。正如晉代潘岳〈悼亡詩〉所說「望廬思其人，入室想所歷。幃屏無仿佛，翰墨有餘跡。流芳未及歇，遺掛猶在壁。悵怳如或存，回遑忡驚惕」，房室還在，畫像還在，翰墨還在，氣息還在，走在一起走過的路，睡在一起睡過的床，做著一起做過的事，最容易讓人產生錯覺，不能相信斯人已逝。

徐悱也不會想到，〈贈內詩〉「網蟲生錦薦，遊塵掩玉床。不見可憐影，空餘黼帳香」幾句，真成了詩讖，只不過，「不見」了的人，是他。